BASTEI
LÜBBE

DIANA WYNNE JONES IM
TASCHENBUCH-PROGRAMM:

20 368 Plötzlich war da wilder Zauber
20 378 Ein Frage der Balance

Diana Wynne Jones

Einmal zaubern – Touristenklasse

Roman

Ins Deutsche übertragen
von Eva Bauche-Eppers

BASTEI
LÜBBE

BASTEI LÜBBE TASCHENBUCH
Band 20 391

1. Auflage: August 2000

Vollständige Taschenbuchausgabe

Bastei Lübbe Taschenbücher
ist ein Imprint der
Verlagsgruppe Lübbe

Deutsche Erstveröffentlichung
Titel der englischen Originalausgabe:
The Dark Lord of Derkholm

Lektorat: Martina Sahler / Stefan Bauer
Titelillustration: Steve Crisp
Umschlaggestaltung: QuadroGrafik, Bensberg
Satz: Fotosatz Steckstor, Rösrath
Druck und Verarbeitung:
Brodard & Taupin, La Flèche, Frankreich
Printed in France

ISBN 3-404-20391-7

Sie finden uns im Internet unter
http://www.luebbe.de

Der Preis dieses Bandes versteht sich einschließlich der gesetzlichen Mehrwertsteuer

Kapitel 1

»Würdet Ihr bitte alle den Mund halten!« zischte Hochkanzlerin Querida. Sie kniff die geschwollenen Lider zusammen und schaute aus schmalen Augenschlitzen böse in die Runde.

»Ich wollte nur sagen ...«, huben ein König, ein Kaiser und mehrere Hexenmeister gleichzeitig an.

»Auf der Stelle, oder der nächste, der sich bemüßigt fühlt, einen Kommentar abzugeben, verbringt den Rest seines Lebens auf dem Bauche kriechend, in Gestalt einer Schlange!«

Das verschloß der überwiegenden Zahl der Mitglieder des Krisenkomitees der Universität den Mund. Querida galt als die mächtigste Zauberin dieser Welt, und Schlangen waren ihre Spezialität. Sie selbst, klein, mit glänzender, grünlicher Haut und sehr, sehr alt, hatte etwas von einer Viper. Niemand bezweifelte, daß sie es ernst meinte, aber zwei der Anwesenden ließen sich davon nicht einschüchtern. König Luther, von Trübsinn umwittert, hörte man murmeln: »Eine Schlange zu sein, wäre möglicherweise eine Erleichterung.«

Als Queridas Augen in seine Richtung zuckten und ihn tückisch fixierten, erwiderte er trotzig ihren Blick, als wollte er sie herausfordern, ihre Drohung wahr zu machen.

Und Hexenmeister Barnabas, Vizekanzler der Universität, vollendete unbeirrt seinen angefangenen Satz: »... wollte nur sagen, Querida, daß Ihr nicht versteht, wie das ist. Ihr seid eine Frau, Ihr braucht nur die Glamouröse Zauberin zu spielen. Mr. Chesney duldet keine Frau in der Rolle des Dunklen Fürsten.«

Queridas Basiliskenblick glitt wirkungslos an ihm ab, er lächelte nur heiter und blies die Backen auf. Sein Gesicht, umrahmt von den grauen Locken von Haar und Bart, war das eines Lebenskünstlers und Genießers. Er zwinkerte versöhnlich mit seinen blauen, von roten Äderchen durchzogenen Augen und fügte hinzu: »Wir sind ausgelaugt, alle miteinander.«

»Wie wahr, wie wahr!« bekundeten einige der um den Tisch Sitzenden schüchtern ihre Zustimmung.

»Dessen bin ich mir bewußt!« schnappte Querida. »Wenn Ihr zuhören würdet, statt sofort ein Klagegeschrei anzustimmen, wäre Euch aufgefallen, daß ich diese Versammlung einberufen habe, damit wir besprechen, wie man Mr. Chesneys Pilgerfahrten ein Ende setzen kann.«

Ihren Worten folgte ein erstauntes Schweigen.

Ein bitteres kleines Lächeln kerbte Falten in Queridas Wangen. »Ja«, sagte sie, »ich weiß sehr wohl, daß ich meine Wahl zum Kanzler der Tatsache verdanke, daß Ihr glaubtet, ich hätte als einzige den Mumm, Mr. Chesney Paroli zu bieten, und dann wart Ihr schwer enttäuscht, als ich ihm nicht gleich an die Gurgel gesprungen bin. Natürlich habe ich mir erst einmal ein Bild von der Situation gemacht. Es ist keine Kleinigkeit, eine Kampagne gegen einen Mann zu planen, der seine Basis in einer anderen Welt hat und von dort seine Touren organisiert.« Ihre kleinen grünlichweißen Hände wanderten zu den vor ihr aufgestapelten Schriftstücken aus Papier, Rinde und Pergament und ordneten sie mit raschelnden Bewegungen neu. »Aber mir ist klar, daß die Lage sich von schlecht über unerträglich zu katastrophal entwickelt hat und daß etwas unternommen werden muß. Hier habe ich sechsundvierzig Petitionen von den Hexenmeistern der Universität und zweiundzwanzig von anderen Zauberkundigen männlichen Geschlechts, die sich alle wegen chronischer Überarbeitung beschweren. Hier eine Unterschriftenaktion von mehr als hundert Zauberinnen, die Gleichberechtigung fordern. Zu recht. Mr. Chesney ist der Ansicht, Frauen könnten keine Magier sein.« Sie legte die Hand auf einen hohen Stapel Pergamente mit lang herabhängenden roten Siegeln. »Das«, erklärte sie, »sind förmliche Beschwerden der regierenden Monarchen. Jeder Herrscher in dieser Welt hat wenigstens einmal an mich geschrieben und mir berichtet, welchen Schaden die Pilgerfahrten in seinem Land anrichten. Es dürfte genügen, aus einem Brief zu zitieren. König Luther, vielleicht habt Ihr die Güte, den Inhalt des Cahiers zusammenzufassen, das ich monatlich von Euch erhalte?«

»Ich habe die Güte.« König Luther beugte sich vor, seine kräftigen Hände umklammerten den Rand der Tischplatte so fest, daß die Knöchel weiß wurden. »Mein Königreich ist dem Untergang nahe. In den letzten zwanzig Jahren hat man mich fünfzehn Mal zum Unholden König bestimmt, mit dem Ergebnis, daß mein Reich jede Woche von einer Reisegruppe heimgesucht wird, man in meine Burg eindringt und versucht, mich oder meine Höflinge zu ermorden. Meine Gemahlin hat mich verlassen und die Kinder mitgenommen, um sie in Sicherheit zu bringen. Dörfer, Äcker, Wiesen und Wälder werden verwüstet. Wenn nicht das Heer des Dunklen Fürsten einmarschiert und meine Hauptstadt plündert, tun es beim nächsten Mal die Mächte des Guten. Ich gebe zu, ich werde für die Unannehmlichkeit gut bezahlt, aber das Geld, das einkommt, wird jedesmal dringend benötigt, um die Hauptstadt für die nächste Tour instandzusetzen, so daß kaum etwas übrigbleibt, um die Bauern für ihre Verluste zu entschädigen. Es lohnt sich für sie kaum, die Felder zu bestellen. Ihr müßt begreifen, Hochkanzlerin . . .«

Queridas Hand griff nach dem nächsten Stapel, buntgemischt aus Schriftstücken in verschiedenen Formen und Größen. »Ich begreife durchaus, vielen Dank, Euer Majestät. Diese Briefe sind eine Auswahl von den unzähligen, in denen Bauern und einfache Bürger mir ihr Leid klagen. Hilflos sind sie ausgeliefert den magischen Wetterlaunen, den Armeen, die die Felder zertrampeln, den Soldaten, die Vieh stehlen, und den marodierenden Vasallen des Dunklen Fürsten. In naher Zukunft werden sie hungern müssen.« Sie griff nach einem kleineren Stapel Papiere. »Fast die einzigen, deren Geschäft aufgrund der Pilgerfahrten zu florieren scheint, sind die Wirtshausbesitzer, und sie beklagen, daß der Mangel an Gerste sie daran hindert, ausreichende Mengen Bier zu brauen.«

»Mir blutet das Herz«, bemerkte König Luther sarkastisch. »Wo kämen wir hin, wenn Touristen in der Schänke auf Bier verzichten müßten?«

»Mr. Chesney wäre nicht erfreut«, flüsterte ein Hohepriester. »Mögen die Götter uns schützen, Anscher bewahre uns!«

»Chesney ist auch nur ein Mensch«, murmelte der Abgeordnete der Diebesgilde.

Barnabas hob warnend die Hand. »Laßt ihn das nicht hören!«

»Selbstverständlich ist er nur ein Mensch!« schnappte Querida. »Leider ist er zufälligerweise der mächtigste Mensch wenigstens in dieser unserer Welt, aber ich habe Vorsorge getroffen, daß er uns in diesem Konferenzraum nicht belauschen kann. Darf ich jetzt weitersprechen? Sehr verbunden. Gleich mehrere Organisationen drängen uns, eine Lösung zu finden. Zum Beispiel« – sie zeigte ein großes Pergament mit kunstvoller Schrift und Marginalilluminationen – »zum Beispiel habe ich hier ein Ultimatum der Akademie der Barden. Sie beklagen, daß Mr. Chesney und seine Agenten die Barden bei den Reisegruppen als entbehrlich anzusehen scheinen. Um nicht noch mehr vielversprechende musikalische Talente zu verlieren, schreiben sie hier, wird man in diesem Jahr keine Barden mehr für die Touren abstellen, es sei denn, wir garantieren für die Sicherheit von ...«

»Aber das können wir nicht!« rief ein Hexenmeister zwei Plätze neben Barnabas.

»Stimmt.« Querida nickte. »Ich fürchte, die Barden werden sich vor Mr. Chesney rechtfertigen müssen. Ich habe hier ähnliche, wenn auch gemäßigtere Schreiben von den Sehern und den Heilerinnen. Die Seher beschweren sich, daß man sie zwingt, imaginäre Ereignisse vorauszusagen, was gegen die Statuten der Gilde verstößt. Die Heilerinnen beklagen sich wie die Hexenmeister wegen chronischer Überlastung. Wenigstens drohen sie nur mit Streik. Und hier –« Sie hielt ein dünnes Bündel zerknitterter Blätter in die Höhe, »hier sind Briefe von den Söldnerführern. Die meisten ärgern sich darüber, daß die Ausgaben, die notwendig sind, um die Verluste an Männern, Ausrüstung und Bewaffnung zu ersetzen, ihre Einnahmen aus den Pilgerfahrten auffressen, und einer – Schwarze Eisenhand heißt er wohl, wenn ich das richtig entziffern kann –, er beklagt sich also, daß er geplant hätte, sich auf seine alten Tage auf ein kleines Gut zurückzuziehen, aber in zwanzig Jahren hat er nicht genug sparen können für eine Quh ...«

»Quh?« fragte König Luther.

»Eine Kuh«, erklärte Barnabas. »Rechtschreibung mangelhaft.«

»... selbst wenn sich ein Anwesen finden ließe, wo man nicht von den Touristen überrannt wird«, schloß Querida. Sie blätterte und sortierte und erläuterte dabei: »Lamentos von Nonnen, Mönchen, Werwölfen. Wo sind ...? Ach ja, hier.« Sie suchte ein weißes, glänzendes Blatt heraus und eine große, hauchdünn geschliffene Scheibe, die aussah wie Perlmutt und mit feinen Schriftzeichen bedeckt war. »Wahrscheinlich eine ihrer abgeworfenen Schuppen«, meinte sie. »Dies sind Proteste der Elfen und der Drachen.«

»Worüber haben die sich denn zu beschweren?« fragte ein anderer Hexenmeister spitz.

»Beide drücken sich ziemlich geheimnisvoll aus. Wenn ich es recht interpretiere, redet der Elfenkönig von Erpressung, und die Drachen scheinen das Schrumpfen ihrer Horte zu bejammern, aber beide spielen auch auf ihre Geburtenrate an, also weiß man nicht genau. Geduld, dann könnt Ihr es selber nachlesen und Euch, wenn Ihr Lust habt, durch sämtliche Stapel hindurcharbeiten. Doch vorerst – habe ich mich verständlich gemacht?« Die Augen bewegten sich ruckartig von einem Gesicht zum anderen. »Ich habe alle, die mir eingefallen sind, gebeten, mir zu berichten, in welcher Weise sie durch die Touren geschädigt werden. Ich habe über eine Million Antworten bekommen. Mein Arbeitszimmer quillt über, Ihr könnt es Euch gern ansehen; was hier auf dem Tisch liegt, ist nur eine repräsentative Auswahl. Und sie sagen alle auf verschiedene Weise das gleiche: Man wünscht ein Ende von Mr. Chesneys Pilgerfahrten.«

»Und ist Euch ein Mittel eingefallen, uns von dieser Geißel zu erlösen?« fragte Barnabas begierig.

»Nein.« Querida schüttelte den Kopf. »Es gibt kein Mittel.«

»Wie?« ertönte es im Chor rund um dem Tisch.

»Es gibt kein Mittel«, wiederholte Querida. »Jedenfalls ist mir keins eingefallen. Vielleicht sollte ich der werten Versammlung ins Gedächtnis rufen, daß Mr. Chesneys Wünschen von einem außerordentlich mächtigen Dämon Nachdruck verliehen wird. Alles deutet darauf hin, daß er mit ihm einen Pakt geschlossen hat, als er anfing, diese Touren zu organisieren.«

»Schon, aber das ist vierzig Jahre her«, wandte der junge Kaiser des Südens ein, »manche von uns waren damals noch gar nicht geboren. Weshalb muß ich fortfahren zu tun, was jener Dämon meinen Großvater zu tun gezwungen hat?«

»Seid nicht albern«, fuhr Querida ihn an. »Dämonen sind unsterblich.«

»Aber Mr. Chesney nicht«, konterte der junge Kaiser.

»Wahrscheinlich nicht, aber mir ist zu Ohren gekommen, daß er Kinder hat, die sein Geschäft übernehmen werden.« Barnabas zuckte bedauernd die Achseln.

Querida wies den rebellischen Jüngling mit einem ihrer kalten Schlangenblicke in die Schranken. »Behaltet außerhalb dieses Raums Eure Ansichten für Euch. Mr. Chesney schätzt keine Kritik an seinen Pilgern, und den Dämon pflegen wir nicht zu erwähnen. Habe ich mich deutlich genug ausgedrückt?« Der junge Kaiser schluckte und lehnte sich zurück. »Gut«, sagte Querida. »Nun in medias res. Mr. Chesneys Beauftragte halten sich bereits seit über einem Monat in unserer Welt auf und die Arrangements für diese Saison sind fast komplett. Morgen wird Mr. Chesney persönlich erwartet, um dem Dunklen Fürsten und den

Tourmagiern letzte Instruktionen zu geben. Der Zweck unserer Versammlung ist offiziell die Wahl des diesjährigen Dunklen Fürsten.«

Schwere Seufzer rund um den Tisch. »Also gut«, raffte einer der Hexenmeister sich auf zu sagen. »Wer soll es sein? Nicht ich. Ich war letztes Jahr an der Reihe.«

Querida lächelte ihr perfides kleines Lächeln, faltete die Hände und lehnte sich zurück. »Ich habe keine Ahnung. Ich weiß ebensowenig, wer Dunkler Fürst sein wird, wie ich weiß, wie man den Pilgerfahrten ein Ende machen kann. Ich schlage vor, daß wir die Orakel befragen.«

Ein langes, gedankenvolles Schweigen senkte sich herab. Nach einer Weile jedoch erkannten selbst die Begriffsstutzigsten unter den Anwesenden, daß Querida trotz allem bemüht war, eine Lösung des Problems zu finden. Der Hohepriester meinte zweifelnd: »Ehrwürdige Frau Kanzlerin, verhält es sich nicht so, daß die Orakel von Hexenmeistern der Universität auf Mr. Chesneys Wunsch geschaffen worden sind ...?«

»Mit der Hilfe eines ehemaligen Hohepriesters, der die Götter bat, durch die Orakel zu sprechen«, ergänzte Querida. »Meint Ihr, daß sie deshalb wertlos sein müßten, Sère Umru?«

»Nun ja, hm, könnte man unter den gegebenen Umständen nicht vielleicht annehmen, daß die Orakel – äh – parteiisch sind?«

»Könnte man. Aus diesem Grund schlage ich vor, sowohl das Weiße als auch das Schwarze Orakel zu befragen. Sie werden zwei verschiedene Antworten geben, und wir werden uns nach beiden richten.«

»Ähem«, machte Hohepriester Umru. »Zwei Dunkle Fürsten?«

»Alles, was der Sache dient.« Querida schob den Stuhl zurück und stand auf. Wegen ihrer geringen Größe blieb ihr Kopf auf genau derselben Höhe wie vorher. Das kleine, eidechsenähnliche Kinn vorgereckt, schaute sie in die Runde. »Es wäre zu umständlich, wenn wir alle zusammen die Orakel aufsuchten, außerdem sehen mir einige von Euch bereits ziemlich erschöpft aus. Verständigen wir uns auf eine Abordnung. König Luther, denke ich, und Barnabas, Ihr begleitet mich. Und Ihr, Umru ...«

Umru erhob sich und neigte ehrerbietig den Kopf, die Hände hielt er über dem stattlichen Bauch verschränkt. »Ehrwürdige Frau Kanzlerin, es wäre eine Belastung für mein Gewissen, unter falschen Voraussetzungen ausgewählt zu werden. Ich bin wahrscheinlich einer der wenigen hier, die nichts gegen die Pilgerfahrten einzuwenden haben. Mein Tempel hat im Lauf der Jahre sehr gut daran verdient.«

»Ich weiß«, sagte Querida. »Ihr alle scheint mich für dumm zu halten. Natürlich will ich Euch als Repräsentanten der Gegenseite dabei haben. Und Euch nehme ich aus demselben Grund mit.« Ihre Hand schnellte vor wie der zustoßende Kopf einer Schlange und deutete auf den Abgeordneten der Diebesgilde.

Es handelte sich um einen jungen Mann, dünn, blond, hellhäutig, mit einem klugen Gesicht, das jetzt höchste Überraschung verriet. »Mich?« fragte er. »Seid Ihr sicher?«

»Was für eine alberne Frage! Für Eure Gilde müssen die Touristen auf die eine oder andere Art eine wahre Goldgrube sein.«

Ein seltsamer Ausdruck flog über das Gesicht des jungen Mannes, doch er erhob sich ohne weiteren Einwand. Seine Kleidung war ebenso kostbar wie die des Hohepriesters. Lange Seidenärmel wehten, als er mit geschmeidigen Schritten um den Tisch herum kam. »Sind die Orakel nicht in der Fernen Wüste gelegen?« meinte er. »Wie kommen wir dort hin?«

»Per Weitwünschen, und ich habe bereits alles vorbereitet«, erklärte Querida. »Kommt hier herüber, alle vier.« Sie ging vor ihnen her in den leeren Teil des Raums, zu einer der großen Steinplatten im Boden, die an den Rändern mit feinen Markierungen versehen war. »Ihr übrigen könnt während unserer Abwesenheit in den Briefen schmökern«, meinte sie und wandte sich dann an den jungen Dieb. »Und für Euch brauche ich einen Namen.«

»Oh – Regin wäre genehm.«

»Stellt Euch hierhin, Regin.« Querida schob ihn zu einer Ecke der Platte. König Luther, Barnabas und Hohepriester Umru plazierte sie nacheinander auf die drei anderen Eckpunkte, schlängelte sich dann zwischen Luther und Umru hindurch und stellte sich in die Mitte der Platte. Für die am Tisch Sitzenden verschwand sie völlig hinter Umrus fülligem Körper. Still und ohne Vorwarnung schienen sich alle fünf in Luft aufzulösen, und die Steinplatte war leer.

Queridas vier Begleiter fühlten sich, als wären sie in das Innere eines Backofens versetzt worden. Eines Backofens, unter dem gerade jemand das Feuer geschürt hatte, dachte König Luther und beschattete die Augen mit dem Ärmel aus dickem Wollstoff. Barnabas lief der Schweiß aus den grauen Locken über das Gesicht. Umru ächzte und taumelte wie unter einem Schlag. Dann bemühte er sich verzweifelt, Sand aus seinen bestickten Pantoffeln zu schütteln und gleichzeitig seine Gewänder zu lockern.

Nur Querida schien sich ganz in ihrem Element zu fühlen. Sie sagte: »Ah!« und reckte sich, das Gesicht mit einem seligen Lächeln der prallen Sonne entgegengehoben. Ihre Augen, bemerkte der junge Dieb, schauten weit offen in die gleißende Helligkeit. Zauberer! dachte er. Er fühlte sich ebenso unwohl wie die anderen, doch im Rahmen seiner Ausbildung hatte er gelernt, stets gelassen zu erscheinen und seinen Verstand zu gebrauchen. Er schaute sich um. Die Orakel waren nur ein paar Meter entfernt, zwei kleine, kuppelförmige Gebäude, das linke so schwarz, daß es aussah wie ein Loch im Universum, das rechte ein so grelles Weiß, daß er geblendet den Blick abwenden mußte.

Während sie darauf warteten, daß die anderen drei sich akklimatisierten, griff Querida nach Regins Arm und zog ihn in Richtung der weißen Kuppel. »Weshalb diese seltsame Miene, als ich sagte, Eure Gilde müßte sich an den Touristen eine goldene Nase verdient haben?« fragte sie zischelnd. »Kann ich daraus schließen, auch Ihr wollt, daß die Pilgerfahrten aufhören?«

Natürlich hatte sie es bemerkt! dachte Regin selbstkritisch. »Eigentlich nicht, Ehrwürdige Frau Kanzlerin. Bedenkt unsere Situation und Euch wird zu Bewußtsein kommen, daß nach vierzig Jahren Mr. Chesney in unserer Welt nicht mehr viel übrig ist, das zu stehlen lohnt. Wir erwägen schon, uns gegenseitig zu bestehlen – aber selbst wenn wir es täten, könnten wir mit unserer Beute kaum noch irgend etwas anfangen. Um die Wahrheit zu sagen, man hat mich geschickt, um zu fragen, ob es erlaubt ist, unsere Fingerfertigkeit an den Touristen zu üben.«

»Ihr bestehlt keine Touristen?« Als Regin den Kopf schüttelte, breitete sich wieder ein stillvergnügt maliziöses Lächeln über Queridas kleines Eidechsengesicht. »Wißt Ihr, ich glaube fast, das ist ein Punkt, den Mr. Chesney in seine Regeln aufzunehmen vergessen hat. Bitte, laßt Euch keinesfalls davon abhalten, Touristen zu bestehlen.« Sie wandte ruckartig den Kopf und schaute zu Umru, der sich mit seinem bestickten Pluviale über den Kopf wischte. »Kommt schon, Mann, steht nicht da herum! Kommt her, alle, bevor ihr gebraten seid. Wir machen den Anfang mit dem Weißen Orakel.«

Sie ging voran, Regin folgte ihr, leichtfüßig in seinen weichen Stiefeln, obwohl ihm der Schweiß von den Schläfen tropfte. König Luther und Barnabas stapften mürrisch hinter ihnen her; als letzter kam Umru, schnaufend und hochrot im Gesicht. Er konnte sich nur mit Mühe hinter den anderen her durch den schmalen Eingang des Kuppelbaus zwängen.

Drinnen war es dunkel und herrlich kühl. Sie standen Schulter an Schulter und starrten in eine undurchdringliche Schwärze, die viel mehr Raum auszufüllen schien, als in diesem kleinen Gewölbe vorhanden sein konnte.

»Was tun wir?« wollte König Luther wissen.

»Warten«, antwortete Querida. »Warten und schauen.«

Sie warteten. Nach einer Weile glaubten sie alle, Punkte, Flecke und wirbelnde Funkenmuster zu sehen – eine übliche Erscheinung, wenn man in völlige Dunkelheit schaut. Nachwirkungen des grellen Sonnenlichts, dachte König Luther. Optische Täuschungen, dachte Regin. Nicht darauf achten. Hat nichts zu bedeuten.

Doch plötzlich ordnete sich das scheinbare Chaos, die Schwärme strebten aufeinander zu, und im Nu entstanden die Umrisse einer annähernd menschenähnlichen Gestalt, riesengroß und zusammengesetzt aus düsteren Rottönen, dunklem Blau und kleinen grünen Funken. Eine weiche, hohle Stimme, von

Echos umraunt, sagte: *Sterbliche, sprecht, wie lautet eure Frage?*

Querida räusperte sich geschäftsmäßig. »Vielen Dank. Unsere Frage lautet: Was können wir tun, um den Pilgerfahrten ein Ende zu machen und Mr. Chesney los zu werden?«

Die pointilistische Gestalt reckte sich turmhoch empor und schrumpfte dann auf Queridas Größe zusammen, dabei schwankte sie wie vor Erregung hin und her. Doch als die hohle Stimme wieder ertönte, klang sie genauso wie vorher. *Den ersten Menschen, auf den draußen euer Blick fällt, bestimmt zum Dunklen Fürsten.*

»Sehr verbunden«, sagte Querida.

Schlagartig war die Dunkelheit verschwunden. Sie konnten sehen, daß sie in einem sehr kleinen, gewölbten Raum standen, kaum groß genug für sie alle, mit nackten weißen Wänden und einem Boden aus angewehtem Sand, darin eingebettet viele kleine Gegenstände, weggeworfen oder verloren von anderen Ratsuchenden: Papierfetzen, ein Kinderschuh, Schnallen, Riemen und Pflaumenkerne. Etwas schimmerte, halb im Sand begraben, vor Regins Stiefelspitzen.

Während die anderen sich zum Gehen wandten, bückte er sich und hob es auf; als er ihnen dann folgte, bemerkte auch er zu seinem Erstaunen, daß die Türöffnung nicht mehr der schmale Durchschlupf war wie bei ihrem Eintritt. Im Gegenteil, sie war jetzt so breit, daß sie alle fünf nebeneinander hindurch paßten. Sie traten in die Backofenglut hinaus und schauten blinzelnd über die leere, hitzeflimmernde Wüste.

»Kein Menschenseele weit und breit«, bemerkte Querida.

»Dann meint der Spruch wahrscheinlich die erste

Person, die uns nach unserer Rückkehr begegnet«, sagte Barnabas.

Regin schaute sich an, was er vom Boden aufgehoben hatte. Es war ein Stück Stoff, bedruckt mit schwarzen Lettern, die den Satz ergaben: *Bedenke wohl, welchen Wunsch du äußerst, er könnte sich erfüllen.* Kommentarlos reichte er den Fund an König Luther weiter, der neben ihm stand.

König Luther las und gab das Stoffstück Umru. »Das Orakel warnt uns.«

»Das gleiche predige ich oft meiner Herde«, bemerkte dieser, nachdem er die Worte entziffert hatte.

»Wir Hexenmeister kennen diesen Spruch ebenfalls.« Barnabas nahm den Stoff und gab ihn Querida. »Wir sind gewarnt worden. Wollt Ihr trotzdem auch noch das Schwarze Orakel befragen?«

»Selbstverständlich will ich das. Und ich überlege immer äußerst gründlich, worum ich bitte!« Querida marschierte die wenigen Meter zu dem schwarzen Bau hinüber. Die anderen schauten sich gegenseitig an, zuckten die Achseln und folgten ihr.

Die schwarze Oberfläche der Kuppel verströmte Kälte. Umru seufzte vor Erleichterung über den frischen Hauch, doch als er endlich an der Reihe war, sich durch den schmalen Eingang zu zwängen, klapperte er bereits mit den Zähnen. Dafür war die Hitze im Innern ebenso erstickend wie draußen. Schnaufend und stöhnend stand Umru in der Finsternis, während, genau wie im Weißen Orakel, Punkte und Flecken vor ihren Augen tanzten.

Wir warten darauf, daß sie sich verdichten, dachte Regin klug. Diesmal jedoch, statt sich zu sammeln, strebten die Funken auseinander, zu den Seiten hin, und ihr Leuchten wurde stärker. Die Zuschauer brauchten eine volle Minute, um zu erkennen, daß die absolute Dunkelheit in der Mitte nun die Umrisse einer riesenhaften, menschenähnlichen Gestalt angenommen hatte.

»O, ich verstehe!« murmelte Querida.

»Wahrhaftig?« antwortete eine tönende, hohle Stimme. Sie war tiefer als ein Brunnenschacht. »Dann stell deine Frage.«

»Vielen Dank«, sagte Querida und genau wie vorher fragte sie: »Was tun wir, um den Pilgerfahrten ein Ende zu machen und uns Mr. Chesney vom Hals zu schaffen?«

Nachdem ihre Worte verklungen waren, entstand ein langes, langes Schweigen. Solange es währte, rührte sich nichts in der Schwärze. Dann plötzlich durchlief sie ein Beben und von beiden Seiten zuckten Lichtblitze hindurch. Als die tiefe Stimme sich wieder vernehmen ließ, schwankte sie ein wenig.

Die zweite Person, die ihr nach dem Verlassen des Tempels erblickt, soll euer Wegweiser sein.

Und wieder standen sie von einem Lidschlag zum anderen in einem beengten Raum und auf einem sandigen, von Unrat übersäten Boden. Die Hitze hatte etwas nachgelassen.

»Ich könnte schwören, das Ding hat gelacht!« sagte Barnabas, als sie sich geschlossen zum Gehen wandten und feststellten, daß auch hier die Türöffnung jetzt breit genug war, um zu fünft nebeneinander hindurchzugehen.

Etwas glänzte neben Regins Stiefel im Sand. Diesmal hob er es nicht auf, sondern bohrte die Stiefelspitze unter den Gegenstand und befreite ihn soweit, bis er erkennen konnte, daß es ein Stück Papier mit goldenem Rand war. Und was sonst stand darauf geschrieben als: *Bedenke wohl, welchen Wunsch du äußerst, er könnte sich erfüllen.* Er beschloß, den anderen gegenüber nichts davon zu erwähnen.

»Nun, immer noch kein Mensch zu sehen«, meinte König Luther. »Oh!«

Ein Mann trat aus dem Bau des Weißen Orakels. Er war groß und dick und hatte ein gutmütiges Gesicht, seine Kleidung war die eines Landmanns. Er zwängte sich seitlich aus der schmalen Öffnung, einen Arm erhoben, um die Augen zu beschatten, aber man konnte seine Züge deutlich erkennen.

Barnabas stöhnte: »O nein!« und König Luther sagte: »Ich will verdammt sein!« Umru schüttelte den Kopf. »Bedenkt wohl, welchen Wunsch ihr äußert«, seufzte er. Querida sog zischend den Atem zwischen den Zähnen hindurch.

»Was denn?« fragte Regin. »Wer ist das? Oder vielmehr, wer sind die beiden?« berichtigte er sich, als hinter dem Dicken noch jemand zum Vorschein kam.

Bei dieser zweiten Person handelte es sich um einen Knaben von ungefähr vierzehn Jahren, dem Mann wie aus dem Gesicht geschnitten, allerdings besaß er nichts von dessen Leibesfülle, sondern war im Gegenteil eher mager. Kaum standen beide draußen, als der Mann sich zu dem Jungen herumdrehte.

»Also«, sagte er in strengem Ton, »du hast deine Antwort bekommen. Bist du nun zufrieden?«

»Nein, bin ich nicht!« antwortete der Junge. »Ich habe noch nie von dieser Person gehört. Wer soll das sein?«

»Weiß der Himmel! Jedenfalls hat er nichts mit der Universität zu tun, und deshalb steht fest, daß du nicht hingehen wirst, um deine Gramarye zu studieren. Ich hatte recht.«

Der Junge reckte angriffslustig das Kinn vor. »Es gibt keinen Grund, so selbstzufrieden auszusehen. Bei allem, was ich tun möchte, versuchst du, mir Steine in den Weg zu legen!«

Beide standen sich in der Hitze gegenüber wie zornige Kampfhähne mit gesträubtem Gefieder.

»Wer sind die beiden?« wiederholte Regin.

»Den Jungen kenne ich nicht«, antwortete Querida, »aber den Mann um so besser. Er heißt Derk und hat vor Jahren an der Universität das Examen als Hexenmeister abgelegt. Ohne Zweifel würde Mr. Chesney ihn als Dunklen Fürsten akzeptieren.«

»Der Junge ist sein Sohn«, ergänzte Barnabas. »Blade heißt er. Querida, ich fühle mich nicht wohl bei dieser Angelegenheit. Derk ist ein netter Kerl und ein Freund von mir. Überdies hat er eine bemerkenswert große magische Begabung ...«

Querida schnaubte abfällig. »Darüber kann man entschieden geteilter Meinung sein. Was ist mit dem Jungen? Hat er magisches Talent?«

»En masse.« Barnabas nickte bedrückt. »Kommt nach seiner Mutter.«

»Ach ja – Mara, ich erinnere mich. Ich werde mit ihr reden. Also wäre das geregelt. Dank der Orakel haben wir unseren Dunklen Fürsten und einen Tourmagier.«

»Wir können immer noch so tun, als hätten wir sie nicht gesehen und die nächsten beiden Leute nehmen, die uns über den Weg laufen«, schlug König Luther vor.

»Da seien die Götter vor!« Umru verdrehte die Augen und trocknete sich mit einem Zipfel seines Unterpluviale das Gesicht.

Querida streifte König Luther mit einem ihrer garstigsten Blicke und marschierte zu den Streitenden hinüber. Gerade beugte Derk sich vor und schrie seinem Sprößling ins Gesicht – ohne eine Spur von Zorn oder Erregung, sondern als ob er versuchte, sich einem Schwerhörigen verständlich zu machen: »Ich sage dir, die Universität ist heutzutage keine Stätte mehr, um etwas zu lernen. Sie haben dort seit dreißig Jahren keine neue Idee mehr gehabt. Das einzige, was sie noch tun, ist vor Mr. Chesney katzbuckeln.«

Querida konnte sich glücklicherweise einreden, das nicht gehört zu haben, weil Blade seinen Vater überschrie: »Blablabla! Alles nur Ausreden, damit ich klein beigebe! Du hast Shona erlaubt, die Bardenakademie zu besuchen, weshalb darf ich nicht die Ars magicae studieren?«

»Ä-HEM!« machte Querida mit magischem Nachdruck auf sich aufmerksam.

Derk und Blade fuhren herum. »Tyrann!« schleuderte Blade ihr entgegen und verbeugte sich dann in namenloser Bestürzung bis zum Boden.

Derk musterte die kleine Frau mit der grünlich angehauchten, glänzenden Haut in der Robe eines Hochkanzlers. Von ihr wanderte sein Blick zu der imposanten Gestalt und verdrossenen Miene König Luthers und weiter zu Umru, auf dessen feisten, rotfleckigen Wangen sich Hitzepusteln bildeten. Er grüßte die drei mit einem Nicken und lächelte Barnabas zu, dessen Gesicht noch röter war als Umrus und schweißüberströmt. Zuletzt betrachtete er den jungen Mann im Hintergrund, der ihm unbekannt war und sich nach Kräften den Anschein gab, als machte ihm die Hitze nichts aus. »Hallo, hallo«, sagte er schließlich, »was führt Euch hierher? Gibt es einen bestimmten Grund dafür, daß Ihr auf einen Frostzauber verzichtet?«

»Verflixt, ist mir gar nicht eingefallen!« sagte Querida. »Ich fühle mich je heißer desto wohler.«

Derk versetzte seinem Sohn einen Rippenstoß. Blade überwand seine Beschämung und schrieb mit der Hand ein Zeichen in die Luft. Unglaubliche, gesegnete Kühle umfing die vier Männer. »Talent en masse, in der Tat«, murmelte Regin vor sich hin.

»Vielen Dank, junger Mann«, sagte Umru erleichtert.

Blade wollte offenbar gern beweisen, daß es normalerweise nicht seine Gepflogenheit war, anderen Leuten Beleidigungen entgegenzuschreien. Er verneigte sich. »Gern zu Euren Diensten, Sère«, sagte er höflich. »Entschuldigt die Frage, aber kennt vielleicht Ihr – oder einer Eurer Begleiter – einen Hexenmeister mit Namen Deukalion?« Er schaute erwartungsvoll von einem zum anderen, doch mit jedem Schulterzucken und Kopfschütteln wurde seine Miene betrübter. »Den Zauberkundigen Deukalion vielleicht?« fragte er ohne viel Hoffnung.

»Keiner von uns hat je diesen Namen gehört«, erklärte Barnabas. »Was ist mit ihm?«

»Das Weiße Orakel sagt, er ist derjenige, der mich zum Hexenmeister ausbilden wird«, antwortete Blade. Er seufzte. »Paps weiß auch nicht, wer er ist.«

Querida wischte die Störung beiseite. »Wie der Zufall es will, haben auch wir die Orakel befragt. Sie haben Euch, Hexenmeister Derk, zum Dunklen Fürsten dieses Jahres bestimmt und dich, Blade, zum Magier für die letzte Tour.«

»Immer halblang mit ...« begann Derk.

Barnabas hob die Hand. »Keine Einwände gegen den Spruch der Orakel.«

»Aber ...«, sagte Blade.

»Das gilt auch für dich, junger Mann«, schnitt Querida ihm das Wort ab. »Ihr beide werdet in den kommenden sechs Monaten sehr beschäftigt sein.«

Derk straffte sich, würdevoll, aber mit einem Anflug von Unsicherheit, und schaute auf Querida hinunter. »Ich glaube nicht, daß Ihr das tun könnt«, sagte er.

»O doch, ich kann. Geht nach Hause und trefft Eure Vorbereitungen. Morgen um Punkt zwölf werden Mr. Chesney, die Tourmagier und ich Euch aufsuchen, um Euch über die Pläne für diese Saison ins Bild zu setzen.« Als Derk sich nicht rührte, fixierte sie ihn mit dem Blick einer gereizten Kobra und fügte hinzu: »Falls Ihr vorhaben solltet, morgen verreist zu sein, mache ich Euch hiermit darauf aufmerksam, daß Ihr Euch in einer sehr ungünstigen Lage befindet, Hexenmeister Derk. Ihr seid seit fünfzehn Jahren mit dem Tribut an die Universität im Rückstand, und es liegt bei mir, über die angemessenen Konsequenzen zu befinden.«

»Ich habe Euch ein Greifenei geschickt!« verteidigte sich Derk.

»Es war schlecht«, konterte Querida. »Und ich bin sicher, Ihr habt es gewußt.«

»Aber ich kann der Universität nichts anderes überlassen! Sämtliche Ergebnisse meiner magischen Experimente sind lebendig, es wäre ein Verbrechen, sie im Tresor einzuschließen. Man müßte sie vorher töten und präparieren. Davon abgesehen, meine Frau hat genug Abgaben für uns beide entrichtet.«

»Maras Miniaturuniversen sind für Mr. Chesney vollkommen uninteressant. Seid gewarnt, Hexenmeister Derk. Entweder nehmt Ihr Vernunft an und empfangt morgen Mr. Chesney und das Kollegium in Derkholm, oder jeder Zauberkundige in dieser Welt wird nach Euch suchen und man wird Euch *zwingen*, die Rolle des Dunklen Fürsten zu übernehmen. Habe ich mich klar ausgedrückt?«

Blade zupfte seinen Vater am Ärmel. »Tu lieber, was sie sagt, Paps.«

»Und du, junger Mann«, Querida richtete den Blick auf ihn, »wirst ebenfalls anwesend sein.«

Blade gelang es schiebend und zerrend, seinen Vater halb herumzudrehen, aber Derk schaute über die Schulter zu Querida zurück. »Niemand sollte derart große Macht haben«, sagte er.

»Wen speziell meint Ihr damit, Hexenmeister?« fragte sie, mehr denn je einer gereizten Schlange ähnlich.

Derk zuckte zurück.

»Mr. Chesney natürlich.«

Blade zog energischer an seinem Arm und beide verschwanden in einer heißen Wolke aus aufgewirbeltem Sand.

»Puh!« Barnabas schüttelte sich ein wenig. »Armer alter Derk!«

»Für uns wird es auch Zeit«, meinte Querida. »Aber kein Weitwünschen oder andere Fisimatenten. Ich fühle mich etwas müde.«

Folglich war der Rückweg mehr ein gemütlicher Spaziergang, einmal durch heißen Sand, dann über dürres, totes Gras, dann über Steine oder Moos. Regin gesellte sich zu Querida. »Wer ist dieser Hexenmeister Derk?« fragte er.

Querida seufzte. »Eine traurige Gestalt. Der Welt schlechtester Zauberer, meiner Ansicht nach.«

»Oder der am meisten unterschätzte«, warf Barnabas ein. »Er ist ungemein tüchtig auf seinem Gebiet, nur ein wenig unkonventionell. Während unserer gemeinsamen Studienzeit hatte ich stets das Gefühl, er wäre mir turmhoch überlegen.«

Querida schauderte. »Unkonventionell ist eine höfliche Umschreibung, mein Lieber. Ich war damals Lehrkraft in der Abschlußklasse. Von allen Katastrophen, die auf seine Rechnung gehen, ist mir am unvergeßlichsten geblieben, wie ich mitten in der Nacht wegen dieses riesigen blauen Dämons aus dem Bett geholt wurde, den Derk heraufbeschworen hatte und nicht mehr loswerden konnte. Erinnert Ihr Euch?«

Barnabas nickte und mußte sich auf die Lippen beißen, um nicht zu lachen. »Niemand kannte seinen Namen, deshalb blieben die üblichen Exorzismen wirkungslos. Erst mit den vereinten Kräften des gesamten Kollegiums gelang es, ihn zurückzuschicken, und es dauerte die ganze Nacht. Ich gebe zu, was konventionelle Magie angeht, war Derk nie eine Leuchte. Aber Ihr nehmt häufig seine Dienste in Anspruch, nicht wahr, Sère?«

Umru lächelte jovial; er war wieder ganz sein wohlbeleibtes, unerschütterliches Selbst. »Fast jedesmal, wenn eine Reisegruppe meinen Tempel beehrt. Niemand beherrscht so gut wie Hexenmeister Derk die Kunst, einem toten Esel den Anschein eines menschlichen Leichnams zu geben.« Regin starrte ihn an. Umrus Lächeln wurde noch leutseliger. »Oder einem Schaf. Wir werden immer zu religiösen Fanatikern bestimmt, und die Pilger erwarten von uns, daß wir ein auf grausame Weise gefoltertes Opfer unseres religiösen Wahns vorzuweisen haben. Dank Hexenmeister Derk bleibt es uns erspart, Menschen dafür nehmen zu müssen.«

»Aha.« Regin schaute sich zu König Luther um, der verdrossen hinterdrein stapfte. »Und Ihr, Euer Majestät? Ihr unterhaltet ebenfalls geschäftliche Beziehungen zu diesem Hexenmeister?«

»Wir nehmen gelegentlich seine Dienste in Anspruch, für Hinrichtungen und Köpfe auf Lanzen«, gab König Luther zur Antwort. »Doch meistens dingen wir ihn für das Freudenfest, wenn die verdammten Pilger abgezogen sind. Er hat dressierte Tiere. Hauptsächlich Schweine.«

»Schweine?«

»Ja, Schweine. Mit Flügeln.«

»Aha«, sagte Regin wieder, und gleich darauf standen sie im Konferenzraum und auf der Steinplatte, von der aus Querida sie in die Wüste versetzt hatte. Regins Zähne klapperten, Barnabas zitterte, Umru bibberte am ganzen Leib. Nur Querida schien nicht zu frieren, auch König Luther nicht, der aus seiner nördlich gelegenen Heimat an Kälte gewöhnt war.

»Was hat das zu bedeuten?« jammerte Umru. Die Komiteemitglieder, die auf ihre Rückkehr gewartet hatten, schauten von den Briefen und Petitionen auf und starrten ihn an. Er streckte kläglich beide Hände aus. »Seht doch! Blaugefroren!«

»Oha!« sagte Barnabas. »Auweia, das hat der Junge verbockt. Knaben in diesem Alter wissen nichts von ihrer eigenen Kraft. Ich will tun, was ich kann, aber ihr werdet noch etwas frieren müssen.«

Kapitel 2

Derkholm befand sich in hellem Aufruhr. Blades Schwester Shona war gerade bei den Ställen und sattelte zwei Pferde, damit Derk sie zur Bardenakademie begleiten konnte, sobald er von den Orakeln zurückkehrte, als Elda angestürmt kam. Sie ruderte beim Laufen noch zusätzlich mit den Flügeln, und schrie, Derk wäre zum Dunklen Fürsten bestimmt worden. Don, der Elda gefolgt war, um als beruhigendes Element zu wirken, behauptete später, Elda hätte vor Aufregung geschnattert, und im ersten Moment verstand Shona kein Wort oder glaubte vielmehr, sich verhört zu haben. Dann aber zäumte sie die Pferde flugs wieder ab und schickte sie zurück auf die Koppel.

Wieder Don zufolge, warf Shona sich dann bühnenreif in Positur (ihre neuste Masche, seit sie die Aufnahmeprüfung bestanden hatte; ›das Getue‹ brachte besonders Don auf die Palme und Kit kaum weniger) und verkündete: »Ich werde meine Ausbildung so lange aufschieben, wie Paps mich braucht. Wir müssen in dieser Situation Familiensinn beweisen.«

Pose hin oder her, die Nachricht hatte Shona in große Aufregung versetzt. Als sie mit Satteltaschen und Geigenkasten zum Haus zurücklief, hinter Don und Elda her, wurden alle Tiere davon angesteckt, sogar die Freundlichen Kühe, und der Rest des Tages war akustisch untermalt von Muhen, Quaken, Grunzen und dem Trappeln unterschiedlich beschaffener Füße.

Davon abgesehen, dachte Blade verdrossen, war von Familiensinn nicht viel zu merken. Als Shona ins

Haus platzte, wunderhübsch in ihrer Atemlosigkeit und mit den geröteten Wangen, störte sie ihre Eltern mitten im besten Streit. Derk brüllte: »Es muß eine Möglichkeit geben, aus dieser Sache herauszukommen! Ich weigere mich, von diesem Chesney Geld anzunehmen!« Obwohl er kein Freund von Effekthascherei war, versprühte Derk magisches Feuer in alle Richtungen. Einer der Teppiche im Flur stand bereits in Flammen.

»Paps!« rief Shona. »Du wirst das ganze Haus in Brand setzen!«

Keiner der beiden Elternteile ging darauf ein, nur Mara warf ihrer Tochter einen ungehaltenen Blick zu. Mara war von dem stahlblauen Flimmern eines magischen Schildes umhüllt und sie schien nicht weniger erregt zu sein als Shona. »Red keinen Unsinn, Derk!« schrie sie. »Wenn das Orakel sagt, du wirst Dunkler Fürst, dann kannst du nichts dagegen tun!«

Feuerschlangen liefen zischend über Maras Schild, als Derk zurückschrie: »Zum Henker mit dem Orakel! Ich denke nicht daran zu kuschen! Und du solltest mir helfen, einen Ausweg aus dem Schlamassel zu finden, statt das ganze verrottete System auch noch zu verteidigen!«

»Das tue ich doch gar nicht! Ich versuche nur, dir klarzumachen, daß es keinen Ausweg gibt! Du wüßtest das auch, wenn du nicht so in Rage wärst!«

Blade versuchte, die Flammen auf den Teppichen auszutreten, als die riesige Greifin Callette zur Haustür hereinkam und seelenruhig den Inhalt der Regentonne auf den Läufer entleerte. Es zischte und dampfte und stank erbärmlich.

Shona brachte hastig ihr Gepäck in Sicherheit. »Paps, beruhige dich doch. Wir alle werden dich unterstützen. Wir sorgen dafür, daß du es heil überstehst. Denk nach! Du hast fünf Greife, zwei Hexenmeister und eine Bardin, die alle auf dich aufpassen werden, während du deinen Pflichten nachkommst. Ich wette, kein anderer Dunkler Fürst hatte je so viele Helfer.«

Das mußte man Shona lassen, dachte Blade. Sie verstand sich erheblich besser als er darauf, mit Vater umzugehen. Schon bald hatte Derk sich soweit gefaßt, daß er nur noch mit verstörtem, sorgenvollem Gesicht durch das Haus wanderte und wieder und wieder vor sich hin sagte: »Es muß einen Ausweg geben!« Shona folgte ihm und redete beschwichtigend auf ihn ein. Elda tat das ihre, indem sie sich ihnen anschloß und süß und golden und knuddelig aussah.

Endlich ergab sich für Blade eine Gelegenheit, mit seiner Mutter zu sprechen.

Sie saß in der Küche am Tisch, blaß, aber sichtlich erleichtert, während Lydda das Abendessen zubereitete. Lydda war die einzige von den Greifen, die gekochte Nahrung wirklich schätzte. Kochen war geradezu ihre Leidenschaft, ständig erfand sie neue Gerichte. Blade fand ihre Einstellung schwer nachvollziehbar. Er an ihrer Stelle wäre sich vorgekommen wie Aschenputtel, doch ganz offensichtlich fühlte Lydda sich keineswegs ausgebeutet oder erniedrigt. Sie sagte, indem sie den Schnabel und ein großes Auge in Blades Richtung wandte: »Muß das sein, daß du herkommst und mir im Weg herumstehst?«

Mara schaute ihrem Sohn ins Gesicht. »Ja«, sagte sie, »es muß sein.«

Lyddas Schweif wischte hin und her, aber sie enthielt sich eines Kommentars. Die leicht gesträubten goldenen Federn ihrer Schwingen und ihres Kamms verkündeten unübersehbar: Dann sage ich eben gar nichts mehr.

»Was hat das Orakel geantwortet?« fragte Mara Blade.

»*Deukalion wird dich die Zauberkunst lehren*«, zitierte Blade verdrossen. Er sah, wie seine Mutter die feingezeichneten hellen Brauen runzelte.

»Sag nur nicht, du hast auch noch nie von ihm gehört.«

»Nein, obwohl ... Der Name kommt mir irgendwie bekannt vor, aber es ist ganz bestimmt kein Hexenmeister. Vielleicht ein anderer Zauberkundiger. Fasse dich in Geduld. Er – oder sie – wird auftauchen, bestimmt. Die Prophezeiungen des Weißen Orakels treffen immer ein.«

Blade seufzte.

»Was noch?«

»Warum kann Paps mich nicht verstehen?« brach es aus ihm heraus. »Er hat zugestimmt, als Shona auf die Bardenakademie wollte. Weshalb ist er so dagegen, daß ich zur Universität gehe? Ich habe ihm erklärt, daß ich mich jetzt immatrikulieren muß, um eine solide Grundausbildung zu erhalten, auf der ich aufbauen kann, und er sagt nur, er selbst wird mich unterrichten. Aber das kann er nicht, Mams! Und du kannst es auch nicht. Meine Begabung liegt auf einem ganz anderen Gebiet als deine oder die von Paps. Also weshalb ist er so strikt dagegen?«

»Nun, aus zwei Gründen. Dein Vater war auf der Universität ein Außenseiter, weil man ihn nicht verstanden hat. Ich war zur gleichen Zeit dort und weiß, wie deprimiert er sich oft gefühlt hat. Er hatte den Kopf voller neuer Ideen – wie das Erschaffen von Greifen zum Beispiel – und wünschte sich nichts mehr, als daß man ihm half, Wege zu finden, diese Visionen zu verwirklichen. Doch statt ihn zu fördern, zwangen sie ihn, sich nach *ihren* Regeln zu richten. Es kümmerte sie nicht, daß er auf seine Art brillant war. Sie predigten ihm, Zauberei heutzutage müsse darauf abzielen, neue Effekte für die Pilgerfahrten zu schaffen, und erklärten herablassend, zweckfreie Forschung hätte keinen Wert. Ich habe ihn mehr als einmal dabei ertappt, daß er weinte.«

»Schon, aber das war *er*«, wandte Blade ein. »Ich bin anders. Ich habe auch eine Menge Ideen, aber ausprobieren will ich sie vorläufig noch nicht. Ich will erst ein solides Rüstzeug haben.«

Seine Mutter nickte. »Sehr vernünftig. Auch ich bin seinerzeit nicht mit meinen Gedanken über Mikrouniversen hausieren gegangen. Aber den zweiten Grund, weshalb dein Vater nicht möchte, daß du auf die Universität gehst, den solltest du begreifen können. Man tut dort wirklich nichts, außer neue Attraktionen für die Touren zu entwickeln. Damit sind sie so beschäftigt, daß sie gar keine Zeit haben, über diesen Bereich hinauszuschauen. Oder es nicht wagen. Und dein Vater fürchtet, zu Recht oder Unrecht, daß du dich ebenso verraten fühlen könntest wie er. Oder daß du dich schließlich nur noch um die Touren kümmerst, genau wie sie. Und das würde ihm das Herz brechen, Kind.«

Blade drängten alle möglichen Erwiderungen auf die Zunge, von ›*Das kann ich verstehen*‹ bis zu ›*Aber es geht nicht um sein Leben, sondern um meins!*‹, doch er sagte nur verdrießlich: »Wie es aussieht, müssen wir nun doch für die Touren arbeiten, wohl oder übel und trotz allem.«

Bevor Mara antworten konnte, warf Lydda ein: »Dieser Mr. Chesney – nimmt er die gleiche Nahrung zu sich wie wir? Er kommt aus einer anderen Welt, nicht wahr?«

Mara sprang auf. »Liebe Güte, darüber habe ich

noch gar nicht ... Ja, ich glaube schon. Dabei fällt mir ein ...«

»Gut«, sagte Lydda. »Ich plane himmlische Häppchen.«

»Und ich muß die Vorbereitungen organisieren«, sagte Mara. »Laß mich sehen – ungefähr achtzig Hexenmeister, dazu Mr. Chesney mit zwei Begleitern und wir. Blade, komm mit und hilf mir festzustellen, ob sich das Eßzimmer zu einem Speisesaal vergrößern läßt. Und dein Vater braucht angemessene Gewänder.«

Von da an beherrschte Chaos die Szene. Nur Derk beteiligte sich nicht an der allgemeinen Geschäftigkeit. Er wanderte über das Anwesen, führte Selbstgespräche: »Es muß einen Ausweg geben!«, und verrichtete seine gewöhnliche Arbeit, wie Tiere füttern und bewegen, bei seinen Kaffeebüschen die Bewässerungsanlage anstellen, die Freundlichen Kühe melken und den Fortgang seiner Experimente kontrollieren, während alle anderen wie aufgescheucht umherliefen. Blade fand, daß Paps Shonas Angebot zu helfen, entschieden zu wörtlich nahm. Derk kam nicht in die Nähe des Hauses, bis Blade und Mara anfingen, den Garten umzugestalten.

Bis dahin war es dunkel geworden. Früher am Nachmittag hatten Mara und Blade versucht, das Haus zu strecken, um in der Mitte Platz für einen großen Speisesaal zu schaffen. Shona befand, daß dazu – wenn schon, denn schon – eine stilvolle Marmortreppe gehörte, setzte sich auf die vorläufig noch hölzernen Stufen und zeichnete Entwürfe für geschwungene Baluster sowie für die Gewänder, die Derk tragen sollte. Doch bevor das Haus auch nur halbwegs lang genug war, protestierte es mit alarmierendem Knarren und Knacken in Gebälk und Mauerwerk. Kit röhrte eine Warnung, und Don und Elda kamen hereingestürzt, um zu berichten, daß der Mittelteil des Daches sich senkte und die Schindeln sich spreizten wie die Schuppen eines Kiefernzapfens. Gleichzeitig ein Aufschrei von Lydda: »Die Küche stürzt ein!«, und Shona hörte man rufen, daß die neue Marmortreppe *wackelte.*

Blade und Mara blieb nichts anderes übrig, als das Haus zu stabilisieren und sich etwas anderes zu überlegen.

»Sorgt für gutes Wetter und setzt die Gäste auf die Terrasse«, schlug Kit vor. »Dann könnten wir Greife auch helfen, die Speisen herumzureichen.«

Das war so ziemlich Kits einziger Beitrag, dachte Blade mürrisch, zumal er wußte, daß Kit diesen Vorschlag nur deshalb gemacht hatte, weil er sich wegen seiner Größe im Haus nicht mehr wohlfühlte. Wenigstens Don und Elda drückten sich nicht und halfen in der Küche. Ach verflixt, Blade wußte, in Wirklichkeit war er Kit gegenüber ungerecht. Nachdem Blade und Mara die Terrasse zu einer weitläufigen Plattform ausgedehnt hatten, die halbwegs bis zum großen Tor reichte, schleppte Kit sämtliche Sitzgelegenheiten aus dem Haus nach draußen. Blades Ärger rührte daher, daß er wußte, die Greife führten etwas im Schilde. Er hatte gesehen, wie alle fünf – sogar Callette war dabei, die sonst aus Prinzip nichts tat, was Kit sagte – die Köpfe zusammensteckten. Blade fühlte sich gekränkt und ausgeschlossen, immerhin waren die Greife seine Brüder und Schwestern. Meistens hielten sie auch zusammen wie Geschwister, doch es gab Zeiten – wie jetzt zum Beispiel, und fast immer war Kit der Anführer –, wenn die Greife sich gegen den Rest der Familie verbündeten, und das ging Blade jedesmal gewaltig gegen den Strich.

Soviel zum Thema Familiensinn! dachte er und half seiner Mutter, das Buschwerk und die Blumenrabatten möglichst vorteilhaft um die neue, erhebliche größere Terrasse anzuordnen. »Wenn wir das Boskett an diese Ecke verlegen ...« Mara überlegte. »Nein, auch dann kommen wir nicht darum herum, den Hauptweg zu begradigen. Ich weiß, dein Vater verabscheut gerade Linien in einem Garten, aber wir haben einfach keinen Platz.«

In diesem Moment kam Don rückwärtsgehend aus der Tür; er trug ein Ende der Klavierbank, am anderen Ende hing Shona und schrie aus Leibeskräften: »Ich habe gesagt, gib sie wieder *her*! Ich brauche sie zum Üben!«

Kit stellte den Küchentisch hin, daß es krachte, und sagte mit einer Stimme wie sechs verstimmte Posaunen: »GIB SIE IHM. WIR BRAUCHEN SIE. DU KANNST IN DER AKADEMIE ÜBEN!«

»Nein, kann ich *nicht*! Ich gehe nicht zur Akademie, bis das hier überstanden ist! Das habe ich Paps versprochen!«

»Trotzdem gibst du sie her.« Kit näherte sich Shona mit peitschendem Schweif, selbst auf allen vieren überragte er sie um etliches.

»Du ungehobelter Rüpel!« Shona war nicht im geringsten beeindruckt. »Willst du ein paar auf die Nase?«

Mara seufzte. »Ich glaube, ich gehe wohl besser dazwischen.«

Doch bevor sie den Vorsatz ausführen konnte, kam Derk angelaufen und starrte entsetzt auf den im Dämmerlicht liegenden Garten. »Was um Himmels willen tust du da, Weib?«

»Ich versuche, ihn den neuen Gegebenheiten anzupassen, was denn sonst«, antwortete Mara, während

Kit und Shona hastig vorgaben, eine freundschaftliche Unterhaltung zu führen.

»Laß gut sein, ich übernehme das«, sagte Derk. »Wie kommt es nur, daß in dieser Familie außer mir keiner einen Sinn Ästhetik und Gartenbau besitzt?«

Viel, viel später begaben sich alle erschöpft zu Bett.

Kapitel 3

Gegen elf Uhr am nächsten Vormittag trafen nach und nach die Gäste ein. Querida und Barnabas sahen sich bei ihrer Ankunft zwei schweigenden Greifen gegenüber, die als stumme Wächter links und rechts neben dem Tor saßen. Es waren Don und Lydda; Kit hatte gemeint, daß ein aufeinander abgestimmtes Paar mehr Eindruck machte. Die beiden waren gleichaltrig – dreizehn –, gleichfarbig – alle Schattierungen zwischen Gold und Braun – und in etwa gleich groß, von der Tatsache abgesehen, daß man Lydda nur als vollschlank bezeichnen konnte, bei Don hingegen ließen sich, wenn er die Schwingen hob, die Rippen zählen, für Mara ein steter Quell mütterlicher Sorge.

Beide schritten vor Querida und Barnabas den schnurgeraden Hauptweg entlang (obwohl er bis nach Mitternacht gearbeitet hatte, war es Derk nicht gelungen, auf dem kurzen Stück zwischen Tor und Haus ein gefälliges Schlängeln zu erreichen) bis zu der festlich hergerichteten Terrasse, wo sie die beiden Hexenmeister mit einer höflichen Verneigung aufforderten, die Treppe hinaufzusteigen. Unglücklicherweise war bei der Neuordnung des Gartens ausgerechnet der Busch menschenfressender Orchideen neben diese Treppe geraten, und die paar Dutzend gelbe Blüten schnappten alle auf einmal nach Querida, als sie die Stufen hinaufging. Querida wandte den Kopf und *schaute* sie an. Die Orchideen zuckten hastig zurück.

Auf der Terrasse hatte man die verschiedenen Tische zu einer langen Tafel verschmolzen und eine weiße Decke darübergebreitet, entstanden aus zwei

Dutzend Küchenhandtüchern; aus dem Sammelsurium der Sitzgelegenheiten waren identische, elegante goldene Armsessel geworden. Mara war stolz auf die Wirkung, als sie in einem kostbaren Brokatgewand – die Grundlage bildeten zwei von Shona zusammengenähte Schürzen und ein Tischtuch – aus dem Haus trat, um die Neuankömmlinge zu ihren Plätzen zu führen.

Derk befand sich an ihrer Seite, er trug das Gewand, an dem Shona und Mara bis tief in die Nacht gearbeitet hatten: indigoblauer Samt – Callettes Idee – darüber ein Umhang mit einem sternenübersäten Nachthimmel als Innenfutter. Es war ein echter Himmel mit echten Sternen, klein, wie aus großer Entfernung gesehen. Querida war es sich nach ihrer eigenen Meinung natürlich schuldig, dieses extravagante Futter zu ignorieren. »Ich bin froh, daß Ihr Vernunft angenommen habt, Hexenmeister Derk«, sagte sie zur Begrüßung.

»Das ist keine Vernunft, sondern Resignation«, gab er zur Antwort. Während der Arbeit an der Umgestaltung des Gartens hatte Derk mit sich selbst eine Abmachung getroffen: Er würde gute Miene zum bösen Spiel machen, sich aber dafür selbst belohnen und sofort, nachdem wieder Normalität eingekehrt war, mit der Erschaffung einer völlig neuen Tierart beginnen.

Barnabas zeigte sich, wie alle geladenen Hexenmeister, höchst beeindruckt von dem außergewöhnlichen Umhangfutter. »Ist das echter Himmel?« fragte er. »Wie wird das bewerkstelligt?«

Derk kränkte Mara, indem er wie schon auf die gleiche Frage der Hexenmeister vorher, den Umhang ein wenig öffnete, um das Stück Kosmos zu betrachten, das sie mit soviel Mühe dort eingefügt hatte, und antwortete: »Ach, das ist nur eins von Maras raffinierten kleinen Universen.« Er sah, wie Mara sich verärgert abwandte und Querida zu dem für sie reservierten Platz geleitete. Er verwünschte das Orakel. Nicht nur, weil er Querida nicht leiden konnte, dieser Unfug mit dem Dunklen Fürsten bewirkte schon jetzt Differenzen zwischen ihm und Mara, und ein ungutes Gefühl warnte ihn, daß die unweigerlich auftauchenden Probleme schlimmstenfalls sogar eine Trennung zur Folge haben könnten. Lustlos sagte er zu Barnabas: »Wir haben dich und Querida an das Kopfende gesetzt, wo Mr. Chesneys Platz ist.«

Als Barnabas sich auf dem vergoldeten Sessel niederließ, der in Wirklichkeit Shonas Klavierbank war, kam Callette schweren Schrittes die Stufen hinauf und stellte polternd schon das zweite Faß Bier ab. Barnabas beäugte es erfreut. »Oha!« sagte er. »Ist das Derks eigenes Gebräu?« Callette inspizierte ihn mit einem großen runden braunen Auge und nickte kurz, bevor sie sich entfernte.

Weshalb reden sie nicht? wunderte sich Blade, als er mit der größten Kaffeekanne des Hauses auf die Terrasse hinaustrat. Elda ging vor ihm her, sie schob einen Servierwagen mit Wein, Gläsern und Bechern. Eine halbe Stunde hatten sie in der Küche gemeinsam gewerkelt, und während der ganzen Zeit war ihr nicht ein einziges Wort zu entlocken gewesen. Er nahm an, diese Schweigsamkeit hing irgendwie mit Kits Plan zusammen. Albern. Er war übernächtigt und fühlte ein nervöses Kribbeln im Bauch. Am Morgen war er viel zu früh aufgewacht, das Ächzen und Knarren des überlasteten Dachgebälks hatte ihn nicht schlafen lassen. Keiner hatte Zeit gefunden, sich darum zu kümmern, und jetzt war es zu spät.

Von seiner Mutter hatte er den Auftrag bekommen, dafür zu sorgen, daß jedem der ungefähr achtzig Hexenmeister an der Tafel sein Lieblingsgetränk kredenzt wurde. Sie sahen müde aus, dachte er, während er mit Kaffeekanne und Servierwagen die Runde machte. Über den offiziellen Gewändern in Rot oder Weiß oder Schwarz wirkten ihre Gesichter erst recht blaß und verhärmt. Die Bärte machten es nicht besser. Hexenmeister, die er bisher nur glattrasiert kannte, trugen plötzlich Bart.

»Vorschriften«, erklärte ihm einer der jüngeren, Finn. »Für Mr. Chesney hat ein Zauberer als Führer einer Tour einen Vollbart zu haben. Kaffee, bitte. Woher bezieht ihr euren Kaffee? Ich bekomme nur welchen über die Touren. Letztes Jahr habe ich darum gebeten, in Kaffee entlohnt zu werden, ich bin regelrecht süchtig danach.«

»Mein Vater baut ihn an.«

»Wirklich? Ob er mir welchen verkauft?«

»Ich denke schon. Sagt – heißt das, auch ich werde einen Bart tragen müssen? Ich bin als Tourmagier eingeteilt.«

Finn musterte ihn mit einem erstaunten Blick. »Nun ja, du würdest etwas merkwürdig aussehen. Warte ab, was Mr. Chesney sagt.«

Ich kann nicht warten! dachte Blade. Man könnte glauben, Mr. Chesney wäre der Herr des Universums.

Sobald jeder Hexenmeister auf seinem Platz saß und mit einem Getränk versehen war, trat Shona im grünen Gewand des Barden und mit der Geige in der Hand durch die Fenstertür am Ende der Terrasse. Sie sah wunderschön aus. Ihr Haar war dunkler als das von Mara, fast schwarz, wellig und glänzend, davon abgesehen hatte sie das gute Aussehen ihrer Mutter geerbt. Mehrere Hexenmeister gaben anerkennende

Geräusche von sich, als sie die Violine zum Kinn hob. Zarte Rosen erblühten auf ihren Wangen. Sie stellte sich in Positur und begann – im Bewußtsein der bewundernden Blicke – zu spielen.

»Kannst du nicht dafür sorgen, daß sie aufhört, sich bei jeder Gelegenheit zu produzieren?« flüsterte Derk Mara zu, während er mit einer Flasche Wein die Runde machte.

»Das ist nur so eine Phase in ihrer Entwicklung«, flüsterte Mara zurück.

»Sie ist *siebzehn*! Höchste Zeit, daß sie aus dieser Phase herauswächst!« zischte Derk wütend.

Mara zischte ebenso wütend zurück: »Sie ist schön. Sie spielt großartig. Es ist ihr gutes Recht, sich bewundern zu lassen!«

»Pah!« machte Derk. Schon wieder ein Zerwürfnis. Was für eine Art von Tier sollte er kreieren, wenn das hier ausgestanden war? Mit Insekten hatte er sich bisher noch nicht eingehend befaßt.

Während er über Insekten nachdachte, spürte er, wie die magische Essenz von Derkholm auf einen fremden Einfluß reagierte. Barnabas? Er warf ihm einen fragenden Blick zu.

»Schon gut.« Barnabas winkte ab. »Ich habe Mr. Chesney vor Jahren eine pferdelose Kutsche erschaffen, ein Vehikel mit einer Art Motor vorn. Er benutzt es, um damit in der Gegend herumzufahren. Wahrscheinlich ist er soeben eingetroffen.«

Schicksal, nimm deinen Lauf, sagte Derk zu sich selbst. Wie alle anderen schaute er erwartungsvoll in Richtung des Tores. Zwar sah man von der Terrasse aus nur den Himmel hinter der Umfriedung, doch er fühlte die fremde Magie durch das Tal in Richtung Derkholm strömen und dann anhalten. Gleich darauf kamen Lydda und Don mit gravitätisch schwingendem Löwenschweif den Weg heraufgeschritten. Ihnen folgten im Gänsemarsch vier zielstrebig wirkende Personen in strenger schwarzer Geschäftskleidung. Vier! Derk schaute besorgt zu Mara, und Mara erhob sich hastig von ihrem Platz, wodurch ein weiterer Sessel frei wurde. Sie trat mit einer Flasche Wein zu Blade an den Servierwagen.

»Geh jetzt und hol die Häppchen«, sagte sie leise zu ihm.

»Gleich.« Blade war fasziniert von den ungewöhnlichen Besuchern. Alle vier hatten raspelkurz geschnittenes Haar, sogar die Frau, die in einem engen gestreiften Rock ganz hinten ging. Der kleinste Mann marschierte vornweg, mit leeren Händen, während die beiden großen, bulligen Männer hinter ihm jeder einen kleinen Koffer trugen. Die Frau hatte sowohl ein Köfferchen als auch ein Brett, auf dem Papiere festgeklemmt waren. Alle schauten beim Gehen weder rechts noch links und sahen ungemein tüchtig aus. Zu seiner eigenen Überraschung verübelte Blade ihnen, daß sie keinen Blick für den Garten hatten, in dem sein Vater bis spät in die Nacht tätig gewesen war. Und das Ergebnis war wirklich des Anschauens wert. Sie schenkten auch Don und Lydda keine Beachtung, dabei waren auch diese beiden eine Augenweide. Ihr Fell war auf Hochglanz gebürstet, und der goldene Schimmer ihres Gefieders adelte das Rot und Grün und Blau der Rabatten, die den Weg säumten.

Vielleicht habe ich ja doch etwas Familiensinn! dachte Blade und hoffte, die Orchideen würden sich einen tüchtigen Bissen aus einem der Ignoranten nehmen. Er merkte, daß Shona genauso empfand wie er. Sie spielte einen klirrenden Marsch als Begleitung zu dem abgezirkelten Gleichschritt der Viererkolonne.

Sie kamen die Treppe hinauf. Blade sah enttäuscht, daß die Orchideen aus irgendeinem Grund nicht den rechten Enthusiasmus aufbrachten. Sie schnappten halbherzig nach der Frau, aber diese bemerkte es nicht einmal, sondern folgte stur den vor ihr Gehenden.

Der Mann an der Spitze benahm sich, als wären achtzig Hexenmeister, die um eine festliche Tafel versammelt seiner harrten, etwas ganz Alltägliches. Er marschierte geradewegs zu dem freien Sessel am Kopfende und nahm mit der größten Selbstverständlichkeit darauf Platz. Seine beiden männlichen Begleiter ließen sich links und rechts von ihm nieder, die Frau nahm Maras Sessel und schob ihn zurück, bis sie schräg hinter dem ersten Mann saß. Er streckte die Hand aus, und sie gab ihm, ohne hinzusehen, den kleinen Koffer. Der Mann legte ihn vor sich auf den Tisch und ließ mit einem aggressiven Klicken die beiden Schlösser aufspringen.

»Guten Tag«, sagte er dann mit einer farblosen, kalten Stimme.

»Guten Tag, Mr. Chesney«, antworteten bis auf wenige Ausnahmen die anwesenden Hexenmeister im Chor.

Shona leitete über zu einer sentimentalen Ballade mit viel jubilierendem Pathos.

Mr. Chesney hatte graumeliertes fahles Haar, penibel über die beginnende Glatze gekämmt. Sein Gesicht war klein und weiß und auf den ersten Blick gewöhnlich, bis man seinen Mund bemerkte. Er saß in einer abwärtsgebogenen Linie zwischen der spitzen Nase und dem kleinen Pfirsichkernkinn wie der Bügel einer Fußangel. Sobald einem das aufgefallen war, registrierte man auch, daß er Augen hatte wie kalte graue Murmeln.

Schwarze Witwen, dachte Derk fieberhaft. Vielleicht mit transparenten grünen Flügeln?

Lydda trabte an dem gaffenden Blade vorbei und maß ihn mit einem strengen Blick. Er und Elda zuckten schuldbewußt zusammen und verfügten sich eilends in die Küche. Als sie zurückkamen, beladen mit großen Tabletts, auf denen sich Lyddas himmlische Häppchen türmten, hörten sie Mr. Chesneys tonlose Stimme sagen: »Jemand möge bitte dieses Sklavenmädchen mit der Fiedel zum Schweigen bringen.«

Pling! riß eine der Geigensaiten. Shonas Gesicht wurde erst kreidebleich und dann brennendrot.

Ameisen, dachte Derk verzweifelt, mit allen möglichen interessanten neuen Gewohnheiten. »Sie sprechen von meiner Tochter, Mr. Chesney?« fragte er höflich.

»Ist sie das? Dann sollten Sie sie besser unter Kontrolle haben. Ich wünsche keine störende Geräuschuntermalung bei einer geschäftlichen Besprechung. Da wir gerade von Kontrolle sprechen – dieses Dorf am Eingang Ihres Tales gefällt mir ganz und gar nicht. Es prosperiert. Wie es scheint, haben einige der Behausungen sogar elektrisches Licht. Geben Sie Befehl, daß es abgerissen wird.«

»Aber …« Derk schluckte und stattete die Ameisen versuchsweise mit enormen Stacheln aus. Er verkniff sich den Einwand, daß er kein Recht hatte, das Dorf abzureißen, oder daß er mit sämtlichen Einwohnern gut Freund war. Auf Mr. Chesney machte so etwas keinen Eindruck. »Würde eine Illusion nicht den gleichen Zweck erfüllen?«

»Die Methode bleibt Ihnen überlassen. Denken Sie nur immer daran, wenn die Touristen hier eintreffen, erwarten sie baufällige Hütten zu sehen, bitterste

Armut, erschreckendes Elend, und *ich* erwarte, daß sie zufriedengestellt werden. Übrigens entspricht auch Ihr Haus nicht den Vorschriften. Die Zwingburg eines Dunklen Fürsten hat ein gespenstisches Gemäuer zu sein mit einem Labyrinth von Gängen und düsterrotem Fackelschein – Sie finden unsere Spezifikationen in dem Handbuch, das Sie von Mr. Addis bekommen werden –, und ich wüßte es zu schätzen, wenn Sie das Szenario um einige ausgemergelte Kerkerinsassen bereichern könnten sowie einige furchteinflößende Dienstboten, um dem Plüschtiereffekt dieser Ihrer Monster entgegenzuwirken.«

Vielleicht könnten die Stacheln der Ameisen Krankheiten verbreiten, überlegte Derk. »Ihr meint die Greife?«

»Wenn das die Bezeichnung für diese Geschöpfe ist. Man erwartet außerdem von Ihnen, eine Hundemeute zu präsentieren, schwarz mit glutroten Augen, einige menschenfressende Pferde, fliegendes Getier mit Fledermausflügeln, et cetera – auch was das angeht finden Sie Genaueres in unserem Handbuch. Unsere Pilger zahlen für den größtmöglichen Nervenkitzel, Hexenmeister, und sie dürfen keinesfalls enttäuscht werden. Aus demselben Grund müssen Sie diese Gärten umpflügen und stattdessen einen düsteren Vorhof und Feuergruben anlegen. Überdies sollte die Anlage von einem passenden Dämon bewacht werden.«

»Ich sorge für den Dämon«, warf Querida rasch ein.

Derk erinnerte sich ebensogut an den blauen Dämon wie sie. Er wandte den Kopf, um ihr mit einem Blick zu danken, und sah dabei hinter Querida seine Frau stehen, die eine höchst zufriedene Miene zur Schau trug. Was hat das nun wieder zu bedeuten? wunderte er sich. Sie weiß, ich kann keine Dämonen beschwören, weshalb ist sie so vergnügt deswegen?

Er dachte angestrengt an sechs verschiedene Krankheiten, die die Ameisen übertragen könnten, und fragte Mr. Chesney: »Sonst noch etwas?«

»Allerdings. Sie selbst. Ihr Äußeres ist bei weitem zu angenehm und menschlich. Sie werden das Nötige tun, um als ein drei Meter großer schwarzer Schatten zu erscheinen. Da unsere Pilger erst gegen Ende der Tour damit rechnen, Ihnen zu begegnen, werden sich Ihre Auftritte auf wenige Male beschränken, bei diesen Gelegenheiten jedoch müssen sie rechtschaffen in Angst und Schrecken versetzt werden. Ihr gegenwärtiges Aussehen ist absolut inadäquat.«

Seuchen! dachte Derk, doch er konnte sich nicht enthalten zu bemerken: »Gibt es nicht auch die alternative Vorstellung von einem Dunklen Fürsten als Wesen von überirdischer, verderbter Schönheit?«

»Nicht«, erwiderte Mr. Chesney streng, »bei unseren Pilgern. Außerdem wäre es unvereinbar mit unserer diesjährigen Attraktion, welche darin besteht, daß einer der hiesigen Götter jeder Gruppe mindestens einmal erscheint.«

Ein aufgeregtes Rascheln lief um den ganzen Tisch.

Mr. Chesney hob den Kopf, sein Mund schnappte zu wie eine Schlagfalle um jemandes Bein. »Gibt es ein Problem?«

Querida brachte als einzige den Mut auf zu antworten. »In der Tat, Mr. Chesney. Götter pflegen nicht einfach so zu erscheinen, auf Befehl. Und wenn ich mich recht erinnere, hat es in dieser Welt seit vierzig Jahren keine Manifestation einer Gottheit mehr gegeben.«

»Ich sehe da keine Schwierigkeit.« Mr. Chesney wandte sich an Derk. »Sprechen Sie mit Hohepriester Umru. Sagen Sie ihm, ich bestehe darauf, daß das von seinem Orden verehrte göttliche Wesen sich vor den Augen meiner Pilger manifestiert.« Er nahm eine

Mappe mit knisternden blauen Blättern aus seinem Aktenkoffer und schlug nach kurzem Suchen eine bestimmte Seite auf. »Artikel neunundzwanzig unseres ursprünglichen Vertrags befaßt sich mit dem Versäumnis, die Attraktion eines Jahres beizubringen. Ja, hier steht es. Ich zitiere: ›Im Falle einer solchen Nichterfüllung der vertraglich festgelegten Pflichten, unterbleiben in dem fraglichen Jahr die von Chesneys Pilgerfahrten zu leistenden Zahlungen für im Zusammenhang mit der Tour/den Touren erbrachte Leistungen, und von den verantwortlichen Personen ist überdies eine jeweils festzulegende Geldstrafe zu entrichten, jedoch nicht mehr als hundert Goldstücke.‹ Das heißt im Klartext: kein Gott, kein Geld. Wirklich, ich denke, da gibt es keine Schwierigkeit.« Mr. Chesney legte den Ordner wieder in den Koffer und lehnte sich zurück. »Ich überlasse nunmehr Mr. Addis alles weitere.«

In dem darauffolgenden Schweigen legte der große Mann rechts von Mr. Chesney seinen Aktenkoffer auf den Tisch und lächelte wohlwollend in die Runde. Derweil schüttelte Mr. Chesney den Kopf zu dem Wein, den Mara ihm anbot und lehnte Eldas Bier ab, ließ sich aber von Blade eine Tasse Kaffee reichen, die er jedoch beiseiteschob, ohne probiert zu haben. Er nahm ein Kanapee von dem Teller, den Lydda ihm präsentierte, roch daran und legte es mit leicht angewiderter Miene neben die Kaffeetasse.

Die Frau hinter ihm sagte *Danke, nein* zu allem. Wenigstens, dachte Blade, ließen die Hexenmeister sich nicht lange bitten – das erste Bierfaß war bereits leer.

»Sag Callette, sie soll ein neues Faß bringen«, flüsterte er in der lastenden Stille Elda zu.

Ameisen brauchen nicht zu stechen, um Krankheiten zu verbreiten, überlegte Derk. Es genügt, wenn sie zwischen den Zehen von Leuten herumkrabbeln.

Der breitschultrige Mr. Addis förderte bündelweise verschiedenfarbige Broschüren aus seinem Koffer zutage. So tief war die Stille, daß Blade deutlich das Knarren und Ächzen des eingesunkenen Daches hörte. Er schaute besorgt nach oben und sah eine Reihe kleiner Rüsselnasen und neugierige Äugelchen über die durchgebogene Traufe lugen. Daher rührten also die Geräusche! Blade hätte beinahe losgelacht. Die Schweine hatten entdeckt, daß die Mulde im Dach einen schön warmen Lagerplatz mit großartigem Ausblick auf die Terrasse bot.

Es sah aus, als wäre die gesamte Rotte dort oben versammelt. Man hörte eindeutig einen Eber genußvoll seinen Rücken an einer losen Schindel rubbeln. Blade hätte zu gern wenigstens Mara auf die Rasselbande aufmerksam gemacht, aber die Gesichter ringsum sahen allesamt so verstört und ernst aus, daß er sich nicht traute.

»Also, Freunde«, begann Mr. Addis heiter, »in diesem Jahr haben wir einhundertsechsundzwanzig gebuchte Pilgerfahrten. In vierzehn Tagen geht es los, von da an starten für die nächsten zwei Monate täglich drei Gruppen von drei verschiedenen Ausgangspunkten. Angesichts der ungewöhnlich großen Zahl der Reisenden beschränken wir die Touren auf diesen Kontinent, aber das läßt uns trotzdem reichlich Handlungsspielraum. Die Folge ist, daß einige von euch Magiern vier Touren managen müssen, aber das solltet ihr in den Griff kriegen, wenn ihr es schafft, eure erste Gruppe in flotten sechs Wochen durchs Programm zu schleusen. Wir starten von den drei Herbergen in Gna'ash, Bil'umra, Slaz'in ...«

»Wo bitte?« fiel Derk ihm ins Wort.

»... aus, deshalb teilt euch dementsprechend ein«, sagte Mr. Addis. »Pardon?«

»Von diesen Orten habe ich noch nie gehört«, sagte Derk.

»Sind alle in unserer Karte eingezeichnet«, erklärte Mr. Addis. »Hier.« Er nahm das oberste Blatt von einem cremefarbenen Stapel und überreichte es Derk. Gegenüber am Tisch vollführte Barnabas eine gelangweilte, routinierte Handbewegung, und vor jedem der Anwesenden lag eine Landkarte; Blade entdeckte sein Exemplar oben auf dem Tablett mit himmlischen Häppchen, das er auf beiden Händen trug. Er stellte es ab und entfaltete die Karte. Wie er mit leichtem Unbehagen feststellte, sagte sie ihm gar nichts.

»Aha, jetzt verstehe ich«, sagte Derk. »Ihr meint Greynash, Billingham und Sleane.«

»Wir finden es angebracht, die Stationen auf unserer Route umzubenennen, wegen des exotischen Flairs«, erklärte Mr.Addis liebenswürdig. »Nun, wie ich eben sagen wollte, um die Reisegruppen termingerecht durch ihre Abenteuer zu schleusen, müssen wir sie systematisch umleiten – auf Ihren Karten finden Sie die entsprechenden farbigen Markierungen. Sie werden bemerken, daß bei einigen Gruppen die Tempelepisode am Anfang der Tour liegt, bei einigen in der Mitte, bei anderen gegen Ende, das gleiche gilt für das Orientalische Intermezzo. Anschließend teilen wir die Gruppen für das Sklavenabenteuer. Die eine Hälfte geht nach Norden, wo sie Piraten in die Hände fallen, die andere südwärts nach Costamara, wo man sie ergreift und als Gladiatoren verkauft. Infolge dieser Aufteilung wurden für die laufende Saison zehn Städte zur Brandschatzung ausgewählt. Mr. – hm – Durchlaucht, Sie wollen sich diesen Punkt betreffend bitte mit Ihren Dunklen Elfen absprechen und sicherstellen, daß man den Pilgern die Flucht ermöglicht, bevor die Städte in Brand gesetzt werden. Anschließend vereinen die Gruppen sich wieder für die reguläre wöchentliche Schlacht in Mr. Umrus Reich. Dabei sind die Tourmagier aufgerufen, dafür zu sorgen, daß keine Gruppe sich der Existenz der anderen Gruppen bewußt ist. Wir möchten, daß unsere Kunden glauben, ihre Tour sei exklusiv. Sie finden Termine und Reiseroute in der rosafarbenen Broschüre.«

Er hielt eine solche Broschüre hoch und zeigte sie herum. Barnabas wiederholte die Handbewegung von vorhin und alle Hexenmeister waren mit den entsprechenden Unterlagen versehen. Blade faltete eine Liste nach der anderen auf und schluckte unglücklich. »Und hier sind die Ablaufpläne in den Ihnen zugeordneten Farben.« Diesmal erhielt Blade ein grünes Papier, das einen etwas übersichtlicheren Eindruck machte. Die anderen Hexenmeister erhielten das gleiche in Blau oder Gelb oder ebenfalls Grün.

Blade schwirrte der Kopf, wie durch eine Glaswand hörte er Mr. Addis fortfahren: »Ich weise darauf hin, das Thema der Tour in diesem Jahr ist die Suche nach der einzigen verwundbaren Stelle des Dunklen Fürsten. Jede Gruppe wird entsprechende Fingerzeige sammeln; die Suche endet mit dem Erlangen eines Objekts, mit dessen Hilfe man ihn besiegen kann – wir haben vorgesehen, daß es von einem Drachen im Norden bewacht wird. Höhepunkt und Ende der Tour ist folglich die Vernichtung des Dunklen Fürsten nach der Schlacht. Mr. Durchlaucht, ich vertraue darauf, daß Sie nicht fehlen werden, einhundertsechsundzwanzig Fingerzeige auszulegen; die jeweiligen Orte sind auf der Karte mit einem Asterisk versehen. Und selbstverständlich benötigen Sie die gleiche Anzahl Objekte, die der Drache bewachen soll.«

Derk dachte vehement an Ameisen, die zwischen den Zehen von Leuten herumkrabbelten und Krankheiten verbreiteten. Er mußte sich ablenken, weil er fürchtete, sonst die Beherrschung zu verlieren. »Was für Objekte sollen das sein?« fragte er.

»Alles, was Ihnen geeignet erscheint«, lächelte Mr. Addis, »auch wenn wir Artefakte mir romantischer Anmutung bevorzugen, z. B. einen Kelch oder eine Kristallkugel. Doch grundsätzlich sollte es geeignet sein, die Achillesferse Ihrer Wahl zu enthalten.«

»Fußpilz?« Derk war in Gedanken bei den Ameisen.

»Wir finden, es sollte ein magischer Schwachpunkt sein oder sogar ein moralischer.« Das Lächeln blieb auf Mr. Addis' Gesicht wie eingemeißelt.

Derk starrte ihn an, ohne wirklich zu begreifen, was der Mann sagte, und es waren nicht allein die Ameisen, die seine Denkprozesse blockierten, während man ihn mit Instruktionen und bunten Broschüren traktierte. Mara führte etwas im Schilde. Er konnte spüren, wie sie ihre magischen Kräfte wirken ließ und war ausgesprochen beunruhigt. »Moralische Schwäche? Ihr meint Müßiggang oder so was? Callette hat Freude daran, Gefäße herzustellen. Ich nehme an, ich könnte sie fragen ...«

Und da kam Callette schon selbst. Sie schleppte ein neues Faß Bier heran, bei jedem schweren Schritt scharrten die Krallen ihrer Hintertatzen kreidig über den Steinboden der Terrasse. Statt an dieselbe Stelle wie das vorige, stellte sie es *rums!* zwischen Mr. Chesney und die Frau mit dem Klemmbrett. Das Faß war offen. Eine tiefrote Flüssigkeit schwappte über den Rand und spritzte nach allen Seiten, dazu breitete sich ein schaler Geruch aus.

Hastiges Stühlerücken, als alle, bis auf Mr. Chesney,

sich in Sicherheit brachten. Die Frau sprang mit einem Schrei auf. »Oh, Mr. Chesney! Das ist Blut!«

Blut lief über eine Gesichtshälfte Mr. Chesneys und tropfte auf seinen Anzug. Er drehte sich halb zur Seite und schaute vorwurfsvoll auf das Faß, während er ein Taschentuch hervorholte.

Derk wunderte sich, wie Callette ein dermaßen dummer Fehler hatte unterlaufen können. Was in Callettes Kopf vorging, war ihm seit jeher ein Rätsel, aber trotzdem ... »Callette«, sagte er, »das ist kein Bier.«

Callettes mächtiger Adlerkopf stieß nach vorn. Sie spähte aufs höchste überrascht in die rote Flüssigkeit, ihre ganze Haltung drückte aus: *Das ist* kein *Bier? Wie kann das sein?*

»Es ist eben keins. Das ist eins der Fässer aus meinem Labor, und ich weiß, daß es mit einem Stasiszauber versiegelt war. Ich kann mir nicht vorstellen, weshalb es offen ist.« Er wandte sich an die Frau. »Es tut mir unendlich leid.« Sie stand da, wimmerte leise und tupfte mit einem Papiertaschentuch an den roten Flecken auf ihrem engen Rock herum. »Laßt mich helfen, gleich wird man nichts mehr davon sehen. Es ist nur Schweineblut.«

Die Schweine auf dem Dach hatten ihn gehört, und augenblicklich erhob sich ein protestierender Chor aus Grunzen, Quieken und Plärren. Man sah rosige Leiber wogen, und gespaltene Hufe tockerten auf den Schindeln.

»Ruhe da oben!« schnauzte Derk in Richtung der Solidaritätskundgebung. »Es war ein Schwein aus dem Dorf, eure Vorfahren stammen aus den Sümpfen.«

Die Schweine waren nicht gesonnen, sich mit genealogischen Haarspaltereien beschwichtigen zu lassen. Sie randalierten weiter, bis Kringel, eine der stattlicheren Sauen, der Dachkante zu nahe kam, abrutschte und unter gellendem Quieken in die Tiefe stürzte. Ihr draller runder Körper fiel wie ein Stein und es war abzusehen, daß sie im nächsten Moment mit entsprechender Wucht auf dem Tisch landen würde, unter dem die Hälfte der Magier in weiser Voraussicht Schutz suchte. Einige retteten sich durch Weitwünschen. Stühle kippten um, Tassen und Becher. Sogar Mr. Addis hielt schützend beide Hände über den Kopf. Doch Kringel, immer noch hysterisch kreischend, drehte sich zappelnd in der Luft und konnte in letzter Sekunde ihre kleinen weißen Stummelflügel ausbreiten. Heftig flatternd fing sie nur wenige Zentimeter über der Tischplatte ihren Sturz ab, stob blindlings die ganze Tafel entlang, mit einem Hopser über Mr. Chesney hinweg und schwang sich dann wieder zum Dach hinauf. Die ganze Horde erhob sich in die Luft, um sie flatternd, grunzend und rüsselnd willkommen zu heißen

Shona stürmte an Blade vorbei ins Haus. Er konnte durch die offene Tür beobachten, wie sie und Elda sich in der Diele gegenseitig festhielten und Tränen lachten. Bewunderungswürdig, wie Callette es fertigbrachte, in heraldischer Ruhe sitzenzubleiben und so ernsthaft unschuldig auszusehen – er zog den Hut vor ihr. Er selbst hatte Mühe, ein Kichern zu unterdrücken, bis er Mr. Chesney anschaute. Mr. Chesney hatte sich nicht gerührt, außer, um das Blut abzuwischen. Er saß ruhig auf seinem Sessel und wartete ab, daß die Aufregung sich legte.

»Bring das weg und hol richtiges Bier«, forderte Derk Callette auf. Sie wuchtete das Faß hoch und stapfte wortlos davon.

»Ich bitte um Entschuldigung«, sagte Derk, als die Hexenmeister vorsichtig wieder unter dem Tisch hervorkamen oder materialisierten und ihre Sessel aufstellten.

»Akzeptiert«, äußerte Mr. Chesney, »aber sorgen Sie dafür, daß es nicht wieder vorkommt. Mr. Addis, bitte.«

»Richtig.« Mr. Addis knipste wieder sein leutseliges Lächeln an. »Befassen wir uns jetzt mit dem Update zu unseren Regeln, die Sie in diesem schwarzen Buch finden.« Er reichte Barnabas einen schweren, kleinformatigen Band.

Barnabas, noch ein wenig außer Atem von seiner Flucht unter den Tisch, hob die Hand, dann hielt er inne. »Ich denke«, sagte er, »da wir in diesem Jahr einen neuen Dunklen Fürsten haben, sollte ich mich zu seinem Ersten Vasallen ernennen, als der erfahrenste Hexenmeister hier. Irgendwelche Einwände?«

Ein Seufzen lief um den Tisch, als die Hexenmeister den begehrten Posten entschwinden sahen, aber die meisten nickten ergeben. »In diesem Jahr wird es ohnehin nicht das gleiche Zuckerschlecken sein wie sonst«, murmelte jemand.

Barnabas lächelte entschuldigend und schrieb die entsprechenden Zeichen in die Luft. Blade und Derk hielten plötzlich ein dickes Büchlein in der Hand, auf dessen glänzend schwarzem Einband in Golddruck geschrieben stand: *Hexenmeisterbibel*.

»Ich rate Ihnen, dies stets bei sich zu führen und in Zweifelsfällen zu konsultieren«, mahnte Mr. Addis, »und denken Sie daran, daß die Regeln da sind, um befolgt zu werden. Im vergangenen Jahr gab es einige Ausrutscher, die zu Änderungen geführt haben, unter anderem müssen alle Tourmagier Vorsorge treffen, daß im Abstand einer Tagesreise eine Heilerin der Gruppe folgt. Die Zunft hat bereits diesbezügliche Anweisungen erhalten. Darüberhinaus sind die Tourmagier ab jetzt offiziell verpflichtet sicherzustellen, daß alle auf ihrer Liste mit *entbehrlich* gekennzeichneten Pilger ein ruhmreiches und ehrenvolles Ende finden, vor den Augen ihrer Reisegefährten. Im letzten Jahr sind einige lebendig nach Hause zurückgekehrt, in einem anderen Fall hatte das Fehlen von Zeugen unangenehme Fragen vom Vermißtenbüro zur Folge. In diesem Jahr wollen wir es besser machen. Und nun übergebe ich Sie meinem für das Finanzielle zuständigen Kollegen Mr. Bennet.«

Callette kam zurück und stellte ein neues Faß auf die Terrasse. Es wurde mißtrauisch beäugt, doch als Blade den Zapfhahn öffnete, kam tatsächlich Bier heraus.

Mr. Bennet räusperte sich und klappte seinen Aktenkoffer auf.

Es war anstrengend, ihm zuzuhören. Er hatte eine von diesen monotonen Stimmen, bei denen man geistig abschaltet. Derk blätterte in dem schwarzen Buch und fragte sich, wie er all diese Regeln auswendig lernen sollte, dabei dachte er an Ameisen, die *richtige* Städte bauten. Blade war damit beschäftigt, Bier nachzuschenken, und staunte, wie viele Hexenmeister gespannt vorgebeugt Mr. Bennets Worten lauschten. Von diesen Worten schien besonders ›Bonus‹ sie zu faszinieren. Blade verstand nur soviel, daß dem Dunklen Fürsten ein Bonus zustand, wenn er sich originelle neue Greuel ausdachte, und sein Vater paßte natürlich nicht auf. Nachdem er ziemlich lange geredet hatte, sagte Mr. Bennet: »Unter dem üblichen Vorbehalt, daß Chesneys Pilgerfahrten bei überhöht scheinenden Forderungen Nachforschungen anstellen wird, wollen Sie bitte diese Taschenrechner zur Führung Ihres Spesenkontos benutzen.«

Barnabas gestikulierte und Blade hielt plötzlich ein

flaches, rechteckiges Kästchen mit vielen Tasten in der Hand. Er untersuchte es zaghaft, als Callette lautlos vom anderen Ende der Terrasse auftauchte und ihm mit zwei spitzen Krallen das Kästchen aus den Händen pflückte.

»Meinetwegen kannst du es haben«, sagte Blade gewohnheitsmäßig, »aber bring es mir wieder. Und erklär mir, wie das Ding funktioniert.« Callette verstand sich auf technische Geräte. Sie nickte ihm über einen braun gebänderten Flügel zu, bevor sie wieder im Haus verschwand.

Dann glaubte Blade einen Moment lang, die Besprechung wäre zu Ende. Mr. Addis und Mr. Bennet standen auf. Die Hexenmeister entspannten sich. Doch Mr. Chesney gab, ohne hinzusehen, seinen Aktenkoffer der Frau zurück und sagte: »Noch eins.«

Alle versteiften sich, eingeschlossen Mr. Addis und Mr. Bennet.

»Hexenmeister Derk«, fuhr Mr. Chesney fort, »als Ersatz für diesen Anzug, den Ihr Monster ruiniert hat, schlage ich vor, daß statt des üblichen Bußgelds Ihre Frau Gemahlin in dieser Saison die Rolle der Glamourösen Zauberin übernimmt. Ohne Vergütung, selbstredend.«

Derk fuhr auf seinem Sessel herum und schaute zu Mara, die in einen Glamour gehüllt dastand und unverhohlen entzückt aussah. Sie braucht den Glamour nicht, dachte er. Sie ist immer noch wunderschön. Darauf also hatte sie hingearbeitet.

»Sind Sie einverstanden?« Bevor Derk ein Wort herausbringen konnte, wandte Mr. Chesney sich an Querida. »Sie werden für dieses Jahr von dem Posten zurücktreten.«

»Liebend gern«, antwortete Querida trocken. Derk, der sie und Mara beobachtete, sah, daß sie ehrlich erfreut war. Sie und Mara tauschten verschwörerische Blicke und platzten beinahe vor Selbstzufriedenheit. Er hingegen ärgerte sich, weil offenbar hinter seinem Rücken etwas vorging, wovon er nichts wußte.

Er merkte überrascht, daß Mr. Chesney und sein Gefolge tatsächlich aufbrachen. Im Gänsemarsch, wie sie gekommen waren, schritten sie über die Terrasse und die Treppe hinunter. Diesmal bogen die Orchideen sich zur Seite, als sie vorbeigingen. Derk folgte ihnen langsam, unschlüssig, ob er sie höflich zum Tor begleiten sollte, wie er es bei normalen Gästen zu tun pflegte, und so hatte er erst die halbe Strecke zurückgelegt, als sie bereits dort anlangten.

Doch zwischen ihnen und dem Tor befand sich plötzlich Kit; in seiner ganzen monumentalen Pracht saß er da wie einem Armorial entstiegen und versperrte den Weg. Von dort, wo Derk stand, hatte es den Anschein, als wäre der Greif so groß wie das Haus. Komisch, dachte er, ich hätte nicht geglaubt, daß Kit *so* riesig ist.

»Aus dem Weg, Kreatur!« befahl Mr. Chesney mit seiner flachen, farblosen Stimme.

Kits Antwort bestand darin, daß er seine Schwingen ausbreitete, wodurch er noch gewaltiger aussah. Mit pechschwarzem Fell und Gefieder und Schwungfedern wie aus poliertem Obsidian, bot er einen wahrhaft bedrohlichen Anblick. Sogar Mr. Chesney wich einen halben Schritt zurück. Gleichzeitig beugte Kit sich vor und spähte ihm forschend ins Gesicht.

Mr. Chesney starrte kalt auf diesen mörderischen gelbbraunen Hakenschnabel, der genau auf einen Punkt zwischen seinen Augen deutete. »Ich sagte, geh mir aus dem Weg, Kreatur«, wiederholte er, diesmal in schneidendem Ton. »Tust du es nicht, wirst du es bereuen.«

Mr. Addis und Mr. Bennet ließen beide ihre Aktenkoffer fallen und griffen auf eine bedeutungsvolle Weise in ihre Jacketts. Die Frau warf das Klemmbrett weg und fummelte nach etwas an ihrer Taille. Derk rannte los, behindert von dem Bremseffekt des schweren Sternenumhangs, der sich hinter ihm blähte. »Kit!« schrie er. »Schluß mit dem Unfug!«

Kaum hatten Mr. Chesneys Erfüllungsgehilfen die erste Bewegung gemacht, schnellte Kit sich in die Luft. Seine gewaltigen Flügel schlugen einmal, zweimal, und der Sturm, den sie entfachten, warf die vier Menschen beinahe um. Dann schwebte er über ihnen und verlieh mit lautem Krächzen seiner Geringschätzung Ausdruck. Er nahm Kurs auf das Haus, dabei strich er im Tiefflug über Derk hinweg, der Mühe hatte, sich seines wild flatternden Umhangs zu erwehren. »Kit!« brüllte er wütend.

»Squa-squa-squiii-squa-squa!« erwiderte Kit und segelte weiter, hinauf zu der Mulde im Dach, wo unter den Schweinen erneut Panik ausbrach, als sie sich quiekend und strampelnd in Sicherheit zu bringen versuchten, bevor der Greif auf ihnen landete.

Bestimmt hatten die meisten es geschafft, sagte Derk tröstend zu sich selbst. Die Wucht von Kits Landung spürte er bis zu seinem Platz am Tor. »Ich muß um Entschuldigung bitten«, wandte er sich an Mr. Chesney. »Kit ist erst fünfzehn ....«

»Nehmen Sie zur Kenntnis, daß Sie ein Bußgeld von einhundert Goldstücken zu entrichten haben«, sagte Mr. Chesney schroff und marschierte hinaus zu seiner pferdelosen Kutsche.

Kapitel 4

Danach hatte Derk nur noch den Wunsch, allein zu sein, er wollte seine Tiere besuchen und in alle Ruhe Rücken kraulen und Nasen streicheln. Doch zuerst mußte er mit Querida sprechen, ob sie ihm nun sympathisch war oder nicht. »Möchtet Ihr, daß ich Euch meine Tiere zeige?« fragte er, um vielleicht das Angenehme mit dem Nützlichen zu verbinden.

Querida schaute die Tafel entlang. Die meisten Hexenmeister waren noch da, aßen, tranken und pflogen der Unterhaltung. Sie nickte und stand auf, ihr Scheitel befand sich auf einer Höhe mit Derks Ellenbogen. »Unter der Voraussetzung vermutlich, daß ich nicht auf den Gedanken komme, eins Eurer Geschöpfe in Spiritus legen zu wollen«, meinte sie. »Obwohl ich glaube, ich würde es mir zweimal überlegen, bevor ich versuchte, einen Greif zu präparieren.« Sie deutete mit dem Kinn zum Dach hinauf, wo etwas wie ein monströser schwarzer Flederwisch die Stelle verriet, wo Kit sich im Rahmen seiner Möglichkeiten klein gemacht hatte.

»Wir zwei sprechen uns noch, wenn ich wiederkomme!« schrie Derk zu dem Flederwisch hinauf. »Und wenn ich auf eine Leiter steigen muß!«

Kein Zucken einer Feder verriet, ob Kit die Drohung vernommen hatte. Derk beschloß, die Sache vorerst auf sich beruhen zu lassen. Während er Querida über die Terrasse und um das Haus herum führte, äußerte sie: »Einen heranwachsenden Greif zu erziehen muß noch anstrengender sein als ein heranwachsendes Menschenkind.«

»Hm.« Derk fielen einige der Vorwürfe ein, die

Blade ihm gestern an den Kopf geworfen hatte, und er war nicht so ohne weiteres bereit, sich Queridas Meinung anzuschließen. Zugegeben, in letzter Zeit war Kit sehr schwierig gewesen. Derk seufzte, weil ihn plötzlich und schmerzlich-süß die Erinnerung an den Augenblick vor fünfzehn Jahren überfiel, als Kit aus dem Ei geschlüpft war, ein winziges, mageres goldenes Bündelchen aus Flaum und feinem Pelz. Er erinnerte sich an seinen persönlichen Stolz über den Erfolg, daran, wie er und Mara liebevoll darum gewetteifert hatten, den Kleinen halten zu dürfen und an Shona, damals zwei Jahre alt, wie sie mit Kit auf dem Boden herumtollte, Nase an Schnabel reibend und jauchzend. Kit war so klein und dünn und flaumig gewesen, daß sie ihn ihr Kätzchen nannten. Keiner hatte damit gerechnet, daß er so riesig werden würde. Oder so stur.

Hinter dem Haus erstreckten sich die weiten Flächen der Wiesen und Felder in sanfter Steigung hangaufwärts. »Wieviel Platz Ihr habt!« staunte Querida.

»Das ganze hintere Ende des Tals.«

Die Tiere spürten Derks Anwesenheit, und die meisten kamen zum Gatter gelaufen, um begrüßt zu werden. Derk gab Klein Hühnchen einen Maiskolben – sie war ungefähr so groß wie ein Strauß, und in den Schalen ihrer Eier war Kit ausgebrütet worden – und ließ sich dann von den Freundlichen Kühen besabbern und anschmachten. Allmählich gewann er seinen Seelenfrieden zurück. Zum Teufel mit Ameisen! dachte er. Schließlich hatte er schon mit Bienen experimentiert. Was er haben wollte, war ein vollkommen neues Tier, ein noch nie dagewesenes.

»Kühe?« Querida schaute zu den breiten seimigen Nasen und den großen sanften Augen hinauf.

»Modifizierte«, gestand Derk. »Ich wollte, daß sie besonders dumm sind. Tiere wissen um ihr Schicksal – Ihr habt gesehen, wie die Schweine auf das Blut reagierten –, und ich wollte eine Kuh haben, die es nicht weiß, wenn wir sie als Futter für die Greife brauchen, aber sie sind so überaus freundlich geraten, daß es manchmal wirklich nicht einfach ist.«

»Das kann ich mir vorstellen.« Querida ging weiter zur nächsten Koppel, wo sich auffallend kleine Schafe tummelten. »Was haltet Ihr von dem wunderbaren Mr. Chesney?«

»Falls ich je einen Piranha mit einer Hyäne kreuzen sollte, werde ich diese neue Spezies *Chesney* nennen.«

»Schön gesagt. Wir sind für ihn das gleiche wie Eure Freundlichen Kühe, müßt Ihr wissen.«

»Ich weiß.«

»Und er meint, was er sagt, jedes Wort. Dessen seid Ihr Euch bewußt, hoffe ich?«

»Allerdings«, antwortete Derk ernst. Er malte sich so einen Chesney aus, amphibisch und mit Kiemen.

»Gut.« Querida nickte. »Dumm seid Ihr wenigstens nicht, was immer sonst gegen Euch einzuwenden sein mag. Wißt Ihr, daß diese Schafe Fleisch fressen? Da drüben verspeist gerade eins einen Spatz.«

»Ich weiß. Mir ist irgendwo im Entwurf ein Fehler unterlaufen.«

Sie setzten ihren Rundgang fort und kamen zum nächsten Pferch, dessen Bewohner lange Hälse machten und die Menschen mit sarkastischem Gerätsche begrüßten. »Es hört sich fast an, als würden die Gänse uns verspotten«, sagte Querida.

»Das tun sie.« Derk seufzte. »Bei ihnen ist es mir auf Intelligenz angekommen, ich hoffte, sie würden reden können – und ich glaube, *daß* sie reden, allerdings in ihrer eigenen Sprache.«

»Hm. Ich glaube, Eure Gänse sind vor dem Zugriff der Universität ziemlich sicher.« Querida ging weiter. Was sie haben wollte, war ein Greif, und sie hatte auch schon einen ganz bestimmten im Auge, aber sie war entschlossen, behutsam auf ihr Ziel zuzusteuern. »Weshalb ist dieses Gehege leer? Sind hier die Schweine?«

»Nein, die Schweine laufen frei herum. Es müßten Katzen sein. Bestimmt sind noch welche drin, aber unsichtbar, die meisten dürften irgendwie durch die Mauern hinausgeschlüpft sein.«

Querida stieß ein zischelndes Kichern aus. »Typisch. Meine Katzen tun das auch, und soweit ich weiß, sind sie ganz gewöhnliche Felidae. Auf welche Eigenschaft hattet Ihr es denn bei ihnen abgesehen?«

»Farbe«, antwortete Derk. »Ich hoffte auf Rot oder Blau, aber ihnen schien das nicht zu behagen, und es hat nicht funktioniert, dafür waren sie von der Sache mit der Unsichtbarkeit begeistert. Und die alte Kätzin, die inzwischen gestorben ist, war sehr stolz auf die Tatsache, daß ich ein paar ihrer Zellen für Elda genommen habe. Als Elda noch ganz klein war, hat sie sie stundenlang hingebungsvoll gewaschen.«

Sie gingen an riesengroßen Meerschweinchen vorbei und an fingerlangen Äffchen in winzigen Bäumen, die Derk eigens für sie gezüchtet hatte. »Habt Ihr für all Eure Greife das Erbgut von Katzen genommen?« wollte Querida wissen. Sie standen vor dem Käfig der Tageulen.

»Liebe Güte, nein.« Derk riegelte die Tür auf, und zwei große, schneeige Eulen hüpften auf seine Schultern. Von ihrer Warte aus beäugten sie Querida ebenso unverwandt, wie diese zu ihnen hinaufschaute. »Ich fand eine alte Löwin, die verletzt und vom Rudel zurückgelassen worden war. Ich pflegte sie gesund,

und zum Dank überließ sie mir Material für sämtliche Greife, bevor sie ihrer Wege ging. Ich kombinierte sie mit Zellen von diesem Adler, den Barnabas früher hatte. Außerdem habe ich noch Zellen von mir und Mara hinzugefügt. Ich wollte erreichen, daß die Greife menschliches Bewußtsein und Persönlichkeit besitzen, doch nie und nimmer habe ich damit gerechnet, daß Kit oder Callette so riesig werden könnten. Bis jetzt hat es den Anschein, als würden Lydda und Don nicht ganz so gewaltig, aber das bleibt abzuwarten. Aus dem Grund habe ich für Elda Katze genommen. Sie ist deutlich graziler als die anderen, wie Ihr vielleicht bemerkt habt.« Er strich den Eulen über den Kopf und ging weiter. Nichts als Schwierigkeiten mit den Greifen. Er hatte gehofft, Kit und Callette würden Nachkommen zeugen, aber Kit verabscheute Callette und Callette haßte Kit. Und heute dieses aggressive Verhalten von Kit Mr. Chesney gegenüber – Derk fragte sich, wie er ein Bußgeld von einhundert Goldstücken aufbringen sollte, ohne die Hälfte der Tiere zu verkaufen.

Sie umrundeten die experimentellen Bienenstöcke – Derk war froh, daß Querida nichts darüber wissen wollte – und schlenderten durch die Kaffeeplantage, wo die Eulen von seinen Schultern flogen und lautlos wie Geister davonstrichen, um zu jagen. Zum Thema Kaffee waren ihm Fragen willkommen. Er war bereit, Querida zu erklären, daß Barnabas sich vor Jahren einen Teil seiner Pilgervergütung in Kaffee hatte auszahlen lassen. Derk hatte sich eine Handvoll Bohnen erbeten und nun pflanzte er Kaffee an, der nicht mehr geröstet werden mußte. Doch drüben bei den Ställen und in den Tanks in seinem Labor gab es andere Dinge, von denen Querida nichts zu wissen brauchte.

Querida stellte keine Fragen über Kaffeeanbau. Sie

atmete den aromatischen Geruch ein, der von den Sträuchern aufstieg und überlegte, welche anderen Wunderdinge aus Mr. Chesneys Welt Derk heimlich hier kultivieren mochte. Tee? Exotische Gemüse wie Kartoffeln und Tomaten? Antibiotika? Diese Faser, Baumwolle, aus der man die T-Shirts herstellte, die bei den jüngeren Zauberern so hoch im Kurs standen? Wenn der Moment gekommen war, die rückständigen Gebühren von Derk einzufordern und er sich weigerte, der Universität einen Greif zu überlassen, würde er all das herausrücken müssen. Ach ja, was mochte ihn bewogen haben, sie in seine Geheimnisse einzuweihen oder wenigstens einige davon? Er wollte sie aus irgendeinem, für ihn ungemein wichtigen Grund gnädig stimmen, was sonst.

»Hexenmeister Derk«, sagte sie, »ich bin überzeugt, Ihr habt mich nicht hergeführt, damit ich mich am Wohlgeruch Eures Kaffees ergötze und Eure prachtvollen Eulen bewundere. Was wollt Ihr mir sagen?«

Derk stellte fest, daß er für die entscheidende Frage erst seinen Mut zusammensuchen mußte, aber es gab noch viele andere. »Ich habe nicht verstanden«, sagte er, »was dieser Addis gemeint hat, als er von entbehrlichen Touristen sprach.«

»Genau das, was er sagte. Ich vermute, dabei handelt es sich um die spezielle Dienstleistung seines Reiseunternehmens, mit der Mr. Chesney das richtige Geld verdient. An seinen Touren nehmen eine Menge Leute teil, die entweder für ihre Familien eine unerwünschte Last sind oder arme Verwandte haben, die auf das Erbe spekulieren und so weiter. Diese Familien zahlen horrende Summen, um sicher sein zu können, daß die betreffende Person von der Tour nicht wiederkehrt.«

Derk schob sich zwischen den letzten Kaffeesträuchern hindurch und drehte sich vor dem Hundezwinger zu Querida herum. »Aber das ist abscheulich! Und wir nehmen das hin?«

»Wie wir auch hinnehmen, daß bei jeder Pilgerfahrt im Durchschnitt zweihundert unserer Bürger zu Tode kommen«, entgegnete Querida trocken wie eine Schlange in der Wüste. »In Anbetracht der Tatsache, daß Mr. Chesney sich der Dienste dieses Dämonen versichert hat, um seine Forderungen durchzusetzen, sehe ich keine Möglichkeit, gegen seine Geschäftspraktiken Einspruch zu erheben. Ihr vielleicht?«

»Nein.« Niedergeschlagen drehte Derk sich wieder zum Zwinger herum. Die Tür stand offen. Der einzige Hund, der sich noch darin befand, war die alte Jagdhündin Bertha. Sie kam schwerfällig heraus und kratzte mit einer Pfote an seinem Bein. Stirnrunzelnd bückte Derk sich, um sie hinter den Ohren zu kraulen. Er wußte, die Hunde waren eingeschlossen worden, bevor der erste Hexenmeister eintraf. Anscheinend hatte Niedlich tatsächlich gelernt, Türen zu öffnen, in welchem Fall – *verdammt* – Niedlich zu den vielen Dingen gehörte, von denen er nicht wollte, daß Querida sie zu Gesicht bekam. Jetzt hörte er auch die anderen Hunde, drüben bei den Ställen. Irgendein Spiel war da im Gange, nach dem Lärm zu urteilen; in das Bellen und Kläffen mischte sich das ausgelassene Quieken der Schweine. Großartig, solange sie da hinten blieben und sich nicht blicken ließen. »Und wie bewerkstellige ich das Kunststück, einhundertsechsundzwanzigmal zu sterben?« fragte er geistesabwesend.

»Vortäuschung falscher Tatsachen, ganz einfach. Wie Barnabas Euch erklären wird, ist es in erster Linie zeitraubend, verglichen mit all den sonstigen Dingen, die das Pensum eines Dunklen Fürsten ausmachen. Ist dieser Hund eine besondere Züchtung oder einfach nur ein Hund?«

»Ich wollte, daß sie Flügel haben«, bekannte Derk, »aber sie fallen ab, sobald die Welpen die Milchzähne verlieren. Seht her. Hier sind die Stellen, wo sie waren.« Er zeigte Querida die zwei Kerben in dem grannigen Fell an Berthas Schulterblättern. Als Querida sich vorbeugte, reckte Bertha den Kopf nach hinten und machte einen gutgemeinten Versuch, ihr durch's Gesicht zu lecken. Derk beeilte sich, Bertha abzulenken, indem er den Weg zur Pferdekoppel einschlug.

»Kürzere Zungen wären gescheiter gewesen«, äußerte Querida grämlich, woraufhin Bertha ihr einen verschreckten Blick zuwarf und auf Derks anderer Seite Zuflucht suchte. Also hat er ihnen auch die Fähigkeit angezüchtet zu verstehen, was man sagt, dachte Querida. »Schon gut, Hund. Ich kann es nur nicht leiden, wenn mein Gesicht naß ist. Was haben wir hier? Pferde?«

»Die Pferde halten wir als Reittiere«, erklärte Derk. Er war nervös. Bald würde er mit seiner eigentlichen Frage herausrücken müssen, schließlich hatte er deshalb diesen Rundgang vorgeschlagen.

Querida schaute wissend von Derk zu den Pferden, die freudig zum Gatter getrabt kamen. Er hat nichts anderes im Sinn, als aus diesen Tieren Monstrositäten zu machen, dachte sie, und trotzdem lieben sie ihn ausnahmslos. Die rätschenden Gänse fielen ihr ein. Nun ja, vielleicht nicht ganz ausnahmslos. Und an diesen Pferden war nichts Ungewöhnliches zu bemerken: mehrere kräftige Warmblüter, ein paar gute Wüstentraber und eine wirklich erstklassige Zuchtstute, trächtig, nach ihrem gewölbten Leib zu urteilen. Querida beobachtete, wie Derk ungeschickt Zucker aus den Taschen kramte und fragte sich, weshalb die Hunde so aufgeregt bellten. »Nun, Hexenmeister Derk?«

Derk konnte sich noch nicht überwinden. »Hat Mr. Chesney das wirklich ernst gemeint mit seinem Wunsch, ein Gott soll sich manifestieren?« fragte er statt dessen.

»Ihr habt ihn gehört. Und da keiner der Götter ihn mit einem Blitz erschlagen hat, vermute ich, daß auch ihnen sein Wunsch Befehl ist und Ihr wohl oder übel einen herbeizitieren müßt.«

»*Ich*?«

»Selbstverständlich Ihr. Es ist grundsätzlich die Aufgabe des Dunklen Fürsten, für die Attraktion zu sorgen.«

»Aber das kann ich nicht! Kein Mensch kann den Göttern befehlen!« jammerte Derk und fütterte die Pferde geistesabwesend mit Zucker händevollweise.

»Außer natürlich Mr. Chesney. Euch wird nichts anderes übrigbleiben, als auch in diesem Fall mit einer Illusion zu arbeiten. Am sichersten wäre es, einen Gott zu kreieren, der nicht existiert. Dazu ist nur ein simpler Trugbildzauber nötig. Ihr erinnert Euch, wie man Trugbilder erschafft, oder?« Derk nickte, immer noch geistesabwesend. Na ja, wenigstens etwas, dachte Querida. Aber konnte man ihm wirklich zutrauen, eine brauchbare Gottheit zu erschaffen? »Ich werde mir für Euch einen glaubhaften Gott einfallen lassen und Euch mitteilen, wie er aussieht.«

»Danke.« Er hatte keinen Zucker mehr und auch keine anderen Fragen, die er vorschieben konnte. Er wischte sich die Hände an der samtenen Hose ab und wußte nicht, wie anfangen.

»Heraus damit, Hexenmeister Derk!« schnappte Querida ungeduldig.

»Ja«, er holte tief Atem, »es ist ein bißchen schwierig. Mir gefällt nicht – ich meine, Mara ist eine selbstbestimmte Frau, und nicht, daß es mich stört, wenn sie sich aufputzt und Touristen verführt ...«

Querida winkte ab.

»Habe ich jahrelang getan. Auch nur Vorspiegelung falscher Tatsachen, falls es das ist, was Euch bedrückt. Wenigstens ist Mara keine vertrocknete alte Schlange wie ich und braucht sich nicht in zwanzig verschiedene Glamouren zu hüllen ...« Derk drehte sich ganz zu ihr herum und schaute ihr prüfend ins Gesicht. Querida fühlte sich unbehaglich daran erinnert, wie dieser riesige schwarze Greif Mr. Chesney angestarrt hatte. »Bedauerlich, daß sie nicht bezahlt wird«, schloß sie.

»Nein, nein, da steckt etwas anderes hinter. Ihr und Mara führt etwas im Schilde, habe ich recht? Was ist es?«

Seit Jahren war es niemandem mehr gelungen, sie aus der Fassung zu bringen, aber jetzt hatte Querida Mühe, ihr Mienenspiel zu beherrschen. Mara hat mich gewarnt, schoß es ihr durch den Kopf, er ist nicht ganz der einfältige Landmann, wie man auf den ersten Blick annehmen möchte. Vielleicht war es klüger, ihn einzuweihen, bevor er bei dem Versuch, ihnen auf die Schliche zu kommen, alles ruinierte. »Wirklich interessant, daß Ihr darauf zu sprechen kommt ...«, begann sie tastend.

Das Kläffen und Bellen der Hunde kam näher, vermischt mit Quieken, Grunzen, Lauten wie hysterisches Gelächter und dem Trommeln von Pfoten und großen und kleinen Hufen. Bevor Querida Gelegenheit hatte, sich umzudrehen, oder Derk rettend eingreifen konnte, stürmte eine buntgemischte Horde aufgeregter Tiere um die Ecke der Koppel und galoppierte stracks über die Stelle hinweg, wo Querida stand.

Derk sah voller Entsetzen, wie die zerbrechliche kleine Gestalt von den außer Rand und Band geratenen vierfüßigen Rabauken – natürlich mußte Niedlich auch dabei sein! – in die Luft geschleudert wurde und mit einem dumpfen Schlag gegen den Koppelzaun prallte.

Queridas persönlicher Eindruck war, daß sie sich urplötzlich von einer Lawine wildgewordener *Bestien* überrollt fand. Während sie durch die Luft flog, sah sie flatternde Schweife, Flügel, aufgeregt gebleckte Zähne und einen verschwommenen Fleck aus weißen und schwarzen Zickzacklinien, der sie ein wenig verwirrte.

Dann spürte sie einen Anprall an einer Seite ihres Körpers, und sie hörte das Knacken, mit dem irgendwo in ihr etwas zerbrach. Erstaunt nahm sie wahr, daß die alte Hündin Bertha angelaufen kam, um sie zu beschützen. Dabei mag ich keine Hunde! dachte Querida, als Bertha weggedrängt wurde und sie selbst, auf dem Boden liegend, dulden mußte, daß kleine harte Hufe über sie hinwegtrappelten. Noch etwas in ihrem Körper zerbrach, ganz am unteren Ende.

Derk brüllte seine Menagerie an. Die von der Aufregung angesteckten Pferde in der Koppel galoppierten hin und her und wieherten schrill, davon abgesehen trat prompt Ruhe ein, nur Bertha hörte nicht auf zu knurren. Die alte Hündin hatte in bester Absicht alles noch schlimmer gemacht, ihretwegen war der Pulk der Schweine abgeschwenkt und über Querida hinweggetrampelt. Auch Derk wußte ihr keinen Dank. »Sei still«, schrie er sie an, als er zu Querida hinlief, die wie tot am Zaun lag. Er hoffte, daß sie die

Besinnung verloren hatte, denn er konnte sehen, daß ihr linker Arm gebrochen war und möglicherweise ihr linker Knöchel ebenfalls. Er kniete neben ihr nieder, um die Verletzungen zu untersuchen.

Queridas Oberkörper schnellte in die Höhe, als er die Hand nach ihrem Bein ausstreckte. »Finger weg!« fauchte sie.

»Ich kenne mich aus mit Knochen«, versicherte Derk. »Mit Muskeln auch.«

Auch wenn es vermutlich stimmte, dachte Querida, während sie sich bemühte, nicht vor Schmerz zu schreien, sie traute ihm nicht über den Weg. Scheußliche Nebelschleier wogten vor ihren Augen, als sie an ihm vorbei zum Unglücksort schaute. Das schwarzweiße Etwas, das sie umgerannt hatte, stand ein Stück weiter ängstlich auf dem Weg. Es bestand nur aus schlaksigen Beinen und einem pfiffigen kurzen Mähnenkamm. Die großen schwarzweißen Schwungfedern bildeten tatsächlich ein augenverrenkendes Zickzackmuster. Also hat er ein geflügeltes Pferd erschaffen, dachte Querida. Derk machte erneut Anstalten, ihr zu helfen, aber sie wehrte ihn mit der gesunden Hand ab. »Ich möchte nicht, daß mir Flügel wachsen wie dieser Kreatur«, zischte sie. »Es wäre Eure verdammte Pflicht gewesen, die Universität davon in Kenntnis zu setzen!« Die Schmerzen machten sie ungerecht.

»Niedlich«, sagte Derk, »Niedlich ist gerade erst entwöhnt. Er hat mit den Hunden und Schweinen gespielt. Laßt mich versuchen, die Knochen zu richten.«

»Nein!« War es nicht erschütternd, wie jemand eben noch eine vollkommen gesunde alte Dame sein konnte und im nächsten Moment eine hilfsbedürftige Invalide? Sie fühlte sich schrecklich. Was sie jetzt wollte und zwar *auf der Stelle*, war ihr eigenes Zuhause, ihre eigene Heilerin und eine beruhigende Tasse von ihrem eigenen Tee. »Ich mag verletzt sein«, sagte sie, »aber ich bin immer noch eine Zauberin. Wenn Ihr die Güte hättet, ein Stück zurückzutreten, werde ich mich wegwünschen und in die bewährten Hände meiner eigenen Heilerin begeben.«

»Wollt Ihr das wirklich?« Queridas Teint sah aus wie graublaues, zerknittertes Papier. Er selbst hätte sich in einem solchen Zustand nicht einen Zentimeter wegwünschen können, allerdings war es mit dieser speziellen Fähigkeit auch zu seinen besten Zeiten nicht weit her.

»Hundertprozentig!« schnappte Querida. Und war im selben Moment verschwunden, nur ein leichter Wellenschlag der Luft kündete von ihrem Abgang.

Derk starrte auf den leeren Fleck und hoffte sehr, daß Querida am richtigen Ort herausgekommen war. Er wollte gleich Barnabas bitten, ihr zu folgen und sich zu vergewissern, doch erst war eine Standpauke fällig.

»Wir haben nur gespielt«, verteidigte sich Niedlich, der ganz genau wußte, was er angestellt hatte.

»Wie oft habe ich dir gesagt, daß du die Augen aufmachen sollst, wenn du herumtobst wie eben. Wenn du noch mehr Unfälle verursachst, werde ich dich den ganzen Tag in eine Box sperren müssen.«

Niedlich warf den Kopf hoch und bedachte Derk mit einem aufmüpfigen Blick über die Schulter hinweg. Dann tänzelte er mit kleinen Seitwärtsschritten dorthin, wo seine trächtige Großmutter besorgt den Hals über die Umfriedung reckte. Derk fand es bedauerlich, daß die Zuchtstute nicht der Sprache mächtig war, vielleicht hätten ein paar passende Worte von ihr Niedlich zur Räson gebracht, doch so konnte sie nichts weiter tun, als ihren Enkel schützend zu beschnobern. Niedlich sagte zu ihr: »Mag Derk nicht leiden!«

»Und Derk ist dir zur Zeit auch nicht besonders gewogen«, gab Derk zurück. »Ich habe dir gesagt, du sollst dich vor den Gästen nicht sehen lassen, und dir fällt nichts Besseres ein, als einen von ihnen umzurennen. Komm mit, Bertha, wir gehen.«

Die meisten Hexenmeister hatten sich bereits verabschiedet, als Derk mit Bertha zur Terrasse zurückkam. Barnabas war noch da und der junge Finn, sie tranken eine letzte Tasse Kaffee mit Shona und Mara. Derk steuerte auf Barnabas zu, um ihn von Queridas Unfall in Kenntnis zu setzen, doch bei einem splitternden Geräusch vom Dach her, blieb er stehen. »Wo ist Kit?«

»Noch da oben«, antwortete Shona.

Derk ging rückwärts zum Rand der Terrasse, von wo aus er den schwarzen Federbausch über der durchgebogenen Traufe sehen konnte. Die Balken ächzten unter Kits Gewicht. »Kit!« brüllte er. »Kit, komm runter, bevor das Dach einstürzt!«

Ein unverständliches Murren aus luftiger Höhe. Das Höflichste, was man heraushören konnte, war: »Hau ab!«

»Was ist nur in ihn gefahren?« wunderte sich Mara besorgt.

»Ich weiß es nicht«, sagte Derk, »und es ist mir auch egal. Er könnte sich verletzen. Kit! Ich gebe dir drei Sekunden, um runterzukommen, Freundchen. Dann hole ich dich runter, mit Magie. Eins, zwei ...«

Widerwillig richtete Kit sich auf. Vielleicht wollte er tatsächlich aufgeben und auf die Terrasse hinunterfliegen. Allerdings vermutete Derk, daß er vorhatte, sich aus dem Staub zu machen, und überlegte schon, ob es den Stolz des Greifen arg verletzen würde, wenn er ihn mit einem Fangzauber zurückholte. Müßige Gedanken, denn als Kit sich mit den starken Hinterläufen in die Luft katapultieren wollte, geschah das Befürchtete. Das Dach brach ein, und in einer hochpuffenden Wolke aus Mörtelstaub und alten Spinnweben sauste Kit in die Tiefe, inmitten einer Lawine aus Schindeln, einem sich Stein um Stein auflösenden Kamin, geborstenen Sparren, Mauertrümmern und zersplitterten Fenstern. Das Krachen und Prasseln war ohrenbetäubend.

»Alle Götter im Himmel!« rief Mara erschüttert. »Er hatte nicht einmal Zeit, die Flügel auszubreiten!«

»Sei froh, er hätte sie sich höchstens gebrochen!« Derk rannte zum Haus, gefolgt von der treuen Bertha, gefolgt von Finn und Barnabas. »Derk, Derk!« rief Mara hinter ihm her. »Die anderen Kinder! Sie waren alle drinnen!«

Shona legte ihrer Mutter stützend den Arm um die Schultern. »Ich kümmere mich darum. Mams, du siehst aus, als würdest du gleich in Ohnmacht fallen. Setz dich lieber hin.«

»Geh nicht hinein, schaut nur durch die Fenster. Wir haben das Haus zu sehr gestreckt, es kann jederzeit ganz einstürzen! Sei vorsichtig!«

»Ja, ja«, sagte Shona beruhigend, während Derk sich einen Weg durch die Haustür bahnte. Ein Trümmerschwall war hindurchgeschossen und auf beiden Seiten daran vorbei, aber durch eine grotesken Zufall war der Rahmen stehengeblieben. Bertha setzte vor Derk über den Schutthügel hinweg ins Innere des Hauses.

Als Derk sich vorsichtig durch ein Gewirr aus herabgefallenen Balken und Ziegeln arbeitete, hörte er sie triumphierend Laut geben.

Irgendwo mitten in dem Trümmerhaufen sagte Kits

Stimme klar und deutlich: »Halt's Maul, dummer Hund.«

Arme Bertha, dies war einfach nicht ihr Tag. Derk stieß einen Seufzer der Erleichterung aus.

»Ein Glück, daß wir alle Hexenmeister sind«, sagte Barnabas hinter ihm. »Finn, du sorgst dafür, daß die Außenmauern nicht einstürzen, derweil sehen Derk und ich zu, was wir drinnen retten können.«

Während Derk über staubgraue Balken hinwegstieg, drapiert mit Laken aus dem Wäscheschrank im zweiten Stock, fühlte er, wie ein Beben durch die Mauern auf beiden Seiten lief und sah, wie sie sich unter Finns Beschwörung stabilisierten. Ein paar Schritte weiter fanden sie Kit; zerrupft und zerrauft, bedeckt mit Mörtelstaub und Pferdehaar, kauerte er in einer Art Käfig aus zersplitterten Dachsparren und geborstenen Marmorplatten. Daraus starrte eins seiner Vogelaugen sie an, riesig, schwarz und wild.

»Ist etwas entzweigegangen?« war Derks erste Frage.

Kit stieß ein Krächzen aus. »Die neue Marmortreppe, zum Beispiel.«

»Er meint, ob du etwas gebrochen hast, Dummkopf, Flügel oder Beine«, stellte Barnabas klar.

»Weiß nicht genau.«

»Gut. Dann werden wir dich befreien. Wo ist der Hund?«

»Ist in Richtung Küche verschwunden.«

»Götter!« stieß Derk hervor. »Lydda war vielleicht noch da drin.«

Barnabas hob beschwichtigend beide Hände. »Eins nach dem anderen. Soweit ich es beurteilen kann, brauchen wir hier einen eigenen Levitationszauber für jeden Balken und die größeren Steintrümmer. Finn, bist du vielleicht so gut?«

Finn tauchte auf, weiß bepudert und tatendurstig. »Aber ja«, meinte er, »ich sehe schon. Das kriegen wir hin, keine Sorge. Kollega Derk, Ihr habt nunmehr Gelegenheit, die Techniken zu studieren, mittels derer wir nach dem Abzug der Touristen unsere verwüsteten Städte wieder aufbauen. Barnabas, du nimmst die linke Seite.«

Derk mußte sich in die Rolle des neiderfüllten Zuschauers schicken. Es war die reinste Demonstration für Studenten. Schnell und effizient, nur ein Murmeln ab und zu, plazierten die beiden Hexenmeister ihre Formeln unter jedem Trumm aus Holz oder Stein und dann rings um Kit herum. Nach kaum einer Minute kommandierte Barnabas: »In Ordnung. Jetzt aktivieren.« Und das gesamte verschränkte Gewirr aus Balken und Marmorblöcken öffnete sich wie eine geballte Faust und stapelte sich Abrakadabra längs der Wände auf. »Kannst du dich bewegen?« fragte Barnabas den Greif.

Kit sagte: »Uff, ja«, und als er sich kriechend in Bewegung setzte: »Aua-autsch!«

Derk musterte ihn, wie er durch das Trümmerfeld krabbelte, das einmal die Diele gewesen war. Wenigstens schienen all seine Gliedmaßen heil geblieben zu sein.

»Seht es von der positiven Seite«, meinte Finn. »Ihr seid auf dem besten Weg zu einer dem Dunklen Fürsten angemessenen Residenz. Sollen wir das Gebäude stabilisieren?«

»Ja, bitte, aber wie kommen wir nach oben in die Schlafzimmer?« Derk schaute zu dem gezackten Loch im Dach. »Und Shonas Klavier stand im zweiten Stock.«

»Da steht es noch«, beruhigte ihn Barnabas, »oder wir wären längst darüber gestolpert. Also bauen wir die Treppe wieder auf und sorgen für ein Notdach, was meinst du? Ich hoffe, du weißt, daß hierfür eine kleine Aufwandsentschädigung fällig ist?«

»Selbstverständlich. Danke.« Derks Aufmerksamkeit war zum größten Teil von Kit in Anspruch genommen. Der Greif zwängte sich durch einen Spalt neben der Eingangstür und ließ sich dann auf den Bauch sinken, die Stirn auf die Vorderpranken gebettet. »Mein Kopf tut weh«, ächzte er, »und ich bin ganz zerschunden.« Er bot einen kläglichen Anblick. Jede Feder und jedes Haar an seinem Körper war grau von Staub und Spinnweben, an seinem Hinterlauf hatte er eine kleine Platzwunde. Davon abgesehen, schien er den Unfall glücklich überstanden zu haben.

Derk horchte besorgt auf Lebenszeichen von dem Rest der Familie. Mara befand sich nicht mehr auf der Terrasse, doch er hörte ihre Stimme irgendwo. In dem Chor antwortender Stimmen erkannte er Elda, Blade, Lydda, Don und Callette. »Gott sei Dank.« Er atmete auf. »Wenigstens hast du keins von deinen Geschwistern umgebracht.«

Kit stöhnte jammervoll.

»Und das hätte durchaus passieren können«, fügte Derk hinzu. »Du weißt, was für ein schwerer Brocken du bist. Komm jetzt mit zu deiner Bleibe, damit ich dich abduschen kann.«

Kit war seit einiger Zeit zu groß, um im Haus zu wohnen. Derk machte sich auf den Weg zu dem geräumigen Schuppen, den er Kit als Unterkunft überlassen hatte, und Kit kroch stöhnend hinter ihm her. Auch während Derk ihn auf dem Platz vor der Baracke mit dem Schlauch abspritzte, stieß er langgezogene wimmernde Laute aus, vermutlich machten sich nach und nach all seine Blessuren bemerkbar. Derk überzeugte sich, daß nichts gebrochen war, nicht einmal die langen, kostbaren Schwungfedern der mächtigen Flügel. Kit grummelte, zwei Krallen wären abgesplittert.

»Sei dankbar, daß du so billig davongekommen bist«, rügte Derk. »Und nun, soll unsere kleine Aussprache hier draußen stattfinden oder drinnen, unter vier Augen?«

Kit ächzte. »Drinnen. Ich will mich hinlegen.«

Derk stieß die Tür auf und winkte ihn hindurch. Er fühlte sich nicht ganz wohl dabei, als hätte er vor, in Kits Geheimnissen herumzuschnüffeln. Normalerweise gestattete Kit niemandem den Zutritt zu seinem Reich, angeblich, weil er wieder einmal nicht aufgeräumt hatte, doch beim Eintreten sah Derk seinen Verdacht bestätigt: Hier war es ordentlicher als irgendwo im Haus. Kits sämtliche Habseligkeiten befanden sich hinter verschlossenen Türen in einem großen Schrank. Die einzig sichtbaren Dinge waren der Teppich, den Mara für ihn geknüpft hatte, die großen Roßhaarkissen, die ihm als Bett dienten, und eine Auswahl seiner Bilder an den Wänden.

In seinem momentanen Zustand war Kit nicht an der Verteidigung seiner Privatsphäre interessiert. Zu elend, um sich auch nur das Wasser aus Fell und Gefieder zu schütteln, schleppte er sich, eine Tropfenspur hinterlassend, zu seiner Lagerstatt und ließ sich ächzend darauf niedersinken. »Also gut«, sagte er, »ich bin bereit für die Standpauke. Fang an.«

»Nein, erst wirst du mir einiges erzählen. Was ist dir in den Sinn gekommen, Mr. Chesney zu provozieren?«

Kits pitschnasser Schweif wischte ein paarmal heftig hin und her, er vergrub den Schnabel zwischen zwei Kissen. »Keine Ahnung. Mir geht es gar nicht gut, ich fühle mich sterbenselend.«

»Unsinn. Raus mit der Sprache, Kit. Du hast die anderen dazu angestiftet, daß sie so tun, als könnten sie nicht sprechen. Und dann hast du dich Mr. Chesney genau in den Weg gesetzt. Warum?«

Kit nuschelte etwas Unverständliches und Unerfreuliches in die Kissen.

»Was hast du gesagt?«

Kit hob den Kopf und stieß ihn aufgebracht in Derks Richtung. Seine Augen funkelten. »Ich habe gesagt, daß ich mir vorgenommen hatte, ihn zu *töten*. Aber ich konnte es nicht. Zufrieden?« Er steckte den Schnabel wieder zwischen die Kissen.

»Aber warum denn nur?« Derk war erschüttert.

»Er läßt die ganze Welt nach seiner Pfeife tanzen! Er läßt dich nach seiner Pfeife tanzen. Er hat Shona ein Sklavenmädchen genannt. Ich wollte ihn sowieso umbringen, damit wir ihn los sind, aber ich war froh, als ich erkannte, daß er den Tod verdiente. Und ich dachte, wenn ich die Leute glauben machte, Greife wären nur stumme Kreaturen ohne Verstand, könnte man dir keine Schuld geben. Du weißt schon: Die Bestie ist unbemerkt ausgebrochen und hat ihn zerfleischt.«

»Ich bin verdammt froh, daß du es nicht getan hast, Kit. Es lebt sich schlecht mit dem Wissen, daß man ein Mörder ist.«

»Ach, ich wußte, daß man mich töten würde.«

»Nein, ich meinte damit, es ist ein fürchterlicher Gemütszustand«, erklärte Derk. »In etwa so, als wäre man verrückt, obwohl man bei völlig klarem Verstand ist, habe ich mir immer vorgestellt. Also, was hat dich zurückgehalten?« Er war erschrocken über den Ton aufrichtigen Bedauerns, der sich bei dieser Frage in seine Stimme schlich.

Kit reckte den Kopf in die Höhe. »Es passierte, als

ich in sein Gesicht schaute. Es war gräßlich. Er denkt, er ist der Herr dieser Welt. Er ist überzeugt davon, im Recht zu sein. Er hätte nicht verstanden, weshalb er sterben muß. Ich hätte ihn töten können, ganz leicht, trotz des Dämons in seiner Tasche, aber er wäre nichts anderes gewesen als jede andere Mahlzeit. Er hätte sich nicht schuldig gefühlt und ich mich ebensowenig.«

»Ich bin froh zu hören, daß du einen Grund gesehen hättest, dich schuldig zu fühlen«, bemerkte Derk. »Ich fing schon an, mich zu fragen, ob wir dich vielleicht falsch erzogen haben.«

»Ich fühle mich schuldig. Die ganze Zeit fühlte ich mich schrecklich, und ich haßte den Gedanken an das, was ich tun wollte. Aber in letzter Zeit war mir ziemlich brachial zumute, und die Welt von Mr. Chesney zu befreien schien mir der beste Weg, davon Gebrauch zu machen. Scheinbar bin ich zu nicht viel anderem nutze. Und jetzt«, fügte er kläglich hinzu, »habe ich auch noch ein schlechtes Gewissen wegen des Hauses.«

»Keine Ursache. Der größte Teil davon muß sowieso abgerissen werden – auf Befehl von Mr. Chesney. Also hast du hinter den Büschen an der Terrasse gelauert und deine Mordlust genährt?«

»Hör auf!« Kit versuchte, sich vor Scham zu winden, ließ es aber schnell wieder bleiben, als seine geschundenen Glieder protestierten. »Schon gut. Es war eine blöde Idee. Ich hasse mich selbst, falls es dir Freude macht.«

»Red keinen Unsinn, Kit.« Derk zerbrach sich den Kopf nach einer Erklärung für Kits Verhalten. Seit Monaten schleppte er etwas mit sich herum. Lange bevor auch nur die Möglichkeit am Horizont auftauchte, daß Derk Dunkler Fürst werden könnte, war

Kit in einer üblen, reizbaren, bissigen Laune gewesen – brachial, wie er selbst es nannte –, aber Derk hatte es, ohne groß nachzudenken, der Tatsache zugeschrieben, daß Kit just fünfzehn geworden war. Doch angenommen, es steckte mehr dahinter. Angenommen, Kit hatte einen Grund, unglücklich zu sein. »Kit«, sagte er nachdenklich, »ich habe dich vorher gar nicht gesehen, erst als du zwischen den Torpfosten aufgetaucht bist, und dann schienst du doppelt so groß zu sein wie in Wirklichkeit . . .«

»Ehrlich? Das kam wahrscheinlich daher, daß du dir Sorgen um Mr. Chesney gemacht hast.«

»Ach ja? Wahrscheinlich war ich auch wegen irgend etwas besorgt, als ich dich klar und deutlich sagen hörte, Mr. Chesney hätte einen Dämon in seiner Tasche?«

Wieder fuhr der Adlerkopf herum, und für einen Moment waren Kits Augen tiefschwarz vor Schreck. Man konnte förmlich sehen, wie er sie zwang, wieder ihre normale goldbraune Farbe anzunehmen, um dann betont beiläufig zu antworten: »Das muß ich irgendwo aufgeschnappt haben. Jeder weiß, daß er ihn in der Jackentasche mit sich herumträgt.«

»Nein, das weiß längst nicht jeder«, widersprach Derk. »Ich glaube, selbst für Querida wäre es eine überraschende Neuigkeit.« Verflixt, er hatte Barnabas immer noch nicht Bescheid gesagt. »Kit, rück raus damit. Du bist wie Blade, habe ich recht? Wie lange weißt du schon, daß du über Zauberkräfte verfügst?«

»Erst seit ungefähr einem Jahr«, gestand Kit. »Ich habe es ungefähr zur gleichen Zeit gemerkt wie Blade – Blade meint, wir hätten es beide von dir geerbt –, aber unsere Begabungen liegen auf verschiedenen Gebieten.«

»Weil ihr natürlich Erfahrungen ausgetauscht habt.

Kit, damit das von Anfang an klar ist – in deinem Fall kommt erst recht nicht in Frage, daß du die Universität besuchst ...«

Kit ließ den Kopf hängen. »Ich weiß. Sie würden mich einsperren, als Ausstellungsstück. Deshalb wollte ich es ja auch für mich behalten.«

»Aber du brauchst Unterweisung«, fuhr Derk fort, »damit du nicht aus Versehen wer weiß was für ein Unheil anrichtest. Mara und ich hätten dich zusammen mit Blade in die Lehre nehmen sollen. Du hättest uns ins Vertrauen ziehen müssen, Kit. Ich will dir dasselbe sagen, was ich Blade gesagt habe: Ich werde einen guten Lehrer für euch finden, für euch beide, aber ihr müßt Geduld haben. Erstens dauert es seine Zeit, den richtigen Zauberkundigen auszuwählen, und zweitens muß ich erst dieses Jahr als Dunkler Fürst hinter mir haben. Bist du bereit zu warten? Du kannst schon eine ganze Menge lernen, indem du mir bei meinen Pflichten hilfst.«

»Ich wollte dir gar nichts verraten.«

»Lieber hast du statt dessen allen Leuten den Kopf abgebissen.«

Kits Schnabel steckte immer noch zwischen den Kissen, aber ein breites Greifengrinsen bog die Winkel nach oben. »Wenigstens habe ich nicht gebrüllt, du wärst ein neidischer Tyrann«, sagte er. »Wie Blade.«

Nun ja, das bin ich, dachte Derk. Ein bißchen. Neidisch auf jeden Fall. Ihr beide habt eure Karriere als Magier noch vor euch, und du, Kit, hast all den Verstand, den ich in einen großen Greifenschädel packen konnte. »Stimmt.« Er seufzte. »Jetzt bleib einfach nur hier liegen und ruh dich aus. Ich gebe dir etwas für die blauen Flecken, falls du heute abend noch Schmerzen haben solltest.«

Er schloß leise die Tür und und kehrte zum Haus

zurück. Shona kam ihm am Rand der Terrasse entgegen, vorwurfsvoll und überhaupt nicht mehr affektiert.

»Die Kleinen sind alle in Sicherheit«, berichtete sie. »Sie waren im Esszimmer, und sie haben gar nicht *mitgekriegt*, daß das Dach eingestürzt ist!«

»Wie?« fragte Derk. »Was?«

Shona zeigte mit dem Daumen über die Schulter. »Sieh sie dir an!«

Blade saß an der langen, noch nicht abgeräumten Tafel, wie auch Mara, Finn und Barnabas. Lydda und Don breiteten sich bäuchlings zwischen den leeren Stühlen auf dem Boden aus, Callette lag mit erhobenem Kopf neben der Treppe zum Garten, gelegentlich fegte ihr Schweif durch die eingeschüchterten Orchideen. Elda hatte sich auf dem Tisch ausgestreckt. Jeder beugte sich über einen von den kleinen flachen Kästen mit Tasten und drückte diese Tasten mit Finger oder Kralle, als gäbe es nichts Wichtigeres auf der Welt.

»Callette hat herausgefunden, wie das funktioniert«, verkündete Don.

Barnabas nickte bestätigend. »Sie ist ein Genie. Ich habe nie gewußt, daß die Dinger noch etwas anderes tun können, als Zahlen addieren. Ich habe ihr hundert Stück davon repliziert, falls die Batterien den Geist aufgeben.«

Elda schaute flüchtig auf, als Derk hinter sie trat und ihr über die gefiederte Schulter blickte. »Du tötest kleine Männer, die vom Himmel fallen und dich töten wollen«, erklärte sie. »Und wir haben wohl gemerkt, daß das Dach eingestürzt ist – die Displays sind ganz staubig geworden. Verflixt! Du hast mich abgelenkt, und jetzt bin ich tot!«

»Ist mit Kit alles in Ordnung?« erkundigte sich

Blade. »Übrigens, ich habe Level Vier erreicht. Kann jemand mithalten?«

»Level Sechs«, verkündete Callette selbstgefällig von der Treppe her.

»Hättest du wohl gern!«

»Level Sieben«, meldete Finn sanft. »Wenn man es bis dahin geschafft hat, scheint es nicht mehr weiterzugehen. Seid Ihr mit dem Haus so zufrieden, Kollega Derk?«

Das Mittelteil des Hauses war wiedererstanden, als – im wahrsten Sinne des Wortes – Schatten seiner selbst. Durch das transparente Mauerwerk konnte man die Treppe sehen, ebenfalls wieder an Ort und Stelle, darüber wiegte sich sacht ein Notdach wie ein an vier Ecken verankerter Ballon. Wenigstens würde es den Regen abhalten, bis ohnehin das ganze Haus in eine halb verfallene Burg verwandelt werden mußte.

»Wunderbar«, sagte Derk. »Vielen Dank.« Er legte Barnabas die Hand auf den Arm. »Ich unterbreche nicht gern, aber Querida hatte vorhin einen kleinen Unfall, hinten bei der Pferdekoppel. Ich fürchte, sie hat einige Knochenbrüche davongetragen. Sie wollte nicht erlauben, daß ich sie behandle, sondern ist nach Hause zurückgekehrt.«

»Liebe Güte!« Barnabas und Mara rissen sich aus ihrer Faszination und machten besorgte Gesichter.

»Du hättest sie sofort ins Haus bringen sollen!« tadelte Mara.

»Ich durfte sie nicht anrühren«, verteidigte sich Derk. »Sie hat sich weggewünscht.«

»Das ist nicht ihr erster derartiger Streich«, sagte Barnabas. »Vor fünf Jahren hat ein Tolpatsch von Pilger ihr das Handgelenk gebrochen, und wir alle mußten wegen Querida ein Bußgeld entrichten, weil sie sich schnurstracks nach Hause wünschte und sich weigerte, ihre Arbeit wieder aufzunehmen. Für den Rest der Saison mußten wir ohne Glamouröse Zauberin auskommen. Wenn sie verletzt ist, reagiert sie offenbar wie ein krankes Tier und verkriecht sich.«

Finn erhob sich beflissen. »Wie sollten uns zur Universität begeben und nach ihr sehen.«

Barnabas erhob sich seufzend ebenfalls. »Ja, das sollten wir wohl.«

Doch im Gegensatz zu ihren Worten blieben sie beide am Tisch stehen und schauten Derk abwartend an.

Derk schlug sich mit der flachen Hand an die Stirn. »Verzeiht meine Vergeßlichkeit. Was bin ich für die Hilfe schuldig?«

Die beiden Hexenmeister tauschten einen Blick. »Wir dachten schon, du fragst gar nicht mehr«, meinte Barnabas. »Wir nehmen gern jeder ein Säckchen Kaffee, danke schön.«

»Puh!« stieß Shona hervor, als die beiden endlich verschwunden waren. »Ich glaube, das war der aufregendste Tag in meinem ganzen Leben. Und die Touren haben noch nicht mal angefangen!«

»Dem Himmel sei Dank!« sagte Mara. »Vorher sind noch tausend Dinge zu erledigen.«

Kapitel 5

Blade mußte vor allen Dingen eines – lernen, lernen, lernen: die Vorschriften in dem schwarzen Buch, die Routen in der rosafarbenen Liste und der grünen Broschüre und die einzelnen Stationen auf der Landkarte. Nie hatte ihn etwas dermaßen gelangweilt. Er war daran gewöhnt, Dinge auf *interessante* Art zu lernen, von seinen Eltern, im Wettstreit mit Greifen, die ebenfalls nicht auf den Kopf gefallen waren. Hätte dieses ganze Unternehmen irgend etwas mit der Wirklichkeit zu tun gehabt, wäre er vielleicht nervös geworden, aber es ging nur um die Touren, und weil er wußte, seine eigene Pilgergruppe würde als allerletzte aufbrechen, blieben ihm acht Wochen Zeit, um sich vorzubereiten, weshalb sich also verrückt machen? Noch dazu bei diesem wunderschönen Frühherbstwetter.

Derk mußte natürlich die gleichen Listen in nur zwei Wochen auswendig lernen und zudem noch die anderen Dinge tun, um die ein Dunkler Fürst sich zu kümmern hatte. Barnabas kam fast täglich zur Besprechung. Er und Derk saßen stundenlang in Derks Arbeitszimmer und dann, später am Tag, eilte Derk davon, sichtlich gestreßt, um mit König Luther oder einigen Drachen über die Punkte zu verhandeln, die er mit Barnabas ausgearbeitet hatte. Dazwischen verfaßte er Fingerzeige auf die verwundbare Stelle des Dunklen Fürsten oder beantwortete Post. Dauernd landeten Brieftauben mit Botschaften. Shona kümmerte sich soweit wie möglich darum, und um die Post für Mara ebenfalls. Mara, nicht weniger beschäftigt als Derk, pendelte zwischen Derkholm und dem

Haus am Rand der Mittleren Karge hin und her, das sie von ihrer Tante geerbt hatte und als Residenz der Glamourösen Zauberin herrichtete.

Eltern, so kam es Blade vor, hatten immer doppelt so viel Energie wie ihre Kinder und nichts schien ihnen langweilig zu sein. Die Atmosphäre zu Hause war hektisch, und er suchte so oft wie möglich das Weite. Die meisten Tage verbrachte er mit Kit und Don in dem halbmondförmigen Seitental dicht unterhalb von Derkholm, wo sie unter einem prachtvollen dunkelblauen Himmel des süßen Nichtstuns pflogen.

Kit, der Rekonvaleszent, strählte träge sein Gefieder, während Don es sich mit dem schwarzen Buch in den Krallen bequem machte, so daß er Blade die Regeln abfragen konnte, wenn es einem von ihnen in den Sinn kam. Lydda und Elda wurden nicht eingeweiht, die beiden hätten vielleicht Shona das Versteck verraten, und Shona aus dem Weg zu gehen war dieser Tage oberstes Gebot. Sobald sie einen von ihnen erspähte, hieß es unweigerlich: »Don, du führst die Hunde aus, während ich Klavier übe.« Oder: »Blade, Paps möchte, daß du die Felder bewässerst, während er den Emir besucht.« Oder: »Kit, vier Ballen Heu müssen aus der Scheune geholt werden – und wenn du gerade dabei bist, Paps sagt, du sollst dort Platz für sechs weitere Taubenschläge schaffen.«

Wie Kit gallig sagte: dieses »wenn du gerade dabei bist« war das schlimmste. Eins führte zum anderen, und man kam den ganzen Tag nicht mehr von der Leine. Shona war eine Meisterin dieser wenn-du-schon-einmal-dabei-bists. Sie kamen am Ende eines Satzes, heimtückisch wie der Dolch eines Meuchelmörders. Wenn Shona irgendwo auftauchte, machte neuerdings sogar Kit sich erst möglichst klein und dann aus dem Staub.

Shona wußte natürlich Bescheid und beschwerte sich unüberhörbar. »Ich habe mein Studium aufgeschoben, um Paps zu helfen«, wurde sie nicht müde zu betonen, »obwohl ich tausendmal lieber jetzt in der Akademie wäre, und die einzigen, die außer mir noch einen Finger krumm machen, sind Lydda und Callette.«

»Aber sie tun, was ihnen Freude macht«, verteidigte sich Elda. »Ist nicht meine Schuld, daß ich zu nichts zu gebrauchen bin.«

»Du bist schlimmer als Callette«, gab Shona zurück. »Ich habe noch nie erlebt, daß Callette zu etwas zu gebrauchen gewesen wäre, was ihr keinen Spaß macht. Die Jungs sind wenigstens ehrlich.«

Callette war tatsächlich ganz in ihrem Element. Sie bastelte die hundertsechsundzwanzig magischen Objekte, die der Drache im Norden bewachen sollte. Die meiste Zeit war von ihr nur der mächtige graubraune Rumpf zu sehen, der aus der Baracke ragte, in der sie wohnte und arbeitete, während die Quaste am Ende ihres Schwanzes gereizt hin- und herschlug und der Meinung seiner Besitzerin über ihr jüngstes Werk Ausdruck verlieh. Denn Callettes Ehrgeiz war geweckt. Jedes Objekt sollte anders aussehen. In Abständen tauchte sie in dem geheimen Tal auf, um Kit, Blade und Don ihre neueste Kollektion zur Beurteilung vorzulegen. Die drei waren fast zu beeindruckt, um Kritik zu äußern. Callette hatte ganz bescheiden mit etwa zehn verschiedenen Kelchen und diversen Kristallkugeln angefangen, aber dann hatte Don ganz unschuldig bemerkt: »Sollten diese Dinger nicht aufleuchten oder so, wenn ein Pilger sie anfaßt?«

»Gute Idee«, hatte Collette nur geäußert, ihre Kristallkugeln eingesammelt und war nachdenklich davongeflogen.

Die Objekte der nächsten Produktionsreihe leuchteten um die Wette, manche ziemlich grell, aber selbst Callette konnte nicht sagen, was sie darstellen sollten. »Ich nenne sie Tinnefs«, erklärte sie und sammelte die glitzernden Objekte in ein Tuch, um sie in ihr Atelier zurückzubringen.

Danach wurden die neuesten Tinnefs von Mal zu Mal ausgefallener.

»Übertreibst du nicht ein bißchen?« fragte Blade, in einer Hand eine schimmernde blaue Rose, in der anderen ein undefinierbares stachliges Ding, das rot aufleuchtete, wenn man es berührte.

»Kann sein«, antwortete Callette. »Ich glaube, mir geht es wie Shona, wenn sie Geige spielt und kein Ende findet. Mir kommen ständig neue Ideen.«

Das einhundertneunte Tinnef entlockte selbst Kit ein bewunderndes Schnauben. Es war ein filigranes Gefüge aus schneeflockenähnlichen Kristallen und färbte sich mit melodischem Klingen milchigweiß, wenn man es anfaßte. »Bist du sicher, daß du nicht in Wirklichkeit eine Zauberin bist?« Kit drehte das Gebilde respektvoll in seinen Pranken.

Callette warf ihm über einen braungebänderten Flügel einen gekränkten Blick zu. »Selbstverständlich nicht. Das ist Elektronik, genauso funktionieren diese Tastengeräte. Ich habe Barnabas gebeten, mir noch hundert davon zu reproduzieren, und sie für die Tinnefs auseinandergenommen. Gib mir das zurück. Vielleicht behalte ich's. Es ist mein Bestes bis jetzt.«

Das Tinnef sorgsam an die Brust gedrückt, hob sie ab und glitt mit ausgebreiteten Schwingen zum Talausgang. Dort aber mußte sie sich mit hastigen Flügelschlägen über eine Herde Kühe hinwegretten, die jemand aus dem Dorf durch den Einschnitt trieb.

Das war das Ende ihres friedvollen Refugiums. Wie sich herausstellte, gehörten die Kühe dem Bürgermeister, der sein Vieh in Sicherheit brachte, bis die Touren vorbei waren. Danach tauchten er und seine Frau und die Kinder mehrmals täglich auf, um nach den Tieren zu sehen.

Don wurde als Kundschafter ausgesandt, um nachzuforschen, ob es irgendwo einen anderen brauchbaren Platz gab, doch bei seiner Rückkehr berichtete er verdrossen, daß jeder versteckt gelegene Ort von Kühen, Schafen, Schweinen, Geflügel oder Ziegen mit Beschlag belegt war. Den dreien blieb nichts anderes übrig, als sich in Derkholm hinter den Ställen niederzulassen, aber dort war man nicht halb so ungestört.

Indes trug Derk fast ständig eine Miene gequälter Selbstüberwindung zur Schau. Ihm war, als hätte er sein ganzes Leben damit verbracht, von einem dringenden, unangenehmen Termin zum anderen zu hetzen. Einer der ersten von diesen war ihm am meisten zuwider, und er überstand ihn nur, indem er an das neue Lebewesen dachte, das er erschaffen wollte. Die Pflicht verlangte von ihm, sich ins Dorf zu begeben und die Nachricht zu überbringen, daß auf Mr. Chesneys Wunsch der Ort in Trümmer gelegt werden sollte. Diese trostlose Mission lag ihm derart schwer im Magen, daß er Niedlich anraunzte, während er Niedlichs Mutter, Schönste, sattelte. Woraufhin Niedlich eingeschnappt davonstolzierte und aus Rache die Hunde auf die Gänse losließ. Derks Aufbruch verzögerte sich, bis er Ordnung geschaffen hatte.

»Kannst du deinem Sprößling nicht etwas mehr Respekt beibringen?« beschwerte er sich bei Schönste, die während des ganzen Hin und Hers und Getöses geduldig gewartet hatte und nur die großen, glänzend schwarzen Flügel mantelte, als Derk wiederkam, um zu zeigen, daß sie bereit war.

»Whächst mir hüb'r 'n Koff«, antwortete sie. Sie sprach nicht so gut wie ihr Sohn, auch ohne Trense im Maul nicht.

Für Derk bedeutete Schönste das gleiche wie Tinnef Nummer einhundertneun für Callette; er wäre lieber gestorben, als Schönste der Universität zu überlassen. Also lächelte er und klopfte ihr den glänzenden schwarzen Hals. Keine Ameisen, dachte er. Überhaupt keine Insekten. Ein Geschöpf, das noch wunderbarer war als Schönste. Als er in den Sattel stieg und sie sich wie schwerelos in die Luft schwang, fast noch müheloser als Kit, wurde ihm die Brust eng vor Liebe und Stolz. Auf dem Flug zum Dorf beschäftigte er sich mit der Idee eines Wasserlebewesens. Das war neues Terrain für ihn. Wenn er sich Zellen von einem Delphin beschaffen könnte ...

Bei der Landung auf dem Dorfplatz stellte er fest, daß man dabei war, die Häuser niederzureißen. »Was zum Teufel geht hier vor?« fragte er.

Der Bürgermeister unterbrach seine Tätigkeit, die darin bestand, die Tandlerei in Trümmer zu legen, kam herüber, setzte neben Schönste den Vorschlaghammer ab und kreuzte die Arme auf dem Stiel. »Schön, dich zu sehen, Derk. Wir hätten ohnehin über das Gemeindehaus mit dir sprechen müssen. Wir würden es gern stehenlassen, andererseits möchten wir nicht, daß irgendwelche Pilger oder Soldaten darin ihren Mutwillen austoben. Ich habe mich gefragt, ob du vielleicht eine Möglichkeit siehst, es als Ruine zu tarnen.«

»Liebend gern«, sagte Derk. »Kein Problem.« Das

Gemeindehaus war erst im letzten Frühjahr gebaut worden. »Aber woher habt ihr gewußt ... Wir könnt ihr hier ausharren ohne ...«

»Wer wüßte nicht, was gefällig ist, wenn man an der Route der Pilgerfahrten liegt«, antwortete der Bürgermeister. »Nicht deine Schuld, Derk. Es war abzu-sehen, daß eines Tages du an der Reihe sein würdest. Wir haben schon vor Jahren Erdlöcher ausgehoben und als Behausung hergerichtet, fließend Wasser, Elektrizität und so weiter. Gestern haben wir Möbel und Vorräte hinuntergeschafft. Morgen wird das Dorf vollkommen verfallen und verlassen aussehen, nur Tom Holts Schweinestall und Jenny Wellabys Waschhaus bleiben stehen. Ich habe gehört, man erwartet, ein oder zwei ärmliche Bretterbuden vorzufinden. Was mir nicht gefallen will«, er fuhr sich mit der Hand durch den Ziegelstaub in seinem Haar, »ich hätte nicht erwartet, daß diese abgerissenen Häuser so *frisch* aussehen würden. Es wirkt unglaubwürdig.«

»Ich kann dafür sorgen, daß sie um einiges älter erscheinen.«

»Und rauchgeschwärzt? Das macht immer einen guten Eindruck. Wir haben zwei Einwohner, Fran Taylor und Papa George, die beide ziemlich hager sind, abgeordnet, um als hungernde Überlebende in den Ruinen herumzustochern, sobald eine neue Tour im Anmarsch ist, aber ich wäre froh, wenn du dafür sorgen könntest, daß sie etwas weniger gesund aussehen. Ein Blick auf Papa George und man weiß, er ist in seinem Leben nicht einen Tag krank gewesen. Blaß und hohläugig, das stünde ihm in seiner Rolle gut zu Gesicht.«

»Kein Problem.« Dieser Mann dachte an alles!

»Und noch eins – wir treiben alles Vieh hinauf in

die Berge und bringen es dort in Pferchen unter – wir möchten nicht, daß Tiere umkommen -, aber wenn du ein Mittel wüßtest, daß man sie nicht so ohne weiteres entdecken kann, wäre ich dir überaus dankbar.«

Derk konnte schlecht nein sagen. Den Rest des Tages war er damit beschäftigt, die Schläge der Abbruchhämmer mit Magie zu begleiten und den aufwölkenden Ziegelstaub als Ruß niedersinken zu lassen. Bei Sonnenuntergang war das einstmals blühende Dorf ein Ruinenfeld. »Was hältst du davon?« wollte Derk von Papa George wissen, während er ihn in eine ausgezehrte Elendsgestalt verwandelte.

Papa George zuckte die Schultern. »Auch eine Art, sich seinen Lebensunterhalt zu verdienen. Hirnverbrannt, wenn man mich fragt. Aber mich fragt ja keiner, oder?«

Nein, und mich auch nicht, dachte Derk, als er wieder auf Schönste stieg. Doch es erschreckte ihn, erkennen zu müssen, daß er nicht die Macht hatte, etwas am Lauf der Dinge zu ändern, ebensowenig wie Papa George.

Schönste, die die Flügel schüttelte und prustete, um den Staub loszuwerden, tat kund, daß es ihrer Meinung nach ein verlorener Tag gewesen war. »Lhangweilig. Khein Flhiegen.«

»Wart's ab«, antwortete Derk.

Am nächsten Tag flog er nach Norden, um sich mit König Luther zu treffen, am Tag danach Richtung Süden, zu einem unerquicklichen und weitgehend ergebnislosen Gespräch mit den Moorleuten, die mehr Geld dafür verlangten, daß sie für die Pilger – und *mit* den Pilgern – vorgetäuschte Menschenopfer inszenierten. Auf dem ganzen Heimflug tönte ihm ihr stereotypes: »Ist Blasphemie, ist Respektlosigkeit gegenüber Göttern!« in den Ohren, und er spielte mit dem Gedanken, seiner Wasserkreatur einen unstillbaren Appetit auf Moorleute mitzugeben.

Doch als er am darauffolgenden Tag nach Osten flog, zu einer Besichtigung der zehn zur Brandschatzung vorgesehenen Städte, modifizierte er diese Vorstellung zugunsten einer Flüsse bewohnenden Kreatur halb Delphin, halb Drache. Nur – es gab in der Nähe von Derkholm keinen großen Fluß. Wieder einen Tag später, auf dem Rücken von Schönste unterwegs Richtung Südosten, zu Verhandlungen mit dem Emir, gelangte er zu der Einsicht, ein Geschöpf halb Drache wäre zu groß.

Der Emir weigerte sich strikt, den Marionettenherrscher zu spielen.

»Ich übernehme jede andere Rolle«, sagte er zu Derk, »doch unter keinen Umständen spiele ich den willenlosen Sklaven dieser Tiara. Ich habe gesehen, was aus Scheich Detroy geworden ist. Er schleicht immer noch herum wie ein Zombie. Er sabbert. Sein Leibdiener muß ihn füttern. Entwürdigend! Diese magischen Objekte sind gefährlich!«

Auch Derk hatte Scheich Detroy gesehen und mußte zugeben, der Emir weigerte sich mit gutem Grund. »Und wenn Ihr einen Eurer ergebensten Diener bittet, statt Eurer die Tiara zu tragen?«

»Damit er meinen Thron usurpiert? Ich hoffe, Ihr scherzt.«

Die Diskussion zog sich über mehrere Stunden hin, endlich sagte Derk entnervt: »Und könnt Ihr nicht eine Kopie der Tiara aufsetzen und so tun, als hätte sie Macht über Euch?«

»Eine ausgezeichnete Idee!« Der Emir war begeistert. »Ich glaube, ich wäre ein recht guter Schauspieler. Nun wohl, so sei es!«

Derk trat todmüde die Heimreise an und wie in

solchen Phasen körperlicher und geistiger Erschöpfung schon mehr als einmal geschehen, produzierte sein Gehirn die bisher beste Idee seine neue Schöpfung betreffend. Kein Tier, ein Wesen halb Mensch, halb Delphin. Eine Nixentochter. Während Schönste mit müden Flügelschlägen heimwärts flog, durchdachte Derk die verschiedenen Möglichkeiten, das Erbgut von Mensch und Delphin zu verspleißen. Faszinierend. Die Frage war: Würde Mara sich bereiterklären, als Mutter dieses neuen Lebewesens zu fungieren? Wenn er ihr die Idee als Herausforderung präsentierte, gelang es ihm vielleicht sogar, die Kluft zu überbrücken, die sich zwischen ihnen aufgetan hatte.

Niedlich kam angeprescht, als sie bei den Stallungen landeten, und Schönste hätte ihren übermütigen Sohn fast ausgezankt. Sie war nicht weniger erschöpft als Derk. »Wenn das so weitergeht«, bemerkte Derk zu Shona, die ihm half, Schönste abzusatteln, »werden wir bald nur noch Schatten unserer selbst sein.«

»Schwarze Schatten mit roten Augen? Was für ein Glück – genau das, was Mr. Chesney wünscht.«

Eine tiefe Dankbarkeit gegenüber seiner Tochter wallte in Derk auf. Wenn es schließlich soweit war, würde er für die menschliche Hälfte der Nixentochter Shonas Zellen verwenden, das garantierte beste Qualität.

»Hier ist es auch zugegangen«, berichtete Shona. »Die Jungs tun keinen Handschlag, wenn man nicht dauernd hinter ihnen her ist, und Elda ist genauso schlimm. Ich habe nicht eine Minute Zeit zum Üben gefunden. Jedesmal wenn ich anfangen wollte, kam wieder eine Brieftaube. Die Nachrichten liegen alle auf deinem Schreibtisch. Paps, du solltest Brieftauben züchten, die sprechen können, das würde den Papierkram sparen.«

»Eine gute Idee«, sagte Derk, »aber im Moment kann ich mich damit nicht beschäftigen. Morgen muß ich unbedingt Querida aufsuchen. Sie wollte zwei wichtige Dinge für mich erledigen, aber ich habe noch nicht wieder von ihr gehört.«

»Vielleicht ist sie zu Schaden gekommen, als sie sich in solcher Hast nach Hause gewünscht hat.«

»Barnabas sagt, sie ist in ihrem Haus angekommen, und ihre Heilerin hat ihn wissen lassen, es ginge ihr den Umständen entsprechend gut. So ungern ich eine Kranke behellige, mir brennt die Zeit auf den Nägeln.«

Doch es vergingen mehrere Tage, bis Derk die Reise zu Querida antreten konnte. Die Briefschaften, die Shona auf seinen Schreibtisch gelegt hatte, beschäftigten ihn und Schönste fast eine Woche lang. Als er schließlich aufbrach, war er entschlossen, daß Querida Schönste nicht zu Gesicht bekommen sollte. Er hatte gesehen, mit welchem Blick sie Niedlich angeschaut hatte, trotz Benommenheit und Schmerzen, und er wollte keineswegs das Risiko eingehen, daß sie Schönste für die Universität beanspruchte. Er ließ Schönste fünf Meilen entfernt von der Universität auf einer Wiese grasend zurück, in etwa die Distanz, die er per Weitwünschen zu überwinden vermochte. Leider hatte er nicht Blades Begabung auf diesem Gebiet, wie er seufzend feststellte, als er sich schwerfällig seinem Ziel entgegenhievte.

Er landete ruckartig und über die eigenen Füße stolpernd am Ende der von gleichförmigen kleinen grauen Häusern gesäumten Straße, in der Querida wohnte und machte sich auf die Suche nach dem richtigen. Bei der Adresse angekommen, war keine Spur von Leben zu sehen oder zu fühlen. Vielleicht war Querida schon wieder soweit bei Kräften, daß sie sich zur Universität begeben hatte. Doch weil er nun schon einmal da war, wollte er sich wenigstens Gewißheit verschaffen. Er klopfte an.

Zu seiner Überraschung bewegte sich die Tür unter seiner Faust und schwang nach innen. Er drückte sie weiter auf.

»Jemand da?«

Keine Antwort, aber eine schwache Aura von Leben.

Zaghaft und vorsichtig trat er ein, vorsichtig deshalb, weil jemand wie Querida sein Haus garantiert mit der einen oder anderen raffinierten Falle gegen ungeladene Gäste sicherte. Das Knarren der alten Bodendielen unter seinen Schritten klang ihm überlaut in den Ohren.

Er befand sich in einem kleinen, geschäftigen Wohnzimmer, angefüllt mit Federn in langhalsigen Flaschen, allerlei Trödel, gemusterten Kissen, gemusterten Tüchern, gemusterten Teppichen und einer großen Anzahl schlangenartig gewundener Kerzenstöcke. Es roch säuerlich und pelzig und nach alter Dame. Am hinteren Ende stand ein Sofa, geblümter Bezug und Quasten, auf dem unter einer gemusterten Decke Querida lag. In dem kleinen Raum wirkte sie selbst weniger klein. In aggressionsmindernden Abständen um sie verteilt, ruhten drei große, getigerte Katzen, und drei große gelbe Augenpaare musterten Derk feindselig. Deshalb die offene Tür, dachte er, damit die Katzen kommen und gehen können. Querida schlief fest. Ihr Gesicht war blass, der Mund leicht geöffnet. Der geschiente dünne linke Arm lag angewinkelt auf ihrer Brust und hob und senkte sich mit ihren Atemzügen. Er sah die Umrisse von Schienen an ihrem linken Bein, daneben die größte der drei Katzen.

Eigentlich war es unverzeihlich, sie zu wecken, aber ... Derk hustete. »Ähem – Querida?«

Querida regte sich nicht. Derk wiederholte ihren Namen lauter und dann so laut, daß die Katzen ungehalten mit den Ohren zuckten. Zum Schluß schrie er fast. Die Katzen funkelten ihn grimmig an, doch Querida schlief ungerührt weiter. Derk war beunruhigt. »Ich sollte wohl die Heilerin rufen«, sagte er und kam sich dumm vor, weil er nicht wußte, ob er zu sich selbst, zu den Katzen oder zu der Schlafenden sprach.

Er achtete darauf, beim Hinausgehen die Tür offenzulassen, und machte sich auf den Weg zum Campus. Dabei hielt er nach jemandem Ausschau, der ihm vielleicht sagen konnte, wo Queridas Heilerin zu finden war. Kein Mensch begegnete ihm, bis er zu dem Platz vor dem Hauptgebäude der Universität kam. Dort war eine ansehnliche Menschenmenge versammelt, schweigend und geduldig um einen mit Schachteln, Bündel und Stoffrollen beladenen Karren. Eine hochgewachsene Frau, die Ruhe selbst, mit sehr aufrechter Haltung und seraphisch aussehend, verteilte die Dinge im Wagen an die wartenden Menschen und gab ihnen Anweisungen dazu.

»Du bist auf dem östlichen Posten stationiert«, hörte Derk sie sagen, als er sich einen Weg durch die Leute bahnte, »du brauchst am dringendsten Antifebrilia und Kräuter gegen Magenverstimmungen. Hier.« Flink und präzise teilte sie kleine Leinensäckchen aus und wandte sich an die nächste Gruppe. »Ihr seid als Nachhut für die Reisegruppen eingeteilt, also braucht ihr unbedingt sowohl ein Lasttier als auch ein Reitpferd. Euer Paket enthält Remedien für alle Malaisen, die man sich nur vorstellen kann. Ihr glaubt nicht, was diese Pilger sich alles antun – von eiternden Wunden bis zur Alkoholvergiftung. Hier. Ich nenne das meinen Leichensack.« Sie drehte sich zur Seite, um einen Beutel in Form und Größe einer Schlummerrolle aus dem Karren zu ziehen, dabei fiel ihr Blick auf Derk. Sie schien sofort zu wissen, daß er nicht gekommen war, um Medikamente abzuholen. »Ja?« fragte sie kühl. »Was kann ich für Euch tun?«

»Ich suche jemanden, der Queridas Heilerin kennt«, erklärte Derk.

»*Ich* bin Queridas Heilerin«, antwortete die Dame hoheitsvoll. »Gibt es ein Problem?«

»Nun, sie scheint zu schlafen . . .«

»Das möchte ich hoffen«, versetzte die hoheitsvolle Dame. »Querida ist überaus schmerzempfindlich. Deshalb habe ich sie auf ihren eigenen Wunsch in einen Heilschlaf versetzt, bis die Schmerzen abgeklungen sind.«

»Ach so. Aber ich muß dringend mit ihr sprechen. Besteht unter Umständen die Möglichkeit . . .«

»Nicht die geringste. Kommt wieder in . . .« Sie reichte den Sack dem vordersten der Wartenden – die Wolke verschiedener Kräuteraromen benahm Derk fast den Atem – und zählte an den Fingern die Tage ab. ». . . in einer Woche.«

»Eine *Woche*!«

»Oder zehn Tage.«

»Aber es bleiben nur noch vier Tage bis zur ersten Tour!«

»Ihr sagt es. Deshalb bin ich gerade damit beschäftigt, meine Heilerinnen auszustatten. Würdet Ihr Euch bitte entfernen? Es ist von größter Wichtigkeit, daß jede Heilerin sich pünktlich und für alle Eventualitäten gerüstet auf ihrem Posten befindet, bevor die ersten Fremdweltler durchkommen.«

»Aber ja, natürlich«, hörte Derk sich selbst demütig sagen. Von ihrer gebieterischen Art eingeschüchtert, fiel ihm nicht ein, sie darauf hinzuweisen, daß er der Dunkle Fürst war und in diesem Spiel ebenfalls eine wichtige Figur. Niedergeschlagen arbeitete er sich aus der Menge heraus und versuchte, sich zu dem Ort zu wünschen, wo er Schönste zurückgelassen hatte.

Wie konnte es anders sein – er verfehlte sein Ziel um fast zwei Meilen und brauchte Stunden, bis er die Wiese gefunden hatte, auf der sie graste. Und er hatte sich auf Queridas Unterstützung verlassen. Während er suchte, verschanzte er sich vor der nahenden Panik hinter seinen Plänen für die Nixentochter. Auf jeden Fall brauchte sie einen eigenen Teich oder ein Wasserbecken. Es brachte ganz neue Probleme mit sich, ein Kind aufzuziehen, das ständig feucht gehalten werden mußte; Mara und er würden viel Zeit mit ihr im Becken verbringen, ihr einen Wagen bauen, um sie ans Meer zu fahren ...

Trotzdem kam Derk grau vor Sorge zu Hause an, Schönste hingegen war munter und ausgeruht.

»Was ist los, Paps?« fragte Shona.

Derk stöhnte. »Querida wird die nächsten zehn Tage im Heilschlaf verbringen, offenbar wollte sie es so. Ich hatte vergessen, wie sie ist. Mir soll's recht sein, aber sie hatte versprochen, mir bei der Sache mit der Manifestation eines Gottes zu helfen *und* einen Dämon für mich zu beschwören. Ich weiß nicht, was ich tun soll!«

»Barnabas fragen?« schlug Lydda vor, die mit einem Tablett butterduftender Biskuits hereingeschlurft kam.

»Er hat vollauf damit zu tun, die Biwaks für die Armee des Dunklen Fürsten zu errichten.« Derk verzehrte geistesabwesend vier Biskuits, ohne etwas zu schmecken. »Das ist genauso dringend. Sie müssen fertig sein, bevor die Pilger kommen, die Soldaten werden immer früher hergeschickt.«

»Versuch bloß nicht, selbst einen Dämon zu beschwören«, sagte Shona ängstlich.

»Oder Götter«, fügte Lydda hinzu. »Und Elda möchte wissen, wann du die neue Geschichte lesen wirst, die sie geschrieben hat.«

»Morgen abend«, sagte Derk. »Am Tag werde ich Umru einen Besuch abstatten. Womöglich kann er seinen Gott Anscher überreden, den Pilgern zu erscheinen. Außerdem hatte ich ohnehin versprochen, ihn einmal aufzusuchen. Aber wo ich einen Dämon hernehmen soll, weiß ich beim besten Willen nicht.«

»Weshalb fragst du nicht Mams?« meinte Shona. »Sie hat gesagt, sie wäre zum Abendessen hier.«

Derk war nicht überzeugt, daß Mara in ihrer derzeitigen Gemütsverfassung Lust hatte, ihm zu helfen, doch er sagte: »Gute Idee«, um Shonas Gefühle nicht zu verletzen.

Und vielleicht, wenn er sehr diplomatisch vorging und erst einmal darauf verzichtete, die Nixentochter zu erwähnen ...

Doch Mara erschien verspätet, zwei kleine Falten über der hübschen Nase, die von eigenen Problemen zeugten. Sie war sehr dünn geworden, das Haar lag ihr zu einem dicken, kunstlosen Zopf geflochten über der Schulter. »Tut mir leid, ich kann nicht lange bleiben«, sagte sie. »Querida ist außer Gefecht, deshalb muß ich spätestens morgen noch hundert Dinge für sie erledigen. Ich muß auch jetzt gleich wieder zurück, weil wir heute nacht damit anfangen, die Leute aus dem Dorf zu evakuieren.«

»Aus dem Dorf? Evakuieren? Weshalb?« fragte Derk.

»Hat Shona dir nicht Bescheid gesagt?« Mara schaute ihre Älteste an, und Shona senkte den Blick, weil sie nicht aussprechen wollte, daß Paps ihr einfach zu leid getan hatte mit seinem sorgenvollen Gesicht und sie ihn nicht mit noch weiteren Dingen belasten mochte. »Wie du weißt, war ich nie damit einverstanden, daß sie sich eingraben, wo die Marschroute zum Schauplatz der letzten Konfrontation genau über ihre Köpfe hinwegführt. Du magst dich vorsehen, Derk, aber die Pilger tun es nicht, und die Dörfler könnten sogar in ihren Erdbehausungen zu Schaden kommen. Ich habe das Problem gelöst und sie als Bediente der Glamourösen Zauberin eingestellt.«

Derk warf ihr einen bestürzten Blick zu. »*Womit*?«

Die beiden Falten über Maras Nasenwurzel schoben sich noch etwas näher zusammen. »Was soll das heißen, *womit*?«

Derk schluckte und rief sich ins Gedächtnis, daß er heute abend besonders diplomatisch und taktvoll sein wollte. Sie hat sich von jemandem Geld geliehen, dachte er, jetzt bloß kein falsches Wort. »Mara«, sagte er, »du wirst für deine Rolle als Glamouröse Zauberin nicht bezahlt. Und mir hat man, bevor es überhaupt losgeht, schon ein Bußgeld von einhundert Goldstücken auferlegt. Wir haben kein Geld, um ein ganzes Dorf in Dienst zu nehmen.«

Ein rätselhaftes kleines Lächeln huschte über Maras Gesicht. »Ach, ich glaube, ich komme zurecht.«

Und auch noch eine Riesensumme! jammerte Derk innerlich. Gute Götter. »Hast du auch Fran Taylor und Papa George engagiert? Ich habe mir viel Mühe mit ihrer Erscheinung als ausgemergelte Elendsgestalten gegeben.«

Mara kicherte. »Fran möchte im Dorf bleiben und in den Trümmern herumstochern, aber in Papa George bin ich regelrecht *verliebt*! Er ist viel zu gut, um ihn im Dorf zu verschwenden. Ich möchte, daß er meinen abgelegten Liebhaber spielt, dem ich die Lebenskraft ausgesaugt habe. Das wird die Pilger beeindrucken!«

Derk sah all seine Pläne für eine Nixentochter zur Bedeutungslosigkeit schwinden und sich dann in Nichts auflösen. Seine Brust tat weh. Mara wird mich verlassen, dachte er. Sie verläßt mich wegen dieses Kerls, von dem sie das Geld geliehen hat. Was soll ich nur tun? Vor diesem Augenblick hatte er sich immer gefürchtet. Die Ehen von Hexenmeistern waren durchweg nicht besonders haltbar, fast jeder, den er kannte, hatte eine zerbrochene Beziehung hinter sich, manche sogar mehrere. Finn versuchte gerade zum zweitenmal sein Glück, Barnabas' Frau hatte ihn vor Jahren verlassen, sogar Querida war einmal verheiratet gewesen. Vermutlich, überlegte Derk in Weltuntergangsstimmung, konnte er sich glücklich schätzen, daß er und Mara achtzehn Jahre überdauert hatten.

Mara hatte sich inzwischen an Shona gewandt. »Hast du dich jetzt entschieden, Kind? Ohne Querida brauche ich deine Hilfe drüben in Tantchens Haus um so dringender. Für meine Rolle ist eine umfangreiche Garderobe notwendig, ungewöhnliche, extravagante Kreationen, ganz im Stil von deinen und Callettes Entwürfen. Was meint übrigens Callette?«

»Callette ist bei ihrem einhundertneunzehnten Tinnef«, antwortete Shona. »Sie braucht noch einen Tag, mindestens, um fertig zu werden. Dann will sie vielleicht kommen. Aber ...« Sie warf einen kurzen Blick auf den in unglückliches Brüten versunkenen Derk.

»Mams, ich glaube, ich kann hier nicht weg. Dann bleibt die ganze Arbeit an Lydda hängen.«

»Ich habe gesagt, ich schaffe das schon«, nuschelte Lydda mit vollem Schnabel.

»Und ich kann helfen«, muckte Elda hinter einem Berg Obst. »Alle glauben immer, ich bin noch zu *klein*.«

»Nicht zu klein, aber noch sehr jung«, sagte Mara zu ihr. »Du bist erst zehn, Liebchen, und ich möchte, daß du mit Callette zu mir kommst. Und weshalb sollte die ganze Arbeit an Lydda hängenbleiben? Bestimmt könnt ihr mit zupacken, Don, Blade.«

Don erstarrte, ein rohes Kotelett auf halbem Weg zwischen Teller und Schnabel, Blade dito, ein gebratenes auf die Gabel gespießt. Sie wechselten bestürzt einen Blick.

»Und du, Kit«, fügte Mara hinzu.

»Kann ich mir's noch überlegen?« warf Shona hastig ein. »Vielleicht komme ich, wenn Callette fertig ist – und in Tantchens Haus gibt es kein Klavier, oder?«

»Doch, es gibt eins.« Mara stand auf. »Also abgemacht. Ich erwarte dich und Callette und Elda übermorgen. Ihr werdet begeistert sein von meinem rosafarbenen bestickten Draperien!«

Und jetzt reißt sie auch noch die Familie auseinander, dachte Derk verstört, als Mara davoneilte.

Auch Blade versuchte sich davonzumachen, kaum daß alle fertig waren mit essen, aber Shona bekam ihn fix am Arm zu fassen und zerrte ihn hinter sich her in die Küche, wo Elda mit verträumter Hingabe das Geschirr badete.

»Blade, du mußt mir wirklich helfen, etwas zu tun!« zischte Shona. »Hast du es nicht *gemerkt*?«

»Was gemerkt?«

»Mams und Paps. Sie sind sich ernsthaft böse.«

»Sie streiten doch dauernd. Du machst dir zuviel Sorgen.« Elda stellte drei nasse Teller aufs Abtropfbrett.

»Spül sie noch mal«, befahl Shona automatisch. »Nein, das ist ja das Schlimme – sie streiten *nicht*. Paps hätte eben einen Riesenkrach anfangen müssen wegen dem Geld, aber er war ganz still.«

Blade seufzte. Er wußte, die sorglosen Tage waren vorüber. »Ich verstehe, was du meinst.«

Kapitel 6

Umrus Priesterkönigreich lag im Norden von Derkholm, an der Grenze von König Luthers Gebiet. Derk, auf Schönste, schwebte gegen Mittag über dem Tempel von Anscher und war geblendet vom Widerschein der Sonne auf den goldenen Kuppeln. Auch andere Kuppeln anderer Götter leuchteten in der Sonne, überall in der Stadt, doch Umrus Tempel zu Ehren von Umrus Gott war von allen der größte. Gewiß blickte Anscher mit Wohlwollen auf einen Priester, der so viel für ihn getan hatte, ging es Derk durch den Kopf. Deshalb gelang es Umru möglicherweise, Anscher zu überreden, daß er sich den Pilgern zeigte. Einen Versuch war es wert.

»Hell!« äußerte Schönste, während sie sich kreisend in den größten Innenhof hinunterschraubte.

»Kann man wohl sagen«, pflichtete Derk ihr bei. »Umru muß schließlich irgendwohin mit seinem vielen Geld.« Er seufzte. Die ganze Zeit hatte er sich bemüht, nicht an Geld zu denken oder daran, wie hoch Maras Schulden sein mochten oder an die Nixentochter, die sie nun niemals haben würden. Nicht an diese Dinge zu denken, verursachte eine kalte Leere irgendwo in der Mitte seines Bewußtseins. Ich muß mir ein ganz anderes Geschöpf ausdenken, sagte er zu sich selbst, als Schönste sacht mit ihm gelandet war.

Diensteifrige, fanatisch aussehende Männer eilten herbei, um ihm Schönste abzunehmen. Andere ließen es sich angelegen sein, ihn vor das Antlitz Umrus zu bringen. Sie übergaben ihn an eine Eskorte von Akolythen, die ihn an Priester weiterreichten, die ihn zu anderen Priestern geleiteten, die ihn durch lange, mit Blattgold ausgekleidete Kreuzgänge in einen leeren, von Sonnenschein durchfluteten Raum führten, wo Umru ihn lächelnd empfing.

»Ein geflügeltes Pferd! Wenn ich davon gewußt hätte, hättet Ihr auf meinem Balkon landen können!« begrüßte er ihn. »Kommt. Setzt Euch.« Er führte Derk zu zwei thronähnlichen Sesseln. Leer war dieser Raum nur in gewissem Sinn, dachte Derk, umfangen von geschnitztem Zedernholz und Gold. Der Fußboden bestand aus duftenden, unterschiedlich gefärbten Hölzern, atemberaubende Seidenteppiche lagen hier und dort. Die Zimmerdecke war ein Meisterwerk aus Marmor: ein Baum mit mächtiger Krone und voller Blüten, und die Rahmen der zahlreichen schmalen Fenster waren ebenfalls wie Bäume gestaltet, diese mit Früchten behangen. Die Trumeaus dazwischen schmückten kunstvolle, farbige Musivarbeiten. Doch es war trotzdem ein asketischer Raum, einem Priester geziemend. Umru war eine seltsame Mischung, fand Derk. Seine Gewänder erschienen schlicht, doch mit dem, was sie kosteten, hätte man Derkholm gleich mehrfach kaufen können. Bei diesem Gedanken kam Derk zu Bewußtsein, daß er nach dem Melken seine Stiefel nicht geputzt hatte. Und ein Jackenärmel war ausgefranst.

»Ich komme, weil ich Eure Hilfe brauche«, sagte er, krempelte den peinlichen Ärmelsaum nach innen und schob die verschränkten Füße zurück, bis sie unter dem prunkvollen Sessel verschwunden waren.

»Und Ihr könnt mir helfen, mein Freund«, erwiderte Umru. »Wie Ihr bei dem Studium Eures schwarzen Buches, der Karten und Pläne erkannt haben müßt, werden die Schlachten in diesem Jahr fast in Sichtweite dieser meiner Hauptstadt ausgetragen werden, zum Schaden meiner Felder und Höfe, zum Schaden des Landes, welches ich durch rastlose Mühe zur Blüte gebracht habe. Wie kann ich das Unheil abwenden?«

»Ich glaube nicht, daß es sich abwenden läßt.«

»Jede Woche ein Schlachtgetümmel, und das während der nächsten drei Monate«, sprach Umru mit hohler Stimme weiter. »Bis zum nächsten Frühling werden sich Äcker und saftige Wiesen in eine Schlammwüste verwandelt haben.«

»Ja, und das tut mir auch leid«, sagte Derk, »aber ich bin sehr gut darin, Dinge wachsen zu lassen, wirklich. Ich komme wieder, wenn die Touren vorbei sind, und sorge dafür, daß Ihr trotz allem im nächsten Jahr eine Ernte einbringen könnt.«

»Hunger und Elend werden die Folge sein«, fuhr Umru unbeirrt fort. »Die Felder werden keine Saat empfangen ...«

»Ach nein, so schlimm wird es nicht werden. Sagt Ihr den Leuten, sie sollen ihre Felder bestellen, und ich werde so viel wachsen lassen, wie ich kann.«

»Auch mein Volk wird von den Horden niedergetrampelt werden, die Frauen vergewaltigt, die Kinder erschlagen. Niemand wird übrigbleiben, um die Saat auszubringen.«

»Aber«, wandte Derk ein, »Ihr müßt Hunderte von Kellern und Gewölben haben, in denen die Menschen sich verstecken können!«

Umru seufzte.

»Mein Freund«, sagte er und verfiel in einen normalen Gesprächston, »ich glaube, Ihr begreift nicht, worauf ich hinaus will. Wenn der Dunkle Fürst es wünscht, kann er sicherlich einem Freund einen Gefallen tun, indem er das Schlachtfeld um ein paar Meilen verlegt – sagen wir zwanzig Meilen südwärts, auf die andere Seite der Berge, die mein Land begrenzen.«

»Das ist nicht so einfach«, beeilte Derk sich zu erklären. »Seht Ihr, die Routen sind sehr genau aufeinander abgestimmt worden, um mehrere Gruppen gleichzeitig zu derselben Schlacht zu führen . . .«

Umru seufzte erneut. »Wieviel?«

»Wie?« Derk fiel auf, daß seine Finger an den Fransen des zerschlissenen Ärmels zupften. Hastig verschränkte er die Hände. »Falls ich Eure Andeutung richtig verstanden habe, lautet mein Antwort . . .« Er verstummte. Eine Summe Geld käme ihm außerordentlich gelegen. Geld, um die Strafe zu begleichen; Geld, um zurückzuzahlen, was Mara sich geliehen haben mußte. Andererseits brauchte er einen Gott, oder das ganze Land ging in diesem Jahr leer aus. »Ich lasse mich nicht bestechen«, sagte er.

Umrus Gesicht sank auf den Stapel Doppelkinne über seinem Kragen. Er sah dermaßen niedergeschmettert aus, daß Derk hinzufügte: »Doch wie ich gerade sagen wollte, ich werde sehen, ob ich das Schlachtfeld weiter nach Süden verlegen kann – umsonst. Es wird nicht leicht sein, weil in diesem Jahr alle Routen bei Euch konvergieren – laut Plan bewahrt Ihr den letzten Fingerzeig auf meine verwundbare Stelle -, und Barnabas errichtet gerade das Basislager für mich und meine Truppen. Ich muß ihm die falschen Koordinaten nennen und mich damit herausreden, ich hätte mich geirrt oder so etwas. Aber ich werde tun, was ich kann.«

Umru hob sein Gesicht von den Kinnen und schaute Derk seelenvoll an. »Ihr seid ein ehrenwerter Mann.«

»Nun ja, nicht . . .« Derk rückte in seinem geschnitzten Sessel herum, bis er knarrte.

»Und ich bewundere Euch dafür. Mit Bedauern. Ich verfüge wirklich über bedeutende finanzielle Mittel. Ihr braucht es nicht umsonst zu tun.«

»Aber ich will es so. Und ich habe nur zugesagt, es zu *versuchen*. Vielleicht gelingt es mir ja nicht.«

»Überaus ehrenwert«, seufzte Umru. »Nun gut. Ihr habt gesagt, ich könnte Euch behilflich sein. In welcher Weise?«

Mit dem unguten Gefühl, daß Umru vielleicht eher bereit wäre, ihm zu helfen, wenn er sich einer Bestechung zugänglich gezeigt hätte, beugte Derk sich vor und erklärte die Sache mit Mr. Chesney und der Attraktion. Die Reaktion war schlimmer als befürchtet. Kaum erwähnte er Anscher, als Umru den Kopf nach hinten neigte und seine Lippen sich zu einer dicken, grimmigen Linie zusammenpreßten. Sein fleischiges Gesicht versteinerte zusehends, je länger Derk redete. »Es ist vertraglich festgelegt, müßt Ihr wissen. Natürlich, der Vertrag wurde aufgesetzt, als wir beide noch Kinder waren, aber Mr. Chesney betrachtet ihn als bindend. Keiner von uns wird in diesem Jahr bezahlt werden, wenn die Pilger nicht ihre Göttererscheinung bekommen.«

»Für keine Summe, wie hoch sie auch sein mag.« Umru saß kerzengerade in seinem Sessel. »Ist es nicht merkwürdig, wie jeder Mensch irgendwo einen Punkt hat, wo er sagt, bis hierher und nicht weiter? Ihr habt mir Eure Grenze gezeigt, Hexenmeister Derk, jetzt steht Ihr an meiner. Ich habe viele Dinge für Mr. Chesney getan, um Geld, aber dies ist eine Sache, die ich nicht tun will, nicht tun *kann*. Es steht uns nicht an, den Göttern zu befehlen. Sie befehlen uns. Jeder Versuch, die Götter zu etwas zwingen zu wollen, ist sündhaft.«

Dieser Mann ist also doch ein wirklicher Priester!

dachte Derk. Er hatte nicht den geringsten Zweifel, daß Umru in vollem Ernst sprach. »Ich verstehe und respektiere Euren Standpunkt«, versicherte er. »Aber vielleicht könnt Ihr mir einen Rat geben, wie ich das Erscheinen eines Gottes vortäuschen ...«

»Ihr versteht ganz und gar nicht, Hexenmeister«, fiel Umru ihm ins Wort, »oder Ihr würdet nicht fragen. Niemand, dessen Auge je einen leibhaftigen Gott erblickt hat, könnte auch nur daran denken, ein Trugbild dessen erschaffen zu wollen. Ich will Euch etwas erzählen. Ich war nicht immer so, wie Ihr mich jetzt seht. Einst war ich ein ranker Knabe, das jüngste Kind in meiner Familie, und meine Familie war nicht reich. Wir lebten im Schatten der Berge, weit im Süden von dieser Stadt. Mein Vater hielt einige Kühe, Ziegen und eine Schar Gänse. Mir vertraute man nur die Gänse an. Wenn ich diese Gänse verlor, versteht Ihr, brauchte deshalb meine Familie nicht zu hungern und man hielt mich für zu jung, um auf das Vieh gut achtzugeben. Eines Tages trieb ich meine Gänse zur Weide auf einen bestimmten, sanften grünen Hügel. Dort saß ich ebenso sorglos, wie jetzt Ihr in jenem Sessel dort, dachte an nichts weiter, langweilte mich und hatte doch keinen Ehrgeiz in der Welt, außer vielleicht, zur Abwechslung einmal die Kühe hüten zu dürfen, als Anscher mir erschien. So nah, wie ich Euch jetzt bin, Hexenmeister Derk, stand Anscher vor mir. Und er war ein Gott, daran gab es nicht den geringsten Zweifel, obwohl ich Euch kein bestimmtes Merkmal oder Kennzeichen beschreiben könnte. Er lächelte mich an. Er fragte nicht nach meinem Namen, er bat mich nicht um einen Dienst. Er stand einfach nur vor mir und sagte: ›Ich bin Anscher, dein Gott‹, und er lächelte.«

Umru starrte blicklos in das leere Zimmer. Derk sah Tränen in seinen Augen schimmern.

»Die Glorie dieser Erscheinung«, fuhr Umru nach einem Augenblick des Schweigens fort, »hat mich mein Leben lang begleitet, in jeder Minute eines jeden Tages, durch alle Jahre meiner Priesterschaft, bei allem, was ich tat. Immer habe ich gehofft, er würde sich mir noch einmal zeigen, doch er hat es nicht getan, Hexenmeister, er hat es nicht getan. Als ich Hohepriester wurde und begann, Anscher über die anderen Götter zu erheben, machte ich aus dem Hügel, wo er mir erschienen war, einen Stätte der Verehrung. Ich ließ einen Altar errichten. Heute beklage ich meine Vermessenheit. Durch mein Tun versuchte ich Anscher zu zwingen, mir abermals zu erscheinen, und das war falsch. Jetzt wird er niemals wieder zu mir kommen. Ich bin zu stolz, zu alt, zu fett. Nein, er wird nicht kommen.«

Umrus Stimme brach, er saß still da und schaute ins Leere, und Tränen rollten über seine feisten Wangen. Derk schaute ihn an und wäre gern woanders gewesen. Während die Minuten in dem großen, leeren, stillen Gemach sich dehnten, überlegte Derk, ob er einfach aufstehen sollte und sich hinausstehlen. Doch plötzlich lächelte Umru, wischte sich mit einem Ärmel seines kostbaren Gewandes die Tränen ab und sagte: »Ich glaube, es ist Mittagszeit. Wollt Ihr mir bei einem Imbiß Gesellschaft leisten, lieber Freund?«

Derk wußte nicht recht. »Ich – ich würde mich geehrt fühlen«, brachte er schließlich heraus.

Umru klatschte in die fleischigen Hände. Augenblicklich kam eine Schar halbwüchsiger Knaben herein, die offensichtlich vor der Tür auf das Zeichen gewartet hatten, und brachten einen Klapptisch, Krüge, Becher, Teller und mit Speisen beladene Tabletts. Die Tabletts waren Gold, die Gläser exquisiter Kristall. Die Speisen dufteten köstlich. Derk hatte vergessen, daß die Anhänger Anschers Fleisch verschmähten, aber die verschiedenen Gerichte waren so apart zubereitet, daß er nichts vermißte. Er ließ ein besonders schönes Pastetchen heimlich in die Tasche gleiten, um es Lydda mitzubringen. Und als die Knaben mit Schalen voller Obst herbeigeeilt kamen, hätte er gern die exotischste Frucht für Elda stibitzt, doch er traute sich nicht, wegen der Pastete.

»Versucht eine von diesen«, forderte Umru ihn auf. »Ihr werdet diese Frucht nicht kennen, ich habe sie einer von Mr. Chesneys Beauftragten abgekauft – wir machen oft nebenbei kleine Geschäfte, müßt Ihr wissen. Sie sagte, es wären Orangen, wenn ich mich recht erinnere.«

»Das sind sie«, sagte Derk. »Orange, meine ich.«

Umru lachte. »Man schält die äußere Schicht ab«, erklärte er, »seht Ihr? Dann teilt das Innere sich in mundgerechte Happen, als hätte einer ihrer Götter sie eigens als Speise für uns Menschen geschaffen. Bemerkenswert, nicht wahr?«

»Hm.« Derk wußte nicht genau, ob der säuerliche, intensive Geschmack ihm zusagte, doch er war überzeugt, daß Elda ihn mögen würde.

»Nehmt eine mit nach Hause, ich habe zwei Dutzend davon und nur vier Goldstücke dafür bezahlt.« Während Derk die orange Kugel in der Hand wog und sich an eins von Callettes ersten Tinnefs erinnert fühlte, fügte Umru hinzu: »Sie haben Kerne. Die junge Frau hat mir gesagt, sie gedeihen gut unter warmen, trockenen Bedingungen. Ich könnte mir denken, sie wachsen auf Bäumen, wie Äpfel.«

»Aha.« Derk hob den Blick und sah Umru bedeutungsvoll lächeln.

»Ich würde die Abnahme der gesamten Ernte garantieren.« Umru klatschte wieder in die Hände, und die Knaben brachten Wasser und Tücher. Während Derk sich den aromatischen Saft von den Fingern spülte, machte er im Kopf eine kurze Überschlagsrechnung und erkannte, daß er bei zwei Goldstücken pro Dutzend Früchte nur ein paar Bäume brauchte, um das Bußgeld bezahlen zu können. Doch vielleicht brauchten die Bäume Jahre, um zu wachsen und zu tragen. Sie trockneten sich die Hände ab. Dabei schaute Umru ihn von der Seite her an, fast ein wenig unsicher. »Ich hätte da noch eine kleine Bitte an Euch, Hexenmeister Derk, mehr in der Art unserer üblichen Geschäftsbeziehungen.«

»Heraus damit.«

»Ich benötige etwa vierzig Stück abgeschlagene Köpfe, um sie überall in der Stadt aufzupflanzen, wenn die Pilger durchziehen. Dieses Jahr sind wir ein Orden, der Häretiker köpfen läßt. Würdet Ihr ...«

»Kein Problem.«

Der Ausdruck der Erleichterung auf Umrus Gesicht verriet Derk, wie groß die Sorge des Mannes gewesen war, ihn durch das Beharren auf seinen religiösen Prinzipen so vor den Kopf gestoßen zu haben, daß er sich fortan weigerte, ihm mit seiner Magie behilflich zu sein.

»Es bleibt dabei, daß ich das Schlachtfeld verlege, falls es irgend möglich ist«, versicherte Derk ihm noch einmal.

Umru erhob sich schwerfällig. »Wie ich sagte, jeder Mensch hat seine Prinzipen«, bemerkte er und zeigte Derk, daß er richtig vermutet hatte.

Sie verließen das Gemach und gingen eine steile Treppe hinunter. Es war fast wie bei Derks früheren Besuchen. Diesmal hatte er sich auf fremdem Terrain befunden. Bis zum heutigen Tag hatte noch nie jemand versucht, ihn zu bestechen, und er wußte auch nicht, was er zu Umrus religiösen Erfahrungen sagen sollte, doch wenn es darum ging, einen Hammelkopf zu verzaubern, war er in seinem Element. Dann sah er in einem kleinen Innenhof aufgestapelt liegen, was Umru für ihn vorbereitet hatte. Derk starrte auf den Haufen gelblich-brauner Totenschädel und schluckte.

»Woher ...«

Umru lächelte. »Wir haben sie aus den Katakomben heraufgeholt. Zu Lebzeiten waren sie alle Priester. Ich hoffe, Ihr nehmt keinen Anstoß daran.«

»Ganz – ganz und gar nicht.«

Derk holte tief Atem und fing an. Er beherrschte diese Prozedur aus dem Effeff und hätte sie mit geschlossenen Augen zelebrieren können, was er schließlich die meiste Zeit auch tat. Die Totenschädel verwandelten sich im Lauf der Beschwörung wieder in die Personen, die sie gewesen waren, doch ohne ihre Körper. Keiner von ihnen schien über die Erfahrung glücklich zu sein, die meisten starrten Derk vorwurfsvoll an. Wenn er den Blick abwandte, sah er Umru nicken und vergnügt lächeln. Selbst mit geschlossenen Augen war ihm bald ziemlich blümerant zumute.

»Eine sehr schöne Menge Blut«, lobte Umru, als das Werk vollbracht war. »Ausgezeichnet. Hoffen wir, daß das Wetter kühl bleibt. Das übliche Honorar?«

Einen Moment lang fühlte Derk sich versucht, einhundert Goldstücke zu verlangen. Er fand, er hatte es verdient, und Umru konnte sich die Ausgabe leisten. Doch er brachte es nicht fertig, neben dem Hügel blutiger Köpfe zu stehen, die stieren Blicke aus glasigen Augen zu spüren und um Geld zu feilschen. »Das übliche Honorar«, sagte er hastig.

Er nahm das Geld und begab sich auf kürzestem

Weg in den großen Tempelhof, wo die fanatischen Männer mit Schönste warteten. »Ist das Flügelroß zu verkaufen?« erkundigte sich einer von ihnen begehrlich.

»Nein!« schnappte Derk. Er fühlte sich immer noch elend, als Schönste sich anschickte davonzufliegen und der Satz, mit dem sie sich in die Luft schnellte, war fast zuviel für ihn.

»Nhach Hausche?« fragte Schönste hoffnungsvoll.

Derk schluckte. »Nein. Wir machen erst einen Abstecher nach Osten, ich will mir das Schlachtfeld ansehen.« Und ich brauche etwas Zeit, um mich zu beruhigen, dachte er. Heute war kein guter Tag gewesen.

Schönste schwenkte gehorsam zur Seite ab, ließ die Stadt hinter sich und flog auf das offene Land hinaus. Unter ihnen zogen die schnurgeraden Baumreihen von Obstplantagen hinweg, Wingerte und Gemüsegärten, die der Geländebeschaffenheit folgten, grüne Felder und abgeerntete, und dazwischen sattbraune, bereits umgepflügte Äcker, Wälder, Wiesen, Hecken. Die musterhafte Idylle lag bronzegrün unter feinen Dunstschleiern im Licht der Nachmittagssonne. Mittenhindurch strömte der Fluß in üppigen Windungen, die Derk an Umrus Bauch erinnerten, an seinen Drachendelphin und die Nixentochter, die nicht hatte sein sollen. Er suchte Zuflucht bei der Überlegung, daß Shonas Idee von einer intelligenten Brieftaube viel praktischer war, und fühlte sich dabei ein wenig besser. Man konnte verstehen, weshalb Umru nicht wollte, daß wöchentlich einmal eine zügellose Soldateska sich hier austobte, dies war mit das beste Ackerland, das er je gesehen hatte. Er würde das Schlachtfeld verlegen müssen. Wenigstens ein Gutes als Ergebnis dieses Tages – und er hatte diese neue Frucht als

Mitbringsel und Forschungsobjekt. Dafür hatte er immer noch keinen Gott und keinen Dämon. Er seufzte.

»Fliegen wir nach Hause«, sagte er zu Schönste.

Sie flog eine Kehre über den Flußlauf hinweg und dann schnell und zielstrebig Richtung Süden. Sie hatte es immer eilig, zu Niedlich zurückzukommen. Mit jedem Flügelschlag kam die blaue Linie des Gebirges näher. Bald erkannte man die Umrisse einzelner Berge mit ihren Ausläufern, die sich wie versteinerte Wurzeln in die Ebene vorschoben, bedeckt von einem dunklen Mantel aus Heidekraut oder einem graugrünen aus hartem Gras. Ein solcher Bergausläufer linkerhand zog Derks Blick auf sich, weil er so grün war und hübsch mit kleinen Baumgruppen gespickt. Als sie näherkamen, erspähte er ein kleines weißes Rechteck inmitten des Grüns. Möglicherweise ein Altar.

»Kursänderung«, sagte er zu Schönste. »Kannst du bei dem weißen Ding dort landen, nur für einen Moment?«

Schönste schlug mit dem Schweif einen protestierenden Kreisel, doch sie ließ sich gehorsam tiefer sinken und landete weich, knietief in hohem, zartem Gras.

Auf einer kleinen Wiese, von einem lichten Kreis aus Bäumen umgeben, stieg Derk aus dem Sattel. Das Laub bot ein prachtvolles Farbenspiel aus verschiedenen Nuancen von Rot, dunklem Grün und stechendem Herbstgelb. Das Gras war geschnitten worden, aber nicht viel, nur so weit, daß alle Arten von Wiesenblumen Licht und Luft hatten, um zu wachsen. Bienen summten. Schönste senkte begeistert den Kopf und wanderte grasend davon, während Derk einfach stehenblieb.

Ihm war, als ob aus den Wurzeln des Grases ein wundervoller Friede aufstieg und durch die Fußsohlen in seinen Körper, und ihn mit einer philosophischen Gelassenheit erfüllte. Sämtliche Schwierigkeiten im Zusammenhang mit seiner Rolle als Dunkler Fürst erschienen ihm banal und leicht zu lösen. Nach einer Weile ging er hinüber zu dem weißen Steinblock. Es war ein Altar, wie er vermutet hatte, klein und schmucklos. Eine schlichte Inschrift an der Front verkündete: *Umru weiht dies Anscher, seinem Gott.*

»Ich wußte, dies ist der Ort«, murmelte Derk vor sich hin.

Er fand, daß es nicht schaden konnte, Anscher um Hilfe zu bitten. Als wäre es eine normale Unterhaltung und viel ruhiger als bei Umru, begann er zu erklären, daß Mr. Chesney als diesjährige Attraktion seiner Pilgerfahrten einen Gott haben wollte. »Und wenn wir das Gewünschte nicht liefern«, sagte er, »wird keiner von uns sein Geld bekommen. Ich weiß, das klingt jetzt furchtbar materiell, aber im Grunde bedeutet es, daß auf diesem guten Ackerland publikumswirksames Hauen und Stechen stattfindet und Menschen sterben, für nichts und wieder nichts. Viel Arbeit und Mühe umsonst, versteht Ihr?«

Als er weitersprach, hatte Derk das Gefühl, er und der kleine Altar wären der Mittelpunkt eines Kegels aus Aufmerksamkeit, dessen spitzes Ende auf die Wiese konzentriert war, während der Rest trichterförmig in die Höhe wuchs, bis in den Himmel hinein – oder nicht eigentlich in die *Höhe*: eher seitlich sich ausbreitend, transzendierend, in Räume und Gefilde jenseits dessen, was ein Mensch erreichen konnte. Die Aufmerksamkeit war lebendiger als alles, was Derk je erfahren hatte, und stark wie ein helles Licht. Eine

Zeitlang war er sicher, gehört zu werden, doch es erfolgte keine wie auch immer geartete Antwort.

»Bitte«, sagte er, »seht Ihr vielleicht die Möglichkeit, irgend etwas zu tun? *Irgend etwas*?«

Nichts. Nach einer Weile fühlte er, wie der Trichter sich allmählich, sehr behutsam und durchaus wohlwollend entfernte. Er seufzte. »Auch gut. Einen Versuch war es wert.« Mit hängenden Schultern stapfte er durch das hohe Gras zu seinem Pferd. Er fühlte sich total erschöpft. Zerschlagen, ausgelaugt, wie gerädert. Es kostete ihn eine ungeheure Anstrengung, einfach nur Fuß vor Fuß zu setzen.

Schönste hob den Kopf, als Derk herangeschlurft kam. »Ghutes Grasch«, bemerkte sie. »Schmackhafte Bhlumen.« Was immer Derk die Kraft geraubt hatte, hatte auf Schönste die gegenteilige Wirkung ausgeübt. Nie waren ihre Augen so blank gewesen, ihr Fell so schimmernd; jede Feder ihrer großen schwarzen Flügel glänzte vor Gesundheit.

Er hievte sich mühsam auf ihren Rücken, lag erst bäuchlings über dem Sattel und brachte dann irgendwie das Bein über die Kruppe und in den Bügel. »Nach Hause«, japste er, und Schönste schwang sich kraftvoll in die Lüfte.

Sie überquerten die Berge. Sie flogen über die Sümpfe und dann über die große magische Wüste, die hauptsächlich deshalb erhalten wurde, damit die Pilger sich scheinbar darin verirren konnten, und erreichten endlich, kurz vor Sonnenuntergang, das rauhere Acker- und Weideland nördlich von Derkholm. Mittlerweile hatte Derk sich etwas erholt, doch als er einen Kreuzweg entdeckte und eine Schänke daneben, verspürte er ein plötzliches Verlangen nach Ruhe und einem gemütlichen Abendschoppen, bevor er sich zu Hause durch all die neuangekommenen

Brieftaubennachrichten arbeitete. Er kannte diese Schänke. Er kannte den Wirt, Nellsy, und mochte ihn nicht besonders. Nellsy war ein Nörgler. Doch er braute ein gutes Bier.

»Lande bei der Schänke da unten«, sagte er zu Schönste.

Sie wandte den Kopf und musterte ihn mit einem braunblauen Auge. »Whill zhu Nhiedhlisch.«

»Bald. Ich will nur einen schnellen Humpen trinken.«

Sie schnaubte und steuerte den Hof des Gasthauses an.

Die zwei Wagenpferde, die dort standen, drängten zurück und stampften erschreckt. Sie waren nicht daran gewöhnt, daß Artgenossen vom Himmel fielen. Nellsy raunzte sie an. Er war damit beschäftigt, Fässer, Krüge und Stühle auf den Wagen zu laden. Als Derk zu ihm trat, entdeckte er auch ein Sofa und eine Matratze bei der Ladung.

»'N abend, Nellsy«, grüßte er. »Was hast du vor?«

»Den Laden dichtmachen. Verduften«, antwortete der Wirt. »Das ist der Rest vom Mobiliar. Die Frau hat heute morgen die erste Fuhre weggebracht. Wenn das wieder losgeht mit den Verrückten, sitze ich hier mittenmang im Weg und werd' nicht abwarten, um mit anzusehen, wie Werwölfe oder anderes Gelichter sich in meinem Haus einen lustigen Tag machen.«

»Nach meinen Informationen kommen die meisten Pilgergruppen von Osten nach Derkholm«, sagte Derk, »und die Werwölfe greifen laut Programm im Norden an. Du würdest hier ganz unbehelligt bleiben.«

»Darauf kann man sich nicht verlassen. Die verdammten Tourmagier verlaufen sich dauernd. Soll ich hierbleiben, um ihnen zu erklären, wo's lang geht?

Nee, nicht meines Vaters Sohn. Ihr seid gekommen, um einen Schoppen zu trinken?«

»Eigentlich schon.«

»Immer zu. Geht rein und zapft Euch einen Humpen, ein Fass ist noch im Anschlag. Tut mir leid, daß ich Euch nicht bedienen kann, aber ich bin ohnehin schon verspätet. Wir sind bei der Schwester der Frau untergekrochen, und es wird Mitternacht, bis ich mit dem Karren da ankomme, und die gnörige Hexe wird schon im Bett sein und so tun, als hätte sie gedacht, ich käme erst morgen, und natürlich hat mir keiner was vom Abendessen aufgehoben und ...«

Derk überließ Nellsy der Aufzählung seiner Tribulationen und ging in den Schankraum. Dort empfing ihn gähnende Leere, alle Tische und Bänke verschwunden, das Feuer erloschen. Seine Schritte hallten auf dem nackten Holzboden, als er zum Tresen ging. Jemand hatte den Boden gefegt, wahrscheinlich sogar gescheuert, und unter der gewohnten Schicht aus Sägemehl und Unrat waren ansehnliche Eichendielen zum Vorschein gekommen. Derk nahm den letzten verbeulten Zinnkrug vom Haken und konnte ihn am Fass zu dreiviertel füllen, bevor der Satz kam. Dann stapfte er nach draußen, wo er sich auf die Bank setzte, die letzten Sonnenstrahlen genoß und zuschaute, wie Nellsy seine Ladung festzurrte und endlich losfuhr. Der Aufbruch ging nach typischer Nellsy-Art vonstatten, also mit viel Gebrüll, Hufestampfen und dem Quietschen schlecht geölter Achsen, doch schließlich war er fort, und mit dem niedersinkenden Staub senkte sich auch Abendfriede über den Hof. Schönste zupfte an ein paar kümmerlichen Heuhalmen, die zwischen den Brettern der Scheunenwand hervorlugten. Das leise Klingeln ihres Zaumzeugs ließ die Stille noch tiefer erscheinen.

Derk trank, fühlte seine Lebensgeister zurückkehren und hing seinen Gedanken nach. Also kein Gott. Nur noch drei Tage bis zum Beginn der Touren und auch kein Dämon. Er würde selbst für den Dämon sorgen müssen. Bald. Gefährlich. Doch seit der Katastrophe mit dem blauen Dämon seinerzeit hatte er viele Jahre praktiziert und glaubte, nun genug zu wissen, um diesmal erfolgreich zu sein, vorausgesetzt, es war niemand sonst in der Nähe, der zu Schaden kommen konnte. Er brauchte einen Platz ohne Menschen weit und breit und mit einem schönen glatten Fußboden, um die Symbole aufzuzeichnen. Wie diese Schänke. Sie war praktisch ideal. Nah genug bei Derkholm, daß er sich in ungefähr drei Sprüngen dorthin wünschen konnte. Und wenn der Dämon sich erst manifestiert hatte – nun, Anscher hatte höflich abgelehnt, ihm zu helfen, aber Dämonen, wurde behauptet, hatten ein unheiliges Vergnügen daran, sich für Götter auszugeben. Angenommen, er stellte diesen Spaß dem Dämon als Belohnung in Aussicht, falls er für die Pilger den Hüter der Zwingburg des Dunklen Fürsten spielte.

Derk goß den Rest Bier auf die Erde und stand auf. Wenn es denn sein mußte, dann so bald wie möglich, bevor ihn der Mut verließ. Dämonen beschwor man am besten nachts. Doch bevor er ans Werk ging, mußte er Schönste nach Hause bringen und, noch viel wichtiger, in den Büchern nachlesen, was bei einer solchen Beschwörung alles zu beachten war.

Kapitel 7

»Wo ist Paps?« fragte Elda später am selben Abend. »Er hat versprochen, meine Geschichte zu lesen.«

Mit Ausnahme von Callette saßen oder lagen alle auf der Terrasse, die noch keiner wieder verkleinert hatte, und genossen die warme Abendsonne. »Drin«, gab Blade Auskunft. »Ich mußte Schönste für ihn trockenreiben.«

»Er hat das Abendbrot nicht gegessen, das ich ihm hingestellt hatte«, sagte Lydda.

Shona wachste ihre Reiseharfe, jetzt hob sie den Blick. »Dann ist er bestimmt in seinem Arbeitszimmer. Ich habe ihm mindestens zehn dringende Nachrichten auf den Schreibtisch gelegt.«

»Dann werde ich gehen und ihn stören«, sagte Elda.

»Ja, tu das«, sagten alle, weil sie ihre Ruhe haben wollten.

Gerade hatte man es sich wieder gemütlich gemacht, als Elda mit schrillem Zetermordio aus dem Haus geschossen kam. »Er ist nicht da! Er ist weg, um einen Dämon heraufzubeschwören! Seht!« Sie streckte ihnen eine kugelförmige Frucht entgegen, die im Zwielicht orange leuchtete.

»Seit wann bedeutet ein Apfel, daß man einen Dämon beschwören will?« fragte Kit.

»Dummkopf! Er ist da drunter! Ich habe ihn auf meine Kralle gespießt!«

»Du hast einen Dämon auf deine Kralle gespießt?« wunderte sich Don.

»Oooh!« Elda ließ sich niederplumpsen, legte die orange Frucht vorsichtig auf den Boden und streckte die rechte Pranke aus; an der mittleren Kralle steckte ein Zettel. »Jemand soll das abnehmen. Aber vorsichtig.«

Blade ging zu ihr hin und zog das Stück Papier ab. Er hielt es ins Licht von der Haustür und las vor, was in der krakeligen Handschrift seines Vaters darauf geschrieben stand: »›Elda, hier ist eine neue Frucht für dich. Heb mir die Schale und die Kerne auf, und morgen werde ich mir deine Geschichte ansehen. Ich muß über Nacht in Nellsys Schänke bleiben.‹ Hier steht kein Wort über Dämonen, Elda.«

»Kommt und seht's euch an«, sagte Elda bedeutungsvoll.

Blade schaute Don an. »Du bist an der Reihe.«

Don klappte mit dem Schnabel in Blades Richtung und erhob sich. »Wo?«

»In seinem Arbeitszimmer, Dummkopf.« Elda galoppierte zurück ins Haus, Don folgte ihr im Schlendergang.

Blade hörte das Tacken von Krallen auf der Marmortreppe und hoffte, nun wäre Schluß mit dem Theater. Wieder einmal typisch Elda. Er hatte die Angelegenheit schon fast vergessen, als Don wieder auftauchte. Er ging auf drei Beinen und sein Schweif peitschte aufgeregt hin und her.

»Sie könnte recht haben mit dem Dämon«, be-richtete er. »Paps ist nicht im Haus, und auf seinem Schreibtisch liegen aufgeschlagen drei Dämonologien und ein Grimoire. Hier, Lydda. Das ist für dich. Es lag auf dem Grimoire, und die Seite hat jetzt einen großen Fettfleck.« Er reichte Lydda eine Pastete auf einem Blatt Papier.

Lydda setzte sich auf die Hinterkeulen und nahm ihm die Pastete ab. Sie roch daran. Mit der Schnabelspitze brach sie behutsam die Kruste auf. »Mohrrüben, Basilikum, Eier«, murmelte sie kehlig. »Safran.

Etwas anderes, was ich nicht identifizieren kann. Das ist *raffiniert.*« Dann fiel ihr ein, auf das Papier zu schauen.

»Immer das Wichtigste zuerst, nicht wahr, Lydda?« spöttelte Kit. »Was steht da?«

»Nur: ›Dies scheint Hohepriester Umrus Lieblingsspeise zu sein. Heb mir etwas vom Mittagessen auf. Dämonen muß man mit leerem Magen beschwören.‹ Stimmt das?« fragte Lydda. »Man muß fasten, bevor man einen Dämon beschwört?«

»Klar«, antwortete Kit, der in Wirklichkeit keine Ahnung hatte. »Irgendwie kann ich mir nicht vorstellen, daß du für diese Tätigkeit geeignet wärst.«

Lydda ignorierte ihn. »Wo ist Elda?«

»In der Küche, regt sich auf und ißt ihr Obst«, antwortete Don. »Sie ist überzeugt, daß der Dämon Paps umbringen wird. Ich habe ihr gesagt, sie soll aufhören zu spinnen.«

»Wir können sowieso nichts tun«, erklärte Kit.

Sie widmeten sich wieder dem erbaulichen Müßiggang, doch eine gewisse Unruhe blieb. Mara hatte ihnen schon vor langer Zeit die Geschichte von dem blauen Dämon erzählt, doch wie Shona gesagt hatte, es war zu spät, um Derk jetzt noch aufzuhalten. Das Rosa des Sonnenuntergangs verblaßte, und ihre Sorge verblaßte ebenfalls. Der Abend war einfach zu friedvoll.

Einige Zeit später, es dämmerte, kam Callette die Stufen herauf und stellte triumphierend ein großes, klapperndes Bündel auf die Terrasse. »Da. Fertig! Einhundertsechsundzwanzig Tinnefs! Ich habe gesagt, ich würde fertig sein, bevor es dunkel wird, und ich hab's geschafft!«

»Das trifft sich gut«, bemerkte Shona. »Ich wollte dich nicht in Panik versetzen, aber heute war bei der

Post eine Nachricht dabei, daß morgen der Drache kommt, um sie abzuholen. Dürfen wir mal sehen?«

Callette war nur zu gern bereit, ihre gesammelten Werke zu präsentieren. Stolz schlug sie das Tuch auseinander. »Ist Elda schon zurück?« erkundigte sie sich.

Alle Köpfe, die sich über den schimmernden Haufen beugten, hoben sich ruckartig und schauten sie an. »Was meinst du damit?« fragten die meisten.

»Sie flog talabwärts, als ich gerade dabei war, das letzte Tinnef zu verdrahten«, erklärte Callette. »Sie erzählte etwas von Paps und einem Dämon, aber ich habe nicht richtig zugehört. Die Arbeit war kniffelig.«

»Wann war das?« fragte Kit scharf.

Callette zuckte mit den Schultern. »Vor einer halben Stunde? Es war noch ziemlich hell.«

»Einer geht und schaut nach, ob sie irgendwo im Haus steckt«, ordnete Kit an. »Wir anderen suchen das Grundstück ab.«

Callette zuckte wieder mit den Schultern, packte ihre Tinnefs ein und trug sie zurück in ihre Baracke. Dann saß sie die nächsten zehn Minuten still auf der Terrasse, während alle anderen herumliefen und nach Elda riefen. »Ich habe nicht angenommen, daß sie wieder hier ist«, sagte sie, als die Suchmannschaft sich außer Atem wieder auf der Terrasse einfand. »Deshalb habe ich ja gefragt. Ich hätte sie von meiner Unterkunft aus kommen sehen müssen.«

»Falls sie zu Nellsys Schänke geflogen ist«, meinte Shona, »das sind fünfzehn oder zwanzig Meilen und es ist schon fast dunkel! Dad verzeiht uns nie, wenn sie verloren geht.«

»Oder einem Dämon ins Gehege kommt«, fügte Blade hinzu.

»Dann also los«, sagte Kit. »Wir fliegen ihr nach. Shona und Blade, ihr bleibt hier für den Fall, daß sie auftaucht, während wir weg sind.«

Shona richtete sich hoch auf und reckte das Kinn vor. »O nein. Wir haben zwar keine Flügel, aber wir kommen mit.«

»Dann holt die alte Schaukel«, befahl Kit, und Don stürmte los. Lydda drehte sich herum und galoppierte in die entgegengesetzte Richtung, zum Haus. »Wohin?« wollte Kit wissen.

»Nach oben«, rief Lydda über die Schulter. »Ich kann besser starten, wenn ich von wo runterspringe.«

»Na wunderbar! Zu fett, um vom Boden hochzukommen!« meinte Kit verachtungsvoll. »Wir warten nicht auf dich!« schrie er ihr nach, als Don wieder angeprescht kam. Er zog die Schaukel an den zwei Seilen hinter sich her und legte sie an den Rand der Terrasse. Shona setzte sich auf das Brett, und Blade setzte sich auf ihre Knie. Er hatte daran gedacht, Elda per Weitwünschen zu folgen, aber womöglich verirrte er sich ebenfalls und machte alles noch schlimmer. Er reichte Kit eins der Seile hinauf, und Kit schlang es um seine Krallen; beide ignorierten die Tatsache, daß Derk diese Unvernunft ausdrücklich verboten hatte, als Blade zehn war und Kit elf und Kit Blade in einen Baum fallen ließ. »Fertig?« fragte Kit Callette.

»Fertig.« Callette nahm das andere Seil auf.

Blade und Shona klammerten sich fest. »Halte das Seil nicht bloß in den Krallen, wickle es um dein Handgelenk«, sagte Shona nervös zu Kit.

»Erzähl mir was Neues«, gab Kit zurück. »Ich zähle bis drei, Callette, damit wir das Brett gerade halten. Eins, zwei, *drei*.«

Lydda erschien am Schlafzimmerfenster, gerade als die beiden riesigen Greife abhoben und der Luftzug ihrer Schwingen Blade und Shona das Haar um den Kopf peitschte.

Als das Schaukelbrett mit den beiden Passagieren über den Boden scharrte und dann pendelnd in die Höhe stieg, stürzte Lydda sich unter mächtigem Flügelschlagen vom Sims.

»Man sehe und staune, Lydda überwindet die Schwerkraft!« sagte Don, der sich mühelos zu der Schaukel hinaufschwang. »Und wie geht es euch beiden?«

»Bestens«, antwortete Blade, obwohl seine Hände bereits taub waren.

Derk hatte den Kreis und das Pentagramm mit Kreide auf den Boden des Schankraums gezeichnet und fügte beim Schein einer seiner Laternen die Symbole und Sigel hinzu. Die zweite Laterne stand auf dem Tresen und beschwerte seine dringend benötigten Notizen. Die erste Überschrift auf dem obersten Blatt lautete: WIE MAN IM NOTFALL EINEN DÄMON LOS WIRD, die zweite: HILFREICHES IN ANDEREN NOTFÄLLEN und die dritte: WIE MAN SICH EINEN DÄMON DIENSTBAR MACHT. Erst danach beschäftigten die Notizen sich mit den Gesten und Worten, die er für das Prozedere brauchte.

Angetrieben von wachsender Nervosität, hastete Derk immer schneller zwischen den Notizen und der Kreidezeichnung auf dem Boden hin und her. Als er fertig war mit den Symbolen und Sigeln und die Laterne hochhielt, um sich zu vergewissern, daß sich nirgendwo ein Fehler oder eine Ungenauigkeit eingeschlichen hatte, kam ihm zu Bewußtsein, daß er um den Kreis herumlief wie ein erschrecktes Kaninchen. Er zwang sich, langsamer zu gehen, mit dem Ergebnis, daß er Angst vor der eigenen Courage bekam und sich erst nicht überwinden konnte, die Kerzen anzustecken.

Schließlich ermahnte er sich und zündete sie an, fünf neue Flammen, jede mit einem gesprochenen Wort, dazu vier weitere Wächterflammen. Anschließend ging er rückwärts zum Tresen und stellte seine Laterne neben die andere. Dann, während das Blatt mit seinen Aufzeichnungen von seinen schwitzenden Händen feucht und knitterig wurde, begann er, die Beschwörungsformel zu sprechen. Dabei hatte er mit merkwürdigen Schwierigkeiten zu kämpfen. Zuerst war es so, als würde jedes Wort auf dem Weg zwischen Auge und Mund in Vergessenheit geraten, und wenn er sich erinnerte und es aussprach, schien das Wort ihm das Gehirn mit der Wurzel auszureißen. Dann, ungefähr nach der Hälfte, als hätte er einen Punkt des größten Widerstandes überwunden, ging es ganz leicht. Verdächtig leicht. Die Worte rollten durch seinen Kopf, und sein Mund sprach sie aus, als ob sie tagtägliche Routine wären und nicht eine Formel, die er vor zwanzig Jahren und nur ein einziges Mal aufgesagt hatte. In seinem Hinterkopf regte sich eine vage Erinnerung, daß es ihm damals ganz ähnlich ergangen war, aber nun gab es kein Zurück mehr. Niemand läßt die Beschwörung eines Dämons unvollendet.

Zum Schluß mußte er dreimal den Namen des beschworenen Geistes anrufen. Derk hatte sich für einen mittelgroßen Dämon mit Namen Maldropos entschieden, von dem die Schriften behaupteten, er sei, soweit man das von seinesgleichen behaupten konnte, halbwegs verträglich. Er machte den Mund auf, um den Namen auszusprechen. Und konnte es nicht. Während er würgte und gluckste, schrumpften sämtliche Kerzenflammen zu glosenden Funken. Der Drudenfuß begann zu leuchten. Blau.

O nein! dachte Derk. Es ist wieder schiefgegangen! Was mache ich bloß falsch?

Immer noch unfähig, einen Ton herauszubringen, machte er sich, den Tresen im Rücken, so dünn wie möglich und wünschte, das Holz möge nachgeben, so daß er sich hindurchschieben und zwischen den Fässern dahinter verstecken konnte. Seine Augen fühlten sich an wie Umrus gepellte Orangen, er war unfähig, den Blick von dem blauen Dunst abzuwenden, der sich langsam zwischen den magischen Symbolen erhob und ausbreitete. Auf seine Art war es ein schönes Blau, satt und dunkel und gleichzeitig auch blaß und leuchtend, wie ein Nachthimmel überlagert von einem hellen Frühlingsmorgen. In dieser speziellen Situation und Form jedoch war es hauptsächlich furchteinflößend.

Die Wolke wuchs höher und höher empor und nahm dabei an Dichte und Substanz zu. Derk spürte, daß seine Zähne klapperten. Er wollte nach seinen Notizen auf dem Tresen greifen, doch er konnte sich nicht rühren.

Die Bläue war nun eine sternförmige Wolke und reichte fast bis zu den Dachbalken. Jetzt war die letzte Gelegenheit, den Dämon zurück in seine Dimension zu schicken, bevor er sich aus dem Pentagramm befreite, doch Derk konnte sich immer noch nicht bewegen.

Die blaue Wolke erbebte und bildete einen langen, beinähnlichen Auswuchs, der sich mit einem Ruck von den Symbolen losriß und tastend über die Kreidezeichen hinausreckte. Ein zweiter Auswuchs entstand, trat nach draußen und ein dritter folgte. Derk wartete auf einen vierten, doch statt dessen zog sich ruckweise ein langer, blauer, segmentierter Schwanz, ähnlich dem einer Ratte, aus dem Dielenboden und schnellte zuckend hin und her, wobei er achtlos Derks mit so viel Sorgfalt gemalte Kreidesymbole auslöschte.

Was hat dich aufgehalten? verlangte der Dämon zu wissen. Derk konnte nicht unterscheiden, ob er die Stimme mit den Ohren oder in seinem Kopf wahrnahm. *Weshalb hast du zwanzig Jahre gewartet, um mich wieder zu rufen?*

»Angst, nehme ich an«, hörte Derk sich sagen. Er ließ den Blick an der Erscheinung hinaufwandern. Das Blau hatte keine bestimmten Konturen, doch er glaubte, ganz oben drei sarkastische und erbarmungslose Augen in der Andeutung eines Kopfes zu erkennen. Hinter dem Dämon, durch ihn hindurch, sah er die wieder erstarkten Kerzenflammen brennen. Von der Ausstrahlung seiner Macht gegen den Tresen gepreßt, fühlte er sich wie zwischen die Backen eines Schraubstocks eingespannt. Weshalb? dachte er. Weshalb *ich*?

Weil du leichter zu überwinden bist als andere Zauberer, natürlich, antwortete der Dämon, und feststellen zu müssen, daß dieser seine Gedanken lesen konnte, trug nicht zur Steigerung von Derks Wohlbefinden bei. *Ich habe keine Lust, mich an die Kette legen zu lassen und Aufträge ausführen zu müssen. Du wolltest mich doch auch zu irgendeinem Dienst zwingen, nicht wahr?*

»Nicht ganz und nicht Euch. Ich wollte einen kleineren Dämon rufen, der mein Haus bewacht, wenn ich es in eine Zwingburg verwandeln muß«, antwortete Derk. Der Dämon konnte seine Gedanken lesen, also konnte er auch aussprechen, was er dachte. »Ihr wißt schon, um zu erscheinen und Touristen zu erschrecken.«

Lächerlich! Deshalb hast du mich gerufen? Ich soll spuken und Grimassen schneiden? Haben Zauberer heutzutage nichts Sinnvolleres mehr zu tun?

»Die meisten von ihnen sind zu sehr damit beschäftigt, hinter Mr. Chesneys Pilgergruppen herzulaufen«, erklärte Derk.

Das haben die minderen Dämonen mir berichtet. Das Schweifanhängsel des Dämons kräuselte sich geringschätzig. Er tat auf seinen drei beinähnlichen Gliedmaßen einen Schritt auf Derk zu. Der Tresen knarrte unter dem Druck seiner Aura, Derk fühlte sich, als würde er auf dem Holz zerquetscht wie ein Stück Butter. Nie zuvor hatte er mit einem Wesen zu tun gehabt, von dem eine solche geballte Macht ausging. Er bereitete sich darauf vor, gefressen zu werden, auf irgendeine besonders gräßliche Art wahrscheinlich.

Nein, ich habe nicht vor, dich zu verspeisen, sagte der Dämon. *Noch nicht.* Derk spürte, daß er lachte; das Lachen ergriff in Wellen seinen ganzen Körper, erschütterte jeden Nerv. Dämonen liebten es, mit Menschen ihr Spiel zu treiben. *Und ich will auch deine Seele nicht,* sprach der Dämon weiter. *Noch nicht. Ich jage eine andere Beute. Wenn ich das getan habe, werde ich zurückkommen und dir vergelten, daß du mir ermöglicht hast, diese Dimension zu betreten.*

»Vergelten? W – wie?«

Wie? Indem ich dein Haus heimsuche, selbstverständlich. Wolltest du das nicht?

War das nun eine Drohung oder ein Versprechen? rätselte Derk. Und spielte das eine Rolle? »Wann darf ich Euch denn erwarten?«

Wenn es dir am wenigsten behagt, erwiderte der Dämon. *Lebe bis dahin jeden Tag, als könnte es dein letzter sein.*

Nachdem er das gesagt hatte, begann er noch weiter in die Höhe zu wachsen, bis Derk von ihm nur noch die drei Beine sehen konnte, Säulen aus blauem Rauch, und den ständig zuckenden Wurm von einem Schwanz.

Dann folgte eine nicht enden wollende Spanne Zeit, in der der Schwanz sich nicht bewegte und die Beine des Dämons einfach dastanden – eine Ewigkeit, so schien es Derk.

Er mußte ausharren, keiner Bewegung mächtig an den Tresen genagelt, links und rechts von sich je eine flackernde Laterne.

Dann, von einer Sekunde zur anderen, war der Dämon verschwunden.

Der Schankraum wirkte dunkler ohne die blaue Wolke, trotz des heimeligen gelben Scheins der Kerzen, und viel gewöhnlicher. Derk war aus dem Schraubstock erlöst. Vor Erleichterung sank er auf die Knie, rang schnaufend nach Luft und fühlte sich unbeschreiblich nichtig und klein, kleiner als je zuvor in seinem Leben.

Erst nachdem er eine Weile dort gekniet hatte, kam Derk zu Bewußtsein, daß er nicht ein einziges Mal, auch nicht andeutungsweise, daran gedacht hatte, den Dämon zu bitten, er möge sich den Pilgern in Gestalt eines Gottes zeigen. Es war einfach nicht möglich, einen Gott und einen Dämon gleichzeitig im Sinn zu haben.

Die fliegende Rettungsstaffel hatte derweil mit eigenen Schwierigkeiten zu kämpfen. Die Etappe talabwärts war für die Greife leicht zu bewältigen gewesen, sogar für Lydda. Man konnte gleiten und mußte nur ab und zu mit einem Flügelschlag nachhelfen.

Doch je schneller der Gleitflug wurde, desto weiter schwang die Schaukel mit Shona und Blade nach hinten. Nach hinten und nach oben, so daß beide ins Rutschen kamen und sich krampfhaft an den Seilen festklammerten. Nur die Fliehkraft hielt sie noch auf ihrem Sitz.

»Ich glaube, ich sollte doch lieber weitwünschen!« japste Blade.

»Dann falle ich runter. Sitz still!« fauchte Shona.

Blade mußte zugeben, daß sie recht hatte. Und einen Sturz aus dieser Höhe konnte sie nicht unbeschadet überstehen. Dann, nachdem sie die Ebene erreicht hatten und tief über den nächtlichen Feldern dahinflogen, machte sich bei Kit und Callette die ungewohnte Anstrengung bemerkbar. Keiner von beiden war in letzter Zeit weite Strecken geflogen. Blade merkte, wie sie sich bemühten, nicht so laut zu keuchen, wie sie es gern getan hätten. Hinzu kam, daß Callette, obwohl nach menschlichen Maßstäben gewaltig, nicht annähernd so groß und stark war wie Kit. Kit bemühte sich, langsam zu fliegen, um den Unterschied auszugleichen, doch immer wieder kam er an den kritischen Punkt und mußte Geschwindigkeit aufnehmen, während Callette die ganze Zeit verbissen mit den Flügeln schlug, wodurch natürlich die Schaukel hüpfte und pendelte. Blade hielt sich fest, schaute auf die verschwommen erkennbaren nachtgrauen Grasbüschel, die unter ihm vorbeihuschten, und hoffte, daß es nicht mehr lange dauerte, bis sie Elda fanden.

Don, von Natur aus athletisch, turnte seitlich von ihnen durch den Himmel, kreiste und spähte und überprüfte jeden hellen Fleck auf die Möglichkeit hin, daß es sich um Elda handelte. Blade konnte hören, wie Lydda auf der anderen Seite versuchte, das gleiche zu tun, und sich eher anhörte wie ein defekter Blasebalg als wie ein Greif.

Ein Nachtflug war eine bitterkalte Angelegenheit, stellte Blade fest. Shona murmelte immer wieder: »Ich glaube, ich rutsche ab. Götter, du bist schwer! Götter, du hast spitze Knochen!«

Nach einer qualvollen Ewigkeit japste Kit: »Dort ist die Schänke!«

»Dann muß sie es bis dahin geschafft haben«, meinte Don, der von Callettes Seite herangeflogen kam.

»Das werden wir feststellen.«

Weil er ein gutes Stück unter den Greifen hing, konnte Blade die Schänke nicht sehen. Erst etwas später, als die Schaukel über eine Hecke hinwegschwang, erspähte er das Haus als Silhouette vor dem Nachthimmel, sehr schwarz, nur eine Andeutung von Helligkeit in einem Fensterquadrat. Shona, die an ihm vorbeizuschauen versuchte, fragte: »Was ist das für ein komisches blaues Licht da über dem Dach?«

Noch während sie sprach, wuchs das Licht wie ein blauer Strahl zu ihnen hinauf, und sie alle bemerkten die drei Augen im oberen Teil. Don entfuhr ein mißtönendes Kreischen namenloser Angst. Alle vier Greife reckten in instinktiver Übereinstimmung die Schnäbel nach oben und schlugen panisch mit den Flügeln, um Höhe zu gewinnen. Schwungfedern rauschten, die Schaukel schlingerte wild, und unter Shonas und Blades Füßen fiel die Erde in einen bodenlosen Abgrund. Blade hing machtlos im Sturm der Greifenschwingen, das fauchende Keuchen von Greifenatem in den Ohren, und mußte mit ansehen, wie das blaue Etwas sich reckte und streckte und stets auf gleicher Höhe mit den Greifen blieb. Die drei Augen schauten höhnisch zu ihnen hinüber. Höher und höher stiegen die Greife, und höher und höher wuchs die blaue Erscheinung wie ein unglaublich langer, durchscheinender Stab aus Licht, und starrte sie unverwandt auf eine Weise an, die ausdrückte: *Glaubt ihr, fliehen zu können? Vergeßt es!*

Dann schien das Wesen das Interesse zu verlieren. Es schrumpfte ein wenig und stand senkrecht auf dem Wirtshausdach. Als die Greife erschöpft in Gleitflug übergingen, den Kopf zwischen den ausgebreiteten Schwingen nach unten gereckt, um bereit zu sein, falls das Ding Anstalten machte, sie anzugreifen, dehnte die Bläue sich explosionsartig zu einem langen Blitz, sauste im Zickzack sogar schneller als jeder Blitz unter ihnen hindurch und verschwand irgendwo in der Ferne.

Sofort danach ertönte von der Stelle des ersten Zicks ein entsetztes Kreischen aus einer Greifenkehle, gefolgt von angstvollem Schilpen.

Da ist sie! riefen alle gleichzeitig.

Don und Lydda legten die Flügel an und stürzten sich der Erde entgegen. Während Kit und Callette ihnen langsamer folgten, mit der Schaukel kreisend, bemerkte Blade einen kleinen, hellen Klecks auf dem schwarzen Boden, der beim nächsten Hinsehen eindeutig Elda war. Zu einem Häufchen Elend zusammengekauert, die Flügel um sich ausgebreitet und den Schnabel weit aufgesperrt, schilpte sie Angst und Verlassenheit wie ein Küken. Als sie wieder in sein Blickfeld kam, waren Don und Lydda gelandet, setzten sich dem Instinkt gehorchend links und rechts neben Elda nieder und breiteten jeder einen Flügel über sie. Elda beruhigte sich ein wenig, aus dem Schilpen wurden verständliche Worte.

»Ich war müde. Das war der Dämon. Meine Flügel haben weh getan. So müde. Das war der Dämon.«

»Könnt ihr mich absetzen?« rief Blade zu Kit und Callette hinauf. »Ich bringe sie heim. Ihr fliegt weiter und seht nach, ob mit Paps alles in Ordnung ist.«

»Machen wir«, antwortete Callette. »Kit, noch einmal herum.«

Die Schaukel schwang herum und ein Stück tiefer. Blade schätzte die Entfernung zum Boden, rutschte von Shonas Knien und lief stolpernd über höckeriges Gras. Fast wäre er hingefallen, weil seine Füße gefühllos waren. Shonas Schuhe pendelten an seinem Gesicht vorbei, als Kit und Callette sich wieder in die Höhe schraubten. Das Geräusch ihrer Flügelschläge verklang, während Blade zu Elda hinüberwankte.

»Es war der Dämon«, sagte Elda zwischen Don und Lydda hervor. »Er ist durch mich hindurchgegangen. Es hat sich angefühlt wie das Natron, das deine Kralle aufgelöst hat, Lydda. Es war kalt und hat gebrannt.«

Blade schob sich in das warme Greifengekuschel und setzte sich hin. »Schafft ihr zwei es bis nach Hause, wenn ich mit ihr weitwünsche? Uns alle vier kann ich nicht bewältigen.« Was er wirklich meinte, war: *Schafft Lydda es nach Hause*? Aber jetzt war nicht der Moment, solche Zweifel zu äußern.

»Ich komme zurecht, wenn ich erst in der Luft bin«, behauptete Lydda.

»Wir werden einfach nur gleiten«, sagte Don. »Keine Geschwindigkeitsrekorde oder so was.«

»In Ordnung.« Blade schob vorsichtig die Beine unter Eldas zitternden Körper. »Elda, ich werde dich festhalten, und ich will, daß du dich an mir festhältst. Verstanden?«

»Ja.« Elda grub die Krallen in Blades Schultern, in ihrer Angst merkte sie nicht, daß sie ihm Schmerzen zufügte. Blade biß sich auf die Unterlippe und schlang die Arme um Eldas Löwenkörper. Alle Greife haßten das, also fühlte Elda sich wahrscheinlich ebenso unbehaglich wie Blade, aber daran ließ sich jetzt nichts ändern.

»Fertig? Auf geht's!«

Blade wuchtete sie beide nach Hause. Elda war gut und gern anderthalbmal so groß wie er, und er mußte sich gewaltig anstrengen. Dann kam es ihm vor, als hätte er etwas falsch gemacht: Er hatte sich die Terrasse gedacht, und dort kamen sie auch an, nur ragte sie senkrecht neben ihnen auf wie eine Mauer. Blade rückte sie an die richtige Stelle – oder vielleicht rückte er Elda und sich an die richtige Stelle, er wußte es nicht genau –, und dabei glaubte er hinter sich einen blauen Schimmer wahrzunehmen, und dieser Schimmer hielt die Terrasse schräg. Elda begann wieder in den höchsten Tönen zu schilpen.

»Laß das *sein*!« fuhr Blade den Dämon an, setzte sich auf die Terrasse, hielt Eldas pelzigen Leib umschlungen und richtete mit Gewalt den Boden so aus, wie es sich gehörte. »Siehst du nicht, daß Elda furchtbare Angst hat?«

Elda hatte recht gehabt, als sie das Ding mit Ätznatron verglich, dachte Blade. Er fühlte es in seinem Bewußtsein, als hätte er den Kopf in eine Schüssel mit Bleichmittel getunkt, fühlte es in seinen Gedanken kramen und sortieren, auf eine Art, die ausdrückte: *Hm, was haben wir denn hier?*

»Hau ab!« sagte Blade zu ihm.

Der Dämon lachte.

Er fand sie beide immens erheiternd. Das Lachen durchflutete Blade in Wellen, und es *tat weh*. Er fühlte den Dämon sagen: *Ich gehe jetzt, aber wir werden uns bald wiedersehen.*

Blade fühlte sich versucht zu sagen: »Komm mir noch einmal in die Nähe, und ich bringe dich um!«

Aber das wäre albern gewesen – und außerdem, er hatte keine Kraft mehr übrig. Von der Anstrengung, dem Dämon Paroli zu bieten, lief ihm der Schweiß aus den Haaren in die Augen. Am liebsten hätte er geweint wie Elda.

»Er ist weg!« zirpte Elda froh. Dann gickste sie erschreckt. »Was war das?«

Es waren die Geräusche von Derks Ankunft, der über einen Stuhl auf der Terrasse stolperte und dann *Ploing* gegen Shonas Harfe stieß. »Paps!« rief Blade.

Derk kam heran und hielt die Laterne hoch. »Was ist los?«

»Der Dämon war hier«, lautete die zweistimmig einstimmige Antwort. »Und er hat Blade gesagt, er kommt wieder. Das darfst du nicht erlauben!« fügte Elda hinzu.

Derk brachte nicht den Mut auf, ihnen zu gestehen, wie gründlich er die Dämonenbeschwörung vermasselt hatte.

Er sagte beruhigend: »Wir brauchen ihn noch nicht, erst wenn das Haus umgewandelt ist. Keine Sorge. Wo sind die anderen?«

»Kommen«, antwortete Elda. Doch es verging noch eine gute Stunde, bevor müde Flügelschläge Kit und Callette mit Shona nach Hause brachten, und eine weitere halbe Stunde, bis Lydda – im Taumelflug und sichtlich am Ende ihrer Kräfte – mit Don eintraf.

»Du hast sie in die Luft geschleudert, als du dich mit Elda weggewünscht hast«, sagte Don zu Blade. »Wenn das nicht gewesen wäre, hätte sie unter Garantie zu Fuß nach Hause wandern müssen. Es war schrecklich. Sie hat dauernd gejammert, ich kann nicht mehr, ich kann nicht mehr, und ich mußte sie anschreien, damit sie weiterfliegt.«

»Und Paps war schon weg, als wir zur Schänke

kamen«, berichtete Shona verdrossen. »Wo steckt er jetzt wieder?«

»Ißt Abendbrot«, gab Elda Auskunft. »Es ist alles längst kalt und scheußlich, aber ihr solltet sehen, wie er *schlingt*.«

Kapitel 8

Elda war am nächsten Tag putzmunter, alle anderen litten unter den Nachwehen ihres Abenteuers. Lydda lag bäuchlings auf dem Wohnzimmersofa, das unter ihr fast verschwand. »Jemand anders kann sich heute ums Essen kümmern«, sagte sie. »Ich habe Muskelkater in den Schultern.«

»Also ich werde das nicht sein«, tat Shona kund und betrachtete ihre von den Seilen aufgescheuerten Handflächen. »Ich kann nicht einmal Klavier spielen. Mams will, daß ich heute mit Callette und Elda zu ihr hinüberkomme, aber ich bin zu müde, um auch nur daran zu denken. Wo ist Callette überhaupt?«

Callette schmollte in ihrer Bleibe. Angeblich langweilte sie sich, weil sie mit den Tinnefs fertig war. Don allerdings vertrat die Meinung, sie wäre ebenso erschöpft wie alle anderen und nur zu stolz, um es zuzugeben. Don lag auf dem Rücken, die gespreizten Flügel auf dem ganzen Eßzimmerboden ausgebreitet, und weigerte sich, auch nur irgend etwas zu tun. *Er* war nicht zu stolz, sagte er.

Blade fühlte sich seltsam, als hätte der Dämon die Dinge in seinem Kopf aus den Fugen gebracht. »Habe ich noch meine Seele?« fragte er Kit ängstlich.

Kit starrte ihm finster in die Augen. »Natürlich hast du, Dummkopf!« Kit war früh am Morgen aufgestanden und eine Runde durch das Tal geflogen, um sich zu überzeugen, daß er bestens in Form war. Er hatte das Gegenteil feststellen müssen. Als er wiederkam, war seine Laune so miserabel, daß nur Blade sich in seine Nähe traute.

Derk hatte das Gefühl, er müßte alle zusammenrufen und ihnen eine Strafpredigt halten, weil sie sich gestern abend so leichtsinnig in Gefahr begeben hatten – nachts fliegen, sich zu weit vom Haus entfernen, Shona und Blade auf der Schaukel tragen, blindlings diesem Dämon in die Quere geraten –, doch er war zu deprimiert über sein doppeltes Versagen tags zuvor. Er saß in seinem Arbeitszimmer und machte sich Sorgen. Nicht einmal für die neue Art Brieftaube, die er entwerfen wollte, hatte er einen Gedanken übrig. Er war gerührt von Eldas Versuch, ihm zur Hilfe zu eilen. Sie hatte ihm auch die Orangenschale und die Kerne aufgehoben. Er brachte es nicht fertig, sie auszuschimpfen. Seufzend erhob er sich statt dessen und ging hinaus, um die Kerne einzupflanzen.

Gegen Mittag wurden sie alle aus ihrem lustlosen Dahindämmern gerissen. Elda galoppierte, gefolgt von Niedlich, über die Terrasse und schrie: »Der Drache kommt! Der Drache kommt!«

Außer Derk hatte keiner von ihnen je einen Drachen gesehen. Kit und Callette kamen aus ihren Baracken geschossen, Lydda und Shona verkeilten sich in der Wohnzimmertür, als sie beide gleichzeitig nach draußen wollte, Don warf beim Aufspringen sämtliche Wohnzimmerstühle um, Blade kam die Holz- und Marmortreppe hinuntergepoltert, Derk stürmte um die Flurecke vor seinem Arbeitszimmer, und sie alle beeilten sich, zu Elda und Niedlich ans Tor zu kommen, begleitet von sämtlichen Schweinen Derkholms. Die Hunde und Gänse lärmten, um ebenfalls herausgelassen zu werden, aber niemand hatte Zeit, sich um sie zu kümmern. Die Freundlichen Kühe und Klein Hühnchen lärmten einfach nur so, angesteckt von der allgemeinen Aufregung.

Der Drache hatte inzwischen die halbe Strecke durch das Tal zurückgelegt, und für die Zuschauer sah es aus, als berührten die Spitzen seiner ausgespannten Flügel die Berge zu beiden Seiten. Blade meinte ehrfürchtig: »Ich wußte nicht, daß sie so *groß* sind.«

»Genaugenommen ist sie nur von mittlerer Größe«, erwiderte Derk.

»Sie fliegen ganz anders als wir«, stellte Don fest.

»Wie Möwen«, stimmte Lydda zu.

Die Drachin hob die Flügel und landete *con grazia* auf der Wiese unterhalb des Tores. Sie war insgesamt sehr elegant, schlank und glänzend und lavendelfarben, zur Unterseite hin stufenweise übergehend in ein vornehmes Elfenbein. Als sie, die Flügel an den Leib gefaltet, zum Tor hinaufschritt, sah sie aus wie eine sehr große Eidechse.

Die Schweine hatten schon bei ihrer Landung angefangen, nervös zu grunzen, und sich aus der ersten Reihe zurückgezogen. Niedlich zitterte am ganzen Leib. Als die Drachin nun vor ihnen stand, bis auf Kit alle turmhoch überragend, und aus jeder Nüster ein Rauchwölkchen hervorkräuseln ließ, hatte Niedlich genug. Schrill wiehernd warf er sich herum und ergriff die Flucht, dabei schlug er wild mit seinen noch nicht ausgewachsenen Flügeln. Die Schweine gaben ebenfalls Fersengeld, quiekten um die Wette und erhoben sich flatternd in die Luft, um schneller vorwärts zu kommen. In seiner Angst schwang Niedlich sich mit ihnen in die Höhe. Niemand bemerkte seinen Jungfernflug, alle bewunderten die zarten violetten und grünen Adern in den Flügeln der Drachin und ihre Schuppen, die das Sonnenlicht brachen wie Edelsteine, und den tiefen, tiefen Blick ihrer purpurnen Augen.

In den Koppeln und Gehegen hinter dem Haus brach ein vielstimmiger Tumult aus, als sämtliche

Tiere ihre Witterung aufnahmen. Die Drachin ignorierte höflich den Aufruhr, den ihr Erscheinen verursachte. »Wenn ich recht unterrichtet bin, soll ich hier eine bestimmte Anzahl von Gegenständen abholen«, sagte sie. Ihre Stimme klang wie Cellos und Klarinetten. Shona seufzte.

»Ich hole sie.« Callette eilte zurück in ihre Unterkunft.

Während die Drachin wartete, schaute sie mit einem Ausdruck erhabener Weisheit über ihre Köpfe hinweg, so daß keiner etwas zu äußern wagte und sie alle schweigend warteten, bis Callette zurückkam.

»Hier«, sagte sie und stellte das Bündel mit den Tinnefs vorsichtige drei Meter vor der Drachin auf den Boden. Es klapperte und klirrte.

Bei dem Geräusch senkte die Drachin ruckartig den Kopf. »Darf ich einen Blick darauf werfen?« fragte sie.

»Nur zu.«

Die bekrallte Tatze der Drachin zupfte behutsam an dem Knoten oben auf dem Bündel und legte noch behutsamer das Tuch nach den Seiten auseinander. Blade glaubte zu merken, daß die Drachin von dem, was zum Vorschein kam, enttäuscht war, doch sie bewies größten Takt. »Welch herrliche Schätze!« sagten die Cellos und Klarinetten. »Wie sie glitzern. Und die kunstvolle Arbeit! Unvergleichlich!«

Callette, gewöhnlich nicht durch Bescheidenheit gehemmt, war überwältigt von dem Lob und versteckte das Gesicht hinter einem Flügel. »Callette hat sie angefertigt«, erklärte Derk. »Es müßten einhundertsechsundzwanzig sein. Möchtet Ihr nachzählen?«

»Ich vertraue Eurem Wort. Diese Kostbarkeiten sind außerordentlich begehrenswert, und ich werde sie eifersüchtig hüten. Wie bedauerlich, daß die Zeiten sich geändert haben, vor hundert Jahren wären sie alle aus Gold gewesen. Auch so werde ich mir die allergrößte Selbstbeherrschung auferlegen müssen, um sie nicht für mich zu behalten. Vielleicht ...«

Ihre violetten Augen richteten sich mit einem Ausdruck melancholischen Verlangens auf Blade. »Vielleicht sollte jemand sie wieder verhüllen. Die Versuchung ist sehr groß.«

Mit dem unguten Gefühl, daß die Drachin etwas anderes meinte, als sie sagte, begab Blade sich in den Schatten ihres Hauptes und knotete das Tuch wieder zusammen. Der Geruch des Atems der Drachin war unbeschreiblich, heißer Dampf, ein wenig wie Rosen gemischt mit faulen Eiern. Er mußte sich beherrschen, um nicht Reißaus zu nehmen wie Niedlich. In dieser unmittelbaren Nähe war die Ahnung von Tod erdrückend.

»Kann ich Euch eine Stärkung anbieten?« erkundigte sich Derk höflich – allerdings nicht im passendsten Moment, fand Blade.

»Nein, vielen Dank, ich habe erst gestern etwas zu mir genommen«, erwiderte die Drachin zu Blades unaussprechlicher Erleichterung. Er zog den Knoten fest und entfernte sich eilends. »Ich sollte mich wieder auf den Weg machen, es ist ein langer Flug bis zu dem vorgesehenen Platz im Norden. Eine fröhliche Pilgersaison euch allen.« Sie hob das klappernde Bündel auf und vollführte eine geschmeidige Kehrtwendung – ein schlangenhaftes Gleiten von lavendelfarbenen Juwelen auf grünem Sammet –, bis sie zum Talausgang schaute. Dann tat sie zwei oder drei federnde Laufschritte, breitete die Schwingen aus und löste sich von der Erde wie ein vom Wind emporgetragenes Blatt. Lydda war nicht die einzige, die einen neiderfüllten Seufzer ausstieß.

Sie schauten ihr nach, bis sie nur noch eine

möwenähnliche Silhouette am Himmel war. »Wißt ihr«, sagte Shona plötzlich und unerwartet, »ich mochte sie nicht besonders. Sie war so affektiert.«

»Das mußt ausgerechnet du sagen«, höhnte Kit.

»Aber das war sie«, pflichtete Callette Shona bei, ebenso unerwartet. »Ich fand sie auch nicht sympathisch.«

Alle, bis auf Blade, erhoben die Stimme, um Shona und Callette zu widersprechen. »Ruhe!« schrie Derk. »Schluß mit der Streiterei! Der nächste, der anfängt zu nörgeln, wird in eine Statue verwandelt und mit Efeu überwuchert. Drachen sind merkwürdige Wesen. Heutzutage sehen sie sich als Muster an Tugendhaftigkeit. Ich vermute, unserer Besucherin widerstrebte es zutiefst, die Rolle eines bösen Drachen spielen zu müssen, der Schätze hortet. Ich habe gehört, sie versuchen alles Mögliche, um es nicht tun zu müssen.«

»Weshalb tun sie es dann trotzdem?« fragte Elda.

»Keine Ahnung. Mr. Chesneys wohlbekannte Überredungskünste, nehme ich an. Wie sieht es aus, gibt es heute auch ein Mittagessen?«

Langes, betretenes Schweigen.

Endlich beschloß Blade, sich zu opfern. »Ich übernehme das.«

Als er in der Küche herumwirtschaftete, wünschte er sich, er hätte den Mund gehalten. Jeder hatte etwas anderes bestellt: Kit wollte Steak,roh, mit Knoblauch; Callette Ente, roh, mit Kräutern; Don roh egal was, und Elda wünschte sich zur Abwechslung eine warme Mahlzeit mit Fleisch. Das bedeutete fünf Batzen durchwachsenen Speck und gebratenes Brot, nach Blades Verständnis von Kochkunst. Er holte seufzend die größte Bratpfanne aus dem Schrank, als draußen die Hunde anschlugen, die Gänse anfingen zu krakeelen und Klein Hühnchen aus Leibeskräften gackerte.

Gleich darauf stimmten auch die Freundlichen Kühe und die Pferde mit ein, und die Schweine quiekten wie am Spieß. Was ist jetzt schon wieder los? wunderte sich Blade.

Elda erschien in der Tür, die Flügel vor Erregung gemantelt.

»Der Drache kommt zurück! Kit sagt, er fliegt komisch – als wäre er verletzt. Wo ist Paps?«

Derk war bereits im Laufschritt unterwegs zum Tor, als Blade und Elda auf der Terrasse ankamen – Shona und die anderen Greife waren bereits dort versammelt. Derk ging durch das Tor und ein paar Schritte den Weg entlang, blieb dann stehen und beschattete die Augen mit beiden Händen. Blade und Elda zwängten sich hinter ihm zwischen die Torpfosten.

Die riesige schwarze Möwensilhouette über der Ebene hatte eindeutig Derkholm zum Ziel. Selbst aus dieser Entfernung war zu erkennen, daß etwas nicht stimmte. Sie schlingert, dachte Blade. Ein Flügel schien beschädigt zu sein, denn man konnte beobachten, wie die Drachin nach einer Seite kippte und sich dann mit heftigen, ungelenken Flügelschlägen wieder in die Waage brachte, so daß sie in Schüben näherkam und größer wurde.

»Ein mitleiderregendes Schauspiel«, kommentierte Derk, »aber ich denke nicht, daß es unsere Besucherin von vorhin ist.«

»Bist du sicher?« fragte Shona.

»Ja. Dieser Drache ist ein männliches Exemplar und erheblich größer, schätze ich.«

»Woran erkennt man das Geschlecht?« wollte Don wissen.

»Die männlichen Drachen haben nicht diese gestreckte, eidechsenartige Körperform«, antwortete Derk geistesabwesend, den Blick auf den unstet fliegenden Ankömmling gerichtet. Es war befremdend, an einem Tag von zwei Drachen Besuch zu erhalten. Als einzige Erklärung fiel ihm ein, daß es möglicherweise intern ein Mißverständnis – oder sogar einen Streit – darüber gegeben hatte, wer Hüter der Tinnefs sein sollte.

Langsam wurde deutlich, daß der verletzte Drache sehr viel größer war als der erste. Die Zuschauer erwarteten jeden Moment, daß er das Tal erreichte, nur um festzustellen, daß er noch einige Meilen entfernt war und immer noch näherkam und immer noch größer wurde. Endlich strich er kippelnd über die Ruinen des Dorfs hinweg.

»Er ist *gigantisch*!« sagte Don.

Er war so gigantisch, daß seine beschädigten Flügel – man konnte jetzt Risse darin erkennen – tatsächlich fast die Berge zu beiden Seiten streiften. Der Drache manövrierte sich mühevoll in einen Aufwind – die Zuschauer hielten in Erwartung eines Unglücks den Atem an -, um Bewegungsspielraum zu haben und sich auszubalancieren. Dann schwebte er über den Kämmen der Berge in Richtung Derkholm. Als der ungeheure Schatten das Sonnenlicht verdunkelte, zuckten alle zusammen, um sich dann schnell zu ducken und Zuflucht hinter den Torpfeilern zu suchen. Die zerschlissenen Flügel falteten sich an den Leib, und der Drache setzte zum Sturzflug an. Er war offenbar zu dem Schluß gekommen, eine Bruchlandung wäre in Anbetracht der Platzverhältnisse die einzige Möglichkeit. Derk machte einen Satz nach hinten, als das Ungetüm herabgetrümmert kam, aufschlug wie ein Meteor und vom eigenen Schwung hangaufwärts getrieben wurde, wobei er vier tiefe Furchen in die Erde pflügte. Wie durch ein Wunder kam er genau vor Derk zum Halten, in einer Wolke aus Grashäckseln, Erdklumpen und bräunlichem, übelriechendem Qualm.

»Wo ist Hexenmeister Derk?« stieß er zusammen mit einer weiteren Qualmwolke hervor. Er hatte eine tiefe, hallende Stimme, wie wenn jemand über die Öffnung einer sehr großen Flasche bläst.

»Das bin ich.« Derk hustete und schaute an dem Drachen hinauf. Er war mindestens so groß wie ein Haus. Und er war in einem erbärmlichen Zustand. Statt glatt und glänzend wie die Drachin, sah dieser matt, knochig und halb verhungert aus. Viele der schäbigen grünen Schuppen waren rissig oder blätterten ab, und die Haut hing in hornigen Graten über die spitz hervorstehenden Knochen. Seine Augen waren von einem trüben Schleier überzogen. Ein Flügel hing buchstäblich in Fetzen, und der andere sah kaum besser aus. Der Teil des Drachen, den Derk unmittelbar im Blickfeld hatte, war seine Unterseite, eingefallen und faltig und von einer ungesunden weißlichen Farbe. Ein Stück von einer goldenen Kette und ein zerdrückter Stirnreif klemmten zwischen den gesplitterten Schuppen. Als Derk den Blick auf eine der Vordertatzen senkte, sah er, daß sie knotig und verkrümmt war, und die überlangen Krallen wuchsen nach oben wie ein ungeschnittener Pferdehuf. »Bedürft Ihr«, fragte er höflich, »vielleicht medizinischer Hilfe?«

»Seid nicht impertinent«, tönte die hohle Stimme. Der nach Krankheit riechende Qualm, der die Worte begleitete, reizte Derk zum Würgen. »Ich bin gekommen, um mich Eurer Seite anzuschließen.«

»Wie bitte?«

»Ihr seid der Dunkle Fürst, oder etwa nicht?«

»Für diese Saison ...«

»Dann bin ich gekommen, um auf der Seite des

Bösen zu kämpfen, wie es sich für jeden rechtschaffenen Drachen geziemt. Kann man es noch deutlicher ausdrücken? Ich bin gekommen, um Eure Feinde zu töten.«

»Äh …« Um den Drachen stand es noch schlechter, als Derk vermutet hatte. Vielleicht war er nicht ganz bei Trost. Derk legte den Kopf in den Nacken und schaute in die trüben grünen Augen. Unter dem Grün und hinter dem Schleier flackerte es rot. Rot in den Augen eines Drachen, erinnerte er sich, als Student gelernt zu haben, bedeutete, daß dieser zornig war. Er sagte, sehr behutsam und rücksichtsvoll: »Das ist außerordentlich liebenswürdig von Euch, aber ich glaube, man hat Euch die Situation falsch dargestellt.«

»Inwiefern?«

»Weil meine Stellung als Dunkler Fürst lediglich bedeutet, daß ich eine Rolle spiele, zur Unterhaltung von Touristen, die aus einer der unseren benachbarten Welt herüberkommen«, erklärte Derk. »Im wirklichen Leben bin ich ein ganz gewöhnlicher Hexenmeister. Außerdem ist mir nur ein Drache erlaubt, und sie …«

So weit war er gekommen, als der Drache vor Rage nicht mehr an sich halten konnte. Seine Augen verfärbten sich zu einem wolkigen Rot.

»Also ist das alles ein albernes SPIEL!« donnerte er. Derk wich zurück, die Hände über den Ohren und eingehüllt in feuchten braunen Qualm. »Ihr habt mich den ganzen Weg herkommen lassen, damit ich *Theater spiele*! Was ist aus uns Drachen geworden, daß sie sich auf diese Weise von Menschen zum Narren halten lassen?«

»Seid versichert, ich halte Euch nicht zum Narren«, brachte Derk mühsam heraus. Der Qualm brannte in seinen Lungen, ihm wurde schwindelig.

»DOCH, DAS TUST DU!« röhrte der Drache. Die Gewalt seiner Stimme ließ Derk taumeln.

Das war mehr, als Kit ertragen konnte, er kam herbeigestürmt. »Hörst du wohl auf!« schrie er dicht vor der gewaltigen Schnauze des Drachen. »Er kann überhaupt nichts dafür!«

Die Schnauze senkte sich, damit die roten Augen Kit mustern konnten. »Geh mir aus dem Weg, kleiner Katzenvogel«, sagte der Drache in durchaus freundlichem Ton.

»*Klein*!« empörte sich Kit. »*Katzenvogel*!« Er war noch nie in seinem Leben so beleidigt worden.

»Ich weiß nicht, was du sonst sein könntest. Aus dem Weg jetzt. Überlaß mir diesen Spiele treibenden Hexenmeister.«

»Nein«, sagte Kit. »Nur über meine ...«

Der Drache hob eine knorrige Tatze und versetzte ihm ohne weitere Umstände einen leichten Stoß. Kit überschlug sich und rollte in einem würdelosen Gewirr von Beinen, Flügeln, Schwanz, Federn und Pelz hangabwärts. Erst nach einem guten Stück blieb er liegen, zerrupft, zerrauft, die Flügel in zwei verschiedene Richtungen gerenkt und in mehr als nur einer Hinsicht am Boden zerstört. Niemals, noch *niemals* hatte er von sich die Vorstellung gehabt, kleiner und schwächer zu sein als irgend *jemand* oder irgend *etwas* auf der Welt.

»Dazu hattest du keinen Grund«, sagte Derk heiser. Er fühlte mit Kit.

»Ich habe ihn nicht verletzt, nur seinen Stolz«, grollte der Drache. »Du bist derjenige, auf den ich es abgesehen habe.«

»Laß mich erklären ...« begann Derk.

Aber der Drache öffnete das Maul und fauchte ihm Wut und heißen Qualm entgegen. Derk fühlte, wie seine Haut anfing, Blasen zu werfen. Die Hitze drang so schnell in seine Lungen, daß er nur einen hauchdünnen Schild errichten konnte. Und der Drache war eindeutig ein Zauberkundiger. Er fegte den Schild hinweg und hüllte ihn erneut in eine Wolke aus Wut und Qualm. Derk fiel zu Boden, versuchte zu atmen und versuchte nicht zu atmen, wegen der Schmerzen. Unbeschreiblicher Schmerzen. Er wollte schreien, aber auch dazu war er nicht in der Lage. Der heiße braune Qualm wogte über ihm und um ihn, und Derk hörte das Gras schmoren, auf dem er sich wand. Irgendwo weit weg hörte er auch Greife schreien und Shona und Blade.

Blade fing an zu schreien, als das Gras Feuer fing. Bis dahin hatte er versucht, den Atem des Drachen in Eishauch zu verwandeln, und als das nicht wirkte, den Drachen an einen anderen Ort zu wünschen. Danach versuchte er letzteres mit Derk. Und es war, als täte er gar nichts. Er fühlte sich schwach und seltsam und verspätet – als ob er fünf Minuten brauchte, um zu begreifen, was geschah – und absolut ohnmächtig. Der Drache schien alles negieren zu können, was er tat. Er rollte nur ein rotes Auge in seine Richtung, wenn er etwas unternahm, um Derk zu helfen, und fuhr dann seelenruhig damit fort, seinen Vater zu töten.

»Mach, daß er aufhört!« schrie Shona.

»Ich kann nicht!« schrie er zurück.

Es gab einen Donnerschlag verdrängter Luft, so daß der sengende Qualm zur Seite und über Kit hinwegpuffte, der den Schnabel aufriß und verstörte Laute von sich gab. Und plötzlich stand Mara zwischen dem Tor und dem Drachen, in einem Kleid, das hauptsächlich aus kleinen Stücken rosafarbener Seide und schwarzer Spitze bestand, als wäre sie mitten in einer

Anprobe gestört worden. »Ich spüre, daß Derk in Schwierigkeiten ist«, sagte sie. »Was ...? Oh, ihr Götter!« Sie warf einen Blick auf Derk, der sich auf dem verbrannten Gras wälzte, und ging fuchsteufelswild auf den Drachen los. »Hör sofort auf! Hast du verstanden?« Sie stemmte die Fäuste auf die rosaseidenen Hüften und funkelte ihn an. »*Schluß damit!*«

Starke magische Kräfte prallten zischend aufeinander. Dann zog der Drache seinen mächtigen Schädel ein Stück zurück und schloß das Maul. Der gräßliche braune Qualm verwehte. »Dies ist unrecht?« fragte er.

»Allerdings! Wage ja nicht, das noch einmal zu tun, außer du möchtest in Zukunft aussehen wie ein fingerlanger Wurm!«

»Dann erklärt mir, weshalb es falsch ist.«

Mara wies mit dem ausgestreckten Zeigefinger vor sich auf den Boden. »Setz dich hin und hör zu!«

Zur größten Überraschung aller schob der Drache die Hinterpranken unter den Leib und ließ sich auf seine mageren Keulen sinken. »Ich höre«, rumpelte er und stieß dabei eine neue braune Wolke aus. »Höchste Zeit, daß mir jemand diese verrückte Welt erklärt.«

»In Ordnung«, sagte Mara. »In Ordnung! Aber hör auf, mir diesen Rauch ins Gesicht zu blasen!«

»Das passiert nun mal, wenn ich atme.«

»Unsinn!«

Callette wartete ab, um zu sehen, ob der Drache tatsächlich aufhörte, Qualm zu schnauben. Dann schwang sie sich mit einem gewaltigen Satz und Flügelschlag in die Luft. »Wohin?« schrie Don.

»Heilerin!« rief Callette über die Schulter, während sie – alle Nachwehen des langen Flugs vom Abend zuvor vergessen – auf die Berge zuhielt.

»Ach so. Ja. Richtig«, sagte Don und beeilte sich, ihr zu folgen. In seiner Hast, sie möglichst schnell einzuholen, flog er wie ein Spatz, hektisch flatternd und in Girlanden.

»Blade«, sagte Mara, »bring deinen Vater ins Haus.«

Blade hatte festgestellt, daß es ihm leichter fiel, jemanden an einen anderen Ort zu versetzen, wenn er denjenigen berührte, aber seinen Vater anzufassen wagte er nicht. Derk wand sich in der Asche des Grases, blau und purpurn im Gesicht, an anderen Stellen entsetzlich rot. Seine Kleider rauchten. Der Anblick der Blasen und gelben Streifen auf seiner Haut ließ Blade seine Schmerzen mitempfinden. Breitbeinig über seinen Vater stehend, wünschte er sie beide auf das Sofa im Wohnzimmer. Der Drache rollte ein Auge in ihre Richtung, machte aber keine Anstalten, sie aufzuhalten. Im nächsten Moment begannen Greifen- und Hundehaare auf dem Sofa zu schmoren. Bei der Ankunft rollte Derk ein wenig zur Seite, was ihm einen furchtbaren heiseren Aufschrei entriß. Blade fühlte sich wie gelähmt, stand da und wußte nicht, was er tun sollte.

Lydda kam hereingeplatzt. »Du mußt ihn kühlen. Rasch! Erste Hilfe bei Verbrennungen. Kälte!« japste sie.

»Ach ja.« Dankbar, daß jemand das Kommando übernahm, konzentrierte er sich, bis seine eigenen Füße vor Kälte schmerzten. Derk hörte auf, sich zu winden, doch seine Haut war immer noch rot, als hätte jemand kochendes Wasser über ihn ausgeschüttet, mit nässenden eitergelben Streifen, und er atmete zu flach. »Wo ist Mams?« fragte Blade verzweifelt.

»Redet mit diesem widerlichen Drachen«, antwortete Lydda. »Ich nehme an, sie muß ihn unter Kontrolle halten.«

Shona und Elda kamen herein, als Blade gerade vom Sofa herunterzuklettern versuchte. Bei der geringsten Erschütterung stieß Derk wieder diese schrecklichen heiseren Laute aus. Blade zitterte, als Shona ihm endlich half, auf den Boden zu steigen. »Er hat fast alles Haar verloren!« jammerte Elda. »Und Mams steht nur da und hält diesem Vieh einen Vortrag darüber, wie das mit den Pilgerfahrten an-gefangen hat!«

Lydda klappte mit dem Schnabel. »Sei still. Wir müssen auf die Heilerin warten.«

Also warteten sie. Etwas später steckte Kit den Kopf zum Fenster herein, Grashalme in dem vor Scham gesträubten Gefieder. Er berichtete, daß Mara immer noch auf den Drachen einredete. »Er scheint die letzten dreihundert Jahre geschlafen zu haben«, sagte er. »Das würde manches erklären. Die Situation muß ziemlich anders gewesen sein, als er sich damals zur Ruhe begeben hat.«

»Ich wünschte, er wäre nie wieder aufgewacht«, bemerkte Elda kläglich.

Blade hatte denselben Wunsch. Unbegreiflich, daß er noch vor einer halben Stunde seinem Vater gegrollt hatte, wegen der Fronarbeit in der Küche. Jetzt hätte er alles darum gegeben, wieder auf die alte, vertraute Weise auf ihn wütend sein zu können. »Wir hatten kein Mittagessen«, sagte er.

Keiner wollte Mittagessen. Sie warteten.

Ungefähr eine halbe Stunde später hörte man draußen Callettes Flügel rauschen. Sie stand über der Terrasse in der Luft und trug in den Krallen die Heilerin, in eine Decke verpackt wie ein Säugling des Moorvolks, während Don hastig landete, um die Frau aufzufangen, als Callette sie aus der Hülle rutschen ließ.

»Allen guten Göttern – *Anscher* sei Dank!« ächzte Lydda.

Die Heilerin, eine dünne, braune, gehetzt aussehende Person, warf einen Blick auf Derk und scheuchte bis auf Lydda alle aus dem Zimmer. »Du scheint am ruhigsten zu sein«, meinte sie.

»Bin ich nicht. Eigentlich«, sagte Lydda. Aber sie blieb.

Bald danach überließ Mara den Drachen für eine Weile sich selbst und ging hinein, um mit der Heilerin zu sprechen. Als sie wieder herauskam, trug sie ein Umschlagtuch über dem erstaunlichen Kleid, und ihr Gesicht war grau. »Sie bemüht sich immer noch, seine Lungen freizubekommen«, berichtete sie der besorgten Versammlung auf der Terrasse. »Sie bedankt sich bei demjenigen, der seine Verbrennungen gekühlt hat, weil sie sich dadurch auf seine Atmung konzentrieren kann. Aber sie wird über Nacht bleiben müssen. Shona und Elda, ihr geht nach oben und macht ihr ein Bett fertig und legt frische Laken auf Derks Bett, und Blade kann Derk hinaufschaffen, wenn sie fertig ist. Don und Kit, gebt mir bitte sofort Bescheid, wenn sie die Behandlung abgeschlossen hat. Ich möchte, daß sie anschließend kommt und sich den Drachen ansieht.«

»Sie soll sich um den *Drachen* kümmern?« rief Shona aus.

Mara warf Shona einen ihrer strengsten, Keine-Widerworte Blicke zu. »Dieser Drache«, erklärte sie, »ist halb tot. Seine Flügel müssen genäht werden, und ich nehme an, er leidet an Mangelerscheinungen, die seinen Verstand beeinträchtigt haben könnten. Er braucht Hilfe, Shona.«

»Na prima!« sagte Kit. »Prima! Und hat dein Schoßdrache Paps umgebracht? Oder nicht?«

»Die Heilerin ist fast sicher, daß Derk wieder gesund wird.« Allgemeine Seufzer der Erleichterung.

»Doch sie will ihn für mindestens fünf Tage in Heilschlaf versetzen und danach wird er noch einige Zeit das Bett hüten müssen.«

»Aber«, sagte Shona, »Mams, übermorgen fangen die Touren an.«

»Ich weiß. Und die Armee des Dunklen Fürsten trifft morgen ein. Es ist eine Katastrophe. Sagt mir Bescheid, wenn die Heilerin mit Derk fertig ist.« Und sie eilte davon, um wieder nach dem Drachen zu sehen.

Kapitel 9

»Sieht aus, als wäre es ziemlich schlimm für Barnabas«, meinte Blade.

»Nicht halb so schlimm, als wenn wir ihm die Wahrheit sagen würden«, brummte Don.

Sie standen zusammen an einer Seite der Terrasse und schauten zu, wie Mara Barnabas auseinandersetzte, daß Derk für ein paar Tage abwesend sein würde. Mara sah müde und gehetzt aus, sie trug einen Mantel über ihrem Zauberinnengewand.

»Immer noch in diesem schrecklichen Kleid«, bemerkte Shona, die sich hinzugesellte, nachdem sie der Heilerin für den Heimritt ein Pferd gegeben hatte. Die Frau hatte sich strikt geweigert, von Callette oder auch Kit nach Hause geflogen zu werden.

»Ich finde es schön«, sagte Elda.

»Du vielleicht«, sagte Callette.

»Mir gefällt es auch«, sagte Kit. »Und es hilft, den Eindruck zu erwecken, daß sie gerade erst gekommen ist.«

Man hatte sich ohne Diskussion darauf geeinigt, was getan werden mußte. Alle wußten, Mr. Chesney durfte nicht erfahren, daß Derk verletzt war, und keiner traute Barnabas die nötige Verschwiegenheit zu. Blade hatte keine Vorstellung davon gehabt, wie stark dieses Gefühl war, bis er Barnabas an diesem Morgen unternehmungslustig die Stufen zur Terrasse heraufkommen sah und hörte, wie er Kit fragte, der dort Wache hielt: »Wo ist Derk? Die Soldaten sind eingetroffen.« Als Kit antwortete, Derk wäre für ein paar Tage abwesend, war Barnabas' gute Laune wie weggeblasen, und nicht nur das. Er wurde bleich. Er sank regelrecht in sich zusammen, sogar seine Locken schienen die Spannkraft zu verlieren. »Aber das darf er nicht!« protestierte er. »Er ist Dunkler Fürst! Ein solches Verhalten ist – verantwortungslos!«

»Er hat Angst, daß er die Arbeit selbst machen muß«, sagte Lydda, während Don lief, um Mara zu holen.

Kurz darauf kam Mara eilig um das Haus herum, Mantel, schwarze Spitze und Haare flatterten. Barnabas fuhr ärgerlich auf sie los. »Was fällt Derk eigentlich ein?«

Mara war gereizt und außer Atem und sah tatsächlich aus wie eben erst eingetroffen. In Wirklichkeit hatte sie den frühen Morgen damit verbracht, die verbrannte Stelle im Gras vor dem Tor auszulöschen, und anschließend den alten Drachen überredet, ihr in das Seitental zu folgen, in dem die Kühe des Bürgermeisters versteckt waren. Wie Don berichtete, hatte der Drache als erstes zwei dieser Kühe verspeist. »Sie hat versucht, ihn daran zu hindern, daß er sich überfrißt. Sie sagt, sein Name ist Draco oder so ähnlich«, berichtete Don, als er wieder seinen Platz zwischen den anderen einnahm.

Mara redete noch immer auf Barnabas ein. »Ich hoffe, sie denkt daran, uns in die Geschichte einzuweihen, die sie ihm auftischt«, meinte Shona. »Sonst könnte es peinlich werden.«

»Himmlische Häppchen«, murmelte Lydda. »Das wird ihn ablenken. Elda, du hilfst mir. Ihr anderen fragt sie.«

Barnabas zeigte sich außerordentlich interessiert an dem Tablett mit den Pastetchen à la Umru. Er ließ sich von Elda Kaffee einschenken. Während er beschäftigt war, konnte Callette sich unauffällig zwischen ihn und Mara schieben. »Ich habe es möglichst einfach gemacht«, flüsterte Mara Shona zu, abgeschirmt von Callettes großem, gebänderten Flügel. »Ich habe ihm erzählt, da wäre ein sehr alter Drache, der nach dreihundert Jahren Schlaf wieder aufgewacht ist – also mehr oder weniger die Wahrheit, nur habe ich gesagt, der alte Drache lebt oben im Norden, und die jüngeren Drachen hätten Derk eine dringende Bitte um Hilfe gesandt, und Derk hätte sich sofort auf den Weg gemacht. Genau, was dein Vater wirklich tun würde.«

»Aber hast du ihm auch gesagt, daß wir inzwischen für Paps einspringen?« flüsterte Shona zurück.

»Mehrmals. Barnabas hatte schreckliche Angst, er müßte allein mit den Soldaten fertigwerden. Jetzt laß mich ins Haus gehen, damit ich mir etwas Ordentliches anziehen kann, bevor ich erfriere.«

Als sie eine halbe Stunde später am Talausgang ankamen, die Menschen zu Pferd, die Greifen durch die Luft, sahen sie, weshalb Barnabas über Derks Abwesenheit so erschrocken gewesen war. Was hinter dem zerstörten Dorf lagerte, sah tatsächlich aus wie eine mittelgroße Armee von Männern in glänzend schwarzer Montur, gerüstet mit glänzenden schwarzen Helmen und langen Schwertern. Die meisten standen einfach da. Andere wanderten ziellos im Kreis herum. Noch andere saßen auf dem Boden. Sie wirkten unheimlich. Schönste, die Shona auf dem Rücken trug, weigerte sich, näher heranzugehen. Die anderen Pferde zitterten und schwitzten.

Callette schaute in eins der leeren Gesichter. »Was ist mit diesen Leuten?« fragte sie.

»Alles in Ordnung«, antwortete Barnabas beruhigend. »Man hat sie für den Transfer unter Drogen gesetzt.«

»Warum?«

»Nun ja, siehst du, es sind alles verurteilte Verbrecher – hauptsächlich Mord und Körperverletzung und so weiter. Die Touren räumen jedes Jahr einmal die Gefängnisse drüben aus. Soweit ich weiß, hat Mr. Chesney einen Kontrakt mit einigen der Regierungen in seiner Welt geschlossen, und sie bezahlen ihn dafür, daß er ihnen diese Strafgefangenen vom Hals schafft. Ein für beide Seiten befriedigendes Arrangement. Die meisten kommen natürlich um, aber man verspricht ihnen Straferlaß und Landschenkungen und so weiter. Fürs erste brauchen wir nichts weiter tun, als sie in das Biwak zu führen, das ich ein paar Meilen von hier für sie errichtet habe.«

Blade hatte am Morgen Zeit gefunden, die den Dunklen Fürsten betreffenden Kapitel in dem schwarzen Buch zu überfliegen. »Aber sollten sie nicht geradewegs auf Umrus Land marschieren?«

»Unterwegs sengend und plündernd und die Äcker verwüstend.« Barnabas nickte. »Aber das kann dein Vater erledigen, in Intervallen, wenn die Touristen hier sind. Ich habe überall entlang der Route Biwaks für ihn eingerichtet. Kein Problem.«

Blade schluckte, Mara fragte: »Und wann läßt die Wirkung der Droge nach?«

»In drei Tagen oder so. Aber man hat ihnen Geld versprochen, wenn sie sich anständig aufführen und tun, was der Dunkle Fürst befiehlt. Meistens gibt es keine Zwischenfälle.«

Die Mitglieder von Derks Familie wechselten bedeutungsvolle Blicke. Dann schauten sie wieder auf die Männer in glänzendem Schwarz. Nach dieser Erklärung war der Anblick aus irgendeinem Grund noch unerquicklicher. Küchenschaben, die darauf warteten, zerquetscht zu werden.

»Na gut«, meinte Kit. »Packen wir's an.«

Es war, als würde man eine Rinderherde treiben,

allerdings, dachte Blade, eine Herde von Rindern, die taub waren, doppelt so dumm wie die Freundlichen Kühe und sich äußerst langsam auf zwei Beinen bewegten. Und Elda hatte recht, wenn sie sagte, selbst die Freundlichen Kühe liefen sich nicht ständig gegenseitig in den Weg. Nachdem Barnabas die Soldaten mit einer seiner gelangweilten, routinierten kleinen Gesten in Marsch gesetzt hatte, brauchten sie fast den ganzen Tag für den Weg zum Biwak, und das Unterfangen erwies sich als komplizierter als gedacht. Erfahrung lehrte sie, daß sie auf freiem Feld am besten vorwärtskamen, wenn die Greife mit ausgebreiteten Schwingen hinterdrein gingen und zwei Menschen als Flankenreiter fungierten, um den Trupp zusammenzuhalten. Tore wurden zur Geduldprobe. Sie versuchten, die Männer in Gruppen hindurchzuschleusen, aber diese Methode nahm so viel Zeit in Anspruch, daß Kit beschloß, einfach die hinderliche Hecke oder Mauer niederzureißen.

»Sie sollen doch das Land verwüsten«, sagte er. »Also können sie genausogut gleich jetzt damit anfangen.«

»Stimmt«, pflichtete Barnabas ihm vergnügt bei. »Ich übernehme die Mauern. Wenn wir an eine Hecke kommen, könnt ihr beide, du und Callette, sie niederwalzen.«

»Aber paßt auf die Dornen auf!« rief Mara besorgt. »Zerreißt euch nicht die Schwungfedern!«

Je länger der Marsch dauerte, desto langsamer ging es voran. Immer häufiger geschah es, daß Männer in der Mitte des Pulks stolperten und hinfielen. Dann mußte jedesmal einer der Reiter sich einen Weg zwischen den schwarzgekleideten Gestalten hindurch bahnen und den Gestürzten aufheben, bevor seine Genossen über ihn hinwegtrampelten. Weil Schönste sich weigerte, in die Nähe der Männer zu gehen und Barnabas die Führung übernommen hatte, waren es Mara oder Blade, die sich zu dieser Aufgabe bequemen mußten. Blade ritt Nancy Cobber, das gutmütigste der Pferde, also übernahm er den größten Teil. Er haßte es. Nancy wahrscheinlich auch. Die schwarzen Lederpanzer rochen nach Teer, und die Männer selbst verströmten einen abstoßenden Geruch nach Schweiß, der Droge und etwas Fremdem; vielleicht, dachte Blade, war es der Geruch nach Gefängnis. Und es war ein scheußliches Gefühl, von all diesen ausdruckslosen Gesichtern mit glasigen Augen umgeben zu sein.

Gegen Abend wurde es noch schlimmer. Die Soldaten schienen immer größere Mühe zu haben, sich auf den Beinen zu halten. Don und Elda kreisten über ihnen und gaben Bescheid, wenn sie einen hinfallen sahen. Als Blade wieder einmal sein Pferd zwischen die Reihen trieb, um einem Gestürzten aufzuhelfen, bemerkte er, daß einige der Gesichter ringsum sich belebten. Was er darin lesen konnte, war nicht angenehm. Grimm, Verdrossenheit, Tücke, primitive Brutalität. Auf einigen malte sich schierer, blanker Haß. Er machte sich so schnell wie möglich wieder davon, ein komisches Gefühl in der Magengrube. Die Wirkung der Droge begann nachzulassen, und wenn nicht Derk auf wundersame Weise von heute auf morgen genas, mußten er und Shona und die Greife mit diesem unberechenbaren Mob durch die Lande ziehen.

Das Biwak für diesen Abend war eine große, durchscheinende Kuppel aus Magie mitten auf einer Wiese, in der Abenddämmerung schimmerte sie bläulichgrün. Sogar die Soldaten wurden aufmerksam. Sie beschleunigten den Schritt und strömten durch die

Öffnung, die Barnabas in der Seite der Kuppel entstehen ließ. Im Innern sah Blade Türme von Bettzeug, aufgestapeltes Brot, Fässer mit sonstigen Speisen und Getränken sowie in Abständen aufgestellte Latrinenhäuschen.

»Geschafft. Darin dürften sie sicher und zufrieden sein, bis Derk zurück ist«, meinte Barnabas, während er die Kuppel versiegelte. Blade bewunderte Kit, der ihm dabei über die Schulter blickte, um zu lernen, wie es gemacht wurde. Er selbst fühlte sich elend. Er sah, wie in der Kuppel ein Mann sich einen Laib Brot nahm, der ihm sofort von einem anderen wieder entrissen wurde. Man konnte sich ausrechnen, was geschah, sobald die Droge ihre Wirkung verloren hatte: Streit und Schlägereien, die stärkeren schlossen sich zu Banden zusammen und terrorisierten die schwächeren.

»Sollten wir ihnen nicht die Schwerter wegnehmen?« fragte er.

Barnabas zuckte die Schultern. »Diese Mühe machen wir uns für gewöhnlich nicht. Schließlich müssen sie bewaffnet sein, um zu kämpfen. Die Verluste durch Streitigkeiten im Lager halten sich erfahrungsgemäß in Grenzen. Man rechnet im Durchschnitt mit um die zwanzig.«

»Es sind Verbrecher, Blade«, sagte Shona, die seinen Gesichtsausdruck bemerkte.

Blade hatte Zweifel, ob selbst Verbrecher ein solches Schicksal verdienten, doch was konnte er tun? Er fühlte sich miserabel, als Barnabas sich verabschiedete und mit einem fröhlichen Donnerschlag verschwand, samt Pferd und allem. Fast auf dem ganzen Heimweg mußte er an dieses Lager denken.

Mara hatte die zaundürre Fran Taylor aus dem Dorf gerufen, um Derk zu pflegen. Sie kam ihnen am Tor entgegen, umwuselt von den Schweinen, die angstvoll quiekten und grunzten und aufgeregt mit den Flügeln schlugen.

»Ich habe das Abendessen auf dem Herd warmgestellt«, sagte Fran, »weil ihr alle so spät kommt. Und sein Zustand ist unverändert. Ich mußte den ganzen Tag die Schweine von ihm wegscheuchen.«

»Sie haben Angst um ihn«, erklärte Mara, die steifbeinig von ihrem Pferd kletterte.

»Und die Eulen scheinbar auch. Fragt Papa George. Er hat nichts wie Ärger gehabt mit diesen Vögeln. Sobald er ihnen einen Moment den Rücken kehrt, sind sie schwupp! zum Fenster herein und flennen über die ganze Bettdecke, als gäbe es kein Morgen.«

»Papa George?« wunderte sich Shona. »Mams, sollte er nicht drüben in Tantchens Haus deinen vertrockneten Liebhaber spielen?«

»Das war nur ein Scherz«, antwortete Mara gereizt. »Er kümmert sich um die Tiere, solange Derk krank ist. Jetzt wird es höchste Zeit, daß ich nach dem Drachen sehe.« Sie gab Shona die Zügel und eilte davon. Shona zog eine Grimasse.

»Vertrockneter Liebhaber, also wirklich!« Fran folgte ihnen mit den Schweinen. »Laßt das nicht Papa George zu Ohren kommen. Es ist schlimm genug, auszusehen wie ein Knochengestell, ohne daß die Leute rüde Bemerkungen machen. Wir sehen nur so aus, um deinem Vater einen Gefallen zu tun, Shona.«

»Ich weiß, ich weiß«, sagte Shona hastig. »Ich entschuldige mich. Es war ein Scherz von Mams.«

Alle hatten es eilig, nach Derk zu sehen. Blade übergab Papa George die Pferde und rannte hinter den anderen die Treppe hinauf. Sogar Kit und Callette unternahmen den Aufstieg zu Derks Schlafzimmer, tasteten sich vorsichtig an einer Seite der knarrenden, von Magie gestützten Treppe hinauf, zwängten sich durch die Tür und schauten auf den schlafenden Derk hinunter. Er sah immer noch schrecklich aus. Sein Atem rasselte. Es war kein ermutigender Anblick.

»Und Mams hat nicht einmal nach ihm geschaut«, sagte Shona. »Ihr wunderbarer Drache geht natürlich vor.« Beim Abendessen erkundigte sie sich zuckersüß und gefährlich: »Und wie geht es dem armen, lieben Drachen, Mutter?«

Ihr Sarkasmus war vergeudet, Mara bemerkte ihn nicht. »Ach, ich glaube, er wird sich bald erholt haben. Er hat sich nur fast in den Tod geschlafen, der Ärmste. Die Heilerin hat die größten Risse in seinen Flügeln genäht und ihm geraten, bei einer Mahlzeit pro Tag die nächsten paar Wochen zu ruhen, und es scheint für ihn die richtige Kur zu sein. Er hat bereits eine gesündere Farbe.«

»Das ist mehr, als man von Paps behaupten kann«, äußerte Blade.

»Ein Glück für deinen Vater, daß er an einen Drachen geraten ist, der halb tot war«, bemerkte Fran. »Wäre er gesund gewesen, hätte er Feuer gespien und ihn geröstet. Es heißt, das Feuer dringt einem in die Lunge, und man verbrennt von innen. Irgendwann später, nach Wochen vielleicht, fällt man dann plötzlich tot um.«

»Wundervoll.« Lydda saß über einer Schüssel Eintopf, den sie, o Wunder, noch kaum angerührt hatte. Nun ja, Frans Kochkünste waren alles andere als himmlisch.

»Drachen *sind* wundervoll«, meinte Papa George. »Sie können einen durch ihren Willen dazu bringen, daß man stirbt, habt ihr das gewußt?«

»Und sie können sehen, was hinter deiner Stirn vorgeht, und deinen Verstand verwirren«, fügte Fran hinzu. »Wenn dein Vater ihm bloß nicht in die Augen geschaut hat! Falls er das nämlich getan hat, weiß man nicht, ob er je wieder ganz der alte wird.«

»Manchmal können sie sich die magischen Kräfte eines Hexenmeisters zu eigen machen und gegen ihn wenden.« Papa George schöpfte sich eine dritte Portion Eintopf auf den Teller. Er sah nur aus wie ein Hungerleider, sein Appetit war ausgezeichnet.

»Das tun sie, indem sie singen«, warf Fran ein. »Ihr habt doch nicht zugelassen, daß dieser Drache eurem Vater etwas vorsingt, oder?«

»Wir waren nicht in der Position, ihn daran zu hindern«, meinte Don ironisch.

»Ich habe an der Universität Drachenkunde studiert, aber von diesen Dingen war nirgends die Rede«, erklärte Mara bestimmt.

Die Einwände hielten Fran und George nicht davon ab, sich noch an eine Menge andere Dinge zu erinnern, die ebenfalls nicht in der Drachenkunde der Universität enthalten waren. Das meiste brachte zum Ausdruck, daß Derk so gut wie tot war, und jagte Elda große Angst ein. Nach dem Abendessen rannte sie nach oben und riß im Schlafzimmer sämtliche Fenster auf. Sofort kamen die Schweine hereingeflogen, gefolgt von den großen weißen Eulen. Elda hielt die ganze Nacht auf dem Teppich vor Derks Bett Wache, die rosige Herde um sich geschart, und lauschte auf Derks mühsame Atemzüge, während die Eulen in einer Reihe nebeneinander auf dem Kopfteil des Bettes saßen.

Blade hatte ebenfalls eine schlechte Nacht. Wenn er im Traum nicht wieder die Bilder vor sich sah, wie der Drache Derk heißen Qualm entgegenschnob – Blade wußte, wie man ihn daran hindern konnte, nur im Traum hatte er es vergessen –, träumte er davon, in der magischen Kuppel zu sein, bei den Soldaten. Mord und Totschlag waren im Gange, und als Blade versuchte, Frieden zu stiften, gingen sie mit ihren Schwertern auf ihn los. Zum erstenmal war er dankbar, als Shona ihn bei Tagesanbruch weckte und ihm auftrug, die Hunde auszuführen.

Später am Morgen berief Kit in seiner Bleibe eine Versammlung ein. Er war sehr fleißig gewesen. Auf den Kissen seiner Schlafstatt verstreut lagen die rosa Broschüre, die grüne, die gelbe, die Landkarte mit den Routen, Derks schwarzes Buch, Blades schwarzes Buch, nebst sortierten Häufchen von Derks eilig hingekritzelten Notizen. Auf dem Boden war eine große Karte des Kontinents ausgebreitet, darauf eingezeichnet die Wege der verschiedenen Pilgergruppen, und an der Wand hing, noch größer, ein Terminplan in sieben Farben. Kit hatte die Karte und den Terminplan eigenhändig angefertigt, in der meisterhaften, exakten Schönschrift, derer nur Greifen mächtig zu sein scheinen. Es sah wirklich aus, als hätte er fast die ganze Nacht hindurch gearbeitet.

»Ich habe mich schon gefragt, wo das hingekommen ist«, sagte Blade, als er sein schwarzes Buch entdeckte.

Shona kam als letzte und brachte ihre Geige mit, um deutlich zu machen, daß sie Besseres zu tun hatte. »Was soll das hier?«

Kits Schwanz schlug zuckend hin und her. Er hockte als riesiger schwarzer Federbusch in der Ecke hinter seiner Karte. »Ich habe versucht auszuarbeiten«, begann er, »wer wann an welchem Ort sein muß. Realistisch betrachtet ist es so, daß Paps mindestens zwei Wochen im Bett liegen muß und sich anschließend noch einen Monat schonen. Es wäre schön, wenn wir ihm alles bestens geregelt und organisiert übergeben können, sobald er wieder auf den Beinen ist. Macht ihr mit?«

»Ja.« Shona betrachtete ernst die Karte. »Ich mache mit.«

Alle anderen seufzten erleichtert auf. Auseinandersetzungen zwischen Shona und Kit konnten furchtbar sein. Lydda nahm sich still einen Stift und ein paar Blätter von dem Stapel, den Derk für Kit gezaubert hatte, um Notizen zu machen.

»Gut«, sagte Kit. »Heute treffen drei Pilgergruppen ein, drei morgen, drei übermorgen und so weiter, sechs Wochen lang. Sie alle haben ihre erste Konfrontation mit den Mächten der Dunkelheit fünf Tage später ...«

»Lederflüglige Machtmahre.« Elda fuhr mit einer vorsichtigen Kralle den Terminplan hinunter.

»Stimmt. Und die Wilde Jagd drei Tage danach. Einen Tag später finden sie ihren ersten Fingerzeig. Weiß einer von euch, ob Paps die Fingerzeige schon versteckt hat?«

Die fragenden Blicke trafen sich bei Elda, die meistens wußte, womit Derk beschäftigt war. »Ein paar«, antwortete sie, »aber ich glaube nicht, daß er fertig geworden ist.«

»Ist er nicht«, meldete sich Callette. »Er sagte, meine Tinnefs verdienten jedes einen eigenen Satz Fingerzeige, und wollte sich etwas einfallen lassen.«

»Das sollten wir nachprüfen«, sagte Kit.

Don schaute Lydda über die Schulter, als sie in großer, anmutiger Schrift notierte: *Fingerzeige, 126 x 10* und rief aus: »Aber das sind eintausendzweihundertundsechzig Fingerzeige! Das ist *entsetzlich* viel Arbeit!«

»An dreißig verschiedenen Stellen«, fügte Callette hinzu. »Ich übernehme das.«

»Dann werde ich mir die Fingerzeige ausdenken«, sagte Shona. »Es scheint mir die passende Tätigkeit für eine angehende Bardin. Was ist sonst noch dringend, Kit?«

»Fast alles. Wir kriegen ordentlich zu tun«, meinte Kit düster. »Bei drei Touren pro Tag haben wir am Ende von drei Wochen zweiundsechzig Gruppen von Außenweltlern ...«

»Dreiundsechzig«, korrigierte Don.

»Meinetwegen dreiundsechzig, über fast den ganzen Kontinent verteilt, und alle sollen wenigstens einmal pro Woche ein Abenteuer mit dem Dunklen Fürsten haben, und eine Woche darauf steht für einige schon die Entscheidungsschlacht auf dem Plan. Je nachdem wie schnell Paps sich erholt, müssen wir für die ersten einen Dunklen Fürsten herbeischaffen, den sie erschlagen können. Aber die beiden allerdringendsten Probleme sind: Wie stellen wir es an, rechtzeitig die jeweiligen Abenteuer zu arrangieren? und: Wie verwandeln wir Derkholm in eine Zwingburg? Keine Chance, daß Paps sich schnell genug erholt, um das Haus umzugestalten.«

»Auweia!« meinte Don.

»Kann Barnabas nicht das Haus übernehmen?« fragte Blade.

»Ja, aber dann kannst du ihm auch gleich auf die Nase binden, was mit Paps los ist«, sagte Shona tadelnd. »Kit, Mams kann das Haus verwandeln. Sie hat viel Spaß dabei gehabt, Tantchens Haus umzumodeln. Wir hätten sie gestern fragen sollen.«

»Das ließe sich zeitlich nur einrichten, wenn sie es sofort in Angriff nimmt.« Kit deutete auf den Terminplan. »Nach dieser ersten Woche hat sie jeden Tag eine Gruppe in ihrem Zauberschloß. Lydda, mach einen Vermerk, daß wir sie herrufen.«

»Sie wird nicht kommen«, sagte Callette.

»Sie muß, es geht nicht anders. Auch wenn Blade oder ich die Fähigkeit besäßen, müßten wir dazu an drei Stellen gleichzeitig sein. Sieht einer von euch eine Möglichkeit, wie wir zu all den Orten kommen sollen, an denen die Abenteuer stattfinden, oder zum Beispiel diese Wilde Jagd auf die Beine stellen, ohne daß Paps uns mit seiner Magie hilft? Ich nicht.«

Shona kicherte. »Nur wenn wir die Pilger mit den Hunden und den Freundlichen Kühen quer durchs Land hetzen!«

Es war ein Scherz, und Kit klappte ärgerlich mit dem Schnabel in ihre Richtung. Dann öffnete sein Schnabel sich wieder, und er wandte den Kopf, um auf die Landkarte zu schauen. »Ich glaube, du hast die Lösung gefunden!« sagte er. »Wenn wir die Hunde und die Kühe an einem zentralen Punkt stationieren, nicht in Derkholm, so daß wir die Routen der Touren kreuzen können ...«

»Moment mal«, unterbrach ihn Lydda. »Das bedeutet, wir lagern irgendwo da draußen. Kommt nicht in Frage, ich bleibe *hier*.«

Kit drehte den Kopf und fixierte sie nach Vogelart mit einem Auge. »O nein. Wir brauchen jeden einzelnen. Und wenn Callette herumfliegen muß, um die Fingerzeige zu verteilen ...«

»Ich pendle«, sagte Callette, scheinbar ohne zu überlegen, daß die Hälfte der Fingerzeige an die Ostküste gebracht werden mußten, Hunderte von Meilen entfernt. Alle, außer Lydda und Kit, betrachteten die Karte und fragten sich, wie sie das schaffen wollte.

Lydda hielt Kits funkelndem, einäugigem Blick stand und, höchst ungewöhnlich für sie, der Federkamm auf ihrem Kopf richtete sich auf, goldglänzend und trotzig. »Paps braucht eine ordentliche Pflegerin«, sagte sie, »nicht diese dumme Fran. Ich werde mich um ihn kümmern. Ich will sowieso eine Heilerin werden.«

Sie und Kit starrten sich an, und der Kamm auf seinem Kopf hob sich ebenfalls, schwarz und zackig und doppelt so groß. Elda kollerte und sagte ängstlich: »Ich will auch hierbleiben.«

»Nach dieser Nacht kürzlich werden wir nicht zulassen, daß du irgendwo anders schläfst als im Haus«, versicherte Shona ihr.

Blade hatte nicht auf die Auseinandersetzung geachtet, sondern weiter die Karte studiert. Er fand, daß Kit vergessen hatte, das Allerwichtigste zu erwähnen. »Ich weiß, was wir am dringendsten tun müssen«, sagte er, »und zwar, die Soldaten zu dem Basislager in Umrus Land bringen, schnellstens, bevor sie anfangen, sich gegenseitig umzubringen, oder andere Leute. Paps wird sich ohnehin nicht rechtzeitig erholen, um sie vor der ersten Schlacht dorthin zu lotsen. Können wir das nicht gleichzeitig bewerkstelligen?«

»O ihr Götter! Noch mehr blödsinnige Vorschläge!« schrie Kit.

»Aber das ist nicht blödsinnig, Kit.« Don beugte sich über die Karte. »Wir können nicht an dreiundsechzig Orten gleichzeitig sein. Doch wenn wir mit der Armee und den Tieren von hier aus nordwärts ziehen, können wir das Land verwüsten *und* die Routen kreuzen, um Abenteuer für die Pilger von da aus zu ins-zenieren, wo wir gerade sind.«

»Das stimmt!« sagte Shona, ziemlich überrascht.

»Typisch Don, die Lösung zu finden, die am wenigsten mit Arbeit verbunden ist«, knurrte Kit. Aber sein Blick richtete sich auf die Karte, und sein Kamm senkte sich langsam, als er feststellte, daß die Idee tatsächlich erfolgversprechend aussah. »Ich habe mich schon gefragt, was Paps mit den Soldaten vorhatte«, gestand er. »Genau so könnte er sich das gedacht haben.«

»Und ich verspreche, von hier aus zu euch zu fliegen«, warf Lydda ein, »wann immer ihr mich braucht.«

»Oha!« sagte Kit. »Das kann ich mir vorstellen! Schwierigkeiten an der Grenze von König Luthers Reich, wir rufen nach Lydda, Lydda fliegt los. Wir klären die Schwierigkeiten. Drei Tage später, hurra!, kommt Lydda, ächz, plumps, ausgepumpt, nutzlos. Und sowieso zu spät. Du solltest zur Abwechslung mal fliegen üben.«

»Immer mußt du sticheln, laß sie in Ruhe«, schimpfte Callette.

Alle entspannten sich. Der Augenblick der Gereiztheit war vorüber, und man übte sich wieder in den vertrauten, liebgewordenen Frotzeleien unter Geschwistern.

Kapitel 10

Fünf Tage später wünschten alle, der Drache wäre nie geboren worden oder auf dem Weg nach Derkholm vom Himmel gefallen, oder daß es einen anderen Weg gäbe, Derk zu helfen.

»Zum Beispiel eine Nachricht an Mr. Chesney senden, daß die Touren dieses Jahr ausfallen«, murrte Don und sträubte übellaunig das Nackengefieder gegen den Regen. »Er hätte uns schließlich nicht umbringen können, ganz im Gegensatz zu diesem Schlamassel.«

Sie hatten mit ihrem ungeordneten Soldatenhaufen erst die halbe Strecke bis zum Basislager hinter sich gebracht, lagen einen ganzen Tag hinter Kits Zeitplan zurück und die Schwierigkeiten drohten ihnen über den Kopf zu wachsen. Barnabas hatte die Biwaks für die Soldaten im Abstand von jeweils einem Tagesmarsch errichtet – oder was nach seiner Schätzung die Entfernung war, die ein Trupp Infanterie an einem Tag zurücklegen konnte. Blade und Don fragten sich immer noch, wie man Männer – selbst Männer, die willig und diszipliniert waren – dazu brachte, so schnell zu marschieren. Schon am Abend des ersten Tages gelang es ihnen nicht, ihr Ziel zu erreichen, weil sie wegen Kits Ratsversammlung erst spät am Vormittag aufgebrochen waren, und sie mußten auf freiem Feld kampieren, in der Nähe eines größeren Dorfes. Die Dorfbewohner erwiesen sich als wenig hilfsbereit. Sie verbarrikadierten sich in ihren Häusern, wollten Blade nur einen Karren voll Brot überlassen und bestanden auf Barzahlung. Glücklicherweise hatte Shona jedes bißchen Geld eingesteckt, das im Haus zu finden gewesen war. Die Dörfler verlangten alles, mit der durchaus gerechtfertigten Begründung, die Soldaten hätten ihre Felder zertrampelt, und behaupteten anschließend, damit sei das Brot noch nicht bezahlt. Es bedurfte Shonas ganzer bardischer Überredungskunst, damit sie Blade erlaubten, die Schulden in seine Maschine mit den Tasten einzugeben.

»Und morgen müssen wir einfach nur die Strecke bis zum nächsten Biwak schaffen«, meinte Shona, als sie mit Nancy Cobber vor dem Karren zu ihrem Lager zurückkehrten.

Kit hatte unterdessen von der, wie er hoffte, richtigen Magie Gebrauch gemacht, um zu verhindern, daß die Soldaten sich im Schutz der Dunkelheit unerlaubt absentierten, doch offenbar, wie er am nächsten Morgen zerknirscht gestand, waren ihm die ungefähr sechzig Lagerfeuer, an denen die Männer sich nachts wärmen sollten, besser gelungen. Jedenfalls mußten sie diese bei ihrem Abmarsch wohl oder übel lustig brennend zurücklassen, und es gab keinen ersichtlichen Grund, weshalb sie jemals erlöschen sollten. Doch schlimmer war, daß sie sich am Abend zuvor nicht die Mühe gemacht hatten, ihre Schützlinge zu zählen. Durch Schaden klug geworden, taten sie es jetzt alle naselang. An jenem ersten Morgen wurde schnell deutlich, daß fast ein Viertel der Männer sich abgesetzt hatte. Blade mußte ständig von Gewissensbissen gequält daran denken, was für grausige Verbrechen die Deserteure vermutlich gerade begingen, aber sie konnten niemanden entbehren, der sich aufmachte, um nach ihnen zu suchen. Sie mußten mit dem Rest des widerwärtigen Mobs weiterziehen, dem Diktat des Terminplans gehorchend.

Die Soldaten waren sogar noch widerwärtiger, als Blade angenommen hatte. Sie waren auf eine erfinderische, höhnisch johlende, aufsässige, mörderische Art widerwärtig. Nur weil es einige Zeit dauerte, bis die Wirkung der Droge verflogen war, gelang es Blade, Shona und den beiden Greifen überhaupt, sie am zweiten Tag bis zum nächsten Biwak zu treiben. Sie wollten nicht marschieren. Ihre diesbezügliche Einstellung demonstrierten sie am nächsten Morgen, indem sie bereitwillig die Biwakkuppel verließen und sich dann einfach davor auf die Erde setzten. Einige der Männer waren inzwischen von tiefen Schmarren und Schmissen gezeichnet, weil Kit und Don immer wieder herabstießen, um sie mit Schnabelhieben auf Trab zu bringen. Blade konnte während der nächsten zwei Tage beobachten, daß die Betreffenden mit ihren Wunden prahlten, doch was den Sitzstreik betraf, zeigte diese Art der Ermunterung nicht die geringste Wirkung. Kit erinnerte sich in seiner Frustration an die Lagerfeuer, die ihm so gut gelungen waren, stieß hinab und hüllte die Männer in ein magisches Flammenmeer.

Es sah ein wenig blaß und geisterhaft aus, doch im ersten Schreck sprangen die meisten auf. Dann wurden Rufe laut: »Es ist nicht echt!« und alle setzten sich wieder hin. Erst als Shona wutentbrannt die fleischfressenden Schafe auf sie hetzte, geriet die Bande in Bewegung. Sie rannten wie die Bürstenbinder, einige mit putzigen kleinen weißen Schafen an Waden oder Hinterteil festgebissen, während die anderen »Monster!« brüllten, »Ungeheuer!«

Das war die einzige Gelegenheit, bei der die Schafe sich als nützlich erwiesen hatten, ansonsten waren sie ein fast ebensogroßes Ärgernis wie die Soldaten. Sie fraßen alles, was sich bewegte – Kaninchen, Mäuse, Vögel – und gingen, während sie fraßen, keinen Schritt von der Stelle. Für die Nacht mußte man sie in einen stabilen magischen Pferch sperren, oder sie machten sich über die Hunde her. Zu guter Letzt bändigte Shona die Schafe mit derselben Art von magischen Longen, die Kit und Blade sich für die Soldaten ausgedacht hatten.

Diese Longen waren aufgerebbelte lange Fäden aus Shonas Bardengewand, und auch die Idee stammte von ihr. Kit hatte den größten Teil der Magie beigesteuert, Blade den Rest. An jenem dritten Tag war es nämlich soweit, daß Shona die Soldaten noch gründlicher haßte, als Blade oder Don es taten. Dauernd riefen sie ihr Anzüglichkeiten nach. Einige der Bemerkungen hätten schmeichelhaft sein können, obwohl selbst diese sich darauf bezogen, wie Shona unter ihren Kleidern aussah oder was man mit ihr tun sollte, die anderen waren schlicht ekelhaft. Zum Glück ritt Shona auf Schönste, und Schönste weigerte sich immer noch, näher als bis auf hundert Meter an die Soldaten heranzugehen, deshalb blieb es Shona erspart, alles zu verstehen. Auch so war es schlimm genug. Am dritten Abend beging sie den Fehler, auf der Geige zu üben, und zwar an einer Stelle, wo die Soldaten sie hören konnten. Im Nu hatten sie zu der Melodie ein paar zweideutige Reime gefunden und begleiteten ihr Spiel mit grölendem Gesang. Am darauffolgenden Tag waren ihre Bemerkungen noch gröber, und Shona erklärte laut und heftig, sie ginge *heim*, wenn nicht jemand ein Mittel fand, diese Wichte marschieren zu lassen, bis sie zu müde waren, um noch den Mund aufzumachen.

»Laß du dir was einfallen«, antwortete Don gereizt. Sie alle waren unausgeschlafen und dementsprechend schlechter Laune. »Du bist die Bardin. Du bist zuständig für Geistesblitze.«

Also ließ Shona sich die Longen einfallen, und zur

allgemeinen Erleichterung funktionierten sie – oder funktionierten, wenn man sie quer vor den Ausgang des Biwaks spannte, so daß die Soldaten hineinliefen, und wenn Kit oder Don, vorausfliegend, sie dann wie in einer Schlinge hinter sich her zogen.

Trotz allem brachten die Soldaten es fertig, an diesem vierten Tag unterwegs ein Kornfeld in Brand zu setzen, eine Heuwiese und einen Wald. Niemand wußte wie.

»Wen juckt's«, meinte Kit. »Schließlich sollen sie eine Spur der Verwüstung hinterlassen.«

Blade jedoch schaute voller Bedauern zurück auf gesunde, lebende Bäume, die inmitten wallender Rauchschwaden loderten wie schlanke Fackeln, und er fühlte mit diesem Wald. Er spürte die Schmerzen der Bäume. Das überraschte ihn, denn er hatte nicht geahnt, daß seine magische Begabung der von Derk so ähnlich war.

Als wäre das nicht genug, trugen auch die anderen Tiere, nicht allein die Schafe, auf verschiedene Weise zu ihren Sorgen bei. In der ersten Nacht verloren sie Klein Hühnchen. Der erste kummervolle Gedanke war natürlich, daß die Soldaten sie gestohlen und geschlachtet hatten. »Ich mag gar nicht daran denken, wie Paps es aufnehmen wird«, sagten sie am zweiten Tag abwechselnd immer wieder. Am Abend desselben Tages, als es ihnen endlich gelungen war, die Soldaten in das Lager zu verfrachten, das sie tags zuvor hätten erreichen sollen, hörten sie über sich das Fauchen von Greifenschwingen. Alle blickten auf und erwarteten, Callette zu sehen. »Wie geht's mit den Fingerzeigen voran?« rief Kit in den dunklen Himmel hinauf.

»Es ist nicht Callette, ich bin's«, antwortete Lydda, die über ihnen kreiste. »Ich traue mich nicht zu landen, sonst komme ich nicht wieder hoch. Ich bin nur gekommen, um euch zu sagen, das Klein Hühnchen heute nachmittag nach Hause gekommen ist. Wollt ihr sie wiederhaben, wegen der Eier? Mams sagt, sie kann sie euch herwünschen.«

»Muß nicht sein. Ich hasse Eier«, rief Kit.

»Aber ich mag sie«, meldete sich Don schüchtern.

Wie so oft, wurde er überstimmt. »Behaltet sie zu Hause, wenn sie schon einmal da ist«, rief Shona nach oben. »Dann ist Mams also auch daheim?«

»Sie ist vorbeigekommen, um nach dem Drachen zu sehen, und wollte gern wissen, wo ihr euch befindet. Ich werde ihr sagen, daß ihr noch nicht weit gekommen seid.«

Damit flog sie davon. In der betroffenen Stille hörte man das Geräusch ihrer Flügelschläge leiser werden und verwehen.

»Ich glaube nicht, daß sie es böse gemeint hat«, sagte Blade schließlich.

Kit stieß ein grimmiges Fauchen aus. »Von jetzt an halten wir den Terminplan ein, und wenn es uns umbringt!«

Also kämpften sie sich weiter, trieben die störrischen Soldaten über Äcker und Wiesen, schneller, schneller, doch am dritten Tag verloren sie wieder Zeit, weil sie einen der Hunde begraben mußten und zwei Pferde vor den Kadaver einer Freundlichen Kuh schirren. Die Soldaten hatten beide getötet, weil sie zu freundlich gewesen waren. Briney, der Hund, hatte weiter nichts getan, als schwanzwedelnd auf einen Soldaten am Rand des Pulks zuzugehen, um Bekanntschaft zu schließen. Der Mann hatte seelenruhig sein Schwert gezogen und Briney getötet. Eine der Kühe war Briney gefolgt, um zu sehen, was los war, und lief geradewegs in eine Mauer aus blitzenden Klingen. Blade war zum Heulen zumute.

»Halb so schlimm«, meinte Shona zu Kit. »So gibt es für Don und dich heute abend reichlich Fleisch.«

»Wir können das unmöglich alles aufessen, bevor es schlecht wird«, lamentierte Kit. Wenn Greife weinen könnten, wäre auch er den Tränen nahe gewesen.

»Wir können's versuchen«, äußerte Don.

Danach trieben sie die Kühe in einiger Entfernung hinter dem maroden Haufen her, und die anderen Hunde mußten auf Abstand gehalten werden, was nicht so einfach war. Die Hunde konnten denken, weil Derk sie so gezüchtet hatte. Sie wußten, was Briney zugestoßen war, und sannen auf Rache. Sie wollten den Soldaten an die Kehle. Blade mußte sie mit weiteren besprochenen Fäden aus Shonas Gewand an die Leine legen.

Am Abend brutzelten sie Freundliche Kuh an einem großen Feuer, während die Soldaten in ihrer Biwakkuppel skandierten: »Wir wollen Rinderbraten, wir wollen Rinderbraten!«

»Nicht eine *Faser* kriegen die von mir!« sagte Shona. »Ich weiß, es klingt gemein, aber sie haben da drin ihre eigene Verpflegung, und hoffentlich ersticken sie dran!«

Der schlechte Umgang färbte ab, das war das Schlimme.

Am vierten Tag, als die Soldaten immer noch im Sprechchor ihren Rinderbraten forderten, vermischt mit Pfiffen und Johlen, wann immer sie Shonas ansichtig wurden, merkte Blade, daß der ständige Aufenthalt in der Nähe so vieler unangenehmer Subjekte Auswirkungen zu zeigen begann. Wie sich herausstellte, merkte Don es ebenfalls.

»Ich weiß nicht, wie es kommt, aber seit wir mit denen zu tun haben, fühle ich mich die ganze Zeit, als wäre mir eine Laus über die Leber gelaufen, und ich kann mich selbst nicht leiden. Mir ist schleierhaft, wie Kit das aushält. Ihn hassen sie am meisten!«

So war es tatsächlich. Die Soldaten hatten mittlerweile erkannt, daß Blade und Don Halbwüchsige waren. Shona war ein Mädchen, also riefen sie ihr Anzüglichkeiten hinterher. Doch sie konnten nicht glauben, daß vier junge Hüpfer, darunter ein Mädchen, imstande sein sollten, mehrere hundert ausgewachsene Männer in Schach zu halten. Kit war riesig. Er sah gefährlich aus und noch gefährlicher, wenn sie nicht taten, was er ihnen sagte, und neben dem goldfarbenen Don wirkte er doppelt schwarz. Die Soldaten kamen zu dem Schluß, er müsse ein mächtiger, ausgewachsener Magier von abgrundtief böser Gesinnung sein, der sie alle seinem Willen untertan gemacht hatte. Und sie haßten ihn dafür. Haßten ihn so glühend, daß Blade es spüren konnte, wie Säure auf der Haut, wann immer er und Kit sich zufällig gemeinsam in der Nähe der Soldaten befanden.

Er fühlte sich verpflichtet, Kit zu warnen. »Ich fühle, daß sie sich furchtbare Dinge ausdenken, die sie dir antun wollen, falls es ihnen einmal gelingt auszubrechen«, sagte er. »Fühlst du das nicht?«

Kit öffnete den Schnabel und antwortete mit einem gurgelnden Lachen. »Sehr deutlich sogar. Es macht mir Spaß, den Leuten Angst einzujagen.«

»Du solltest sie nicht unterschätzen«, meinte Blade ernsthaft besorgt.

Er hätte mehr gesagt, aber es gab einen Aufruhr, weil Niedlich verschwunden war, und danach fand sich keine Gelegenheit mehr, auf das Thema zurückzukommen.

Sie hatten Niedlich mitnehmen müssen. Als Schönste begriff, daß es auf eine Reise ging, die sie mehrere Wochen von Derkholm fernhalten würde, weigerte sie sich, Shona oder sonst jemanden auf ihrem Rücken zu dulden, außer, Niedlich durfte mitkommen. Weil Niedlich sich mittlerweile mit seinen stroboskopischen schwarz-weißen Flügeln – die täglich kräftiger wurden – ganz tapfer in der Luft halten konnte und gelernt hatte, zu grasen und spielerisch Körnerfutter zu naschen, waren alle der Meinung, daß er seine Mutter nicht mehr unbedingt brauchte, und wollten ihn in der Obhut von Papa George zurücklassen. Doch Schönste bestand darauf, daß Niedlich noch zu jung war, um ohne sie auszukommen. Niedlich selbst war überzeugt, daß er prima auf sich selbst aufpassen konnte. Er hatte einen Riesenspaß dabei, von einer Seite der Karawane zur anderen zu schwirren, die Hunde zu necken, die Kühe zu jagen und immer wieder das Mutterherz in Aufregung zu versetzen, indem er einfach verschwand. Jedesmal, wenn Schönste ihn aus den Augen verlor, war sie überzeugt, die Soldaten hätten ihn gefangen und geschlachtet. Weil das einzige bißchen Vernunft, das Niedlich zeigte, sich darin äußerte, daß er um die Armee einen großen Bogen machte, nahm man die Ängste seiner Mutter nicht besonders ernst, doch es entstand jedesmal ein langer Aufenthalt. Als Niedlich diesmal verschwand, während Blade versuchte, Kit zu warnen, war er tatsächlich nirgends aufzufinden. Schönste schwang sich ohne Rücksicht auf ihre Reiterin in die Luft. »Soldhaten! Bhöse Soldhaten haben Nhiedlich!«

»Nein, haben sie *nicht*!« widersprach Shona genervt. Die Longen, mit denen sie die Schafe dirigierte, schnitten ihr in die Finger, sie hatte einen Bügel verloren und wäre fast aus dem Sattel gefallen. »Du weißt, daß er sich hütet, ihnen zu nahe zu kommen. Geh wieder runter.«

»Mhuß Nhiedlich fhinden!« trompetete Schönste

und schraubte sich noch ein Stück höher, bis die Longen fast zum Zerreißen gespannt waren.

»Was soll das!« Shona beugte sich zur Seite, hielt die sieben Meter Faden fest und angelte nach ihrem Steigbügel. »Zum Glück bin ich eine gute Reiterin, oder du hättest mich jetzt abgeworfen. Geh runter.«

Aber Schönste strebte weiter nach oben, wieherte nach ihrem Sohn und bäumte sich in der Luft auf. Für Shona sah es langsam wirklich gefährlich aus, so daß Don mit einem klatschenden Flügelschlag vom Boden abhob, um sie im Notfall aufzufangen, und das Geräusch seiner Schwingen übertönte – vielleicht – die Ankunft der Leute, die Niedlich gefunden hatten. Jedenfalls erschien Niedlich völlig überraschend nur ein paar Schritte entfernt von Kit und Blade und den Hunden, munter tänzelnd zwischen den langen Beinen von sechs hochgewachsenen, hellhaarigen Männern in Grün.

Die gaffenden Soldaten kommentierten ihr Auftauchen mit einem staunenden Murmeln.

Der Grund dafür war, daß alle sechs Neuankömmlinge und Niedlich von einem blaugrünen Schleier aus Magie umhüllt waren. Der größte der Männer trug einen goldenen Reif auf seinem weißblonden Haar. Er verneigte sich feierlich vor Blade und Kit. »Ich komme, um dem Dunklen Fürsten, unserem Herrn, dieses kleine Wunderpferd zurückzubringen«, sagte er. »Würde es Euch belieben, uns zu ihm zu führen?«

»Äh ...« begann Blade, doch er wurde von Schönste unterbrochen, die so plötzlich wieder landete, wie sie aufgeflogen war. Niedlich galoppierte zu ihr hin, in klugem Abstand von den Schafen, und präsentierte sich mit viel Getue als ein armes, verirrtes, einsames, hilfloses, *entführtes* kleines Fohlen.

»Nein, das bist du nicht«, sagte Shona. »Du bist einfach nur eine Nervensäge.« Dann hob sie den Blick und sah den hochgewachsenen Mann mit dem Stirnreif. Ihre Augen wurden groß und schwarz und starr. Don landete neben ihr und starrte ebenfalls.

»Ich fürchte, Derk ist zur Zeit nicht hier«, antwortete Kit überaus höflich und neigte sich zu der magischen Aura hinunter. »Aber wir alle danken Euch, daß Ihr Niedlich zurückgebracht habt. Können wir Euch dienen, indem wir Derk eine Botschaft übermitteln?«

»Ich danke Euch«, erwiderte der Fremde mit dem goldenen Reif. »Teilt ihm bitte mit, daß ich in aller Ehrerbietung mit ihm persönlich zu sprechen begehre. Ich bin Talithan, ältester Sohn von Talian Elfenkönig.«

Sogar Kits Ego wankte etwas. Dieser Mann war in der Tat ein besonders wichtiger Elf. Er wählte seine Worte noch sorgfältiger. »Mein Vater Derk – äh – ist heute zu Hause geblieben, um eine kleine Unpäßlichkeit auszukurieren.« Die glatte Stirn des Prinzen legte sich in Falten. Kit fügte eilig hinzu: »Aber selbstverständlich kann ich umgehend nach Derkholm fliegen ...«

»Nicht nötig«, wehrte der Elfenprinz zu Blades größter Erleichterung ab. Er hätte Kit am liebsten getreten. Wie um alles in der Welt sollte man Derk eine Nachricht überbringen, wenn er im Heilschlaf lag? Blade richtete hilfesuchend den Blick auf Shona, ob sie nicht einzugreifen gedachte, bevor Kit sie alle in eine Bredouille manövrierte, und sah verstimmt, daß sie wie zu Stein geworden auf Schönste saß und Talithan anhimmelte. O nein! Er würde Shona darüber aufklären müssen, daß, falls es sich bei diesem Talithan tatsächlich um den ältesten Sohn des Elfenkönigs handelte(und er mußte es sein, weil Elfen niemals die

Unwahrheit sagten), er mindestens fünfhundert Jahre alt war und verheiratet.

»Ich werde dem Dunklen Fürsten persönlich meine Aufwartung machen«, sagte Talithan. »Wisset, daß ich erst am heutigen Tag die Weisung erhielt, an seiner Seite zu kämpfen, und diese meine Freunde mit mir, als Leutnants seiner Dunklen Elfen. Diese Plötzlichkeit, möchten wir ihm versichern, ist nicht ein Zeichen mangelnden Respekts. Ein anderer Hoher Elf war ausersehen, doch er mußte nun zurücktreten, aufgrund meiner eigenen Unbesonnenheit.«

»Tatsächlich?« fragte Kit, der sich auf diplomatischem Parkett nicht zu Hause fühlte.

»Ich hatte das Unglück, meinen verehrten Herrn Vater durch eine spöttische Prophezeiung zu verärgern«, erklärte Talithan, »und als Strafe ist mir auferlegt, für ein Jahr und einen Tag dem Dunklen Fürsten als Vasall zu dienen. Aus diesem Grund muß ich nach Derkholm eilen.«

»Vielleicht wartet Ihr lieber eine Woche, Euer Hoheit«, platzte Blade heraus. Kits Kopf fuhr ärgerlich zu ihm herum.

»Euer Hoheit«, mischte Don sich hastig ein, »Paps hat unheimlich viele dringende Sachen zu bereden ...« Sein Schnabel klappte zu, als ein strafender Blick aus Kits Auge ihn durchbohrte, und Kits Schweif zuckte heftig hin und her. Don wußte, er hatte einen Fehler gemacht. Man vermied es tunlichst, dem Erben des Elfenkönigs gegenüber anzudeuten, irgend etwas könne wichtiger sein als seine Person oder Belange. Außer ... »Mit Mr. Chesney«, schloß Don, einer plötzlichen Eingebung folgend. Kits Schweif schlug auf den Boden wie eine Peitsche.

»Dann werde ich eine Woche darauf warten, daß er mich empfängt«, sagte Talithan verbindlich. »Ich habe nicht den Wunsch«, sein Kinn hob sich verachtungsvoll, »mit dem Menschen Chesney zusammenzutreffen, der meinen Bruder als Geisel genommen hat und mein Volk zwingt, seinen Wünschen zu willfahren. Doch sprechen muß ich mit dem Dunklen Fürsten, und sei es nur, um seine Gnade zu erbitten.« Er machte Anstalten zu gehen, doch wandte er sich noch einmal zurück und schaute Kit an. »Vergebt mir, falls meine Frage ungebührlich sein sollte, aber wie kommt es, daß zwei Angehörige Eurer Rasse den Dunklen Fürsten Vater nennen?«

»Weil er es ist«, antwortete Kit verwundert. »Er hat uns ausgebrütet.«

Talithan lächelte. »Das löst mir das Rätsel. Ich dachte nicht, daß es auf dieser Seite des Ozeans Greife gibt, doch wenn man Euch im Ei herübergeholt hat, ist alles erklärt.« Er verneigte sich vor dem erstaunten Kit, vor Don, vor Blade, vor Shona, die immer noch nicht den Blick von ihm losreißen konnte. »Lebt wohl. Ich darf Euch nicht länger von der gewiß unangenehmen Pflicht abhalten, diesen degoutanten Pöbelhaufen an seinen Bestimmungsort zu treiben.« Nun hatte auch Blade Grund zu staunen. Keiner der Elfen schien den »degoutanten Pöbelhaufen« auch nur am Rande zur Kenntnis genommen zu haben.

Alle sechs Elfen drehten sich um, als wollten sie davongehen. Die magische Aura drehte sich mit ihnen, wie eine offene Tür, die sich schließt, und der Platz, wo sie gestanden hatten, war leer. Sämtliche Pferde, auch Schönste und Niedlich, drängten zu der Stelle hin, wie um ihnen zu folgen, und blieben abrupt stehen, als sie sahen, daß die Elfen fort waren. Elfen hatten diese Wirkung auf Pferde. Bei dem plötzlichem Halt rutschte Shona nun doch noch aus dem Sattel; sie stolperte und hielt sich an den straffgespannten

Schleppleinen der Schafe fest. Es gab einen Ruck, der sie aus ihrer Benommenheit riß.

»Götter!« stöhnte sie. »Ich habe ihn im Traum gesehen!«

»Komm runter von deiner rosaroten Wolke!« schnappte Kit.

»Nichts von rosaroter Wolke, es war kein schöner Traum. Zwerge kamen auch darin vor, und du warst ertrunken, und mit Dad war etwas passiert. Ich konnte es einfach nicht glauben, als ich ihn leibhaftig vor mir sah.«

»Wir dachten, du hättest dich am Ende Hals über Kopf in ihn verknallt«, erklärte Blade.

»Dummes Zeug. Er ist fünfhundert Jahre alt und verheiratet mit Malithene. Ich kenne meine Elfenkunde, aber in meinem Traum habe ich ihn nicht erkannt, und es war ein schlimmer Traum.«

Kit mahnte zum Aufbruch, indem er zu den Söldnern zurückging und die Longen schüttelte, um den Pulk wieder in Marsch zu setzen. Er hatte augenscheinlich miserable Laune. Blade glaubte zu wissen, was in ihm vorging. Nach einer Begegnung mit Elfen erschien den Zurückbleibenden alles – einschließlich ihrer selbst – flach und gewöhnlich und häßlich. Alles kam einem schäbig vor. Blade sah zum erstenmal mit Bewußtsein die breite, zertrampelte Bahn quer über gutes, fruchtbares Ackerland, die sie hinterließen, übersät mit Unrat, den die Soldaten fallengelassen hatten. Kaum vorstellbar, woher sie den Plunder nahmen, aber ihr Vorrat schien unerschöpflich zu sein – Zettel, Schachteln, Stofffetzen, Teile ihrer schwarzen Montur, Schlüssel, faules Obst, Brotrinden – und hinter ihnen deckten die Freundlichen Kühe die Bescherung mit ihren Fladen zu. Blade sah es mit Widerwillen.

Doch Kits schlechte Laune hatte noch andere Gründe. Abends, im nächsten Lager angelangt und die Soldaten sicher in ihrer Kuppel eingeschlossen, sagte Kit zu Blade: »Ich hatte keine Ahnung, daß auf dem anderen Kontinent Greife leben.«

»Paps muß die Idee schließlich irgendwoher bekommen haben«, meinte Blade mürrisch. Er fühlte sich verlassen. Kit würde die erste sich bietende Gelegenheit nutzen, um den Ozean zu überqueren und nach wilden Greifen zu suchen. »Es ist zu weit, um hinzufliegen«, sagte er ohne viel Hoffnung. »Du würdest ertrinken.«

»Wozu hat man wohl Schiffe erfunden?«

In der Nacht gab es scharfen Frost. Die Soldaten in der Wärme ihrer magischen Kuppel johlten und grölten die halbe Nacht, während ihre vier Bewacher froren. Gegen morgen taute es, und Regen setzte ein. Durch die transparente Hülle der Kuppel konnte man beobachten, wie die Soldaten es sich drinnen gemütlich machten, und natürlich dachten sie, als es Zeit zum Aufbruch war, nicht daran, herauszukommen. Allmählich begann Blade sich tatsächlich zu wünschen, der Drache wäre gestorben, bevor er Derkholm erreichte.

»Und was tun wir *jetzt*?« fragte Shona. Der Regen trommelte auf das Segeltuch, das sie sich um den Kopf gewickelt hatte.

»Schließen wir sie ein und lassen sie verrotten«, schlug Don verdrossen vor. »Ich habe ohnehin genug davon, sie hinter mir herzuschlepen.« Er schüttelte sich einen Schwall Wasser aus Fell und Gefieder. Es nützte nichts. Der Regen fiel so stetig und durchdringend, daß er vor Nässe dunkelbraun war.

»Nein, wir werden sie verdammt noch mal nicht wieder einschließen!« widersprach Kit. Seine Laune hatte sich nicht gebessert. Alle bemühten sich, ihn mit Samthandschuhen anzufassen, doch ohne, daß er es merkte, weil er sonst erst recht unausstehlich wurde. Die Tiere gingen ihm aus dem Weg, sogar Niedlich. »Mein Terminplan«, knurrte er und grub mit einer langen Kralle tiefe Furchen in die nasse Erde, »sieht vor, daß wir innerhalb einer Woche Umrus Land erreicht haben müssen, oder wir verpassen mindestens fünfzig Pilgertouren, mögen die Götter sie alle verdammen!«

»Das könnten wir ohnehin nicht mehr rechtzeitig schaffen, auch wenn sie jetzt sofort herauskämen«, wandte Shona ein. »Und ich glaube nicht, daß sie sich von der Stelle rühren, bevor sie sämtliche Vorräte aufgegessen haben.«

»Aber von hier aus erreichen wir nicht einmal die Hälfte der Orte pünktlich, an denen die Abenteuer stattfinden sollen!« fauchte Kit.

»Aber die ersten paar«, sagte Blade beschwichtigend. »Für die Termine im Küstengebirge sind Nachtmahre vorgesehen, und ich kann mich leicht dorthin wünschen. Versiegelt das Lager ruhig wieder. Mir ist da etwas eingefallen ...«

»Was dir schon einfällt«, lästerte Kit.

»Möglich, daß es nicht funktioniert, aber ich gebe euch Bescheid, falls doch. Schließt einfach das Lager, während ich weg bin.«

»Meinetwegen, schon gut.« Nässe verstiebend sprang Kit auf und stapfte zu der Einlaßöffnung der Kuppel. »Und sorg lieber dafür, *daß* es funktioniert«, schnaubte er über die Schulter.

Das letzte Bild, das Blade sah, als er sich wegwünschte, war Kit, der die mächtigen schwarzen Fittiche ausbreitete und mit einem Geräusch wie von Donnerschlägen die Nässe hinausschüttelte. Die vorn stehenden Soldaten wichen vorsichtshalber zurück; sie erkannten eine Demonstration schlechter Laune ebensogut wie jeder andere.

Das Weitwünschen war harte Arbeit. Blade hatte es zuvor immer mit links bewerkstelligt und nie gemerkt, welche Anstrengung es eigentlich erforderte. Jetzt, nach vier Tagen unterwegs und ständigen Krisen, naß bis auf die Knochen, sattelwund und müde nach einer schlaflos und frierend verbrachten Nacht, kostete es plötzlich große Mühe, vom Fleck zu kommen. Seine erste Anstrengung versetzte ihn gerade einmal bis zu der Schänke, wo der Dämon gewesen war; wenigstens fiel der Regen dort nur als leichtes Nieseln, getragen von einem lauen Lüftchen. Blade stand einen Moment in dem leeren Wagenhof, verschnaufte und fragte sich, ob er den Mut haben würde, seinen Plan durchzuführen. Ohne Kit, der über ihm aufragte wie eine Gewitterwolke und ihn antrieb, erschienen Blade die Dinge erheblich weniger gewiß und sicher.

»Aber der Drache schuldet uns etwas«, sagte er laut zu sich selbst. »Er hat diesen Schlamassel angerichtet.«

Das mochte aus der Sicht eines Menschen oder Greifen seine Richtigkeit haben, aber urteilten Drachen nach den gleichen moralischen Grundsätzen? Auf jeden Fall mußten sie diese Soldaten dazu bringen, daß sie weitermarschierten, und das einzige, wovon sie sich vielleicht beeindrucken ließen, war ein riesiger Drache. Blade holte tief Atem und wünschte sich weiter.

Im letzten Moment verließ ihn der Mut. Er wünschte sich erst nach Hause und redete sich darauf hinaus, daß er ohnehin hatte nachsehen wollen, wie es seinem Vater ging. Selbst dabei verschätzte er sich und landete im Garten, mitten in einem großen Busch. Das erste, was er sah, waren Prinz Talithan und seine fünf Begleiter, die – den Rücken an die Mauer gelehnt – in stoischer Ruhe auf der Terrasse saßen, in einem Bereich, wo das Haus am wenigsten einsturzgefährdet schien. Sie konnten bequem dort sitzen, denn in Derkholm regnete es gar nicht. »Hoppla!« murmelte Blade und versetzte sich flugs in die Küche, während die Elfen sich noch nach dem Geräusch in dem Busch umschauten.

Lydda hob resigniert den Blick vom Herd. »Ach, du bist's.«

»Diese Elfen . . .«

»Sind gestern abend gekommen«, erklärte Lydda müde. »Sie wollen mit Paps sprechen, aber das geht nicht, solange er schläft. Ich finde, Paps sollte überhaupt keinen Besuch haben, bis es ihm viel besser geht. Deshalb habe ich ihnen gesagt, er wäre in einer Besprechung mit Mr. Chesney, aber sie haben nur geantwortet, daß sie warten wollen. Und«, Lyddas Ton wurde schriller, »ich habe Fran Spindeldürr gesagt, ich verpasse ihr einen Schnabelhieb, wenn sie den Elfen erzählt, daß Paps krank ist. Sie ist jetzt oben, um Paps zu verbinden, falls Elda sie läßt, was ich bezweifle.«

Lydda durchlebte offenbar auch eine Zeit der Prüfungen. »Wie geht es Paps?« fragte Blade.

»Ich weiß es nicht. Ich kann es nicht mehr beurteilen. Geh nach oben und sieh ihn dir an, vielleicht kannst du erkennen, ob er sich verändert hat. Und sag Elda von mir, sie muß Fran diesmal erlauben, Salbe auf seine Wunden zu tun, weil ich keine Zeit habe. Ich koche für diese Elfen.«

»Himmlische Häppchen?«

»Himmlisches Abendessen. Und falls sie bleiben,

bis es Paps besser geht, heißt das Mittagessen und Abendessen und Mittagessen und Abendessen – ich werde verrückt, Blade!«

»Wo ist Mams?«

Blade trat vorsichtshalber schon einmal den Rückzug in Richtung Tür an.

»Wieder in ihrem Zauberschloß«, schnappte Lydda, »die erste Tour ist demnächst fällig. Sie ist gegangen, bevor diese Elfen aufgetaucht sind. Wenigstens rechnet sie nicht mehr mit Callette und Elda – und Callette ist schon seit drei Tagen weg. Das ist ein Schnabel weniger zu stopfen.«

Lydda war eindeutig nicht in der Stimmung, jemanden müßig in der Küche herumstehen zu haben. Blade eilte die Treppe hinauf in Derks Schlafzimmer. Dort stand Elda wachsam am Fußende des Bettes, Nackenfedern, Flügel und Kamm gesträubt, und verfolgte argwöhnisch jede von Frans Bewegungen. Fran räumte Salbentöpfe und Verbandszeug ein. Wenn sie Nackenfedern und Kamm gehabt hätte, wären sie ebenfalls gesträubt gewesen. Feindseliges Schweigen erfüllte den Raum. Blade trat neben das Bett und blickte auf seinen Vater hinunter.

Unter anderem war es deshalb so still, weil Derk wieder normal atmete. Er hatte auch fast wieder seine normale Gesichtsfarbe, und die meisten seiner Verbrennungen waren verschwunden, bis auf eine großflächige, nässende Stelle an seiner Wange. Doch er war sehr schmal geworden, dunkler Bartschatten vertiefte die Höhlungen seiner eingefallenen Wangen, und wie er so dalag, wirkte er sehr zerbrechlich und sorgenbeladen.

»Aber es geht ihm viel besser!« rief Blade aus.

»Findest du?« fragten Elda und Fran eifrig und einstimmig und vermieden es dann, sich anzusehen.

»Ja, finde ich. Sagt es Lydda. Und bestellt ihm alles Gute von mir, wenn er aufwacht.«

Das Schlafzimmer war ebensowenig ein Ort, um zu verweilen wie die Küche. Blade wünschte sich weiter, sorgfältiger diesmal, zu einem Platz gleich außerhalb des Tores, wo die Elfen ihn nicht sehen konnten. Von dort machte er sich langsam auf den Weg in das Seitental. Er hielt es nicht für ratsam, den Drachen zu erschrecken, indem er plötzlich direkt vor seiner Nase auftauchte. Ihm wäre um einiges wohler gewesen, wenn er gewußt hätte, wie man sich mit einem feuerfesten Schild umgibt. Aber dann fiel ihm ein, wie wenig den Drachen seine Versuche, Derk zu helfen, beeindruckt hatten, und einen Schild würde er wahrscheinlich ebenso leicht beiseitewischen. Seine einzige Rettung war, sich beim ersten Anzeichen von Gefahr wegzuwünschen. Schnell. Falls das schnell genug war.

Blade merkte, daß er immer langsamer ging. Er war, wie er sich selbst eingestand, steif vor Angst. Eigentlich gab es keinen Grund, weshalb der Drache ebenfalls der Ansicht sein sollte, daß er Derks Familie Hilfe schuldete, hingegen gute Gründe, Blade ohne Federlesens zu verschlingen. Nach Maras Worten war er ein alter, wilder Drache aus den Tagen der natürlichen Feindschaft zwischen Drachen und Menschen. Oder er war einfach zu krank und zu griesgrämig, um zu helfen. Doch Blade wußte keine andere Möglichkeit, um die Soldaten zum Weitermarschieren zu bewegen, und er machte sich damit Mut, daß der Drache bereit gewesen war, Mara Gehör zu schenken. Er bog um den Felsvorsprung, der den Eingang des Tals verbarg.

Er hatte vergessen, wie riesig der Drache war, so riesig, daß er fast das gesamte Tal ausfüllte. Er lag am Bachufer, der Kopf und die gewaltigen Tatzen nicht weit entfernt von Blade, und zwischen diesen Tatzen eine der Kühe des Bürgermeisters, an der er sich in aller Gemütsruhe gütlich tat. Auf einem flachen Stein zwischen ihm und dem Ufer lagen wie Ausstellungsstücke der verbogene Stirnreif und die zerrissene Kette. Die Spitzen seiner an den Leib gefalteten Flügel ragten turmhoch über Blade auf, grün wie die umgebenden Berge. Hinter diesen Flügeln sah Blade den gigantischen Echsenleib und dahinter den mit Zacken besetzten Schweif, dessen Spitze fast bis zu der Stelle reichte, wo sich verängstigt die restlichen Kühe des Schulzen drängten. Ihre Zahl hatte sich drastisch verringert.

Am erstaunlichsten war jedoch, wie der Drache sich verändert hatte. Die Schuppen, die so lose und rissig ausgesehen hatten, waren jetzt wieder heil und glatt und bildeten vom Maul bis zur Schwanzspitze einen lückenlosen, grünschillernden Panzer. Das ungesunde Weiß des Bauches war einer lindgrünen Tönung gewichen. Die Haut seiner Flügel war durchzogen von dunkelgrünen, kräftig pulsierenden Adern und die Krallen, die Bürgermeisters Kuh gepackt hielten, hatten wieder die elegante, tödliche Form rasiermesserscharfer Krummsäbel. Mams hatte recht gehabt: Bei seiner Ankunft in Derkholm war der Drache krank gewesen.

Der Drache hob den Kopf und erblickte Blade. Seine Augen waren nicht mehr trüb, sondern klar und golden. Und riesig. Blade fühlte sich, als könnte er darin ertrinken. Sobald er seiner ansichtig geworden war, deckte der Drache schützend eine Tatze über die Reste seiner Mahlzeit, während er mit der anderen rasch den Kronreif und die Kette heranzog und unter seinem grünen Bauch in Sicherheit brachte.

»Was willst du?« fragte er. Seine Stimme ließ den

Boden unter Blades Füßen erbeben und versetzte die restlichen Kühe in blökende Panik. »Glaubt ihr Leute eigentlich, ich wäre zur Besichtigung freigegeben wie auf dem Jahrmarkt, oder was?«

»Wieso?« Seltsamerweise hatte er seine Angst vergessen. Dieser Drache war das gefährlichste Lebewesen auf der ganzen Welt – abgesehen von dem blauen Dämon und Mr. Chesney -, doch er dachte nur daran, wie man ihm am besten um den Bart gehen konnte.

»Ich meine die Art, wie Leute kommen, um mich zu begaffen«, grollte der Drache. »Bis jetzt waren es zwei kleine gelbe Katzenvögel und ein größerer brauner und ein Knochenmann mit einer Knochenfrau und eine kleine Frau mit blondem Haar und nun du. Hat keiner von euch je einen Drachen gesehen?«

»Ich bin gekommen, um mit Euch zu sprechen und nicht, um zu gaffen«, antwortete Blade.

»Ha! Das haben sie alle gesagt. Und dann haben sie mich beschimpft, weil ich diesen Zauberer gebraten habe. Wenn du auch gekommen bist, um mir deswegen Vorwürfe zu machen, betrachte es als geschehen.«

»Nein – nein, eigentlich bin ich gekommen, weil ich Euch um Hilfe bitten möchte, Mr. – äh – Draco«, sagte Blade kühn.

»Draco genügt«, sagte der Drache. »Was meinst du damit, um Hilfe bitten?«

»Ihr schuldet meiner Familie etwas. Ihr hättet um ein Haar meinen Vater getötet.«

»Aha, siehst du? Was habe ich gesagt? Du machst mir Vorwürfe!«

»Nein, mache ich nicht. Ich bemühe mich, die Lage zu erklären.« Blade suchte festen Stand und schaute hinauf in die riesigen Augen des Drachen. Trotz der Schauergeschichten von Fran und Papa George schien es ihm das richtige Verhalten zu sein; bei Mara hatte es gewirkt. »Seht Ihr, weil Ihr meinen Vater aufs Krankenlager geworfen habt, müssen wir jetzt seine Pflichten als Dunkler Fürst für ihn übernehmen. Wir sind losgezogen, um seine Armee – in Wirklichkeit sind es sechshundert Mörder, die Soldat spielen – zu ihrem Stützpunkt in Umrus Land bringen, wo sie bleiben sollen, während wir für die Touristen die Wilde Jagd aufziehen und so weiter. Aber wir sind erst auf halbem Weg, und sie weigern sich weiterzumarschieren. Heute früh haben sie sich einfach hingesetzt und wollten nicht aus der Kuppel herauskommen.«

»Dann laßt sie dort.«

»Das können wir nicht. Es gibt einen Terminplan – sie müssen zu bestimmten Zeiten an bestimmten Orten in Schlachten mitkämpfen. Außerdem, wenn wir sie dort lassen, würden sie wahrscheinlich irgendwann ausbrechen und in der ganzen Umgebung Mord und Totschlag veranstalten.«

»Ich dachte, Mord und Totschlag wäre das Geschäft von Soldaten«, meinte der Drache. »Weshalb sollen sie ihrer Tätigkeit an einem bestimmten Ort und zu einer bestimmten Zeit nachgehen?«

»Weil«, setzte Blade ihm geduldig auseinander, »Mr. Chesney für jede seiner Pilgergruppen eine Schlacht vorgesehen hat.«

Es wurde still. Blade hörte nur das Wasser über Steine murmeln. Der Drache rührte sich nicht, ein Rauchfähnchen quoll zwischen seinen gewaltigen Kiefern hervor und verlor sich im Fell des Kadavers unter seiner Tatze. In der Tiefe eines der großen Augen, das Blade zugewandt war, erwachte ein rotes Glimmen. Irgendwie schienen die über ihm aufragenden Flügel schärfere, bedrohlichere Spitzen zu haben, und Blade glaubte zu spüren, wie sich überall in dem gewaltigen Leib die Muskeln spannten. Er begriff, daß der Drache sich mit ihm einen Spaß gemacht hatte, nach Drachenart, aber dann mußte ein falsches Wort gefallen sein und er war zornig geworden. Blade hielt sich bereit, in Windeseile zu verschwinden.

»Eines Tages«, die Worte drangen fast schnurrend tief aus der rauchigen Kehle des Drachen, »muß ich die Bekanntschaft dieses deines Mr. Chesney machen. Es ist doch wohl angebracht, wenn ich dem Mann, der über die Drachen dieser Welt herrscht, meinen Respekt bezeige? Nun gut. Morgen bei Tagesanbruch werde ich kommen und Wiedergutmachung leisten.«

Blade fiel ein Stein vom Herzen. »Könntet Ihr nicht schon heute kommen?« fragte er bittend.

»Heute fühle ich mich noch nicht imstande, eine Reise anzutreten, ich muß erst Kräfte sammeln. Erwarte mich morgen früh nach Sonnenaufgang. Seid ihr leicht zu finden, du und deine Schlagetote?«

»Ganz leicht«, versicherte Blade. »Wo wir langziehen, ist auf eine Meile in die Breite alles niedergewalzt. Und danke, daß Ihr zugesagt habt – äh – Mr. – äh – Draco, wollte ich sagen.«

Der Drache stieß schnaubend einen großen Batzen blauen Rauch aus. »Ich sage nicht, es ist mir ein Vergnügen, denn es hört sich nach Arbeit an. Ich gebe nicht einmal zu, daß ich in deiner oder deines Vaters Schuld stehe, mir scheint nur, es ist der einzige Weg, um hier endlich in Frieden gelassen zu werden. Würdest du dich nun vielleicht entfernen, damit ich mein Frühstück beenden kann?«

»Aber ja, selbstverständlich.« Blade ertappte sich dabei, daß er den Drachen fast mit ›Sir‹ angesprochen hätte, genauso, wie er früher seinen Großvater ›Sir‹ nennen mußte. Maras Vater war ein reizbarer alter Hexenmeister gewesen, mit sehr altmodischen

Ansichten, und Draco erinnerte Blade lebhaft an den alten Herrn.

Er ging zum Talausgang. Nun, da er Zeit hatte nachzudenken, war er überrascht, wie schnell der Drache bereit gewesen war, ihm zu helfen. Hoffentlich war er Großvater auch darin ähnlich, daß er sein Wort hielt, ein Punkt, in dem Großvater kein Pardon gekannt hatte. Er pflegte zu sagen: »Eines Hexenmeisters Wort sollte für ihn bindend sein wie ein Schwur. Er sollte lieber sterben, als wortbrüchig zu werden, Kind.« Aber vielleicht hatte ihn der Drache auch nur loswerden wollen. Auch Großvater hatte es nicht gemocht, wenn man ihn störte.

Kapitel 11

Derk erwachte mit einem Ruck am Nachmittag des fünften Tages und mit dem Gefühl, daß jemand seinen Namen rief. Er setzte sich auf und wußte erst nicht, wie es kam, daß er so schwach und kurzatmig war. Sein Gesicht fühlte sich wund an. Als er es berührte, ertasteten seine Fingerspitzen einen sprießenden Bart und eine großflächige, nässende Brandwunde an einer Wange.

Schlagartig fiel ihm alles wieder ein.

»Götter und Dämonen!« sagte er laut. »Wie lange haben sie mich denn schlafen gelassen?«

Er stand auf. Seine Beine wollten ihm den Dienst versagen, er kräftigte sie mit einem strengen Zauber und wankte zum Badezimmer, wobei er sich an Stühlen, Türgriffen, Wänden und schließlich dem Waschbecken festhielt. Dort fing er grimmig an, sich zu rasieren. Elda, die ein paar Minuten später angaloppiert kam, fand ihn vor dem Spiegel, das Gesicht eingeschäumt und den Oberkörper behangen mit Girlanden in Auflösung begriffener schmieriger Verbände.

»Bitte, Paps, geh wieder ins Bett«, quäkte sie. »Lydda hat Brühe für dich gekocht.«

»Nein. Wie lange habe ich geschlafen?« Derk schwankte leicht.

»Fast fünf Tage. Aber du brauchst dir keine Sorgen zu machen. Shona ist bei den Jungs, um ihnen auf die Finger zu schauen, und sie kümmern sich für dich um die Soldaten. Bitte geh wieder zurück ins Bett.«

Derk riß einen gelockerten Verband los und klebte ihn als Schutz auf die Brandwunde im Gesicht, während er ringsherum Schaum und Stoppeln abkratzte. »Wo ist deine Mutter?«

»In ihrem Zauberschloß. Morgen ist die erste Gruppe fällig, und die zweite kommt nach einem Abstecher zu dem gebrandschatzten Nonnenkloster durch, sobald die erste abgezogen ist …« Elda hatte ein gutes Gedächtnis. Sie hatte Maras gesamtes Programm auswendig gelernt, während sie am Fußende von Derks Bett saß und ihn vor Fran Spindeldürrs Machenschaften beschützte. Sie hätte Derk haarklein erzählen können, wie es weiterging.

Derk seufzte. Vermutlich wäre es vermessen gewesen zu hoffen, daß Mara ihn gepflegt hatte. Vielleicht hatte sie nicht gewollt. »Aber wer ruft mich dann«, unterbrach er sie und hob das Kinn, um den Hals zu rasieren. Eine Stoppel ziepte. »Autsch!«

»Ich höre nichts.«

»Mittels Magie.«

»Es könnten die Elfen sein.«

»Was für Elfen?« Derk rasierte grimmig weiter.

Elda seufzte ebenfalls. Wenn Paps sich stur stellte, wußte man nie, wie man mit ihm umgehen sollte. Sie hüpfte in die leere Wanne, und darin zusammengerollt, setzte sie ihn über die bisherigen Ereignisse ins Bild. Derk hielt sich derweil abwechselnd mit der einen und der anderen Hand am Waschbecken fest und schaffte es, sich erst fertig zu rasieren und anschließend die Verbände abzunehmen und die Salbe abzuwaschen, um zu sehen, wie schlimm die Brandwunden noch waren. Ziemlich schlimm.

»Und Callette kam wieder, kurz nachdem die Elfen aufgetaucht waren, und sie hat den Drachen angeschrien und ist dann zu Mams gegangen«, berichtete Elda. »Du mußt die Salbe drauflassen, Paps. Die Heilerin hat es *gesagt*!«

»Was hat Callette eigentlich vor?« fragte Derk.

»Herausfinden, welche Fingerzeige du schon versteckt hast. Kaum die Hälfte, sagt sie.«

»Und wer versorgt die Tiere, falls überhaupt jemand?«

»Die meisten sind bei Shona und den Jungs. Mams hat Papa George gerufen, er kümmert sich um die anderen. Und Fran kümmert sich um dich – nur kann ich Fran nicht ausstehen. Sie hat mich ein *Biest* genannt.«

»Sag ihr, sie ist selber eins. Götter! Was für ein elender Kuddelmuddel das ist!« Er wankte zurück ins Schlafzimmer, um seine Kleider zu suchen. Elda sprang aus der Wanne und beeilte sich, ihren Rücken unter seine haltsuchende rechte Hand zu schieben. Derk war dankbar für die Stütze, obwohl Elda versuchte, ihn zurück zum Bett zu dirigieren. Wenigstens wußte sie, was Fran mit seinen Kleidern angestellt hatte. Er schickte sie danach und zog sich auf der Bettkante sitzend an.

»Laß dir von Lydda die Brühe bringen«, bettelte Elda, während er sich ankleidete. »Du mußt ja fast verhungern!«

»Nicht unbedingt. Von meinem Magen liegen keine Beschwerden vor.« Derk war beunruhigt, weil er gerufen wurde und nicht wußte, von wem. Es schien dringend zu sein. Er schlüpfte in die Stiefel und stand auf. »Hilf mir die Treppe hinunter, Elda. Wo sind die Elfen?«

»Im Speisezimmer beim himmlischen Mittagessen. Du könntest warten, bis sie fertig sind.«

Derk wußte, falls er sich darauf einließ, würde er wieder ins Bett kriechen, und das Chaos wurde noch schlimmer. »Nein«, sagte er und wankte zur Treppe.

Lydda hatte das Hin und Her oben gehört; in seinem momentanen Zustand knarrte das Haus gewaltig, wann immer im oberen Stockwerk jemand umherging. Sie kam Derk mit einem Becher voll Brühe auf halber Treppe entgegen und pflanzte sich mitten auf die Stufen. »Setz dich hin und trink das, Paps, oder du bekommst noch einen Schnabelhieb zu allem anderen dazu.«

Derk ließ sich schwerfällig niedersinken, einen Arm über Eldas Rücken, und nahm folgsam den Becher entgegen. Die Brühe roch paradiesisch. Er kostete. Sie schmeckte paradiesisch. »Kulinarische Poesie«, sagte er zu Lydda – sie hatte sich über die nächsten vier Stufen ausgebreitet und die Flügel abgespreizt, damit er nicht an ihr vorbei konnte. Derk fand die Kraft zu einem Grinsen. »Alle Leute sollten Greifentöchter haben, die für ihr Wohlergehen sorgen«, sagte er. Elda schob sich auf die Stufe hinter ihm, so daß er sich anlehnen konnte. Derk ließ sich in die warmen Federn sinken, und während er gemütlich Schluck für Schluck trank, schaute er durch die von Finn und Barnabas geschaffene magische Wand auf das satte Grün des Gartens und das Tal dahinter. »Wenn das alles hier vorbei ist, werden wir, denke ich, diese Mauer durchsichtig lassen«, meinte er. »Das Treppenhaus ist immer zu dunkel gewesen. Was hat es sonst noch gegeben, seit Callette weggeflogen ist?«

»Blade hat kurz vorbeigeschaut«, erzählte Lydda. »Er war tropfnaß, weil es in ihrem Lager geregnet hat. Er ist oben gewesen, um nach dir zu sehen.«

»Er hat behauptet, es ginge dir viel besser«, meinte Elda, »aber du siehst *furchtbar* aus, Paps. Dein Gesicht ist ganz eingefallen.«

»Trotzdem«, sagte Derk, »hat Blade recht gehabt mit seiner Behauptung. Ich könnte noch etwas von dieser köstlichen Brühe vertragen, Lydda.«

Lydda nahm den Becher, rührte sich aber nicht von der Stelle. »Ich hole dir noch etwas, sobald du wieder im Bett liegst.«

Derk lächelte, seufzte und schüttelte den Kopf. Dann wünschte er sich zu der Person, die so dringend nach ihm rief.

Das bestürzte Quäken der beiden Greife noch in den Ohren, landete er, nicht im Eßzimmer, wie er vermutet hatte, sondern irgendwo draußen. Auch hier fing es jetzt an zu regnen. Derk blieb einen Moment lang sitzen, spürte Schmerzen, Mattigkeit und Regentropfen, schaute auf die grünen Berghänge und dachte, wie schön es wäre, wenn er sich beim Weitwünschen nicht so häufig verschätzen würde. In der Nähe brüllte eine Kuh.

»Meiner Treu, ich vergesse immer, wie zerbrechlich ihr Menschen seid!« rumpelte eine Stimme wie aus den Tiefen der Erde. Derk erkannte sie als die, die ihn gerufen hatte. »Bist du schwer verletzt?«

Derk drehte sich auf den Knien langsam herum und starrte auf den gigantischen grünen Drachen, der dicht unter ihm am Bachufer lag; der Regen verlieh seinen Schuppen smaragdenen Glanz. Zuerst glaubte er, diesen Drachen noch nie gesehen zu haben, doch dann entdeckte er die Naht an dem spitz aufragenden Flügel auf seiner Seite. »Ach«, sagte er, »du bist es.«

»Und wenn ich dich nicht ausdrücklich gerufen hätte, hätte ich dich auch nicht erkannt«, grollte der Drache. »Vergebung. Ich habe dich gebeten herzukommen, weil ich Abbitte leisten will. Nachdem ich jetzt weiß, wie die Dinge stehen, sehe ich ein, daß ich übereilt und gedankenlos gehandelt habe. Ich hätte dich nicht rösten dürfen.«

»Hm – danke. Sehr anständig von dir.«

»Nicht anständig«, röhrte der Drache. »Ich bin

beschämt. Nicht dich hätte ich angreifen sollen. Aber ich war zornig, sehr zornig und voller Scham. Ich hatte geschlafen – wahrscheinlich hatte ich mich zurückgezogen, um zu sterben –, als ich plötzlich erwachte, in einer veränderten Welt. Drachen, die ich als Nestlinge gekannt hatte, waren jetzt nicht nur ausgewachsen, sondern – Schande! – dienerten vor Menschen, nahmen Teil an einem lächerlichen *Spiel*. Und als ich sie fragte, weshalb, taten sie nichts weiter, als den Blick in eine unbestimmte Ferne zu richten und den Eindruck erhabener Weisheit zu erwecken.«

»Ja, das tun sie, die modernen Drachen«, meinte Derk. »Ich dachte, das wäre Drachenart.«

»Halte nichts davon«, schnaubte der grüne Drache. »Kein Lebewesen hat das Recht, die absolute Weisheit für sich in Anspruch zu nehmen. Es gibt immer noch etwas zu lernen. Ich weiß es, und ich denke, du weißt es auch, Hexenmeister.«

»Ich habe mich nie auch nur annähernd für weise gehalten«, bekannte Derk freimütig. »Aber ich nehme an, es ist verlockend, in die Ferne zu starren und so zu tun als ob.«

»Humbug! Außerdem ist es dumm. Es hindert einen daran, sein Wissen zu mehren. Ich ließ die Erwachsenen sein und fragte die Jungen. Es gibt nur zwei davon. Das ist schlecht. Die Zahl der Drachen ist bedenklich zurückgegangen. Von ihnen erfuhr ich, die Großen wären zu sehr mit diesen Pilgerfahrten beschäftigt, um Nachwuchs zu zeugen. Also fragte ich, was es mit diesen Pilgerfahrten auf sich hat, und sie erzählten mir, ein Mr. Chesney sei dafür verantwortlich und daß die Drachen sich auf die Seite dieses Mr. Chesney gestellt haben, weil er das Böse in dieser Welt verkörpert. Dummes Zeug. Drachen ergreifen niemals irgend jemandes Partei. Und sie sagten mir auch, daß der Dunkle Fürst in unserer Welt der Stellvertreter dieses Mr. Chesney ist. Ich war sehr zornig und schämte mich für mein Volk, und ich kam geradewegs hierher, in der Absicht, fürchte ich, den Dunklen Fürsten zu töten. Du hast Glück gehabt, Hexenmeister, daß ich matt war und schwach und mein Feuer nur schwelte.«

»Es war auch so schlimm genug«, meinte Derk. »Was hat dich aufgeweckt?«

»Wenn ich mich nur erinnern könnte. Ich denke ständig darüber nach. In meinem Alter, in meinem Zustand, hätte ich einfach in den Tod schlafen müssen. Natürlich wußte ich nicht, wie schlecht es mir wirklich ging, bis deine Gemahlin und dieser kleine Heilerfrau es mir sagten. Ich weiß nur, daß etwas mich aus dem Schlummer riß – etwas wie ein blauer Blitz und vielleicht war es ein Blitz, obgleich ich mir nicht erklären kann, wie er in meine Höhle gelangt sein sollte -, und ich war wach und erfuhr aus den Gedankenströmen um mich herum, daß diese Welt ein kleiner, garstiger Ort geworden war.«

Ein blauer Blitz? Derk hatte so eine Ahnung, wer dahintersteckte. Also habe ich mir das selbst eingebrockt, dachte er, weil ich unbedingt versuchen mußte, einen Dämon zu beschwören. Aber viel wichtiger als das war ihm die Entdeckung, daß der Drache wahrhaftig Gedanken lesen konnte. Er hatte immer gehofft, bei den Greifen würde sich diese Fähigkeit entwickeln, und empfand es als Enttäuschung, daß es nicht so war. Ich muß verrückt sein, dachte er. Hier sitze ich auf einem verregneten Berghang, werde naß bis auf die Knochen, fühle mich zu schlapp, um aufzustehen und bin aufgeregt wie ein Kind, weil ich tatsächlich ein Lebewesen getroffen habe, das Gedanken zu lesen vermag. »Ich bin erstaunt, festzustellen, daß du Gedanken lesen kannst«, sagte er zu dem Drachen. »Heutzutage gibt es nicht mehr viele mit dieser Gabe.«

»Niemand macht sich die Mühe, sie zu üben, das ist das ganze Geheimnis«, antwortete der Drache. »Früher war Metagnomie die erste Lektion, wenn man das Studium der magischen Künste anfing. Du könntest es, Hexenmeister, wenn man dich gründlich ausgebildet hätte. Während ich hier gelegen habe, habe ich mancherlei über dich und deinen Haushalt in Erfahrung gebracht, was mir sonst verborgen geblieben wäre. Ohne dieses Wissen hätte ich womöglich die meisten deiner kleinen Katzenvögel getötet, den braunen ganz bestimmt. Sie hat mir die schlimmsten Beleidigungen an den Kopf geworfen. Aber die anderen beiden waren auch ziemlich unhöflich.«

»Wie, Lydda und Elda auch?« Derk war beeindruckt von ihrer Courage, einen Drachen zu beleidigen. Callette mochte wegen ihrer Größe glauben, damit durchzukommen – obwohl sie gesehen hatte wie es Kit ergangen war –, aber Lydda war nur etwa so groß wie eine von Bürgermeisters Kühen, und Elda war noch kleiner. Herrje, und der Drache hatte fast die halbe Herde des Bürgermeisters gefressen. Ich muß dem Mann den Schaden ersetzen! dachte Derk. Wo nehme ich nur das Geld her? »Ich entschuldige mich für meine Greifentöchter«, sagte er.

»Sie hatten Angst um dich«, erklärte der Drache, »und sie haben zu Recht mir die Schuld gegeben. Sie haben ihren Unmut an mir ausgelassen. Dasselbe gilt für die beiden sehr dünnen Menschen – obwohl sie bestimmt hofften, ich würde sie als Mahlzeit nicht lohnend finden. Um die Wahrheit zu sagen, sie hielten mir den Spiegel vor. Es ist beeindruckend, wie all diesen Geschöpfen dein Wohl am Herzen liegt. Aber das magere Knäblein, dein Sohn, ist derjenige, der mich am meisten beunruhigt ...«

»Blade hat dich auch beleidigt?« Derk stöhnte.

»Er befleißigte sich tadelloser Höflichkeit. Dennoch, zum Teil seinetwegen habe ich dich hergerufen. Es scheint, daß er und drei andere es sich angelegen sein lassen, mit sechshundert Mördern quer durchs Land zu marschieren.«

Auch das noch! Derk stöhnte wieder. Abgesehen von der Gefahr, sollten es nicht mehr Soldaten sein? Barnabas hatte von eintausend gesprochen. »Ja, darum sollte ich mich lieber sofort kümmern.« Er bemühte sich aufzustehen, aber seine Füße rutschten auf dem nassen Gras, und seine Knie gab unter ihm nach nach.

»Warte! Laß mich ausreden.« Der Drache stieß eine Dampfwolke aus, die Derk in feuchte Wärme hüllte, nach Gras duftend und süß und ganz anders als der giftige Qualm, mit dem er Derk zu töten versucht hatte. »Ich wollte sagen, darum werde *ich* mich kümmern, als Wiedergutmachung. Als jemand, der in gewisser Weise selbst ein Mörder ist, kann ich nämlich beurteilen, daß deine Sprößlinge in Kalamitäten stecken.«

»Das weiß ich nur zu genau«, erwiderte Derk schwach.

»Gut. Falls du also gewillt bist, mich mit deiner väterlichen Vollmacht auszustatten, werde ich dort nach dem Rechten sehen und versuchen, diese Mörder zu bändigen.«

»Liebend gern. Ich gebe dir jede Vollmacht, die du haben möchtest.«

»Während du in dein Haus zurückkehrst, um vollständig zu genesen.«

»Ich bin gesund!« behauptete Derk.

»Das bist du nicht. Ich habe unser Gespräch genutzt, um dich zu heilen, das war der andere Teil meiner Wiedergutmachung, aber du brauchst wenigstens noch einen weiteren Tag, um wieder zu Kräften zu kommen. Inzwischen sollte ich dir vielleicht sagen, daß sechs Angehörige des Ältesten Volkes – wie sie sich zu Unrecht nennen, Drachen sind *viel* älter – in deinem Haus darauf warten, von dir empfangen zu werden, wegen einer belanglosen Formalität, die sie als immens wichtig betrachten.«

»Ach du liebe Güte«, sagte Derk. »So was Dummes, die habe ich ganz vergessen. Ich sollte sie wohl nicht länger warten lassen.«

Er versuchte wieder aufzustehen. Diesmal schienen seine Beine kräftiger zu sein, obwohl seine Knie, ihrer ausgeklügelten Konstruktion zuwider, in die falsche Richtung knicken wollten. Er stützte sich mit einer Hand auf dem Hang ab und schaute zu, wie der Drache sich ebenfalls erhob. Er tat es in Etappen, stemmte erst den Vorderleib in die Höhe und dann, unter angestrengtem Grunzen und Dampf schnaubend, die hintere Körperhälfte. Die Kühe des Bürgermeisters brüllten in Todesangst. »Ich weiß, wie du dich fühlst«, äußerte der Drache, das mächtige Haupt nun auf einer Höhe mit Derk. »Ich mache einen Probeflug, um zu sehen, ob meine Flügel halten. Wenn alles gut geht, werde ich mich auf die Suche nach deinen Sprößlingen machen. Du kannst mich bei ihnen antreffen.«

Derk nickte und es gelang ihm, sich bis zu seiner Terrasse zu wünschen. Während er sich dort für einen Moment auf den Gartentisch stützte, machten aufgeregtes Kakeln von Klein Hühnchen und gellendes Quieken der Schweine ihn darauf aufmerksam, daß der Drache sich in die Luft erhoben hatte. Er blickte auf und sah den gewaltigen Leviathan über das Haus hinweggleiten, das im Vergleich spielzeugklein wirkte. Grasgrün und vom Regen in Edelsteinglanz gehüllt, bot er einen grandiosen Anblick, auch wenn sein Flug langsam und schwerfällig war.

»Und dieses Haus muß noch in eine Zwingburg umgewandelt werden! Götter! Was ich noch alles zu tun habe!« stöhnte Derk. Er ließ den Tisch los und wankte ins Eßzimmer.

Die sechs aristokratisch aussehenden Elfen sprangen von ihren Plätzen auf, wo sie die Mahlzeit mit einer Tasse Kaffee abgeschlossen hatten, und verneigten sich ehrerbietig. »Mein Fürst«, sagte der mit dem goldenen Reif. »Ich grüße Euch.«

Sie waren alle fast zwei Meter groß, und Derk fühlte sich in seinem geschwächten Zustand von ihnen gelinde überwältigt. Er zog eilig einen Stuhl heran und ließ sich darauf nieder, gerade rechtzeitig, denn außer dem Drachen hatten auch die Schweine Derk gewittert. Mit prasselndem Hufgeklapper und begeistertem *Oink, Oink,* fegte die ganze Rotte durch die offene Eingangstür und stürzte sich in liebevollem Überschwang auf den Rekonvaleszenten. Der jüngste Eber sprang ihm schmerzhaft auf den Schoß, die anderen stellten sich auf die Hinterbeine, um ihn hingebungsvoll mit dem Rüssel zu betasten und zu beschnuppern oder drängten sich um seine Knie, während Kringel, die älteste und dreisteste der Sauen, auf den Tisch flatterte, von wo sie Derk seelenvoll in die Augen schauen konnte. Derk rubbelte eifrig borstige Rücken, kraulte die Ansätze stummeliger Flügel und befahl Kringel streng: »Runter vom Tisch, Schwein!«

Die Wirkung auf die Elfen war höchst befremdlich. Der mit dem Stirnreif stand da wie vom Donner gerührt, mit offenem Mund. Die rechte Hand war ausgestreckt, der lange, lange Zeigefinger deutete steif auf Kringel. Derk hätte befürchtet, daß er versuchte, Kringel in Stein zu verwandeln oder ähnliches, nur daß die anderen Elfen sich vor Lachen bogen, sich auf die überlangen Schenkel schlugen und gegenseitig umarmten, nicht weniger ausgelassen als die Schweine. Endlich schwenkten die anderen fünf ihren Gefährten mit dem Stirnreif herum und schlossen ihn in ihre Umarmungen ein, worauf er in ihr Lachen einstimmte und anfing, ihnen auf den Rücken zu klopfen. Papa George, der außer Atem angewetzt kam, um die Schweine einzufangen, blieb in der Tür ruckartig stehen und schaute mit aufgerissenen Augen auf das Spektakel. Ein Benehmen wie dieses war für Elfen unerhört.

»Vergebt uns, o Fürst«, sagte einer der fünf geringeren Elfen atemlos. »Talithan, unser Prinz, hat eben seine Prophezeiung erfüllt gesehen, und wir durften Zeugen dieses glückverheißenden Ereignisses sein.«

»In der Tat, mein Fürst.« Prinz Talithan war sichtlich erschüttert, Tränen liefen aus seinen großen, seegrünen Augen. »Bitte vergebt mein unziemliches Verhalten. Ich muß erklären, daß vor langer Zeit mein Bruder auf Abenteuer ausgezogen ist, in unsere Nachbarwelt, wo er Mr. Chesney in die Hände fiel, der ihn seither gefangen hält und solchermaßen alle Elfen zwingt, seinen Willen zu tun. Und als mein Vater unlängst wieder von großem Kummer darüber ergriffen wurde und sprach, daß eines Tages mein Bruder gewißlich entfliehen werde und zu uns zurückkehren, antwortete ich ihm bitter und hohnlachend und sagte: »Ja, das wird der Tag sein, wenn Schweine fliegen!« Darob wurde mein Vater sehr zornig auf mich und sandte mich zu Euch, um dem Dunklen Fürsten als Vasall zu dienen. Und hier, was sehe ich? Schweine fliegen!« Er zeigte wieder auf Kringel, die immer noch auf dem Tisch stand.

»Nun, ich züchte sie schon seit Jahren mit Flügeln«, meinte Derk. »Vielleicht solltet Ihr Eure Hoffnung nicht darauf gründen.«

»O doch! Meine Worte waren eine Prophezeiung.«

»Wie Ihr wollt. Doch was genau führt Euch hierher? Ich dachte, mit Eurem Volk wäre alles abgesprochen.«

Prinz Talithan trocknete sich mit seinem grünen Seidenärmel die Tränen von den Wangen und verneigte sich erneut. »Das war, als andere bestimmt waren, Eure Dunklen Elfen zu befehligen, mein Fürst. Nun muß ich als neuer Führer der Dunklen Elfen Euch huldigen, mit diesen meinen Leutnants, Gwithin, Loriel, Damorin, Fandorel und Beredin.«

Sämtlich ruhmreiche Namen aus der Geschichte der Elfen.

Derk tat sein Bestes, sich im Sitzen und begraben unter einer Horde Schwein, respektvoll zu verbeugen. Der Elfenkönig, dachte er, mußte äußerst zornig gewesen sein, wenn er seine vornehmsten Untertanen als Dunkle Elfen abordnete. Es galt all-gemein als große Schmach. In diesem Licht erschien es um so merkwürdiger, daß Prinz Talithan geradezu versessen darauf war, sich ihm als Vasall anzudienen. Derk argwöhnte, daß mehr dahinter steckte als fliegende Schweine. »Ich fühle mich geehrt«, sagte er.

»Und ich sehe mit Kummer, mein Fürst«, meinte Talithan, »daß Ihr nicht wohlauf zu sein scheint.«

»Ich hatte ein kleines Mißverständnis mit einem Drachen«, erklärte Derk, »doch Eure Anteilnahme ehrt mich, Prinz.« Und jetzt genug der schönen Worte, finden wir heraus, weshalb ihr wirklich hergekommen seid. »Genaugenommen erweist Ihr mir zuviel der Ehre. Worauf habt Ihr hier unten gewartet?«

»In der Tat verhält es sich so«, gestand Talithan, »daß ich eine Gunst von Euch erbitten möchte.«

Aha! »Ich nehme an, Ihr wollt von der Pflicht entbunden werden, mir als Dunkler Elf zu dienen?«

»Nein, o nein, mein Fürst!« protestierte Talithan. »Euch zu dienen, für ein Jahr und einen Tag jeder Eurer Launen zu willfahren, ist alles, was ich begehre!«

»Wie bitte?« Derk begann sich zu fragen, ob der Elfenprinz übergeschnappt war. Vielleicht hatte sein Vater ihn deshalb nach Derkholm geschickt. »Weshalb liegt Euch so viel daran?«

Talithan lächelte, wie nur Elfen lächeln können, herzzerreißend, strahlend. »Ihr besitzt ein kleines Wunderpferd mit gestreiften Flügeln«, sagte er, »welches der Sprache mächtig ist und über die Gabe verfügt, die geheimen Stätten der Elfen zu besuchen.«

»Niedlich?« wunderte sich Derk. »Niedlich kann das?«

»Allerdings, Durchlaucht«, versicherte ihm einer der anderen Elfen – Loriel? »Wir haben das kleine Pferd gefunden, als es durch unsere verborgenen Stätten wanderte und klagte, es habe sich verirrt.«

»Wahrscheinlich eine Lüge, wenn ich Niedlich kenne«, brummte Derk. »Und?«

»Ich begehre das kleine Roß, Niedlich, zu besitzen«, sagte Prinz Talithan. »Schenkt es mir als Zeichen Eurer Huld, und ich werde Euer ergebener Diener sein.«

»Nein«, sagte Derk.

Zu seiner Bestürzung flankte Talithan über den Tisch, wobei er Kringel herunterstieß, und fiel inmitten der Schweine Derk zu Füßen. »Ich bitte Euch!« sagte er, begleitet von Ringlets entrüstetem Grunzen. »Mein Fürst, ich flehe Euch an! Niemals, seit dreihundert Jahren nicht, habe ich solches Entzücken empfunden oder solches Verlangen, etwas zu besitzen! Das Leben hätte wieder Sinn für mich, könnte ich nur dieses Roß mein eigen nennen und es ausbilden und mit ihm durch den Himmel reiten! Ich würde es besser behandeln als mich selbst, Ihr habt mein Wort darauf!«

»Meine Güte, steht bloß auf. Ich habe nein gesagt. Niedlich ist nicht einmal ein Jahr alt.«

»Das weiß ich.« Talithan machte keine Anstalten, sich zu erheben. »Das ist der Grund, weshalb ich mich erboten habe, Euch ein Jahr und einen Tag zu dienen, um ihn zu bekommen. Ich werde Euer treuer Vasall sein, wenn Ihr mir am Ende meiner Dienstzeit Niedlich überlaßt.« Er stand auf, und Derk mußte den Kopf zurücklegen, um ihm ins Gesicht schauen zu können. »Das gelobe ich, vor diesen dreißig Zeugen.«

Dreißig? Derk schaute auf die Schweine, die still geworden waren und mit erhobenem Rüssel zu Talithan hinstaunten, dann zu Papa George, auf dessen Zügen sich ebenfalls Staunen malte, und schließlich hinüber zu den fünf Elfen, von denen jeder, die Hand auf dem Herzen, Zeugnis ablegte. Zuletzt richtete er den Blick auf die Küchentür, wo Lydda, Elda und Fran nebeneinander im Rahmen eingezwängt standen und ihn vorwurfsvoll anstarrten.

»Ich hatte vor, mit Niedlich weitere geflügelte Pferde zu züchten«, verteidigte er sich matt.

»Nichts spricht dagegen«, sagte Talithan und einer der geringeren Elfen, Gwithin?, äußerte: »Wir hätten auch gern geflügelte Rosse.«

»Ganze *Herden* geflügelter Rosse!« begeisterte sich Damorin.

Talithan maß ihn mit einem kalten Blick. »Aber keines wird Niedlich gleichkommen«, sagte er. »Nun, mein Fürst?«

Da war immer noch das andere geflügelte Fohlen, mit dem Niedlichs Großmutter trächtig war, überlegte Derk. »Ihr könntet es bereuen«, machte er einen letzten Versuch, »Niedlich kann eine ziemliche Nervensäge sein ...«

»Ein Fohlen mit unbezähmbarem Feuer«, schwärmte Talithan.

Liebeskrank, dachte Derk. Andererseits bot sich hier die Gelegenheit zu verhindern, daß Querida Niedlich in die Finger bekam. Bestimmt würde Niedlich lieber der verwöhnte kleine Liebling eines Elfenprinzen sein, als in einem Pferch der Universität zur Schau gestellt zu werden. »So könnte man es auch ausdrücken«, meinte er deshalb. »Nun gut, abgemacht. Nach einem Jahr und einem Tag, Hoheit.«

»Vernommen und bezeugt!« riefen die fünf Leutnants im Chor.

Talithan warf sich auf beide Knie und küßte Derk die Hand. »Mein Lehnsherr! Befehlt mir, was ich tun soll!«

»Befiehl ihm zu verduften, damit du dich wieder zu Bett legen kannst«, schlug Lydda vor, nicht eben leise.

Derk warf ihr einen strafenden Blick zu. »Meine Anweisung lautet, daß Ihr Euch zu Euren Stationen an den Routen der Pilger begebt«, sagte er. »In der zweiten Gruppe befindet sich ein Entbehrlicher, den einer von Euch bei einem Überraschungsangriff töten muß, und anschließend solltet Ihr Euch die zehn Städte anschauen, die zur Brandschatzung vorgesehen sind.«

»Das wird geschehen!« Prinz Talithan sprang freudig auf. »Laßt uns ans Werk gehen, meine Getreuen.«

Unter tiefen Verneigungen entfernten sie sich, und

Papa George machte sich daran, hinter ihnen die Schweine aus der Tür zu scheuchen. Derk schaute zu, gefangen in der grauen Stimmung, die Elfen bei ihrem Weggang hinterlassen.

»Nach oben, Paps. Bett!« kommandierte Lydda.

Gerade wollte Derk aufstehen, um Lydda zu gehorchen, als Callette den großen, braungefiederten Kopf zum Fenster hereinsteckte. »Wer waren die sechs liebeskranken Bohnenstangen, die sich hier eben in einer grünen Aura verflüchtigt haben?«

Lydda schoß mit einem heftigen Flügelschlag senkrecht vom Boden hoch, ihr Schwanz schlug zornig einen Reif. »Verdammt, Callette! Kannst du nicht deinen Schnabel halten? Wir hatten ihn fast wieder im Bett!«

»Ich brauche noch ein paar hundert Fingerzeige«, antwortete Callette. »Fünfhundertdreiundsiebzig, um genau zu sein. Und ich bin erschöpft. Ich habe eine miserable Laune, die ich gern an jemandem auslassen würde. Also legt euch nicht mit mir an.«

Derk rückte mit seinem Stuhl über den Boden und lehnte sich neben dem Fenster an die Wand. »Nur ein kurzes Wort«, sagte er beschwichtigend zu Lydda. »Elda, du findest die benötigte Anzahl Fingerzeige gebündelt in der oberen rechten Schublade meines Schreibtischs. Gelber Umschlag.«

»Den Göttern sei Dank«, seufzte Callette, als Elda aus dem Zimmer trabte. »Mir hat davor gegraut, womöglich das ganze Stück über Land fliegen zu müssen, um Shona zu fragen. Bei Mams bin ich gewesen, und sie hat's versucht, aber sie war zu beschäftigt, um klar denken zu können. Und ich weiß nicht, wie ich fertig werden soll, ich bin nicht so gut im Fliegen über lange Strecken, wie ich gedacht hatte. Ich schaffe zwanzig Meilen, und dann muß ich landen.«

»Du bist ein Kurzstreckenflieger, deshalb«, erklärte Derk. Callettes Augen waren glanzlos, ihre Federn struppig, und er konnte sehen, daß sie Gewicht verloren hatte. »Zwanzig Meilen zehren an deinen Reserven; du solltest alle fünfzehn Meilen eine Rast einlegen, wenigstens bis du älter bist.«

»Aber ich kann nie alle Fingerzeige verteilen, wenn ich alle fünfzehn Meilen landen muß!« jammerte Callette. Lydda seufzte und setzte sich sehr heraldisch an die Wand gegenüber. Ihr Schwanz, um die Vorderpfoten gelegt, klopfte auf den Boden. Neben ihr in der Tür stand Fran, die stockdürren Arme vor der Brust verschränkt, und tippte in ganz ähnlicher Weise mit der Fußspitze auf den Boden. »Einige dieser Orte liegen in der Wüste«, sagte Callette, »oder an der anderen Seite des Kontinents, an der Küste. Die Hälfte der Touren werden die Stellen passiert haben, bevor ich da gewesen bin!«

»Schon gut.« Derk seufzte ebenfalls. »Ich hatte nicht vor, dir diese Aufgabe zu übertragen, Callette. Ich wollte, daß Blade mich hinwünscht, zwischendurch, wenn ich gerade eine Minute Zeit habe.« Callette öffnete den Schnabel, um anzumerken, daß Blade nicht verfügbar war, aber Derk kam ihr zuvor und sagte rasch: »Und übrigens, auch wenn du noch so müde und schlecht gelaunt bist, solltest du nie einen Drachen beleidigen.«

»Der Drache, von dem die Rede ist, hatte es verdient. Er dachte daran, mich zu fressen. Ich hoffte, er würde es tun. Ich konnte mich selbst nicht leiden.« Sie reckte den Kopf in die Höhe und stieß einen trompetenden Schrei aus. »Ich war viel zu langsam, als ich losgeflogen bin, um die Heilerin zu holen.«

»Das warst du nicht!« rief Lydda. »Don konnte nicht mit dir mithalten.«

»Ich bin geflogen und geflogen und es war, als käme ich nicht von der Stelle!«

Elda kam zurück, einen großen gelben Umschlag auf eine Kralle gespießt. »Was meinst du?« fragte sie. »Ich war auch dabei. Nicht einmal Kit habe ich je so schnell fliegen sehen.«

»Callette ist es so vorgekommen«, erklärte Derk. »Callette, ich nehme an, du hattest einen Schock. In dem Zustand scheint einem, daß Dinge, die sehr schnell geschehen, quälend langsam ablaufen. Wahrscheinlich hast du jeden einzelnen Grashalm wahrgenommen, über den du weggeflogen bist.«

»Ja, so ist es gewesen«, erwiderte Callette erstaunt. »Und jeden Kieselstein. Ich habe sie gezählt. War das Schock?«

»Ja, und die Notwendigkeit, besonders schnell fliegen zu müssen. Ich bin dir sehr dankbar, Callette.«

»Wenn das so ist«, Callettes Laune schien sich gebessert zu haben, »mache ich weiter mit den Fingerzeigen. Gib her, Elda.« Sie streckte den kräftigen, gefiederten Vorderlauf durchs Fenster.

Derk bog ihr die Krallen an der Pranke einwärts und schob den Arm zurück nach draußen. »Jetzt nicht, du brauchst eine Erholungspause. Lydda kann das übernehmen.«

»*Ich*?«

Lydda sprang aufgebracht mit einem Satz quer durchs Zimmer auf ihn zu.

»*Lydda!*«

Callette stieß den Hakenschnabel in die Richtung von Derks Gesicht.

Derk saß zwischen zwei unwirschen Greifen und fühlte sich der Situation nicht recht gewachsen.

»Du weißt genau, daß ich fliege wie ein Stein!« fauchte Lydda.

»Sie muß aus einem Fenster springen, um überhaupt Luft unter die Flügel zu bekommen!« fauchte Callette.

»Der Drache hat seinen Geist verwirrt, ich hab's gewußt«, warf Fran ein.

»Du bist still, *Biest*frau!« giftete Elda.

»Seid still, alle miteinander!« Derk brachte fast eine autoritäre Vaterstimme zustande. Glücklicherweise waren alle so überrascht, daß sie gehorchten. Heiser fuhr er fort: »Lydda ist durchaus dazu imstande, sie ist eine Langstreckenfliegerin. Ich muß es wissen, schließlich habe ich dich so entworfen, Lydda. Wenn du langsam fliegst und stetig und dich allmählich an längere Strecken gewöhnst, schaffst du nach einer Woche hundert Meilen, ohne es zu merken.«

»Meinst du wirklich?« fragte Lydda. »Ich dachte, du machst dich lustig über mich.«

»Selbstverständlich meine ich das wirklich. Ich habe dir ein Herz doppelter Größe gegeben, massive Flugmuskeln, einen langsamen Metabolismus – du hast einen besseren Kreislauf als zum Beispiel Callette. Du warst ein Sondermodell. Ich hoffte, dir könnte es gelingen, den Ozean zu überqueren, wenn du erst ausgewachsen bist, aber ich wollte dich vorläufig noch nicht mit dieser Idee belasten.«

Lyddas Schnabel senkte sich, und sie äugte betrübt auf ihren üppig gepolsterten Leib. »Ich bin fett.«

»Das meiste davon sind Muskeln«, tröstete Derk, »obwohl einiges auch auf Naschhaftigkeit zurückzuführen ist, das gebe ich zu. Durch die Anstrengung des Fliegens wird das Fett abgebaut. Und achte darauf, daß du immer in der Nähe einer Anhöhe niedergehst, die du als Startrampe benutzen kannst, ja?«

»Ich werde aufpassen. Soll ich jetzt gleich losfliegen?«

»Dann kommst du heute noch bis zu Mams«, bemerkte Elda sehnsüchtig.

»Aber nutze den Aufenthalt dort, um dich mit den Fingerzeigen vertraut zu machen«, riet Derk. »Sie sind alle ausführlich beschriftet, aber du wirst feststellen, daß manche von Menschen gesprochen werden müssen, dem Emir, zum Beispiel, und in einigen Fällen wirst du Schwierigkeiten haben, zu den Betreffenden vorzudringen. Ich brauche dich wohl nicht daran zu erinnern, daß manche Leute Greife furchteinflößend finden, oder? Sei höflich, aber stets auf der Hut.«

»Ja – a.« Lydda streckte die Pranke aus, und Elda spießte sorgsam den gelben Umschlag auf eine Kralle. Lydda betrachtete ihn zweifelnd. »Und wer kocht die Brühe?«

»Ich weiß, wie das geht«, sagten Fran und Elda gleichzeitig, dann schauten sie sich böse an.

»Unterwegs werde ich *rohes* Fleisch essen müssen.«

»Ich esse die meiste Zeit rohes Fleisch«, erwiderte Callette, »und es hat mich nicht umgebracht. Zieh los und sei *nützlich*.«

Ganz offensichtlich waren Callettes Gefühle verletzt. Als Lydda nachdenklich und von neuer Wichtigkeit erfüllt zur Treppe ging, wandte Derk sich eilig wieder zum Fenster. »Callette, du weißt, ich muß dieses Haus in eine Zwingburg verwandeln, doch mir fehlt die Zeit, um es im Ganzen zu tun. Hast du eine Idee, wie man es in einzelnen Schritten bewerkstelligen kann?«

Callettes Federkamm richtete sich auf, ihre Augen begannen zu leuchten. »Schwarze Segmente, Wohnzimmer zuerst?« fragte sie. »Es soll abschreckend aussehen, bedrohlich? Düster dräuende Türme?«

»Ganz genau. Jede Menge düster dräuende Türme, und Monster im Vorhof.«

»Dann brauchst du Zeichnungen aus allen Blickwinkeln, um darzustellen, wie die Segmente zusammengefügt werden müssen. Ich fange gleich an. Wann brauchst du das erste?«

»Morgen?«

»Kleinigkeit.« Callette trat vom Fenster zurück, gerade als Lydda sich mit einem fröhlichen »Auf Wiedersehen« vom ersten Stock aus in die Lüfte schwang. Sie schien darauf bedacht zu sein, Energie zu sparen, denn ihr Abflug ging ohne das übliche hektische Geflatter vonstatten. »Ha!« sagte Callette. »Und du glaubst wirklich nicht, daß sie in den nächsten fünf Minuten abstürzt?«

Derk schüttelte den Kopf.

Drinnen fragte Elda betrübt: »Was soll ich tun, Paps?«

»Du kannst mir helfen, wieder ins Bett zu kommen«, antwortete Derk müde.

Kapitel 12

Blade brauchte fünf Sprünge, um wieder an seinen Ausgangspunkt zurückzukehren – fast ebensoviele, wie Derk gebraucht hätte – und das einzig Erfreuliche dort war, daß es aufgehört hatte zu regnen. Niedlich tollte mit den Hunden herum, und die Soldaten verwiesen grölend auf ihre Menschenrechte, während Kit, Don und Shona sich um Barnabas scharten.

Barnabas hatte drei Bündel große schwarze Drachen aus Holz und Leder mitgebracht, aus dem Fundus der Universität, wie Blade zu verstehen glaubte. »Was soll das darstellen?« erkundigte er sich.

»Lederflüglige Nachtmahre«, antwortete Barnabas heiter. »Sie brauchen nicht echt auszusehen, schließlich greifen sie im Dunkeln an. Ist dein Vater noch nicht wieder zurück? Dann hoffe ich, du weißt, wie man die Dinger animiert. Im Küstengebirge befinden sich drei Pilgergruppen, die heute nacht attackiert werden müssen. Ich würde helfen, wenn ich könnte, aber ich habe das Basislager noch nicht einmal annähernd fertig.«

Er verschwand mit seinem üblichen Theaterdonner, und die Zurückbleibenden schauten ohne Begeisterung auf die mit dünnem Leder überzogenen Gestelle.

»Tja«, meinte Kit endlich. »Fangen wir an.«

Drei Stunden lang bemühten sie sich, die Drachen das Fliegen zu lehren. Kit gelang es ein- oder zweimal, die Gestelle dazu zu bringen, daß sie sich einen halben Meter in die Luft erhoben und flatternde Bewegungen vollführten; Blade hingegen hatte gar keinen Erfolg, scheinbar gehorchten sie einer Art Magie, die ihm nicht gegeben war. Don schlug vor, sie an einige der magischen Longen zu binden und durch die Luft zu ziehen, doch als Shona einen weiteren Fingerbreit ihres Gewandes opferte und Don es versuchte, benahmen sich die Gebilde genau wie Spielzeugdrachen und ließen sich gaukelnd vom Abendwind tragen. Nichts konnte sie veranlassen, sich zu benehmen, als würden sie etwas angreifen. Die Soldaten in ihrer Kuppel amüsierten sich bestens, lachten und johlten. Dann forderten sie im Sprechchor: »Wir wollen essen! Wir wollen essen!«

»Ganz allein ihre Schuld, wenn sie nicht rauskommen wollen«, sagte Shona. »Sie könnten jetzt fast im nächsten Lager sein, wo es frische Verpflegung gibt. Einfach nicht hinhören. Was unternehmen wir jetzt wegen dieser Nachtmahre?«

»Die Hexenmeister bei den Pilgergruppen bitten, sie zu animieren?« meinte Blade. »Wenn wir drei jeder einen Stapel nehmen und erklären ...«

Der Vorschlag wurde angenommen. Kit blieb zurück, saß geduckt vor dem Eingang zum Lager und schüchterte die Soldaten ein. Don und Shona brachen sofort auf; Don schwerfällig flatternd, sein Bündel Drachen in den Krallen der Vorderpranken. Shona balancierte ihren Packen vor sich auf dem Sattel. Blade molk erst die Freundlichen Kühe, fütterte die Hunde und machte sich ungefähr eine Stunde vor Sonnenuntergang auf den Weg, das dritte sperrige Bündel in den Armen.

Er gelangte zu dem seiner Meinung nach richtigen Platz in den Bergen. Finn war der Tourmagier dieser Pilgergruppe, und Blade hatte ihn angepeilt. Er war ziemlich aufgeregt bei der Vorstellung, vielleicht endlich ein paar von den Touristen zu Gesicht zu bekommen, denen der ganze Aufwand galt. Er legte sein Bündel ab, setzte sich auf einen Stein und wartete. Als es allmählich dunkel wurde, begann er sich zu fragen, ob er sich nicht doch vertan hatte. Es war fast Nacht, als er Steine kollern hörte und jemand über ihm den Hang hinunterkam.

Blade stand auf. »Hier drüben!«

»Ach, da bist du. Ich habe die ganze Gegend abgesucht«, antwortete Finn. »Tut mir leid wegen der Verspätung. Die vermaledeiten Touristen bestanden darauf weiterzumarschieren; sie wollten ein möglichst großes Stück Weg hinter sich bringen. Wir lagern auf der Kuppe da drüben, ein paar Meilen von hier. Hast du die Nachtmahre?«

»Ja.« Blade erzählte Finn die Geschichte, die er mit Don und Shona verabredet hatte. Derk war nach Norden zu einem kranken Drachen gerufen worden und hatte Blade die Nachtmahre und den Auftrag gegeben, Finn zu bitten, sie zu animieren.

»Ich denke, das kann ich tun«, meinte Finn lustlos. »Harte Arbeit nach einem Tag zu Fuß, aber ich nehme mal an, die Dinger brauchen nur ein bißchen herumzuflattern und Leute zu erschrecken. Schau'n wir mal.«

Blade tastete sich mit ihm zu dem Bündel hin. Mittlerweile war es so finster, daß man die Hand nicht mehr vor Augen sehen konnte. Finn beschwor eine kleine Kugel aus klarem blauem Hexenlicht, von Blade neidvoll beobachtet. Er wünschte, jemand hätte ihn dieses Kunststück gelehrt. Sehnsüchtig schaute er zu, wie Finn die Kugel aufsteigen und als Beleuchtung über dem Stapel schweben ließ, bevor er einen der ledrigen Drachen aufhob und murmelnd hin und her drehte. Nach einer Weile hörte er auf zu murmeln und hielt den Drachen dicht unter das schwebende Licht. »Die sind mit einem verdammt merkwürdigen Zauber versehen«, meinte er. »Egal, was ich tue, das

Ding gehorcht mir nicht. Hat dein Vater dir nicht ein Schlüsselwort gegeben, um den Zauber zu aktivieren?«

»Nein.«

»Oder hat dir wenigstens gesagt, um was für eine *Art* Zauber es sich handelt?«

»Nein.« Hätte er sich doch bloß ein Hintertürchen offengelassen, um jetzt sagen zu können, Barnabas hätte ihnen die Drachen geliefert.

»Nun, ich kann nichts tun.« Finn kämmte sich mit den Fingern durch den langen grauen Bart. »Was machen wir jetzt?«

»Den Programmpunkt streichen«, meinte Blade. »Ich nehme sie wieder mit. Die Pilger wissen doch nicht, daß sie heute Nacht aus der Luft attackiert werden sollen, oder?«

»Ich kann mir nicht leisten, etwas ausfallen zu lassen«, widersprach Finn. Sein blau angeleuchtetes Gesicht verriet Angst. »Ich weiß nicht, was die Pilger wissen, aber eine Frau habe ich dabei beobachtet, wie sie sich Notizen machte. Garantiert erstattet sie nach dem Ende der Tour Mr. Chesney Bericht. Ich gerate in Teufels Küche, wenn ich mir irgendwelche Unregelmäßigkeiten zuschulden kommen lasse.«

»Ach so. In Ordnung. Gib mir noch eine Stunde und warte hier.«

»Und was soll ich sagen, was ich die ganze Zeit hier gemacht habe?«

»Meditiert«, sagte Blade und wünschte sich weg von der langen und fruchtlosen Debatte, die er auf sich zukommen sah. Er versetzte sich zurück nach Derkholm, wieder über mehrere Zwischenstationen irgendwo in der Finsternis, bis er, gerade als der Mond aufging, zu Hause anlangte, ganz nach Plan in der Nähe der Koppeln. Prompt begann Klein Hühnchen zu spektakeln. »Sei still«, sagte Blade zu ihr. »Bitte.« Er tastete sich an den Zäunen entlang zu Derks Werkstatt, und weil der Mond hell durch die Fenster schien, fand er ziemlich schnell einen der großen Weidenkörbe mit Deckel, in denen Derk Ferkel über Land zu transportieren pflegte. Ein Hexenlicht käme ihm jetzt zupaß, dachte er, als er den Korb den Pfad längs der Zwinger und Pferche entlangschleppte. Klein Hühnchen fing wieder an zu gackern, und natürlich wachten die Gänse auf und begannen einen Sängerwettstreit. »Seid still«, sagte Blade zu ihnen. »Ich habe euch etwas zu sagen, also hört zu.«

Die Gänse verstanden Blade ausgezeichnet. Sie verschmähten es nur, sich selbst der menschlichen Sprache zu bedienen. Der Lärm erstarb, bis auf ein sarkastisches Rätschen im Hintergrund als rhetorische Frage an die Allgemeinheit, ob je ein Mensch etwas gesagt hätte, das des Anhörens wert gewesen wäre.

»Ja, zum Beispiel das hier«, sagte Blade. »Ihr nutzt doch jede Gelegenheit, Menschen zu piesacken, stimmt's? Hättet ihr nicht Lust, heute nacht über einige Leute herzufallen, sie in Angst und Schrecken zu versetzen und nach Herzenslust zu jagen?«

Leises, nachdenkliches Schnattern von den Gänsen. Die Vorstellung war verlockend, aber normalerweise waren derlei Vergnügungen streng verboten. Jetzt sollte es auf einmal erlaubt sein? Man wollte sie foppen! Das Geschnatter wurde aggressiver: Die Sache hatte einen Haken.

»Ja, stimmt, die Sache hat einen Haken«, erklärte Blade. »Die Leute haben Schwerter, und damit werden sie sich zur Wehr setzen. Ihr müßt sehr schnell sein und klug, um ihnen eins zu verpassen, bevor sie euch erwischen können. Kommt schon, wer von euch hält sich für schlau genug, um es mit Menschen aufzunehmen? Ich brauche sechs Freiwillige.« Er öffnete das Gatter, legte den Korb seitlich auf den Boden und klappte einladend den Deckel auf. »Wer dabei sein möchte, nur hereinspaziert.«

Die Gänse beratschlagten untereinander mit halblauten, sarkastischen nasalen Jodlern. Blade sah schemenhaft, wie sie die weißen Köpfe zusammensteckten. Dann trat eine Gans vor.

»*Blade!*« sagte hinter ihm Callette in diesem Augenblick höchster Spannung. Im Schutz der Dunkelheit hatte sie sich unbemerkt genähert. Die Gans blieb stehen. »Was tust du hier? Ich dachte, ich hätte Einbrecher gehört.«

Blade war so heftig zusammengezuckt, daß ihm für einen Moment schwarz vor Augen wurde; er hatte vergessen, wie katzenleise Callette sein konnte. »Jetzt hast du alles verdorben!« beschwerte er sich. »Ich brauche die Gänse als lederhäutige Nachtmahre, und jetzt kriege ich sie nie mehr dazu, in den Korb zu steigen!«

Callette dachte nach. »O doch«, meinte sie dann. »Du hättest gleich kommen und mich fragen sollen, statt im Dunkeln hier herumzuschleichen. Du mußt sie herausfordern. Ich kriege sie immer dazu, etwas zu tun, indem ich es als Mutprobe hinstelle. Paß auf!« Sie reckte das Adlerhaupt über Blades Schulter. »Heile, heile Gänschen, habt ihr Angst? Gänschen klein fürchten sich vor dem großen Korb? Traumined, Traumined ...«

Augenblicklich wogte die ganze Schar heran, die Gänse kämpften um einen Platz in dem Korb. Wirklich eine ausgezeichnete Taktik, dachte Blade, als er hinter mindestens acht Gänsen den Deckel zuklappte; Callette schmitzte mit dem Schwanz gegen die Tür des Pferchs, so daß sie zufiel und der Rest der Schar drinnen bleiben mußte. »Na, was habe ich gesagt?« fragte sie mit erhobener Stimme, um das Protestgeschrei zu übertönen. »Soll ich dir tragen helfen?«

»Geht schon«, antwortete Blade und hoffte, daß er sich nicht überschätzt hatte. »Danke. Das war brillant.«

»Gern geschehen. Paps geht es übrigens viel besser. Er hat Lydda mit den Fingerzeigen losgeschickt.«

»Du machst Witze!« Blade setzte sich breitbeinig auf den ruhelos knarrenden Korb. »Nein, das ist kein Witz«, hörte er Callette noch sagen, als er verschwand.

Er brauchte zehn Sprünge, um zu Finn zurückzukehren. Teils war er abgelenkt, weil er sich fragte, ob Lydda zwanzig Jahre brauchen würde, um den Kontinent zu umrunden, oder nur zehn, teils war er einfach müde. Die Gänse waren hörbar erbost über die unkomfortable Reise, und Finn hatte auch nicht mehr die beste Laune.

»Was hast du getrieben?« fragte er.

»Ein paar Nachtmahre besorgt«, schnaufte Blade. Er stieg ab und beugte sich über den Korb. »Ich wette«, sagte er, »ihr traut euch nicht, jeden Menschen oben auf diesem Berg zu jagen. Und ich wette, ihr traut euch nicht, anschließend zurückzukommen und wieder in diesen Korb zu steigen. Zurückkommen ist nämlich sehr gefährlich, weil ich zornig sein werde, falls ihr jemanden verletzt habt.« Er nahm vorsichtshalber hinter dem Korb Aufstellung und legte die Hand auf den Deckel. »Stell dich neben mich«, fordert er Finn auf, »und gib ihnen fledermausähnliche Gestalt, sobald sie herauskommen.«

»Das kann ich von hier aus tun«, antwortete Finn mürrisch.

»Lieber nicht. Komm zu mir, hinter den Korb.«

Zu spät. Ein Gänsekopf und langer Hals hatten sich bereits durch den Spalt zwischen Deckel und Korbrand gezwängt. Der Deckel flog auf, und die Gänse stoben heraus, Mordlust im Herzen. Finn hatte keine Gelegenheit, ihnen irgendeine Gestalt überzuwerfen, fledermausähnlich oder sonstwie. Er floh. Er rannte mit wehendem Bart und hochgerafftem Gewand den Hang hinauf, das blaue Hexenlicht über seinem Kopf zeichnete hüpfend und schlingernd seine Spur in die Dunkelheit. Die Gänse hefteten sich an seine Fersen wie kreischende weiße Dämonen, halb laufend, halb fliegend, alle mit zielstrebig und bösartig vorgerecktem Hals. Finn schrie ein- oder zweimal. Nachdem er und die Gänse nicht mehr zu sehen waren, brach weiter oben zwischen den Felsen ein mächtiges Geschrei und Getöse aus.

»Auch gut.« Blade setzte sich auf den Korb und fand sich damit ab, daß er heute nacht keine Pilger zu sehen bekommen würde; nicht heute nacht und wahrscheinlich überhaupt niemals.

Nach einer Weile trat Stille ein. Blade rührte sich nicht, er war müde. Zu seiner Überraschung kamen bald darauf die Gänse zurückmarschiert, siegesfroh und zufrieden schnatternd. Wären sie Menschen gewesen, hätten sie sich die Hände gerieben; das konnte Blade ihnen sogar bei Mondlicht ansehen.

»Spaß gehabt?« fragte er.

Die Laute, die sie ausstießen, hörten sich an wie Lachen.

»Na prima. Jetzt bin ich sehr zornig und werde euch zu einem Ort bringen, wo es von Mördern wimmelt. Ich wette, ihr traut euch nicht, in den Korb zu steigen und es darauf ankommen zu lassen.« Er hielt einladend den Deckel auf.

Unter geringschätzigem Genäsel kletterten sie hinein.

»Sagt nicht, ich hätte euch nicht gewarnt.« Blade nahm rittlings auf dem Korb Platz und wünschte sich selbst und die Gänse zurück ins Lager.

Shona und Don waren bereits wieder da, und Shona wollte anfangen, sich Sorgen zu machen. Sie war als erste und sehr bald ins Lager zurückgekehrt, weil der Hexenmeister ihrer Pilgergruppe sich einfach die Drachen geschnappt hatte und ärgerlich von dannen gestelzt war. Dons Hexenmeister war es nicht gelungen, die Drachen zu animieren. »Er konnte es nicht einmal so gut wie Kit«, berichtete Don. »Und er war wütend. Er verlangte, daß ich im Dunkeln über den Köpfen der Pilger herumfliegen sollte, und das war kein Spaß. Sie schossen mit Pfeilen nach mir. Die Idee mit den Gänsen hätten wir viel früher haben müssen.«

»Morgen gehe ich und hole die anderen auch noch«, versprach Blade. »Aber, o Götter! Ich wünschte, ihr hättet gesehen, wie Finn den Berg hinaufgewetzt ist!«

Sie legten sich kichernd schlafen. Die Soldaten – fiel Blade auf, als er später zurückdachte – verhielten sich ungewöhnlich ruhig. Der Grund wurde offenbar, als er in der taufeuchten kalten Stunde vor Anbruch der Morgendämmerung erwachte und sich in einem Alptraum wiederfand. Folgendes war offenbar geschehen: Einige der Soldaten waren dahintergekommen, daß die Magie, die die Wände der Kuppel im Boden verankerte, nur fingernageltief in die Erde reichte und dort besonders schwach war, wo Kit den Eingang notdürftig versiegelt hatte. Sie mußten den ganzen letzten Tag Fluchtpläne geschmiedet haben. Als sie sicher sein konnten, daß das Kommen und Gehen mit den

Drachen für diese Nacht vorüber war und alle fest schliefen, fingen sie an, die Wand gegenüber dem Eingang hochzuwandern. Bestimmt hatte es Stunden gedauert, doch dem Einsatz von sechshundert kräftigen Männern, die beharrlich ein und dieselbe Stelle attackierten, war die Magie nicht gewachsen. Als Blade aufwachte, sah die Kuppel aus wie ein nebulöses Ei, mit einem schwarzen Ameisengewimmel an dem Ende, wo die Ausbuchtung war. Am anderen Ende klaffte ein Spalt zwischen Kuppel und Erdboden, dunkle Gestalten duckten sich hindurch und stürmten nach draußen.

Die Gänse schlugen Alarm. Jemand stolperte über ihren Korb dicht neben Blades Schlafsack, und die Gänse quollen heraus, zischend und kampfbereit. Von dem Lärm erschreckt, flog Niedlich schrill wiehernd auf, gefolgt von Schönste. Davon erwachten die Hunde, die bellend und kläffend durcheinanderquirlten wie die leibhaftige Wilde Jagd, da rein mischte sich das verstörte Brüllen der Freundlichen Kühe.

Blade sprang auf. Seine Angreifer waren von den Gänsen vertrieben worden, doch während er sich aus dem Schlafsack kämpfte, entdeckte er, daß sich um Shona ein grölender Haufen versammelt hatte, und eine andere Gruppe benutzte Don als Köder, um Kit einzufangen. Auf jedem von Dons Flügeln standen zwei Soldaten. Don schrie und hackte mit dem Schnabel nach allen Seiten und teilte blindlings Prankenhiebe aus, und Kit unternahm brausende Sturzflüge aus dem sich langsam grau färbenden Himmel, um ihm zu helfen. Jedesmal, wenn Kit in Reichweite kam, schlugen die Soldaten rings um Don mit den Schwertern nach ihm. Kit röhrte vor unbändiger Wut. Blade konnte kaum glauben, daß es Kits Stimme war, er hatte nicht geahnt, daß solche Töne in ihm steckten. Er zögerte, weil er sich nicht entscheiden konnte, wem er helfen sollte, aber dann hörte er Shona aufschreien, beschloß, auf Kits Größe und Kraft zu vertrauen, und eilte seiner Schwester zur Hilfe.

Der Kreis um sie war so dicht geschlossen, daß er sie weder sehen noch erreichen konnte. Er griff zu dem einzigen Mittel, das ihm einfiel, und hetzte die fleischfressenden Schafe in das Gedränge. Es wurde langsam hell, aber die Schafe waren ohnehin leicht zu finden – ein verschwommener, fließender weißer Fleck im Dunkeln – und nicht zu überhören: Sie forderten blökend, bei dem Spaß mitmachen zu dürfen. Blade befreite sie von den magischen Leinen und hetzte sie grimmig auf Shonas johlende Peiniger, während er sich mit dem langen Stecken bewaffnete, an dem die Leinen festgebunden gewesen waren. Er drosch wahllos auf Köpfe und Arme und Rücken los, aber die Mauer um Shona wankte nicht, und währenddessen entkamen immer mehr Soldaten aus der Kuppel. Don hatte Schmerzen zu erdulden, nach seinen Schreien zu urteilen, und Kits Wutgebrüll nahm kein Ende.

Blade fühlte sich ohnmächtig und Verzweiflung wollte ihn übermannen, doch er schwang tapfer weiter den Stecken.

Dann ertönte plötzlich ein Brüllen so viel lauter und urgewaltiger als das von Kit, daß es von überallher gleichzeitig zu kommen schien, aus den Tiefen der Erde und vom Himmel herab. Etwas gigantisch Großes und Dunkles strich in einem Schwall heißer Luft über Blade hinweg und traf die an einer Seite hochgekippte magische Kuppel. WUMM! Die Kuppel fiel mit solcher Wucht zurück, daß der Boden unter Blades Füßen erbebte und schreiende Soldaten zuhauf von der Wand stürzten. Die gigantische fliegende

Gestalt kehrte im Bogen zurück und stieß auf Kit und Don nieder. Aus dem Brüllen formten sich Worte.

»ZURÜCK IN DIESE KUPPEL, MÖRDERPACK!« Flammen züngelten, als wäre jedes einzelne der Worte aus Feuer.

Die Soldaten bei Don hoben die Köpfe, sahen den riesigen Drachen auf sich zukommen und ergriffen die Flucht.

»Draco!« stöhnte Blade. »Gott sei Dank!«

Draco bremste seinen Sturzflug mit rückwärtsschaufelnden Schwingen und vollführte eine schlangenhaft geschmeidige Kehrtwendung. Heiße Dämpfe, Gras und Erdklumpen flogen in alle Richtungen. Kit wurde aus der Luft gerissen und landete mit einem Grunzen dicht neben Don auf dem Rücken.

»Du! Kleiner schwarzer Katzenvogel!« blaffte Draco ihn an. »Hoch mit dir und den Eingang zu dieser Kuppel bewachen!«

Kit rappelte sich widerspruchslos auf und gehorchte. Don zog die Flügel an den Leib, kauerte sich nieder wie eine Katze und wimmerte leise. Draco ließ sich aus der Luft sinken und landete leicht wie ein Zaunkönig neben dem Gewühl aus Menschen und Schafen rings um Shona. Die Schafe flohen sofort in blökender Panik. Die Männer hatten noch nichts von der Gefahr bemerkt. Draco reckte sein gewaltiges Haupt. »Ich sagte, schert euch zurück in die Kuppel, Mörderpack!« grollte er.

Sie blickten auf. Mittlerweile war es hell genug, daß Blade das Mienenspiel auf ihren Gesichtern beobachten konnte – Angst, Zorn, Tollkühnheit, Entsetzen, doch hauptsächlich Ärger über die Störung.

»Wieder nur eine von ihren Sinnestäuschungen«, meinte einer.

Draco senkte den Kopf, packte den nächsten

schwarzgekleideten Körper mit den gewaltigen Kiefern und biß knirschend zu. Man sah die Gliedmaßen schlenkern, und der Unglückliche stieß den schrecklichsten Laut aus, den Blade je gehört hatte. Es war nicht einmal ein Schrei, sondern Ausdruck von Qualen, die über jedes faßliche Maß hinausgingen. Draco ließ die Überreste des Mannes auf die Erde fallen. »In die Kuppel oder gefressen werden«, donnerte er. »Ihr habt die Wahl.«

Das Menschenknäuel entwirrte sich mit unglaublicher Schnelligkeit, und die Soldaten rannten auf die Kuppel zu. Kit öffnete den Eingang, um sie hineinzulassen. Eine Gans, die versehentlich drinnen eingeschlossen worden war, stob in einer Wolke aus weißen Federn ins Freie, kurz bevor Kit die Öffnung wieder versiegelte. Danach stand sie erst einmal mit dem Rücken zum Geschehen, um ihr Gefieder und ihre Würde instandzusetzen, zu vergrämt, um auf ihre Schwestern zu achten, die sich in diskreter Entfernung hielten und respektvoll schnatterten.

Blade kniete neben Shona nieder. Das Haar verdeckte ihr Gesicht, ihre Kleider waren zerrissen. An einem Arm klebte Blut, aber das stammte vermutlich von einem ihrer Peiniger, der von einem Schaf gebissen worden war. »Faß mich nicht an«, sagte sie.

Blade hob fragend den Blick zu Draco.

»Laß sie in Ruhe. Geh und hilf dem schwarzen Katzenvogel«, rumpelte er. »Du paßt auf, daß von denen in der Kuppel keiner entwischt, während der Katzenvogel die hineinläßt, die ich bringe.«

Mittlerweile war es so hell geworden, daß man nah und fern die blindlings galoppierenden Kühe sehen konnte und Scharen schwarzgekleideter Gestalten, die in alle Himmelsrichtungen flüchteten, so schnell die Beine sie tragen wollten. Draco wuchtete sich wieder in die Luft, und wieder jagten seine brausenden Flügelschläge einen Wirbelsturm durch das Lager. Er flog dicht über dem Boden in einem großen Kreis, dessen Radius in etwa der Strecke entsprach, die ein Mann in der gegebenen Zeit laufen konnte. Ab und zu sah man Flammen lodern und hörte Gebrüll in der Ferne, und wenig später trieb Draco ein japsendes Rudel Soldaten vor sich her auf die Kuppel zu, wo Kit und Blade sich redlich bemühten, die einen hinein- und die anderen *nicht* hinauszulassen.

»Nein, NEIN!« röhrte Draco unwirsch, als er den dritten Trupp Flüchtlinge brachte. »Ihr müßt eure Kräfte gegeneinander ausbalancieren. Verschränken und dann verschieben, um die Öffnung zu schaffen. Kennt man denn heute kein Armdrücken mehr?«

»Ach so, ich verstehe«, riefen beide im Chor. »So geht das!«

»Ja, so geht das«, grollte Draco und schwebte wieder davon.

Als er endlich die letzte keuchende, erschöpfte Gruppe ins Biwak trieb, beherrschten Kit und Blade die neu gelernte Technik bestens. Sie gratulierten sich gegenseitig und hatten den Schreck in der Morgenstunde schon fast vergessen, bis Draco grollte: »Steht nicht grinsend in der Gegend herum, ihr zwei! Ihr habt Arbeit! Bei Sonnenaufgang müßt ihr unterwegs sein.«

Beide starrten ihn ungläubig an. »Wir sollen heute noch marschieren?« fragte Kit.

»Ich bin erledigt«, beschwerte sich Blade. »Wir hatten kaum Schlaf …«

»Wir müssen diese Mordgesellen beschäftigen«, erklärte Draco, »oder wir haben sie bald nicht mehr im Griff. Sie haben hier nichts mehr zu essen und zu trinken, sie sind rebellisch, und einmal wäre es ihnen schon fast gelungen, euch zu überrumpeln. Verstanden? Und es taugt nichts, wenn ich versuche, eure Pferde und Kühe zusammenzutreiben. Sie würden nur in Panik geraten.«

»Aber Don ist verletzt«, wandte Kit ein, »und Shona . . .«

»Um die beiden kümmere ich mich jetzt.« Draco faltete mit einem gleitenden Rascheln wie von geöltem Leder die Schwingen an den Leib, wandte sich ab und stapfte schwerfällig über das zertrampelte Gras zu Don hinüber. Kit und Blade folgten lustlos seinem sich schlängelnden zackenbewehrten grünen Schweif. Man widersprach einem Drachen nicht.

»Verrenkt sind sie, oder was?« fragte Draco, bei Don angelangt. »Versuch sie zu bewegen, los, los!«

Don zuckte schwächlich mit den Flügeln. »Sie haben darauf *gestanden*!«

»Kein Ruhmesblatt für dich, daß du es zugelassen hast«, brummte Draco. »Was ist mit deinen Instinkten? Die erste Regel für den jungen Drachen lautet: Beim geringsten Anzeichen einer Gefahr sofort auffliegen! Hat dir das keiner beigebracht?«

»Nein, Sir.«

»Kommt davon, wenn man von unwissenden Menschen aufgezogen wird. Merk es dir für die Zukunft. Du auch, kleiner schwarzer Katzenvogel.«

Kits Nackenfedern sträubten sich, er buckelte die Flügel. »Ja, Sir. Übrigens heiße ich Kit.«

Draco stieß ein leises Grollen aus. »Keine Diskussion, merk es dir einfach. Und du kannst frech werden, wenn du so groß bist wie ich, aber nicht vorher.«

Blade musterte Kit ungläubig. Kit würde nie und nimmer so groß werden wie Draco. Oder doch?

»Nein, aber er wird noch einmal halb so groß sein wie jetzt, wenn er ausgewachsen ist. Sein Knochenbau verrät es. Du wirst genauso groß werden, kleiner Gelber. Jetzt beweg deine Flügel. Gebrochen ist nichts, sie haben nur Prellungen und Blutergüsse abbekommen.«

Don öffnete vorsichtig die Flügel. Er krümmte vor Schmerzen den Hals und stieß einen langgezogenen krächzenden Laut aus.

»Fächern! Beweg sie auf und nieder«, kommandierte Draco mitleidlos. Don warf ihm einen jammervollen Blick zu. »Um den Blutkreislauf in Gang zu bringen«, erklärte Draco ungeduldig. »Ich kann dir nicht helfen, wenn du dir nicht selbst hilfst.«

Don rieb die Schnabelhälften mit einem häßlichen Knirschen quer übereinander, während er langsam und schmerzvoll die Flügel auf und ab bewegte. Draco schaute zu, das majestätische Haupt zur Seite geneigt. Dons Bewegungen wurden schneller und kraftvoller, bis er nach einigen Sekunden tatsächlich fächerte. »Der Schmerz ist weg! Was hast du getan?« fragte er staunend.

»Schwer zu erklären«, brummte Draco. »Der Natur etwas nachgeholfen, könnte man wohl sagen. Mach weiter, während ich mich um deine Schwester kümmere.«

Blade schlug die ganze Zeit schon das Gewissen, weil sie Shona einfach da hinten liegengelassen hatten, allein neben dem furchtbar zugerichteten Toten. Doch als sie zu der Stelle kamen, war kein Leichnam zu sehen. Er fragte sich, ob Draco ihn in einem unbeobachteten Moment verschlungen hatte, und ihm wurde übel.

»Faßt mich nicht an!« schrie Shona ihnen entgegen.

»Setz dich hin! Sieh mich an!« donnerte Draco.

Shona fuhr in die Höhe, als wäre der Boden unter ihr glühend geworden, und hob widerstrebend den

Blick zu den teichgroßen Augen des Drachen. Nach kurzer Zeit straffte sich ihr Körper und schien sich gleichzeitig zu entspannen. »Oh, das ist besser!« seufzte sie. »Alles scheint – lange her zu sein, irgendwie.«

»Das beste, was ich tun konnte«, brummte Draco. Es klang fast entschuldigend. »Wenn du nicht daran rührst, wird die Erinnerung ganz verblassen.«

»Ich werde mich hüten!« sagte Shona nachdrücklich. »Blade, kannst du mir meine Reservekleider holen? Ich bin so grün und blau – nein, bin ich nicht! Wie kommt das nun wieder? Ich hole meine Kleider. Ihr anderen zieht los und treibt die Tiere zusammen.«

Blade fühlte sich schwach vor Erleichterung. Der wohlvertraute Kommandoton – Shona war wieder die alte.

Kapitel 13

Es dauerte fast eine Stunde, die Pferde einzufangen, wobei Niedlich, wie zu erwarten, mehr Sperenzchen machte als alle anderen miteinander. Dann wurden die Freundlichen Kühe zusammengetrieben, die eigentlich gemolken werden mußten – nur brachte keiner die Energie auf.

Anschließend ging es auf die Suche nach den Hunden, die offenbar glaubten, sie müßten als Rudel die Wildnis erobern, und schließlich galt es die Gänse einzusammeln, die keinesfalls in ihrem Korb transportiert werden wollten. Sie hatten beschlossen, es wäre gefährlich da drin. Niemand machte sich die Mühe, nach den fleischfressenden Schafen zu suchen.

»Offen gesagt bin ich froh, sie los zu sein«, meinte Shona beim Beladen der Pferde. »Ich fand immer, sie wären einer von Paps' Fehlschlägen.«

»Paps nimmt es sich vielleicht trotzdem zu Herzen.« Don buckelte die Flügel. Er hatte immer noch Schmerzen.

»Er wird drüber wegkommen. So, basta. Wir sind bereit zum Abmarsch.«

Die Blicke aller richteten sich auf Draco. Er schlief, die Schnauze auf die Vordertatzen gebettet, zwei friedliche Rauchfähnchen kräuselten sich aus seinen Nüstern. Er war, dachte Blade, sehr alt, selbst für einen Drachen, und vielleicht waren all diese Anstrengungen für ihn zuviel gewesen. Blade hätte sich auch gern schlafen gelegt, er war hundemüde. Statt dessen stieg er auf Nancy Cobber und ritt so dicht an Draco heran, wie Nancy es duldete. Er hüstelte, laut genug, um gehört zu werden. Draco öffnete ein riesiges grün-goldenes Auge. »Bereit zum Aufbruch?«

»Ja, Sir.«

»Meiner Treu, da hat aber jemand plötzlich seine gute Kinderstube wiederentdeckt!« brummte Draco und erhob sich steif. Nancy Cobber drängte zurück und versuchte, sich aufzubäumen, bis Blade sie hastig ein Stück beiseite ritt. »Schwarzer Katzenvogel?«

»Ja?« Kit dachte nicht daran, Draco noch einmal mit ›Sir‹ anzusprechen, und wenn er dafür gefressen wurde.

»Du öffnest die Kuppel, sobald ich den Mördern Beine gemacht habe!«

Kit gehorchte griesgrämig und setzte sich vor den Ausgang, während Draco sich zur gegenüberliegenden Seite der Kuppel begab, die neben ihm plötzlich klein und zerbrechlich wirkte. Die Soldaten, die ihn durch die transparente Wandung sehen konnten, strömten von ihm weg, dorthin, wo Kit wartete.

»Ich glaube, uns sind ein paar abhanden gekommen«, bemerkte Don zu Shona. »Gestern nacht sah es noch voller aus.«

»Zu dumm«, antwortete Shona.

Draco drückte die Schnauze an den unteren Rand der Kuppel, wo sie den Boden berührte. Er bohrte ein wenig und schob dann Schädel und Vorderleib darunter hindurch und ins Innere, so daß die Kuppel über seinem gezackten Rücken wackelte wie eine Seifenblase. »AUF, MÖRDERPACK! KEINE MÜDIGKEIT VORSCHÜTZEN, MARSCH, MARSCH!« Jeder Befehl war eingehüllt in eine Rauchwolke.

Auge in Auge mit einem Drachen und die Luft in der Kuppel voller Qualm, hatten die Soldaten kaum eine andere Wahl. Hustend und stolpernd drängten sie zum Ausgang, den Kit öffnete, und quollen als ungeordneter Haufen ins Freie. Draco zog seinen Kopf zurück, stapfte geradewegs über die Kuppel hinweg und brüllte: »ANGETRETEN – IN REIH UND GLIED DA DRÜBEN! MARSCH! LINKS – RECHTS, LINKS – RECHTS!« Die letzten Nachzügler hetzten nach draußen. Kit sprang zur Seite, und Draco wies ihn an: »Paß auf, daß sie an deiner Seite ordentlich in Reihe marschieren«, dann dröhnte seine Stimme wie Donnerhall über die Soldaten hin: »WOLLT IHR WOHL MARSCHIEREN, HALUNKEN! LINKS – RECHTS, LINKS – RECHTS!«

Es war geradezu ein Wunder, wie schnell und zackig und weit diese Männer marschieren konnten, dachte Blade, der mit Hunden und Kühen die Nachhut bildete, wenn sie von einem großen Drachen angetrieben wurden. Sie marschierten den ganzen Vormittag, über Felder, durch Moorland, einen unwirtlichen Ausläufer der Karge, dann wieder durch Fenn. Die Gänse, die es gern sahen, wenn Menschen schikaniert wurden, hielten sich neben Draco, abwechselnd fliegend und watschelnd. Don hatte den Auftrag, an der anderen Seite der Kolonne für Ordnung zu sorgen. Blade ritt müde hinter den Kühen. Er war zutiefst erleichtert, als gegen Mittag Draco brüllte: »HALT! HINSETZEN! RAST!«, sich in die Luft schwang und nach hinten geflogen kam, zum Ende des Zuges. Blade bemerkte mit Staunen, daß die Soldaten sich nicht nur hinsetzten, sondern auch sitzenblieben.

»Höchste Zeit, die Kühe zu melken«, rumpelte Draco, nachdem er in rücksichtsvoller Entfernung von den Pferden gelandet war. »Gib die gefüllten Eimer an die Katzenvögel weiter, die können sie an die Soldaten verteilen.«

Aufs Kommandieren versteht er sich! dachte Blade

und rutschte von Nancys Rücken. Shona stieg von Schönste und meinte: »Wir haben bisher keine Mittagspausen gemacht.«

»Ich weiß. Sie murren schon den ganzen Vormittag deswegen«, antwortete Draco. »Die Stimmung unter ihnen ist gefährlich. Habt Ihr Proviant für sie?«

»Nein. Wir haben uns auf die Biwaks verlassen, wo Verpflegung bereitsteht.«

»Dann müssen wir mit dem auskommen, was wir haben«, meinte Draco. Er lagerte sich als langgestreckter grüner Hügel in der Mitte zwischen den Kühen und den Söldnern und es hatte den Anschein, als würde er behaglich dösen, während Blade und Shona eifrig molken und weiß schwappende Eimer an Kit und Don weitergaben.

»Sie wollen keine Milch, sie wollen Bier«, berichtete Don.

»Bier kriegen sie heute abend im Lager«, brummte Draco.

Es gab keine weiteren Proteste, doch als Kit wieder einmal neben Blade landete, klappernd den leeren Eimer hinstellte und die Pranke nach dem vollen ausstreckte, sagte er: »Ich verstehe das nicht. Wir hatten nur die vier Eimer, richtig? Und alle vier sind bei den Soldaten im Umlauf und voller Käse. Sie putzen ihn weg wie nichts.« Blade schaute fragend zu den Soldaten hin und bemerkte dabei, wie eins von Dracos großen Augen belustigt zwinkerte. Kit folgte gerade rechtzeitig seinem Blick, um es ebenfalls zu sehen. »Ach so«, meinte er zu Blade, »da hat wieder einmal jemand der Natur nachgeholfen, verstehe.«

Endlich war die letzte Kuh gemolken und noch genug Milch übrig für Shona und Blade, nur daß die Milch am Boden von Blades Eimer die Form eines kleinen Käses hatte.

»Das ist dir lieber als Milch, oder?« fragte Draco, als Blade ihn anschaute. »Ich werde mir jetzt eine dieser Kühe genehmigen.«

»Aber ...«

»Wenn ich sie vor den Augen der Mörder verspeise, werden sie sich hüten zu protestieren, wenn man ihnen sagt, was sie als nächstes tun sollen.«

Draco tat wie angekündigt, mit gräßlichem Knirschen, Muhen und viel Blut. Um die Wirkung zu verstärken, riß er zwei große Brocken Fleisch ab, die er Don und Kit hinwarf. Beide Greife waren mittlerweile so ausgehungert, daß sie sich gierig über die Brocken hermachten. Die Soldaten wurden sehr still. Doch als Blade die Kühe zählte, fehlte keine einzige, und ihm kam der Verdacht, daß Kit und Don doch nur Käse gegessen hatten.

»Nicht, daß ich vorhätte, der Sache auf den Grund zu gehen«, sagte Shona, »aber ich wußte nicht, daß Drachen diese Fähigkeit besitzen.«

»Mams sagte, einige von denen aus der alten Zeit wären gut beschlagen gewesen im Gebrauch der Magie«, antwortete Blade.

»Und Draco *ist* alt.« Sie seufzte. »Wenn ich mein Studium an der Bardenakademie begonnen hätte wie geplant, würde ich mich vielleicht schon in der Geschichte der Drachen auskennen. Vielleicht wüßte ich über Draco Bescheid. Er könnte zu seiner Zeit eine Legende gewesen sein.«

Legende oder nicht, dank Draco kamen sie auch am Nachmittag gut voran und erreichten das Biwak lange vor Einbruch der Dunkelheit, am nächsten Tag ebenfalls. Am Tag darauf ging der Marsch über rauheres Gelände, bewaldet und durchschnitten von kleinen Flußläufen, und sie gelangten erst ziemlich spät zum Lager. Die Soldaten jubelten. Im Innern der transparenten Kuppel erspähten sie die Fässer, mit denen sie nach den Erfahrungen der letzten beiden Abende rechneten.

»Den Göttern sei Dank!« Shona rutschte aus dem Sattel. »Wir können ausruhen, während Blade die Nachtmahre losläßt.« Blade hatte die Gänse bei allen drei Touren eingesetzt, weil es am einfachsten war.

»Von Ausruhen kann nicht die Rede sein.« Kit ächzte vor Müdigkeit. »Heute nacht haben wir die ersten Wilden Jagden.«

»Heute? Wirklich?« fragte Don. »Sind wir schon so lange unterwegs?«

»Fürchte ja.«

Blade schaute auf sein gefiedertes Kampfgeschwader. Die Gänse hoben die Köpfe von ihrem Stöbern im Gras und forderten ihn heraus, er solle versuchen, sie wieder in den Korb zu setzen. »Ich kann nicht«, sagte er. »Ich bin zu müde.«

»Unsinn!« röhrte Draco.

Shona seufzte. »Essen wir erst einmal.«

Das taten sie. Blade schlief über dem halbvollen Teller ein, trotz des trunkenen Lärmens der Soldaten um die Bierfässer, und als er bei Sonnenuntergang erwachte, fühlte er sich erheblich frischer. Die Gänse saßen zu seiner Überraschung bereits im Korb und warteten auf ihn. Sie wollten nicht ihre Chance versäumen, Menschen zu peinigen.

»Na gut«, sagte Blade zu ihnen. »Ich wette, ihr traut euch nicht, es noch einmal mit drei Gruppen aufzunehmen.«

Sie näselten geringschätzig. Kinderspiel.

Als Blade sich auf den Weg machte, erhob Kit sich schwerfällig von seinem Platz, um mit dem Blendwerk für die Wilde Jagd anzufangen. Als er zurückkam, auf seinem Korb mit hochzufriedenden Nachtmahren reitend – sie hatten drei Hexenmeister drei verschiedene Berge hinaufgejagt, schneller denn je, und Blade hatte auch diesmal keinen einzigen Pilger zu Gesicht bekommen –, rang Kit immer noch mit den Tücken der Blendwerke. Er hatte sich selbst rote Augen gegeben. Er hatte die Freundlichen Kühe in große gehörnte schwarze Ungetüme verwandelt, aber keine Magie der Welt konnte einen Abglanz des Höllenfeuers in ihre Augen zaubern, wie Kit es sich vorstellte. Und jedesmal, wenn er mit den Hunden gerade fertig war, schüttelten diese sich unwillig und versprühten ihr schwarzes Fell und die glühenden Augen in einem Regen opalisierender Tropfen. Bei den Pferden bewirkte seine Magie überhaupt nichts. Allmählich machte sich bei Kit eine gewisse Verzweiflung bemerkbar.

»Du siehst müde aus, Blade. Du brauchst nicht mitkommen«, meinte Shona fürsorglich.

»Aber ich will!« Er brannte darauf, den Dunklen Fürsten zu spielen.

»O verflucht!« heulte Kit, als die Hunde sich wieder einmal schüttelten.

Draco lag an der Wand der Biwakkuppel, wie er es sich angewöhnt hatte, damit die Soldaten nicht auf dumme Gedanken kamen. Er beobachtete Kits Bemühungen mit dem gleichen Sarkasmus, wie die Gänse ihn zur Schau trugen. »Wenn ich einen Vorschlag machen darf?« rumpelte er.

»Der wäre?« schnappte Kit.

»Diese sogenannten Pilger werden im Dunkeln kaum etwas erkennen können«, setzte Draco ihm auseinander. »Du bist schwarz. Du hast vor, den gelben Katzenvogel schwarz erscheinen zu lassen, und du hast ein geflügeltes Roß, welches schwarz ist. Das zweite fliegende Pferd ist klein, doch die Zeichnung auf seinen Flügeln erinnern an die Rippen eines Skeletts. Nun mußt du nur noch den Reiter des schwarzen Rosses schwarz färben ...«

»Das bin ich«, warf Shona ein.

»... dann fliegst du ihnen voran durch die Luft und nimmst die Hunde mit, weil sie den Lärm machen sollen. Du kannst mir glauben, das genügt. Die Kühe sind viel zu langsam und könnten nicht Schritt halten.«

»Klingt vernünftig«, mußte Kit zugeben.

»Aber was ist mit mir?« fragte Blade.

»Dich brauche ich hier«, sagte Draco.

Irgendwie gab es dagegen keinen Widerspruch. Blade mußte zusehen, bitter enttäuscht und wütend, weil Shona die Rolle des Dunklen Fürsten usurpiert hatte, wie zwei schwarze Greife mit flammenden Augen – Kit bestand auf einer persönlichen Note – und ein gehörnter Reiter auf einem geflügelten Roß langsam nach Norden flogen, begleitet von einer Meute aufgeregter Hunde und einem übermütig kapriolenden Füllen. Sobald Kit etwa eine Meile entfernt war, verwandelten sich die gehörnten schwarzen Ungetüme wieder in Freundliche Kühe.

»Weshalb mußte ich denn nun hierbleiben?« fragte Blade verbiestert.

»Einer von euch muß ausgeruht sein und im Vollbesitz seiner Kräfte, falls es Schwierigkeiten gibt«, antwortete Draco. »Du bist am nützlichsten, weil du weitwünschen kannst.«

Dagegen ließ sich nichts einwenden, trotzdem fühlte Blade sich wie Aschenputtel oder, schlimmer noch, wie Lydda. »Was hast du mit dem Soldaten gemacht, der als Exempel herhalten mußte?« erkundigte er sich tückisch. »Ihn aufgefressen?«

»Welcher Soldat ...? Ach ja, ich erinnere mich. Nein,

das war eine Illusion. Der Geschmack von Menschenfleisch sagt mir nicht sonderlich zu.«

Draco hatte auf alles eine Antwort parat. Blade ergab sich in sein Schicksal und setzte sich ans Lagerfeuer, um zu schmollen. Doch bald hatte ihn das Spiel der Flammen in den Bann gezogen, und dann fielen ihm die Augen zu. Er hatte vielleicht drei Stunden geschlafen, als die Rückkehr der Jagdgesellschaft ihn weckte – die Hunde müde, aber euphorisch, Schönste und Niedlich mit Schaum unter den Flügeln und die übrigen allerbester Laune.

»He, das hat Spaß gemacht!« Don ließ sich neben dem Feuer niederplumpsen. »Die sind vielleicht gelaufen!«

Shona lachte. »Fantastisch! Ich möchte ein Lied darüber schreiben!«

»Ich auch«, sagte Kit, der in den Schatten hinter Schönste genußvoll mantelte. »Ein Kampflied.«

Wie zu erwarten, blieb es an Blade hängen, Schönste trockenzureiben und Niedlich eine Decke überzuwerfen. Mürrisch verteilte er Leckerbissen an die japsenden Hunde, stellte Wasser hin und fühlte sich mehr denn je wie Aschenputtel.

»Du kannst morgen dabei sein«, versprach Shona großmütig.

»Zu gütig!«

Doch als er am nächsten Morgen sah, wie erledigt alle waren, mußte er zugeben – widerwillig –, daß Draco recht gehabt haben könnte. Die Hunde jaulten und hinkten. Niedlich ließ den Kopf hängen und mochte nicht fressen. »Zuviel getobt gestern nacht«, sagte er zu Blade. Shona war sattelwund, und selbst Don klagte über Muskelkater. Blade hätte größeres Mitleid gehabt, wenn alle nicht trotzdem so unverschämt vergnügt gewesen wären. Kit mochte jedesmal stöhnen, wenn er seine Flügel bewegte, aber seine Augen glänzten, und sein Kamm war keck gesträubt, als er zur Kuppel spazierte, um die Soldaten hinauszulassen, weil Draco zum Aufbruch drängte. »AUF, GESINDEL! MARSCH, MARSCH!«

Draco mußte den Getränken in den Fässern etwas beigemischt haben, um die Männer ruhig zu halten, denn sie schleppten sich mit allen Anzeichen eines gehörigen Katers ins Freie, kraftlos und bleich.

Shona lachte herzlich. »Wie schön, so viele Leute zu sehen, denen es schlechter geht als mir!«

Blade sah keinen Anlaß zur Heiterkeit. Er spürte die Wellen des Hasses, die von den Söldnern ausgingen, Haß auf alles und jeden – das Marschieren, Draco und Kit, die Schinder und Sklaventreiber, diese ganze Welt und die Leute, die sie in diese Welt geschickt hatten. Sie waren in der Stimmung, jemanden zu töten. Das Bewußtsein der Gefahr machte Blade unruhig. Auf alles gefaßt, ritt er hinter der Kolonne her.

So kam es, daß er der Ausgeruhte und Wachsame war, der sofort reagierte, als irgendwann am Vormittag aus der Richtung einer Baumgruppe links von ihrer Marschroute ein lautes, rhythmisches Trommeln ertönte. Sofort stieß er Nancy Cobber die Fersen in die Weichen, um nachzuforschen, was es damit auf sich hatte. Don setzte sich nur in Bewegung, weil Draco ihn anfuhr: »Hopp, sieh nach, was los ist!« Als er – unter Schmerzen – Nancy Cobber eingeholt hatte, war Blade schon auf halbem Weg zu der Baumgruppe, von wo sich jetzt außer dem Trommeln auch noch Geschrei vernehmen ließ.

»Ein Kampf?« fragte Don schnaufend.

Blade machte den Mund auf, um zu antworten, als ein kleines Pferd, das einen großen Korb auf dem Rücken festgeschnallt trug, in panischer Angst unter den Bäumen hervorgeprescht kam und blindlings auf die Reihe der marschierenden Soldaten zugaloppierte. Es entdecke Draco. Es wieherte schrill, versuchte, sich in vollem Lauf herumzuwerfen, stolperte, und der Korb auf seinem Rücken rutschte zur Seite. In der nächsten Sekunde wälzte es sich strampelnd auf der Erde, um sich von Packsattel und Traglast zu befreien. Blade und Don fielen in Galopp, doch bevor sie nahe genug waren, um zu helfen, hatte das Pony sich seiner Bürde entledigt und jagte in südlicher Richtung davon. Blade und Don starrten auf den Inhalt des Korbs, der im Gras verstreut lag: goldene Becher, Schatullen, Teller, Armreifen, Diademe und Halsbänder, jedes einzelne Stück meisterlich gearbeitet und viele mit Edelsteinen besetzt.

»Räuber«, konstatierte Blade. »Komm weiter.« Er trieb Nancy Cobber an und hielt auf die Bäume zu.

In dem Wäldchen standen weitere fünf beladene Ponies, davor, in einem Halbkreis und mit dem Rücken zu ihnen, sechs kleine Männer, die ihren Angreifern höchstens bis zum Gürtel reichten. Diese Angreifer trugen die glänzende schwarze Rüstung, die Blade nur zu gut kannte. Unvermutet waren sie auf einige der Soldaten gestoßen, die sich vor drei Tagen aus dem Staub gemacht hatten.

»Oha!« sagte Don und schwang sich, Dracos Rat eingedenk, sofort in die Luft.

Nancy Cobber war nicht so ohne weiteres zum Stehen zu bringen, und Blade wurde, nicht ganz freiwillig, in das Gefecht hineingetragen. Die Zwerge führten imposante Äxte, mit denen sie wacker dreinhauten und parierten – bis auf einen, der mit seiner Axt gegen einen großen goldenen Teller schlug, um Hilfe herbeizurufen -, aber ihre Niederlage zeichnete sich ab. Die Soldaten, mit denen sie es zu tun hatten, waren doppelt so groß wie sie. Blade hatte nicht einmal ein Schwert. Als Nancy Cobber mitten in den Kampf hineindonnerte, fiel ihm nichts anderes ein als zu brüllen. Also brüllte er aus Leibeskräften und hoffte, daß es sich anhörte, wie das Gebrüll eines Drachen.

Die Taktik hatte nicht ganz die erhoffte Wirkung. Zwar wandten sich einige der Angreifer ihm zu, wodurch die Zwerge Luft bekamen und ihre Äxte gegen Beine schwangen. Ein Soldaten stürzte, aber zwei andere gingen mit den Schwertern auf Blade los. Er sah sich vor seinem inneren Auge bereits tot am Boden liegen, als Don von oben durch das Laubdach stieß. So unmittelbar und plötzlich auftauchend, wirkte er riesig und im Gegenlicht schwarz, zudem schlug er gewaltig mit den Flügeln, um sich in der Luft zu halten. Blade glaubte im ersten Moment, er wäre Kit, und die Soldaten unterlagen dem gleichen Irrtum. »Hölle!« sagte einer. »Da ist dieser schwarze Bastard von einem Greif! Packt ihn!«

Aber da hatte Don schon ihn gepackt. Don hatte annähernd die Größe eines Löwen, und seine Kraft – wenn er es für angebracht hielt, sie einzusetzen – war die Kraft eines Löwen. Er ergriff den Sprecher mit den Krallen und schleuderte ihn zu Boden, und als er wieder aufspringen wollte, warf er ihn mit dem zweiten Mann nieder. Damit nahm der Kampf eine andere Wendung. Die Zwerge teilten kräftige Patscher mit der flachen Seite der Axtklinge aus, auch derjenige, der gegen den Teller geschlagen hatte, und nach ein paar Minuten wälzten alle Schwarzgekleideten sich stöhnend auf dem Boden. Blade griff sich die magischen Leinen, die er dieser Tage immer am Sattel hängen hatte, sprang vom Pferd und legte jedem Soldaten eine Schlinge um.

»Puh!« sagte Don, als er neben ihm landete. »Ich dachte eben, du wärst tot. Soll ich sie zu Draco schleifen?«

»Du ersparst dir viel Arbeit, wenn du wartest, bis sie selbst laufen können«, meinte Blade. Keiner der Soldaten war schwer verletzt; der erste, der niedergeschlagen worden war, versuchte schon wieder, sich aufzusetzen.

Inzwischen standen die Zwerge herum und übten sich in dem lauen Gehüstel, das Leute von sich geben, wenn sie vor der peinlichen Pflicht stehen, sich bedanken zu müssen. Blade konnte verstehen, was in ihnen vorging. Es waren kriegerische, kräftig aussehende Gestalten mit stämmigen Beinen und ausladenden Schultern. Haar und Bart tugen sie zu dünnen Zöpfen geflochten, durchsetzt mit klappernden Knochen und roten Wollbüscheln, gewappnet waren sie mit Stahlhauben und Brünnen. Ihre Äxte sahen beeindruckend aus. Blade konnte erkennen, daß sie sich selbst als Leute betrachteten, die imstande sein sollten, ohne Hilfe mit sechs doppelt so großen Angreifern fertig zu werden. Vielleicht wären sie auch mit ihnen fertig geworden, wenn sie nicht die Packtiere hätten schützen müssen.

»Das durchgegangene Pony hat seine Last abgeworfen und ist auf Nimmerwiedersehen davon, fürchte ich«, sagte Blade, um dem befangenen Schweigen ein Ende zu machen.

Der Zwerg, der gegen den Teller gehämmert hatte, seufzte. »Typisch«, sagte er. »Bei dieser Mission ist von Anfang an der Wurm drin gewesen. Man könnte glauben, wir hätten einen der Götter beleidigt. Mit einer Steinlawine in den Bergen fing es an, am nächsten Tag regnete es wie aus Kübeln, gestern hatten wir Pferdefliegen und Stechmücken, und nun das! Wenn dieser Tribut rechtzeitig und vollständig zu Mr. Chesney gelangt, könnt ihr mir den Bart abschneiden und Riese zu mir sagen! Ich scherze nicht.«

Don und Blade wechselten einen erstaunten Blick. »Entschuldigung«, meinte Don. »Weshalb seid Ihr mit Tribut unterwegs zu Mr. Chesney?«

»Genau wie jedes Jahr. Er verlangt es. Er ist unser Souverän«, antwortete ein anderer Zwerg, überrascht und mit einem deutlich hörbaren Mangel an Begeisterung.

»Und wo – äh – wo genau kommt Ihr her?«

»Festung in den Moosbergen, an der Grenze von König Luthers Reich«, gab ein dritter Zwerg Auskunft. »Wieso? Glaubt Ihr, daraus irgendwelche Rückschlüsse ziehen zu können?«

»Nein«, wehrte Blade hastig ab. Er und Don schauten sich stirnrunzelnd an, beide hatten das Gefühl, daß an dieser Sache etwas faul war. »Ich – äh – war bloß neugierig, wie weit Ihr es noch habt.«

»Ach, nur bis zur nächsten Küste«, antwortete der erste Zwerg, mißlaunig, aber scheinbar froh, sich Luft machen zu können. »Diese Stadt, wo sich die Schleuse für die Pilgertouren befindet, Gna'ash heißt sie in diesem Jahr wohl, oder? Wir müssen dort sein, wenn die letzte Tour zurückkehrt, während der Dämon das Portal noch offenhält. Dann nehmen die von der Organisation den Tribut mit auf die andere Seite, und wir traben wieder nach Hause. Eben einer von diesen kleinen Zeitvertreiben, die Farbe ins Leben bringen. Falls wir hinkommen, natürlich nur. Diesmal bin ich mir da nicht so sicher.«

»Aber ist Mr. Chesney denn der Eigentümer des Landes, auf dem Eure Festung steht?« fragte Blade, aufrichtig verwirrt.

Die Zwerge schauten sich an, einige zuckten die

Achseln. Der Grantige kratzte sich zwischen den Zöpfen und meinte: »Glaube nicht. Wir sitzen auf König Luthers Land, wenn überhaupt irgendwo.«

»Aber – solltet Ihr dann nicht König Luther Tribut zahlen?«

Allgemeines Gelächter. »Nicht doch«, antwortete der Gesprächige. »Der Tribut geht an Seine Hoheit Mr. Chesney, weil er der Dunkle Fürst dieser Welt ist. Ich dachte, jeder wüßte das.«

Blade nickte, weil ihm die Behauptung glaubwürdig vorkam, aber Don fuhr auf: »Nein, ist er nicht! Mein Vater ist der Dunkle Fürst!«

Wieder lachten die Zwerge. »Ach ja?« meinte einer. »Die Familienähnlichkeit springt einem wirklich ins Auge.«

Don sperrte zornig den Schnabel auf, Blade versetzte ihm einen Tritt gegen ein Vorderbein, damit er ihn hielt. Glücklicherweise erschien in diesem Moment Shona auf Schönste, umgeben von Hunden und das zitternde, schwitzende kleine Pony am Zügel. Prompt fingen die Zwerge wieder an, sich zu räuspern. Der Gesprächige konnte noch herausbringen: »Sehr verbunden ...«, bevor Bertha entdeckte, daß sein Gesicht sich in genau der richtigen Leckhöhe für Hunde befand.

»Komm mit«, sagte Blade zu Don. Die Männer in Schwarz waren mittlerweile alle zu sich gekommen, saßen auf der Erde, hielten sich die Köpfe, rieben sich die Beine und machten finstere Mienen. Blade stieg auf Nancy Cobber, während Don die Gefangenen ins Schlepptau nahm.

»Es war uns ein Vergnügen, euch zu helfen«, hörte Blade noch Shona liebenswürdig sagen, als er anritt. Dann hielt er in flottem Trab auf die zum Halten gekommene Marschkolonne zu.

»Was war da los?« wollte Draco wissen, sobald er in Hörweite kam.

»Sechs Soldaten, die vor ein paar Tagen desertiert sind, wollten einen Trupp Zwerge ausrauben«, berichtete Blade. »Wir haben sie gefangengenommen, Don bringt sie her. Aber stell dir vor, Draco, diese Zwerge führen ein Vermögen an goldenem Gerät mit sich! Sie sagen, es ist für Mr. Chesney und ...«

»Mir war auch so, als hätte ich Gold gewittert.« Das mächtige Haupt des Drachen schwenkte zu der Baumgruppe herum. Der grasbewachsene Streifen davor war nun lebhaft bevölkert: Shona auf Schönste, umtanzt von übermütigen Hunden, Don hinter ihnen hielt die magischen Leinen im Schnabel und zog die widerstrebenden Soldaten mit sich. Doch Dracos Aufmerksamkeit galt den Zwergen, die geschäftig Becher, Teller und Armreifen einsammelten und wieder in dem Korb verstauten. Blade hatte vergessen, daß Drachen unberechenbar waren, wenn es um Gold ging. Ihm wurde unbehaglich. »Haben sie gesagt, warum sie das tun?« fragte Draco.

»Angeblich ist es der Tribut, den sie an Mr. Chesney zahlen, als dem Dunklen Fürsten dieser Welt«, antwortete Blade.

Draco wurde sehr still, auf diese besondere Art, die sprungbereite Muskeln ahnen ließ.

»Aber das kann nicht stimmen, oder doch?« fragte Blade besorgt.

Die Flügel des Drachen raschelten, als er die Schultern zuckte. »Wahrscheinlich sind sie einem Irrtum erlegen«, rumpelte er. »Ich denke, da wir ohnehin angehalten haben, werden wir die Mörderbrut jetzt abfüttern. Geht und melkt die Kühe.«

Nach dem Mittagessen marschierten sie weiter; zu Blades Erleichterung schlugen die Zwerge die entgegengesetzte Richtung ein. Er hatte befürchtet, Draco würde auf Dauer der Lockung des Goldes nicht wiederstehen können. Der Kater der Soldaten schien durch die Bewegung vertrieben worden zu sein. Sie marschierten in annehmbarem Tempo, den heißen Atem des Drachen im Genick, über offenes Grasland, durchzogen von Baumreihen an den Ufern kleiner Wasserläufe, und gegen Abend erblickten sie in der Ferne die Gipfel von Bergen. Zu diesem Zeitpunkt schämte Blade sich dafür, daß er Draco Absichten auf das Gold unterstellt hatte. Drachen besaßen heutzutage keine Horte mehr – außer Dingen wie z.B. Callettes Tinnefs für die Pilger -, und Draco schien sich den modernen Sitten anzupassen. Würde er ihnen andernfalls so selbstlos helfen?

»Selbstlos helfen nennst du das!« sagte Kit, als Blade ihm seine Gedankengänge mitteilte. »Er hat ja wohl eher das Kommando übernommen.«

Bald danach kam das nächste Biwak in Sicht, von Barnabas beinahe idyllisch neben Bäumen errichtet, deren Blätter sich golden oder orange zu färben begannen. Die Soldaten legten das letzte Stück fast im Laufschritt zurück. Sobald sie untergebracht waren und Blade am nahen Bach die Tiere getränkt hatte, winkte Draco Kit zu sich und zeigte ihm bei einem Rundgang um die Kuppel, wie man die magischen Wände fester im Boden verankern konnte.

»Der Hexenmeister, der für dieses Lager verantwortlich zeichnet, hat nicht gerade sein Bestes gegeben«, bemerkte er abschließend, »aber heute nacht könnt ihr ruhig schlafen. Ich verabschiede mich jetzt für eine Weile. Ich habe Hunger und Lust zu jagen, aber ich komme bald wieder.«

Er breitete die Flügel aus, tat einen, zwei, drei ausgreifende, fast schwerelose Schritte und schwang sich hinauf in den weiten Abendhimmel. Die Soldaten, Gesichter blau angestrahlt von der Magie der Kuppel, reihten sich entlang der gewölbten Wand und verabschiedeten ihn mit unzüchtigen Gebärden. Die anderen schauten eher beklommen hinter ihm her.

»Er macht Jagd auf diese Zwerge«, meinte Don.

Blade nickte. »Glaube ich auch.«

»Vielleicht auch nicht«, widersprach Shona. »Er gewährte mir eine Art Einblick, nachdem ich – als ich in seine Augen schaute, und ich war überrascht, wie zivilisiert und gelehrt er ist.«

»Wie auch immer, wir können ihn nicht aufhalten«, beendete Kit die Debatte.

Blade wußte, Shona hatte Unrecht. Er wußte, Draco jagte Zwerge. Diese Gewißheit vergällte ihm die Wilde Jagd, an der er endlich teilnehmen durfte, obwohl es wirklich ein denkwürdiges Vergnügen war. Blade kehrte mit einem Korb voll zufriedener Nachtmahre von seiner ersten Mission zurück und brach sofort wieder auf, links und rechts flankiert von je einem schwarzen Greif. Das Gewicht der zu seinem Trugbild gehörenden Hörner auf dem Kopf, ritt Blade ein geflügeltes schwarzes Roß in der frischen Kühle einer Herbstnacht, unter einem zunehmenden gelben Mond. Niedlich hatte sich geweigert mitzukommen, doch unten auf der Erde veranstalteten die Hunde einen prachtvollen Radau, bellten und kläfften und heulten und prasselten durch das Unterholz, um mit den Jägern am Himmel Schritt zu halten. Ein Stück vor ihnen veranstaltete ein kleines Häufchen Menschen dreimal mehr Getöse, während sie um ihr Leben liefen. Zu Blades Enttäuschung kamen sie nicht einmal bis auf Sichtweite an die Pilger heran, und die Jagd mußte umkehren, sobald die Touristen das jenseitige Ende der Brücke über eines der Flüßchen erreicht hatten, weil laut Kit die Regeln besagten, daß der Schwarze Reiter fließendes Wasser nicht überqueren konnte. Trotzdem war es eine Riesengaudi, und sie wäre noch größer gewesen, wenn Blade nicht an kleine bezopfte Männer hätte denken müssen, die zwischen gewaltigen Kiefern zermalmt wurden wie vor drei Tagen der Soldat – nur daß es sich diesmal nicht um eine Illusion handelte.

Kapitel 14

Querida saß mutterseelenallein im Konferenzsaal der Universität an dem langen Tisch und arbeitete. Heute war es ihr gelungen, die Strecke von ihrem Haus zu diesem Gebäude zu bewältigen, auf zwei Krücken gestützt, eine davon aus Holz, die andere aus Magie, um sie mit ihrem gebrochenen Arm regieren zu können. Doch es war anstrengend gewesen, und vor der Treppe zu ihrem Arbeitszimmer hatte sie kapituliert. Erstens waren die Knochen noch lange nicht geheilt und zweitens hatte der lange Schlaf sie sehr geschwächt, so daß sie sich nach dem kurzen Weg völlig entkräftet fühlte. Nachträglich wünschte sie – wie jedesmal – sie hätte nicht auf dem Koma bestanden. Aber sie konnte so schlecht Schmerzen ertragen ...

Sie wünschte sich auch, es wäre jemand bei der Hand, um ihr einen heißen Trank zu bringen. Der Hausmeister hatte versprochen, sich zu kümmern, armer Kerl, aber dergleichen gehörte eigentlich nicht zu seinen Aufgaben, und er wußte nicht, wo Becher und Wasserkessel standen. Sonst befand sich niemand im Gebäude. Die Heilerinnen und die männlichen Hexenmeister waren alle draußen bei den Pilgergruppen. Normalerweise wimmelte es während der Saison von weiblichen Hexenmeistern, die die Gelegenheit ergriffen, ungestört die Einrichtungen der Universität zu nutzen. Doch in diesem Jahr waren sie ebenfalls in dringenden Geschäften unterwegs. So betrachtet, waren die Stille und Menschenleere ein äußerst befriedigendes Indiz dafür, daß die Maßnahmen, die sie noch hastig angeordnet hatte, bevor sie sich in den Heilschlaf versenken ließ, durchgeführt wurden.

Sie überdachte ihre Pläne. Querida hatte immer die Ansicht vertreten, daß Orakel denen halfen, die sich selbst zu helfen verstanden. Die Pilgerfahrten würden nicht einfach so aufhören. Deshalb, um den Prophezeiungen auf die Sprünge zu helfen, hatte sie ihre – weiblichen – Agenten über den ganzen Kontinent ausgesandt, um für Unfälle, Mißgeschicke und Tücken aller Art im Ablauf der Touren zu sorgen. Außerdem vertraute sie darauf, daß Derk in seiner Rolle als Dunkler Fürst alles falsch machen würde, was man nur falsch machen konnte. Sollte man nicht annehmen, daß, wenn die Katastrophen nur groß genug waren und sich häuften, Mr. Chesney zu dem Schluß kommen mußte, seine Pilgerfahrten seien nicht mehr rentabel?

Nur war da noch dieser Dämon. Was dieses Problem anging, stützte Queridas Plan sich auf die Tatsache, daß Dämonen große Paragraphenreiter waren, und die weiblichen Hexenmeister hielten die Augen offen, um jede Kleinigkeit bei der Durchführung der Touren, die nicht im Vertrag enthalten war, beziehungsweise nicht dessen Wortlaut entsprach, sofort zu melden. Einen solchen Trumpf im Ärmel, konnte Querida sich dann an den Dämon wenden und ihm sagen, Mr. Chesney hätte den Vertrag gebrochen, und er wäre deshalb nicht mehr an ihn gebunden. Wenn auch noch Mara ihre Aufgabe erfüllte, sah Mr. Chesney sich mit Widrigkeiten auf drei verschiedenen Ebenen konfrontiert; das mußte genügen, um selbst ihn zum Rückzug zu bewegen.

Wie auch immer – sie zog Papier und Stift heran –, infolge dieser Aktivitäten war das Haus so still und leer. Die richtige Atmosphäre, um zu arbeiten. Fast die einzigen Menschen in der Stadt waren Barden, die sich strikt geweigert hatten, zum einen die Touren zu begleiten und zum anderen, Querida zu helfen, diesen Touren ein Ende zu machen. Ihre Akademie lag am Rand der Stadt, und vermutlich kalmäuserten sie alle hinter verschlossenen Türen und schmollten.

»Und wir kommen ganz gut ohne die Kapricen des sensiblen künstlerischen Temperaments aus«, sagte Querida halblaut vor sich hin. Ihre dünne, trockene Stimme wisperte durch die majestätische Stille der hohen Räume.

»Eine dumme Angewohnheit, Selbstgespräche«, sagte sie, »jedesmal erschrecke ich mich halb zu Tode. Schluß jetzt mit dem Unfug, zurück an die Arbeit.«

Es waren noch sechzig oder mehr Briefe zu schreiben. Sie hoffte, daß man dem Hausmeister wenigstens zutrauen konnte, sie an den Tauben zu befestigen – jeweils die richtige Nachricht an der richtigen Taube – und die Vögel fliegen zu lassen. Doch zuerst hieß es, sich auf den neusten Stand der Dinge bringen und wenigstens einen Teil der eingegangenen Post zu lesen, die der Hausmeister – nachdem sie ihm mehrmals genau erklärt hatte, was und wie – aus ihrem Arbeitszimmer geholt und auf dem Konferenztisch gestapelt hatte.

Querida durchforstete den Stapel ungeschickt mit einer Hand. Wenigstens eine Nachricht mußte dabei sein, die einen Vertragsverstoß meldete. Ungefähr die Hälfte der Missiven stammte tatsächlich von weiblichen Magiern, doch bei allen stand zwischen den Zeilen zu lesen: »Wir haben getan, was du gesagt hast. Was jetzt?« Nichts von Mara, dabei hatte sie fest damit gerechnet. Mara hatte versprochen, ein passendes Miniaturuniversum zu liefern, ehe die Belagerungen anfingen. Also: Nachricht an Mara. Und an die Agentin in den Emiraten. Oh, hier war ein Brief von Barnabas.

Querida faltete das Blatt umständlich auseinander. Barnabas schrieb, er wäre besorgt. Offenbar erwies Derk sich auf seinem Posten als unerwartet tüchtig. »Im Hinblick darauf«, schrieb Barnabas, »habe ich die Nachtmahre verflixt und dafür gesorgt, daß die Biwakkuppeln für die Soldaten alles andere als stabil sind. Ich errichte das Basislager am falschen Platz und werde auch das verflixen, aber ich muß berichten, daß bislang die beschriebenen Maßnahmen wenig Wirkung zeigen.«

Hm. Querida lehnte sich zurück und überlegte. Keine wünschenswerte Entwicklung. Ihr Plan stand und fiel mit der Unzufriedenheit der Pilger über die Organisation. Vielleicht war es ein verkappter Glücksfall, daß sie verletzt worden war, bevor sie Derk einen Dämon oder einen Gott beschaffen konnte – oder vielleicht zeigte sich darin das Wirken der Orakel, was die Mühen und Schmerzen rechtfertigen würde. Also immer hübsch die Götter und Dämonen weiterhin auf die lange Bank schieben, dabei natürlich größte Hilfsbereitschaft vortäuschen, und vielleicht ergaben sich daraus weitere Gelegenheiten, Derk unter Druck zu setzen. Nach Queridas Erfahrung vertrugen Männer keinen Druck. Sie begingen dann leicht Fehler. Maras Aktivitäten sollten ebenfalls dazu angetan sein, den Mann aus dem Gleichgewicht zu bringen, so daß er Fehler machte. Derk mußte Fehler machen, er *mußte* einfach!

»Weil wir unbedingt gewinnen müssen, nachdem wir die Karten nun auf den Tisch gelegt haben«, murmelte sie. »Sobald Mr. Chesney bemerkt, daß wir uns im Krieg befinden, kann es für uns alle äußerst gefährlich werden.«

Diesmal hallte ihre Stimme nicht als einzige durch die Stille, aus dem Vorraum drangen noch andere

Geräusche herein, hauptsächlich ein lautes Scharren und Schlurfen. Vielleicht hatte der Hausmeister es tatsächlich geschafft, einen Wasserkessel zu finden, und brachte ihr etwas zu trinken. Falls es so war, machte er, nach dem Lärm zu urteilen, eine größere Affäre daraus.

Querida schaute erwartungsvoll zur Tür, gerade als ein magerer grauer Wolf, die Haare längs des Rückgrats gesträubt wie Gräten, sich rückwärts hindurchschob.

»Ich muß doch bitten, Wilkie«, tadelte sie, »nimm dich zusammen. Was gibt es denn?« Der Hausmeister, ein Werwolf, neigte dazu, sich bei Aufregung zu verwandeln. »Nimm deine wahre Gestalt an, ich mag mich nicht mit einem Wolf unterhalten.«

Der Wolf stellte sich gehorsam auf die Hinterbeine und wurde zu einem Mann, einem behaarten Mann, der nicht besonders pfiffig aussah. Wilkie zog die Hose hoch – die Taille eines Wolfs lag tiefer als die eines Menschen – und vermeldete gekränkt: »Ich habe ihm gesagt, Ihr seid krank, Frau Kanzler, ich habe ihm gesagt, Ihr seid beschäftigt, ich habe ihm gesagt, es soll verschwinden, aber es läßt sich nicht abwimmeln!«

»Was läßt sich nicht?« fragte Querida gereizt.

Wilkie deutete zur Tür. Ein großer brauner Adlerkopf bückte sich dort unter dem Sturz hindurch, und ein großes, glänzendes braunes Auge rollte seitwärts, um Querida zu betrachten. Einer von Hexenmeister Derks Greifen. Das große Weibchen.

»Es soll hereinkommen«, sagte sie, »dann kannst du uns allein lassen, Wilkie.«

Tief geduckt und die Flügel einwärts gedrückt, zwängte die Greifin sich durch die Türöffnung, und Querida bemerkte kaum, wie der Hausmeister ängstlich einen Bogen um die Kreatur schlug und hinausschlurfte. Sie hatte nur Augen für dieses große, wunderschöne Geschöpf. Schon an dem Tag der Versammlung auf Derkholm war sie von ihm fasziniert gewesen. Sie liebte die weichen Brauntöne der Kopffedern und die sahneweißen Bänder an den großen Schwingen. Aus der Nähe konnte man sehen, daß in den Bändern auch Grau enthalten war, ein grünlich changierendes Grau, das sich im Braun der Federkrause am Hals wiederfand und die wachen braunen Augen umrahmte. Die größte Schönheit lag allerdings darin, wie der Adlerleib so anmutig fließend in den hellbraunen Löwenleib überging – einen höchst eleganten, tiefbrüstigen Löwenleib mit einer schmalen, muskulösen Hinterpartie – so daß man die Kreatur nicht als ein Zwitterwesen aus zwei verschiedenen Tieren empfand, sondern als ein einheitliches Ganzes. Nicht zu leugnen, daß Hexenmeister Derk hier ein fabelhaftes Wesen gelungen war, sogar noch exquisiter als das geflügelte Hengstfohlen. Querida gelüstete es, diese Kreatur zu besitzen, die Hände in den pastelligen Federn zu vergraben, vielleicht sogar auf ihrem Rücken durch die Luft zu reiten.

»Ich bin kein Es, ich bin eine Sie«, sagte der Greif. »Mein Name ist Callette.«

»Oh«, meinte Querida, »ich wußte nicht, daß du sprechen kannst.«

»Selbstverständlich kann ich das. Wie, habt Ihr gedacht, sollte ich Euch die Botschaft von Mams ausrichten, wenn ich es nicht könnte?« Callette neigte den Kopf und nahm eine Ledertasche ab, die um ihren Hals hing. Trotz ihrer Überraschung war Querida froh, das störende Objekt entfernt zu sehen, es verdarb die harmonischen Linien des Greifenkörpers. »Wenn ich mich recht entsinne, hast du dir große

Mühe gegeben, den Eindruck zu erwecken, du wärst stumm«, entgegnete sie. »Und ich nahm an, die Nachricht wäre in diesem Portefeuille.«

Callette bog die Krallen um den Riemen der Tasche und behielt sie zwischen den Pranken. »Dies ist das Miniaturuniversum, das Ihr bestellt habt«, sagte sie. »Nicht zu sprechen war eine Idee von Kit. Er hat oft alberne Ideen; geschieht ihm recht, daß er durch's Dach gefallen ist. Doch ich habe außerdem noch eine mündliche Botschaft von Mams auszurichten. Wollt Ihr sie hören oder nicht?«

Querida genoß den Anblick, wie die Greifin in der Haltung einer großen Katze dasaß, den Quastenschwanz über die wohlgeformten Pranken gelegt und die gebänderten Flügel ordentlich gefaltet. Oh, wie sie sich danach sehnte, Callette zu besitzen! »Auf jeden Fall möchte ich sie hören.«

Callette unterzog ihrerseits Querida einer gründlichen Musterung und wandte den Kopf hin und her, um sie erst mit einem Auge, dann mit dem anderen zu betrachten. Eigentlich brauchten Greife das nicht zu tun, doch bei Callette machte sich dieser aus den Vogelgenen stammende Habitus bemerkbar, wenn sie sich wegen irgend etwas nicht ganz schlüssig war und es genau überprüfen wollte. »Mams sagte, ich solle sie Euch nicht sofort ausrichten.«

Querida begann sich zu ärgern. »Ich nehme an, wir sprechen von Mara. Und weshalb sollst du sie mir nicht sofort ausrichten?«

Callette nickte. »Paps hat mir aufgetragen, Elda zu Mams ins Zauberschloß zu bringen, doch er war in Eile und meinte, ich solle über die Information nachdenken, weil Mams bestimmt will, daß ich sie Euch überbringe. Also habe ich nachgedacht, und dann habe ich Mams gefragt. Und sie hat mir gesagt, ich soll Euch sagen, wenn Ihr versucht, mich zu binden oder hierzubehalten, sei es durch Magie oder andere Mittel, wird Mams nichts von den Dingen tun, die sie für Euch tun soll. Und das Universum in dieser Tasche wird sich in Nichts auflösen.«

Na großartig! Mara hatte sie in der Hand. Sie brauchte Mara! Wie lästig! Nun mußte sie Zeit auf raffinierte Winkelzüge verschwenden und darauf, Mara zu begütigen. »Ich verstehe«, sagte sie trocken. »Du bist wirklich sehr umsichtig, Callette. Doch mich nimmt wunder, daß du zwei menschliche Zauberer Vater und Mutter nennst. Wie können sie das sein?«

»Sie können es sein, weil sie beide uns Zellen von sich mitgegeben haben«, erklärte Callette. »Dadurch hat er Personen aus uns gemacht, sagt Paps.«

Ja, fiel es Querida ein, bei ihrem Gespräch hatte Derk diesen Umstand betont. Schade, daß Callette ebenfalls Bescheid wußte. Nun gut. Versuchen wir als nächstes magische Daumenschrauben. Während sie starken Druck auf Callettes Bewußtsein ausübte, fragte sie in scharfem Ton: »Wie lautet diese Nachricht?«

Callettes Schwanzspitze hob sich von den Pranken und klopfte einmal sacht auf den Boden. »Ihr habt noch nicht versprochen, mich gehen zu lassen.«

»Es ist versprochen«, sagte Querida bereitwillig. »Die Botschaft?«

Callettes Schwanzspitze tippte noch einmal auf die Dielen. »Daß Ihr mich gehen laßt, war das eine. Jetzt müßt Ihr versprechen, mich nicht zu binden oder auf andere Art hier festzuhalten.«

Malefiz! dachte Querida. Schachmatt gesetzt. Diese Kreatur war nicht dumm. »Schon gut, schon gut. Ich verspreche, nicht den Versuch zu machen, dich zu binden oder dich zu halten, weder durch Magie noch auf irgendeine andere Weise. Kann ich jetzt bitte wenigstens das Universum haben, wenn schon nicht die Botschaft?«

Callette neigte den Kopf zur Seite und überdachte Queridas Worte. »Das genügt. Die Nachricht lautet, daß die Zwerge aus den Moosbergen alljährlich sechs Scheffel Gold in Form von allerlei Gerät als Tribut an Mr. Chesney entrichten. Paps hat Zeugen, die es bestätigen können. Mams sagt, Ihr müßtet das erfahren.«

Triumph! Davon stand garantiert nichts im Vertrag, dachte Querida. Wenigstens eine kleine Entschädigung dafür, daß sie Callette nicht haben konnte. Doch wie hatte Derk davon erfahren? »Sind diese Zwerge aufgrund einer speziellen Klausel verpflichtet, Wertgegenstände zu liefern?« fragte sie, um nichts außer acht zu lassen.

»Nein. Ich war mit Dad bei ihnen und habe gehört, wie er sie befragt hat. Sie erzählten, Mr. Chesney hätte vor vierzig Jahren einfach verkündet, sie wären ihm tributpflichtig, weil er der Dunkle Fürst dieser Welt sei. Und als die Zwerge Einwände erhoben, antwortete Mr. Chesney, es wäre eine Maßnahme, um zu verhindern, daß die Drachen zu gierig würden. Der Häuptling meinte zu Paps, er hätte damals geglaubt, Mr. Chesney mache vielleicht einen Scherz.«

Aha! Hab' ich ihn! Queridas Vipernlächeln reichte von einem Ohr zum anderen. »Ich glaube nicht«, sagte sie, »daß Mr. Chesney zu scherzen pflegt. Es war vermutlich der wirkliche Grund. Haben die Zwerge sonst noch etwas erzählt?«

»Ja. Sie sagten, alle anderen Zwerge entrichten ebenfalls Tribut.«

Aber natürlich. Mr. Chesney war stets gründlich. Querida konnte nicht aufhören zu grinsen, während ihre Gedanken rasten. Das war also Mr. Chesneys Strategie; er fand Mittel und Wege, sich die stärksten Kräfte dieser Welt untertan zu machen. Raffiniert! Wie hatte er wohl den Dämon dazu gebracht, ihm dienstbar zu sein? Und hatte er vielleicht auch einen Dienstleistungsvertrag mit den Göttern? Sie hätte auch gern gewußt, ob Derk wohl ahnte, was seine Entdeckung bedeutete. Mara wußte Bescheid, sonst hätte sie nicht Callette geschickt. Und was wollte Derk in der Sache mit den Zwergen und dem Gold unternehmen?

Callette zuckte leicht mit den Flügeln. »Ich weiß nicht. Wahrscheinlich gar nichts. Er war sehr in Eile, nachdem er mit ihnen geredet hatte, und trug mir auf, nach Hause zu fliegen und Elda zu Mams zu bringen.«

»Siehst du Derk demnächst wieder?«

»Ja. Er braucht mich im Basislager.«

Damit hat sie mir zu verstehen gegeben, daß nicht nur Mara sie vermissen wird, sondern Derk ebenfalls, dachte Querida. Blieb nur der Versuch, dieses faszinierende Geschöpf dazu zu bewegen, daß es aus freien Stücken bei ihr blieb. Das sollte sich bewerkstelligen lassen. »Dann richte ihm aus«, sagte sie, als hätte sie sich damit abgefunden, daß Callette sie wieder verlassen würde, »er soll nach anderen ungewöhnlichen Vorgängen im Zusammenhang mit Mr. Chesney ausschauen und mir umgehend Nachricht geben. Sag ihm, es ist von allergrößter Wichtigkeit.«

»In Ordnung.« Callette erhob sich, löste behutsam die Tasche aus ihren Krallen und legte sie ans äußerste Ende der Tischplatte. »Hier ist das Universum. Ich muß jetzt gehen.«

Querida richtete begehrlich den Blick auf Maras Gabe. Unwahrscheinlich, daß der Alkahest-Zauber noch wirkte, nachdem Callette den Beutel weggelegt hatte. »Wirklich, meine Liebe«, sagte sie, »das ist die Krönung dieses Tages. Richte Mara und Derk meinen tiefempfundenen Dank aus. Ich fühle mich einigermaßen entschädigt dafür, daß ich ein so schönes Geschöpf wie dich ziehen lassen muß.«

Callette blieb auf dem Weg zur Tür stehen und schaute über eine glänzende, gebänderte Schwinge zu ihr zurück. »Schön?« fragte sie. »Ich bin nicht schön.«

Sieh an! dachte Querida. Da zappelt jemand am Haken. »Glaub mir, du bist es«, beteuerte sie leidenschaftlich. »Du bist eins der bezauberndsten und herrlichsten Geschöpfe, das mir je unter die Augen gekommen ist.«

»Aber ich bin braun«, wandte Callette ein. »Elda und Don und Lydda sind golden.«

»Von Gelb bekomme ich Kopfschmerzen. Deine Färbung ist unendlich viel subtiler.«

Die Federn über Callettes Schnabel sträubten sich skeptisch. »Ich glaube, ich werde Shona fragen«, meinte sie nach einer gedankenvollen Pause. »Nur ist sie vielleicht zu sehr an meinen Anblick gewöhnt, um urteilen zu können.« Sie überlegte wieder. »Aber ich dachte, Ihr seid wie Mr. Chesney und macht niemals Scherze?«

»Und da bilde ich mir etwas ein auf meinen trockenen Humor«, seufzte Querida.

Callette schaute sie noch einen Moment grübelnd an, dann glätteten sich die Stirnfedern wieder. »Ihr seid nicht ehrlich«, sagte sie. »Ihr wollt mich mit Schmeicheleien kirre machen, wie Mams es mit den Touristen tut, damit ich freiwillig hier bleibe.«

»Das stimmt nur teilweise.« Querida fühlte sich in die Enge getrieben. »Im Grunde habe ich dir meine ehrliche Meinung gesagt. Du entsprichst meiner Vorstellung von einem perfekten Greif.«

»Dann werde ich mit Shona reden. Vielen Dank.« Callette duckte wieder den Kopf unter dem Türsturz hindurch und zwängte sich nach draußen.

Querida stieß zischend den Atem aus und starrte auf die Tischplatte. Man stelle sich vor, ausmanövriert von einem Greif! Sie fühlte sich krank und alt und gezeichnet von zu vielen Verlusten. Seit dem Tag, an dem Maras Vater sie wegen Maras Mutter verlassen hatte, hatte sie sich nicht mehr so elend gefühlt. Lang, lang war das her. Nun ja, sie hatte damals den Schmerz überwunden, und diesmal würde sie auch nicht an gebrochenem Herzen sterben. Sie straffte die Schultern und griff nach den unbeschriebenen Zetteln für ausgehende Briefe. Da sie jetzt wußte, wonach ihre Agentinnen Ausschau halten sollten, mußte sie diese so schnell wie möglich davon unterrichten.

Für den Brief an Mara brauchte sie drei Tauben.

Als diese drei geflügelten Boten erschöpft in den Schlag von Tantchens Haus einflogen, stöckelte unten Mara in goldenen Sandaletten über das Katzenkopfpflaster des Innenhofs, eingehüllt in einen Hausmantel und in der Hand eine Liste. Der Dorfbürgermeister lief neben ihr her, er trug eine Art Pluviale aus blausilbernem Satin. Fran Spindeldürrs Base Greta trippelte hinterdrein und bemühte sich, Maras glamouröser Frisur den letzten Schliff zu geben, während Elda der Gruppe in gebührendem Sicherheitsabstand folgte, ein faszinierter Trabant.

»Mehl, Fleisch, Gemüse«, zählte Mara auf, »alles richtig geliefert, dem Himmel sei Dank! Wo ist das Obst, das heute morgen gebracht wurde?«

»Gleich hier«, sagte der Bürgermeister.

Die Gruppe eilte um eine Ecke bei den neuen Stallungen und prallte zurück – vor ihnen türmte sich ein kleiner Berg aus Pfirsichen, Äpfeln und Birnen, umwogt von schwerem, süßem Duft. Elda klappte hungrig mit dem Schnabel.

»Das sind ja ganze Fuder!« staunte Greta.

»Wo bringe ich das alles unter?« fragte der Bürgermeister.

Die Falten auf Maras Stirn waren sogar durch die dicke Schicht von Glamouren sichtbar. »Das ist ein Problem«, stimmte sie zu. »Nahrungsmittel für dreihundert Personen, plus zwanzig oder mehr Pilger jeden Tag – das bedarf einer ausgeklügelten Vorratshaltung.« Sie stöckelte zu dem Obsthügel und belegte ihn mit einem raschen Stasiszauber. »So, das müßte ihn eine Weile frisch halten.« Seufzend studierte sie ihre Liste. »Ich muß erst wieder Übung im Arrangieren von Festen per Magie bekommen. Früher hatte ich eine Hand dafür, aber mich hat immer der Gedanke beschäftigt, woher die Speisen nun wirklich stammten. Bier ist da. Der Wein aus Chell ist eingetroffen, oder nicht?«

»Nicht, soweit ich weiß«, antwortete Greta, die die Gelegenheit ergriff, eine lange Korkenzieherlocke kunstvoll über Maras Schulter zu drapieren.

»Nein, ist er nicht«, bestätigte der Bürgermeister schonungslos.

»Verdammt! Und die Herzogin von Chell hat es mir versprochen! Dann müssen wir uns eben mit Hexenwasser behelfen, bis die Lieferung kommt.« Sie machte einen Vermerk auf der Liste und stelzte eilig zurück ins Haus. Der Bürgermeister blieb zurück. Elda folgte, als Mara und Greta die Hintertreppe hinaufstiegen, um die Wäschekammer zu kontrollieren. »Tischtücher, Handtücher«, Maras Blick wanderte über die Schränke, »und da haben wir zwanzig blausilberne Livreen in Reserve. Glaubst du, das reicht, Greta? Antworte nicht, wir haben keine Zeit, um weitere anzufertigen. Ist das meine komplette Garderobe? Habe ich genug Kostüme zum Wechseln?«

»Wenn man das Kostüme nennen kann«, meinte Greta trocken. »Für mich sehen sie aus wie Bänderspitze am Meter.«

»Hat jemand daran gedacht, Blades Kleidung herzubringen?«

»Zum hundertsten Mal: Ja. Und jetzt steht still. Diese Confidantes liegen schon wieder nicht richtig.« Als Mara ungeduldig unter der Tür stehenblieb, fügte Greta hinzu: »Was ist mit Elda? Wird sie auch herausgeputzt, wo sie jetzt hier ist?«

Elda schaute Greta böse an, weil sie nun in das Blickfeld der Mutter geraten war. »Ich will Pailletten an meinen Flügeln haben«, sagte sie. »Glänzend und in allen Farben.«

»Nichts da.« Mara schüttelte – vorsichtig – den Kopf. »Ich kenne dich, Elda. Wenn ich das erlaube, würdest du nie mehr dein Gefieder strählen und dich erst recht nicht mehr waschen. Wir setzen dir eine Tiara auf den Federkamm.«

»Dann aber mit paillettenbestickten Bändern«, beharrte Elda.

»Gut, aber nur, wenn du jetzt gehst und ein Bad nimmst.«

»Gleich. Ich möchte vorher noch mit dir über Paps reden.«

»Geh und nimm dein Bad.« Mara schaute wieder auf ihre Liste. »Greta, kann das stimmen, daß wir nur zwanzig Bettbezüge zum Wechseln haben?«

»Wir müssen halt öfter waschen.«

»Also mehr Seife für die Wäscherei.« Mara hielt die Liste gegen den Türpfosten und machte eine Notiz.

»Diese Leute haben keine Ahnung« – sie eilte den Flur hinunter – »Mr. Chesney oder wer immer sich diesen Unfug mit der Glamourösen Zauberin ausgedacht hat, was es heißt, jeden Abend eine neue Gruppe Touristen in frischbezogene Betten stecken zu müssen.« Die beiden Frauen hasteten auf die prachtvoll gestaltete Vorderseite des Hauses zu, stumm und trotzig gefolgt von Elda. »Musik«, sagte Mara oben auf der vergoldeten Prachttreppe. »Hat der Chor Zeit zum Proben gefunden?«

»Während der Arbeitspausen in der Wäscherei«, antwortete Greta. »Diesmal klappt es bestimmt besser.«

»Schlimmer als gestern kann es nicht mehr werden, soviel steht fest.« Mara seufzte. »Wie sehr ich wünschte, Shona wäre nicht mit den Jungs losgezogen.«

»Es ging nicht anders.« Elda vergaß, daß sie nicht beachtet werden wollte. »Paps braucht genausoviel Hilfe wie du.«

Mara schaute sich zurechtweisend nach ihr um, doch in diesem Moment kam der Bürgermeister hastig die Treppe herauf und wedelte mit den drei Billetts aus dünnem Papier, die er den Brieftauben abgenommen hatte. »Eben angekommen«, meldete er atemlos.

»Es nimmt kein Ende. Danke.« Mara setzte sich auf den nächsten goldenen Diwan und beugte sich über die winzige, feine Handschrift. »Wartet«, sagte sie geistesabwesend. »Falls eine Antwort erforderlich ist.«

Greta nutzte sofort den Moment, um weiter an Maras Frisur zu hantieren. Elda lagerte sich auf dem dicken Teppich mit Blumenmuster und wechselte einen vielsagenden Blick mit dem Bürgermeister, der außer Atem am vergoldeten Geländer lehnte.

»Hört euch das an!« rief Mara aus. »Was denkt Querida sich eigentlich? Sie will, daß ich nach Norden gehe und die Piraten daran erinnere, daß sie mehr Geld verlangen sollen. Und dann soll ich in den Emiraten mit Lucia den Termin für den Streik der Haremsdamen festlegen und anschließend den Leuten in Chell und den anderen Städten erklären, wie sie in das Mikrouniversum hineingelangen können. Ich dachte, sie würde das übernehmen! Und«, sie überflog den dritten Zettel, »als wäre das nicht genug, schreibt sie, daß sie nach Billingham, Sleane und Greynash reisen will und die Frauen dort überreden, nicht in den Schänken zu arbeiten. Ich war der Meinung, daß wäre bereits erledigt. Glaubt sie, ich kann mich zerreißen? Weiß sie nicht, wieviel wir hier zu tun haben?«

Der Bürgermeister brachte sich mit diskretem Räuspern in Erinnerung. »Wir kennen uns inzwischen mit den Abläufen hier aus und würden schon dafür sorgen, daß auch während Eurer Abwesenheit alles seine Ordnung hat.«

»Und«, Greta drapierte eine weitere Locke schelmisch über Maras Schulter, »Ihr könntet uns ein Glöckchen geben oder etwas Ähnliches, damit wir läuten können und Euch zurückrufen, wenn eine Pilgergruppe im Anmarsch ist.«

»Es ist für eine gute Sache«, gab der Bürgermeister zu bedenken.

Mara seufzte.

»Schon recht. Es ist nur – ach, Elda, Callette hat sich nicht von ihr einwickeln lassen. Wenigstens etwas. Querida schreibt hier: ›die wunderschöne Greifin hat mich in jeder Hinsicht ausmanövriert‹ und daß Callette einen scharfen Verstand hat, und sie bewundert sie mehr denn je.«

»Sie hätte Callette doch nicht wirklich behalten, oder?« fragte Elda.

»O doch, das hätte sie. Querida ist beinahe ebenso skrupellos wie Mr. Chesney. Und ich soll nun vor lauter Dankbarkeit auf der halben Welt Botengänge für sie machen.« Sie ließ die Billetts in den Schoß sinken und schaute den stilvoll dekorierten Flur im ersten Stock entlang, ohne etwas zu sehen. »Es verhält sich folgendermaßen«, sagte sie endlich, »wenn ich schon einmal in den Emiraten bin, kann ich dort eine Nachricht für Blade hinterlassen und treffe vielleicht sogar Lydda, vorausgesetzt ich beeile mich. Und in Chell kann ich mich gleichzeitig um diese Weinlieferung kümmern.«

Da es sich anhörte, als würde Mara bereits konkrete Reisepläne schmieden, beeilte Greta sich, ihr eine letzte Locke in die Stirn zu zupfen. Elda beschloß, dies sei der Moment, um zu sagen, was sie sich zu sagen vorgenommen hatte. »Mams, du darfst Paps nicht erlauben, daß er zu Shona und den Jungs geht. Er ist immer noch nicht gesund. Er ist ganz blaß und zittrig.«

»Elda.« Mara hob das Kinn, und ihre Stimme hatte einen unheilverkündenden Ton. »Elda, habe ich dir nicht eben gesagt, du sollst ein Bad nehmen?«

»Ich gehe schon.« Elda stand auf, um ihren guten Willen zu zeigen. »Ich gehe, wenn du dich um Paps kümmerst.«

»Weshalb sollte ich mich kümmern?« fragte Mara kalt.

»Weil er *krank* ist! Was ist los mit dir, Mams? Du hast dich sonst immer um ihn gekümmert!«

Eine äußerst bemerkenswerte Mixtur von Gefühlen flog in raschem Wechsel über Maras glamouröses Gesicht: Traurigkeit und Unmut legiert mit einer

Härte, die Elda noch nie bei ihr gesehen hatte, ein Anflug von Sorge, sofort überdeckt von Sarkasmus, und etwas, das Zärtlichkeit sein mochte, wurde verdrängt von mokanter Belustigung. Doch sehr schnell verschwand dieses ganze Sammelsurium unter einer Art gelinder Verzweiflung. Elda, Greta und auch der Bürgermeister beobachteten, wie Mara den Kopf zur Seite legte und sich für die gelinde Verzweiflung entschied. Sie sprach zu Elda in dem pädagogisch wertvollen Ton, den sie anschlug, wenn jemand in der Familie etwas Dummes getan hatte. »Elda, du weißt doch, was es heißt, über etwas hinauszuwachsen. Du hast zum Beispiel aufgehört, mit Puppen zu spielen.«

»Ich spiele immer noch mit dem Greifenhorst, den Kit mir gebaut hat«, widersprach Elda.

»Ja, aber nicht mehr mit deinen Babysachen. Genauso verhält es sich mit Derk und mir.«

Elda sperrte den Schnabel auf und hätte einen gewaltigen Protestschrei ausgestoßen, wären nicht in diesem Moment zwei Mädchen aus dem Chor die Treppe hinaufgestürmt, so außer Atem, daß sie kaum sprechen konnten.

»Pilgergruppe!« japste die eine.

»Schon unten im Tal!« keuchte die andere.

»Weshalb seid ihr dann noch nicht im Kostüm?« fuhr Mara sie an, während der Bürgermeister murmelte: »Dann muß ich los«, und die Treppe hinunterlief. Schlagartig war Tantchens Haus vom Keller bis unters Dach erfüllt von einem Tohuwabohu durcheinanderrufender Stimmen und Rennen und Laufen in allen Räumen, als die gesamte Dorfbevölkerung von dem üblichen Lampenfieber gepackt wurde.

»Ich kann meine Noten nicht finden!« schrie jemand, und ein anderer jammerte: »Wo ist der Haarpuder hingekommen?«

Mara, die aussah, als wäre auch sie vom Lampenfieber angesteckt worden, sprang auf und warf ihren Hausmantel ab. Darunter trug sie ein Kleid, das wenig mehr war als ein spiralig um den Körper gewickeltes, breites purpurnes Seidenband. »Du gehst und ziehst dich um«, sagte sie zu Greta, die den Hausmantel aufgehoben hatte, »und du, Elda, Bad. Sofort. Und«, fügte sie auf dem Weg zur Treppe hinzu, »wenn du deinen Vater noch einmal erwähnst, bekommst du überhaupt keine Pailletten. Ich versuche, im Alleingang die Welt zu retten, und habe keine *Zeit*, mir um Derk Gedanken zu machen! Verstanden?«

Elda machte sich auf den Weg zum Badezimmer. »Ich verstehe«, sagte sie über die linke Schulter. »Bäder und Bettwäsche und Wein sind wichtiger als Leute!«

Sie fiel in Galopp, bevor Mara auf ihren goldenen Stöckeln sie erreichen konnte, was diese aber nicht daran hinderte, ihr nachzurufen: »Und bürste ausnahmsweise deine Schwanzquaste!«

Kapitel 15

Am nächsten Morgen kam Draco zurück, zwei räsonierende Deckelkörbe voller Gänse in den Krallen und in Begleitung eines schneiigen, lautlos gleitenden Geschwaders von Tageulen. Zwischen den Sägezahngraten auf seinen Schultern hockte Derk und sah alles andere als glücklich aus. Shona lief ihm jauchzend entgegen. Sobald Draco die Körbe fallengelassen hatte – das indignierte Rätschen wurde zu einer empörten Kakophonie – und um einiges schwerfälliger gelandet war als sonst in letzter Zeit, beeilte sich Shona, ihrem Vater behutsam herunterzuhelfen.

»Paps! Wie dünn du geworden bist! Und ganz verfroren siehst du aus!«

»Nur mehr oder weniger mittendurchgeschnitten. Ich kann Drachenreiten nicht empfehlen«, antwortete Derk. »Danke, Draco. Kann ich dir eine Freundliche Kuh anbieten?«

»Nein, vielen Dank.« Draco stieß ein sonores Rumpeln aus. »Ich habe unterwegs gejagt, zum ersten Mal seit dreihundert Jahren. Ich hatte vergessen, welches Vergnügen die Jagd bereitet, aber auch, welchen Geschicks es bedarf.«

Derk wandte sich um, als Kit und Don angelaufen kamen, in einigem Abstand gefolgt von Blade. Sie hatten sich etwas im Hintergrund gehalten, weil sie fast sicher waren, daß ihnen eine Standpauke drohte, aber Derk begrüßte sie strahlend. »Ihr scheint ja bestens zu Rande zu kommen. Großartig macht ihr das. Und der von euch, der diese Zwerge gefragt hat, weshalb sie mit all dem Gold unterwegs sind, hat wirklich Instinkt bewiesen.«

»Das war ich«, sagte Don. »Aber Blade hat auch gefragt. Jeder hätte gefragt, es war zu merkwürdig.«

»Du hast recht.« Derk nickte. »Es war merkwürdig. Draco ist gekommen und hat mir davon erzählt, und dann sind wir hingeflogen, um uns genauer zu erkundigen. Anschließend mußten wir zurückfliegen und Elda und Callette zu Mara schicken. Es war eine anstrengende Nacht. Weshalb ist Barnabas nicht hier? Ich dachte, er würde euch helfen.«

»Wir haben ihm nicht verraten, daß du krank bist«, bekannte Shona.

Blade stand da und schwieg, nur sein Grinsen wurde immer breiter, weil er begriff, daß Draco die Zwerge nicht gefressen haben konnte, nicht wenn Paps dabei war.

Derk schaute seinen Sohn an und fragte sich, weshalb er so schweigsam war. »Was ist aus den Zwergen geworden?« fragte Blade, um alle Zweifel auszuräumen.

Derk lachte.

»Wir haben sie sozusagen umgeleitet – Dracos Idee – und sie nach Derkholm geschickt. Wir sagten ihnen, was ja auch stimmt, dort befände sich die Zwingburg des Dunklen Fürsten. Sie waren ganz erfreut, weil es viel näher liegt als die Küste.« Damit war Blade beruhigt, obwohl er wieder hellhörig wurde, als Derk zu Draco gewandt sagte: »Ich nehme an, du willst dich jetzt auf die Suche nach den anderen Zwergen machen, die mit Tribut auf dem Weg zu Mr. Chesney sind?«

»Erst werde ich euch helfen, diese Spitzbuben zum nächsten Biwak zu treiben«, antwortete Draco. »Euch würde es schwerlich gelingen, ohne einen Drachen, der ihnen Beine macht.«

»Ich nehme an, mir wäre etwas eingefallen«, meinte

Derk zuversichtlich, »aber ich bin dir dankbar für deine Unterstützung.«

Sie machten sich fertig zum Aufbruch, diesmal begleitet von sämtlichen Gänsen Derkholms und den Eulen, die oben auf dem Gepäck thronten, das man den Ersatzpferden aufgeladen hatte. Shona verzichtete bereitwillig darauf, Schönste zu reiten, denn Schönste und Niedlich waren dermaßen entzückt, Derk wiederzusehen, daß sie ihn hemmungslos umschnoberten und gar nicht mehr wegzudrängen waren. »Du wärst nicht so erfreut, wenn du wüßtest, was für Pläne ich mit dir habe«, sagte Derk zu Niedlich, während er ihm die Stirn kraulte. »Deine Flügel sind gewachsen, stimmt's?«

Wie sich herausstellte, hatten sie wegen der Neuankömmlinge ein Pferd zu wenig, dafür waren drei große Körbe zu transportieren. Derk überlegte kurz, dann gab er Blade den Auftrag, alles übriggebliebene Gepäck in den Körben zu verstauen und sich damit ins nächste Biwak zu wünschen. Es war eine dieser glatten Lösungen, die Paps immer parat hatte, dachte Blade, während er allerlei Zeug in knarrende Weidenkörbe stopfte. Allerdings stand ihm nun ein außerordentlich langweiliger Tag bevor, während er an der nächsten Station darauf wartete, daß der Rest der Karawane eintrudelte.

Andererseits, dachte er, als Draco seinen mächtigen Schädel in die magische Kuppel bohrte und mit seinem gewohnten: »MARSCH, MARSCH, IHR MORDGESELLEN« die Soldaten ins Freie scheuchte, tat es gut, sich einmal von der Gegenwart der letzteren erholen zu können. Als sie aus der Kuppel strömten, konnte Blade ihre Wut und ihren Haß auf seinen Vater spüren, noch um vieles stärker als ihr Haß auf Kit. Sie fürchteten Draco mehr als alles andere, und ein

Magier, der auf Dracos Rücken durch die Lüfte flog, mußte folglich noch schrecklicher sein als Draco selbst. Es war nicht angenehm, diesen geballten, gegen den eigenen Vater gerichteten Haß zu fühlen.

Blade streckte sich bäuchlings der Länge nach auf den drei Körben aus. Weitwünschen war sein spezielles Talent, doch er mußte die Dinge berühren, die er bewegen wollte. Und, wie Kit bei Experimenten im letzten Jahr herausgefunden hatte, wenn der fragliche Gegenstand aus Eisen war, konnte Blade weder diesen noch sich selbst vom Fleck bringen. Ein Glück übrigens, daß Kit dieses Manko entdeckt hatte, denn bei dem Gepäck befanden sich zwei Spaten. Blade hatte sie dick eingewickelt und mitten zwischen all den anderen Sachen verstaut, bevor er sich auf die Körbe legte.

Er wünschte sich weiter und weg. Dracos Gebrüll, Kits Befehle und der Lärm von Hunden, Kühen und Marschtritten verstummte, als wäre er plötzlich taub geworden. Das Geräusch, das an ihre Stelle trat, war das von fließendem Wasser ganz in der Nähe. Blade hob den Kopf.

Zu seiner Überraschung war er offenbar im Basislager herausgekommen. Es erhob sich über ihm auf der Kuppe eines grauen, steinigen Hügels, eine sehr viel größere Kuppel als die anderen bisher. Am Fuß des Hügels strömte ein breiter grauer Fluß durch ein flaches, steiniges Bett. Der Hang am jenseitigen Flußufer war von Nadelwald bedeckt, und dahinter sah Blade die Berge, immer noch nicht wesentlich nähergerückt. Einen Moment lang fragte er sich, ob er beim Weitwünschen einen Fehler gemacht hatte. Doch als er in den Teil seines Bewußtseins blickte, der für Magie verantwortlich war, wußte er, dies war tatsächlich die nächste Station auf der Route. Nun ja, Kit war der Kartenleser, nicht er. Er hatte nicht besonders darauf geachtet, wie groß ihre Tagesetappen gewesen waren. Er stieg von den Körben und ging langsam hinunter zum Flußufer, wo er sich eine Weile damit belustigte, flache Steine über die Oberfläche titschen zu lassen, während er herauszufinden versuchte, wie ihm jetzt zumute war, wo sein Vater wieder die Führung übernommen hatte.

In einer Hinsicht war es eine große Erleichterung: Er, Blade, brauchte sich nicht mehr gehetzt und bedrängt zu fühlen, brauchte nicht mehr an all die Dinge zu denken, die schiefgehen konnten. Von nun an fragte man wieder Derk um Rat. Doch Blade war darüber keineswegs so froh und glücklich, wie er es sich ausgemalt hatte. Das unbeschwerte, verpflichtungslose Gefühl, als er dort stand und Steine ins Wasser warf, erschien ihm irgendwie kindisch. Und Paps hatte ihn erst recht wieder zum Kind degradiert, als er ihn mit diesen Körben vorausschickte. Blade merkte, es war ihm zuwider, von höherer Stelle herumkommandiert zu werden. Er wollte lieber selbst nachdenken, entscheiden und handeln. Ob Kit sich genauso fühlte? Kit war ziemlich still geworden, als sie Derk kommen sahen.

Blade schlenderte über das klappernde Kieselgeröll zurück zu den Körben. Dann, weil er eine große Öffnung in der magischen Kuppel sehen konnte, stapfte er den Hügel hinauf, um einen Blick hineinzuwerfen. Es war immer ein seltsames Gefühl im Innern der aus feinem Dunst gebildeten Halbkugel, warm, kein Luftzug, isoliert, und Blade fand den Ort eher deprimierend mit den Reihen roh gezimmerter Baracken, alle unbewohnt. Oder? Am Geländer einer großen Baracke auf der anderen Seite eines freien Platzes stand ein Pferd angebunden und Blade hörte irgendwo im Hintergrund ein zweites ungehalten mit den Hufen stampfen. Eins dieser Pferde mußte Barnabas gehören.

Blade ging mit knirschenden Schritten hinüber zu der größeren Baracke, wo das Pferd ihm einen melancholischen Blick zuwarf, und steckte den Kopf durch die offene Tür. Drinnen herrschte Baustellenchaos. Das Gebäude sollte die Kantine sein, aber noch lehnte das eiserne Ofenrohr neben dem riesigen Herd, und die Tische und Bänke lagen wie Bretter am Ende des Raums aufgestapelt. Dazwischen standen große Packkisten, von denen Blade annahm, daß sie Becher, Teller oder auch Verpflegung enthielten. Der Besitzer des Pferdes saß auf einer dieser Holzkisten und nahm von einem großen seidenen Taschentuch, das er über die Knie seiner grünen Sammethose ausgebreitet hatte, sein Frühstück – Mittagessen? – ein. Es war ein hochgewachsener, dunkelhaariger Mann, adrett wie aus dem Ei gepellt und für Blade ein völlig Fremder.

»Wer seid Ihr?« fragte er.

Der Mann hob den Kopf. »Dasselbe könnte ich Euch fragen«, antwortete er auf eine ruhige, unfreundliche Art.

»Ich bin Derks Sohn – Blade.«

»Conrad der Barde«, antwortete der Mann. »Darf ich aus Eurer Anwesenheit schließen, daß der Dunkle Fürst eingetroffen ist?«

»Er kommt heute abend, mit seiner Armee. Und Ihr wärt gut beraten, nicht mehr hier zu sein, wenn die Soldaten einziehen. Sie würden Euch töten.«

»Dessen bin ich mir bewußt. Mein Auftrag gilt nicht ihnen«, sagte Conrad kühl. »Was tut Ihr hier?«

»Ich suche nach Hexenmeister Barnabas.«

Conrad zuckte die Achseln. »Jemanden dieses Namens kenne ich nicht. In einer Hütte weiter hinten liegt ein Betrunkener, der vielleicht mehr weiß. Er scheint schon eine ganze Weile hier herumzulungern.«

»Dann werde ich ihn fragen.« Blade wandte sich zum Gehen. Der Barde rief ihm hinterher: »Übrigens befindet sich dieses Lager am falschen Platz. Habt Ihr das gewußt? Etliche Meilen zu weit südlich. Ich hatte Mühe, es zu finden.«

»Nicht meine Angelegenheit«, rief Blade zurück, aber nun wußte er, weshalb er bei seiner Ankunft im ersten Moment so verwirrt gewesen war. Er ging zur Rückseite der Kantine.

Das Pferd, das vor einer kleinen, schmalen Hütte in einer langen Reihe kleiner, schmaler Hütten angebunden stand, bot einen erbarmungswürdigen Anblick. Die Hütte war offenbar als Latrine gedacht, doch als Blade die Tür öffnete, sah er weder das obligatorische Loch im Boden noch irgend etwas in Vorbereitung, dafür lag Barnabas in einem Schlafsack auf der blanken Erde und schnarchte.

Neben ihm stand ein Faß – leer, wie Blade feststellte, als er es schüttelte. Das Innere der kleinen Kabine roch wie eine Brauerei.

»Puh!« Blade stieß Barnabas mit dem Fuß an, genaugenommen war es fast ein Tritt. Er mußte seinen unsanften Weckversuch noch mehrmals wiederholen, bevor Barnabas sich auf den Rücken wälzte und verschwommen zu ihm hinaufblinzelte. Seine Augen waren rot und seine sonst so joviale Miene zu einem albernen Grinsen entgleist; Locken und Bart glänzten feucht. »Barnabas!« sagte Blade. »Aufstehen! Die Soldaten kommen, und dieses Lager ist nicht einmal zur Hälfte fertig.«

»Die Baracken stehen«, antwortete Barnabas unbekümmert. »Den Rest können die Soldaten erledigen.« Damit rollte er sich zur Seite und schlief wieder ein.

In solchen Fällen sollte ein kalter Wasserguß Wunder wirken, dachte Blade, aber hier oben gab es kein Wasser; um welches zu holen, mußte er zum Fluß hinunterlaufen. Nun, außer Weitwünschen besaß er noch eine zweite spezielle magische Fähigkeit, die sich hier als hilfreich erweisen konnte und viel weniger Arbeit machte. Er konzentrierte sich. Binnen kurzem sah man Barnabas in seinem Schlafsack frösteln.

»He! Schluß damit!« nuschelte er.

Blade konzentrierte sich noch stärker.

Barnabas warf sich ruckartig herum und stierte ihn zähneklappernd an. Sein Gesicht war blau verfroren, aber seine geröteten Augen blickten klarer.

»Barnabas«, sagte Blade, »wie lange steht dein Pferd schon vor dieser Hütte?«

»O ihr Götter!« Barnabas ächzte. »Ist die Armee schon da? Leg bei deinem Vater ein gutes Wort für mich ein, Junge, sag ihm, daß ich normalerweise nicht so in die Kanne steige, wenn ich arbeite. Der Druck war diesmal einfach zu groß!«

»Paps wird nicht vor heute abend eintreffen«, erklärte Blade, »du hast noch ungefähr sechs Stunden, um das Lager fertigzustellen. Wenn du das schaffen willst, solltest du dich an die Arbeit machen.«

»Ja, richtig, das sollte ich wohl«, stimmte Barnabas eifrig zu. »Wenn du aufhörst, mich in einen Eiszapfen zu verwandeln, werde ich aufstehen und mich um alles kümmern, versprochen.«

Blade glaubte ihm nicht. Es war hart, einem alten Freund der Familie zu mißtrauen, der für einen, seit man denken kann, so etwas wie ein Onkel gewesen ist. Andererseits hatte Barnabas es nicht für nötig gehalten, ihnen mit den Soldaten zu helfen, obwohl er wußte, daß sie ohne Derk auskommen mußten, und er sagte streng: »Ich nehme den Zauber weg, sobald du aufgestanden bist.«

»Grausame Jugend!« Barnabas quälte sich bibbernd aus dem Schlafsack und zog sich an der rohen Bretterwand in die Höhe, bis er stand. »Jetzt zufrieden?«

»Geh nach draußen.«

Barnabas setzte sich mit wackligen Beinen in Bewegung, hangelte sich durch die Tür, indem er sich mit beiden Händen am Rahmen festhielt, und lehnte dann die Stirn an die Wand der Hütte. Er stöhnte. »Du verstehst das nicht, Junge. Wenn du nur wüßtest, wie schwer Mr. Chesney uns schuften läßt, hättest du Erbarmen mit mir.«

»Ich weiß es«, sagte Blade. »Inzwischen.« Er hob den Frostzauber nicht ganz auf, sondern minderte ihn nur; Frieren beschleunigte möglicherweise den Ausnüchterungsprozeß. »In den Baracken gibt es keine Pritschen und in den Latrinen keine Gruben«, sagte er, »und die Kantine ist erst halb fertig. Fang an, in ein paar Minuten komme ich und helfe dir.« Er band das unglückliche Pferd los und führte es zum Fluß hinunter. Unterwegs merkte er, daß er sich wieder gehetzt und sorgenvoll fühlte, wie die ganzen letzten Tage. Er war so gewöhnt an dieses Gefühl und so daran gewöhnt, sich auszumalen, was alles schiefgehen konnte, daß er kaum stutzte, als er aus der Kuppel trat und einen Trupp junger Soldaten mit Umhang und Federbusch neben seinen drei Körben stehen sah. Hui, dachte er nur, die sehen fesch aus! und setzte, das Pferd am Zügel, seinen Weg zum Fluß hinunter fort.

»Der Kaiser des Südens ist gekommen, um mit Hexenmeister Derk zu sprechen!« rief einer der Soldaten, sobald er Blade in Hörweite glaubte.

Das Wichtigste zuerst und dann der Reihe nach,

dachte Blade. Barnabas' Pferd war halb tot vor Durst. Er führte das Tier ins Wasser und wartete, bis es angefangen hatte zu saufen, bevor er sich umdrehte und in höflichem Ton erwiderte: »Ich fürchte, mein Vater wird erst heute abend hier eintreffen.« Die Soldaten hatten unterdessen das kaiserliche Banner entrollt. Es flatterte an einer neben den Körben aufgepflanzten Stange, groß und offiziell und purpurn und weiß. Auf dem Weg zu seinen Körben dachte er wieder Hui! und sagte dann mit aller ihm zu Gebote stehender Höflichkeit: »Entschuldigt mich, ich muß einen Futterbeutel holen, das Pferd ist am Verhungern. Von Euch hat nicht zufällig einer Kaffee dabei? Der Hexenmeister, der den Auftrag hatte, dieses Lager zu errichten, hat um einiges zu tief ins Glas geschaut, fürchte ich.«

Sie musterten ihn verdutzt, machten aber Platz. Ihre blitzblanken Stiefel knirschten auf dem Schotter, und aus dem Augenwinkel sah Blade die goldenen Brustharnische blinken, während er aus einem der Körbe einen Haferbeutel nahm.

Da niemand etwas sagte, schwieg auch er, ging schweigend mit dem Beutel zurück zu Barnabas' Pferd, zog es aus dem Fluß, bevor es zu viel trinken konnte, und hängte ihm den Futterbeutel vors Maul. Als es angefangen hatte zu fressen, drehte er sich um.

Der jüngste der Soldaten, in einen besonders prächtigen purpurnen Umhang gehüllt, stand nur wenige Schritte vor ihm und schaute ihn an. Shonas Alter, dachte Blade. Sieht ganz nett aus.

»Ich – äh – habe einen Boten nach Kaffee geschickt«, erklärte der Mann.

»Vielen Dank.«

»Kein Ursache. Unser Lager ist nur eine Meile entfernt. Viel zu nah an diesem hier, genaugenommen.

Ich würde sagen, Euer trunkener Hexenmeister hat das Basislager des Dunklen Fürsten am falschen Platz errichtet.«

»Ich *wußte*, daß etwas nicht stimmt.« Blade nagte an seiner Unterlippe. »Aber es ist zu spät, um es jetzt noch zu verlegen.«

»Allerdings. Und ein Gutes hat die Sache: Wir können leichter Kriegsrat halten. Ich möchte nicht, daß dein Vater meine Legionen zu hart schlägt. Es sind alles neue Leute, die meisten Veteranen sind während der Touren im letzten Jahr getötet worden. Ich bin Titus – Kaiser Titus, mußt du wissen.«

»Ich bin Blade«, sagte Blade und stellte zu seiner eigenen Überraschung fest, daß er gerade dem Kaiser des Südens kameradschaftlich die Hand schüttelte.

»Mir hat gefallen, daß du dich zuerst um dein Pferd gekümmert hast«, meinte Titus.

»Barnabas scheint es einfach da oben angebunden und vergessen zu haben«, erklärte Blade zornig. »Fast hätte ich ihn getreten. Eigentlich *habe* ich ihn getreten, aber er war so betrunken, daß er es nicht gespürt hat.«

»Ich glaube nicht, daß ich den Mut hätte, einen Hexenmeister zu treten, auch nicht, wenn er betrunken ist.«

»Das war gar nichts, nach all dem, was ich in der letzten Woche erlebt habe«, erwiderte Blade und schilderte, wie unterwegs die Soldaten versucht hatten zu entkommen und wie Draco gerade rechtzeitig auftauchte, um sie daran zu hindern (oder wenigstens die meisten von ihnen). Er und Kaiser Titus hatten sich auf die Körbe gesetzt, und die Legionäre ließen sich, einem Zeichen ihres Souveräns gehorchend, steif im Halbkreis vor ihnen auf dem steinigen Boden nieder. Auch sie hatten einiges mitgemacht, berichtete Titus. Die Kaiserlichen Legionen waren auf dem

Marsch hierher vom Weg abgekommen und zwei Tage lang in einem Sumpf herumgeirrt.

»Und diese Moorleute standen nur da und lachten«, erzählte Titus. »Ich dachte, sie wären auf unserer Seite, aber – oh, du bekommst Besuch.«

Als Blade sich umschaute, sah er einen kleinen Reitertrupp den Fluß durchfurten. An die hochgewachsene, melancholische Gestalt ganz vorn erinnerte er sich von der Begegnung in der Wüste her, als er und Paps das Weiße Orakel befragt hatten. König Luther, kein Zweifel. Blade stand auf, alle anderen ringsum ebenfalls.

König Luther sprang von seinem großen schwarzen melancholischen Pferd und kam heran, seine Schritte knirschten auf dem Kiesgrund. »Fast habe ich damit gerechnet, Euch hier anzutreffen, Titus«, sagte er jovial. Er und Titus begrüßten sich mit einer leichten Verbeugung wie Freunde, aber auch wie Herrscher unabhängiger Reiche, fand Blade, der das Zusammentreffen interessiert beobachtete. Schon wandte König Luther sich ihm zu. »Und du solltest nicht einmal daran denken, mir wieder einen Frostzauber anzuhexen, Bürschchen.« Blade sah, daß Titus sich ein Lachen verbeißen mußte, aber der König wurde ernst. »Wo ist dein Vater?« fragte er. »Was denkt er sich dabei, sein Basislager am völlig falschen Platz zu errichten? Von hier aus haben meine Männer nicht die Möglichkeit, zwischen den Schlachten nach Hause zurückzukehren.«

»Ich fürchte, Barnabas hat zu tief ins Glas geschaut und wahrscheinlich einen Fehler gemacht«, antwortete Blade.

»Weshalb hat Derk diesem Trunkenbold ...« wollte König Luther aufbrausen, aber Titus unterbrach ihn: »Ah, hier kommt der Kaffee.«

Er kam in vergoldeten Picknickkörben am Packsattel eines Pferdes, bewacht von einem stattlichen Majordomus auf einem zweiten Pferd. In diesen Körben befand sich ein ganzes Festmahl, wie man sehen konnte, als der Majordomus feierlich die Deckel aufklappte.

»Ich schlage vor, wir nehmen alle gemeinsam einen kleinen Imbiß zu uns«, sagte Titus. Blade stieg erst mit einer vergoldeten und dampfenden Flasche voll Kaffee zur Kuppel hinauf, wo Barnabas sich verkatert damit abmühte, die Baracken mit Pritschen auszustatten. »Ich werde das Trinken endgültig aufgeben müssen«, jammerte er. »Diesmal habe ich den Tatterich schlimmer als je zuvor, und ich friere wie ein Schneider. Ist das Kaffee? Wunderbar!«

Blade erbarmte sich und verminderte den Zauber noch einmal um die Hälfte, doch bevor er Barnabas die Kaffeeflasche überließ, stellte er einen Stuhl aus der Kantine auf den Exerzierplatz und befahl ihm, sich zu setzen. Er wollte verhindern, daß Barnabas wieder einschlief.

Barnabas nahm die Flasche und trank gierig. Dann schnaufte er, wischte sich über den Mund und nahm noch einen Schluck. »Ein Labsal! Es gibt hier immer noch eine Menge zu tun, und *du* bist keine große Hilfe!«

»Ich weiß. König Luther und Kaiser Titus sind überraschend aufgetaucht.«

»Dann bist du entschuldigt. Jetzt aber solltest du die beiden sich selbst überlassen, damit sie die gekrönten Häupter zusammenstecken können, oder wir kriegen die Latrinen nicht rechtzeitig fertig.«

Blade kam eine Idee. »Gleich. Ich kümmere mich um die Latrinen, während du mit den Pritschen weitermachst und anschließend die Kantine einrichtest.«

»Die Kantine?« Barnabas verzog das Gesicht. »Da drin hat irgendein hochnäsiger Barde sich häuslich niedergelassen. Was sucht der Knabe hier?«

»Keine Ahnung. Schmeiß ihn raus.« Blade lief den Hang hinunter.

Unten hatte man sich in einiger Entfernung vom Wasser zu einem Picknick niedergelassen; ein paar Regentropfen fielen, aber das schien niemanden zu stören. Der Majordomus verneigte sich vor Blade und reichte ihm einen mit Goldblech gebördeten Holzteller, auf dem Räucherlachs, Vollkornbrot und Oliven angerichtet waren. »Danke«, sagte Blade, woraufhin der Mann ihn verdutzt anschaute, als wäre es nicht üblich, sich bei ihm zu bedanken. Schlimm genug. Blade ging mit seinem Teller zu dem Korb, auf dem Titus saß. »Majestät, könntet Ihr ein paar Eurer Legionäre entbehren, um für uns Latrinen auszuheben?«

Titus grinste. »Nichts spricht dagegen. Sie tun das jetzt seit vierzehn Tagen jeden Abend, also dürften sie inzwischen Übung darin haben, und im Moment sitzen sie nur herum.« Er sprach ein Wort zu einem seiner Offiziere, der sich auf das Pferd des Majordomus' schwang und in schnellem Trab davonritt.

König Luther lachte so herzlich über Blades Ansinnen, daß er fast erstickte. Oben schien Barnabas mit der Arbeit an der Kantine angefangen zu haben, denn Conrad der Barde trat hoheitsvoll ins Freie, stand mit vor der Brust verschränkten Armen hoch über ihnen und sah um einiges königlicher aus als die Monarchen bei ihrer Vesper. Blade fragte sich wieder, was der Mann hier für Geschäfte haben mochte, als Titus ihn anstieß.

»Noch mehr Besuch. Dort naht die Geistlichkeit.«

Hohepriester Umru kam mit seinem Gefolge am

diesseitigen Flußufer entlanggezogen. Er ritt ein außergewöhnlich stämmiges weißes Pferd, auf dem er saß wie auf einem Sofa und an einer Seite die Beine herabhängen ließ. Begleitet wurde er von einer Anzahl weiterer Priester in unterschiedlich gefärbten Gewändern.

»Guten Tag«, rief Umru und hob segnend die Hände – offenbar die klerikale Version einer Verneigung -, jedenfalls erwiderten Titus und Luther und ihr Gefolge die Begrüßung mit Verbeugungen, woraufhin die anderen Priester ebenfalls segnende Gebärden vollführten. Man verneigte sich wieder. Umru winkte Blade mit einem dicken Finger zu sich. »Auf ein Wort, mein Junge.«

Blade ging zu ihm hinüber. Unterdessen traten zwei schwarzgekleidete Priester hinzu und halfen ihrem gewichtigen geistigen Oberhaupt, von seinem Schimmel zu rutschen. Blade beobachtete die Prozedur und fragte sich, wie der Hohepriester jemals wieder in den Sattel kommen wollte.

»Ja, Sère?« fragte er höflich.

Umru musterte ihn streng. »Nach unserer letzten Begegnung hatte ich noch drei Stunden später unter Schüttelfrost zu leiden. Ist dein Vater, der Hexenmeister, schon eingetroffen?«

Blade erklärte, daß man gegen Abend mit Derks Eintreffen rechnete.

»Wir werden warten. Ich bin ihm die Rücksichtnahme schuldig, nachdem er tatsächlich das Lager auf diese Seite der Berge verlegt hat. Das läßt mich hoffen, die Schlachten werden ebenfalls hier geschlagen? Wie verhält es sich damit, Junge?«

»Darüber weiß ich leider nicht Bescheid.«

»Dann muß ich ihn fragen. Aber ich fürchte, diese anderen Priester in meiner Begleitung sind gekommen, um sich zu beschweren. Vielleicht solltest du deinen Vater vorwarnen.«

Blade hob den Blick zu den Männern in den farbigen Gewändern, die ihrerseits von ihren Pferden finster auf ihn hinunterschauten. »Abgesandte aus den Tempeln der anderen Götter«, erklärte Umru. »Sie sind erbost wegen dieser Anordnung, daß sich den Pilgergruppen ein Gott manifestieren soll.«

»Das ist Mr. Chesneys Anordnung«, wehrte Blade ab. »Mein Vater hat nichts damit zu tun.«

Umru drehte sich zu den finsteren Priestern herum. »Ihr habt es vernommen, meine Brüder. Wie ich Euch gesagt habe. Werdet Ihr es Euch mit dem Wort des Jungen genug sein lassen und nach Hause zurückkehren?«

»Wir werden bleiben und mit dem Hexenmeister sprechen«, entgegnete ein griesgrämiger Priester in einer roten Kutte.

Umru seufzte.

»Nun wohl. Mein Junge, hast du einen Platz für uns, an dem wir warten können?«

»Kommt mit und setzt Euch auf die Körbe.« Blade machte eine einladende Handbewegung.

»Körbe?« fragte der griesgrämige Priester.

»In der Tat«, versetzte Umru. »Ich sehe einen Kaiser und einen König auf jenen Körben sitzen. Bezwinge deinen Stolz, Cartebras, wenn du denn bleiben willst, und nimm ebenfalls Platz auf einem Korb.«

»Wartet einen Moment.« Blade jagte den Hang hinauf, vorbei an dem erhabenen Barden, über den Exerzierplatz und hinein in die Kantine, wo Barnabas gerade die Tische und Bänke aufstellte. Blade warf sich quer über so viele Bänke, wie er mit seinem Körper bedecken konnte.

»Was soll das?« fragte Barnabas.

»Da sind auch noch sechzehn Hohepriester gekommen«, antwortete Blade und versetzte sich mitsamt den ergatterten Sitzgelegenheiten zurück ans Flußufer. Die Priester nahmen herablassend Platz und saßen mit so finsteren Mienen da, daß das fröhliche Geplauder rund um die Körbe erstarb.

»Vergebt uns, meine Freunde«, seufzte Umru, der sich mit größter Vorsicht auf dem dritten Korb niederließ. Das Geflecht sank ächzend ein wenig zusammen und verschob sich zur Seite hin, hielt der Belastung aber stand.

Blade wurde klar – das war einer dieser Tage. Und er hatte damit gerechnet, sich zu langweilen! Der nächste Ankömmling erschien so plötzlich und lautlos hinter ihm, als hätte er sich hergewünscht, was jedoch nicht der Fall zu sein schien. Es war ein hagerer Mann, ganz in Leder gekleidet, der fast so finster dreinschaute wie die Priester. »Oberster der Werwölfe«, stellte er sich knapp vor. »Dieses Lager befindet sich an der falschen ...«

»Ja, ich *weiß*«, schnitt Blade ihm das Wort ab. »Und ich fürchte, mein Vater wird erst heute abend hier eintreffen.«

»Dann warte ich«, entschied der Werwolf. »Dieses Lager muß verlegt werden, oder wir können unsere Aktionen nicht koordinieren. Wir müssen zwischen den Schlachten Pilgergruppen in sechzig Meilen Entfernung überfallen.«

»Und ich muß achtzig Meilen entfernt als Unholder König Hof halten«, rief Luther. »Unmöglich zu schaffen. Kommt und setzt Euch zu uns, mein Freund.«

Der Werwolf streifte Blade im Vorbeigehen mit einem unfreundlichen Blick, und Blade war ausgesprochen froh, daß es sich bei den nächsten Ankömmlingen nur um eine Abteilung Legionäre handelte, die allesamt mit Spaten bewaffnet waren und zackig im Gleichschritt liefen, während ein schneidiger Offizier hinter ihnen hertrabte und in barschem Ton kommandierte: »Eins – zwei, eins – zwei, eins – zwei.« Blade sprang auf und zeigte ihnen den Weg zum Lager und den Latrinen. »Kein Problem«, meinte der Offizier. »Diese Burschen machen das zweimal pro Tag vor dem Frühstück, stimmt's Jungs?«

»Eher dreimal«, sagte einer der Legionäre resigniert.

»Dann hopp, hoppp! An die Arbeit!« brüllte der Offizier.

Von seiner Sorte könnten wir ein paar gebrauchen, dachte Blade, als er wieder auf den Hang hinaustrat, und fragte sich, ob Titus bereit wäre, ihm ein paar Offiziere auszuleihen – oder war das ein Regelverstoß?

Er überlegte gerade, ob etwas Diesbezügliches in seinem schwarzen Buch stand – das Kit hoffentlich sicher verwahrte –, als er aufblickend den nächsten Ankömmling von dem herrlichsten Pferd steigen sah, das er je zu Gesicht bekommen hatte. Sogar der Barde ließ sich dazu herab, einen anerkennenden Pfiff auszustoßen, und äußerte, als Blade an ihm vorbeiging: »Also das nenne ich ein erstklassiges Stück Pferdefleisch.«

Der Reiter, stellte Blade fest, als er sich der Picknickgesellschaft näherte, war eine Reiterin. Wegen ihrer Statur, schlank und hochgewachsen, hielt Blade sie erst für eine Elfin, aber nein, wahrscheinlich war sie etwas ganz anderes. Sie hatte bräunliches Haar und mandelförmige Augen. Auch ihr Teint war braun, und obgleich sie von Kopf bis Fuß in weiches weißes Rehleder gekleidet war, gab es sonst nichts Weiches an ihr, sie war so zäh und sehnig und unnachgiebig wie Dörrfleisch. Er beobachtete, wie sie die Fäuste auf die schmalen Hüften stemmte und den funkelnden Blick über die bei den Körben versammelte Gesellschaft wandern ließ.

»Wer von euch ist Hexenmeister Derk?« fragte sie in schneidendem Ton.

Blade hütete sich, den Mund aufzumachen.

»Von uns niemand, Madame«, antwortete König Luther höflich. »Auch wir warten auf ihn.«

»Ich bin Wendela Pferdeherrin, und ich wünsche Hexenmeister Derk zu sprechen, auf der Stelle. Er mag Dunkler Fürst sein, aber soweit ich es beurteilen kann, ist er der einzige Mensch auf dieser Welt, der auch nur das mindeste Herz für Tiere hat. Ich muß mit ihm über meine Pferde sprechen. Es geht um ein Ultimatum!«

»Aber Hexenmeister Derk ist noch nicht hier, meine Tochter«, sagte Umru.

Die Pferdeherrin betrachtete die Szenerie. Mittlerweile hatte sich nicht nur eine große Anzahl Menschen am Flußufer versammelt, sondern es waren auch etwa zwei Dutzend Pferde dabei.

»Ihr alle benutzt meine Pferde«, sagte sie. »Ich werde erst euch sagen, was ich zu sagen habe, und dann Hexenmeister Derk, wenn er kommt. Es war schwierig, dieses Lager zu finden – jemand hat es am völlig falschen Platz errichtet –, und die Mühe soll sich gelohnt haben. Also hört zu. In der letzten Saison ist eine so große Anzahl meiner Pferde getötet worden, daß ich Schwierigkeiten hatte, mein Kontingent für dieses Jahr zu erfüllen. Ich war gezwungen, die Zahl mit Mutterstuten aufzustocken, und das bedeutet, weniger Fohlen im nächsten Jahr – viel weniger, weil diese verdammten Pilger so achtlos sind. Schon sechs Touren haben sämtliche Pferde verloren, und ich denke nicht daran, ihnen neue zur Verfügung zu stellen, nur damit sie ...«

»Madame«, gelang es Umru einzuwerfen, »ich versichere Euch, ich liebe Pferde, insbesondere das eine und einzige, das stark genug ist, mich zu tragen.«

»... von irgendwelchen Idioten zuschandengeritten werden, die glauben, Pferde wären eine Art wandernder Sessel«, galoppierte die Pferdeherrin über seinen Einwurf hinweg. »Und jetzt versammelt ihr euch hier für diese hirnlosen Schlachten, und garantiert müssen wieder die Pferde den höchsten Blutzoll entrichten, weil das jedesmal so ist, und es werden kaum welche übrigbleiben, und die wenigen sind dann noch verletzt. Weshalb ihr alle nicht besser aufpassen könnt ...«

»Uns betreffen Eure Vorwürfe nicht«, bemerkte Titus steif. »Unsere Legionen kämpfen fast ausschließlich zu Fuß.«

»Als wenn ich das nicht wüßte! Euer Haufen ist der schlimmste von allen. Eure abscheulichen Legionen töten oder verstümmeln die Pferde, um der Reiter habhaft zu werden. Nun, ich warne euch, wenn es in diesem Jahr wieder ein Gemetzel gibt, wenn auch nur einer meiner Lieblinge verletzt oder getötet wird ...«

»Seid doch vernünftig«, fiel König Luther ihr ins Wort, »man kann keine Schlacht schlagen, ohne daß Pferde zu Schaden kommen ...«

»Doch, das kann man, wenn man zu Fuß kämpft!« widersprach die Frau. »Und dazu werdet ihr euch bequemen müssen, denn, wie ich gesagt habe, wenn ein *einziges* Pferd verletzt wird, rufe ich sie alle zurück.«

König Luther hob skeptisch die Augenbrauen. »Das ist leichter gesagt als getan. Erstens müßt Ihr ...«

»Ich tue einfach nur das.« Die Pferdeherrin steckte

zwei Finger in den Mund und stieß einen langgezogenen, schrillen Pfiff aus. Die Köpfe sämtlicher Pferde wandten sich in ihre Richtung. Dann trabten alle, selbst Barnabas' Pferd und Umrus und die von König Luthers Männern angebundenen Gäule freudig zu ihr hin. Der Pferd des Barden kam in schnellem Trab aus der Kuppel und war als erstes bei ihr. Für einen Moment hallte das Flußtal wider vom Klirren beschlagener Hufe auf Stein. »Seht ihr?« fragte die Pferdeherrin aus dem Gedränge der Leiber. »Nichts leichter als das.« Sie klopfte Hälse und streichelte Samtnasen. »So, meine Lieben. Geht fürs erste zurück zu denen, die euch leihweise benutzen dürfen. Ich rufe euch wieder, wenn ich euch brauche.« Die Pferde machten gehorsam kehrt und liefen dorthin zurück, woher sie gekommen waren, nur der Barde fing das seine vor der Kuppel ein und behielt es bei sich.

Blade sah ein, daß er Umrus Rat folgen und seinen Vater vorwarnen sollte. Ausgerechnet tauchte jetzt auch noch ein Kamel auf, es kam oben hinter der Biwakkuppel zum Vorschein. Der Kamelreiter hielt bei dem Barden an und fragte etwas, und der Barde deutete auf Blade. Das Kamel kam in x-beinigem Schlenkertrab den Hang hinunter und blieb röchelnd neben Blade stehen.

Blade war im ersten Moment völlig baff, dann aber begriff er wenigstens so viel, daß dieser Mann der Leibdiener eines Wesirs war. Bei seiner Botschaft ging es darum, daß der Emir sich seit neuestem ›wunderlich gebärdete‹. Er schickte ihn zu den Weidenkörben, um dort zu warten. Man konnte nur hoffen, daß Wendela Pferdeherrin, die zwischen den Leuten umherging und jedem, den sie zu fassen bekam, einen Vortrag hielt, sich nicht bemüßigt fühlte, auch das Kamel in die Schar ihrer Schutzbefohlenen aufzunehmen.

Und sie konnte wohl auch nichts gegen die beiden nächsten Ankömmlinge haben, die zu Fuß durch den Fluß geplantscht kamen.

Diese beiden stiegen die Uferböschung hinauf und stürzten sich gleich auf Blade. »Dieses Lager befindet sich an der falschen Stelle«, sagte der vorderste.

Blade hätte am liebsten geschrieen, doch er blieb höflich. »Sagt mir, weswegen Ihr kommt, und ich werde es meinem Vater ausrichten, sobald er hier ist.«

»Wir gehören eigentlich nicht zusammen«, meldete sich der hintere. »Ich komme aus Chell. Es gibt ernsthafte Probleme bei den Vorkehrungen für die Belagerung dort.«

»Und ich komme aus dem Norden«, sagte der vordere, »mit einer Beschwerde über diese vermaledeite lavendelfarbene Drachin. Wer hat ihr erlaubt, sich mitten auf unserer Fallenstellerroute niederzulassen?«

Blade überredete beide mitzukommen und bei den misanthropischen Priestern Platz zu nehmen.

»Benutzt ihr Pferde?« fragte Wendela, die wie aus dem Boden gewachsen hinter ihnen stand.

Blade ergriff die Flucht und lief über die knirschenden Kiesel zum Fluß hinunter, bevor noch irgend etwas passierte. Als ein großer schwarzer Schatten über ihn hinwegstrich, blickte er auf und sah zu seiner großen Überraschung und Freude Callette am Flußufer zur Landung ansetzen. »He!« rief er und schlitterte durch das Kiesgeröll auf sie zu. »Ich dachte, du wärst zu Tantchens Haus geflogen!«

Callette faltete die Flügel an den Leib und trank von dem fließenden Wasser. »Bin ich auch«, antwortete sie, »und danach zur Universität. Ich komme viel schneller voran, wenn ich alle zehn Meilen eine Rast einlege. Paps hat gesagt, daß wir uns hier treffen sollen, aber er ist noch eine halbe Meile oder so entfernt. Als ich über sie hinweggeflogen bin, waren sie gerade damit beschäftigt, ein paar Soldaten einzufangen, die wegzulaufen versuchten. Sie werden bald eintreffen.«

»Dem Himmel sei Dank!« rief Blade. »Du glaubst nicht, wie viele Leute hier warten, um sich bei ihm zu beschweren!« Er schickte sich an, Callette sein Leid zu klagen, dann aber ließ er es bleiben, weil er sehen konnte, daß sie etwas auf dem Herzen hatte. Sie klappte immer wieder mit den Flügeln, und ihr Schweif schlug auf den Kieseln hin und her. »Was ist los?«

Callette blickte auf, schaute sich um und sträubte ihren Federkamm. »Blade, würdest du mir einen Gefallen tun? Kannst du von diesen Leuten zwei aussuchen, die mich noch nie gesehen haben und sie herbringen? Ich muß sie etwas fragen.« Eine merkwürdige Bitte, fand Blade, aber Callette hatte bestimmt ihre Gründe. Callette hatte immer gute Gründe für alles, was sie tat. Er nickte und ging zurück zu den Bänken und Körben. Die überwiegende Zahl der dort Wartenden hatte noch nie einen Greif gesehen. Sie standen da und machten große Augen. »*Ehrliche* Leute!« rief Callette hinter ihm her.

Damit schied nach Blades Schätzung ungefähr die Hälfte aus. Und König Luther hatte Kit gesehen, als Kit und Paps letztes Jahr mit den Schweinen zu einem Auftritt im Palast erschienen waren. Der Oberwerwolf sah zwar ehrlich aus, aber Blade fand ihn unsympathisch, ebenso wie diesen Barden oben auf dem Hügel. Er entschied sich für die Pferdeherrin, schon um sie von dem bedauernswerten Boten aus Chell wegzulotsen, und Titus, weil er ihn gut leiden mochte.

Ihre Reaktionen verblüfften ihn. Als er den Monolog der Pferdeherrin unterbrach, indem er sie am fransenbesetzten Rehlederärmel zog, sagte sie: »*Wirklich? Ich fühle mich geehrt!*« und es war ihr voller Ernst. Und Titus sagte: »Wunderbar! Ich wollte immer schon einen Greifen aus der Nähe sehen.« Beide folgten Blade, als wären sie zu einem besonderen Empfang gebeten.

Callette musterte sie prüfend, erst mit dem einen Auge, dann mit dem anderen. »Gute Wahl«, meinte sie zu Blade.

»In welcher Weise können wir behilflich sein?« fragte Titus.

»Ich möchte wissen, ob ihr findet, daß ich schön bin«, sagte Callette.

»Aber bestimmt. Du bist *superb*!« antwortete Wendela mit noch größerer Vehemenz als gewöhnlich.

»Du bist das schönste Geschöpf, das ich je die Ehre hatte kennenzulernen«, erklärte Titus.

»Und du hast wundervolle Bewegungen, glaub mir!« fügte Wendela hinzu.

»Ich danke euch, euch beiden«, sagte Callette glücklich.

Blades Erstaunen wuchs. Callette war für ihn einfach nur Callette, seine mehr-oder-weniger Zwillingsschwester, die sich zur gleichen Stunde, als Blade geboren wurde, aus ihrem Ei gemeißelt hatte. Mara pflegte zu sagen, sie wüßte nicht, wer von beiden am meisten gefuttert oder am lautesten geschrien hätte. Aber die Pferdeherrin schien sich ihrer Sache ganz sicher zu sein, und Titus war bestimmt sein ganzes Leben lang von schönen Dingen umgeben gewesen. Callette war schön. Wer hätte das gedacht.

Er mußte die drei in eine Unterhaltung vertieft stehenlassen, weil mit knirschendem Marschtritt die ersten Reihen der Soldaten unter den Bäumen zwischen Moor und Flußufer auftauchten. Blade mußte die Bänke, die Körbe und die Menschen zur Seite schaffen und einige Leute bitten, die Pferde und das Kamel wegzuführen, damit die Soldaten ungehindert zu ihrem Biwak weitermarschieren konnten. Nach ihren Mienen zu urteilen, waren sie noch schlechterer Laune als beim Aufbruch am Morgen. Blade befürchtete einen Ausbruch von Gewalttätigkeiten, doch bevor etwas passieren konnte, tauchte Kit am Himmel auf und sein Schatten, der über sie hinwegglitt genügte, um die Disziplin aufrechtzuerhalten. Die Menschen am Ufer starrten fasziniert zu Kit hinauf, dann erspähten sie Don, der hinterherflog, um die nächste Abteilung anzutreiben. Die Luft war erfüllt von dem Rauschen gewaltiger Schwingen und dem Knirschen schwerer Stiefel auf Geröll, während die Soldaten zur Kuppel hinaufströmten und Kit landete, um hinter ihnen den Eingang zu versiegeln. Nach den Soldaten kamen die Hunde, Kühe und Gänse, getrieben von Shona, die auch die Pferde führte, Schönste und Niedlich eingeschlossen. Über ihren Köpfen segelten lautlos die Tageulen. Dieser Aufmarsch erregte noch größeres Staunen, aber Derk, der als letzter eintraf, war unbestritten die Sensation, denn er ritt auf Draco. Es war ein wirklich imposanter Anblick, sogar für Blade, der wußte, sein Vater hatte sich nur dazu entschlossen, um die Soldaten einzuschüchtern.

Das Staunen währte nur eine Minute, dann war der Bann gebrochen. Alle stürmten auf Derk zu und überschrien sich gegenseitig. Barnabas lief schwankend an Blade vorbei und rief: »Ich kann's erklären! Ich kann alles erklären!« Auch der statueske Barde stieg auf sein Pferd und ritt den Hang hinunter. Doch statt sich in das Gedränge um Draco zu stürzen, bog er ab und hielt auf Shona zu. Er erreichte sie, als sie gerade von

Nancy Cobber stieg, überreichte ihr eine Schriftrolle, an der ein langes Siegel hing, und ritt grußlos davon.

Shona klemmte sich Nancys Zügel unter den Arm und öffnete sichtlich verdutzt die Rolle. Sie las. Sie wurde kreidebleich. Dann ließ sie Nancys Zügel fallen, warf sich auf den Boden und schrie und raufte sich die Haare.

Kapitel 16

Blade wunderte sich, wie sein Vater es schaffte, nicht auch zu schreien und sich die Haare zu raufen. Während er zu Shona hinlief, stand Derk in einem engen Kreis von Menschen, die ihn mit ihren Anliegen bestürmten, und am lautesten tönte die Stimme von Wendela Pferdeherrin. Sie hielt Schönste am Zaum fest. »*Und* die Stute ist überanstrengt. Seht sie euch an!«

»Mhir ghet esch ghut! 'ch bhinnich mhüde!« hörte Blade Schönste protestieren, als er bei Shona ankam, im selben Moment wie Kit, der, kaum daß er gelandet war, fragte: »Was ist los? Was ist passiert?«

Shona hatte das Gesicht in Haar und Armen vergraben. Von Schluchzen geschüttelt, streckte sie wortlos die Hand mit der Schriftrolle in die Höhe. Callette und Don landeten, als Kit vorlas:

»Der Präsident der Akademie der bardischen Künste sieht sich zu seinem Bedauern gezwungen, die Elevin Shona davon in Kenntnis zu setzen, daß sie gegen die strikte Anordnung verstoßen hat, in keiner wie auch immer gearteten Weise am Ablauf der Pilgerfahrten beteiligt zu sein. Hätte die Elevin sich wie vorgesehen, pünktlich zum Semesterbeginn in unserem Institut eingefunden, hätte sie erfahren, daß an alle Barden das Gebot ergangen ist, die Zusammenarbeit mit ›Chesneys Pilgerfahrten‹ zu verweigern. Demzufolge wird die oben genannte Elevin von unserer Anstalt relegiert, und ihr ist von nun an jede Betätigung auf dem Gebiet der bardischen Künste strengstens untersagt.«

»Ich habe das nicht gewußt!« heulte Shona. »Keiner

hat mir was davon gesagt! Was soll ich jetzt tun? Meine Karriere ist ruiniert, und ich kann ohne Musik nicht leben!«

Kit bebte vor Zorn an allen Gliedern, Federn und Fell standen ihm am Rückgrat entlang zu Berge. »Ich hätte nicht übel Lust, dem Kerl zu folgen und ihm den Kopf abzureißen!«

»Das würde Shona nichts nützen«, sagte Callette. »Komm und hilf mir, sie zu trösten.«

Kit grub mit allen zehn Krallen der Vorderpranken tiefe Furchen in den Boden, doch er ging um Callette herum und tat sich, Kopf an Schweif, neben ihr nieder, so daß ihre beiden Körper ein warmes, fedriges Nest bildeten, in dem Shona lag und herzzerreißend schluchzte. Blade hatte sie noch niemals so unglücklich erlebt, sie nicht und überhaupt niemanden. Er fühlte sich wie betäubt. Er wußte nicht, was er tun sollte.

»Pferde versorgen«, sagte Don zu ihm. »Hunde füttern, Abendessen, Gänse in Körbe stecken.«

Blade nickte. Es war eine Erleichterung, sich beschäftigen zu können.

Als es soweit war, die Gänse für ihren nächtlichen Einsatz in die Körbe zu locken, sah Derks Gesicht grau und faltig aus, aber er hatte die meisten Beschwerdeführer zufriedengestellt. Barnabas saß griesgrämig über einem Becher Kaffee, Draco war nach Norden geflogen, um mit der lavendelfarbenen Drachin zu sprechen, und den Priestern hatte Derk überzeugend versichert, daß er keinerlei Schritte unternommen hatte, um die Manifestation eines Gottes zu arrangieren, auch nicht eines falschen Gottes. Er hatte Umru bestätigt, daß in seinem Reich keine Schlachten stattfinden würden. Titus und König Luther hatte er für den morgigen Tag einen Kriegsrat versprochen, anschließend wollte er in Chell nach dem Rechten sehen und auch den Emir aufsuchen. Nur die Pferdeherrin lief immer noch hinter ihm her und hielt Vorträge.

»In Ordnung, *ja*, einverstanden!« fiel er ihr auf dem Weg zu Shona hinunter endlich mit erhobener Stimme ins Wort.

Wendela blieb stehen und starrte ihn an.

»Ihr hört einfach nicht zu«, sagte Derk, »sonst hättet Ihr gemerkt, daß Ihr offene Türen einrennt. Wir werden zu Fuß kämpfen. Mich bedrückt schon seit Jahren, was die Pilger mit den Pferden für Schindluder treiben. Das ist der Grund, weshalb ich Pferde züchten wollte, die fliegen können – ich dachte, sie hätten eine größere Überlebenschance.«

»Oh«, sagte die Pferdeherrin schwach. »Vielen Dank.« Sie eilte hinunter zum Flußufer, wo Niedlich den gefährlichen Fehler machte, mit dem Kamel Freundschaft schließen zu wollen.

»Laß das sein, du dummes kleines Pferd!« hörte man sie schimpfen. »Willst du dir ein gebrochenes Bein einhandeln?«

»Was gibt es hier?« fragte Derk und schob sich an Kit vorbei in das aus den Greifenleibern gebildete Nest, in dem Shona lag. Kit reichte ihm die Schriftrolle; er nahm sie, hielt sie schräg, um das schwindende Tageslicht zu nutzen, und las mit gerunzelter Stirn. »Ach du liebe Güte. Mein armes Kind! Das ist lächerlich. Ich werde bei allernächster Gelegenheit mit dem Präsidenten reden, verlaß dich drauf.« Er ging in die Hocke und legte Shona die Hand auf den Rücken. »Alles wird gut. Ich lasse das nicht zu. Himmel, bin ich müde. Kümmert sich jemand um die Wilde Jagd heute nacht?«

»Ich.« Kit sprang auf, der peitschende Schweif verriet seinen mühsam gebändigten Zorn. Derk blieb neben Shona hocken und redete tröstend auf sie ein. Dabei war ihm klar, daß sie ihm nicht glaubte.

Er seufzte. »Ich wünschte, Mara könnte mit ihr reden.«

»Soll ich sie holen?« erbot sich Callette.

»Nein, nein, sie hat zu tun.« Derk wollte nicht erleben, daß Callette den weiten Weg machte und Mara ihn dann nicht sehen wollte. Er war ziemlich sicher, daß Mara auch nicht nach ihm gesehen hatte, als er, von dem Drachenatem vergiftet, halbtot darniederlag. Doch er wollte jetzt nicht über die rätselhafte Kluft zwischen ihm und Mara nachdenken, er hatte momentan einfach nicht die Kraft, sich dem zu stellen. Wieder seufzte er.

»Du mußt etwas essen«, sagte Callette. »Höre ich mich an wie Lydda?«

Derk brachte ein Lächeln zustande. »Nicht ganz. Suchen wir uns ein Abendbrot; Barnabas muß auch etwas in den Magen kriegen.«

»Alle beschweren sich, daß er das Basislager am falschen Platz errichtet hat.«

»Das stimmt, aber was er getan hat, paßt gut zu meinen eigenen Absichten, also macht es nichts aus. Shona, bitte steh auf und iß mit uns zu Abend.«

»Nein«, sagte Shona dumpf. »Ich kann nicht essen.«

Auch am nächsten Morgen wollte sie nichts zu sich nehmen. Sie saß in eine Decke gehüllt da, blaß und mit eingesunkenen Wangen, starrte ins Leere und schien nichts von dem Kommen und Gehen um sie herum wahrzunehmen. Kaiser Titus und König Luther erschienen zum anberaumten Kriegsrat, der oberste Werwolf ebenfalls. Derk überlegte kurz, dann übertrug er Kit die Verantwortung für die Inszenierung der kriegerischen Auseinandersetzungen. Wendela Pferdeherrin und der Mann mit dem Kamel reisten ab, aber der Bote aus Chell blieb und beharrte darauf, daß sein Herzog Derks Hilfe brauchte. Derweil folgte Derk Barnabas durch das Lager und redete ihm ins Gewissen.

»Ich finde, du hättest versuchen können, deiner Sucht Herr zu werden ...«

»Das habe ich, Derk, und versuche es noch. Heiler, Bannsprüche, Tabus – nichts kann mich daran hindern, in Abständen immer wieder über den Durst zu trinken. Aber ich habe diesmal darauf geachtet, daß sämtliche Gefechtszauber in der Kuppel plaziert sind, bevor ich abgetaucht bin. Sie sind wichtig. Du solltest mir die Erlaubnis geben, sie zu aktivieren.«

»Du weißt, ich hasse Zauber, die Menschen zwingen, etwas gegen ihren Willen zu tun!«

»Ja, aber ohne Magie wirst du die Bande nie dazu bringen, sich wie richtige Soldaten zu benehmen. Wirf einen Blick in die Kuppel. Sie lungern entweder herum oder gehen aufeinander los.«

»Ich weiß.« Derk nickte bedrückt. »Ich hoffte, es würde mir gelingen, an ihre Vernunft zu appellieren, aber ich bin mir nicht mehr sicher, ob sie so etwas wie Vernunft besitzen. Schon gut. Dann aktiviere diese Gefechtszauber. Weshalb zitterst du?«

»Entzugserscheinungen.«

Derk musterte ihn forschend, dann rief er: »Blade!«

Sie standen dicht neben Shona, während Blade den Frostzauber aufhob, doch sie schien sie weder zu sehen noch zu hören. Kit, der mit dem Kaiser und König Luther am Fluß saß, schaute immer wieder zu ihr hin, und jedesmal packte ihn sichtbar die Wut. Blade verstand ihn nicht.

»Sei nicht so schwer von Begriff«, fuhr Kit ihn an. »Du weißt hoffentlich noch, wie dir zumute gewesen ist, als Paps gesagt hat, du könntest nicht zur Universität gehen.«

»Ja, aber nach dem Spruch des Orakels fühle ich mich jetzt besser.«

Kit funkelte ihn an.

»Schön für dich. Mit mir ist niemand zum Orakel gegangen. Ich kann sie verstehen. Ich weiß, wie das ist, wenn man keine Zukunft hat.«

Danach hielt Blade es für klüger, sich stillschweigend zu verdrücken. Kit hatte erreicht, daß er sich schuldig fühlte, und er fand, das war nicht gerecht. Leider hatte Callette gesehen, wie er zwischen den Freundlichen Kühen verschwand, und Derk fand ihn sofort. »Lauf nicht weg, Sohn, ich brauche dich. Kit wird hier nach dem Rechten sehen, während wir ein paar Besuche machen.«

»Wohin zuerst?« fragte Blade ergeben.

»Zur Universität. Ich habe mit Querida ein paar Worte zu reden.«

Blade seufzte und wünschte sie beide hin.

Sie fanden Querida im Konferenzraum, an dem großen, mit Briefschaften übersäten Tisch, auf dem in Reichweite auch ein kleiner Ofen stand und auf dem Ofen ein summender Kessel. Die Aromen verschiedener Kräutertees waberten in der Luft. Querida hob den Blick von der kostbaren Porzellantasse in ihren kleinen Krallenhänden.

»Ach, ihr seid's«, meinte sie und empfand einen Anflug von Schuldbewußtsein. Normalerweise bereitete ihr kaum eine ihrer Handlungen ein schlechtes Gewissen, aber Derk dort stehen zu sehen, erschöpft, elend, und den Jungen, Blade, in zerrissenen, grasfleckigen Kleidern – nun, fast schämte sie sich ihrer Machenschaften. Aber es dient einem guten Zweck, beschwichtigte sie sich selbst. Also weiter mit der

Schikane. Laut und in gereiztem Ton sagte sie: »Ich nehme an, Ihr kommt, damit ich Euch einen Dämon beschwöre?«

»Ein Dämon ist beschworen worden«, antwortete Derk bedächtig. Blade schaute ihn an und wunderte sich über seine Wortwahl. »Aber ich wäre Euch zu Dank verpflichtet, wenn Ihr mir in der Sache mit dem Gott weiterhelfen könntet. Einige der Gruppen nähern sich dem Ende ihrer Tour, die Zeit wird knapp.«

»Ihr seht, daß ich bis über beide Ohren in Arbeit stecke.« Querida löste eine Hand von ihrer Teetasse und schwenkte sie über dem Sammelsurium der Briefe. »Aber ich werde neben der Arbeit ernsthaft darüber nachdenken. Was haltet Ihr von einem Schlangengott mit Federkrone?«

»Ich glaube, den gibt es bereits – auf der Insel Tecahua.«

Querida kannte ihn genau, er war ihr Lieblingsgott. »In der Tat«, sagte sie. »Wie dumm. Es ist ein Problem, einen Gott zu kreieren, den sich nicht irgendwann, irgendwo schon einmal jemand ausgedacht hat. Aber ich werde mir etwas einfallen lassen; in einer Woche oder so bekommt Ihr Bescheid. In der Zwischenzeit, während Ihr gerade hier seid, hätte ich im Zusammenhang mit einigen dieser Botschaften die eine oder andere Frage an Euch.« Sie stellte die Tasse ab, suchte zwischen den verstreuten Zetteln herum und wählte schließlich zwei von gegenüberliegenden Seiten. Wie bei diesem Gedächtnisspiel, bei dem man Kartenpaare sammeln muß, dachte Blade. Nicht gerade sein Lieblingsspiel – die Greife waren ihm darin überlegen. »Hier ist es.« Querida hielt das erste Blatt hoch. »Von einem Viehzüchter in der Zentralsteppe, der sich beschwert, daß seine Herden von kleinen fleischfressenden Schafen angegriffen werden. Irgendein Kommentar?«

»Ich habe keine Ahnung, wie das passiert sein kann«, antwortete Derk aufrichtig. Blade studierte unbehaglich die Steinplatten des Fußbodens.

»Und hier steht«, Querida wedelte mit dem zweiten Blatt, »daß eine Horde Männer in schwarzer Rüstung ein Kloster in der Nähe von Blendish angegriffen hat, aber mittels Magie zurückgeschlagen wurde. Glücklicherweise ist der Abt ein ehemaliger Schüler von mir. Sind Euch Leute verlorengegangen, Derk?«

»Nein, mir«, gestand Blade. »Diese Soldaten waren schwerer zu hüten als ein Sack Flöhe.«

»Draco wird versuchen, sie alle aufzuspüren und zusammenzutreiben«, versicherte Derk. »Ist das alles? Wir werden heute noch im Emirat erwartet.«

»Nun ja.« Queridas Hand schwebte wieder über dem Zettelhaufen. Diese spezielle Nachricht war ein anderes Kaliber und ziemlich beunruhigend, erst an diesem Morgen eingetroffen. Sie war sich nicht schlüssig, ob sie die Informationen für sich behalten oder Derk ins Vertrauen ziehen sollte. Wahrscheinlich gab das leichte Schuldgefühl, das sie ihm gegenüber empfand, den Ausschlag. Jedenfalls zuckte ihre Hand zu einem Blatt, das gesondert auf einem freien Platz lag. »Da wäre noch dies hier. Kennt Ihr eine Hexenmeisterin namens Betula?«

Derk nickte. »Sie ist eine Freundin von Mara.«

»Dann werdet Ihr wissen, daß sie glaubwürdig ist, und vermutlich auch, daß ihre Forschungen sich mit dem Wesen der Magie befassen. Sie schreibt, daß sie in einem ziemlich großen Areal nördlich von Costamara eine stetige Abnahme ambienter Magie festgestellt hat. Was meint Ihr dazu?«

Derk runzelte verwirrt die Stirn. »Ich weiß nicht,

wie sie darauf kommt. Ich dachte immer, Magie wäre ein Bestandteil unsere Welt an sich.«

»Ich ebenfalls. Doch es scheint, daß sie schwindet. Falls Betula recht hat, wird die Nachricht Panik auslösen, auch bei Mr. Chesney, deswegen muß ich Euch bitten, Stillschweigen darüber zu bewahren. Aber haltet Eure magischen Sinne geschärft, während Ihr unterwegs seid, ja? Vielleicht entdeckt Ihr, was hinter der Sache steckt. Wenn Ihr mich jetzt entschuldigen wollt ...«

Sie ließen Querida inmitten ihrer Papiere sitzen und gingen hinaus in den menschenleeren Vorhof, wo Blade sagte: »Du willst ins Emirat? Ich bin noch nie dort gewesen, und ich weiß nicht ...«

»Es funktioniert genauso wie bei der Reise zu den Orakeln«, erklärte Derk, »ich zeige es dir auf der Karte. Aber erst gehen wir zur Bardenakademie und sehen zu, ob wir für Shona ein gutes Wort einlegen können.«

Blade wünschte sie hin, doch Gelegenheit, ein gutes Wort einzulegen, bekamen sie nicht. Derk hämmerte wiederholt an das verschlossene Portal, aber niemand kam, um zu öffnen oder auch nur, um ihnen zu sagen, sie sollten weggehen.

»Sie wußten, daß du kommen würdest, Paps«, sagte Blade.

»Und haben ihre hohlen Köpfe in den Sand gesteckt.« Derk war zornig.

»Bestraf sie irgendwie. Sie sollen die Texte ihrer Lieder vergessen, mögen ihre Klaviere verstimmt sein! Sie haben es verdient.«

»Mag sein, aber Shona ist damit nicht geholfen. Auf zur nächsten Station.«

Blade war begeistert von den Emiraten. Es war wundervoll heiß und trocken dort – eine Wonne nach tagelangem Kampieren in Kälte und Regen, und er liebte das Serail des Emirs. Es war eins der größten und zugleich kuriosesten Bauwerke, die er je gesehen hatte. Derk stand schmunzelnd daneben, während Blade die vierundneunzig gewendelten Türme bestaunte, die rote Kuppel und die gelb-grün karierten Kuppelchen. »Mich würde interessieren, ob Umru das je gesehen hat«, meinte Derk, »er würde gelb und grün vor Neid. Aber die Pflicht ruft, Sohn. Wir müssen den Großwesir suchen.«

Der Großwesir war ein stattlicher Mann, der aussah, als hätte er in kurzer Zeit viel Gewicht verloren – ähnlich wie Paps, dachte Blade, der von einem zum anderen schaute –, und er begrüßte Derk mit geradezu überschwenglicher Erleichterung. Er führte sie im Laufschritt durch Flure und Korridore und berichtete dabei atemlos: »Es ist furchtbar. Ihr müßt es mit eigenen Augen sehen. Hier. Bleibt hier stehen. Behaltet den Quergang im Auge. Da kommt er jetzt.«

Ein großer dünner Mann mit einem roten Hut ging an der Einmündung des Ganges vorbei, in dem sie standen. Er hielt sich kerzengerade und schritt steifbeinig aus, ohne die Knie zu beugen, beide Arme hatte er an den Ellenbogen starr angewinkelt. »Ich bin eine Ma-rio-net-te«, sagte er mit einer monotonen, ausdruckslosen Stimme. »Ich habe keinen eigenen Willen.«

»Da seht Ihr's«, sagte der Großwesir, sobald der Emir außer Sicht war. »Sind es Drogen? Ein Fluch? Ist es der rote Hut? Die Touristen starren ihn befremdet an; wir bemühen uns, sie von ihm fernzuhalten. Das ist kein Zustand!«

»Ich fürchte ...« Derk mußte erst Luft holen, er war nach dem Laufen in der Hitze ziemlich außer Atem, »ich fürchte, daß er so tut, also stünde er unter einem

Bann. Meine Schuld. Wie sollte ich ahnen, daß er ein so miserabler Schauspieler ist. Ich will versuchen, ihn zur Vernunft zu bringen, aber das erfordert etwas Zeit und Takt. Habt Ihr einen Platz, wo mein Sohn warten kann, während ich mit dem Emir spreche?«

»Gewiß, gewiß!«

War Blade erst ein wenig gekränkt, daß sein Vater ihn nicht für taktvoll genug hielt, um bei dem Gespräch mit dem Emir dabei zu sein, so fühlte er sich aufs angenehmste entschädigt – wenn auch im ersten Moment ziemlich befangen -, als Diener ihn in einen Raum voller ausnehmend schöner Damen führte, deren einziges Bestreben es zu sein schien, Blade zum Mittelpunkt ihres Universums zu machen. Sie setzten ihn auf weiche, duftende Kissen, fächelten ihm Kühlung zu, brachten ihm mit Blütenblättern bestreutes Wasser zum Waschen, kämmten sein Haar und gaben ihm ein seidenes Hemd, weil das seine zerrissen war. Sechs andere Damen musizierten derweil, fast so wohlklingend wie Shona, und eine weitere bemächtigte sich seiner Socken, um sie zu waschen. Augenblicklich stürzten sich wieder andere auf seine Füße und wuschen diese ebenfalls.

»Aber das ist doch nicht nötig!« sagte Blade immer wieder, links oder rechts an jeder neuen Dame vorbei. Er traute sich nicht, sie anzusehen. Ihre Gewänder waren fast durchsichtig, und wenn er erst einmal richtig hingeschaut hatte, würde er wahrscheinlich Stielaugen machen und den Blick nicht mehr losreißen können.

»Keine Sorge«, erwiderten sie lachend. »Jetzt, wo du gekommen bist, ist dies unser letzter Tag hier, also tun wir es gern.«

Zwei weitere Damen brachten ihm eine winzige Tasse mit stark gesüßtem Kaffee und ein großes

Tablett mit klebrigem Gebäck. »Nimm von den grünen Kuchen«, forderte die Dame mit dem Gebäck ihn auf. »Die Greifin hat gesagt, sie wären himmlisch.«

Blade vergaß, ihr zu sagen, es wäre nicht nötig, er schaute sie sogar an. »*Lydda* war hier?«

»O ja!« antworteten sie im Chor. »Und du sollst uns alles über sie erzählen. Stimmt es, daß dein Vater sie geschaffen hat?«

Danach fühlte Blade sich noch wohler als zuvor. Er erzählte ihnen von Lydda und den anderen Greifen, während sie im Halbkreis um ihn herum saßen, die Hände auf den verschleierten Knien – ausgenommen die Dame, die seine Socken gewaschen hatte und nun damit beschäftigt war, sie zu stopfen – und schauten aus großen, wunderschönen Augen zu ihm auf. Er fühlte sich ebenso himmlisch wie die Kuchen.

Und dann erhoben sie sich plötzlich wie auf einen geheimen Befehl. »Wir müssen jetzt gehen«, sagte die Dame mit den Socken, die sie ihm reichte, kunstvoll gestopft. »Sag dem Emir, von nun an wird es keine Haremsdamen mehr geben, nicht hier und nirgendwo.«

»Ich …« Blade dachte, er sollte erklären, daß der Emir nicht den Eindruck machte, als würde er zuhören.

Aber schon waren sie alle verschwunden und nicht durch eine der Türen. Der Raum war einfach leer, nur ein seidener Schal schwebte in einem parfümierten Luftzug zu Boden. Für Blade fühlte es sich an wie ein Massen-Weitwünschen. Während er sich noch fragte, wohin sie gegangen sein könnten, berührte der Schal den Boden und wurde zu einem zusammengefalteten Blatt Papier, das auf den Fliesen lag. Er hob es auf und sah zu seiner Überraschung, es war eine Nachricht von seiner Mutter.

Lieber Blade,
sei so gut und richte dem Emir die Nachricht die Haremsdamen betreffend aus. Es ist wichtig. Ich bin in Gedanken bei Dir und freue mich darauf, Dich zu sehen, wenn Du mit Deiner Pilgergruppe in Tantchens Haus zu Gast bist. Sag Derk, mir ist das mit dem Drachen wieder eingefallen.

In Liebe,
Mara

»Wo sind meine Haremsdamen?« polterte der Emir, als Blade gerade damit fertig war, seine Socken anzuziehen. Der Potentat machte wieder einen völlig normalen Eindruck. Er stürmte in das leere Gemach, gefolgt von Derk, und schaute sich aufgebracht um, mehr oder weniger wie jeder andere, dem plötzlich ein Harem aus zwanzig bildhübschen Sklavenmädchen abhanden gekommen ist.

Etwas zögernd erzählte Blade ihm, was die sockenstopfende Dame ihm aufgetragen hatte.

»Aber wir haben immer Haremsdamen!« heulte der Emir. »Sie gehören einfach dazu! Die Touristen erwarten das!«

Derk sah müde aus. »Diese Angelegenheit müßt Ihr selbst regeln, Hoheit«, sagte er, »wir werden heute noch in Chell erwartet. Vielleicht zieht Ihr in Erwägung, einige Mädchen zu engagieren.« Der Emir ereiferte sich, bezahlte Mädchen wären nicht *stilecht*, aber Derk wich einer Diskussion aus, indem er sich an Blade wandte. »Sohn, wenn du bereit bist . . .«

Blade legte seinem Vater die Hand auf den Arm und versetzte sie beide ein großes Stück nach Norden, wobei er sich an Derks Beschreibung von Chell hielt.

»Sie haben sich weggewünscht«, sagte er, als sie in der Ebene vor Chell ankamen. Vor ihnen lag auf einem Hügel die Stadt, gekrönt von einer Zitadelle und umgeben von Weingärten. »He, das ist schön hier! Und die Stadt soll wirklich zerstört werden?«

»Chell und neun weitere Orte«, bestätigte Derk. »Der Fluch der Pilgerfahrten. Wer hat sich weggewünscht?«

Während sie auf der von Rebstöcken gesäumten Chaussee zur Stadt hinaufgingen, erzählte Blade seinem Vater von den Haremsdamen. »Die eine, die meine Socken gestopft hat, muß eine Zauberin gewesen sein«, sagte er. »Sie hatte diese Ausstrahlung – ach ja, und sie hat einen Brief von Mams dagelassen.« Er gab ihm das Blatt.

Beim Lesen flog ein Schatten über Derks Gesicht. »Also erinnert deine Mutter sich daran, daß Draco mich verbrannt hat. Nett von ihr.« Er gab den Zettel zurück.

Blade schaute ihn besorgt an. »Alles in Ordnung, Paps?«

Derk antwortete mit einem unverständlichen Knurren und griff nach einer Weintraube, die aus dem Laub hervorleuchtete. »Reif«, sagte er. »Sieht nach einer reichen Ernte aus. Wahrscheinlich lassen sie sie wegen der Belagerung einfach hängen. Barnabas würde weinen ob der Verschwendung. Ich werde sehen, ob ich die Trauben retten kann.«

»Willst du nicht über Mams reden?«

»Nein. Ich will wissen, was in Chell nicht in Ordnung ist.«

Doch in Chell schien alles in bester Ordnung zu sein. Im Innern des Mauerrings waren die Einwohner wohlgemut damit beschäftigt, Pfeile anzufertigen und Rüstungen zu schmieden, ganz wie angesichts einer

Belagerung zu erwarten. Derk und Blade wurden zur Zitadelle geleitet und von der Frau Herzogin empfangen, die sich allem Anschein nach damit abgefunden hatte, ihre Stadt und ihre Traubenernte zu verlieren.

»Das ist eben der Lauf der Dinge heutzutage«, meinte sie. »Ich bedaure, daß mein Gemahl nicht hier ist, um mit Euch zu sprechen; er würde Euch das gleiche sagen. Kann ich Euch eine Erfrischung anbieten?« Derk entschuldigte sie beide mit dem Hinweis auf das Zuckergebäck des Emirs. Dann machten sie sich auf den Rückweg, zur Stadt hinaus und die Chaussee entlang. »Etwas ist da faul«, sagte Derk, »aber ich will verdammt sein, wenn ich weiß, was es sein könnte. Ist dir etwas aufgefallen?«

Blade überlegte. »Mir sind sie alle ein bißchen zu unbeschwert vorgekommen.«

»Mir auch. Kein Bedauern, nicht einmal wegen der Trauben. Aber das ist nichts Greifbares. Sehen wir mal, was Prinz Talithan dazu meint. Er organisiert die Belagerungen, also muß er hiergewesen sein und mit ihnen gesprochen haben.«

»Aber du weißt gar nicht, wo er zur Zeit ist; wie willst du ihn erreichen?«

»Er ist ein Elf und hat mir den Vasalleneid geleistet. Er sollte kommen, wenn ich ihn rufe. Hoffe ich.«

Derk blieb mitten auf dem staubigen, von Wagengeleisen gefurchten Weg stehen und rief: »Talithan! Prinz Talithan! Ich brauche Euch!«

Minuten vergingen, und Blade war schon überzeugt, daß sein Vater sich nur zum Narren machte, da schwang auf der Straße ein blaugrünes, opalisierendes Licht zu ihnen herum wie eine sich öffnende Tür, Prinz Talithan erschien und verbeugte sich. »Vergebung, mein Fürst. Ich hielt mich weit im Süden auf, zur Besprechung der Belagerung von Serata.«

»Schon in Ordnung«, sagte Derk. »Wenn Ihr in Serata seid, müßt Ihr auch in Chell gewesen sein und hier Eure Vorbereitungen getroffen haben.«

»Vor einer Woche, mein Fürst. Alles ist geregelt und besprochen, ich habe meine Liste von Entbehrlichen, und meine Elfen sind gewappnet und bereit. Wir werden zwischen den Schlachten jede Stadt in Umrus Reich erobern und plündern.«

»Ach ja«, Derk räusperte sich, »Ihr werdet feststellen, daß das Schlachtfeld sich ungefähr fünfzig Meilen südlich von der Stelle befindet, wo es eigentlich sein sollte. Aber wie war es in Chell? Ist Euch hier etwas ungewöhnlich vorgekommen?«

»Nein.« Talithan war anzusehen, daß er sich über die Frage wunderte. »Mir wollte scheinen, der Herzog wäre bedrückt, aber kann man es ihm verdenken? Er steht im Begriff, seine Stadt zu verlieren und eine gute Traubenernte.«

Derk nickte. »Nun ja, einen Versuch war es wert. Seht zu, ob Ihr die Weingärten retten könnt.«

Talithan verneigte sich. »Daran hatte ich auch schon gedacht, mein Fürst.«

Nachdem Prinz Talithan durch seine Tür aus Licht wieder in das ferne Serata zurückgekehrt war, zuckte Derk die Schultern. »Möglich, daß dieser Bote aus Chell nur ein Panikmacher gewesen ist. Zurück ins Basislager, Blade.«

Einen Lidschlag später fanden sie sich in einem kälteren, graueren Klima wieder und inmitten von geschäftigem Treiben. Hohepriester Umru hatte ihnen mit einem Geschenk seine Dankbarkeit bezeigt: es waren Zelte. Don galoppierte umher und zeigte den jungen Priestern genau die Stellen, wo jedes aufgebaut werden sollte. Sehr priesterliche Zelte waren es, weiß und bestickt mit den Emblemen Anschers.

»Nicht ganz das Richtige für einen Dunklen Fürsten«, kommentierte Derk, »aber ich will mich nicht beschweren.«

Im Innern der magischen Kuppel schienen die Gefechtszauber ihre Wirkung zu entfalten. Die Männer in Schwarz exerzierten, übten sich im Schwertkampf oder marschierten abteilungsweise zur Kantine, fast als wären sie richtige Soldaten. Derk nickte Barnabas zu, der das Nicken augenzwinkernd erwiderte.

Kit jedoch war der Mittelpunkt der größten Aktivität und ganz in seinem Element. Er hatte an einem Platz am Flußufer sein Hauptquartier aufgeschlagen, Karten, Pläne und Listen ausgebreitet und mit flachen Steinen beschwert, und er war umgeben von Leuten, die ihm alle aufmerksam zuhörten. »Eure Fanatiker stehen hier«, sagte er gerade zu einem Priester. »Haltet sie bis Mittag dort in der Deckung der Bäume zurück.« Blade entdeckte König Luther und Titus und den obersten Werwolf in Kits Generalstab, aber da waren auch viele andere, die er nicht kannte, darunter einige Elfen, Zwerge, ein kräftiger Mann mit einem Helm unter dem Arm, wahrscheinlich ein Söldner, eine Gruppe merkwürdiger, weißgesichtiger Individuen, die fast so mager waren wie Papa George, und eine große Schar Männer mit goldenen Ohrringen und einem Fell über der Schulter. Um diesen inneren Kern herum kamen und gingen weniger wichtige Leute, von Kit als Melder rekrutiert. Ein Söldner kam im Laufschritt herbeigeeilt.

»Der Fluß fließt nach Norden und Süden.«

»Verflucht!« Kit machte einen Vermerk auf einer Karte. »Jemand – du mit dem Pelz – soll hinausgehen und all die Stellen ausfindig machen, wo man ihn überschreiten kann. Ich kann es mir nicht leisten,

Truppen abzustellen, um Furten zu sperren. Je nachdem werden die Legionäre an den seichten Stellen das Flußbett ausheben müssen.«

»Das geht ohne weiteres«, sagte Titus, »aber wie steht es mit dem Zeitpunkt meiner Attacke gegen die Dunklen Elfen?«

Derk beobachtete die Szene mit einem breiten Lächeln. Kits Augen leuchteten.

»Weißt du«, meinte Derk zu Blade, »ich glaube fast, Kit die Inszenierung der Schlachten zu übertragen war eine göttliche Eingebung. Wie geht es Shona?«

Der Gegensatz zu Kit hätte nicht größer sein können. Shona saß immer noch da und hielt den Blick starr ins Leere gerichtet. Sie schien weder Callette wahrzunehmen, die beschützend neben ihr lag, noch blickte sie auf, als Niedlich beim Fangenspielen mit den Hunden vorüberpreschte und sie beide von den Kieselsteinen getroffen wurden, die unter seinen Hufen hervorflogen. Blade ging hinüber zu ihr, aber sie schaute auch ihn nicht an. Er setzte sich neben Callette.

»Wer sind diese Leute mit den weißen Gesichtern?« fragte er.

»Vampire«, antwortete Callette. »Ich mag sie nicht. Sie schauen einem auf die Vorderbeine und sagen: »Prachtvolle Blutgefäße.«

»Auf wessen Seite stehen sie?«

»Auf unserer, denke ich. Sie sehen ziemlich bösartig aus.«

Kapitel 17

Von dem Tag an wurde jedes andere Sinnen und Trachten überrollt von der Hektik der Vorbereitungen für die erste Schlacht. Blade konnte nicht begreifen, wie sein Vater zwischen tausend Pflichten noch die Muße fand, Zeichnungen und Berechnungen für Brieftauben anzufertigen.

»Es hilft mir, bei Verstand zu bleiben«, erklärte Derk milde. Oder treibt mich in eine andere Art von Wahnsinn, fügte er bei sich hinzu. Das Problem bei Tauben war, daß sie kein nennenswertes Gehirn besaßen und kaum Platz, es zu vergrößern. Zwischen den diversen Krisen experimentierte Derk mit der Möglichkeit eines zweiten Gehirns irgendwo in der Mitte des Rumpfs, aber das hatte nach seinen Berechnungen zur Folge, daß die armen Viecher noch größere Schwierigkeiten haben würden, vom Boden hochzukommen als Lydda. Und wenn sie mit Hilfe von Magie flogen, nach Art der Drachen? überlegte Derk, als Draco nach einer kurzen Zwischenlandung – um zu melden, er hätte die lavendelfarbene Drachin sechseinachtel Meilen nach Süden umgesiedelt – wieder davonflog, um nach Zwergen und desertierten Soldaten zu suchen.

Zwei Tage vor der Schlacht, früh am Morgen, drehte Talithan sich plötzlich aus seiner Nebeltür, blaß und verstört, und ging eilig hinüber zu Derks Zelt. Niedlich galoppierte freudig wiehernd auf ihn zu, aber Talithan schob ihn sanft zur Seite. »Mein Fürst, in Chell habe ich Euch schlecht gedient«, meldete er, als Derk den Zeltvorhang auseinanderschlug.

Derk war gerade dabei, sich zu rasieren, und noch

nicht ganz wach. »Habt Ihr die Traubenernte nicht retten können?« erkundigte er sich. »Halb so schlimm.«

»Nein, nein. Die Trauben sind unversehrt. Nicht nur das, die ganze Stadt Chell ist in jeder Hinsicht unversehrt und vollständig, bis auf ihre Bewohner. Also habe ich versagt.«

»Dann hat es ein Massaker gegeben?« Derk wurde schwer ums Herz.

»Aber nein!« rief Talithan aus. »Wir sind in die Stadt eingedrungen und fanden sie verlassen – Straßen, Hallen, Märkte, Häuser, alles leer. In der Annahme, die Einwohner hätten sich in die Zitadelle geflüchtet, stürmten wir dorthin, wobei wir, um den Schein zu wahren, die Häuser mit magischer Waberlohe umhüllten. Doch in der Festung befanden sich nur zehn Pilgergruppen, deren Tourmagier in der Menschenleere ihre liebe Not hatten zu verhindern, daß die Gruppen sich der Anwesenheit der jeweils anderen bewußt wurden. Arg zornig waren sie, weil ihr Auftrag lautet, daß jede Gruppe in dem Glauben bleiben soll, die Stadt würde allein um ihretwillen belagert. Um den Tourmagiern gefällig zu sein, verfolgten wir die fliehenden Fremden in die unterirdischen Gewölbe der Zitadelle und fanden dort den Herzog von Chell in einem Verlies eingesperrt, aber sonst keine lebende Seele. Die Hexenmeister sind außer sich vor Zorn, mein Fürst.«

»Dann sollte ich mich wohl nach Chell begeben und versuchen, die Wogen zu glätten.« Derk seufzte. »Blade! Sattle mir Schönste. Kein Sorge, Prinz. Ich denke, Ihr habt aus einer höchst ungewöhnlichen Situation das Beste gemacht. Trotzdem möchte ich das Geheimnis von Chell ergründen. Konnte der Herzog nichts zur Klärung beitragen?«

»Er sagte, er wurde ergriffen und gefangengesetzt,

doch er wußte nicht, von wem«, antwortete Prinz Talithan. »Er saß schon seit Tagen in seinem Verlies. Wohin die Bürger verschwunden sein könnten, war ihm ein ebensolches Rätsel wie uns. Darf ich glauben, daß ich Euch nicht enttäuscht habe, mein Fürst?«

»Es stimmt«, sagte Derk. Und wiederholte es noch mehrmals, als er am Abend aus Chell zurückkehrte, absolut ratlos. Chell war verlassen, bis auf den Herzog, der griesgrämig in seiner Festung saß. Die Bürger der Stadt waren verschwunden. Sie hatten alles Eßbare mitgenommen und den größten Teil ihrer beweglichen Habe, aber keine Spuren hinterlassen. Derk war stundenlang auf Schönste um die Stadt herumgeflogen, in immer weiteren Kreisen, ohne etwas zu finden, keinen Hinweis auf ein Versteck oder die Richtung ihres Exodus'. »Ich begreife das nicht!« sagte er zu Prinz Talithan. »Man sollte nicht glauben, daß es möglich wäre, mehrere tausend Leute zu verlieren, aber wir scheinen das Kunststück fertiggebracht zu haben.«

Schönste war an diesem Abend so müde, daß Blade nicht auf ihr zur Wilden Jagd reiten konnte. Er setzte sich mit Shona auf den Korb um zu warten, nachdem er, von der allabendlichen Pilgerhatz zurückgekehrt, die Gänse herausgelassen hatte. Callette war mit der Wilden Jagd unterwegs, und er hatte versprochen, so lange auf Shona aufzupassen. Sie war immer noch blaß und niedergeschlagen, doch sie aß ein wenig und redete sogar manchmal. Blade wünschte sich, Lydda wäre wieder da, um Shona aufzurichten. Alle anderen waren zu beschäftigt. Callette tat ihr Bestes, aber auch sie war von der fiebrigen Atmosphäre und Hektik angesteckt worden.

In der Nacht vor der Schlacht tat Blade kein Auge zu. Alle waren vor Tagesanbruch auf den Beinen, und Blade hatte vor Aufregung ein hohles Gefühl in Kopf und Magen, während er beobachtete, wie die Verbündeten eintrafen und letzte Vorkehrungen getroffen wurden. Kit galoppierte von einem Ende des Lagers zum anderen, ein riesiges, ständig in Bewegung befindliches Stück Dunkelheit in der Dunkelheit, und warf mit Befehlen um sich. Barnabas eilte umher, begleitet vom Klimpern seines Kettenhemds, und erneuerte die Gefechtszauber bei den Soldaten.

»Dieser Bann ist auf zwölf Stunden befristet«, predigte er Derk und Kit. »Ihr müßt unbedingt vorher den Rückzug befehlen, oder ich weise jede Verantwortung für die Folgen von mir.«

Aus allen Richtungen strömten nur schemenhaft erkennbare Gestalten herbei, darunter auch die weißgesichtigen Vampire, aber die meisten waren Blade vollkommen fremd. Einige sahen dämonisch aus.

»Nicht wirklich. Wir kommen aus ganz normalen Dörfern«, antwortete einer von diesen auf seine Frage. »Wir haben uns nur für diese äußere Erscheinung entschieden – hält einem die Touristen vom Hals.«

Als es heller wurde, sah Blade, daß eine ziemlich große Anzahl der Neuankömmlinge die braunen Kutten und Lederranzen der Heilerinnen trug. Derk griff sich eine von ihnen und trug ihr auf, im Lager zu bleiben und sich um Shona zu kümmern. »Das Mädel braucht eine Seelenheilerin, nicht mich!« brummelte die Frau. »Aber ich bleibe trotzdem hier. Ich verabscheue Schlachten.«

Dann kam der erhebende Augenblick, als die Sonne über den Horizont stieg und Barnabas die Biwakkuppel öffnete. Trommelwirbel ertönten. Die Soldaten kamen in Reih und Glied herausmarschiert, über ihren Köpfen flatterten schwarze Fahnen. Das helle Spiel einer Pfeife erhob sich über die Trommeln, Derk zog Schönste herum und setzte sich an die Spitze seiner Armee. Er war ganz in schwarze Seide gekleidet. Auch Blades Kleidung war schwarz. Er schritt neben Schönste her und trug ein schwarzes Pannier mit einem Phantasiewappen, entworfen von Kit. Seine Aufgabe bestand darin, das Pannier neben Derk aufzupflanzen und dann als Melder zu fungieren, sich also mit Kits Befehlen jeweils zu dem Punkt zu wünschen, wohin sie übermittelt werden sollten. Wie Kit gesagt hatte, jemand der schnell wie ein Gedanke an einem anderen Ort sein konnte, war im Schlachtgetümmel von unschätzbarem Wert. »Ich wünschte wirklich, du würdest uns nicht so bald verlassen«, hatte er sich beklagt.

Don und Callette marschierten mit Derk und Blade. Don hatte von Kit wieder seine schwarze Truggestalt erhalten und glühende Augen, aber Callette wollte sich nicht verändern lassen. »Ich möchte schön bleiben«, hatte sie gesagt.

»Nun, von unten siehst du ja fast schwarz aus«, meinte Kit schließlich und gab sich zufrieden.

Als das Heer der Verbündeten hinter den Soldaten sich in Bewegung setzte, unter dem Knarren der Munitionswagen, dem Schnauben und Stampfen der Rosse und mit dumpf dröhnendem Marschtritt, überließ Blade sich rückhaltlos dem erregenden Gefühl, an einem frischen Herbstmorgen – es war so kalt, daß der Atem von Mensch und Tier in weißen Schwaden über der Kolonne wogte – zum Klang von Trommeln und Pfeifen in die Schlacht zu ziehen. Als sie die Walstatt erreichten, wurde die innere Spannung fast unerträglich.

Der von Kit ausgewählte Ort des Treffens war das

erste in einer Reihe untereinander verbundener Täler. »Wenn ein Tal verwüstet ist, gehen wir zum nächsten«, hatte er erklärt. Vorläufig war dieses Tal geradezu der perfekte Schauplatz – ein Wiesengrund, durchzogen von dem Flüßchen, welches Kit so großes Kopfzerbrechen bereitet hatte, zu den Seiten hin, wo das Terrain anstieg, grün und golden belaubte Bäume und dort, auf dem gegenüberliegenden bewaldeten Hang, hatten sich die Streiter des Guten versammelt, mit farbenfrohen Bannern, bunten Uniformen und Trompetenschall. Es war ein prachtvolles Bild. Doch Derks Truppen, ganz in sinistrem Schwarz, über ihren Köpfen die flatternden, grimmen Fahnen, boten auf ihre Weise einen nicht weniger eindrucksvollen Anblick, untermalt vom langsamen, schweren Schlag der Trommeln. Auch war ihre Anzahl fast doppelt so groß, aufgrund der Tour-Regel, daß die Mächte des Guten dem Feind weit unterlegen sein sollen, um doch den Sieg davonzutragen. Blade ließ den Blick suchend über die leuchtenden Reihen wandern und versuchte, die Pilgergruppen zu entdecken. Mindestens einundzwanzig Gruppen mußten in dieser Armee integriert sein, von ihren Tourmagiern sorgsam voneinander ferngehalten, doch er konnte sie beim besten Willen nicht unter den anderen herausfinden. Er trat vor Ungeduld von einem Fuß auf den anderen. Die Pferde wurden weggeführt, und die einzelnen Abteilungen begaben sich zu ihren Stellungen. Derk auf Schönste war der einzige Reiter. Er schaute mit einer Art müder Gelassenheit, die Blade beim besten Willen nicht teilen konnte, von einer Seite zur anderen, um zu sehen, ob alles bereit war. Dann gab er mit emporgerecktem Arm das Zeichen zum Angriff.

Ein tiefes Hörnersignal ertönte. Die Soldaten in

Schwarz setzten sich in Bewegung, und gleichzeitig erhob sich hinter ihnen Kit majestätisch in die Luft. Ein erschrecktes Raunen lief durch die Reihen auch der eigenen Verbündeten. Derk war gern bereit gewesen, in diesen Schlachten seinen eigenen Vasallen zu mimen, während Kit die Rolle des Dunklen Fürsten übernahm. Er hatte sich doppelt so groß gemacht und hart an seiner Gabe, Trugbilder zu erzeugen, gearbeitet, bis es ihm gelang, den Eindruck zu erwecken, als ritte eine riesengroße, schattenhafte Gestalt auf seinem Rücken. Die Aura seiner Macht verdunkelte den Himmel. Abgesehen von dem großartigen Effekt, hatte Kit so den bestmöglichen Überblick über alle Vorgänge auf dem Schlachtfeld unten.

»Blade«, seine Stimme sprach mehr oder weniger direkt in Blades Ohr – auch das hatte Kit geübt –, »Blade, sieh nach, weshalb die Dunklen Elfen nicht mit den anderen vorrücken.«

Blade versetzte sich schnell wie der Blitz hinüber zum linken Flügel, doch gerade bei seinem Eintreffen gab Prinz Talithan das Zeichen, und die Elfen marschierten los. Kits Stimme sagte: »Das ist also geklärt. Geh und sag den Guten Zwergen, daß sie sich im Wald in Bereitschaft halten sollen.« Blade katapultierte sich auf die andere Seite des Tales. Während er mit dem Zwergenhauptmann diskutierte, prallten am Talgrund mit einem Geräusch, als würden stählerne Kiefer sich malmend schließen, die beiden Heere aufeinander. Der Rest des Tages versank für Blade in Chaos. Wahrscheinlich vermochte nur Kit, der in schrecklicher Erhabenheit über dem Geschehen kreiste, noch Ordnung in dem Getümmel zu erkennen. Jedenfalls schickte er Blade mit Befehlen von einer Einheit zur anderen. Doch das Schlachtfeld selbst war ein Malstrom aus Verzweiflung, Gebrüll, Geklirr,

Schieben und Drängen, Gesichtern, resigniert oder nüchtern oder wild, Armen, die Äxte oder Schwerter führten, und überall Morast. Blade sah Pfeile durch die Luft schnellen, wußte aber nicht, wessen. Unbegreiflich war, es änderte nichts an der Erregung, die Blade gepackt hielt und schüttelte, bis er glaubte, schreien zu müssen. Hier rannten Soldaten mit gefällter Lanze gegen den Feind an, dort – oder war es dieselbe Stelle? – breitete sich ein umzingeltes Häufchen mit schräg aufgepflanzten Speeren darauf vor, bis zum letzten Blutstropfen Widerstand zu leisten. Die Bilder waren verquickt mit dem weithin hallenden, klanglosen ehernen Getöse, welches das Tal erfüllte, und dem Ölgeruch der Rüstungen, vermischt mit Schweiß. Auch seine Erregung war durchtränkt davon. Unten am Fluß ging es im Sturmlauf durchs Wasser, die Männer umhüllt von silbern stiebender Gischt. Blade sah einen am jenseitigen Ufer ausgleiten und stürzen, und wie alle Nachfolgenden über den sich aufbäumenden, schlammbedeckten Körpern hinwegtrampelten oder – kletterten. Dann geschah das gleiche einem anderen, als das Gefecht brüllend und stampfend zurückwogte. Trotz seiner Aufregung hätte er ihnen am liebsten zugerufen, sie sollten aufpassen.

Man hörte anfeuerndes Kriegsgeschrei, Heulen und Wutgebrüll, aber zuerst kaum Schreie von Verwundeten oder Sterbenden. Letzteres begann, als Don und Calette über das Tal flogen und braune Bündel auf die Streiter des Guten fallen ließen. Beim Aufprall zerplatzten die Bündel mit einem ohrenbetäubenden Knall, und grellrote Flammen schossen hervor, gefolgt von entsetzlichen Schmerzensschreien. Blade mußte sich gewaltsam in Erinnerung rufen, daß Don und Callette die Bündel abwarfen, wo sie am wenigsten

Schaden anrichteten. Auch ihnen wollte er zurufen, sie sollten aufpassen. Einige Bäume fingen Feuer, und Rauchschwaden zogen durch das Tal.

Kit schickte Blade wieder zu Prinz Talithan. Als er dort anlangte, schob ein bärtiger Hexenmeister einen schwitzenden Mann mittleren Alters nach vorn und nickte Talithan zu. Der Prinz sagte: »Vergebt mir, aber Ihr seid als entbehrlich gekennzeichnet.« Er schlug das wedelnde Schwert des Mannes beiseite und stieß ihm den eigenen Stahl säuberlich durch die Brust. Der Mann fiel Blade genau vor die Füße. Blade schaute in das bläuliche, verzerrte Gesicht und dachte: Komisch, der erste Pilger, den ich sehe, ist ein Toter. »Kit will, daß Ihr jetzt vorrückt«, sagte er zu Talithan und versetzte sich dann in den Wald, um die Fanatiker aufzufordern, in das Treffen einzugreifen.

Auch komisch, dachte er in der Sekunde zwischen Hier und Dort, ich hasse die Schlacht ebensosehr, wie ich sie genieße.

Die Fanatiker kauerten zwischen den Bäumen und polierten ihre Krummsäbel, während sie warteten. Als Blade ihnen sagte, sie könnten angreifen, sprangen sie mit blutrünstigem Geschrei auf, stießen die blitzenden Klingen in die Höhe und drängten im Pulk vorwärts. »Anscher, Anscher, Anscher!« heulten sie. Ihre weitaufgerissenen Augen glühten, ihre Gesichter waren Masken frommer Raserei. Blade erkannte, daß sie echte Fanatiker waren, und ihre Ekstase ergriff auch von ihm Besitz. Kaum daß er sich zurückhalten konnte, als der schwarzgewandete Haufen, die blitzenden Säbel über dem Kopf schwenkend, hangabwärts stürmte. Aber seine Begeisterung schlug um in Entsetzen, als sie sich ins Gefecht stürzten. Offenbar kümmerte es die Fanatiker nicht, ob sie lebten oder starben. Sie zerhackten jeden, der sich ihnen in den

Weg stellte und nachdem sie in den Kampf eingegriffen hatten, floß das Blut in Strömen. Blade sah eine Reihe Legionäre im Laufschritt anrücken und vor den Säbeln fallen wie Dominosteine. Er traf König Luther, der mit grimmiger Miene aus den vorderen Reihen nach hinten watete, ein blutgetränktes Tuch an den Arm gedrückt. Er sah immer häufiger Menschen sterben, vor seinen Augen, wie der Pilger gestorben war. Keiner von ihnen hatte einen leichten Tod. In würdeloser Haltung hingestreckt oder zusammengekrümmt lagen sie auf der zertrampelten Erde, und an ihren Gesichtern konnte man die Qualen ihrer letzten Augenblicke ablesen. Blade drehte sich das Herz im Leib herum, doch gleichzeitig wollte er den Fanatikern zujubeln, weil sie sie getötet hatten. Er haßte den dumpfen, scheppernden Lärm der Schlacht, und doch ließ er ihm das Blut heiß durch die Adern kreisen. Ihm war, als würde er von diesen widerstreitenden Gefühlen entzweigerissen. Und er schämte sich dafür, die Schlacht zu hassen, fast ebensosehr, wie er sich schämte, diesem Rausch verfallen zu sein.

Nachdem die Fanatiker begonnen hatten, unter den Kämpfenden zu hausen, schien es fast unmöglich, daß die Mächte des Guten noch den Sieg davontragen könnten. Doch Kit hatte die Dinge unter Kontrolle. Bald erhielt Blade den Auftrag, sich dorthin zu wünschen, wo Derk an der Spitze der Soldaten in Schwarz auf Schönste saß. Schönste war mit Schlamm und Blut bespritzt und sichtbar unglücklich. Derk beobachtete ungläubig seine kämpfende Truppe. »Diese Männer sind nicht kleinzukriegen«, sagte er zu Blade. »Wir haben so gut wie keine Verluste.«

»Kit läßt dir ausrichten, du kannst zum Rückzug blasen lassen«, meldete Blade.

»Oh ghuth!« stöhnte Schönste.

Es dauerte eine Weile, bis Derks Männer sich aus dem Treffen lösen konnten, und Blade hatte das Gefühl, niemals mehr von dem Lärm und den zwiespältigen Gefühlen erlöst zu werden. Doch als das Nachmittagslicht schräg in das Tal fiel, gab es eine Lücke in der vorderen Schlachtreihe, wo die Soldaten gekämpft hatten, und fast war es unnötig, daß Blade in Kits Auftrag den verschiedenen Hauptleuten ausrichtete, sie sollten jetzt dem Feind das Feld überlassen. Die meisten waren ohnehin dabei, sich zurückzuziehen, bis auf die Fanatiker, und von denen waren kaum noch welche am Leben. Der zu Morast zerstampfte Boden des Tals war mit reglosen schwarzgewandeten Leibern übersät. Blade beobachtete, wie die Mächte des Guten sich triumphierend unter den verkohlten Bäumen sammelten. Heilerinnen tauchten auf und eilten zu den am Boden Liegenden, die sich noch rührten. Ihnen folgte eine frische, wohlgeordnete Reihe von Legionären mit Spaten.

Blade konnte es nicht mehr ertragen und wünschte sich zurück ins Lager,wo er Don mit hängendem Kopf am Flußufer stehend fand, wieder golden, aber zerzaust und schmutzig.

»Das war furchtbar!« sagte er zu Blade. »Aber ich habe es auch genossen. Was stimmt nicht mit mir?«

»Mir ist es genauso ergangen. Ich wünschte, es gäbe nächste Woche nicht wieder eine Schlacht«, antwortete Blade.

Erschöpft stüzten sie sich gegenseitig. »Und zu allem Überfluß müssen wir heute nacht wieder mit den Gänsen zur Wilden Jagd!« ächzte Don.

Shona trat aus ihrem Zelt und kam auf sie zu, auf diese merkwürdige Art, die man neuerdings an ihr beobachten konnte, als wäre die Luft dicker für sie als für andere Menschen und jede Bewegung unglaublich mühsam, aber sie sah etwas besser aus. »Kommt beide mit in mein Zelt«, sagte sie. »Die Heilerin hat einen Schluck Branntwein, und wir braten uns Steak.«

Don und Blade zögerten nicht, der Einladung zu folgen, auch, weil Kit und Callette soeben landeten, und beide sahen fast unerträglich vergnügt aus.

Blade stellte fest, daß der Gedanke an die Schlacht nächste Woche ihn beunruhigte. Er beschäftigte sich mit Arbeiten rund ums Lager und bemühte sich, so wenig wie möglich daran zu denken. Doch er beneidete Kit und Callette um ihre unkomplizierte Einstellung: Sie genossen den Rausch der Schlacht, alle beide. Etwas später mußte Blade feststellen, daß er auch Grund hatte, Don zu beneiden.

Don war es gelungen, ein Vater-Sohn Gespräch mit Derk zu führen und ihm von den zwiespältigen Gefühlen während und nach der Schlacht zu erzählen, und Derk hatte gesagt, in dem Fall könnte Don die Gänse und die Wilde Jagd übernehmen und brauchte nicht mehr am Kampfgeschehen teilzunehmen. Daraufhin hatte Blade ebenfalls versucht, seinen Vater zu fassen zu bekommen und ihm sein Herz auszuschütten, aber Derk war unterwegs. Prinz Talithan hatte plangemäß eine zweite Stadt eingenommen und festgestellt, daß auch diese von ihren Einwohnern verlassen worden war. Derk suchte nach den Verschwundenen.

»Weil sie irgendwo sein müssen«, sagte er.

»Sie verstecken sich«, vermutete Barnabas. »Sie wissen, ihnen droht Ärger mit Mr. Chesney.«

»Ja, aber *wo.*« Weil der Termin der nächsten Schlacht heranrückte, schickte Derk die Tageulen aus, um Draco zu suchen; jede trug in einer Kapsel am Bein eine Nachricht, in der Draco gebeten wurde, nach den verschwundenen Menschen Ausschau zu halten.

Die Schlacht fand ohne Don statt, und für Blade war sie schrecklicher als die erste. Die Erregung und der Haß waren doppelt so stark, da er jetzt wußte, was ihn erwartete. Er hatte das Gefühl, zwei Personen in einem Körper zu sein. Abends, als es endlich vorüber war, fragte er sich, ob er es ein drittes Mal würde ertragen können.

Am nächsten Morgen war Derk schon wieder fort, bevor er mit ihm sprechen konnte. Nach dem Frühstück kam Barnabas und brachte Blade ein Kleiderbündel, auf dem oben ein Aktendeckel aus Pappe lag. »In drei Tagen mußt du an der Küste sein«, teilte er Blade heiter mit. »Am Tag danach startet deine Pilgerreise. Hier ist dein Tourmagiergewand, und die Liste deiner Schutzbefohlenen findest du in dieser Mappe. Hast du dein schwarzes Buch? Landkarte? Broschüren? Du wirst sie brauchen. Und denk daran, daß in der Gruppe einer sein wird, der Mr. Chesney Bericht erstattet. Wer bereit ist, Spitzeldienste zu leisten, bekommt die Reise billiger, deshalb findet sich immer jemand. Achte darauf, dich in allem genau an die Vorschriften in dem schwarzen Buch zu halten. Dann kann nichts passieren.«

Blade fühlte sich wie vor den Kopf geschlagen. Für ihn hatte seine Tour in einer fernen Zukunft gelegen, und nun stand sie unmittelbar bevor. Gleichzeitig empfand er große Erleichterung, denn nun blieb ihm erspart, an noch einer Schlacht teilnehmen zu müssen. So weit, so gut, doch bei dem Gedanken an die praktische Durchführung einer solchen Tour stieg Panik in ihm auf. Er hatte kaum etwas aus dem schwarzen Buch gelernt, und an das wenige konnte er sich nur noch verschwommen erinnern. Kit hatte die Landkarte und das Buch an sich genommen und war nicht erfreut darüber, beides hergeben zu müssen.

»Aber du hast mindestens hundert Kopien gemacht!« sagte Blade. »Und ich brauche meine Unterlagen.«

Verdrossen rückte Kit das ziemlich abgegriffene Buch und die mit Eselsohren verzierte Landkarte heraus. »Ich habe damit gerechnet, dich noch in wenigstens einer Schlacht als Melder zur Verfügung zu haben«, murrte er. »Kaum zu glauben, daß wir schon fast sechs Wochen hier draußen hocken. Callette braucht doppelt so lange, um meine Befehle zu überbringen, sie muß zu den Punkten fliegen. Ich muß einen neuen Schlachtplan ausarbeiten. Und Don muß wiederkommen. Also gut, geh nur. Viel Glück. Ich werde eine Lagebesprechung einberufen. Diese Werwölfe haben in beiden Schlachten unrühmliche Zurückhaltung an den Tag gelegt, und ich wollte ohnehin ein Wörtchen mit ihnen reden.«

Kit entfernte sich halblaut murmelnd und mit peitschendem Schweif. Als Blade sich abwandte, um mit Buch und Karte zu seinem Zelt zu gehen, wäre er um ein Haar mit Shona zusammengestoßen.

»Ich habe beschlossen, dich auf dieser Pilgerfahrt zu begleiten«, verkündete sie. »Ich kann deine Tourbardin sein.«

Im ersten Moment war Blade erfreut, im nächsten wütend, weil Shona ihn nie etwas *allein* tun ließ. Im dritten Moment fürchtete er sich, Shona könne etwas wirr im Oberstübchen geworden sein. Diese drei Dinge zusammen veranlaßten ihn zu bemerken: »Aber werden sie in der Bardenakademie nicht erst recht wütend werden, wenn du das tust?«

»Sollen sie doch«, erwiderte Shona. »Sie haben mich von ihrer Akademie ausgeschlossen und mir verboten, als Bardin zu arbeiten. Und ich habe die Nase voll davon, in diesem elenden Lager zu kampieren, so dicht bei den widerlichen Soldaten. Du läßt mich doch mitkommen, Blade? Bitte.«

Blade überlegte, dann meinte er: »Es wäre ganz schön, jemanden bei mir zu haben, den ich kenne.«

Sie einigten sich darauf, erst dann aufzubrechen, wenn Derk zurückgekehrt war, damit sie sich von ihm verabschieden konnten.

Kapitel 18

Als Derk von seiner Mission, erboste Tourmagier zu beschwichtigen, zurückkam, hörte er die Neuigkeit mit gemischten Gefühlen. Einerseits war er froh, daß Blade Shona bei sich haben würde, die ihm bei seiner Feuertaufe zur Seite stand, andererseits fürchtete er, Shona könnte sich die Zurückweisung durch die Bardenakademie so zu Herzen genommen haben, daß sie den Tod suchte und glaubte, bei den Pilgerfahrten Gelegenheit zu finden, ihrem Leben ein Ende zu setzen.

Doch er hatte keine Zeit für lange Diskussionen. Vorausgesetzt, Finn hatte den Zeitplan nicht erheblich überschritten, würde morgen die erste Pilgergruppe in der Zitadelle eintreffen, um den Dunklen Fürsten zu töten, und Derkholm war immer noch kein standesgemäßer Ort des Schreckens. Also begnügte er sich damit, Shona zur Vorsicht zu ermahnen, und schaute zu, wie Blade ihren Arm umfaßte. Shona hielt eine Tasche an sich gedrückt, ihre Geige, ihre Harfe und ihre Flöte. Blade hatte nur sein Kleiderbündel und den Aktendeckel.

»Schwarzes Buch?« fragte Derk.

»In meiner Tasche«, antwortete Blade. »Mach dir keine Sorgen, Paps.« Beide verschwanden in dem starken Luftsog, der mit einem Weitwünschen einherging.

»Kit, du mußt heute die Wilde Jagd übernehmen, zusammen mit Don und Callette«, sagte Derk zu Kit. »Ich muß nach Derkholm zurück.«

»Aber ich habe eine Lagebesprechung anberaumt!« wandte Kit ein.

»Dann mach's kurz. Heute abend hast du keine Zeit, um dich zu amüsieren.«

Kit war zutiefst beleidigt, besonders, weil Derk recht hatte. Kit liebte Lagebesprechungen. Ständig dachte er sich neue Gründe aus, um wieder eine anzusetzen, und Möglichkeiten, um sie in die Länge zu ziehen. Derk ließ Kit stehen, grollend und die Kammfedern gesträubt bis zum Schnabelansatz, und ging zu Schönste, die gesattelt auf ihn wartete.

»Nhiedlich mhitnehmen«, verlangte sie. »Her himmer bhei Bhösen Helfen.«

Sie hatte recht. Talithan brauchte nur mit den Fingern zu schnippen, und Niedlich verschwand. Doch es war an der Zeit, daß Schönste sich an die zunehmende Selbständigkeit ihres Sohnes gewöhnte. »Weite Strecken kann Niedlich noch nicht fliegen«, sagte er. »Wie kommt es eigentlich, daß ich die einfachsten Dinge nicht tun kann, wie zum Beispiel das Lager verlassen, ohne mindestens zwei Debatten führen zu müssen?«

Schönste peitschte ungehalten mit dem Schweif, als sie sich in die Luft schwang, aber sie war ein gutherziges Geschöpf und trug Derk in schnellem Flug Richtung Derkholm. Lange vor Sonnenuntergang überflogen sie das Dorf. Derk machte dort eine Zwischenlandung, weil er nachsehen wollte, ob Fran Spindeldürr wieder da war, um zur Erbauung der Pilger in den Ruinen zu stöbern. Sie war auf ihrem Posten. »Hast du hier alles, was du brauchst?« fragte er sie.

»Ein Gutteil mehr Bequemlichkeit, als ich in Eurem Haus haben würde«, lautete die Antwort.

Auf dem Flug talaufwärts grübelte Derk, was sie damit gemeint haben könnte. Ob sie Streit mit Papa George gehabt hatte? Möglich auch, daß Lydda nach Hause gekommen war und sie hinausgeekelt hatte.

Übrigens höchste Zeit, daß Lydda den Heimweg fand, mit dem Verteilen der Fingerzeige mußte sie fertig sein. Derk hatte das Gefühl, diese Fingerzeige waren das einzige, worüber die Tourmagier sich nicht bei ihm beschwerten.

Bevor er Schönste in den Stall brachte, blieb er noch eine Minute draußen stehen und schaute betrübt auf das Heim seiner Familie. Bis jetzt hatte er nur Zeit für eine von Callettes sorgfältig geplanten Transformationen gefunden. Ungefähr die Hälfte einer Schmalseite des Hauses, wo sich das Wohnzimmer befand, reckte sich als halber düster dräuender Turm in den Himmel. Die Wirkung war – eigenwillig.

»Und ich fürchte, ich werde keine Zeit haben, die Pläne exakt zu verwirklichen«, murmelte er vor sich hin. »Tut mir leid, Callette. Sie waren superb.«

In diesem Moment entdeckten ihn die Schweine und walzten in ekstatischer Freude durch den Garten auf ihn zu, wie üblich verfolgt von Papa George.

»Habe ich dich nicht gebeten, dafür zu sorgen, daß sie ungesehen bleiben?« fragte Derk. Bei der letzten Stippvisite in seinem Zuhause hatte er versucht, die Schweine in Kreaturen des Dunklen zu verwandeln. Doch als er ihnen das Trugbild überwarf, hatten sie dermaßen entsetzt auf ihren schwarzen, aufgedunsenen Körper gestarrt, daß er sich erbarmte und beschloß, sie während der Touren versteckt zu halten.

»Das tue ich, bestimmt«, beteuerte Papa George, »aber kaum kriegen sie Eure Witterung in den Rüssel, sind sie nicht mehr zu halten. Und dauernd muß ich aufpassen, daß diese verdammten Zwerge sie nicht in den Topf stecken. Mehr kann ich nicht tun, nicht für alle Schätze, die sie haben.«

Sofort übergab Derk Schönste an Papa George und beeilte sich, sich einen Überblick zu verschaffen. Er hatte befürchtet, die Zwerge würden ihre Meinung ändern, sobald Draco nicht mehr da war, um sie einzuschüchtern, und ihre Reise zur Küste fortsetzen, aber nein – sie kampierten, samt Ponies und Gepäck, in der Küche von Derkholm. Lydda würde außer sich geraten, dachte Derk. Gesetzt den Fall, Lydda *war* nach Hause gekommen, mußte sehen, was sechs Zwerge in einer Küche anrichten konnten – in des Wortes doppelter Bedeutung – und hatte bei Mara Zuflucht gesucht? Er nahm sich vor, Papa George zu fragen. »Freut mich zu sehen, daß ihr hergefunden habt«, begrüßte er die Zwerge.

»Wir sind schon ein paar Tage hier«, sagte der Grantige, der ausgerechnet Galadriel hieß. Seit er das herausgefunden hatte, fragte Derk sich, was seine Eltern sich dabei gedacht haben mochten. »Was wird jetzt mit dem Tribut?«

»Uns wäre am liebsten, wir könnten ihn ordnungsgemäß irgendwo verstauen, Euch quittieren lassen und uns dann auf den Heimweg machen«, erklärte der Gesprächige. Er trug den grundsoliden Namen Dworkin und war eine Art Unterhäuptling.

Derk schaute auf die sechs großen Körbe in der Hälfte der Küche, die nicht von den Zwergen und ihren Ponies besiedelt war. Kits Bleibe, dachte er. Kit wäre nicht erfreut, aber den Angaben dieser Zwerge zufolge, waren noch zwanzig weitere Gruppen aus allen Gegenden des Kontinents mit Tribut unterwegs zur Küste. Wenn Draco nur die Hälfte von ihnen aufspürte, war Kits Behausung der einzige Ort, der Platz genug bot, um alles zu lagern. »Ich zeige euch, wo ihr die Körbe hinbringen könnt«, sagte er. Dann hatte er plötzlich eine Eingebung, möglicherweise wegen der Unordnung in der Küche. Diese Zwerge konnten anstelle der Schweine das Monstrositätenkabinett des

Dunklen Fürsten komplettieren. »Würdet ihr«, fragte er, »unter Umständen euren Aufenthalt hier um einen weiteren Monat verlängern und in Erwägung ziehen, die Rolle von Kreaturen des Dunklen Fürsten zu übernehmen? Gegen eine entsprechende Vergütung selbstverständlich.«

»Wieviel?« fragte Galadriel.

Dworkin zupfte an seinem geflochtenen Bart. »Tja, wir wären in jedem Fall noch einen Monat unterwegs gewesen, also denke ich, wir verlieren nichts dabei. Kurz gesagt, es hängt von der Bezahlung ab und davon, was wir für Euch tun sollen.«

Derk befragte sein schwarzes Buch. »Die diesjährige Vergütung beträgt zwanzig Goldstücke pro Nase. Ich müßte euer Aussehen etwas verändern – ihr sollt schwarz sein wie Mohren -, aber nichts Radikales, dafür ist die Zeit zu knapp. Und eure Aufgabe besteht darin, mich gegen die Pilger zu verteidigen. Großes Theater, mit den Äxten nach ihren Beinen hacken und so weiter. Einverstanden?«

Die Zwerge schauten sich gegenseitig an und grinsten.

»Hört sich an, als könnte es Spaß machen«, meinte einer – Simpse, glaubte Derk, sich erinnern zu können.

»Vierzig Goldstücke«, schlug Galadriel vor, »und wir sind einig.«

»Topp.« Derk nahm den Rechner aus der Tasche und tippte ein: *Handlanger, 240 Goldstücke.* Es bereitete ihm eine gewisse Genugtuung, daß ausnahmsweise Geld von Mr. Chesney zu den Zwergen floß, statt umgekehrt. Dann führte er sie zu Kits Quartier und konnte staunend beobachten, wie jeder sich einen der riesigen Körbe auflud und damit losmarschierte, als wäre es gar nichts. Doch der Zustand der Küche verbesserte sich nicht wesentlich; man würde die Ponies umsiedeln müssen.

Erst einmal breitete er Callettes Skizzen auf dem Eßzimmertisch aus und machte sich ein Bild von den Veränderungen, die vorgenommen werden mußten.

Die Zeit reichte für nicht mehr als oberflächliche Modifikationen. Andere Hexenmeister, geübter auf dem Gebiet der Baumeistermagie, hätten vielleicht eine völlige Umgestaltung bewirken können, Derk jedoch hatte von jeher mit lebender Materie gearbeitet, Gebäude gingen ihm nicht so gut von der Hand. Davon abgesehen, mußten vorher noch wichtigere Dinge erledigt werden. Die Zwerge brauchten die Küche und die Tiere brauchten Schutz. Derk führte die Ponies der Zwerge nach draußen und brachte sie zu Niedlichs Großmutter auf die Weide. »Dort sind sie in Sicherheit und fühlen sich erheblich wohler«, sagte er zu den Zwergen, als sie ihn einholten und protestierten. Dann ging er um seine Pflanzungen herum – Tabak, Baumwolle, Tee, Kaffee, Nylonbüsche, die neuen Orangenbäume und viele andere Gewächse, die meisten noch im experimentellen Stadium – und umschloß sie mit einer stabilen Hülle aus Tarnmagie, die sie unsichtbar machte. Er wiederholte die Prozedur bei den Tieren. Es gab keine Garantie, daß die Schweine in der Koppel bleiben würden, aber Derk beschwor sie, vernünftig zu sein. Die Katzen ebenfalls. Nachdem die Bewohner das Dorf am Taleingang in ein Trümmerfeld verwandelt hatten, waren die Katzen nach und nach widerwillig zu Hause eingetrudelt. Derk forderte sie auf, in ihrem Gehege zu bleiben. Sie schauten ihn nur an.

»Und wie soll ich sie jetzt füttern, wo sie doppelt unsichtbar sind?« wollte Papa George wissen, der hinter Derk auftauchte.

»Ich übernehme das. Du wirst durch den Garten spuken und schaurig wehklagen.«

»Schaurig wehklagen? Was soll das heißen? Ich habe in meinem ganzen Leben noch nicht wehgeklagt!« verwahrte sich Papa George empört gegen diese Zumutung.

»Du kriegst vierzig Goldstücke dafür«, sagte Derk.

»Ah«, sagte Papa George.

Im Licht der untergehenden Sonne und Callettes Zeichnungen in der Hand, konzentrierte Derk sich auf seine Arbeit an Haus und Garten. Der Garten verwandelte sich in ein trostloses Steingeviert mit Fallgruben und angeketteten Ungeheuern anstelle von Blumenbeeten. Sträucher und Bäume wurden zu geborstenen Säulen oder Labyrinthen aus abweisenden schwarzen Mauern. Beim Haus selbst hielt er sich an Callettes Entwurf der Gesamtansicht der fertigen Zwingburg und schuf eine allen Gesetzen der Geometrie Hohn sprechende Fassade aus verqueren scharfen Winkeln, unsymmetrischen Torbögen und schief vorspringenden Türmen. Die Wirkung vor dem Sonnenuntergangshimmel war beeindruckend. Da aber der Zauber höchstens einen Zentimeter tief reichte, durfte die Konfrontation der Touristen mit dem Dunklen Fürsten keinesfalls im Innern des Gebäudes stattfinden. Glücklicherweise hatte Callette die für den Empfang von Mr. Chesney vergrößerte Terrasse unverändert belassen. Alle Greife liebten sie, weil sie ihnen genügend Platz bot, um sich zu rekeln. Derk errichtete an der Vorderseite schwarze Arkaden, mißgestaltet wie die Türme, und kalte schwarze Mauern. Um zu verhindern, daß unversehens jemand durch das Portal ins Haus trat, ließ er dicht vor der Schwelle einen langen Graben entstehen, aus dem eine grelle Waberlohe züngelte, und war selbst beeindruckt von der Wirkung der bleich und geisterhaft in die tiefer werdende Dunkelheit züngelnden Flammen. Nach kurzem Überlegen verlieh er dem Graben die Ahnung von bodenloser Tiefe und hatte nun die perfekte Kulisse für die Sterbeszene des Dunklen Fürsten. Die Pilger konnten sich in dem Glauben wiegen, sie hätten dem Unhold in einen alles verschlingenden Höllenpfuhl gestürzt.

Recht zufrieden mit dem Werk dieses Abends durchschritt Derk den Graben und trat ins Haus, wo ihm aus der Küche appetitanregende Düfte entgegenwehten. »Was kocht ihr?« fragte er die Zwerge.

Betretene Mienen. »Euer Knochenmann hat uns immer nur Eier gebracht, so groß wie mein Kopf«, erklärte Dworkin, »aber mittlerweile hängen sie uns zum Hals heraus. Deshalb sind wir – äh . . .«

»Wir haben uns ein wenig Verpflegung besorgt«, beendete Galadriel den Satz.

»Er hat uns die Schweine und die Affen nicht anrühren lassen, und Katze essen wir nicht«, fügte Simpse hinzu. »Aber in einem Seitental entdeckten wir eine Herde Rinder, und sie schienen herrenlos zu sein, deshalb . . .«

»Wir braten einen Ochsen!« Galadriel stieß kampflustig das Kinn mit dem geflochtenen Bart in die Höhe.

»Einer mehr oder weniger, was soll's.« Derk seufzte. »Zwölf Rinder muß ich dem Bürgermeister ohnehin schon bezahlen.«

»Ihr könnt mithalten«, lud Dworkin ihn höflich ein. »Als Beilage gibt es Ei, natürlich, und wir haben das Kohlbeet gefunden und die Stelle mit diesen runden braunen Knollen.«

»Ihr meint meine experimentellen Brotkartoffeln«, sagte Derk.

Die Zwerge machten besorgte Gesichter. »Beim Kochen werden sie wie Klöße«, meinte Simpse. »Dann sind sie nicht eßbar?«

»Sie sind auf hohen Nährtwertgehalt gezüchtet«, antwortete Derk. »Ich hoffe, ihr habt ein paar als Saatgut übriggelassen.«

»Wir haben nicht *alle* abgeräumt«, beruhigte ihn Simpse.

Derk seufzte wieder und verzehrte mit ihnen ein sättigendes Abendessen bestehend aus Rinderbraten, Knollen und großen Scheiben Ei. Danach schlief er besser als in der ganzen letzten Zeit. Am nächsten Morgen ging er mit einem übriggebliebenen Stück Ei als Frühstück nach draußen, um zu sehen, ob seine improvisierte Zwingburg bei Tageslicht überzeugend wirkte.

Nicht übel, fand er, solange die Zwerge die Pilger ablenkten, denn einer genaueren Überprüfung hielt das Gebilde nicht stand. Die Blumenbeetmonster überraschten sogar ihn selbst. Er hatte nicht geahnt, daß ein Greif sich unter einem Monster etwas vorstellte, das aus diversen Teilen der menschlichen Anatomie zusammengesetzt war. Nun, sie waren ungewöhnlich. Und sie regten ihre zahlreichen wahllos angeordneten Beine und wiegten ihre zahlreichen Köpfe in der Morgenbrise, als wären sie lebendig. Die Waberlohe erschien bei Tageslicht etwas blaß. Derk gab den Flammen ein grelleres Weiß und errichtete davor noch ein oder zwei Vexiermauern, damit nicht sofort der Blick darauf fiel. Dann ging er in die Küche, um die Zwerge wachzurütteln und für ihren Auftritt herzurichten.

Nachdem er das getan hatte und die Tiere gefüttert und Papa George überredet, sich in flatternde Lumpen zu kleiden – »Meine Blöße ist nicht geziemend bedeckt!« protestierte Papa George, worauf Derk erwiderte: »Du bist ein wandelnder Leichnam und über solche Kleinigkeiten hinweg.« –, kam tatsächlich die erste Pilgergruppe das Tal heraufgezogen. Derk stöhnte. Das Tal war grün, silbern überhaucht von morgendlichem Frost – er hatte vergessen, es in eine Aschenwüste zu verwandeln. Zu spät. Hastig hüllte er sich in seinen Aspekt als Dunkler Fürst und harrte ihrer auf der Terrasse.

Es waren sechzehn Personen beiderlei Geschlechts, geführt von Finn, die alle mitgenommen, schmutzig und müde aussahen. Sie schleppten sich den Weg zum Tor hinauf, das von Callette phantasievoll in Form übermannshoher bekrallter Hände gestaltet war, und spähten ängstlich hindurch. Finn trat vor und schleuderte eine Kugel aus Hexenfeuer gegen das Schloß. Derk antwortete mit einem Funkenregen und gestattete den Krallenhänden, sich zu öffnen. Finn schob die Pilger hindurch, die allesamt keinen besonders abenteuerlustigen Eindruck machten. Nach ein paar zögernden Schritten blieben sie wieder stehen, drängten sich zusammen und starrten von Grausen erfüllt auf die Blumenbeetmonster. Finn mußte ein Machtwort sprechen, damit sie sich in Bewegung setzten. Zwei Schritte weiter kreuzte Papa George ihren Weg, dumpfe Laute ausstoßend. Es war nicht unbedingt ein schauriges Wehklagen, eher klang es wie »Ho, ho, ho!« Die Pilger drängten zurück, Finn schob sie nach vorn.

Papa George, angetan von der Wirkung seines Auftritts, blieb stehen und wandte sich dem nächsten von ihnen zu. »Einst war ich ein Prinz wie Ihr«, verkündete er hohl. »Ach, halt die Klappe und verschwinde, George!« murmelte Derk, der auf der Terrasse auf und ab wanderte.

Finn war offenbar der gleichen Ansicht. »Hebe dich hinweg, unreiner Geist!« befahl er und schleuderte Hexenfeuer gegen Papa George.

Papa George trat den Rückzug an, dabei brummte er gekränkt: »Ich wollte nur gefällig sein!«

Finn scheuchte die Pilger weiter. Auf halbem Weg durch den Garten erfolgte der Auftritt der Zwerge, die brüllend aus ihrem Hinterhalt sprangen und die Äxte wirbelten. Sie waren spektakulär, Derk gratulierte sich selbst zu seiner Leistung. Er hatte sie nicht nur blauschwarz gemacht, sondern, einer Inspiration folgend, ihre vielen Zöpfe in ein Gewirr sich ringelnder Nattern verwandelt. Dieser Programmpunkt, sah er zufrieden, lief wie geschmiert. Während ihrer Tour hatten die Pilger gelernt zu kämpfen. Sie zogen blank und gingen hauend und stechend auf die Zwerge los, die mit artistischem Geschick und immensem Vergnügen wacker Kontra gaben. Sie ließen die Äxte pfeifen und gebärdeten sich wie rasend, während sie langsam durch den verwandelten Garten zurückwichen, bis nach zehn Minuten heftigen und unblutigen Fechtens, die Pilger die Terrassenstufen erreicht hatten.

Und diese Stufen waren ein plötzliches Zickzack aus gleißendem blauen Licht.

Mit einem Getöse, als wäre das Gewölbe des Himmels geborsten, wuchs eine gigantische blaue, dreibeinige Gestalt vor den Kämpfenden in die Höhe. Ihr Rattenschwanz ringelte sich tastend zwischen Derks schwarzen Arkaden. Das Blau pulsierte abscheuerregend, und die Aura der Erscheinung brannte in jedermanns Bewußtsein wie Salzwasser in einer frischen Schramme. Die Zwerge flüchteten schreiend, und die Pilger blieben nur deshalb stehen, weil Finn sie mit einem raschen Lähmungszauber bannte. In der Ferne hörte Derk das schrille Quieken der Schweine. Er selbst fühlte sich völlig überrumpelt. Er hatte nicht damit gerechnet, daß der Dämon erscheinen würde.

Der Dämon schaute mit zwei Augen gierig auf die erstarrte Pilgergruppe, das dritte fixierte Derk. Er spürte das ätzende Sengen seines Blicks. *Deshalb bin ich hier. Ich habe dich gewarnt. Ich werde jeder Gruppe auf diese Weise erscheinen.*

Aber weshalb? rätselte Derk. Dämonen standen nicht in dem Ruf, besonders gefällig zu sein.

Das Gelächter des Dämons brandete gegen sein Gehirn. Ihm wurde übel und das Herz schlug ihm bis zum Hals. *Ich habe meine Gründe. Du kannst sicher sein, ich tue es nicht dir zu Gefallen, Hexenmeisterlein.*

Und wieder in einem Zickzack aus blauem Licht, schoß der Dämon davon, gerade als Finn, weiß wie ein Laken und am ganzen Leib zitternd, sich aufgerafft hatte, die Hand auszustrecken, und mit bebender Stimme hervorstieß: »Hebe dich hinweg, unreiner ...«

Wie, bitte schön, soll ich einen derartigen Knalleffekt noch übertreffen? fragte sich Derk aufgebracht. Er brauchte eine Sekunde, um sich zu sammeln und wieder die Gestalt des Dunklen Fürsten anzunehmen. Glücklicherweise dauerte es genauso lange, bis Finn der Gedanke kam, den Lähmungszauber aufzuheben, und auch danach setzten die Pilger sich nur unwillig in Bewegung. Als sie den Mut gefaßt hatten, durch die schwarzen Arkaden auf die Terrasse zu treten, war Derk ein vager schwarzer Schatten mit brennenden Augen vor dem Hintergrund der aus dem Graben hoch emporschlagenden Waberlohe.

Bei seinem Anblick blieben die Pilger ruckartig stehen. Finn versetzte dem Mann vor ihm einen Tritt gegen den Knöchel. »Wir kennen deine verwundbare Stelle«, sagte der Mann mit schwankender Stimme. »Deine Zeit ist abgelaufen, Dunkler Fürst.«

Die Abschlußphase erwies sich dann als wirklich schwierig. Was er auch anstellte, Derk konnte die Pilger nicht dazu bringen, daß sie auch nur versuchten, ihn zu töten. Er stieß ein ohrenbetäubendes hohles Lachen aus, er hüllte sie in Finsternis und äußerte schreckliche Drohungen. Er verlieh seiner Stimme einen tonlosen, eisigen Klang und erklärte, er werde sie alle der Reihe nach in diesen bodenlosen, feurigen Abgrund werfen. Diesen Abgrund. Hier. Er stellte sich einladend neben den Graben. Die Pilger jedoch rührten sich nicht, sie stierten ihn nur an. Eine Viertelstunde schleppte sich hin, bis Finn eine Gelegenheit fand, die Frau anzurempeln, die zufällig ganz vorne stand, so daß sie mit einem Aufschrei gegen Derk taumelte. Endlich! Erleichtert warf Derk die Arme in die Höhe und stürzte seitwärts in seinen Graben.

Von dort hörte er die Frau in Tränen ausbrechen. »Das ist furchtbar!« schluchzte sie. »Was immer es war, es hatte ein Recht zu leben, genau wie wir!«

»Es wird sehr bald wieder zum Leben erwachen«, sagte Finn wahrheitsgemäß. »Und ihr habt die Welt gerettet, und die Tour ist zu Ende. Seht. Das Portal öffnet sich.«

Derk war immer neugierig darauf gewesen, wie die Pilger zurück in ihre Welt gelangten, nachdem und falls sie die Tour überstanden hatten. Er drehte sich auf den Bauch und, das Kinn auf den Grabenrand gestützt, beobachtete durch seine magischen Flammen hindurch, wie in der Luft über der Terrasse schwebend eine spitzzulaufende ovale Öffnung erschien. Schwach und weit entfernt, spürte er die Gegenwart eines anderen Dämons, der das Tor schuf.

Eine hübsche, lächelnde junge Dame erschien in der Öffnung; sie trug eine fesche Uniform mit einem spitzen Käppchen. »Herzlichen Glückwunsch, meine

Damen und Herren«, sagte sie. »Sie können jetzt nach Hause zurückkehren. Im Namen von ›Chesneys Pilgerfahrten‹ hoffe ich, Sie hatten eine schöne Reise.«

Die Pilger sammelten sich und schlurften auf das Tor und die junge Dame zu. »Ja, es war ganz interessant«, sagte einer von ihnen zurückhaltend.

»Ich könnte ein Bad gebrauchen«, murmelte ein anderer.

Die Frau, die Derk in den feurigen Schlund gestoßen hatte, wischte sich mit dem Handrücken unter den Augen hindurch. »Aber wir sind nicht einverstanden damit, wie man diese Welt ausbeutet für ...«

Eine andere Frau legte ihr die Hand auf den Arm. »Nicht jetzt. Warte, bis wir das Chesney Building verlassen haben, dann können wir uns an eine Zeitung wenden.« Sie zog die erste Frau durch die Öffnung.

Diese beiden waren die letzten, die durch das Tor gingen. Die hübsche junge Dame nickte, und der Dämon auf der anderen Seite schloß die Öffnung. Das war alles. Derk kletterte aus dem Graben.

»Den Göttern sei Dank!« Finn ließ sich auf eine halbhohe Mauer sinken, glücklicherweise war es der verwandelte Gartentisch, der sein Gewicht trug. »Tut mir leid, daß es nicht besser geklappt hat. Das war ein wirklich lahmer Haufen, totale Luschen. Man hat immer ein paar dabei, aber das hier waren die schlimmsten, die ich je erlebt habe. Ihr hättet nicht zufällig ein Täßchen Kaffee bei der Hand, Kollega?«

»Kaffee ist ungefähr das einzige, was die Zwerge verschmähen. Es müßte welcher da sein.« Derk ging vor ihm her über die Feuergrube hinweg zur Küche. Finn warf einen Blick durch die Tür, schüttelte sich und nahm im Eßzimmer Platz.

»Entschuldigt, aber ich habe sechs Wochen rustikales Leben hinter mir«, erklärte er, als Derk den Kaffee brachte. »Puh! Diese Gruppe war Schwerstarbeit. Und wißt Ihr, daß sich kein einziger Gott manifestiert hat? Ich habe schließlich für meine Gruppe unten im Dorf einen improvisiert, eine Art lächelndes Kind, das ihnen Erfolg prophezeite. Ich hoffe, Ihr nehmt es nicht übel.«

»Ich hoffe, die richtigen Götter nehmen es nicht übel.« Derk drehte eine von Callettes Zeichnungen herum und notierte auf der Rückseite: *Fran. Soll Hexenmeistern sagen, lächelndes Kind im Dorf,* als Gedächtnisstütze für sich, damit er veranlaßte, daß auch die nachfolgenden Tourmagier einen Gott improvisierten. Querida hatte ihn wirklich böse im Stich gelassen.

»Es ist kein Blitz niedergefahren, um mich zu erschlagen«, antwortete Finn. »Im Dorf warten noch zwei weitere Gruppen. Ich werde den Kollegen einen Wink geben, wenn's recht ist. Dann kriegen die ihre Götter, bevor sie die letzte Etappe in Angriff nehmen. Übrigens, was ist eigentlich in Chell schiefgegangen? Als ich mit meinen Leuten ankam, war die Stadt verlassen. Es war ein schönes Stück Arbeit zu verhindern, daß meine Gruppe die anderen sieht, und später mußte ich ein paar fixe Erklärungen aus dem Ärmel schütteln, als wir den Herzog in seinem Verlies entdeckten. Eure Elfen haben die Situation hervorragend gemeistert, in Anbetracht der Umstände. Aber wohin sind denn all die Leute nun verschwunden?«

Derk zuckte hilflos die Schultern »Wenn ich das wüßte.«

Finn nahm den letzten Schluck Kaffee und sprang auf. »Ich muß los. Meine nächste Tour startet morgen abend. Ich brauche eine Mütze voll Schlaf, eine ordentliche Mahlzeit und ein heißes Bad – in dieser

Reihenfolge -, bevor ich mich ins nächste Abenteuer stürze. In sechs Wochen sehen wir uns wieder.«

Finn machte sich auf den Weg, und während Derk darauf wartete, daß die nächste Pilgergruppe am Tor erschien, fragte er sich, wie es Blade und Shona ergehen mochte.

Kapitel 19

Bei ihrer Ankunft fanden Blade und Shona den Ort mit Fähnchen und Wimpeln geschmückt und ein großes Transparent über der Hauptstraße verkündete: GNA'ASH HEIßT DIE REISENDEN WILLKOMMEN. Die Herberge, die als Sammelpunkt für die Pilger dienen sollte, lag nur ein kurzes Stück dahinter die Straße hinauf, sie war groß, leer und ruhig. Der Wirt, der scheinbar ganz allein war, führte sie zu zwei karg eingerichteten Kammern im Obergeschoß mit Blick auf die Straße und zeigte ihnen das Bad am Ende des Flurs.

»Ein Bad!« seufzte Shona glücklich. »Endlich wieder von Kopf bis Fuß richtig sauber sein!«

Blade sah jetzt ein, daß Shona recht daran getan hatte mitzukommen. Sie sah schon erheblich lebendiger aus.

Sie gönnten sich ein Bad und wuschen sich das Haar. Blade hatte ernsthaft vorgehabt, diese letzte Frist zu nutzen und das schwarze Buch zu studieren, aber statt dessen legte er sich schlafen. Shona ebenfalls. Welche Wonne, in einem geschlossenen Raum zu schlafen, in einem richtigen Bett! Der Wirt weckte sie zwischendurch zu den Mahlzeiten, danach stolperten sie wieder nach oben und schliefen weiter.

Als sie zum drittenmal mit schweren Lidern in der Schankstube vor ihren Tellern saßen, meinte Shona: »Das ist doch wieder das gleiche wie bei der letzten Mahlzeit. Oder hatten wir erst eine?«

Der Wirt setzte eine Leidensmiene auf. »Dafür könnt Ihr Euch bei der Frau bedanken. Sie hat sich dem Verein *Frauen gegen Pilgerreisen* angeschlossen, bei dem dieses Jahr alle mitmachen, und vor einem Monat hat sie ihren Kram gepackt und ist gegangen. Hat alle Schankdirnen mitgenommen und mich allein hier sitzengelassen. Eintopf mit Brot ist das einzige Gericht, das ich kochen kann.«

»Nun ja, man wird satt«, sagte Blade, und sie gingen nach oben, um noch eine Runde zu schlafen.

Am Morgen des Tages, an dem die Pilger eintreffen sollten, wurde Blade beim Erwachen von Panik ergriffen. Seine Gruppe war für den Nachmittag angekündigt und unmöglich konnte er in den paar Stunden sämtliche Vorschriften auswendig lernen oder sich die Route einprägen. Er legte das schwarze Buch und die Landkarte und die Broschüre auf sein Bett und versuchte es trotzdem, doch er konnte sich einfach nichts merken; sein Gehirn war noch vom Schlaf vernebelt. Schließlich ging es auf Mittag, und das einzige, was er behalten hatte, war, daß für seine Tour die Route nordöstlich zum Binnenmeer vorgesehen war, um dort von Piraten gefangengenommen und von Drachen befreit zu werden, während die anderen Gruppen ihre Abenteuer unten in Grapland und Costamara absolvierten. Er mußte eben jeden Abend das Programm für den nächsten Tag nachlesen. Was das schwarze Buch anging, darin gab es ganze Kapitel, die er noch keines einzigen Blicks gewürdigt hatte. Er blätterte. »*Vorschriften*«, las er. »*1. Tourmagier sind verpflichtet, Bart zu tragen und schulterlanges Haar, und allezeit einen Stab mit sich zu führen.*«

»Hilfe!« sagte Blade. Er sprang auf und lief zum Spiegel. Nach einer halben Stunde Versuch und Irrtum gelang es ihm, sich einen langen weißen Bart und einen Schopf weißer Haare wachsen zu lassen. Aus diesem Urwald leuchtete sein Gesicht hervor, rosig und rund und jung. Er sah aus wie ein Albinozwerg.

Unmöglich. Er fand einen Dreh, mit dem sich die neu erworbene Masse Haar dunkel färben ließ. Diesmal sah er aus wie ein Zwerg, der vergessen hat, seine Zöpfe zu flechten, aber es mußte genügen. Jetzt der Stab. Blade rannte aus dem Zimmer und die Stiege hinunter zur Küche, wo er sich aus einem Gestell mit Kochlöffeln den größten herausschnappte. Mit seiner Beute wieder auf dem Weg nach oben, prallte er mit Shona zusammen.

Sie stieß tatsächlich ein glucksendes Lachen aus, das erste Lachen, das er seit der verhängnisvollen Schriftrolle von ihr hörte. »Blade, du siehst zum Schreien aus! Wie ein Zwerg in der Krise. Und was willst du mit diesem *Löffel*?«

»Stab«, keuchte Blade. »Vorschriften. Besser in Gewändern.« Er drängte sich an ihr vorbei und eilte in sein Zimmer, wo er sich weitere zwanzig Minuten fruchtlos bemühte, einen Spruch zu finden, mit dem sich der Löffel in einen hexenmeisterlichen Stab verwandeln ließ, doch was er auch tat, der Stab – ob lang oder kurz – bekam an einem Ende eine runde flache Platte und blieb ein Löffel. Und das Gewand, stellte sich heraus, als er hineinschlüpfte, war zu groß. Selbst wenn er es über den Gürtel bauschte und die Ärmel aufkrempelte, war es zu groß. Er watete zum Mittagessen nach unten, trat sich auf den Saum und mußte seinen Bart aus der Gürtelschnalle zupfen. Und durch all das Haar hindurch Eintopf zu essen erwies sich als unmöglich.

Shona beobachtete seine Anstrengungen. Sie mußte die Hände vor den Mund legen, um nicht zu kichern. Endlich erbarmte sie sich seiner, ging nach oben und kam mit ihrer Schere wieder. »Halt still«, sagte sie und schnitt ihm rings um den Mund ein Loch in den Bart. Danach ging es leichter mit dem essen, obwohl er immer wieder auf irgendwelchen Haaren herumkaute. Als er fertig war, mußte er sich auf einen Stuhl stellen, und Shona kürzte das Gewand. Sie entwand ihm den Löffel und drückte ihm einen Wanderstock in die Hand, den jemand im Hutständer der Herberge vergessen hatte. »Na, siehst du«, sagte sie, »du kannst dich glücklich schätzen, daß ich mitgekommen bin. Gehen wir nach oben, dann nähe ich den Saum um.«

Die Näherei nahm einige Zeit in Anspruch. Shona war erst halb herum, als von der Straße unten lautes Rufen zahlreicher Stimmen ins Zimmer drang. Blade öffnete mit Mühe das Fenster, und beide lehnten sich hinaus. Die Hauptstraße unten war an beiden Seiten von Menschenreihen gesäumt, hauptsächlich Frauen und Kinder. Soweit sie es verstehen konnten, riefen die einen: »Touristen raus!« und die anderen: »Schluß mit den Pilgerfahrten!«

»Da macht sich viel aufgestauter Ärger Luft«, meinte Shona.

Blade brachte dafür kein Interesse auf. Er hatte zwischen den Menschenreihen die Köpfe anderer Leute entdeckt, die mitten auf der Straße gingen und sich der Herberge näherten. Sein Magen vollführte ein paar seltsame Purzelbäume, als ihm bewußt wurde, daß er in Kürze seinen ersten lebenden Pilger gegenüberstehen würde. *Seinen* Pilgern. Er griff nach der Liste und wollte zur Tür hinaus. Shona bekam im letzten Moment sein Hemd zu fassen.

»Sei nicht albern! Ich bin mit deinem Gewand noch nicht fertig, und du solltest den Leuten Zeit lassen, sich in ihren Zimmern einzurichten. Dann gehst du hinunter in die Schankstube und machst dich mit ihnen bekannt. Denk daran, du bist der Tourmagier und ein gestandener Hexenmeister, und du hast es nicht nötig, zu springen, wenn sie pfeifen.«

Shona hatte wahrscheinlich recht. Überdies stellte sich bald heraus, daß die Pilger nicht alle gleichzeitig ankamen. Immer wieder begannen die Demonstranten unten ihre Sprüche zu skandieren, und wenn Blade sich aus dem Fenster beugte, sah er die nächsten drei, vier Köpfe, die sich durch das Spalier bewegten. Er saß auf dem Bett, drehte nervös seine Liste zwischen den Händen und schaute zu, wie Shona nähte.

Sie hatte gerade den letzten Faden abgebissen, als an die Tür geklopft wurde. Blade sprang wieder auf, und Shona zog ihm hastig das umgesäumte Gewand über den Kopf. »Ein Mann von den Touren ist an der Hintertür und wünscht, den Tourmagier zu sprechen«, sagte der Wirt, als Shona öffnete.

Verwundert folgte Blade dem Wirt die Hintertreppe hinunter und durch die Küche, wo es nach den Zwiebeln roch, die für den abendlichen Eintopf geschnitten wurden. Der Mann, der an der Hintertür wartete, war mit einer etwas weniger förmlichen Ausgabe der Anzüge bekleidet, die Mr. Chesney und seine Angestellten getragen hatten. »Tut mir leid, Hexenmeister«, sagte er. »Eigentlich dürfte ich nicht hier sein, aber wir haben eine mittlere Krise am Portal. Zehn Zwergentrupps, die wir erwartet haben, sind nicht gekommen. Nur eine Gruppe ist pünktlich eingetroffen. Sie haben nicht zufällig auf dem Hinweg welche gesehen, oder?«

»Mit Ponies und Körben?« fragte Blade.

»Das werden sie sein!« Der Mann war sichtlich erleichtert. »Wie weit entfernt etwa?«

»Ziemlich weit«, antwortete Blade wahrheitsgemäß. »Sie beschwerten sich über die vielen Hindernisse unterwegs, die sie aufgehalten hätten.« Er kam sich so verlogen vor, daß er gezwungen war, sich den Bart zu streichen und weise dreinzuschauen.

Der Chesney-Mann schüttelte sorgenvoll den Kopf. »Dann weiß ich nicht, was ich tun soll. Die letzten Pilger sind eben durchgekommen, und in einer Stunde wird das Portal geschlossen. Es wird einen furchtbaren Knatsch geben, wenn die Zwerge bis dahin nicht aufgetaucht sind. Könnte mich den Job kosten. Hören Sie, falls Sie die Zwerge unterwegs treffen sollten, würden Sie ihnen ausrichten, daß der Treffpunkt zur Zwingburg des Dunklen Fürsten verlegt worden ist? Dann transferieren wir die Waren von dort. Und ich werde die anderen Tourmagier um denselben Gefallen bitten. In Ordnung?«

»In Ordnung«, sagte Blade und war, als er wieder nach oben ging, ziemlich ernüchtert von der Vorstellung, daß jemand seine Arbeit verlieren sollte, nur weil er und Don sechs Zwergen Leben und Besitz gerettet hatten.

»Nichts ist jemals nur Schwarz oder Weiß«, sagte Shona, als er ihr davon erzählte. »Warte noch eine Stunde, und dann geh hinunter in die Schankstube.«

Blade gab sich Mühe, doch nach einer halben Stunde hielt er es nicht mehr aus und ging nach unten. Etwa die Hälfte der zwanzig Leute auf seiner Liste saßen auf den Bänken, tranken ungeschickt Bier aus Humpen und beschnupperten sich gegenseitig. »Ich *weiß*, es ist teuer«, sagte eine Frau, als Blade hereinkam. »Vater und ich haben unser Häuschen verkauft, um uns die Reise leisten zu können. Aber wir wollten etwas wirklich Interessantes erleben, bevor wir zu alt sind, um es zu genießen.«

»Richtig, Mutter«, nickte der Mann neben ihr. »Wer nicht wagt.«

Für Blade sahen beide steinalt aus und reichlich dick. Er fragte sich, ob sie die Reise überleben würden, geschweige denn, sie genießen, und schon war sein Lampenfieber verflogen und seine Neugier erwacht. Alle Pilger hatten komische Haarschnitte und auch ihre Gesichtszüge wirkten fremdländisch. Deswegen sah es so aus, als ob sie sich kostümiert hätten, obwohl sie Kleider trugen, wie sie für Blade alltäglich waren. Eine der Vorschriften besagte, Pilger hätten sich in punkto Kleidung der besuchten Welt anzupassen. Er trat mit seiner Liste auf sie zu.

»Oh!« zwitscherte ein kleines blondes Mädchen. »Das ist unser Tourmagier! Sieh doch, Bruderherz, ein richtiger Hexenmeister! Ist der aber klein!«

»Ich habe Zwergenvorfahren«, log Blade verdrossen und suchte das Mädchen auf seiner Liste. Weshalb konnte er nicht wachsen, wie Kit es in letzter Zeit getan hatte?

Laut Liste hieß das Mädchen Susan Sleightholm, und sie war als Nachzügler gekennzeichnet, Buchung in letzter Minute. Sie hatte große blaue Augen und eine Mähne künstlich wirkender Locken, gedreht wie Hobelspäne. Sie quietschte begeistert und hängte sich an Blades frisch gesäumten Ärmel. »Nenn mich Sukey«, sagte sie und blickte schmachtend zu ihm auf. Sie war noch kleiner als er. »Ich bin Sukey, und das ist mein Bruder Geoffrey.«

Sukey mochte ungefähr in Shonas Alter sein, schätzte Blade. Sie trug Hemdchen und Hosen in Babyblau. Er konnte sie nicht ausstehen. Der Bruder tat ihm leid, der mit ihr geschlagen war. Geoffrey war ziemlich groß und ebenfalls blond und sah ganz brauchbar aus. Blade befreite seinen Ärmel aus Sukeys spitzen Fingern – sie hatte rote Nägel wie Dons Krallen, wenn er Fleisch aß – und ging zu dem Ehepaar, das sein Haus verkauft hatte. Sie waren Mr. und Mrs. Poole, aber sie bestanden darauf, daß er sie Vater und Mutter Poole nannte.

Die restlichen Mitglieder seiner Gruppe kamen nach und nach die Stiege hinunter. Während sie sich Plätze suchten und der Wirt ihnen Humpen brachte, ging Blade von einem zum anderen und versuchte, die Personen mit den Namen auf der Liste in Einklang zu bringen. Es war schwierig. Sie waren jung, alt, dick, dünn, ernst, aufgekratzt, dunkelhaarig, kastanienbraun und blond, aber sie alle hatten dieses fremdländische Aussehen, und er konnte sie nicht auseinanderhalten. Da waren zum Beispiel sechs ernsthaft aussehende jüngere Frauen mit langem, glattem Haar, vier Männer mit wettergegerbten Gesichtern und schmalen, in die Ferne spähenden Augen, und zwei weitere Ehepaare von der gleichen Art wie Vater und Mutter Poole. Einer oder eine von ihnen mußte Mr. Chesneys Spitzel sein, dachte Blade, aber wer? Vorsichtshalber behandelte er sie alle mit ausgesuchter Höflichkeit.

Fast als letzter seiner Schar kam ein mittelgroßer, hellhaariger junger Mann nonchalant die Stiege hinuntergeschlendert. Man sah auf den ersten Blick, er war reich, reich genug, um nicht sein Haus für diese Reise verkaufen zu müssen, seine Haltung verriet es und seine Kleidung, die modisch geschnitten war und aus erstklassigem Stoff gefertigt. Und er war der einzige von den Pilgern, der sich in diesen Kleidern bewegte, als wäre er darin zu Hause. Blade war erleichtert, denn er wußte, diesen Mann würde er sich merken können. Als er auf ihn zuging, kam es ihm sogar so vor, als hätte er ihn früher schon einmal irgendwo gesehen. Aber das mußte Einbildung sein.

»Ich bin Blade, Euer Tourmagier«, sagte er. »Ich bin so klein, weil ich von Zwergen abstamme. Und Euer Name ist . . .«

Der Mann lächelte gewinnend. »Ich bin Reville Townsend.«

Sympathisch, dachte Blade, während er den Namen auf der Liste suchte. Er konnte ihn nicht gleich finden, doch als er oben wieder anfing, wurde er durch das Eintreffen der letzten beiden Pilger abgelenkt. Die Frau ging voran, drängte sich energisch an Blade und Reville vorbei und marschierte auf die nächste freie Bank zu. Sie war sehr groß und hager und trug eine Brille. Ihr weißes Haar war zu einer Art welligem Helm frisiert; es hatte mehr Ähnlichkeit mit einem majestätischen Hut als mit Haar. Ihre Erscheinung war noch in einer anderen Hinsicht bemerkenswert, und diese Besonderheit veranlaßte Blade, ihr nachzulaufen und seine Liste erst einmal zu vergessen.

»Entschuldigung ... Hallo, Entschuldigung! Sie dürfen solche Kleidung hier nicht tragen!«

Die Dame strich glättend über ihre elegante kastanienbraune Hose und tastete über die Perlenkette am Halsausschnitt ihres flauschigen weißen Pullovers, bevor sie Blade anschaute. Es war ein völlig ungerührter Blick. »Junger Mann, ich sehe absolut keinen Grund, mich in alberne Gewänder wie die Ihren zu hüllen. Was ich anhabe, ist anständig und praktisch, und ich werde es auch weiterhin tragen.« Sie schaute an Blade vorbei und rief: »Komm schon, Eldred. Nicht trödeln.«

Ihr Reisebegleiter leistete zerstreut der Aufforderung Folge. Er war ebenfalls groß und dünn, mit tief eingegrabenen senkrechten Falten in den Wangen, tiefliegenden Augen und einem dichten Schopf feiner weißer Haare. Wie Shona später sagte, er sah aus wie eine Pusteblume. Auch er trug Fremdweltkleider, allerdings waren seine derb und schäbig. Blade suchte nach seiner Liste, um nachzusehen, wer diese beiden waren. Reville Townsend trat lächelnd zu ihm und reichte ihm die Mappe. »Sie haben mir das in die Hand gedrückt, als Sie weggelaufen sind.«

»Danke.« Die einzigen beiden Teilnehmer, die er noch nicht abgehakt hatte, waren E. und S. Ledbury. Ach ja, und da, ganz unten, stand Reville R. Townsend, ein Spätentschlossener wie die gräßliche Sukey. »Seht, Mrs. Ledbury, die Vorschriften ...«

Die Dame musterte ihn frostig. »Miss Ledbury, wenn es Ihnen nichts ausmacht, junger Mann. Professor Ledbury ist mein Bruder. Er ist ein Gelehrter und natürlich etwas zerstreut. Sie können nicht erwarten, daß er sich mit Ihren Regeln befaßt. Er ist über dergleichen erhaben, und ich richte mich nicht danach. Setz dich zu mir, Eldred.« Sie wandte Blade den Rücken zu und nahm Häkelzeug aus ihrer Tasche.

Reville grinste. »Lassen Sie sie in Ruhe. Solche Leute muß es auch geben.«

Blade nickte bedrückt. Er und Reville nahmen nebeneinander auf einer Bank Platz, doch während Blade seine Gewänder dermaßen verknäulte, daß er sich beim Hinsetzen fast erwürgt hätte und gleich wieder aufspringen mußte, um sie zu richten, glitt Reville in einer einzigen fließenden Bewegung auf seinen Platz, den seidengefütterten Umhang zurückgeworfen, das Rapier elegant zur Seite. »Ich übe viel«, erklärte er auf Blades staunenden Blick hin. »Jeden Tag verbringe ich eine Stunde ...«

Er verstummte, weil jetzt Shona oben an der Treppe erschien. Gekleidet in ihr grünes Bardengewand, die Harfe in der Armbeuge, kam sie die Treppe hinunter, und ihr Auftritt erfolgte mit solchem Aplomb, daß garantiert keinem der Anwesenden auffiel, wie zerknittert das Gewand war und wie ausgefranst der Saum, der die Fäden für die magischen Schleppleinen geliefert hatte. »Guten Abend«, rief sie mit klangvoller Stimme. »Edle Damen, hochwohlgeborene Herren, ich werde als Bardin Eure Reisegruppe begleiten.«

Alle Köpfe drehten sich in ihre Richtung, sogar Miss Ledburys welliger Helm, und man hörte bewundernde Bemerkungen, unterbrochen von Mutter Poole, die ausrief: »Ach bitte, komm her und setz dich zu mir und Vater, Liebes.«

Shona ging ein, zwei, drei Stufen herunter, dann hielt sie inne und schaute mit erhobenem Kopf zum anderen Ende des Schankraums. Blade kam es vor, als begänne sie plötzlich von innen heraus zu leuchten. Es war, als ob das Leben, das in ihr erloschen zu sein schien, seit der Barde ihr die Schriftrolle überreicht hatte, zurückströmte, höher und höher stieg, bis Shona doppelt so lebendig war wie vorher, strahlend, überschäumend, neugeboren. Miss Ledbury schürzte die Lippen. Ihr Kopf drehte sich, und sie schaute in eine bestimmte Richtung, mißbilligend. Blade wandte ebenfalls den Kopf und schaute zu dem Punkt, der sowohl Shona als auch Miss Ledbury zu faszinieren schien und sah, wo beider Blicke sich trafen – bei Geoffrey Sleightholm. Geoffrey seinerseits erwiderte Shonas Blick mit dem gleichen inneren Leuchten, als wäre er in diesem Augenblick zu neuem Leben erwacht.

Ach du meine Güte! dachte Blade. Jetzt wünschte ich doch, Prinz Talithan wäre derjenige welcher gewesen. Nicht nur, daß Mr. Chesneys Dämon keinem Bewohner dieser Welt gestattete, diese zu verlassen, und keinem Pilger, hierher umzusiedeln. Viel schlimmer. Während Shona den Schankraum durchquerte und sich neben Geoffrey setzte, als wäre außer ihnen niemand anwesend, faltete Blade im Schutz der Tischkante seine Liste auseinander. Ja, da stand es: »G.

Sleightholm, NR, P oder E.« Das NR bedeutete Nicht-Rückkehrer, die anderen Buchstaben informierten Blade darüber, daß ihm freistand, Geoffrey entweder durch Priester oder Elfen vom Leben zum Tode befördern zu lassen. Hoffentlich kam Shona über Geoffrey hinweg, oder sie stellten fest, daß sie sich nicht leiden konnten oder bekamen Streit oder sonst was, bevor die Sache mit der Entbehrlichkeit akut wurde.

Blade schlief nicht gut in dieser Nacht, aber Shona war nur zum Teil dafür verantwortlich, obwohl er zu seinem Entsetzen hatte sehen müssen, daß sie und Geoffrey sich eindeutig gegenseitig verfallen waren. Blade mußte daran denken, wie die Nachricht, von der Bardenakademie relegiert worden zu sein, sie getroffen hatte, und wenn nun Geoffrey etwas zustieß ...! Und keine Callette, um sie zu trösten. Doch außerdem gingen ihm noch viele andere Dinge im Kopf herum.

Zum Beispiel, wie sehr diese Pilger auf ihn angewiesen waren, ihn wegen der unmöglichsten Dinge um Rat fragten, sogar, wie sie ihren Eintopf essen sollten. Er fühlte sich diesen Anforderungen nicht gewachsen. Am peinlichsten war es ihm gewesen, Vater Poole die Benutzung der Toilette erklären zu müssen.

Eine weitere Heimsuchung war Geoffreys Schwester Sukey. Sei es, weil ihr Bruder sich plötzlich nur noch um Shona kümmerte, oder vielleicht hätte sie es ohnehin getan oder vielleicht nur deshalb, weil sie beide klein waren – jedenfalls folgte Sukey ihm auf Schritt und Tritt. Sie saß neben ihm, sie lächelte ihn an, sie streichelte seinen Arm und seinen Bart und schmiegte sich an ihn und zwitscherte: »Ich wollte *immer* einen richtigen Hexenmeister kennenlernen!« Abgesehen von der Tatsache, daß Blade wußte, er war noch kein approbierter Hexenmeister, sogar abgesehen von der Tatsache, daß er Sukey nicht ausstehen konnte, sie setzte ihn vor seinen Pilgern in ein schiefes Licht und untergrub seine Autorität. Vater Poole und einige andere warfen ihm beunruhigte Blicke zu und Miss Ledbury solche, bei denen sich ihre Augenbrauen über den oberen Stahlrahmen ihrer Brille hoben.

Da allerdings haßte Blade Miss Ledbury bereits inbrünstiger, als er Sukey verabscheute. Sie hatte ein Notizbuch in ihrem Handarbeitsbeutel, und Blade *wußte*, sie war diejenige, die Mr. Chesney Bericht erstattete. Sie machte sich Notizen über alles, zückte mit tüchtigen, zartlila Fingern einen Stift und schrieb auf, was an Neuem passierte oder erwähnt wurde. Sie machte ihre Aufzeichnungen in einem Code oder in Kurzschrift; Blade hatte einen Blick darauf geworfen und festgestellt, daß er nicht ein Wort entziffern konnte.

»Leuten über die Schulter gucken ist ungehörig, junger Mann«, sagte Miss Ledbury. »Eldred, das ist genug Bier für heute abend. Es ist zu sauer, du wirst Leibschmerzen bekommen.«

Blade haßte die Art und Weise, wie sie ihren bedauernswerten zerstreuten Bruder herumkommandierte, und erst recht, wie sie ihn selbst, Blade, behandelte, als wäre er ihr persönlicher Lakai. »Junger Mann, seien Sie so gut und rufen den Wirt. Dieser Eintopf ist ungenießbar.«

»Aber vielleicht die beste Mahlzeit in den nächsten Wochen, bis wir die Tour hinter uns haben«, meint Reville gutgelaunt.

Diesmal war Reville das Ziel von Miss Ledburys über den Brillenrahmen hochschnellenden Augenbrauen. »Ich gedenke nicht, mich unnötigen Entbehrungen auszusetzen.« Und Blade mußte den Wirt holen, und der Wirt mußte Brot auftischen, Käse und Obst. Anschließend förderte sie aus ihrer Tasche eine Dose mit Kaffee zutage und schickte Blade um einen Kessel mit kochendem Wasser und etwas Sahne. »Nein, Eldred, nicht für dich. Wenn du abends Kaffee trinkst, kannst du nicht schlafen.«

Miss Ledbury verursachte schlimmere Schlaflosigkeit als jeder noch so starke Kaffee! dachte Blade, während er sich ruhelos im Bett herumwälzte. Shona und Sukey auch, nicht zu reden von Vater Poole, der befremdet in das Erdklosett spähte. Zu all dem schwirrten ihm Zahlen im Kopf herum. Daran war Mutter Poole schuld, die später am Abend noch einmal darauf zu sprechen kam, daß sie ihr Häuschen verkauft hatten, um sich die Reise leisten zu können. Jemand äußerte: »Und ich nehme an, Sie mußten tausend Credits aufbringen für die Versicherung?«

»Zweitausend pro Person«, berichtigte Mutter Poole, »wir sind ja leider schon etwas älter.«

Daraufhin hatten die anderen sich zu Wort gemeldet, und Blade erfuhr zu seinem Erstaunen, daß alle Mr. Chesney zwischen eintausend und sechstausend Credits zur Absicherung des Unfallrisikos hatten zahlen müssen, sogar der entbehrliche Geoffrey, und daß keine Rückerstattung dieser Summe vorgesehen war, auch nicht, wenn sie die Reise unbeschadet überstanden. Während er sich schlaflos hin- und herwarf, multiplizierte sich hinter seiner Stirn die Summe, die Mutter Poole als Erlös für ihr Haus genannt hatte – er wußte nicht, was Credits wert waren, deshalb rechnete er in Goldstücken –, mit zwanzig, der Anzahl der Pilger entsprechend ... dann mit einhundertsechsundzwanzig, entsprechend der Gesamtzahl der Touren ... plus diese Sache mit den Versicherungen, auch das mal einhundertsechsundzwanzig ... dann fiel ihm ein, daß manche Leute etliche tausend Credits zahlten, um Verwandte von Prinz Talithan durchbohren zu lassen, also plus durchschnittlich zwei Entbehrliche pro Gruppe ... dazu der geschätzte Wert des Goldes, das von den Zwergen herangeschafft wurde ... Die Summe, die dabei herauskam, hatte so viele Nullen, daß Blade glaubte, er müsse mittendrin eingeschlafen sein und den ganzen Batzen mit tausend multipliziert haben.

Er drehte sich auf den Rücken und rechnete noch einmal. Heraus kam die gleiche schwindelerregende Summe von Goldstücken. Dann verglich er diese Summe mit den Beträgen, die Hexenmeistern und Königen gezahlt wurde, und erinnerte sich, daß Mara überhaupt nichts bekam. Man brauchte sein Gehirn nicht besonders anzustrengen, um herauszufinden, daß Mr. Chesney in einem Jahr mehr Geld scheffelte, als in Blades gesamter Heimatwelt im Umlauf war. Und die Bewohner dieser Welt waren diejenigen, die für die Touren arbeiten mußten und unter ihnen zu leiden hatten.

»Aber das ist nicht gerecht!« murmelte er und schlief endlich ein, als hätte sein Gehirn nur darauf gewartet, daß er zu dieser Erkenntnis gelangte, bevor es ihm gestattete, in süßen Schlummer zu sinken.

Kapitel 20

Am nächsten Morgen mußte Blade wieder für Miss Ledbury kochendes Wasser holen. Dann konsultierte er die Broschüre und stellte fest, daß sie laut Plan in zwei Stunden aufbrechen sollten. Doch seine Pilger waren allesamt verschwunden, sie wollten sich den Markt ansehen. »Wie stelle ich es an, daß sie pünktlich in zwei Stunden wieder hier sind?« fragte er Shona kläglich.

»Wenn wir die Pferde bereithalten, können wir aufbrechen, sobald sie wiederkommen«, antwortete sie. »Weshalb ist die genaue Zeit so wichtig?«

Weil Miss Ledbury Notizen macht, dachte Blade, aber er sagte: »Weil wir das erste Stück mit einem Händler zusammen reisen, bis wir von Wegelagerern überfallen werden. Und laut Plan treffen wir uns mit ihm um die Mittagszeit.«

»Dann gehen wir jetzt zum Pferdemarkt«, sagte Shona.

Der Pferdemarkt war ein eingezäuntes Areal am Stadtrand. Das Transparent mit dem Willkommensgruß über der Straße hatte man ausgetauscht, merkte Blade, als sie aus der Herberge traten, und das neue verkündete: GREYNASH GEGEN PILGERTOUREN. Ein zweites Transparent mit dem gleichen Spruch war an die Umfriedung des Pferdemarkts genagelt, darüber hinaus gab es nicht viel zu sehen, nur einen zusammengedrängten Trupp Pferde in der Mitte der Umfriedung und Geoffrey und Sukey Sleightholm, die am Gatter lehnten und sie betrachteten. Shonas Gesicht leuchtete auf, Blades Laune hingegen verdüsterte sich. Wie nicht anders zu erwarten, hing Sukey im Nu an seinem Ärmel und blickte ihm so tief in die Augen, daß er sich wünschte, sein ganzes Gesicht wäre von Bart bedeckt.

»Lieber Hexenmeister …« begann Sukey mit der süßen Stimme, die sie speziell für Blade benutzte.

Zu Blades Erleichterung wurden sie von Wendela Pferdeherrin unterbrochen, die zwischen den Tieren zum Vorschein kam. »Hier, Hexenmeister – oh, du bist das unter dem vielen Haar? Zwanzig Pferde für dich und deine Leute.«

»Nun, eigentlich brauchen wir dreiundzwanzig«, sagte Blade. »Meine Schwester begleitet uns als Bardin.«

Er mußte sich erst von Sukey losmachen und der Pferdeherrin die Liste zeigen, bevor sie ihm glaubte. »Zwei mehr, als man *mir* gesagt hat, auch ohne deine Schwester«, beschwerte sie sich, nachdem sie die Namen gezählt hatte. »nach all den Jahren funktioniert die Organisation immer noch nicht. Also gut. Ich bringe sie zur Herberge. Mit einem Vorrat an Futter. Und ich tue das *persönlich*, weil ich möchte, daß jeder begreift, wenn irgend jemand ein Pferd quält oder in irgendeiner Weise schlecht behandelt, werde ich sie *alle* zurückrufen, und ihr könnt den Rest eurer Tour auf Schusters Rappen abwandern. Ist das klar? Das gleiche sagen ich allen Touren. Es ist eine *Warnung*.«

»Gut«, sagte Blade. »Übrigens, wieviel bezahlt man dir für die Pferde?«

»Nicht genug«, erwiderte die Pferdeherrin im Weggehen über die Schulter.

Hätte mich auch gewundert, dachte Blade. Auf dem Weg zurück zur Herberge hüpfte Sukey neben ihm her, als wäre sie erst halb so alt wie in Wirklichkeit. Die übrigen Pilger fanden sich ungefähr eine Stunde später ein, sehr vergnügt. Alle, ausgenommen Miss

Ledbury, hatten sich Schwerter gekauft. Selbst Professor Ledbury hatte ein mächtiges, altes, krummes Breitschwert erworben und ließ es über seinem Kopf kreisen. Blade zuckte jedesmal, wenn er es pfeifen hörte.

»Harmloser Enthusiasmus«, kommentierte Miss Ledbury. »Viel bessere Körperertüchtigung als Hanteln stemmen, junger Mann.«

Auf Schritt und Tritt verfolgt von Sukey, während Shona für nichts anderes Augen hatte als für Geoffrey und absolut keine Hilfe war, brachte Blade seine Abenteuerreisenden dazu, ihre Pferde zu beladen und alles richtig festzuschnallen. Dabei kam es zu einem weiteren Zusammenstoß mit Miss Ledbury. Die Touren statteten jeden Pilger standardmäßig mit einer zusammengerollten Decke, einem Umhang und zwei ledernen Wasserflaschen aus. Miss Ledbury wollte davon nichts wissen. Sie und der Professor hatten leuchtendrote Schlafsäcke, solide Windjacken und Rücksäcke für Wasserflaschen aus Plastik und Miss Ledburys Kaffeedose.

»Mir ist egal, was Ihr schwarzes Buch sagt, junger Mann«, antwortete sie auf Blades Hinweis, diese Dinge seien verboten. »Ich mache diese Reise nicht als Bußübung, und mein Bruder ist von schwacher Gesundheit. Unsere Ausrüstung ist sehr viel besser als dieses Zeug.«

Am meisten schmerzte, daß Blade ihr im stillen recht geben mußte, trotzdem, es ging ihm gegen den Strich, gute Decken und Wasserflaschen ungenutzt zu sehen. Er schnallte das Bündel auf sein eigenes Pferd.

Schon war Sukey zur Stelle. »Ach bitte, Hexenmeister, nehmen Sie meine auch. Ich mag mich nicht damit abschleppen.«

»Ihr werdet frieren«, gab Blade zu bedenken.

»Sie können Sie mir heute abend wiedergeben«, sagte sie kokett.

Das Ende vom Lied war, daß sich, als schließlich alle zum Aufbruch bereit waren, sämtliche Bündel bei Blade gesammelt hatten, und er begann innerlich zu kochen. Dann stellte er fest, daß er seinen Wanderzauberstab vergessen hatte, knirschte mit den Zähnen und beschloß, darauf zu verzichten. Doch gerade da kam Reville damit aus der Herberge. Armreifen blitzten an seinem Handgelenk, als er ihn Blade hinaufreichte und lächelte.

»Vielen Dank, das wäre n ...« Weiter kam Blade nicht, Mutter Poole unterbrach ihn, indem sie vom Pferd fiel. Sie tat es mit einem spitzen Schrei und einem Lachen, lag auf dem Boden und prustete: »Jedes Bild erzählt eine Geschichte!« Es war, wie sich herausstellen sollte, nur der erste von vielen, vielen Stürzen, und immer kreischte Mutter Poole, und jedesmal lachte sie und sagte: »Jedes Bild erzählt eine Geschichte!«, aber Blade konnte das noch nicht wissen, und er bekam einen gehörigen Schreck und war besorgt und fühlte sich verantwortlich.

»Ich schlage vor, wir brechen jetzt auf«, sagte Geoffrey in ruhigem, bestimmtem Ton.

Zu Blades Beschämung gehorchte man ihm auf der Stelle. Mutter Poole kraxelte in den Sattel, Reville stieg auf sein Pferd, und die Pilgerkarawane trabte aus der Stadt, verfolgt von bellenden Hunden und Kindern, die riefen: »Geht nach Hause, Touristen!« und »Verpißt euch, Pilger!« Miss Ledbury schaffte es, sich beim Reiten eine Notiz zu machen.

Der Händler, der mit seinen Planwagen und bewaffneten Knechten ein Stück außerhalb der Stadt wartete, empfing sie ungeduldig. »Zeit wird's! Dankt den Göttern, daß dies die letzte Tour ist! Es stinkt mir langsam, meine Klamotten von hier nach nirgendwo zu schaukeln und so zu tun, als würde ich vor Wegelagerern fliehen. Und ich beneide Euch nicht um Eure Aufgabe, Hexenmeister, mit diesem Haufen sechs Wochen lang durch die Gegend ziehen zu müssen. Scheinen mir ziemliche Trantüten zu sein.«

Der Mann hatte nicht unrecht, dachte Blade und ließ den Blick über seine Schäfchen wandern. Sukey in ihren babyblauen Fähnchen, die fremdländische Aufmachung der Ledburys und dieser Ausdruck naiven Staunens auf allen Gesichtern, Revilles und Geoffreys ausgenommen. Diese beiden sahen wenigstens so aus, als hätten sie eine Vorstellung von dem, was sie erwartete.

Sie kamen nur langsam voran, mit häufigen Unterbrechungen, um Mutter Poole vom Boden aufzusammeln, doch alle waren heiter und wohlgemut. Sogar Professor Ledbury schaute mit einer Miene vergeistigter Glückseligkeit auf Äcker und Wälder und die fernen Berge. Blade war froh, daß der Angriff der Wegelagerer erst für den nächsten Tag vorgesehen war. Seine Pilger brauchten offenbar etwas Zeit, um sich in die neue Wirklichkeit einzufinden.

Am Lagerfeuer abends herrschte allerbeste Stimmung; Shona sang und alle lauschten hingerissen. Alle, mit Ausnahme von Miss Ledbury, Sukey und Blade. Miss Ledbury war herumgegangen und hatte den Knechten und Fuhrwerkern alle möglichen neugierigen Fragen gestellt, woher sie kamen und wieviel sie verdienten und ob ihnen ihre Arbeit gefiel, und jetzt trug sie beim Licht einer starken, kleinen, elektrischen Stablampe auf einem Ständer die gewonnenen Erkenntnisse in ihr Notizbuch ein. Neben ihr stand ein kleines, rechteckiges, summendes Kästchen, das, wie sie behauptete, Shonas Gesang aufzeichnete.

Blade wußte, als Tourmagier und betreuender Hexenmeister war er verpflichtet, sie darauf hinzuweisen, daß sie laut dem schwarzen Buch beim Licht einer Kerze schreiben mußte und dieses Aufzeichnungsgerät nicht bei sich haben durfte, doch das Wissen um die Vergeblichkeit solchen Tuns hielt ihn davon ab. Überdies war er damit beschäftigt, sich Mittel und Wege auszudenken, wie er Sukey loswerden konnte.

Sukey war zu ihm gekommen, während er die Pferde ablud, und hatte verführerisch ihre Hobelspanlocken geschüttelt. In der Annahme, sie wolle ihre Decke holen, drehte er sich herum, doch plötzlich drückte sich ihr babyblaues Hemdchen an seinen Körper, und Sukeys Augen hefteten sich wieder schmachtend an sein Gesicht. »Stimmt es eigentlich, daß etwas Magisches passiert, wenn man von einem Hexenmeister geküßt wird?«

Blade wurde heiß unter seinem Bart, er fühlte sich gefangen, in die Enge getrieben. Was genau es war, wußte er selbst nicht – ein Geruch oder ein Blick oder etwas anderes –, aber jedesmal, wenn Sukey in seine Nähe kam, fühlte er sich an jemanden erinnert, den er von Herzen verabscheute, wenn ihm auch um nichts in der Welt einfallen wollte, wer dieser Jemand sein könnte. »Hexenmeistern ist Küssen verboten«, sagte er streng. »Hier ist Eure Decke. Jetzt laßt mich in Ruhe.«

Sukey nahm die Decke, wandte sich ab und schaute über die Schulter zu ihm zurück. »Das glaube ich nicht. In den Vorschriften steht davon nichts.«

»Es ist eine geheime Vorschrift für Hexenmeister. Geh *weg*!« raunzte Blade sie an.

»Kein Grund, so garstig zu sein«, sagte sie eingeschnappt. Er sah, wie sie zu ihrem Bruder Geoffrey ging, um sich bei ihm zu beschweren, wie unhöflich der Hexenmeister gewesen wäre, aber Geoffrey half Shona, ihr Pferd abzusatteln und fertigte seine Schwester mit einer kurzen, spöttischen Antwort ab. Seither schmollte Sukey. Blade betrachtete im Feuerschein ihre Flunsch und fragte sich, was er mit ihr anfangen sollte.

Miss Ledbury knipste ihre Lampe aus. »Schlafenszeit, Eldred. Vergiß nicht, deine Regenhosen anzuziehen, bevor du in den Schlafsack steigst.«

»In grünem Gras und Sternenschein / soll heute nacht dein Bettchen sein!« lachte Mutter Poole.

»Mir sieht das eher nach Stock und Stein aus«, witzelte ein anderer.

Die Pilger fingen an, ihre Decken aufzurollen und Vorbereitungen für die Nacht zu treffen. Professor Ledbury stieg gehorsam aus seinen Hosen, und Blade sah erleichtert, daß der alte Herr darunter lange weißwollene Unterhosen trug. Reville beobachtete ihn ebenfalls und beim Anblick der langen, dürren Beinen in den weißen, ausgebeulten Wollschläuchen drehte er sich mit belustigt hochgezogenen Augenbrauen zu Blade herum.

Dabei – oder vielleicht war es Revilles Profil im Feuerschein, als er den Kopf wandte – regte sich in Blade wieder die Erinnerung. Er war sicher, sogar noch sicherer als bei Sukey, daß er vor gar nicht langer Zeit jemanden getroffen hatte, der Reville zum Verwechseln ähnlich sah. Er lag schlaflos auf der feuchten, höckerigen Erde, wünschte sich, er hätte gewagt, seinen Schlafsack mitzubringen wie die Ledburys, und ließ verbissen vor seinem inneren Auge alle Leute vorbeidefilieren, mit denen er in diesen letzten hektischen Monaten zu tun gehabt hatte. Reville war nicht besonders groß – dieser eingebildete Barde aus dem Basislager und der Kamelreiter kamen deshalb nicht in Frage. Aber einige von den Haremsdamen des Emirs – konnte Reville eine verkleidete Frau sein? Nein. Dagegen sprachen die im Feuerschein golden schimmernden Bartstoppeln an Wangen und Kinn. Ein Hexenmeister? Nein, die meisten Hexenmeister waren hochgewachsen, wie auch König Luther. Einer von König Luthers Mannen – nein. Aber wenn nicht, weshalb mußte er an seine Begegnungen mit König Luther denken? Dann kam ihm die Erleuchtung. Er kicherte ungläubig und schlief ein.

Am Morgen ging er mit Reville ein Stück abseits, ein gutes Stück, etwa hundert Meter die Straße hinauf, wo niemand ihr Gespräch belauschen konnte. »Was soll das?« fragte Reville lachend. »Machen Sie's schnell, ich habe Hunger auf mein Frühstück.«

»Du bist ein Betrüger«, sagte Blade ihm auf den Kopf zu. »Du bist von hier. Du dürftest gar kein Pilger sein.«

Zu Blades heimlicher Erleichterung – weil er annahm, daß Reville sein Rapier nicht allein zur Zierde trug – reagierte dieser eher belustigt. »Und wie kommen Sie auf diese Idee?«

»Ich habe dich schon einmal gesehen. Du warst bei Querida und König Luther und Umru, als Paps und ich das Weiße Orakel befragt haben.«

Reville zog die Brauen zusammen und schob die Unterlippe vor, doch – wieder zu Blades Erleichterung – er nahm die Niederlage mit Humor. »Punkt für dich«, sagte er. »Das muß mir passieren – darauf gedrillt, mir jedes Gesicht einzuprägen und vergesse deins glatt! Und das auch noch, nachdem du uns diesen Frostzauber angehext hattest! Ich lasse nach. Schuld ist dieser abscheuliche Bart. Was willst du von mir?«

»Was willst *du* – von meinen Pilgern?«

Reville grinste und schob den linken Ärmel hoch. Zwischen Handgelenk und Ellenbogen trug er hintereinander aufgereiht Armbanduhren, mindestens zwanzig, schätzte Blade auf die Schnelle. »Diebesgilde«, erklärte Reville. »Diese kleinen Uhren bringen jede bis zu tausend Goldstücke. Seltenheitswert. Die Pilger nehmen sie ab und übergeben sie mit ihren anderen Fremdweltsachen dem Wirt, der sie durchs Portal zurückschicken läßt. Er lagert sie in seinem Sicherheitsschrank, bis er alles zusammen hat. Ich spaziere hinein, als wäre ich auch nur ein Pilger, und statte dem Schrank einen Besuch ab. Bingo. So einfach, daß es schon langweilig ist, aber diesmal gab es einen kitzligen Augenblick, als du meinen Namen auf der Liste gesucht hast. Ich mußte schnell eine kleine Fälschung bewerkstelligen, während du anderweitig beschäftigt warst. Und dann sehe ich diese beiden, die sich nicht von ihrer mitgebrachten Ausrüstung trennen wollen. Sie hat diese Lampe und das Aufzeichnungsgerät und eine Warmhalteflasche, und ich glaube, sie hat auch eine Waffe. Ich habe noch nicht herausgefunden, was er alles mitschleppt, aber du kannst verstehen, welchen Reiz diese Sache für mich hat, oder nicht?«

»Ja.«

»Und sie bewacht ihr Zeug wie ein Luchs – die Herausforderung ist einfach unwiderstehlich. Doch um eins klarzustellen: Ich bin mit Queridas Erlaubnis hier. Wenn du mich mit deinem Schweigen erpressen willst, sage ich dir gleich, es ist nicht viel wert.«

»Kommt drauf an«, meinte Blade listig. »Möchtest du wirklich, daß ich Miss Ledbury darüber aufkläre, wer du bist?«

Reville zuckte leicht zusammen. »Sieht aus, als ob ich heute kein Frühstück bekomme«, sagte er bedauernd, »außer du willst etwas, das ich – warte mal! Angenommen, ich biete dir an, deine Bardin von diesem Geoffrey loszueisen?«

Blade schüttelte den Kopf, ebenfalls bedauernd. Er kannte Shona, wenn sie sich etwas in den Kopf gesetzt hatte, da konnte nur Mams etwas ausrichten. »Nein«, sagte er, »aber ich sage zu niemandem ein Wort, wenn du dafür sorgst, daß Sukey mich in Ruhe läßt.«

Reville starrte ihn an, als glaubte er, Blade habe den Verstand verloren. »Noch einmal, ganz langsam. Habe ich richtig gehört? Du – willst – Sukey – nicht?«

»Ja«, antwortete Blade. »Ich will sie nicht.«

»Aber Hexenmeister schnappen sich immer die schärfste Maus – das ist Teil des Unterhaltungsprogramms. Du solltest einige von deinen Zunftgenossen sehen! Liebe Güte! Bist du wirklich *sicher*?« Blade nickte vehement. »He, auf so einen Bonus hätte ich gar nicht zu hoffen gewagt!« sagte Reville. »In Ordnung. Abgemacht!« Er schüttelte Blade kräftig die Hand und lief mit einem breiten Grinsen auf dem Gesicht zum Lagerfeuer, wo die Pilger sich zum Frühstück versammelten.

Blade folgte ihm langsam und ziemlich verwirrt. Reville war schätzungsweise sechs Jahre älter als er. Machten sechs Jahre wirklich einen solchen Unterschied aus, was Sukeys Wirkung betraf? Hoffentlich nicht, oder wenigstens nicht bei ihm. Wenn einem Sukey plötzlich reizvoll erschien, mußten in diesen sechs Jahren im Gehirn gravierende Fehlentwicklungen stattfinden.

»Ich kann zum Frühstück keinen Eintopf essen, junger Mann«, tat Miss Ledbury kund. »Das verträgt mein Magen nicht.«

Blade seufzte. Zurück in die Tretmühle. »Es ist so üblich«, erklärte er. »Fragt den Händler.« Ihm fiel auf, daß Professor Ledbury immer noch in seiner langen Unterhose herumlief. »Ich glaube, Euer Bruder hat vergessen, sich anzukleiden, Miss Ledbury.«

Er flüchtete sich hinter eins der Fuhrwerke, während Miss Ledbury ihrem Bruder streng die Hose unter die Nase hielt. Der Professor blinzelte und sagte: »Was für Hosen? Wessen Hose ist das?«

Nach dem Frühstück setzten sie ihren Weg fort. Der für den Abend geplante Überfall durch Wegelagerer fand nicht statt.

Der Händler war verärgert. Er nahm Blade am nächsten Morgen beiseite und erklärte, er wäre ein vielbeschäftigter Mann, und weil diese die letzte Tour wäre, hätte er ein wirkliches Warengeschäft verabredet, und zwar für den nächsten Tag. »Der Winter rückt näher, und ich kann nicht auf diesen miserablen Straßen bleiben, sonst stecke ich irgendwann fest bis zum Frühjahr. Ich muß heute noch aufbrechen und zusehen, daß ich nach Süden komme.«

Blade konsultierte das schwarze Buch. »Hier steht ›innerhalb von drei Tagen‹. Sie tun es vielleicht morgen früh, als Überraschung.«

»Nun gut, noch einen Tag also«, gab der Händler brummig nach.

Die Karawane legte zwischen Morgen und Abend eine beträchtliche Wegstrecke zurück und gelangte in bewaldetes, hügliges Gelände. Es regnete fast den ganzen Tag, was den Händler nicht umgänglicher machte, und auch die Nacht hindurch, so daß die Pilger gezwungen waren, unter den Wagen zu schlafen, aber immer noch keine Spur von Wegelagerern. Bei Tagesanabruch erhoben die Pilger sich durchnäßt und mit steifen Gliedern, bis auf die Ledburys in ihren wasserdichten Schlafsäcken. Tatsächlich war Professor Ledbury der munterste von allen. Er schwenkte sein großes altes Schwert und forderte Reville zu einem Duell. Der Dieb betrachtete sich den rostigen Katzbalger in der mageren Altmännerhand und sagte höflich: »Vielleicht ein andermal, Sir«, dann trat er wieder zu Sukey. Blade war Reville aufrichtig dankbar. Sukey hatte kaum noch Augen für jemand anders, und ganz bestimmt nicht für Blade.

»Was denken diese Wegelagerer sich eigentlich?« Der Händler zog Blade am Ärmel hinter einen der Karren. »Geruhen immer noch nicht, sich blicken zu lassen, dabei werden sie doch wahrhaftig gut genug bezahlt!«

»Vielleicht haben sie vergessen, daß noch eine Tour aussteht«, überlegte Blade, als Geoffrey und Shona in großen Sprüngen den Hang neben der Straße herunterkamen. Geoffrey war blaß und Shona kreidebleich.

»Blade, komm mit nach oben und sieh dir das an«, flüsterte Shona ihm zu.

»Du bleibst hier, ich gehe mit ihm«, sagte Geoffrey bestimmt. »Es ist kein schöner Anblick.«

Verwirrt und wenig begeistert folgte Blade Geoffrey den Hügel hinauf. Es ging durch feuchtes Gras und triefnasse Büsche und dann durch einen Wald, wo Blade sich mit Haar und Bart in tiefhängenden Zweigen verfing und einen Rochus auf Geoffrey bekam, der unbehindert vor ihm herging. Ganz schön weiter Weg bis zum ersten Kuß! dachte er brummig. Dann waren sie am Ziel. Blade vergaß seinen Ärger und war froh, Geoffrey neben sich zu haben.

An dieser Stelle hatten die Wegelagerer im Hinterhalt gelegen, um Blade und seine Pilger zu überfallen, kein Zweifel, aber diesmal waren die Wegelagerer selbst überfallen worden. An die dreißig Leichen lagen in grotesk verrenkten Posen unter den Bäumen; vom Laubdach gefiltert, fiel Regen in schweren Tropfen auf ihre Kleider, ihre weißen, starren Gesichter. Blade wurde übel, als er sah, wie einige von ihnen zugerichtet waren. Die Angreifer hatten ein Gemetzel veranstaltet.

Geoffrey deutete auf eine breite Bahn aus niedergetrampeltem Gras und Buschwerk, die weiter hangaufwärts führte. »Wie's scheint, hatten die Angreifer, wer immer sie waren, es auf ihre Pferde abgesehen.«

Einer der Toten – und nur einer – trug eine glänzende schwarze Rüstung. Nicht schwer zu erraten, wer die Angreifer gewesen waren. Einige der desertierten Soldaten liefen also immer noch frei herum und trieben ihr Unwesen. »Erzähl keinem was davon«, sagte er heiser.

Als er später darüber nachdachte, erkannte er, dies war der Wendepunkt, von dem an die Pilgerfahrt zu einem echten Abenteuer wurde und nichts mehr so war, wie es im Schwarzen Buch oder der Broschüre geschrieben stand. Tatsache war, er geriet in Panik, dabei glaubte er eigentlich, die Situation recht gut zu meistern. Obwohl er nichts anderes wollte, als sich auf der Stelle weit, weit weg zu wünschen, war ihm bewußt, daß er Verpflichtungen hatte und nicht einfach verschwinden konnte, und sämtliche Pilger und ihre Pferde mitzunehmen war unmöglich. Er war überzeugt, die Panik unter Kontrolle zu haben. Er redete sich ein, er wäre völlig ruhig. Doch er hatte bereits seine Erfahrungen mit den Soldaten gemacht, und dieses Massaker führte ihm eindringlich vor Augen, wozu sie fähig waren. Er konnte an nichts anderes denken als daran, seine Pilger vor den Schlächtern in Sicherheit zu bringen.

Er ging zur Straße zurück. Bei seiner Gruppe angekommen, setzte er eine ernste Miene auf, schob die Hände in die Ärmel seines Gewandes, um sich einen –

wie er hoffte – mystischen Anstrich zu geben, und rief mit – wie er hoffte – mystischer Stimme: »Gefahr! Ich sehe Gefahr! Unseres Bleibens darf hier nicht länger sein!«

Der Händler warf ihm einen schlauen Blick zu. »Wenn das so ist, sage ich Euch hiermit Lebwohl. Zu dieser Jahreszeit handelt man hauptsächlich Rüben und Äpfel, aber mit irgendwas muß man ja seinen Lebensunterhalt verdienen.« Er trabte zum ersten Wagen und rief dabei seinen bewaffneten Knechten und Fuhrwerkern Befehle zu. In weniger als einer Minute kam der Zug aus fünf Gespannen und sechs Flankenreitern ans Rollen. Nach einer weiteren Minute hatten sie die Wagen gewendet, noch eine Minute, und sie rumpelten den Weg zurück, den sie gekommen waren. Die Pilger schauten ihnen verstört hinterher.

»Wir brechen ebenfalls auf«, rief Blade.

»Aufsitzen, alle miteinander«, befahl Geoffrey, und alle miteinander gehorchten, auch Shona, die genauso elend aussah wie an dem Morgen, als die Soldaten aus der Biwakkuppel ausgebrochen waren. »Ich werde dich beschützen, mein Herz«, sagte Geoffrey zu ihr. »Ich sorge dafür, daß dir nichts geschieht. Wo entlang, Hexenmeister?«

Blade hatte den Eindruck, daß der Hohlweg, auf dem sie sich befanden, in dieselbe Richtung führte, wie die breite Spur, die die Soldaten hinterlassen hatten. Eingeschlossen von den hohen Böschungen links und rechts, war er genau richtig für einen Hinterhalt. Blade entschied sich gegen die Straße und vertraute auf den Instinkt, der ihn leitete, wenn er sich an andere Orte versetzte. Er wies in die Richtung, die sein Gefühl ihm eingab. Dort ging es zum zweiten Abenteuer der Tour, nämlich dem Angriff der lederflügligen Nachtmahre am übernächsten Tag. Geoffrey nickte und gab das Zeichen zum Aufbruch. Die Pilger ritten die Böschung an der gegenüberliegenden Straßenseite hinauf, hielten oben kurz an, um nach dem obligatorischen Sturz Mutter Poole aufzusammeln, und setzten querfeldein ihre Reise fort.

Während der nächsten zwei Tage bemühte sich Blade redlich, seine Truppe zu dem Treffpunkt mit den Nachtmahren zu führen. Die Gegend erschwerte die Orientierung: Bodenwellen hoch und niedrig, bewaldete Schluchten, durchströmt von tiefen Flüssen. Blade war so damit beschäftigt, seine Pilger an den richtigen Bestimmungsort zu navigieren, daß er vergaß, ihnen wie vorgeschrieben von der Tyrannei des Dunklen Fürsten zu erzählen. Shona erinnerte ihn ein- oder zweimal daran, aber in seiner Angst, sie könnten sich verirren, war Blade auf diesem Ohr taub.

»Aber sie müssen es wissen, Blade«, drängte Shona. »Sie müssen wissen, wo sie die Fingerzeige finden können. Wo ist der erste versteckt?«

»Weiß nicht. Schlage heute abend im Buch nach«, antwortete Blade.

Doch am Abend hatte er es über anderen Dingen wieder vergessen. Es hatte sich eingeregnet, und weil sie von der festgelegten Route abgewichen waren, mußten sie selbst für ihr Nachtlager sorgen. Laut dem schwarzen Buch befand sich in dem Bündel, das bei jedem Reiter hinter dem Sattel festgeschnallt war, Futter für die Pferde. Für die Pilger war Verpflegung in den Lagern entlang der Route deponiert, von einem Stasiszauber frischgehalten, aber natürlich befanden sie sich nicht auf einem der planmäßigen Lagerplätze. Glücklicherweise hatten die meisten Pilger in der Herberge etwas Wegzehrung eingesteckt, doch es waren nur solche Kleinigkeiten, die man flugs in der Tasche verschwinden lassen konnte. Die Mahlzeit an diesem Abend bestand folglich aus Haferplätzchen, Äpfeln, ein paar Stücken Käse und jeder Menge gereizter Stimmung rund um ein qualmendes, zischendes Feuer.

Ein Großteil der Gereiztheit richtete sich gegen Miss Ledbury, die mit ihrer wasserfesten Kapuze auf dem Kopf dasaß und sich mit ihrem Bruder eine große Tafel Schokolade teilte.

»Das reicht leider nicht für alle«, verteidigte sie sich gegen die hungrigen Blicke. »Ihr hättet selbst daran denken sollen, welche mitzunehmen.« Sie holte einen kleinen, selbsterwärmenden Kessel aus ihrem Rucksack und schüttelte ihre Kaffeedose vor Blades Gesicht, als Wink, daß sie Wasser brauchte.

Reville stand auf. »Ich werde ihn füllen.« Er betrachtete den Kessel noch gieriger als vorher die Schokolade, und Blade war überrascht, daß er ihn tatsächlich gefüllt wiederbrachte. Doch Reville schien entschlossen zu sein, Sukey nicht von der Seite zu weichen. Blade konnte es nicht verstehen. Aus den murrenden Stimmen der Pilger erhob sich die von Sukey am schrillsten und lautesten und quengeligsten – und am häufigsten.

»Weshalb können wir nicht wenigstens alle einen Becher Kaffee abkriegen?« maulte sie.

Ihren Worten folgte ein solcher Aufschrei allgemeiner Zustimmung, daß Shona hastig sagte: »Hört zu und ich erzähle euch die Geschichte von der Tyrannei des Dunklen Fürsten.«

Nach Blades Meinung erzählte sie die Geschichte um Längen besser, als er es gekonnt hätte, spickte sie mit Gänsehaut erzeugenden Metaphern und Strophen aus alten Balladen, und ihre Beschreibung der Schrecknisse in der Zwingburg des Unholds war meisterlich. »Doch es heißt, der Dunkle Fürst hat eine verwundbare Stelle«, sagte sie endlich und gab Blade mit den Augen ein Zeichen, »und daß es verborgene Fingerzeige gibt, die verraten, wie man ihn besiegen kann.«

Fingerzeige! dachte Blade. Hilfe! »Ich muß meditieren«, murmelte er als Erklärung für jene, die nicht von Shonas Erzähltalent gebannt waren, und verdrückte sich ins nässetriefende Unterholz. Während Regen aus seinem Bart tropfte und Haarsträhnen sich feucht über die Seiten schlängelten, überflog er im schwindenden Tageslicht hastig die entsprechenden Passagen in der eselsohrigen Broschüre. Shona, immer noch damit beschäftigt, die grausigen Kreaturen zu schildern, die dem Dunklen Fürsten dienstbar waren, schaute ihm erwartungsvoll entgegen, als er sich wieder auf seinen Platz schob. Er bewegte stumm die Lippen. »Mums Zauberschloß.«

Sie nickte. »Um noch einmal auf die Fingerzeige zurückzukommen, die verraten, wo seine verwundbare Stelle ist«, sagte sie, »es heißt, daß eine Zauberin das Geheimnis hütet. Wenn wir ihn besiegen wollen, müssen wir es ihren Fängen entreißen.«

Im Lauf der Nacht hörte der Regen auf, und der Aufbruch am Morgen erfolgte in etwas besserer Stimmung. Der Tag verging damit, daß sie tief in den Sattel geduckt unter triefenden Ästen hindurchritten und durch Bäche wateten, und kurz vor Sonnenuntergang und sehr hungrig, quälten sie sich einen steinigen Hang hinauf, der eine Überraschung bereithielt. Oben fanden sie einen vorbereiteten Lagerplatz, der allerdings aussah, als hätte ihn seit langem niemand mehr benutzt.

»Ich denke, es ist einer von der letzten Saison«, sagte Shona halblaut zu Blade, während sie vorgab, ihm bei seinem Pferd zu helfen, derweil Geoffrey Leute einteilte, um Feuerholz zu sammeln.

Blade war derselben Meinung, doch er ging zum Proviantdepot und löste hoffnungsvoll den Stasiszauber. Der Eintopf in dem großen Kessel dort war im Lauf des Jahres zu einer festen Masse eingetrocknet. Blade überlegte, daß man sie vielleicht in Scheiben schneiden konnte, wie Braten oder so. Das Brot war furchtbar altbacken, doch über dem Feuer geröstet bestimmt noch genießbar. Und der Käse – nun, den Käse konnte man vergessen. Er brachte seine Ausbeute zu Mutter Poole.

»Fragen Sie nicht mich, Lieber«, sagte sie. »Gehen Sie damit zu Vater. Er ist der Koch in unserem Haus.«

Vater Poole tat sein Bestes, aber das Ergebnis war nicht begeisternd. Miss Ledbury zog bedeutungsvoll eine weitere Tafel Schokolade aus der Tasche. Als sie alle ein paar Bissen hinuntergewürgt hatten, vergrub Blade erneut die Hände in den weiten Ärmeln. »Ich ahne Gefahr«, sagte er orakelhaft. »Mein Rat ist, daß wir heute nacht ein sehr großes Feuer brennen lassen.«

»Wird das nicht diesen Dunklen Fürsten auf uns aufmerksam machen?« fragte jemand ängstlich.

»Feuer hält alle magischen Übel fern«, antwortete Blade bestimmt.

»Sammelt mehr Feuerholz«, ordnete Geoffrey an. »Der Hexenmeister muß es wissen.«

Der Anordnung wurde prompt Folge geleistet. Es versetzte Blade einen Stich, wieder einmal zu erleben, wie alle sich beeilten zu tun, was Geoffrey sagte. Und noch viel mehr schmerzte es ihn, Geoffrey dankbar sein zu müssen, doch in Null Komma nichts hatte er das gewünschte große Feuer. Als die Flammen vom höchsten Punkt des Hügels in die Nacht schlugen, war für Blade der Zeitpunkt gekommen, wieder einmal die Hände in den Ärmeln zu bergen und zu sagen: »Ich muß meditieren«, um sich dann zum Fuß des Hügels zu begeben und abzuwarten, wer kommen würde und ihm die Gänse bringen. Hoffentlich Kit. Er vermißte Kit sehr. Kit hatte immer so viele Ideen, in jeder Situation, und er verstand sich noch besser darauf, Leute zu führen als Geoffrey. Blade erkannte, daß er sein ganzes Leben darauf vertraut hatte, daß Kit ihm Richtungen vorgab, und er fühlte sich verlassen ohne ihn hier draußen, mitten im Nirgendwo.

Doch es war Callette, die endlich erschien. Ungefähr zwei Stunden später schwebte sie geistergleich aus dem Nachthimmel herab und ließ müde einen Korb vor Blades Füße plumpsen. »Was machst du ausgerechnet hier? Ich habe überall in den Hügeln nach dir gesucht. Ich soll die Wilde Jagd führen.«

»Tut mir leid«, sagte Blade. »Geht es allen gut? Kit, Paps, Don?«

»Don hätte gestern beinahe alle Hunde verloren«, berichtete Callette. »Sogar Kit ist müde. Man merkt es daran, daß er die ganze Zeit nett zu mir ist. Willst du diese Gänse oder nicht?«

»Ja, ich denke schon.«

Blade nahm hinter dem Korb Aufstellung, den Callette auf die Seite legte und öffnete. Kein Zischen und Stieben weißer Federn, statt dessen streckten zwei Schweine schläfrig grunzend die Rüssel nach draußen und schauten blinzelnd zu Callette hinauf, die ihrerseits starr auf sie hinunterblickte, in genau der gleichen Haltung wie damals, als sie das Faß voll Blut neben Mr. Chesney abgestellt hatte – den Kopf auf dem gebogenen Hals nach unten gereckt, die Flügel angehoben. Aber Blade konnte sehen, daß ihre Überraschung echt war. »Wie kommen die Schweine in den Korb? Was haben diese Gänse nun schon wieder angestellt?«

»Zwei Schweine hergewünscht? Callette, das *können* sie nicht getan haben!« sagte Blade.

»Doch, können sie. Zu Hause tun sie nachts alle möglichen Dinge. Gestern abend habe ich nur eine in den Korb bekommen. Ich mußte sie hineinstecken, und sie hat mich gebissen.«

»Und jetzt erteilen sie dir eine Lektion, verstehe.« Die Schweine erkannten Blade und kamen heraus, um ihn zu begrüßen. Sein Tastsinn sagte ihm, daß es Kringel und Kugelrund sein mußten.

»Willst du es also mit den Schweinen versuchen?« fragte Callette.

Blade, einen Arm um jeden der beiden warmen, drallen, borstigen Leiber gelegt, malte sich entsetzt aus, was das pfeifende Schwert des Professors oder Revilles Rapier ihnen antun mochten. »Bloß nicht! Am Ende werden sie getötet. Paps wäre außer sich.«

»Ich könnte ein paarmal über deinem Feuer hin- und herfliegen.«

Auch diese Vorstellung erfüllte Blade mit Unbehagen. »Nein, du könntest verletzt werden, und dann ist keiner da, der die Wilde Jagd führt. Steck die beiden wieder in den Korb und flieg heim. Ich werde mir ein Blendwerk einfallen lassen oder irgendwas anderes.«

»Wenn du meinst . . .« Callette konnte schlecht verbergen, daß sie froh war, nicht bleiben zu müssen.

»Ja, ich meine. Mach dich auf den Weg.«

Kringel und Kugelrund freuten sich, ihr unterbrochenes Nickerchen in dem Korb fortsetzen zu können. Callette wuchtete ihn mit einem Ruck und einem sausenden Flügelschlag in die Höhe und war gleich darauf in der Nacht verschwunden.

Blade fühlte sich niedergeschlagen. Zu niedergeschlagen und zu müde, um sich Blendwerke auszudenken. Das war ohnehin Kits Domäne, und er hatte keinen blassen Schimmer, wie man sie erschuf.

»Ich habe das Unheil abgewehrt«, sagte er bei seiner Rückkehr ins Lager zu den Pilgern. »Ihr könnt unbesorgt schlafen.«

Shona wollte natürlich wissen, was passiert war. Blade ging mit ihr ein Stück den Hügel hinunter und erstattete Bericht. »Bei diesen Gänsen wußte man nie, was in ihren Köpfen vorging«, meinte sie. »Dad sagt, eigentlich haben sie den Drang, nach Süden zu fliegen. Vielleicht haben sie es getan.«

»Sie sollten lieber aufpassen, daß sie mir nicht in die Nähe kommen«, erwiderte Blade. »Ich würde – ich würde ... Mir fällt jetzt nicht ein, was man Gänsen antun könnte, die zaubern können, aber auf *irgend etwas* könnten sie sich gefaßt machen!«

Am nächsten Tag führte er seine Pilger dorthin, wo die Wilde Jagd stattfinden sollte, doch es wurde nichts daraus.

Blade stand vor einem Rätsel. Er hatte seine Gruppe durch diese verwirrende, hügelige Gegend geleitet, ohne die Orientierung zu verlieren, und wäre bereit gewesen zu wetten, daß sie schnurstracks auf die Stelle dicht am Fluß zuhielten, die für die Episode mit der Wilden Jagd vorgesehen war. Doch sie kamen über dem weiten grünen Tal heraus, in dem Tantchens Haus lag, neuerdings Maras Zauberschloß. Blade war darüber fast so erstaunt, wie Callette erstaunt gewesen war, die Schweine zu sehen.

Kapitel 21

Blade schaute auf die fernen Bäume, in denen Tantchens Haus verborgen war, die heimelige Rauchsäule, die sich daraus in den Himmel kräuselte, und kam zu dem Schluß, einfach weiterzuziehen wäre Dummheit. Außerdem bezweifelte er, daß die Pilger sich von ihm daran hindern lassen würden, diesen Abstecher zu machen.

Vater Poole sagte: »He, das sieht einladend aus«, und andere Stimmen seufzten: »Gott sei Dank, bewohnte Gegenden!«, während Sukey verkündete: »Ich friere, ich habe Hunger, und ich bin *müde*. Ich gehe keinen Schritt weiter auf dieser blöden Tour, wenn ich nicht ein Bad nehmen und meine Haare waschen kann.«

»Selbstverständlich werdet Ihr dazu Gelegenheit haben, mein Fräulein«, versicherte Reville ihr. Er schaute ebenso sehnsüchtig auf die Rauchsäule wie alle anderen.

Blade musterte sie besorgt. Die meisten hatten das verhärmte, verfrorene Aussehen von Leuten, die zu lange bei Wind und Wetter im Freien unterwegs gewesen sind und bei zu knappen Rationen. Die Frauen ließen die Schultern hängen, die Männer sahen heruntergekommen und etwas schurkisch aus mit dem sprießenden Bart an Wangen und Kinn. Kein Zweifel, sie alle brauchten eine Rast. Während er von einem zum anderen schaute, fing er Miss Ledburys Blick auf. Sie sagte nichts, o Wunder, aber Blade verstand auch so, was sie ausdrücken wollte. Sie würden zu diesem Haus hinterreiten, oder Mr. Chesney würde von ihm Rechenschaft verlangen. Professor Ledbury lächelte nur versonnen. Er als einziger schien bei den Strapazen förmlich aufzublühen. Blade fand, das er jünger aussah, als bei seiner Ankunft, fast lausbübisch.

So weit, so gut, doch leider gab es ein Problem – Mara rechnete noch nicht mit ihnen. Blade räusperte sich und strich gewichtig über seinen Bart. »Unser erster Fingerzeig befindet sich in jenem verborgenen Haus«, sagte er, »deshalb führt unser Weg dorthin. Doch auch große Gefahren lauern dort. Es ist das Schloß einer bösen Zauberin. Ich werde vorausreiten und in Erfahrung zu bringen suchen, ob sie zu Hause weilt. Ihr anderen kommt langsam nach. Geoffrey, Ihr sorgt dafür, daß es so geschieht.« Geoffrey nickte freudig, und Blade wußte, seine Anordnungen würden pünktlich befolgt werden. »Seid bereit, die Flucht zu ergreifen, wenn ihr mich rufen hört«, sagte er noch, bevor er sich auf den Weg machte.

Die Hufe seines Pferdes rissen tiefe Löcher in die weiche, feuchte Erde, als er in schnellem Trab ins Tal hinunterritt; erst kurz vor dem kleinen Tor, das in den Wald hineinführte, ließ er es in Schritt fallen. Der Dorfbürgermeister wartete dort auf ihn, eine beeindruckende Erscheinung in einer Art priesterlichen Copa in Silber und Blau.

»Schon in Ordnung, wir haben euch kommen sehen«, beruhigte er Blade. »Ihr seid nicht die einzigen, die zur falschen Zeit kommen. Die letzte Gruppe zieht gerade ab, deshalb läßt sie ausrichten, Ihr könnt Eure Leute ruhig schon herbringen. Aber nehmt diesen Eingang, damit ihr den anderen nicht über den Weg lauft.«

»Wunderbar. Danke.« Blade drehte sich im Sattel um und winkte lebhaft. Die kleine Schar, die sich zögernd näherte, fiel erleichtert in Galopp, sogar Mutter Poole, die es sogar schaffte, im Sattel zu bleiben, so sehr verlangte es sie nach den Segnungen der Zivilisation.

Der Bürgermeister ließ jeden einzelnen mit einer Verneigung das Tor passieren und führte sie dann zwischen den Bäumen hindurch zu ausgedehnten Stallungen, an die Blade sich von seinen früheren Besuchen absolut nicht erinnern konnte. Hier wurden ihnen von Jungen und Mädchen aus dem Dorf, ebenfalls in Blau und Silber, die Pferde abgenommen. Alle bemühten sich, beim Anblick von Blade mit seinem Bart nicht zu kichern, trotzdem fühlte er sich gekränkt und stapfte verdrossen hinter dem Bürgermeister her zum – erstaunt betrachtete er, was aus Tantchens Haus geworden war. Mann o Mann! Ein kleines Märchenschloß mit Talmitürmchen.

Seine Mutter kam ihnen im Vestibül entgegen, in einem Kleid, daß Blade sich genierte, sie anzusehen. Alle anderen machten Stielaugen. Shona hörte er murmeln: »Wirklich! *Mutter*!«

Mara lächelte und hieß alle willkommen und – Blade spürte es als ein scharfes, kopfschmerzähnliches Prickeln – belegte jeden, der an ihr vorbeiging, mit einem Bann, nur Blade nicht. »Weshalb denn Shona auch?« flüsterte er.

»Sie hätte Schwierigkeiten gemacht, das konnte ich ihr an der Nasenspitze ansehen«, antwortete Mara. »Was ist los mit ihr? Weshalb ist sie überhaupt hier?«

Blade berichtete von der Schriftrolle der Bardenakademie. »Aber ich glaube, jetzt ist es Geoffrey Sleightholm, der sie aus der Fassung bringt«, schloß er.

»Aha. Nun, darum kann ich mich ja kümmern, während sie hier ist. Aber du siehst naß und erschöpft aus, mein Schatz. Geh nach oben, ruh dich aus, wasch dich, zieh dich um, und wenn du Hunger hast, komm herunter. Dann kannst du dir ein Bild davon machen, was wir hier zu bewirken versuchen. Du kannst den Bart weglassen, wenn du möchtst, niemand wird es merken.«

Blade ging, ohne nachzudenken, hinauf in das Zimmer, das er bei seinen Besuchen immer bewohnte, und es war unverändert, ein Stück Altvertrautes in dem Märchenschloß. Frans Base Greta aus dem Dorf war gerade fertig damit, die Betten frisch zu beziehen. »Wie in einem Gasthaus«, sagte sie zu Blade. »Der eine geht, der nächste kommt, zwischendurch kaum Zeit, die Wäsche zu waschen. Doch es dient alles einem guten Zweck. Deine Mutter ist eine wunderbare Frau, Blade.«

»Schon, aber dieses *Kleid*!«

Greta lachte. »Das! Das ist ihr *dezentes*! Sie sagt zu mir, sagt sie: ›Liebe Güte, da kommt Blade mit seiner Gruppe, ich möchte nicht, daß er mich in einem der üblichen Kleider sieht. Wo ist das eine hingekommen, das obenherum mehr Stoff hat?‹ Und wir konnten es erst nicht finden. Fast wäre eine Panik ausgebrochen, kann ich dir sagen!«

»Oh.« Unwillkürlich versuchte Blade sich vorzustellen, wie denn die anderen Kleider seiner Mutter aussehen mochten.

Nachdem Greta gegangen war, fiel er aufs Bett und schlief. Als er aufwachte, war es früher Abend. Seine erste Handlung bestand darin, sich des Bartes zu entledigen. Davon befreit zu sein war eine solche Erleichterung, daß er fast geneigt war, auf ein Bad zu verzichten. Dann aber kam ihm zu Bewußtsein, daß er sich nur deshalb darüber erhaben zeigen wollte, weil Sukey nach einem Bad gegreint hatte. Kindisch. Also wusch er sich und zog die normalen Kleider an, die Greta auf einem Stuhl für ihn bereitgelegt hatte. Es waren seine eigenen Sachen, die Mara offenbar eigens hatte holen lassen. Blade freute sich, daß seine Mutter daran gedacht hatte, gleichzeitig war er enttäuscht, daß sie noch paßten.

Vor zwei Jahren, als Kit und Callette anfingen zu wachsen, hatte Mara Blade versprochen, daß er mit vierzehn in die Höhe schießen würde und größer werden als sein Vater, aber davon war noch nichts zu merken.

Über all dem war er sehr hungrig geworden und ging nach unten. Im Erdgeschoß war alles verändert und fremd. Blade wandte sich dorthin, wo nach den Geräuschen zu urteilen, das Gastmahl im Gange war. Er hörte ein beständiges, an- und abschwellendes Summen vieler Stimmen, vermischt mit Gesang und dem Klang einer Flöte, dazu kam das Klingen und Klappern von Gläsern und Tellern. Das Flötenspiel klang nach Shona, und Shona war die erste Person, auf die sein Blick fiel, als er in den großen, geschmückten, glitzernden Salon trat, der einmal Tantchens Wohnzimmer gewesen war. Die Wangen lebhaft gerötet und glücklich und wunderhübsch in ihrem besten Kleid, stand sie auf einem Podium und spielte, ganz der Musik hingegeben, als gäbe es nichts Wichtigeres auf der Welt. Der Dorfchor in Blau und Silber stand hinter ihr und begleitete sie mit Gesang. Der übrige Raum war voller Menschen, die paarweise an kleinen vergoldeten Tischen saßen, speisten und sich unterhielten.

Eins der Mädchen aus dem Dorf faßte nach Blades Hand. »Da bist du ja. Hier ist dein Tisch. Deine Mutter läßt ausrichten, du sollst erst essen und dann herumgehen und dir anhören, was geredet wird. Es ist zum Schreien, wirklich. Die Pilger merken überhaupt nichts, wegen all dieser Zauber, mit denen sie sie geblendet hat. Aber ich wünschte, du hättest den Bart gelassen, ich wollte ihn gern sehen.«

»Dazu hast du morgen Gelegenheit.« Eine reichliche Mahlzeit dampfte auf dem kleinen Tisch, alles Blades Lieblingsgerichte. Er setzte sich auf den einzelnen vergoldeten Stuhl und war eine Zeitlang sehr beschäftigt. Er konnte schmecken, daß nicht Lydda die Speisen zubereitet hatte, obwohl sie trotzdem ausgezeichnet mundeten, und fand es schade, daß sie offenbar immer noch nicht von der Verteilung der Fingerzeige zurückgekehrt war. Doch Elda wenigstens hörte er aus dem Stimmengewirr heraus.

Elda war auch die erste, nach der er sich auf die Suche machte, als er sich endlich rundherum gesättigt fühlte. Erst beim Essen hatte er gemerkt, wie ausgehungert er war. Elda befand sich genau am anderen Ende des großen Saals, einem der glatthaarigen, ernsthaften Pilgermädchen gegenüber, die er immer noch nicht auseinanderhalten konnte, und schien sehr zufrieden mit sich zu sein. Quer über ihrem Federkamm saß eine kleine, glitzernde Tiara, und lange, glitzernde Bänder fielen über ihre Schwingen und ihren Rücken. Ihr Fell und ihr Gefieder schimmerten glatt und golden vor ausgiebiger Pflege, bis hinunter zu dem Puschel an ihrem Schwanz, bei Elda normalerweise ein verfilztes Knäuel, aber heute eine elegante, flauschige Quaste. Blade sah sie unternehmungslustig über Eldas glänzendem Rücken schwingen.

Um zu ihr zu gelangen, mußte er an den meisten anderen Tischen im Raum vorbei. An jedem davon saß ein Pilger einem Mitglied von Maras Haushalt gegenüber. Bei den meisten handelte es sich um Leute aus dem Dorf, einige aber hatte Blade noch nie zuvor gesehen. An dem Tisch gleich vor ihm zum Beispiel saß eine majestätisch wirkende Dame in Karmesinrot, die Miss Ledbury als Gegenüber hatte. Anfangs glaubte er, sie nicht zu kennen, doch im Vorbeigehen hörte er sie sagen: »O nein, meine Liebe, ich fürchte, ich war ziemlich rigoros. Als ich erkannte, daß mein Gemahl vorhatte, die Stadt der Zerstörung anheimzugeben und das ganze Geld für sich zu behalten, warf ich ihn in ein Verlies und übernahm selbst die Regierungsgeschäfte.«

Miss Ledbury wirkte ganz ungewöhnlich gedämpft. Das Notizbuch lag vergessen neben ihrem Teller, sie beugte sich vor und fragte besorgt: »Befindet er sich noch immer in dem Verlies?«

Die Dame in Karmin nahm das Notizbuch und drückte es Miss Ledbury in die Hand. »Nein, meine Liebe, die Elfen haben ihn herausgelassen. Ihr denkt daran, Euch Notizen zu machen, ja? Wir möchten das alles Schwarz auf Weiß niedergeschrieben sehen. Er ist nicht mehr Herzog, und ich bezweifle, daß die Bevölkerung ihn wiederhaben möchte.«

Die Herzogin von Chell! dachte Blade und schob sich an ihnen vorbei. Wer hätte das gedacht!

Miss Ledbury schrieb eifrig, und die Herzogin erzählte: »Aber es war ein schönes Stück Arbeit, dafür zu sorgen, daß sämtliche Bürger sich in Sicherheit bringen konnten«, während Blade weiterging zum nächsten Tisch, wo der Bürgermeister Vater Poole schilderte, wie sie das Dorf hatten niederreißen müssen, um Mr. Chesneys Vorschriften zu genügen. Mutter Poole, am Tisch dahinter, ließ sich von Papa Georges Sohn, George junior, vorrechnen, was den Leuten, die für die Touren arbeiteten, bezahlt wurde. »Von angemessener Vergütung kann keine Rede sein«, hörte Blade George junior sagen, »wenn man bedenkt, daß König Luther in diesem Jahr nur zweihundert

Goldstücke bekommt und die Drachen jeder nur einen einzigen goldenen Becher alle fünf Jahre.« Blade schob sich hinter dem Stuhl vorbei, auf dem Sukey saß. Sie hörte einer Frau zu, die ähnliche Rehlederkleidung trug wie Wendela Pferdeherrin und ihr beschrieb, welche Leiden die Pferde in den Schlachten erdulden mußten. Blade sah erstaunt, daß Sukeys Gesicht tränenüberströmt war. Am nächsten Tisch hörte sich Reville mit düsterer Miene an, wie hoch die durchschnittlichen Verluste pro Saison bei den Legionen waren. Blade hatte inzwischen begriffen, was hier im Gange war, deshalb überraschte es ihn nicht, bei ihrem Tisch angekommen, Elda zu dem langhaarigen Mädchen sagen zu hören: »Ihr scheint immer noch zu glauben, daß ich hier lebe wie eine Attraktion im Zoo. Ich bin eine Person, nicht ein Teddybär oder ein wildes Tier.«

Elda warf Blade einen freundlichen rede-später-mit-dir Blick zu und sprach weiter: »Aber wie ich gerade erzählen wollte – Kit flatterte über den Wipfel des hohen Baumes hinweg, als er schrie, er hätte keine Kraft mehr und losließ, einfach so. Und Blade fiel samt der Schaukel stracks hinunter ins Geäst.« Blade schaute Elda mit gerunzelten Brauen an, er erinnerte sich nur zu gut an den Vorfall. Elda schwang trotzig den Schnabel zu ihm herum und fuhr fort: »Ich war damals noch klein, erst sechs, und ich rief um Hilfe, aber niemand war in der Nähe, und Blade rutschte irgendwie auf dem Rücken durch die Zweige, immer tiefer, und schrie, und ich mußte irgend etwas unternehmen. Also flog ich hinauf in den Baum und versuchte, ihn aufzufangen, aber er war zu schwer, und wir fielen beide, aber viel langsamer, und meine Flügel halfen überhaupt nichts. Paps sagte, weil sie noch nicht richtig entwickelt waren. Er war furchtbar böse auf mich und auch auf Kit und Blade. Kit benahm sich wie ein Idiot und flog um den Baum herum und jammerte, es wäre ein Unfall gewesen, den ganzen Nachmittag lang, und Dad sagte zu ihm, er soll sich zusammenreißen, aber er konnte nicht. Egal, wir waren zwei Greife und ein Mensch, und Paps hat uns alle drei gleich behandelt, darauf kommt es an.«

Blade verzog wieder das Gesicht. »Gleich behandelt?« fragte er. »Du bist wohlfeil davongekommen, verglichen mit Kit und mir.«

»Ruhe«, sagte Elda, »ich erzähle die Geschichte.« Sie warf den tiarageschmückten Kopf zurück und wandte sich wieder dem Pilgermädchen zu.

Hinter Elda lag Mara auf einer Couch. Auf einem Stuhl neben der Couch saß Geoffrey, und er und Mara unterhielten sich, sehr ernsthaft. Blade wollte sie nicht stören, ebensowenig wollte er sich Eldas Kindheitserinnerungen anhören. Er ging hinüber zum Podium und lauschte der Musik.

Doch das Gastmahl dauerte Stunden. Immer wieder machten Shona und der Chor eine Pause und erfrischten sich, am Rand des Podiums sitzend, mit belegten Brötchen und Getränken. Während jeder dieser Unterbrechungen standen die Pilger auf und wechselten die Tische, bis am Ende des langen, langen Abends jeder Pilger über jeden Aspekt der Touren aus Sicht der Betroffenen unterrichtet war und Gelegenheit gehabt hatte, sich mit der Gastgeberin zu unterhalten, wenn auch keiner so lange wie Geoffrey. Blade schmerzte der Kopf, und ihm war übel von dem Stimmengewirr und dem süßlichen Duft, der den Vorhängen entströmte. Wirklich harte Arbeit, dachte er, wenn sie das jeden Tag aufziehen müssen.

Endlich aber erhoben sich die Pilger und Shona und gingen zu Bett; sie bewegten sich wie Schlafwandler.

Die Zurückbleibenden atmeten auf und entspannten sich.

Mara angelte einen Hausmantel unter ihrer Couch hervor, wickelte sich hinein und ging zu Blade, um ihn in die Arme zu schließen. Elda sprang auf und schmiegte sich an seinen Rücken.

»Das war anstrengend«, sagte Mara. »Es ist dieser doppelte Bann, der große Konzentration erfordert. Sie sollen in dem Glauben von hier weggehen, nach allen Regeln der Kunst umgarnt worden zu sein, sich aber trotzdem an die Dinge erinnern, die wir ihnen erzählt haben. Es war eine große Hilfe, daß bei deiner Gruppe diese Frau dabei war, die sich Notizen gemacht hat. Querida meint, wenn wir die Leute mit dem Wissen um den wahren Sachverhalt nach Hause zurückkehren lassen, wird Mr. Chesney Schwierigkeiten bekommen. Ich habe den Eindruck, daß einige aus deiner Gruppe uns in diesem Sinne nützen werden; du hast einige wirklich interessante Leute dabei. Verstehst du, was wir zu erreichen versuchen?«

»Ja«, antwortete Blade, doch insgeheim fand er, auch die gute Absicht rechtfertigte nicht das Kleid unter Maras Hausmantel.

»Und es macht Spaß«, warf Elda ein.

»Ich hatte eine lange Unterhaltung mit diesem jungen Mann, an den Shona ihr Herz verloren zu haben scheint«, sagte Mara.

»Geoffrey. Ich hab's gesehen.«

»Offenbar beruhen die Gefühle auf Gegenseitigkeit und er kommt mir auch sehr nett vor.« Mara zögerte, als fragte sie sich, ob sie etwas Bestimmtes hinzufügen oder lieber für sich behalten sollte.

»Aber Mams«, wandte Blade ein, »nicht nur, daß er ein Pilger ist – er ist als entbehrlich gekennzeichnet!«

»Hm«, sagte Mara, »das ist etwas anderes. Dann

schlage ich vor, daß du um Shonas willen dafür sorgst, daß er am Leben bleibt.«

Blade dachte an Prinz Talithan, wie er in der ersten Schlacht diesen Pilger so gekonnt mit dem Schwert durchbohrt hatte. »Wie soll ich das anstellen?«

»Kennst du die Formel, um eine Person mit einem Schutzschild zu umgeben?«

»Nein! Niemand hat mir je irgend etwas Nützliches beigebracht, das weißt du ganz genau.«

»Schon gut. Ich übernehme das. Ich werde zu ihm gehen und es gleich erledigen«, erwiderte Mara müde. »Und wenn ich schon dabei bin, sollte ich das gleich lieber auch für seine unsympathische kleine Schwester Sukey tun.«

»Sukey ist nicht entbehrlich«, sagte Blade. »Nur für mich.«

Mara seufzte. »Mag sein, aber nach allem, was Geoffrey mir erzählt hat, dürfte sie nicht hier sein. Ihre Eltern glauben, sie macht Urlaub in ihrer eigenen Welt. Offenbar hat sie Geoffrey keine Ruhe gelassen, bis er ihr erlaubt hat mitzukommen.«

Blade ging zu Bett mit dem Gedanken, wie typisch das für Sukey war. Er konnte nicht begreifen, weshalb Reville einen solchen Narren an ihr gefressen hatte.

Am Morgen ließ Blade verdrossen wieder seinen Bart wachsen, während er in dem schwarzen Buch und der Broschüre nachlas, wohin er seine Schäfchen von hier aus führen mußte. In Richtung der Emirate und anschließend weiter zum Binnenmeer, stellte er fest. In Ordnung. Er schlüpfte in sein Tourmagiergewand und ging in die Küche, wo Elda eine Schere holte und seine Mutter ihm den Bart zurechtstutzte, so daß der Mund frei war. Dann scharwenzelten sie um ihn herum, gaben ihm ein reichliches Frühstück und packten ihm Proviant für eine Woche in seine

Deckenrolle. Mara erklärte ihm, was er als nächstes tun mußte. Blade verabschiedete sich widerstrebend und ging hinunter zur Koppel, wo die Pferde gesattelt und gezäumt bereitstanden. Dann, wie seine Mutter es ihm erklärt hatte, hob er mit dramatischer, beschwörender Gebärde beide Arme.

Die ihm zugewandte Seite von Tantchens Haus rollte hoch wie eine Jalousie und gab den Blick frei in den Salon, wo die Pilger und Shona soeben mit dem Frühstück fertig waren.

»Seid dankbar, daß ich hier bin, um euch von einem arglistigen Zauber zu erlösen!« rief er.

Sie sprangen auf, als hätte er sie gestochen, und stolperten verdattert ins Freie.

»Steigt auf! Wir müssen diesen Ort verlassen.« Er eilte von einem zum anderen, überprüfte die Sattelgurte und versuchte, Shona aus dem Weg zu gehen, aber vergebens. Sie wartete bei seinem Pferd auf ihn und bekam ihn am Arm zu packen, bevor er aufsteigen konnte.

»War ich auch verzaubert? Mutter hat mir das angetan?« zischte sie.

Blade fiel nichts anderes ein als die Wahrheit. »Sie sagte, du würdest Schwierigkeiten machen.«

Shona war wütend. Ihre Wangen färbten sich rot, sie preßte die Lippen zusammen und schaute sich zu dem Salon um, der jetzt wie eine Theaterbühne aussah, vor der sich der Vorhang gehoben hat, als hätte sie nicht übel Lust, ins Haus zu stürmen und von ihrer Mutter Rechenschaft zu verlangen. Doch aus irgendeinem Grund änderte sie ihre Meinung und marschierte zu ihrem Pferd, in einer Haltung, die nichts Gutes verhieß.

Blade belauerte sie den ganzen Tag über mißtrauisch. Er kannte seine Schwester. Einmal hatte sie zwei Wochen gewartet, um sich an Don zu rächen; als sie zuschlug, hatte Don den Streit längst vergessen und war sehr überrascht und verletzt gewesen. Auch jetzt ließ sie sich nichts anmerken, plauderte verliebt mit Geoffrey und sang für die Pilger. Daß Shona seit damals erwachsen geworden sein könnte, der Gedanke kam Blade nicht. Bis zum Abend war er überzeugt, daß Shona ihre Rache kalt genießen wollte. Vielleicht wartete sie bis zum nächsten Wiedersehen mit Mara, aber er nahm an, daß sie auch auf ihn böse war. Es galt, auf der Hut zu sein. Also hielt er die Augen offen und legte sich zurecht, was er tun würde, falls Shona ihn in einen Fluß stieß oder ihm etwas Scheußliches zu essen gab – oder schlimmer, den Pilgern verriet, wie alt er in Wirklichkeit war.

Weil Blade so mit Shona beschäftigt war, achtete er kaum auf den Weg. Er verließ sich auf sein Gefühl, das ihm half, sich zurechtzufinden, wenn er sich an einen anderen Ort wünschte, und dachte nicht entfernt daran, daß es sich um zwei völlig verschiedene Arten von Orientierungssinn handeln könnte. Er führte die Pilger dorthin, wo nach seinem inneren Kompaß die Emirate lagen. Die Folge war, daß sie drei Tage lang in eine vollkommen verkehrte Richtung zogen. Gut, an den ersten beiden Abenden gelangten sie an einen Lagerplatz, doch wie sich später herausstellte, handelte es sich um solche, die für Gruppen auf den beiden anderen Routen bestimmt waren. Am Ende des dritten Tages ritten sie durch ein Gebiet, das noch keine Pilgergruppe durchquert hatte.

Einige Tage danach landete Draco in Derks Basislager am Fluß und meldete, Blade wäre verschwunden.

Kapitel 22

Derk kam immer mehr zu der Überzeugung, daß alles sich gegen ihn verschworen hatte. Er war so beschäftigt, daß er keine Minute Zeit mehr fand, über seine sprechende Brieftaube nachzudenken.

Prinz Talithan hatte drei weitere Städte verlassen vorgefunden, als er sie brandschatzen wollte, und nahm es sich, fand Derk, übermäßig zu Herzen. »Ich habe Euch schlecht gedient, mein Fürst!« klagte er immer wieder. Und drei verärgerte Hexenmeister trafen per Weitwünschen ein. Einer berichtete, die Piraten hätten mehr Geld gefordert, bevor sie noch einen einzigen Pilger gefangennahmen, und der zweite verlangte zu wissen, weshalb die Drachen seine Pilger absichtlich mitten in einer Schneewüste abgesetzt hätten, einen Tagesmarsch entfernt von dem Drachen mit den Tinnefs. Der dritte beschwerte sich darüber, daß der Emir keine Haremsdamen hatte. »Und meine Pilger haben damit *gerechnet*«, sagte er. »Sie drohen damit, mich zu verklagen.«

»Woher wußten sie denn, was sie erwartete?« fragte Derk. »Außer, Ihr habt es ihnen auf die Nase gebunden.«

»Es kursieren Gerüchte vom letzten Jahr«, verteidigte sich der Hexenmeister. »Vielleicht habe ich die eine oder andere Bemerkung fallengelassen, aber sie wußten gleich Bescheid.«

»Ich werde Querida Bescheid geben«, versprach Derk. Er schickte die Tageulen mit einer entsprechenden Nachricht zur Universität und nutzte die Gelegenheit, um nachzufragen – ohne viel Hoffnung –, ob sie inzwischen einen Gott für ihn entworfen hätte. Bei seiner Rückkehr von Finanzberatungen mit Piraten und Grundsatzdiskussionen mit Drachen hatten die Tageulen die fast erwartete Antwort gebracht: eine kurze Notiz, die, von fremder Hand unterzeichnet, Derk davon in Kenntnis setzte, daß Querida zur Zeit sehr beschäftigt wäre und sich später mit ihm in Verbindung setzen würde. Derk mußte sich wohl oder übel der Tatsache stellen, daß Querida nicht die Absicht hatte, ihm zu helfen.

Er fühlte sich ausgelaugt. Zu allem anderen rief ihn die Pflicht nach Derkholm, wo täglich mindestens zwei Pilgergruppen auftauchten, um den Dunklen Fürsten zur Rechenschaft zu ziehen und in die Waberlohe zu stoßen. Am Tag nach einer Schlacht warteten manchmal bis zu sieben Gruppen auf ihn. Derk hatte es satt, rücklings in seinen Graben zu fallen, doch er kam einfach nicht dazu, sich einen anderen wirkungsvollen Abgang auszudenken.

Die Greife waren ebenfalls müde, und Niedlich langweilte sich. Niedlich langweilte sich so sehr, daß er sich bei der Wilden Jagd einen Spaß daraus machte, die Hunde in die falsche Richtung zu führen. Don regte sich deswegen fürchterlich auf, schlimmer als Prinz Talithan wegen der verlassenen Städte, fand Derk, doch er verzieh ihm, weil er begriff, daß Don einfach zu jung war für die Verantwortung eines Kommandos. Er übergab die Leitung der Wilden Jagd an Callette, und Don erklärte sich niedergeschlagen bereit, noch einmal eine Aufgabe in der Schlacht zu übernehmen.

Dann ersetzten die Gänse sich durch sechs Schweine und blieben selbst verschwunden. Nun war nicht nur Callette wütend, sondern sie hatten auch noch sechs verwirrte Schweine im Basislager, die allen zwischen den Füßen herumliefen. Jedesmal, wenn er über Kringel stolperte, hoffte Derk ingrimmig, die Gänse wären nach Hause zurückgekehrt und in der Pfanne der Zwerge gelandet. Doch wenn er auf Schönste nach Derkholm flog, um sich in die Waberlohe stoßen zu lassen, fand er keine Gänse vor, nur Zwerge in stetig wachsender Zahl. Draco schien fast alle Trupps, die mit Tribut zu Mr. Chesney unterwegs waren, gefunden und mit neuen Richtungsangaben versehen zu haben.

Derk bemühte sich, die erfreulichen Dinge zu sehen. In Kits Bleibe häuften sich die Schätze, Papa George hatte sich zu einem überzeugenden wehklagenden Skelett gemausert, und der Dämon erschien pünktlich, um jede Pilgergruppe in Angst und Schrecken zu versetzen. Derk fragte sich nicht länger, was den Dämon zu dieser getreuen Pflichterfüllung bewog, er war einfach froh darüber, fast dankbar.

Ins Basislager zurückgekehrt, meldete Kaiser Titus verlegen, daß die Hälfte seiner jungen Legionäre den Dienst quittiert hatten und nach Hause gegangen waren. »Alle haben angegeben, ihre Mütter wären krank«, sagte er. »Wir haben es nachgeprüft, und es scheint wahr zu sein. Offenbar geht eine Art Epidemie um, von der nur ältere Frauen befallen werden. Wir mußten den Leuten Urlaub aus familiären Gründen gewähren.« Nach dem Kaiser erschien der Söldnerhauptmann der Mächte des Guten, fluchend und wetternd, weil alle seine weiblichen Kämpfer in der Nacht desertiert waren.

Kits Stirnfedern sträubten sich bei diesen Neuigkeiten, und sein Schwanz schlug peitschend hin und her. Derk konnte ihn verstehen. Wie sollten die Streiter des Guten überzeugend siegreich bleiben, wenn sie auf halbe Truppenstärke geschrumpft waren? Kit, dachte Derk manchmal, war als einziger kein Problem. Seit er aufgehört hatte, sich so wichtig zu nehmen, war Kit ruhiger geworden, beinahe sonnig. Kit war derjenige, der versuchte, Callette mit Scherzen über ihren Zorn wegen der Gänse hinwegzubringen. Nicht Kits Schuld, daß Callette dadurch noch wütender geworden war.

Derweil wuchs unterschwellig Derks Sorge um Lydda. Sie hätte längst von ihrer Rundreise mit den Fingerzeigen zurückgekehrt sein müssen. Er hoffte, sie wäre zu Mara geflogen, und schließlich schickte er Talithan, um sich zu erkundigen. Mit ihm würde Mara sprechen, und für Talithan war es eine Ablenkung von den verschwundenen Stadtbewohnern. Doch Talithan war nach einer Stunde wieder da und berichtete, Lydda wäre nicht bei Mara und Mara ebenso in Sorge wie Derk. »Sie sagt, sie wird ihre weiblichen Hexenmeister aussenden, um nach ihr zu suchen, mein Fürst.«

Derk schickte auch die Tageulen als Kundschafter aus. Lydda war zu jung, genau wie Don; er hätte sie nicht bitten dürfen, so weit zu fliegen, und hätte es nicht getan, wenn er nicht so krank gewesen wäre.

Gerade hatte er die Eulen fliegen lassen, als Draco eintraf und die Nachricht brachte, daß Blade verschwunden war. Derks Magen krampfte sich zusammen, und ihm wurde schlecht vor Sorge. Im ersten Schreck glaubte er, die ganze Pilgergruppe, samt Shona, wäre vermißt. »Nein, du hast mich falsch verstanden«, rumpelte Draco. Er wußte, daß Blade verschwunden war, weil er auf der Suche nach Zwergen aus dem östlichen Massiv über eine Pilgergruppe hinweggeflogen war, die meilenweit entfernt von den ausgewiesenen Routen durch die Gegend irrte. »Ich bin gelandet und habe mit ihnen gesprochen«, erzählte er. »Deine Shona hatte das Kommando, und sie hat es mir erzählt. Ein nächtlicher Überfall. Freund Blade scheint mit einer Art Donnerschlag verschwunden zu sein, und zwei andere mit ihm.«

Jetzt auch noch Blade! dachte Derk. Wie Don und Lydda war auch Blade zu jung gewesen für eine solche Verantwortung. Er hätte nicht erlauben dürfen, daß Blade das schwere Amt eines Tourmagiers aufgebürdet wurde, ganz gleich, was das Orakel sagte. »Zeig mir auf der Karte, wo sie sind«, sagte er zu Draco.

Er rollte die Landkarte auseinander und beschwerte die Ecken mit Steinen. Das mächtige Haupt des Drachen neigte sich darüber, und eine lange Kralle stach behutsam ein winziges Löchlein wie von einer Stecknadelmarkierung in das Pergament, mitten im Nichts. »Dort«, sagte Draco.

»Hm.« Derk überlegte. Wenn er morgen den Sturz in die Waberlohe schnell genug über die Bühne bringen konnte, reichte die Zeit, um hinzufliegen und am Tag danach pünktlich zur Schlacht wieder hier zu sein. »Danke«, sagte er zu Draco. »Kannst du etwas Zeit erübrigen, um nach Blade Ausschau zu halten?«

»Kein Problem. Immer nur Zwerge aufspüren wird langweilig auf die Dauer.«

Ehe er am nächsten Tag nach Derkholm aufbrach, inspizierte Derk die Soldaten in der Biwakkuppel. Noch ein Grund zur Beunruhigung. Es war nichts Greifbares, aber nach jahrelanger Erfahrung mit fehlgeschlagenen Beschwörungen, wie zum Beispiel bei dem blauen Dämon, hatte Derk ein Gespür für mangelhafte Magie, und er war überzeugt, daß die Zauber, die Barnabas in der Kuppel plaziert hatte, ihre Wirkung verloren. Die Männer in Schwarz verhielten sich, wie man es von Soldaten erwartete, sie exerzierten, trainierten, standen Schlange vor der Essensausgabe, ruhten, pflegten ihre Waffen, aber Derk hätte schwören können, daß irgend etwas nicht in Ordnung war. Doch er konnte nicht den Finger darauf legen. Er ging herum und unterzog Barnabas' Arbeit einer sorgfältigen Überprüfung, fand aber nichts daran auszusetzen. Um alle Zweifel auszuräumen, hätte er gern mit Barnabas gesprochen, aber Barnabas war nicht da. Barnabas hielt sich kaum noch im Lager auf. Manchmal tauchte er erst in der letzten Minute vor einer Schlacht auf, umweht von einer Bierfahne – und gerade deshalb war Derk überzeugt, daß etwas nicht seine Richtigkeit hatte. Doch er konnte nichts finden, und Schönste wartete, und er war in Eile. Er flog ab.

In Derkholm fiel er dreimal in rascher Folge in seine Waberlohe und nahm sich nicht einmal Zeit, um mit Serklid, dem dritten Hexenmeister, wenigstens ein paar Worte zu wechseln. »Blade ist verschwunden«, entschuldigte er sich. »Ich muß ihn suchen. Könnt Ihr mir einen Gefallen tun und die Zwerge fragen, ob sie in letzter Zeit Gans auf dem Speisezettel hatten?«

»Gans? Wieso Gans?« hörte er Serklid durch das Rauschen der schwarzen Schwingen murmeln, als er von Schönste in die Luft getragen wurde.

Auch Schönste war froh über die Abwechslung. Sie flog schnell und willig, kreiste hoch über der hügeligen, pfadlosen Gegend, die Draco auf der Karte bezeichnet hatte, und hielt ebenso aufmerksam Ausschau wie Derk. Tatsächlich war sie es, die die Pilger fand. »Rhieche Pfherde«, sagte sie und ließ sich der Erde entgegensinken, lange bevor Derk den Reitertrupp entdeckte, der über eine grasbewachsene Hochebene zog. Als sie nahe genug herangekommen waren, erkannte Derk, daß die vorderste Gestalt ein bardengrünes Gewand trug.

»Das sind sie!« sagte er glücklich. »Gut gemacht, altes Mädchen!«

Die Reiter hoben die Köpfe, als Schönste mit ausgebreiteten Schwingen vom Himmel herunterschwebte. Die meisten Pferde gerieten in Panik, die Reiter ebenfalls; mindestens vier fielen aus dem Sattel. Derk landete in rücksichtsvoller Entfernung. Shona sprang von ihrem bockenden Pferd und lief auf ihn zu, gefolgt von einem hochgewachsenen männlichen Pilger.

»Paps! Ich bin so froh, dich zu sehen! Im ersten Moment dachten wir, du wärst auch ein Drache. Das da ist Geoffrey.«

Shona sah prachtvoll aus, wieder ganz sie selbst und hübscher denn je. Derk musterte prüfend diesen Geoffrey, der seiner Tochter so wichtig zu sein schien. Wie bedauerlich, daß der Mann ein Pilger war, denn was er sah, gefiel ihm. Ein sympathischer Bursche mit offenem Gesicht und einer Ausstrahlung von natürlicher Autorität. »Was um alles in der Welt tust du hier draußen, so weit weg von eurer Route?« fragte er.

»Das war Blade«, antwortete sie. »Paps, er hat nicht *einen* Blick auf die Karte geworfen! Ich bin nicht einmal sicher, ob er überhaupt eine Karte lesen kann. Du weißt selbst, daß man immer denkt, er *müßte* sich auskennen, wegen der Art, wie er weitwünscht, aber ich glaube, das ist etwas ganz anderes. Deshalb überläßt er das Kartenlesen immer Kit, weil Kit das gut kann, und wir hatten uns schon verirrt, lange bevor er verschwunden ist!«

»Ja, aber was ist mit Blade passiert?«

»Mit ihm und mit meiner Schwester und ihrem neuen Freund«, warf Geoffrey bedrückt ein. »Sie sind ebenfalls verschwunden. Wir wissen nicht genau, was passiert ist, Sir. Unser Lager wurde nachts überfallen, soviel steht fest, von einer Horde Berittener. Professor Ledbury dort drüben hat uns geweckt, er schrie und schlug mit dem Schwert um sich, und wir sind alle aufgesprungen. Doch es war dunkel und das Durcheinander groß. Ich kann mit Sicherheit nur sagen, daß meine Schwester wegen ihrer hellblauen Kleidung wohl besonders gut zu erkennen war, und die Reiter haben sie gepackt und sich im Galopp mit ihr davongemacht, obwohl sie aus Leibeskräften geschrien hat. Wir glauben, daß Reville – er scheint Sukey ins Herz geschlossen zu haben – zu Fuß hinter den Entführern her ist und daß Blade sich hinter ihnen hergewünscht hat. Jedenfalls gab es einen lauten Knall, und Shona sagt, so hört es sich an, wenn sich jemand sehr schnell an einen anderen Ort versetzt. Auch sind die drei seither nicht wieder aufgetaucht.«

»Wir haben nach ihnen gesucht«, fuhr Shona an Geoffreys Stelle fort. »Am Morgen sind wir den Spuren der Reiter gefolgt, aber tags darauf haben wir sie verloren, und nun versuchen wir, die Pilgerfahrt fortzusetzen. Aber Blade trug die Karte bei sich, und wir wissen nicht genau, wo wir sind.«

»Tun wir das Richtige, Sir?« fragte Geoffrey höflich, aber verunsichert.

Schwierige Frage. Derk überlegte. Sie waren etliche Tagesreisen von jedem bewohnten Ort entfernt, Derkholm bildete die Ausnahme. Bis sie die Emirate erreichten, erwartete der Emir sie längst nicht mehr. Wenn sie den Emir ausließen und gleich zum Binnenmeer weiterritten, waren die Piraten bei ihrer Ankunft längst ins Winterquartier gezogen. Sie waren sehr bestimmt gewesen, was die Einhaltung der Termine anging. Setzte die Gruppe aber ihren Weg in die entgegengesetzte Richtung fort, kam sie vielleicht gerade zurecht zur allerletzten Schlacht – oder auch nicht.

»Seid ihr alle dafür, die Tour zu Ende zu bringen?« fragte er.

Die meisten Pilger waren inzwischen bis auf Hörweite herangekommen, ihre widerstrebenden Pferde am Zügel hinter sich herziehend. Bei Derks Frage fühlte Miss Ledbury sich berufen vorzutreten. »Guter Mann, heißt das, wir können entscheiden?«

Derk musterte sie. Auweia, was für ein Drache! Eine würdige Gegnerin für Draco. Wie schaffte sie es, nach Tagen in der Wildnis derart tadellos frisiert zu sein? »Selbstverständlich liegt die Entscheidung beim Kunden, Madame«, antwortete er. »Der Kunde hat immer recht. Ich habe nur gedacht, wenn ihr umkehrt und genau nach Süden reitet – *diese* Richtung, Shona –, erreicht ihr nach einiger Zeit eine Straße. Du weißt welche, Shona. Sie führt in einer Richtung zur Universität und in der anderen nach Derk – hm, zur Zwingburg des Dunklen Fürsten. Von der Burg aus habt ihr die Möglichkeit, schnell und leicht nach Hause zu gelangen.«

»Gott sei Dank!« rief ein glatthaariges Mädchen. »Ich habe das hier so satt!«

»Im Gegenteil«, schnappte Miss Ledbury. »Ich habe meine Überprü – äh, Tour noch lange nicht beendet.«

Ein hitziges Pro und Contra unter Beteiligung aller entwickelte sich. Es hörte sich an, als ob die eine Hälfte der Gruppe mit Miss Ledbury übereinstimmte, und die andere wollte nichts weiter als nach Hause. Halblaut sagte Derk zu Shona: »Ich fürchte, ich muß euch die Klärung dieser Angelegenheit überlassen. Ich werde mich auf die Suche nach Blade und den anderen beiden machen.«

Geoffrey lächelte. »Keine Sorge, Sir. Ich lasse sie streiten, und wenn sie sich ausgetobt haben, sage ich ihnen, daß wir nach Süden reiten.«

»Und sie werden es tun«, sagte Shona, »glaub mir, Paps. Wir sehen uns dann. Hoffentlich findest du Blade schnell.«

Aber Derk konnte Blade nicht finden. Schönste flog in immer größeren Kreisen um die Stelle herum, wo sich nach Derks Schätzung die Pilger zum Zeitpunkt des Überfalls befunden hatten, doch er entdeckte nichts. Keine Spur, Witterung oder Ahnung von Blade oder sonst einer lebenden Seele – da war nichts als felsige, hügelige Landschaft, keine Straße, keine Menschen, nicht einmal ein einsames Gehöft. Blade hätte sich kaum eine ödere Gegend aussuchen können, um verloren zu gehen. Endlich mußte Derk die Suche abbrechen und zum Basislager zurückkehren, oder Schönste wäre zu müde gewesen für die Schlacht am folgenden Tag.

Die drei Greife kamen ihm angstvoll entgegen. »Glück gehabt?« fragte Kit.

Derk seufzte und erklärte den Sachverhalt.

»Wir werden uns morgen nach dem Ende der Schlacht alle auf die Suche machen«, sagte Kit. »Wenn ich jedem von uns einen Sektor auf der Karte . . .«

Don verdrehte die Augen. »Du und deine Karten! Barnabas ist übrigens wieder hier.«

»Und wieder betrunken«, ergänzte Callette.

Derk seufzte noch einmal abgrundtief, während er Schönste zur Pickettleine führte und absattelte. »Ich kann das bald nicht mehr ertragen«, sagte er zu Niedlich, der angetrabt kam, um seine Mutter zu begrüßen.

»Warum tust du's dann?« fragte Niedlich keck.

»Gute Frage.« Der Anblick von Schönstes wohlgeratenem Sohn munterte ihn auf. Er hatte sich zu einem prachtvollen Hengstfohlen entwickelt, fast schon so groß wie seine Mutter, mit glänzenden Augen und voller Kraft, und seine eigenwillig gestreiften Flügel ließen erkennen, daß sie doppelt so stark werden würden wie die von Schönste, genau wie Derk gehofft hatte. Er klopfte Niedlich den Hals und ging, um mit Kit den Verlauf des morgigen Tages zu besprechen. Natürlich stolperte er unterwegs irgendwo über Kringel.

Kit hatte ein Problem. »Ich hatte nicht damit gerechnet, daß die Täler so schnell verwüstet sein würden«, sagte er. »Wir sind schon beim letzten angekommen. Das hinter diesem liegende können wir für unsere Zwecke nicht brauchen, es ist fast komplett von einem See ausgefüllt. Danach kommt nichts mehr, außer dichten Wäldern. Sieht aus, als müßten wir den Schauplatz der nächsten Schlacht ins Moor verlegen, und das wäre ungünstig, selbst wenn die Mächte des Guten noch volle Kampfstärke hätten.«

Derk saß auf einem Baumstumpf, die Karte über einem Knie ausgebreitet, auf das andere hatte Kringel anbetend den Rüssel gebettet. Er sah, was Kit meinte. Dieses letzte Tal, in dem das morgige Gefecht stattfinden sollte, war ohnehin schon ziemlich klein mit steilen Hängen. Das nächste, hinter einer bewaldeten Anhöhe, glich einer mit Wasser gefüllten Schale. »Wie viele Schlachten sind es denn noch?«

»Sechs. Wir haben fast die Hälfte hinter uns.« Kit seufzte wehmütig bei dem Gedanken an das Ende seiner Planungen und Lagebesprechungen, die er so liebte. »Wenn wir nicht ins Moor ausweichen, bleibt uns nur, wieder von vorn anzufangen und die ersten Täler zu benutzen, aber das ist keine echte Lösung. Das erste Tal ist immer noch ein einziger Morast. Ich bin darüber hinweggeflogen und habe es mir angesehen.«

»Um diese Jahreszeit wächst Gras nicht mehr

nach«, äußerte Derk. »Bitte Barnabas, es zu begrünen.«

»Er schläft. Wie ein Bär.«

»Dann tue ich es«, sagte Derk müde. Callette reichte ihm wortlos ein Käsebrot. Derk nahm es, schob Kringel und die Karte vom Schoß, nahm den ersten Bissen von seinem Brot und versetzte sich kauend an den Schauplatz der ersten Schlacht.

Das Tal war eine Schlammsuhle, trostloser noch, nachdem die Bäume ihr Laub verloren hatten. Durch die Herbstregen war der Fluß über die Ufer getreten und hatte sich in eine braune, morastige Brühe verwandelt. Ganze Krähenschwärme hatten sich eingefunden und pickten in der aufgeweichten Erde nach Nahrung. Derk verjagte die Vögel und machte sich an die Arbeit. Er fühlte sich gleich besser, als er die Formeln für Wachsen und Gedeihen anwendete. Das war seine Spezialität, saubere, beglückende, erfrischende Arbeit. Er stand bis zu den Knöcheln im Modder und aus der Erde lugten bereits die Spitzen von Grashalmen, leuchtend grün im Licht der untergehenden Sonne, als Don wie ein Sturmwind angebraust kam.

»Paps! Alle Pferde sind weg!«

Derk schaute betrübt auf die vier breiten, matschigen Schlitterspuren, die Don bei der Landung in den Boden gepflügt hatte. »Was?«

»Schönste, Niedlich, Nancy Cobber, Billy – alle!« meldete Don atemlos. »Kit und Callette sind ihnen nachgeflogen, aber ich glaube nicht, daß sie sie finden – es war wie Zauberei. Ihr Zaumzeug ist zurückgeblieben.«

Die Pferdeherrin, dachte Derk. Irgendein Pilger irgendwo muß sein Reittier schlecht behandelt haben. »Sie hatte nicht das Recht, auch Schönste und Niedlich zu sich zu rufen.« Derk war gekränkt, daß die

Pferdeherrin seinen Besitz nicht respektiert hatte. »Wie auch immer, flieg ihnen nach und sag ihnen, sie sollen zurückkommen. Wir haben es hier mit spezialisierter Magie zu tun, und dagegen können sie nichts ausrichten.«

Don zögerte. »Aber du brauchst Schönste morgen.«

»Ich werde wohl oder übel ohne sie zurechtkommen müssen. Nach der Schlacht rede ich mit der Pferdeherrin.«

Das Treffen begann am nächsten Tag mit mehreren Stunden Verspätung. Als einzige pünktlich zur Stelle waren die Legionen und die Werwölfe, die nicht auf Pferde angewiesen waren. König Luther kam mehr als eine Stunde zu spät, die Fanatiker und die Söldner noch eine Stunde später. Gut möglich, daß einige Pilger überhaupt nicht mehr rechtzeitig eintrafen. Die ganze Nacht hindurch und am frühen Morgen erschienen aufgeregte Hexenmeister und beschworen Derk, den Beginn der Schlacht zu verzögern, weil ihre Gruppen noch zehn oder zwölf oder zwanzig Meilen entfernt waren und den ganzen Rest des Wegs zu Fuß zurücklegen mußten. Niemand, Barnabas einmal ausgenommen, fand in dieser Nacht viel Schlaf.

Wenigstens hatte die Verzögerung in soweit ein Gutes, daß man Barnabas ausnüchtern konnte. Während Kit am Flußufer ungeduldig und mit peitschendem Schweif auf und ab wanderte, marschierte Derk zu Barnabas' Zelt, packte ihn am Kragen und schleifte ihn zum Wasser hinunter. Als Barnabas sich nur auf den Kieseln zusammenrollte und stöhnte, nahm Derk den vollen Eimer, den Callette ihm reichte und leerte ihn über dem Schlafenden aus. Mit einem Schrei fuhr dieser in die Höhe, von jeder Locke auf seinem Kopf rannen zwirbelnde Tropfenfäden.

»Hab Erbarmen, Derk!«

Derk nahm die Flasche Kaffee, die Don ihm reichte, und drückte sie Barnabas in die Hand. »Trink das. Dann möchte ich dich bitten, die Gefechtszauber bei den Soldaten zu überprüfen; es kommt mir vor, als wirkten sie nicht mehr richtig.«

Barnabas schaute zu der Kuppel oben auf dem Hügel, wo man schemenhaft erkennen konnte, wie die Soldaten sich auf dem Exerzierplatz zum Abmarsch aufstellten. »Die sind in Ordnung, Derk. Ehrenwort.«

»Tu mir den Gefallen.«

Barnabas trank den Kaffee, stand auf, tropfend, verkatert und murrend, und wanderte schlurfend um die Kuppel herum. Derk begleitete ihn, um sich selbst einen Eindruck zu verschaffen. Soweit er es beurteilen konnte, befanden sich die Zauber tatsächlich alle an Ort und Stelle und waren vollständig, aber das ungute Gefühl blieb. Als Barnabas die Kuppel öffnete und die Armee hinausmarschierte, musterte Derk die Soldaten prüfend. Alles war scheinbar wie immer. Die glänzenden schwarzen Lederpanzer waren zernarbt und verschrammt, aber auf Hochglanz poliert; viele der Männer hatten sich die Waffen gefallener Gegner angeeignet, Morgensterne, Zwergenäxte, ein zweites Schwert, es gab sogar eine Einheit Bogenschützen. Auch das war seit einigen Schlachten zu beobachten und nicht neu.

Die Gesichter im Schatten der schwarzen Helme sahen grimmig und kalt aus – auch wie immer. Und doch ... Und doch vermochte Derk dieses Gefühl einer lauernden Gefahr nicht abzuschütteln. Er seufzte und nahm seinen Platz an der Spitze ein, zu Fuß diesmal, und Callette trug das Pannier mit dem Phantasiewappen neben ihm her. Trommelwirbel, Fanfarenklänge. Sie marschierten zur Walstatt.

Eigentlich kam es ihnen entgegen, daß dieses Tal erheblich kleiner war als die vorigen, überlegte Derk. Nachdem von den Legionären die Hälfte auf Urlaub und ein Drittel der Söldner desertiert war, wirkte die Streitmacht des Guten oben auf dem natürlichen Damm, der den See im nächsten Tal verbarg, arg geschrumpft. Kit hatte große Mühe gehabt, eine Strategie zu entwickeln, die ihnen trotzdem erlaubte, glaubhaft zu triumphieren. Ihre eigene Seite war ebenfalls kleiner geworden, aber das erklärte sich durch die in jeder Schlacht erlittenen Verluste. Kit nannte es »natürliche Fluktuation«. Derk wünschte sich, er würde es nicht tun. Er gab das Zeichen zum Vorrücken. Beide Seiten setzten sich unter vielstimmigem Gebrüll in Bewegung. Als die vordersten Reihen aufeinanderprallten, erhob sich Kit hinter Derks Linien majestätisch in den Himmel. Doppelt so groß wie in Wirklichkeit und das Trugbild einer schattenhaften menschlichen Gestalt auf dem Rücken, kreiste er über den Kämpfenden und stieß entsetzliche Schreie aus. Es war immer wieder ein beeindruckendes Schauspiel, Derk schaute voller Bewunderung nach oben. Kit war fast so groß wie Draco, seine Schwingen verdunkelten das Tal.

Aus den Augenwinkeln nahm Derk eine Bewegung wahr, sein Blick flog nach rechts hinüber. Die Hälfte der Soldaten in Schwarz hatten sich am Hang auf ein Knie niedergelassen und spannten ihre Langbogen, die Spitzen der Pfeile wiesen schräg zum Himmel. Der Ausdruck in dem Gesicht des ihm zunächst befindlichen Mannes sah nicht aus, als wäre er noch Barnabas' Zauber unterworfen. Was zum ... Derk sandte einen hastigen und notdürftigen Stasiszauber in diese Richtung. Bogensehnen tönten wie die Baßsaite an Shonas Geige, die meisten Pfeile sprangen harmlos kreuz und quer durch die Luft und fielen zu Boden. Doch fast im selben Augenblick stieß Don auf der linken Seite einen warnenden Schrei aus, und durch den Aufschrei hindurch hörte Derk das Fauchen einer kraftvoll in die Luft geschnellten Salve von Pfeilen. Er wirbelte herum und sah sie in den Himmel stürmen und die Soldaten an dieser Seite die geballten Fäuste schütteln, herumhüpfen, die Bogen schwenken und triumphierend in die Höhe deuten.

Über dem Tal stieß Kit einen noch furchtbareren Schrei aus und taumelte im Flug. Zwei schwarze Stäbe ragten aus seiner Brust, ein dritter stak schräg in seinem Flügel. Vor Derks fassungslosen Augen zerflatterte die Schattengestalt auf Kits Rücken, und das mächtige schwarze Trugbild schrumpfte zu einem halb so großen schwarzen Greif, der sich torkelnd in der Luft zu halten suchte. Ein Flügel schlug kraftlos auf und ab und drehte Kit auf den Rücken. Danach fiel er wie ein Stein und war nach einem Lidschlag durch die Bäume auf dem trennenden Hügelwall den Blicken entzogen. Nur einige schwarze Schwungfedern gaukelten als Zeugnis des Dramas gemächlich in dem leichten Wind, der über die Höhen strich. Ringsum jubelten die Soldaten und brüllten ihren Haß und ihre Freude hinaus. Sie hatten sich verschworen, Kit zu töten, und es war ihnen gelungen.

Neben Derk breitete Callette die Flügel aus.

»Bleib, wo du bist!« fuhr Derk sie an. »Du auch, Don!«

Er wünschte sich auf den Hügelkamm, fahrig und so ungenau, daß eine Hälfte von ihm noch unten im Tal verharrte, umwogt von einer Schlacht, die zum Chaos ausartete. Seine eigenen Truppen kämpften gegeneinander. Die Werwölfe, die Monster und König Luthers Mannen stürzten sich auf die Soldaten in

Schwarz. Mit lautem Beifallsgeschrei, weil sie glaubten, der Dunkle Fürst sei tot, stürmten Pilger durch das Tal, um sich in das Getümmel zu werfen, während die Legionen und die meisten Zwerge und die Söldner sich zurückhielten, von der Entwicklung verwirrt. Diese Geschehnisse entsprachen nicht dem Schlachtplan und ihren Instruktionen. Sie bewegten sich erst, als die Fanatiker aus dem Wald hervorbrachen und über jeden herfielen, ganz gleich, zu welcher Seite er gehörte. Als Derk unter den Bäumen auf dem Hügelwall ankam, herrschte im Tal ein wütendes Gemetzel. Er hätte Don und Callette befehlen sollen, sich in Sicherheit zu bringen, damit ihnen nicht auch etwas zustieß. Doch auf der anderen Seite lag unter ihm der See, langgestreckt, blau mit einem bräunlichen Schimmer. Er kam rechtzeitig, um die Spiegelung der Bäume auf der Oberfläche in großen Wellenringen, die anzeigten, wo Kit untergegangen war, schwanken und zerfließen zu sehen.

Eine Blasenkette stieg aus der Mitte empor, dann nichts mehr. Als Don und Callette bei ihm eintrafen, starrte Derk auf die allerletzten flachen Wellen, die ans Ufer liefen.

»Ich habe euch gesagt ...« fing er an, verstummte und zuckte die Schultern. »Hat einer von euch Prinz Talithan gesehen?«

»Er ist in seinem grünen Nebel verschwunden«, antwortete Don, »und alle anderen Elfen mit ihm, als die Fanatiker aufgetaucht sind.«

»Barnabas ist auch verschwunden«, fügte Callette haßerfüllt hinzu. »Er wußte, ich würde ihm den Kopf abreißen.«

Derk schaute sie an und entdeckte Blut an ihrem Schnabel und ihren Krallen. Doch es war scheinbar nicht ihr eigenes Blut, also ließ er sich davon nicht beunruhigen. Sein Denken hatte sich auf einen sehr kleinen Ausschnitt verengt, auf einen einzigen Punkt. »Folgt mir zurück ins Lager, alle beide«, befahl er und versetzte sich selbst dorthin.

Sobald er angekommen war, sammelte er die Hunde, die Schweine und die Freundlichen Kühe um sich und rief Talithan. Gleichzeitig mit der Landung von Don und Callette am Flußufer schwang der grüne Nebel herum, und Talithan stand vor ihnen. Er war bleich und atmete schwer, doch er verneigte sich höflich vor Derk. »Ihr bedürft meiner, Fürst?«

»Allerdings.« Derk winkte die Greife heran. »Talithan, eins müßt Ihr noch für mich tun, dann könnt Ihr Niedlich von der Pferdeherrin fordern, und Euer Dienst bei mir ist beendet.«

Talithan machte ein verwundertes Gesicht. »Aber ...«

»Die Pferdeherrin hatte nicht das Recht, Niedlich in ihren Ruf einzuschließen«, erklärte Derk, »bestellt ihr von mir, daß er Euch gehört. Meine Bitte ist nun, daß Ihr uns alle, wie wir hier sind, mit durch Euren grünen Nebel nehmt und zurück nach Derkholm bringt.«

Der Blick des Elfenprinzen wanderte zweifelnd von Derk inmitten seiner Tiere zu den beiden Greifen. »So viele«, murmelte er.

»Ist es unmöglich?«

Talithan schaute ihm ins Gesicht und seine Haltung veränderte sich. »Ich habe überlegt«, sagte er sanft, »daß nur sehr wenige Fremde je durch unser Land gereist sind. Selbstverständlich ist es möglich. Ich werde Euch durch meine eigenen Marken führen, Fürst Derk, und alle, die bei Euch sind.«

Als König Luther und Kaiser Titus eine halbe Stunde später keuchend im Basislager eintrafen, blutbespritzt und aufgebracht und Erklärungen verlangend, fanden sie den Ort verlassen.

Kapitel 23

Es war ein großer Fehler, wie Blade am eigenen Leib erfahren durfte, sich mitten in einen Trupp galoppierender Reiter zu versetzen. Es wäre bei Tageslicht ein Fehler gewesen, im Dunkeln konnte er sich glücklich schätzen, mit dem Leben davongekommen zu sein. Sukeys Entführer ahnten nicht einmal etwas von seiner Anwesenheit, sie galoppierten einfach weiter. Reville, der in der Morgendämmerung zu Fuß die Stelle erreichte, fand Blade in einem Ginstergestrüpp liegend, in das er ein paar Stunden zuvor geschleudert worden war.

»Alles in Ordnung?« fragte Reville.

Blade stöhnte.

Wie sich herausstellte, hatte er nur schlimme Prellungen davongetragen.

In den folgenden Tagen entdeckte er immer wieder neue hufeisenförmige Blutergüsse an neuen und unwahrscheinlichen Stellen seines Körpers, aber die Knochen waren heil geblieben. Reville stellte diese Diagnose, offenbar wurden alle Mitglieder der Diebesgilde während ihrer Ausbildung auch in der Heilkunst unterwiesen. Und darin, andere Menschen ihren Wünschen geneigt zu machen, stellte Blade fest. Sobald er sich ächzend aufgesetzt hatte, sagte Reville: »Wunderbar. Und jetzt wünschst du uns hinter diesen Reitern her.«

Blade schauderte. »Nein. Das kann ich nicht. Ich lasse mich nicht wieder über den Haufen reiten.«

»Natürlich in gebührendem Abstand. Das schaffst du.«

»Warum soll ich?«

»Weil ich sie einholen will, bevor sie Sukey etwas antun können – weshalb sonst?«

»Aber das sind mindestens fünfzig Mann. Was können wir gegen so viele ausrichten?«

»Höchstens zwanzig, und mir fällt bestimmt etwas ein. Komm schon. Denk an Sukey.«

Nach Blades Auffassung war Sukey es nicht wert, an sie zu denken. Er war ihr nur deshalb gefolgt, weil er in der Dunkelheit und von ihren Schreien aus dem Schlaf gerissen, glaubte, es wäre der Morgen, an dem die Soldaten versucht hatten, aus der Kuppel zu entkommen. Sukeys Schreie hatten sich genauso angehört wie Shonas. Sein Irrtum war ihm bewußt geworden, während zwanzig Pferde – nur zwanzig? immerhin, das waren achtzig Hufe – alle einzeln über ihn hinwegtrampelten. Doch Blade war ziemlich am Ende mit seiner Widerstandskraft, hatte Schmerzen und fühlte sich schwach. Reville hingegen war gesund und stark und in Sorge um die Frau seines Herzens. Reville blieb Sieger.

Blades Wunsch transportierte sie in Sichtweite der Entführer. Hundert Meter vor ihnen trabte der Pulk über das Moor, schwarzgekleidete Gestalten bis auf eine in der Mitte, die Hellblau trug. Blade spürte ein flaues Gefühl in der Magengrube. Er wußte, wer diese Reiter waren. Desertierte Soldaten, nach aller Wahrscheinlichkeit dieselbe Gruppe, die über die Wegelagerer hergefallen war. Reville hatte zu Recht Angst um Sukey. Blade schluckte. »Wir können nicht das Geringste tun!«

»Wir bleiben ihnen auf den Fersen. Irgendwann müssen sie Rast machen.«

Blade fühlte sich zu einem langen Fußmarsch nicht imstande. Er wartete, bis die Reiter einen großen Vorsprung hatten, dann wünschte er sich und Reville hinterher. Diese Prozedur wiederholten sie den ganzen Tag lang, bis am Abend die Reiter Halt machten und ihr Lager aufschlugen. Blade blieb erschöpft und schmerzgepeinigt sitzen, während Reville davonschlich, um die Gegebenheiten auszukundschaften.

Er blieb fast eine Stunde weg. »Das wird nicht einfach«, sagte er, als er plötzlich wieder aus dem Halbdunkel auftauchte. Brotlaibe, Käsestücke und eine Weinflasche plumpsten neben Blade ins Heidekraut. »Sie haben Sukey genau in die Mitte genommen. Um ihre Handgelenke und Fußknöchel sind Stricke gebunden, und jeder dieser Stricke ist am Handgelenk eines der Entführer befestigt. Doch offenbar haben sie nicht vor, ihr etwas zuleide zu tun, die meiste Zeit streiten sie mit ihr. Ich konnte mich nahe genug heranpirschen, um zu hören, wie sie ihnen alle möglichen gräßlichen Strafen androhte, wenn man sie nicht gehen läßt, aber das war alles. Unser Glück, daß sie ihren Proviant nicht bewachen. Während wir einen Happen essen, können wir darüber nachdenken, was wir unternehmen.«

Blade aß mit Heißhunger, Reville pflichtbewußt, nur um bei Kräften zu bleiben. Blade erkannte, daß er wahrhaftig krank vor Angst um Sukey war. »Liebst du sie oder so was?« fragte er ungläubig.

»Tu nicht so erstaunt, sie ist wundervoll«, antwortete Reville. »Ja, ich liebe sie, wenn du es wissen mußt. Ich habe nie geglaubt, daß mir so etwas passieren könnte. Eiskalt, so habe ich mich immer gesehen. Zynisch. Ich habe mir vorgenommen, wegen des Geldes zu heiraten, irgendeine reiche Erbin. Aber jetzt will ich Sukey heiraten oder sterben.«

»Sie ist eine *Touristin*!« gab Blade zu bedenken.

»Na und? Daraus mache ich ihr keinen Vorwurf. Und sie hat versprochen hierzubleiben, bei mir.«

Blade gestattete sich, daran zu zweifeln. Er war sicher, daß Sukey Reville an der Nase herumführte. Sähe ihr ähnlich. Also, je eher sie Sukey aus der Hand der Deserteure befreiten, desto eher konnte sie Reville die Augen öffnen und desto eher kam er wieder zu Verstand. »Was hast du vor?«

»Mich anschleichen, sobald sie schlafen, und die Stricke durchschneiden«, antwortete Reville. »Keine Frage, daß ich es allein tun werde, du bewegst dich wie ein Drache mit Hühneraugen. Wahrscheinlich liegt es an deinen Blessuren. Jedenfalls wartest du hier.«

»Als Transportmittel«, sagte Blade verdrossen. »Vielen Dank.«

Doch Revilles Plan schlug fehl. Bei Tagesanbruch kam er enttäuscht, aber mit weiteren Lebensmitteln beladen zurück. »Die vier haben abwechselnd Wache gehalten.« Ärgerlich warf er Blade einen Brotlaib zu. »Sie könnten gemerkt haben, daß ihnen jemand folgt. Wir sollten heute etwas mehr Abstand halten.«

Das taten sie während der nächsten zwei Tage. Blades Prellungen schmerzten heftiger, und Reville war schließlich so müde, daß er sich kaum noch aufraffen konnte, Proviant zu stehlen. Am Abend des dritten Tages gab Blade zu bedenken, daß – erstaunlicherweise – noch keiner der Entführer Hand an Sukey gelegt hatte, und erschöpft, wie sie beide jetzt waren, taugten sie nicht als Retter. Er erklärte, daß er die Soldaten aus einer Entfernung bis zu fünfzig Meilen einholen konnte, auch mit Reville im Schlepptau, und schlug vor, daß sie sich einen Tag Ruhe gönnten. Reville war nicht einverstanden. Er und Blade hatten einen häßlichen Streit, der damit endete, daß Blade in Tränen ausbrach, sich den Bart abriß und Reville an den Kopf warf.

»Herrje«, sagte Reville und starrte ihn an, »ich hatte vergessen, daß du noch so jung bist. Und ich kann dir sagen, es fehlt nicht mehr viel, und ich fange auch an zu heulen. Also gut. Einen Tag Rast. Wir nehmen die Verfolgung wieder auf, wenn wir uns erholt haben.«

In dieser Nacht rief die Pferdeherrin ihre Lieblinge zu sich.

Diesmal war es Reville, der unter die Hufe kam. Nach dem Streit schliefen beide ein, unter einer dicken Schicht Heidekraut eng aneinandergeschmiegt, um sich zu wärmen. Das letzte, was Blade vor dem Einschlafen hörte, war Revilles griesgrämiges Murmeln, welcher Trottel auf die Idee gekommen wäre, den Start für die Touren in den Herbst zu legen, bis er, sogar im Tiefschlaf, das Trommeln von achtzig Hufen vernahm und erkannte. Ohne richtig aufzuwachen, versetzte er sich hundert Meter zur Seite und schlief weiter. Reville fand er am Morgen, indem er dem Stöhnen nachging.

»Götter!« heulte Reville. »Ich habe versucht, aufzuspringen und wegzulaufen! Ein Fehler.« Nach einer langen Pause fügte er hinzu: »Weißt du, ich glaube, ich hatte nicht genug Mitgefühl, als dir das passiert ist.«

»Betrachte es von der positiven Seite«, meinte Blade. »Die Entführer müssen jetzt auch zu Fuß gehen.«

Unglücklicherweise schienen Sukeys Entführer den Verdacht zu hegen, daß jemand ihre Pferde gestohlen hatte. Während der nächsten paar Tage verdoppelten sie ihre Wachsamkeit, so daß Reville achtgeben mußte, ihnen nicht zu nahe zu kommen. Beim kleinsten Geräusch sprangen sie auf und stocherten mit ihren Schwertern im Gebüsch. Und sie bewachten Sukey, als wäre sie der kostbarste Schatz auf der Welt.

Wären sie nicht durch den Verlust der Pferde gezwungen gewesen, eine ziemliche Menge Proviant zurückzulassen, hätten Blade und Reville hungern müssen, während sie sie hinkend verfolgten. So aber hatten sie mehr altbackenes Brot, als sie tragen konnten.

Die Entführer verfolgten eindeutig ein bestimmtes Ziel. Sie überquerten die Moore in einer schnurgeraden Linie und kamen schließlich an eine Straße zwischen hohen, strauchbewachsenen Böschungen, eine vielbenutzt aussehende Straße mit tief eingekerbten Wagengeleisen in der steinigen Oberfläche.

Blade und Reville behielten sie im Auge, indem sie warteten, bis der Trupp nicht mehr zu sehen war und sich dann an einen Punkt in Sichtweite versetzten. In den Pausen dazwischen war Reville zu erledigt, um etwas anderes zu tun, als dazusitzen, düster die kaputten Uhren an seinem Arm zu betrachten und sich wegen Sukey zu grämen. Nach seiner Ansicht gab es irgendwo vor ihnen ein Räubernest, zu dem die Männer wollten.

Er erzählte Blade, in der Diebesgilde wüßte man von vielen hundert Menschen, die ohne ersichtlichen Grund entführt worden waren, drüben, an der Ostküste, und niemand hatte sie je wieder gesehen. Sie blieben spurlos verschwunden. »Wir müssen Sukey befreien, bevor sie ihr Ziel erreicht haben«, sagte er immer wieder.

Die Beschaffenheit der Straße machte ihnen die Verfolgung leichter. Die Entführer schienen sich sicherer zu fühlen. Dementsprechend ließ ihre Wachsamkeit nach, und die dicht bewachsenen hohen Böschungen boten die Möglichkeit, ganz dicht an sie heranzukommen. Wann immer der Trupp Halt machte, griff Blade nach Revilles magerem, sehnigem Arm und versetzte sie beide hinter ein Ginstergestrüpp oder ein paar kleine Bäume, wo sie sich duckten und Sukeys hoher, kiebiger Stimme lauschten.

»Ihr könnt mir glauben, keiner von euch gewinnt etwas dabei. Und überlegt doch mal: Selbst wenn ihr mir die Fessel abnehmt, wohin sollte ich laufen? Ihr habt alle viel längere Beine als ich und könntet mich sofort wieder einfangen.«

Keiner der Männer schien sich groß um Sukey zu kümmern. Sie behandelten sie in etwa wie ein wertvolles Tier und schenkten ihr sonst wenig Aufmerksamkeit. Doch am Abend des zweiten Tages auf der Straße – sie lagen in der Deckung einer abgestorbenen Brombeerhecke – versetzte Reville Blade einen Rippenstoß und zeigte mit dem Finger nach unten. Blade sah, daß Sukey jetzt nur noch mit einem Strick um die Taille gefesselt war. Außerdem stellte sich heraus, daß die Männer damit gerechnet hatten, ihr Ziel früher zu erreichen, und ihnen nun die Vorräte knapp wurden.

»Mit Glück reicht der Proviant noch für einen Tag«, sagte einer von ihnen. »Wie weit ist es noch?«

»Mindestens zwei Tage«, antwortete ein anderer, der eine zerfledderte Landkarte studierte. »Eher zweieinhalb, mit diesem Klotz am Bein.«

Blade glaubte, die beiden Männer wiederzuerkennen.

Er hatte sie gesehen, als er und seine Geschwister Barnabas halfen, die frisch eingetroffenen Soldaten zum ersten Biwak zu treiben. Er war auf Nancy Cobber an ihnen vorbeigeritten, wenn er einen ihrer Kameraden, der vor Schwäche gestürzt war, aus dem Pulk herauszerren mußte, und hatte bemerkt, daß sie weniger benommen aussahen als die anderen. Er schreckte auf, weil Reville aufgeregt an seinem Ärmel zog. Nachdem die Männer sich steifbeinig, fluchend und murrend aufgerappelt hatten und mit der schimpfenden Sukey in der Mitte abgezogen waren, sagte Reville: »Uns läuft die Zeit weg. Wenn sie erst in ihrem Versteck sind, haben wir nicht mehr die geringste Chance.«

Damit hatte er allerdings recht. »Was schlägst du also vor?« fragte Blade.

»Ich glaube«, sagte Reville, »daß ich den Trick mit diesem Weitwünschen spitzgekriegt habe.« Blade riß die Augen auf. Reville grinste. Trotz des großen gelbgrünen Blutergusses in seinem Gesicht war es fast das alte, kecke Lächeln. »Ich bin ein Zauberkundiger«, gestand er. »Die meisten Diebe besitzen magische Fähigkeiten, mehr oder weniger. Ich habe beobachtet, was genau du tust, wenn du dich von einem Ort zum anderen versetzt. Und wenn ich den Bogen raushabe, können wir mitten in ihrem Lager auftauchen, den Strick durchschneiden, Sukey packen und bevor irgendeiner kapiert, was los ist, mit ihr verschwinden. Ist es dir recht, wenn wir etwas üben?«

Sie übten. Anfangs gelangen Reville nur Sprünge von vielleicht einem Meter und nicht immer kam er an dem angepeilten Punkt heraus. Blade lernte, flink auszuweichen. Doch auf Revilles Gesicht lag ein Zug eiserner Entschlossenheit. »Das wird«, sagte er schnaufend. »Bei der Ausbildung zum Taschendieb hatte ich auch Anfangsschwierigkeiten und gehöre jetzt zu den Besten. Bis zum Abend schaffe ich es, drüben bei dem Stein herauszukommen, du wirst sehen.« Und er behielt recht. Blade war beeindruckt.

Bei Sonnenuntergang versetzte Blade sich zu einem Punkt oberhalb der Stelle, wo die Entführer auf der Straße kampierten. Nach einer Weile erschien auch Reville, an einer Seite mit Schlamm bedeckt. »Kleiner Irrtum. Graben«, erklärte er. »Wo ist sie?«

Zu ihrer Enttäuschung hatte man Sukey wieder mit

vier Stricken an vier Bewacher gefesselt. Sie verbrachten eine lange, kalte Nacht und warteten ungeduldig auf den Morgen. Bei Tagesanbruch teilten sie sich einen harten, fettigen Käserest und beobachteten, wie die Entführer – und Sukey – ein ähnliches Frühstück zu sich nahmen. Dann band man ihr wieder den Strick um die Taille, und der Trupp setzte sich in Bewegung.

»*Wiksil* sei Dank!« flüsterte Reville.

»Wer ist Wiksil?« fragte Blade ebenfalls flüsternd.

»Gott der Diebe. Bist du bereit?«

Blade war sich nicht ganz sicher, trotzdem nickte er.

»Dann los!«

Reville war verschwunden, Blade folgte ihm einen furchtsamen Augenblick später und fand sich inmitten von schwarzem Lederzeug, Schweißgeruch und verdutzten Gesichtern wieder. Sukey befand sich halb hinter ihm. Er krallte die Hand in ihr schmuddelig gewordenes blaues Seidenzeug, hörte Reville brüllen: »Und los!« und wünschte sich schnellstens aus der Gefahrenzone hinaus. Danach wurde es reichlich konfus. Sukey kreischte in allen Tonarten, was der Konzentration nicht förderlich war. Blade hatte das Gefühl, daß er sich in die eine Richtung wünschte und Reville in die entgegengesetzte, jedenfalls sprangen sie in wildem Zickzack hin und her. Blade sah Moor, Berge, ein anderes Moor, eine scheußliche sumpfige Gegend und – für einen entsetzlichen Augenblick – die Männer in Schwarz um sich herum. Nichts wie weg – Straße, Böschung, wieder Böschung, ein anderes Stück Straße, und immer die schreiende Sukey einmal hierhin, einmal dorthin zerrend. Irgendwann erkannte Blade, daß es keinen Zweck hatte, darauf zu warten, daß Reville sich zurechtfand, und als Reville das nächstemal zog, gab er nicht nur nach, sondern schob. Schob kräftig, um sie so weit weg von den Entführern zu befördern wie möglich.

Sie landeten stolpernd und platschend im seichten Wasser am Rand eines in Felsen gebetteten kleinen Sees hoch oben in einer Mulde zwischen sandfarbenen Bergen irgendwo. Blade merkte, daß er Sukey am Hosenboden festhielt und ließ los, als hätte er sich die Finger verbrannt. Sukey hörte auf zu schreien und warf sich Reville an die Brust.

»O Reville, Liebling! Ich wußte, du würdest mich retten!«

»Ich war die ganze Zeit hinter dir, mein Herz«, sagte Reville. »Und von nun an werde ich nicht mehr zulassen, daß jemand dich mir wegnimmt.«

Die beiden standen im Wasser und küßten sich leidenschaftlich, ohne darauf zu achten, daß ihre Füße naß wurden.

Meiner Treu, dachte Blade. Vielleicht führte sie ihn ja doch nicht an der Nase herum. Er fühlte sich überflüssig und watete durch lanzenspitzes Schilf, bis er auf trockeneren Boden gelangte, wo er stehenblieb und nach einer Landmarke Ausschau hielt, die ihm half, sich zu orientieren.

Die Gegend war nicht so einsam, wie er zuerst geglaubt hatte. Ein flacher grüner Dorn ragte ins Wasser hinein, genau unterhalb der Stelle, wo die Berge eine Art Sattel bildeten. Am Ende des Dorns stand ein Mann und angelte. Er mußte sehr vertieft in seine Beschäftigung sein, weil er nicht einmal den Kopf gewendet hatte, um nachzuschauen, was das Schreien und Plätschern zu bedeuten hatte. Blade watete am Ufer entlang zu ihm hin. Es war, stellte er fest, eine dieser verwirrenden Landschaften, wo alles kleiner ist, als man annimmt, so erreichte er die schmale Landzunge schon nach wenigen Minuten, und der

Berg, der dahinter aufragte, war mehr ein steiler Hügel.

»Entschuldigung«, sagte er.

Der Angler drehte sich mit einem fragenden Lächeln herum Er trug hohe Watstiefel und Kleidung in der Farbe der umliegenden Berge. Er sah jung aus und zugänglich. »Guten Morgen«, grüßte er freundlich. »Kann ich helfen?«

»Meine Freunde und ich haben uns verirrt«, erklärte Blade. »Könnt Ihr uns sagen, wohin wir uns am besten wenden?«

»Der nächste größere Ort ist Costamaret«, antwortete der Angler. »Es liegt mehr als hundert Meilen südöstlich von hier.«

»Oh.« Blade ließ sich von der Entfernung nicht schrecken, weil er dachte, mit zwei Sprüngen könnte er sich dorthin wünschen, doch er hatte noch nicht zu Ende gedacht, als er spürte, daß seine Fähigkeit zum Weitwünschen nach dem irren Zickzack mit Reville vorläufig erschöpft war. »Und in der Nähe gibt es nichts?«

Der Angler wechselte die Rute sorgsam in die linke Hand und deutete mit der rechten auf den Bergsattel. »Dort hinauf. Auf der anderen Seite gibt es etwas.« Der Ausdruck der Verzweiflung auf Blades Gesicht nötigte ihm ein mitleidiges Lächeln ab. »Es ist wirklich der einzige Weg. Tut mir leid.«

Blade spähte in die Richtung der weisenden Hand. So weit war es gar nicht bis zum tiefsten Punkt der Senke, aber steil. Er schaute wieder den Angler an.

Der Mann war nicht mehr da. Nicht einmal ein Wellenschlag im Wasser oder ein Abdruck seiner Stiefel. Wer immer der Mann gewesen war, es handelte sich unzweifelhaft um einen äußerst mächtigen Zauberkundigen. Nicht einmal das Aufwallen der Macht, derer es bedurft haben mußte, um derart schnell und spurlos zu verschwinden, hatte Blade gespürt. Dafür sah er Reville kommen, der Sukey hinter sich herzog, beide sahen rosig aus und unternehmungslustig. »Also da geht es hinauf, zu dem Einschnitt?« fragte Reville.

Blade stutzte. »Habt ihr einen Fremden hier gesehen?«

Sukey schüttelte den Kopf. »Nein. Aber dahin hast du gezeigt, oder nicht? Du siehst übrigens viel jünger aus ohne deinen Bart.«

Sie und Reville liefen beschwingt den Hang hinauf. Während Blade ihnen langsamer folgte, mußte er immer noch über den Angler nachdenken. Bald aber beschäftigte ihn mehr diese Energie, die die Verliebtheit Reville und Sukey zu verleihen schien. Nicht nur, daß der Hang steil war, sondern er war zudem bewachsen mit dieser Sorte Berggras, die fast so glitschig ist wie Glatteis. Die beiden aber standen schon oben, bevor Blade auch nur zwei Drittel des Wegs geschafft hatte. Er überlegte gerade, daß Verliebtsein vielleicht doch einen Versuch wert sein könnte, als Reville sich platt auf den Boden warf und Sukey mit drängenden Handbewegungen aufforderte, das gleiche zu tun. Blade legte das letzte Stück auf Händen und Knien zurück.

»Was ist los?« fragte er.

Reville bedeutete ihm, still zu sein, ganz nach oben zu kriechen und über die Kante zu schauen. Blade reckte den Hals, in der Erwartung, die Fortsetzung der Straße zu sehen und darauf lauernd die Entführer. Und tatsächlich sah er die Straße. Direkt unter ihm machte sie eine Biegung und führte in eine gezackte Öffnung in der Bergwand, rechterhand von ihrem Ausguck. Er sah auch Männer in Schwarz, aber nicht diejenigen, die Sukey verschleppt hatten. Diese hier trugen Lederpanzer, die so alt waren, daß sie Patina angesetzt hatten. Blade erkannte sie nur an der Machart. Es waren ungefähr zehn, und sie hatten häßlich aussehende Peitschen, mit denen sie drei Gruppen zerlumpter, ausgemergelter Gestalten antrieben, die gebückt und angestrengt drei große, zugedeckte Eisenwagen auf drei Metallgleisen schoben. Jedes Schienenpaar kam aus einem von drei weiteren gezackten Öffnungen im Berg, führte etwa hundert Meter weit und endete dann wie abgeschnitten. Blade wunderte sich. Er wunderte sich, weshalb die schuftenden Männer sich nicht gegen die Aufseher mit den Peitschen wehrten, bis er sah, daß sie Ketten trugen.

Gleich darauf löste sich auch das Rätsel der Gleise. Jeder Wagen war bis zum Ende des Schienenstrangs gerollt und hielt an. Eine gemütliche Gestalt in einem wallenden Gewand kam herbeigeschlendert, blieb vor den Wagen stehen, fuhr sich mit einer Hand durch die grauen Locken und vollführte dann die gelangweilte, routinierte Gebärde, an die Blade sich gut erinnerte. Vor jedem Wagen entstand ein Schlitz, wie mit einem Messer in die Substanz der Dinge geschnitten, senkrecht durch Hochmoor und Berg und Straße. Diese Schlitze waberten ein wenig, festigten sich und wurden zu Öffnungen nach – anderswo. Blade kniff spähend die Augen zusammen, doch alles, was er hinter den Öffnungen erkennen konnte, war die Fortsetzung der Gleise, auf denen die Wagen liefen. Die Männer in der zernarbten Soldatenmontur brüllten und ließen die Peitschen knallen. Die Männer in Ketten stemmten sich gegen die Wagen, die von dieser Welt in eine andere hinüberrollten. Die Öffnungen schlossen sich, und die Aufseher trieben ihre Gefangenen zurück zu den Stollenausgängen, wo – Blade konnte es sehen, wenn er sich den Hals verrenkte – die nächsten drei Wagen standen.

Er hatte genug und rutschte nach unten zu dem Vorsprung, auf dem Sukey und Reville kauerten. Sie schauten sich gegenseitig an. »Das war Barnabas!« sagte Blade.

Reville nickte. »Ich weiß. Weiß es Querida auch? Das ist eine wichtige Frage, weil alle in der Universität daran beteiligt sein könnten. In dem Fall, wohin fließt das Geld?«

»Welches Geld? Was meinst du?« fragten Sukey und Blade wie aus einem Munde.

»Das ist eine Mine, mehr oder weniger in diesem Berg, auf dem wir sitzen«, erklärte Reville, »gut und billig ausgebeutet durch Sklavenarbeit. Was immer man hier fördert, wird in eine andere Welt verfrachtet. Tonnenweise. Jemand verdient einen Batzen Geld damit – und wetten, es ist nicht nur Hexenmeister Barnabas.« Er fuhr zu Sukey herum. »Was befindet sich in diesen Loren? Weißt du es? Was liefern wir an Bodenschätzen in deine Welt?«

Sie zuckte die Schultern. »Keine Ahnung.« Ihre Augen waren groß und verstört zwischen den wirren Locken. Sie sah plötzlich älter und gewitzter aus und Reville ähnlicher. »Aber ich würde es gern wissen«, fügte sie hinzu.

»Dann gehen wir los und finden es heraus.« Reville stand auf, er schien fest entschlossen zu sein.

»Warum?« Blade hatte keine Lust. Es war wärmer als erwartet auf dem Sims. Er wollte einfach sitzenbleiben und sich ausruhen.

Er war überrascht, als Reville sich ihm zuwandte, so stark fühlte er sich an Titus oder König Luther erinnert, wenn sie ihre Herrschergewalt ausübten. »Irgend jemand«, sagte Reville, »beraubt meine Welt.

Ich will wissen, wer, warum und was. Es ist gegen das Gesetz. *Ich* bin der einzige, der die Erlaubnis hat, Dinge zu stehlen, so steht es geschrieben. Wie fangen wir es also am besten an, einen Blick auf das Diebesgut zu werfen? Vorschläge?«

Blade starrte ihn an und war froh, daß er Reville nichts von den Zwergen erzählt hatte. Sukey musterte forschend die Umgebung, dann zeigte sie auf einen Punkt hinter Reville.

»Das da oben sieht aus wie eine Öffnung im Berg. Vielleicht eine Möglichkeit, ungesehen in die Mine zu gelangen.«

Eigentlich paßten sie ausgezeichnet zusammen, Reville und Sukey, dachte Blade, als der Dieb sich umdrehte und zu der Stelle hinschaute, auf die Sukeys Finger wies. Sukey sah aus und benahm sich meistens wie ein alberner Backfisch, aber sie hatte ihre Entführung weggesteckt, ohne mit der Wimper zu zucken, und in der augenblicklichen Situation zeigte sie sich ebenso kühl und gelassen wie Reville; jedenfalls schreckte sie – ganz im Gegensatz zu Blade! – nicht vor dem Gedanken zurück, in eine Mine voll brutaler Leuteschinder mit Peitschen einzusteigen.

»Tatsächlich. Eine Höhle möglicherweise«, meinte Reville und war schon auf dem Weg zu der dunklen Nische im Hang. Sukey folgte ihm unverzüglich, Blade kraxelte widerwillig hinterdrein.

Tatsächlich entpuppte sich die Nische als Eingang zu einer Höhle, der man nicht ansehen konnte, ob sie natürlich war oder ein erster Versuch, eine Mine in den Berg zu treiben. Teils felsig, teils erdig, führte sie als mannshoher Gang ins Dunkel. Als das Licht vom Eingang nicht mehr ausreichte, um etwas erkennen zu können, schnippte Reville mit den Fingern und ließ – Blade spürte einen neidvollen Stich – ein blaues Flämmchen Hexenfeuer in seiner linken Handfläche entstehen, mit dem er ihnen voranleuchtete.

»Reville, du bist wundervoll«, seufzte Sukey.

»Seid vorsichtig«, flüsterte Reville warnend. »Vor uns muß ein Abgrund sein, ich kann es fühlen.«

Der Abgrund war ein Loch im Boden, dahinter war der Gang zu Ende. Reville kniete nieder und hielt die Hand mit dem Licht in den Schacht hinein. Auf ihrer Seite war eine alte, wenig vertrauenerweckende Leiter angebracht.

»Alter Minenschacht«, sagte Reville halblaut. »Ausgezeichnet.« Er schwang sich auf die Leiter, die wie ein morscher Baum im Sturm knarrte. »Wir müssen einer nach dem anderen hinuntersteigen, uns alle drei trägt sie nicht.«

Blade mußte allein im Finstern warten, während Sukey sich Sprosse um Sprosse nach unten tastete, und danach hatte er keine Zweifel mehr bezüglich Weitergehen oder Umkehren. Er würde Reville und dem Licht folgen, auf Gedeih und Verderb. Mit klappernden Zähnen kam er am Fuß der knirschenden, wackelnden Leiter an. Nur die Kälte, sagte er zu sich. Nur die Kälte hier im Erdinnern. Trostsuchend wandte er sich dem blauen Licht zu.

Es war größer als gedacht.

Er sah Sukey und Reville durch einen blauen Schleier hindurch, starr und stumm wie von einem Stasiszauber gebannt. Drei Augen brannten in der Bläue und musterten Blade sarkastisch. Jetzt begriff er dieses Gefühl auf der Leiter, als stiege er in ein Säurebad hinunter.

»Ach«, sagte er, »du wieder.«

Ich, bestätigte der Dämon. *Ich habe dir gesagt, daß wir uns wiedersehen. Weshalb bist du hier? Kommst du, um Dämonenspeise zu stehlen wie die anderen Menschen?*

»Dämonenspeise?«

Sie graben sie aus dem Berg und schaffen sie aus dieser Welt hinaus, erklärte der Dämon. *Und sie umgeben diesen Ort mit Abwehrzaubern und Dämonenfallen. Setze nur einen Abwehrzauber für mich außer Kraft, und ich mache dich reich.*

»Ich – ich fürchte, ich weiß nicht, wie das geht«, stotterte Blade.

Oder ich könnte dich töten, wenn du dich weigerst.

»Aber das würde dir nichts nützen«, argumentierte Blade. Seine Kinnbacken waren so steif, daß er kaum den Mund aufbekam.

Welche andere Belohnung könnte dich umstimmen? Laß mich sehen. Blade fühlte, wie der Dämon in seinem Bewußtsein forschte, ein widerwärtiges Tasten und Kramen, und er konnte sich nicht dagegen wehren. Er mußte stehenbleiben, am ganzen Leib zitternd, bis der Dämon fertig war. Dann spürte er sein Lachen, das ihn durchpulste. *Er möchte, daß Deukalion ihn die Zauberkunst lehrt! Das könnte ich bewerkstelligen.*

Aber das Weiße Orakel hat gesagt, Deukalion würde in jedem Fall mein Lehrer sein, dachte Blade und war beruhigt, bis ihm einfiel, daß das Orakel nicht gesagt hatte, auf welche Weise diese Prophezeiung sich erfüllen würde. Der Schweiß brach Blade aus allen Poren bei der Vorstellung, Deukalion könnte ein Dämon sein. Er machte den Mund auf, um wieder zu beteuern, er wüßte nicht, wie man die Abwehrzauber außer Kraft setzte. Und merkte, daß der Dämon verschwunden war. Seltsam.

»Puh!« stöhnte Reville. »Das war scheußlich! Was *ist* Dämonenspeise?«

»Keine Ahnung«, antwortete Blade.

»Ich glaube, das arme Geschöpf war hungrig«, meinte Sukey. »Es hatte nicht die Absicht, Blade etwas anzutun. Es wollte ihn nur wissen lassen, daß man ihm seine Nahrung stiehlt.«

»Armes Geschöpf, von wegen!« sagte Reville. »Verschwende nicht dein Mitleid an einen Dämon, Liebes. Er wird *dich* fressen.«

»Dann sind Menschen Dämonenspeise?« fragte Sukey. »Aber das waren doch keine Menschen in diesen Förderwagen, oder?«

»Nein. Dämonen verschlingen gewöhnlich nur Seelen«, sagte Reville. »Wir müssen unbedingt herausfinden, was hier abgebaut wird.«

Sie eilten den Gang entlang und kamen bald zu einem zweiten Schacht mit einer zweiten Leiter, diese in erheblich besserem Zustand, und von unten drang schwache Helligkeit herauf. Reville löschte sein blaues Hexenlicht, und sie stiegen schweigend hinunter. Auf halber Höhe bemerkten sie die Dämonenfallen, kreuz und quer durch den Schacht gespannt, hauchfein wie Spinnweben. Dazwischen befanden sich Tarnzauber, die verhindern sollten, daß dieses Bergwerk entdeckt wurde. Sukey war fasziniert davon und streckte die Hand aus, um einen zu berühren.

»Nicht anfassen!« zischten Reville und Blade gleichzeitig.

Sukey riß schuldbewußt die Hand zurück und stieg die letzten Sprossen hinunter. Von da an bewegte Reville sich mit besonderer Vorsicht weiter, denn sie näherten sich eindeutig dem Herz der unterirdischen Anlage. Sie konnten sehen, daß ihr Gang in einen erheblich breiteren Stollen mündete, hell erleuchtet von elektrischen Lampen in Drahtgeflechten. Ketten klirrten. Zerlumpte Männer grunzten und ächzten, das Rumpeln und Quietschen schwerer Eisenräder auf eisernen Schienen hallte durch die Gänge. Nach einem vorsichtigen Blick führte Reville sie in die entgegengesetzte Richtung.

»Zu viele Aufseher da«, sagte er.

Bald danach mußte Blade sich eingestehen, daß er allein nicht mehr den Weg zurück finden könnte. Wie Shona zu Derk gesagt hatte, sein Orientierungssinn unterschied sich von dem anderer Menschen. Er lief einfach hinter Reville her. Ihm kam es vor, als hätten sie sich parallel zu dem Hauptstollen bewegt, bis sie zu einem abschüssigen Bereich gelangten, wo kleine Loren langsam die Neigung hinunterrollten und die bröckelig aussehende Decke mit Verstrebungen abgestützt war. Zu Revilles Freude waren diese Loren nicht zugedeckt. Jede war gehäuft voll mit, wie es aussah, Erde und Steinen.

»Was ist das?« fragte Reville. »Irgendein Erz?«

Er und Sukey nahmen beide eine Handvoll und traten unter die nächste drahtumhüllte Lampe. Die Stelle, an der sie angebracht war, schien in besonderem Maße einsturzgefährdet zu sein, jedenfalls war sie mit Eisenträgern verschalt und dadurch enger als der Stollen davor und dahinter. Blade schob sich neben Reville und Sukey und schaute zu, wie sie kritisch in ihren Erdproben rührten. Sukey schien sich mit Mineralien genausogut auszukennen wie Reville, aber beide wirkten ratlos.

»Ein bißchen Eisenerz, Schiefer, Sandstein – absolut taub«, sagte Sukey.

»Nicht einmal goldhaltig«, stimmte Reville zu. »Nicht vulkanisch, also auch keine Diamanten.«

»Vielleicht haben sie es auf irgendeine wertvolle Chemikalie abgesehen ...« Sukey wurde von dem quietschenden Rumpeln eines näherkommenden Wagens unterbrochen. Sie drückten sich an die Verschalung aus Eisen, um ihn vorbeizulassen, und

Sukey meinte, während sie noch einmal die Handvoll Krümel betrachtete: »Wenn ich es nicht besser wüßte, würde ich sagen, das hier ist genau das, wonach es aussieht – bloß Steine und Erde.«

»Es muß aber irgend etwas Wertvolles sein«, beharrte Reville, als die Lore vorbeirollte.

Blade ging ein Licht auf. Sukey hatte recht – recht, was die Nahrung von Dämonen anging, und recht mit dem Zeug in den Förderwagen. Der Dämon hatte versucht, es ihnen klarzumachen, auf seine dämonische Art, und dazu gehörten nun einmal Drohungen und Gelächter, aber erst hier, in diesem mit Eisen gepanzerten Engpaß, begriff Blade, was die verschlüsselten Hinweise bedeuteten. Als er spürte, wie der Boden und die Wände erbebten und das holpernde Rumpeln der Räder in der engen Passage zu Drachengebrüll anschwoll und die aufgehäufte Ladung fast sein Gesicht streifte, traf ihn eine Woge reiner Magie wie ein Teil des Geruchs nach kalter Erde und Stein. Und er erinnerte sich, daß Eisen Magie isolierte.

»Ich hab's!« sagte er. »Es *sind* nur Erde und Steine, und es *ist* wertvoll! Unsere ganze Welt ist erfüllt von Magie – die Magie ist Bestandteil der Erde. Das ist es, was sie stehlen – Magie!«

Reville stieß einen leisen Pfiff aus. »Also ernähren Dämonen sich von Magie!«

»Scheint so«, sagte Blade, als Revilles Pfiff weiter unten im Stollen aufgenommen zu werden schien, laut und schrill. Jemand brüllte:

»Ich sehe sie! Eindringlinge in Stollen Zwanzig. Dort oben, in der Schleuse!«

Sukey und Reville warfen ihre Erdproben weg und alle drei ergriffen die Flucht. Sie rannten und rannten, verfolgt von Pfiffen und Rufen, flitzten um Ecken, preschten in Seitengänge hinein, drückten sich in

Nischen und liefen, nachdem die Verfolger vorüber waren, denselben Weg zurück, stolperten über Steine, wateten durch mindestens einen unterirdischen Fluß, stießen sich die Zehen an Schienen, fielen über Schaufeln, fädelten sich geduckt im Gänsemarsch hinter langen Reihen großer Förderwagen hindurch.

Reville verstand sich darauf, Verfolger zu narren. Er war ausgebildet darin, dachte Blade, der sich bemühte, Schritt zu halten, während sich ihm das Gewand hinderlich um die Beine wickelte. Sie gerieten tiefer und tiefer in das Bergwerk hinein, patschten durch feuchten gelben Lehm an Reihen angeketteter Arbeiter entlang, die sich auf ihre Schaufeln gestützt das Schauspiel ansahen.

»Alles schon probiert«, hörte Blade im Vorbeilaufen einen sagen. »Wette mit dir um meine nächste Mahlzeit, daß sie in Galerie Fünf geschnappt werden.«

Was Blade anging, hätte der Mann die Wette gewonnen. Blade wußte nicht, ob es ausgerechnet Galerie Fünf war, doch irgendwo hatte er den Anschluß an seine beiden Gefährten verloren, schlug die Richtung ein, in der er sie vermutete, und lief zwei Aufsehern geradewegs in die Arme. Sie packten ihn sofort. Er wehrte sich nach Kräften und versuchte, sich wegzuwünschen, aber seine Fähigkeit dazu war noch nicht wieder hergestellt. Als einzige Waffe blieb ihm nur der Frostzauber, aber sie waren die Kälte unter Tage gewöhnt und merkten gar nichts davon. Sie trabten mit ihm den breiten Stollen entlang zu einer Metalltür und schoben ihn in einen kleinen Raum, der aussah wie ein Büro. Hinter ihm schlug die Tür zu. Von dem viel helleren Licht geblendet, kniff Blade die Augen zusammen. Als er sie blinzelnd wieder öffnete, sah er Barnabas vor sich.

Barnabas blinzelte ebenfalls und holte schwer

Atem. »So leid es mir tut, aber ich kann dich nicht gehen lassen«, sagte er in seiner üblichen jovialen Art. »Pech, mein Junge, aber das hier ist eine höchst geheime Operation. Mir ist schleierhaft, wie du es geschafft hast, durch meine Tarnzauber zu kommen. Sie gehören zu meinen besten Leistungen.«

Die einzige Taktik, die Blade einfiel, war, sich dumm zu stellen. »Ich verstehe das nicht«, sagte er. »Was tust du hier?«

»Mr. Chesney brauchte einen Agenten auf dieser Seite«, antwortete Barnabas, »und er hat mich gewählt. Oder meinst du das Bergwerk?«

»Ja, dieses Bergwerk. Was ihr fördert, ist einfach nur Erde ...«

»Sie ist reich an Magie. Alles in dieser Welt ist erfüllt von Magie.« Und während Blade dachte: *Ich hatte recht!* fuhr Barnabas fort: »Leider hält sie in der Welt, in die wir sie exportieren, nicht sehr lange vor, aber während dieser Zeit vollbringt sie wahre Wunder. Soweit ich weiß, vermarktet man sie als den neuen Superbrennstoff und benutzt sie, um Maschinen anzutreiben, aber sie brauchen ständig Nachschub.«

»Und bezahlen sie dafür?«

»Weshalb denn? Es ist doch nur Erde. Sie bezahlen natürlich mich und die Aufseher für unsere Hilfe, und recht anständig, aber an wen sonst sollten sie Zahlungen leisten?«

»Warum dann die Geheimniskrämerei?«

»Patriotische Leute wie Querida zum Beispiel oder dein Vater würden Einwände erheben. Ich nehme an, daß tatsächlich irgendwann einmal die Magie in dieser Welt zur Neige gehen wird, aber nicht in unserer Zeit. Nicht in den nächsten paar hundert Jahren. Bis dahin willst du doch Mr. Chesney und seiner Welt gewiß nicht die offensichtlichen Vorteile enormer Mengen billiger Energie vorenthalten, oder?«

Weshalb erklärt er mir das alles? wunderte sich Blade. Indem er sich wunderte, fiel ihm auf, daß Barnabas den Blick seiner fröhlich zwinkernden, von Fältchen umgebenen blutunterlaufenen Augen unverwandt auf sein Gesicht gerichtet hielt, als bemühte er sich, nicht auf etwas zu schauen, das sich hinter Blade befand. Erschreckt wollte Blade sich herumdrehen, doch zu spät. Der Aufseher, der sich lautlos genähert hatte, umfaßte ihn von hinten und drückte ihm einen Bausch, der mit etwas Übelriechendem getränkt war, gegen Nase und Mund. Dann drückte er Blades Kopf hart gegen seine Brust, bis ihm nichts anderes übrigblieb, als den Gestank einzuatmen. Blade konnte Barnabas nicht einmal seinen Frostzauber entgegenschleudern, obwohl er es versuchte.

Kapitel 24

Als Prinz Talithans Tür aus grünem Nebel nach außen schwang und Derk samt Gefolge in den Garten Derkholms entließ, war Derk nahe daran, das Prinzip zu verstehen. Zu jeder anderen Zeit wäre er fasziniert gewesen, doch jetzt, als Talithan ernst fragte: »Habt Ihr sonst noch einen Wunsch, mein Fürst?«, antwortete er: »Nur den, in Ruhe gelassen zu werden, vielen Dank.« Prinz Talithan verstand und trat zurück in seinen Nebel.

Derk blieben nur vage Erinnerungen an das, was er anschließend tat. Er nahm an, daß er die Hunde, die Schweine und die Freundlichen Kühe in Zwinger und Pferchen untergebracht und sie gefüttert hatte, oder war das Papa George gewesen? Derk erinnerte sich, daß Papa George neben ihm hergetrabt war, ein Skelett beim Dauerlauf, und protestierte, während er sich daran machte, Derkholm in eine Enklave zu verwandeln, abgeschlossen vom Rest der Welt. Dafür mußte Derk seine gesamte Macht aufbieten und hatte keine Aufmerksamkeit für etwas anderes übrig, auch nicht für Don, der angstvoll auf der anderen Seite neben ihm herlief und fragte: »Und willst du auch Mams nicht hereinlassen?«

»Sie wird nicht kommen«, sagte Derk, und der schreckliche, bittere Kummer über die Art, wie Mara ihn verlassen hatte, überfiel ihn mit solcher Heftigkeit, daß ihm das magische Gewirk fast entglitten wäre. »Laß mich allein, Don.«

»Und Shona?«

Ach ja, Shona. Vielleicht war sie auf dem Weg hierher. »Ich lasse die hintere Pforte offen«, sagte Derk und machte eine kleine, fast unsichtbare Öffnung, die man nur finden konnte, wenn man wußte, wo die hintere Pforte war. Lydda, falls Lydda noch lebte, konnte ebenfalls dieses Schlupfloch benutzen. Den Rest des Geländes schottete er mit einer Konsequenz, die er selbst nicht bei sich vermutet hätte, gegen die Außenwelt ab. Betreten verboten. Danach, soweit er sich erinnerte, kampierte er auf der Terrasse. Er mußte die Waberlohe gelöscht und den Graben geschlossen haben, bevor er sich aus den Tischen eine Hütte baute. Davon abgesehen, ließ er alles, wie es war. Er hatte nicht die Kraft, die Fassade der Zwingburg zu entfernen. Er saß in der Hütte. Nach einer Weile, zartfühlend und liebevoll, kamen die Schweine und richteten sich bei ihm ein. Von Zeit zu Zeit kraulte Derk zwischen Flügeln und schrubbte borstige Rücken. Einen anderen Trost gab es nicht.

Blade verloren. Mara verloren. Lydda verloren. Kit würde niemals wiederkommen.

Es war falsch gewesen, Kit als Feldherrn einzusetzen, er war zu jung gewesen, genau wie Blade und Lydda. Die Soldaten hatten ihn gehaßt. Und ich wußte, daß sie ihn haßten, dachte Derk. Trotzdem ließ ich es zu, daß er dort oben am Himmel kreiste, wo ihre Pfeile ihn durchbohren konnten, und nur, weil ich es so unbequem fand, Dunkler Fürst zu sein. Mich hätten sie erschießen sollen.

Immer wieder durchlebte er den entsetzlichen Moment, als die furchteinflößende Truggestalt verschwand und Kit in der Luft taumelte, von drei Pfeilen getroffen, deren Schäfte schwarz aus seinem Leib ragten. Er sah sich selbst, wie er auf die größer werdenden Kreise auf der Wasseroberfläche starrte, wo sein erster, bester, klügster, erfolgreichster Greif versunken war. Die Stelle hatte sich ihm unauslöschlich eingeprägt. Er würde hingehen und ihn heraufholen aus der Tiefe, sobald der Schmerz nachließ.

Aber der Schmerz ließ nicht nach. Derk saß in seiner Hütte auf der Terrasse und litt und wünschte sich, man würde ihn in Ruhe lassen, aber nein! Es herrschte ein dauerndes Kommen und Gehen, man nahte sich auf Zehenspitzen und war schrecklich rücksichtsvoll, was Derk zur Weißglut brachte. Don erschien wenigstens jede Stunde einmal. Don hatte angefangen zu wachsen, bemerkte Derk nach einer unbestimmten Anzahl von Tagen, und versprach, fast so groß zu werden wie Kit. Sein Anblick verschlimmerte den Schmerz, obwohl er meistens nur einen Blick auf Derk warf und wieder verschwand. Papa George gefiel sich als Überbringer schlechter Nachrichten.

»Ein Haufen Leute lungert vor dem Tor herum. Pilgerstau. Die Tourmagier werden langsam ungeduldig.«

»Geh weg«, sagte Derk.

Wenig später: »Noch mehr Leute. Sie versuchen reinzukommen, aber die Tourmagier kriegen das Tor nicht auf.«

»Geh *weg*!« sagte Derk und verstärkte die Magie um Derkholm.

Einige Zeit danach: »Die haben noch nie erlebt, daß ein Dunkler Fürst sie einfach aussperrt. Jetzt scheinen sie nicht zu wissen, was sie tun sollen. Müssen ein paar hundert Touristen sein, da draußen.«

»Geh weg!«

»Diese Zwerge«, sagte Papa George bei seinem nächsten Auftritt, »liebäugeln mit Euren Kühen. Ihr könnt nicht von mir verlangen, daß ich die Bande allein an der Kandare halte.«

»Dann laß dir von Don helfen.« Derk war so böse, daß er den Magerzauber bei Papa George rückgängig machte.

Papa George war ihm keineswegs dankbar. »Jetzt habe ich nichts mehr anzuziehen, was mir paßt!«

»Nimm dir was von mir. Im ersten Stock irgendwo.«

»Falls die Zwerge Euch noch was gelassen haben; die schnüffeln überall herum.«

»Geh *weg.*«

Die Zwerge störten ihn fast ebensooft. Es waren ganze Scharen, Angehörige verschiedener Clans, zu unterscheiden an den in die Zöpfe eingeflochtenen Ziergegenständen. Sie erklärten Derk die Bedeutung von jeder Perle und Farbe, offenbar waren sie der Ansicht, Derk brauchte Ablenkung. Einer von ihnen setzte sich hin und hielt ihm Vorträge über die Geschichte der Zwerge, Fehden und Kriege aus alter Zeit, bis Derk ihn anflehte aufzuhören. Zudem schien man einhellig der Überzeugung zu sein, Derk müßte nur ordentlich essen, dann ginge es ihm gleich wieder besser. Derk aber zeigte kein Interesse an den diversen Leckerbissen, bis Dworkin ihm eine knusprige Geflügelkeule brachte.

»Gans?« fragte Derk hoffnungsvoll.

Dworkin räusperte sich. »Eigentlich nicht. Es ist Huhn, eins von denen, die wir in einem Pferch in den Bergen gefunden haben. Sie schienen herrenlos zu sein, deswegen haben wir sie mitgenommen. Ein Glücksgriff, sie schmecken gut. Probiert einmal.«

»Nein, danke«, sagte Derk und fragte sich teilnahmslos, wem aus dem Dorf er jetzt noch Geld schuldete.

Don aß den Hühnerschenkel, wie er auch alles andere verspeist hatte, was die Zwerge Derk hinstellten. Prinz Talithan war es, der verhinderte, daß Derk Hungers starb. Der Elfenprinz hatte sich angewöhnt, ihm jeden Tag einen Besuch abzustatten, sehr diskret und rücksichtsvoll. Er sprach nicht, wofür Derk ihm dankbar war, sondern stand nur da und betrachtete sich Derk mit den Schweinen in der Hütte. Nach ein paar Tagen kam er nicht mehr allein, sondern jedesmal in Begleitung einer anderen hochgewachsenen ernsten Elfenfrau. Jede Dame brachte etwas mit – eine Karaffe mit funkelndem Likör, eine schimmernde Frucht, eine Schachtel mit schmelzend zartem Gebäck, einen Teller mit köstlichem Fisch – und setzte es neben Derk nieder, bevor sie nach einem grüßenden Neigen des Kopfes verschwand. Alles, was sie brachten, duftete und schmeckte dermaßen himmlisch, daß Derk oft aß oder trank, ohne daß es ihm zu Bewußtsein kam. Wahrscheinlich half ihm das, sich besser zu fühlen.

Auch der Dämon nahm Anteil. Er blaute zwischen den Fliesen des Terrassenbodens hervor, richtete alle drei Augen fragend auf Derk und sank wieder in die Tiefe. Er sagte nie etwas, aber Derk spürte seine Anwesenheit fast ständig, wie er sich bemühte, aus ihm klug zu werden, und wünschte sich, er würde verschwinden. Er hatte den Eindruck, daß auch der Dämon rücksichtsvoll war, auf seine Weise.

Es gab noch gewisse Leute, die sich von der magischen Barriere um Derkholm nicht daran hindern lassen würden, zu erscheinen, aber bis jetzt waren sie noch nicht aufgetaucht. Ab und zu überlegte Derk, was er tun würde, wenn sie kamen. Die meiste Zeit allerdings fühlte er sich zu elend, um darüber nachzudenken.

Vorläufig war es wieder einmal Don, der sich näherte, auf Samtpfoten und mit gedämpftem Federrascheln, eben *rücksichtsvoll*. Derk hätte am liebsten geschrien.

»Paps, Callette ist seit Tagen nicht aus ihrer Hütte

gekommen. Sie benimmt sich noch schlimmer als du. Seit wir wiedergekommen sind, hat sie noch nicht einen Bissen gegessen.«

Callette befand sich noch im Wachstum, sie mußte essen. Derk raffte sich auf und schlurfte durch den Garten, vorbei an den verblassenden, zerrupften Blumenbeetmonstern zu Callettes Bleibe. Davor blieb er stehen und rief.

»Geh weg«, sagte Callette.

»Du kannst nicht da drin bleiben«, erwiderte Derk.

»Doch ich kann. Es tut mir nicht leid, daß Kit tot ist, und ich weiß, es sollte mir leid tun, also bleibe ich hier drin, *bis* es mir leid tut.«

Derk mußte an Callette denken, wenn sie etwas angestellt hatte, als sie noch klein war, und an sich, wie er dann sagte: »Geh in dein Zimmer und bleib da, bis es dir leid tut.« Liebe Güte. »Ich glaube nicht, daß das der richtige Weg ist, Callette«, sagte er hilflos. »Ich weiß, du hast dich mit Kit nicht vertragen, das gibt es unter Geschwistern, daran läßt sich nichts ändern.« Schweigen aus der Unterkunft. »Mir tut es leid genug für zwei«, sagte Derk. »Reicht das nicht?«

»Geh weg«, sagte Callette.

So wird einem mit eigener Münze heimgezahlt, dachte Derk und kehrte zurück in seine Hütte auf der Terrasse.

Am nächsten Tag kam Querida. Für eine Hexenmeisterin ihres Formats waren Derks Barrieren – wenn auch nicht unbedingt ein Kinderspiel; fast wäre sie daran gescheitert – durch entschiedenen Einsatz ihrer eigenen magischen Kräfte überwindbar. Anstelle der Krücken auf einen Spazierstock gestützt, erschien sie auf der Terrasse und fühlte sich zu ihrem eigenen Ärger nicht ganz so ruhig und überlegen, wie es ihr lieb gewesen wäre.

Ach du meine Güte! dachte sie.

Der Gestank nach Schwein und Mensch aus der Hütte war eine Beleidigung für die Nase, der Anblick des Hauses dahinter eine solche für die Augen. Seit Derk sich in Klausur begeben hatte, war das Trugbild der Zwingburg schadhaft geworden, Teile davon abgefallen. Das Haus war nun ein Flickwerk aus düsteren Arkaden und schwarzen Halbtürmen im Wechsel mit gewöhnlichen Fenstern und Mauern. Der von Barnabas nach dem Einsturz des Daches ausgebesserte Teil erhob sich leuchtend über den drohenden Maskaronen um das Burgportal. Dessen Türflügel standen offen und erlaubten einen Blick auf das schmutzstarrende Innere des Gebäudes. Der Boden war mit Pferdeäpfeln und abgenagten Knochen übersät, dazwischen kamen und gingen unbekümmert die Zwerge – strömten aus allen Ecken und Winkeln herbei, als sich herumsprach, daß jemand Neues aufgetaucht war. Querida konnte verstehen, daß der große goldene Greif, der als Wächter neben der Hütte saß, so unglücklich aussah.

»Wirklich, Hexenmeister Derk, hier sieht es aus wie im Schweinestall!« tadelte sie.

Derk wühlte sich behaglich zwischen seine zufrieden grunzenden Mitbewohner. »Es *ist* ein Schweinestall«, sagte er.

Ein alter Mann, der in Kleidern steckte, die viel zu eng für ihn waren, erschien, umgeben von einer hechelnden Hundemeute, am Ende der Terrasse. »Wollt Ihr, daß ich sie hinauswerfe?« erkundigte er sich.

Unerhört! dachte Querida.

»Nein, nein«, widersprach Derk. »Wahrscheinlich geht sie von selbst, wenn sie gesagt hat, was sie sagen will.«

»Unerhört!« stieß Querida hervor. Der alte Mann und die Hunde ließen sich auf den Terrassenstufen nieder, um wie die Zwerge, die sich in dem finsteren Portal drängten, auf jedes Wort zu lauschen, das gesprochen wurde. Querida seufzte ungehalten. »Ich kann wohl nicht erwarten, daß mir jemand einen Stuhl bringt?« Niemand rührte sich. »Auch gut.« Querida lehnte sich auf ihren Stock. »Hexenmeister Derk, ist Euch bewußt, daß mittlerweile neununddreißig Pilgergruppen vor Eurem Tor kampieren und warten?«

»Irgendwann werden sie weggehen.«

Querida stieß gereizt den Stock auf den Boden. »Aber sie *können* nicht weggehen, außer durch Eure Burg!« Als Derk darauf nicht antwortete, fügte sie hinzu: »Und es sind nur deshalb noch nicht mehr, weil man ihnen die Pferde weggenommen hat. Wußtet Ihr davon?«

»Ja.«

»Und alle Drachen sind verschwunden.«

»Sie sind zornig«, erklärte Derk, »wegen des Goldes.« Ein wichtiger Punkt, Draco hatte ihm den Sachverhalt auseinandergesetzt. Derk stützte sich auf einen Ellenbogen und erklärte es Querida. »Drachen ruhen auf einem Lager aus Gold, weil sie daraus lebenswichtige Vitamine beziehen. Seit Jahren aber hat man ihnen keinen ausreichenden Nachschub mehr gewährt.«

»Ach«, sagte Querida, »dessen war ich mir nicht bewußt.« Weil Derk jetzt einen zugänglicheren Eindruck machte, fuhr sie rasch fort: »Und auf dem Schlachtfeld hat es ein furchtbares Chaos gegeben. Ich mußte nach Hohepriester Umru schicken, damit er Ordnung schafft. Das Kaiserreich und König Luther haben einander den Krieg erklärt, und die Söldner haben alles erschlagen, was sich bewegte. Ich glaube nicht, daß ein einziger Soldat aus der Fremdwelt mit dem Leben davongekommen ist. Woher wollt Ihr eine neue Armee nehmen?«

Derk wollte nichts von Schlachten hören. Er bettete sich wieder zwischen die Schweine. »Fragt Barnabas«, sagte er bitter.

Querida schürzte die Lippen. Gab es zu diesem Mann kein Durchdringen? »Um genau zu sein«, versuchte sie einen Appell an sein Pflichtgefühl, »es gibt kaum eine Episode der Touren, bei der es nicht an irgend etwas gehapert hat. Alles hängt von dem Dunklen Fürsten ab, der das Zusammenspiel organisiert.«

»Ich weiß«, sagte Derk.

Querida stieß ein ärgerliches Zischen aus. Zugegeben, sie hatte erreichen wollen, daß die Touren von Fehlschlägen heimgesucht wurden. Sie hatte viel Arbeit investiert, um das zu bewirken. Doch keinesfalls hatte sie gewollt, daß mehr als die Hälfte der Pilgergruppen in dieser Welt festsaßen. »Hexenmeister Derk ...« begann sie.

Schlurfende, scharrende Schritte hinter ihr auf der Terrasse. »Laß ihn in Ruhe«, sagte Callette.

Querida fuhr herum. Ihr Unterkiefer fiel herab. Callettes Augen waren glanzlos und gerötet, ihr Löwenfell sah verfilzt und schmutzig aus. Unter den zerschlissenen Schwingen konnte man die Rippen zählen. An ihrem mageren Hals sträubten sich die borstigen Federn kreuz und quer und ihre ganze Haltung drückte tiefste Verzweiflung aus.

Callette wandte sich an Derk: »Ich habe gemerkt, daß es mir doch leid tut wegen Kit.«

Querida mischte sich nicht ein. Ihr dämmerte, daß sie hier Zeugin echten Kummers war.

»Mir auch, Callette«, sagte Derk. »Mir auch.«

»Ich habe niemanden mehr, mit dem ich streiten kann.« Callettes blutunterlaufene Augen richteten sich auf Don. Don wich vorsichtshalber ein Stück zurück.

Ungefähr dort, wo er sich befunden hatte, öffnete sich Plopp! ein Loch im Universum, flimmerte ein wenig und festigte sich zu einem symmetrischen Rundbogen. Vermutlich als einzige von den Anwesenden bemerkte Querida den plötzlichen blauen Lichtschimmer, der wachsam zwischen zwei Steinplatten hervorquoll und dann still zu einem dünnen Faden schrumpfte. Die Aufmerksamkeit aller anderen war auf das Loch im Gewebe der Welten gerichtet und auf Mr. Addis, der forsch seine Krawatte richtete, um dann vor Derks Hütte Aufstellung zu nehmen.

»Guten Morgen«, grüßte Mr. Addis heiter. »Wir scheinen ein oder zwei Stolperer in unserer Choreographie gehabt zu haben, nicht wahr? Ich bin hier, um diese Sache zu klären.«

»Geht weg«, sagte Derk müde.

Mr. Addis schaute auf ihn hinunter und rückte wieder an seiner Krawatte. »Punkt Eins«, begann er, »Mr. Derk, Sie wurden gebeten, als ein schwarzes Schemen zu erscheinen und nicht als ein – hm – zusätzliches Schwein.« Er betrachtete das Haus und runzelte die Stirn. »Das kann ich als Zwingburg nicht gelten lassen, die Illusion ist nicht überzeugend. Und ...« Sein Blick fiel auf die Zwerge. »Es scheint einige Mißverständnisse wegen des Tributs gegeben zu haben, Mr. Derk. Mr. Chesney ist bereits ernsthaft verärgert, und das zu erfahren wird ihn noch ungehaltener machen. Wir sprechen hier von Bußgeldern in beträchtlicher Höhe, Mr. Derk. Weshalb ist erst ein Drittel unserer Pilgergruppen nach Hause zurückgekehrt?«

»Weil ich sie nicht lasse«, sagte Derk.

»Sie lassen sie nicht!« rief Mr. Addis aus. »Aber das können Sie nicht tun!«

»Doch ich kann. Ich habe es getan.«

»Aber Sie sind vertraglich gebunden! Mr. Derk, ich versichere Ihnen, Mr. Chesney wird die Erfüllung des Vertrags mit aller Härte erzwingen, falls Sie sich nicht an die Bedingungen halten. Die Konventionalstrafen werden ruinös sein. *Ruinös!*«

Als Derk keine Antwort gab, sprach Mr. Addis betont laut und deutlich weiter, als glaubte er, sein Gesprächspartner wäre plötzlich schwachsinnig geworden: »Mr. Derk, wo sind unsere vermißten Pilgergruppen?«

»Draußen im Tal, nehme ich an«, antwortete Derk. »Bis sie einsehen, daß es nichts nützt, und ihrer Wege gehen.«

»Das sind neunhundertacht Menschen«, sagte Mr. Addis streng. »Mr. Chesney wird nicht die Verantwortung für den Verlust von neunhundertacht Menschen übernehmen.«

»Ach, geht weg!« Derk wandte den Kopf zur Seite und schaute Kringel an.

»Soll ich ihn rausschmeißen?« erkundigte sich Papa George.

»Das werden Sie schön bleibenlassen, guter Mann!« Mr. Addis hob eine Hand, als wäre sie ein Damm, um Papa George aufzuhalten, und fixierte Derk mit einem strengen Blick. »Mr. Derk, wir sprechen hier über den Verlust von neunhundertacht Menschen.«

Derk stützte sich wieder auf den Ellenbogen. Erhob sich auf die Knie, stand auf. Mr. Addis wich vor der verdreckten, unrasierten Gestalt zurück. »Verlust?« fragte Derk. »Ihr redet von Verlust? Ich habe meine Frau und meinen Sohn verloren. Ich sah, wie der

Greif, der mir wie ein Sohn war, von den Pfeilen Eurer Soldaten durchbohrt wurde. Meine Tochter und meine Greifentochter sind vermißt. Und Ihr faselt mir von neunhundert Touristen, die nicht einmal tot sind!«

Mr. Addis hob wieder seine einhaltgebietende Hand. »Immer mit der Ruhe, Mr. Derk. Ich bin sicher, das läßt sich in aller Freundschaft regeln.«

»Ihr versteht nicht«, sagte Derk schleppend und ausdruckslos. »Kit. Ist. Tot. Und jetzt geht.«

»Ich denke, Mr. Chesneys Interessen ist am besten gedient ...« wollte Mr. Addis wieder anfangen, doch jetzt verlor Callette die Geduld. »Du hast ihn gehört«, sagte sie. »Er will, daß du gehst. Also geh.« Und sie schob sich auf ihn zu, den Hals vorgereckt wie eine gehässige Gans.

Mr. Addis beäugte sie kritisch. »Ich finde, Ihr sprechendes Monster ist in keinem sehr guten Zustand, Mr. Derk.«

Callette breitete ihre struppigen Schwingen aus. »Nein, bin ich nicht. Außerdem habe ich großen Hunger. Ich denke, ich werde dich fressen, du siehst schön wohlgenährt und saftig aus.« Sie schob sich katzenhaft geduckt einen weiteren Schritt nach vorn.

»Rufen Sie sie zurück!« verlangte Mr. Addis. Seine Stimme klang plötzlich schrill und ängstlich.

Derk verschränkte nur die Arme vor der Brust. Callette sprang. Mr. Addis bemerkte gerade noch rechtzeitig, daß ihre Ankündigung ernst gemeint war, und ergriff das Hasenpanier, Callettes hungrig klaffenden Krummschnabel nur einen Fingerbreit von seiner Hinterseite entfernt. »Das sage ich Mr. Chesney! Das sage ich Mr. Chesney!« heulte er, warf sich mit einem Satz durch die Öffnung in der Materie und landete auf der anderen Seite, in der Hocke wie ein Frosch.

»Fleisch!« schrie Callette. Ihr Schnabel rammte gegen eine unsichtbare Barriere vor der Öffnung. Es tat weh. Sie prallte zurück und rieb sich mit einem Flügel den Schnabel, während Mr. Addis sich in Sicherheit brachte und das Loch Plopp! zusammenschnappte. »Ich bin wirklich hungrig«, sagte Callette zu einem in der Nähe stehenden Zwerg. »Vielleicht verspeise ich dich!«

»Würdet Ihr nicht etwas lecker Zubereitetes vorziehen, Madame?« fragte der Zwerg erschrocken. »Just ist unser Braten fertig zum Auftragen.«

»Bring ihn her.« Ihr schmal gewordener Kopf schwang herum, und ein tückisches Auge heftete sich auf Querida. »Und wenn du Paps belästigst, fresse ich dich auch.«

Querida bewahrte Haltung. »Ich glaube nicht, daß ich besonders gut schmecken würde, meine Liebe.«

»Ich kann Menschen töten. Ich habe die getötet, die Kit ermordet haben«, erklärte Callette. »Hast du gedacht, ich wäre dazu nicht imstande?«

»Ich bin überzeugt, daß du es kannst, aber ich bin ebenso überzeugt, daß du nie in eine Situation hättest geraten dürfen, in der du glaubst, es tun zu müssen«, erwiderte Querida. »Derk, dieses Kind braucht eine Hand, die es führt.«

»Ich merke das.« Derk nahm die Arme auseinander und schlang sie um Callettes dünnen Nacken. Callettes Kopf fiel an seine Schulter. »Meine tapfere Callette«, sagte er.

Querida beobachtete die Szene. Sie schaute zu, wie auch Don unglücklich zu Derk hinkroch und Derk einen Arm von Callette löste, um Don an sich zu ziehen.

Sie sah, wie ein Trupp Zwerge den angekündigten Braten hereinschleppte, eher ein halber geschmorter

Ochse, und sah, wie Callette gierig den Schnabel danach reckte. Sie sagte leise zu sich selbst: »Ich muß mit Mara sprechen. Mir scheint, ich habe hier einen gewaltigen Fehler gemacht.« Sie pochte mit dem Stock energisch auf die Steinplatten und verschwand.

Kapitel 25

Übelkeit weckte Blade aus seiner Betäubung. Er rollte sich auf den Bauch und entdeckte, daß die Hand, auf die er seine Wange betten wollte, in einer breiten eisernen Schelle steckte und daran war ein kaltes Stück Eisenkette befestigt. Unter ihm war Eisen, das rüttelnd und schüttelnd verriet, daß er sich unglaublich schnell fortbewegte oder fortbewegt wurde. Das verstärkte seine Übelkeit, so daß es eine Weile dauerte, bevor er sich imstande fühlte, den Blick herumwandern zu lassen, um sich ein Bild von seiner Lage zu machen. Um ihn herum waren Eisenstangen, und dahinter flogen hohe Böschungen so schnell vorbei, daß sie zu grün-braunen Streifen verwischten. Fast hätte er sich übergeben.

Ungefähr eine Stunde später hatte sein Befinden sich so weit gebessert, daß er begriff, was das alles zu bedeuten hatte. Er befand sich in einem eisernen Käfig, gerade hoch genug, daß er aufrecht sitzen konnte, gerade lang genug, um sich darin auszustrecken, über Eck. Dieser Käfig war mit Stricken auf der Ladefläche eines Pritschenwagens festgezurrt und wurde mit großer Geschwindigkeit von der pferdelosen Kutsche, die Barnabas für Mr. Chesney erschaffen hatte, eine tiefeingeschnittene Straße entlanggezogen. Um ganz sicher zu sein, daß Blade sich aus seinem Käfig nicht wegwünschen konnte, hatte man ihn mit der eisernen Handschelle angekettet. Was das Ziel dieser Reise anging, darüber wollte Blade lieber nicht nachdenken. Man hörte von Orten ... Nein.

Blade stellte seine Gedanken ab und existierte einfach. Normalerweise war er recht gut darin, aber es war verflixt schwer, einen Zustand der Selbstversenkung aufrechtzuerhalten, während ihn das Rütteln und Schütteln ständig daran gemahnte, wie schnell er ... Nein. Er fühlte sich, als wäre er am ganzen Körper mit kleinen Blessuren übersät. Der Fahrtwind blies durch die Stäbe und durchkältete ihn bis ins Mark. Und als wäre das nicht genug, wurde es von Mal zu Mal schwieriger, sich diagonal in dem Käfig auszustrecken. Zuerst dachte Blade, es läge daran, daß er immer wieder aus der genau richtigen Position geschüttelt wurde, doch nach und nach erkannte er den wahren Grund. Er wuchs. Sein Körper hatte sich ausgerechnet diesen Zeitpunkt ausgesucht, um in die Höhe zu schießen, genau wie Mara es prophezeit hatte. *Ausgerechnet!* Blade drehte und wand sich, trotzdem wurden sein Kopf und seine Füße immer fester gegen die Stäbe gedrückt. Er bekam Angst, er könnte größer werden als Kit, und das auf einen Ruck.

Und wenn schon, dann würde ich den Käfig sprengen, dachte er und bemühte sich, die aufkeimende Panik zu unterdrücken.

Als es dunkel wurde, hörte mit einem krächzenden Geräusch die Bewegung auf. Blade wäre fast eingeschlafen in der gesegneten Ruhe. Dann aber ließen Türenschlagen und der Klang eines Wortwechsels ihn auffahren.

»Hat einfach keinen Zweck!« sagte ein Mann. »Wozu überhaupt die Eile?«

»Habe ich dir doch gesagt«, antwortete Barnabas, er hörte sich kurzatmig und furchtsam an. »Diese Fracht muß noch vor Tagesanbruch in Costamaret abgeliefert werden.«

»Tja, das wird nicht klappen«, sagte eine dritte Männerstimme.

Der erste Mann sagte in einem Ton, als wollte er

einem Kind etwas erklären: »Euer Hexenflämmchen ist nicht hell genug, um die Straße zu beleuchten. Nicht eine holprige Straße wie diese, bei dem Tempo und mit Anhänger. Wollt Ihr einen Unfall riskieren? Sollen wir uns alle den Hals brechen?«

»Deshalb bleiben wir über Nacht hier und fahren morgen früh weiter«, fügte der zweite Mann hinzu. »Ich könnte eine Mütze voll Schlaf vertragen.«

»Aber ich bestehe darauf, daß die Ladung bewacht wird«, sagte Barnabas. »Einer von euch schläft auf dem Anhänger.«

Die Ladung, dachte Blade. Das bin ich. Nicht sehr beglückend, daß jemand, den man ein Leben lang als guten Onkel betrachtet hat, von einem sprach, als wäre man eine beliebiges Stück Sperrgut. Und es auch so meinte. An Costamaret lieber erst recht nicht denken. Es war einer von diesen Orten … Nein. Blade hörte wie einer der Männer auf den Anhänger kletterte und sich knurrend und brummend zum Schutz vor der Kälte in mehrere Jacken wickelte. Biete mir bloß nicht auch eine an, dachte Blade. Er lauschte und wartete. Der Mann auf dem Wagen schlief rasch ein, aber Barnabas wanderte noch eine Weile auf der Straße hin und her und rauchte eine Zigarre. Endlich stieg er in das pferdelose Vehikel, und es herrschte Stille. Warum nimmst du nicht wieder einen zur Brust? dachte Blade. Sehr vorsichtig streckte er die freie linke Hand nach oben und versuchte tastend herauszufinden, ob und wie sich der Käfig öffnen ließ.

Er stieß auf einen langen Riegelstab mit einem Vorhängeschloß. Blade glaubte, damit leicht fertigzuwerden, doch als seine Finger das Schloß umfaßten, bekam er so etwas wie einen elektrischen Schlag. Ein Sperrzauber. Und ein Schloß aus Eisen. Man brauchte echte Hexenmeisterkräfte, um Eisen verzaubern zu können. Wieder einmal verwünschte Blade die Tatsache, daß sein Vater sich geweigert hatte, ihn die Universität besuchen zu lassen. Er lag auf dem Boden, mit angezogenen Knien, und zermarterte sich den Kopf nach einer Fluchtmöglichkeit.

Irgendwann spürte er eine leichte Erschütterung und noch eine, als etwas federleicht auf dem Dach des Käfigs landete. Zwei Paar Füße? Reville und Sukey? Hoffnung, die er sich bisher versagt hatte, durchfuhr ihn wie ein Blitz. Doch er hatte ein leises Klacken gehört wie von Krallen auf Eisen, als das zweite Paar Füße aufsetzte. »Blade?« flüsterte eine wohlbekannte Stimme.

Blade schlug fast mit dem Kopf an das Käfigdach. *Lydda!* »Lydda, wie kommst du hierher?«

»Pst!« Der Mann neben dem Käfig regte sich. Lydda wartete, bis er wieder ruhig war, und steckte dann den Schnabel zwischen den Käfigstangen hindurch. Darin waren Greife den Menschen überlegen – sie konnten mit ihrem Schnabel ein Flüstern so genau dirigieren, daß wirklich nur die betreffende Person es hörte. »Ich folge dir schon seit einer Stunde. Ich habe dich hier drin gewittert.«

Lydda hatte schon immer den besten Geruchssinn aller Greife gehabt, was für ein Glück, daß sie in der Nähe gewesen war! »Aber was tust du hier?« fragte Blade leise. »Dies ist die Straße nach Costamaret, habe ich die Männer sagen gehört.«

»Herumstromern, nur so zum Vergnügen«, antwortete Lydda. »Ich bin noch nie auf mich allein gestellt gewesen. Gefällt mir. Lagerfeuer machen, braten, was ich selbst erbeutet habe. Spaß eben. Aber wie soll ich dich hier herauskriegen? Das Schloß ist mit einem Sperrzauber belegt.«

»Versuch's. Er funktioniert fast wie ein Stasiszauber.

Du konntest immer die in der Küche außer Kraft setzen.«

»Meistens; Elda versteht sich besser darauf als ich. Aber ich werde es versuchen.« Nach den schwachen Geräuschen zu urteilen, setzte Lydda sich auf die Hinterkeulen und betrachtete das Vorhängeschloß. Nach einer Weile hörte Blade ein feines Kratzen, als Lydda vorsichtig eine Kralle ausstreckte und an der magischen Sperre zupfte. Er fühlte, wie das Gefüge sich löste.

Und Barnabas schoß brüllend aus dem Vehikel, umwallt von Schwaden aus Hexenfeuer.

Lydda schrie. Ihre Schwingen schlugen mit wuchtigem Fauchen durch die Luft, einmal, zweimal. Dann war sie fort, doch ob unverletzt oder schlimm verbrannt – Blade wußte es nicht. Er tippte gegen das Käfigdach und zuckte zurück. Glühendheiß. Arme Lydda. Und armer Blade.

»Was war *das*? Was war das für eine Kreatur?« brabbelte der Mann auf dem Karren verstört.

»Ich konnte es nicht genau erkennen. Ein kleiner Drache wahrscheinlich«, antwortete Barnabas. »Ich spürte, wie er den Sperrzauber lösen wollte. Während du geschnarcht hast! Für den Rest der Nacht schläfst du oben auf dem Käfig.«

»Keine Bange, ich werde jetzt besser aufpassen.«

»Du steigst auf den Käfig, oder ich mache dir auch Feuer unter dem Hintern«, drohte Barnabas. »Du hast ein Gewehr, oder nicht? Erschieß das Vieh, wenn es sich noch einmal blicken läßt.«

Blade hörte, wie der Mann die Jacken auf dem heißen Dach ausbreitete und dann selbst hinaufstieg. Keine Chance mehr, daß irgend jemand das Schloß öffnete. Wenn er nur wüßte, wo Lydda hingeflogen war. Ob das Feuer sie schlimm verbrannt hatte? Er wartete und hoffte wider alle Vernunft, daß sie zurückkäme. Aus reiner Erschöpfung schlief er über dem Warten ein.

Bei Tagesanbruch ging die Reise weiter. Die Männer beschwerten sich, sie wären hungrig, und sagten, in Costamaret gäbe es Frühstück. Barnabas hielt ihnen vor, sie könnten längst wieder in der Mine sein, während er sich überzeugte, daß Blade immer noch in seinem Käfig saß. Blade würdigte er keines Wortes. Nur Frachtgut eben, dachte Blade.

Das Rütteln und Schütteln war diesmal noch schlimmer; bei dem rasanten Tempo, das der Fahrer vorlegte, schlingerte der Anhänger wild hin und her. Blade zog sich wieder in sich selbst zurück, den angeketteten Arm schützend um den Kopf gelegt. Die Tortur schien kein Ende zu nehmen.

Dann plötzlich flogen Häuser draußen vorbei, und Menschen beeilten sich, den Weg freizumachen. Keiner schien den Anblick von Blade hinter Gitterstangen bemerkenswert zu finden, als wären derartige Transporte eine Alltäglichkeit. Diese letzte Etappe der Reise dauerte nicht lange. Das Vehikel rollte in einen großen, kalten Schuppen, wo eine Art Kran den Käfig vom Anhänger schwenkte und klappernd auf einem gepflasterten Boden abstellte.

»... damit er sich nicht wegwünschen kann«, hörte Blade Barnabas sagen, ganz in der Nähe. »Und ich wünsche ausdrücklich, daß der Bursche so bald wie möglich das Zeitliche segnet, verstanden?«

»Euer Wunsch ist uns Befehl, Hexenmeister«, antwortete jemand ölig. »Wir haben genau das richtige für ihn.«

Barnabas ging, während Blade von munteren braunen Männern mit Lendenschurz aus dem Käfig geholt wurde. Er war so durchgeschüttelt und verfroren und steif, daß er kaum gehen konnte, aber man stützte ihn fachmännisch und brachte ihn in eine kleine Kammer mit einer hochbeinigen Liege darin. Einer der Männer klinkte die Kette in einen in die Mauer eingelassenen Eisenring. Dann ließ man ihn allein.

Leider nicht lange genug. Blade versuchte immer noch, entweder die Hand aus der Eisenspange zu befreien oder die Kette aus dem Ring, als er von einem weiteren munteren, lendenbeschurzten Mann gestört wurde, dieser leicht doppelt so groß und breit wie die anderen beiden.

»O nein, so kommst du nicht los«, belehrte der Hüne ihn gutmütig. »Hör auf, deine Kräfte zu verschwenden, Jungchen, und dreh dich auf den Bauch.«

»Wozu?« fragte Blade mißtrauisch.

»Weil ich dich kampftüchtig massieren soll. Du hast heute nachmittag deinen Auftritt in der Arena. Wir sind hier in Costamaret, wo man nichts lieber sieht als einen guten Kampf. Und wir lieben die Pilgerfahrten, weil sie uns die Idee gebracht haben. Natürlich haben wir uns dazu noch einige Verfeinerungen einfallen lasse, Attraktionen, von denen du nicht einmal träumen würdest. Bei einer davon wirst du die Ehre haben mitzuwirken. Also leg dich hin, Jungchen, weil ich nur vier Stunden Zeit habe, und wie du aussiehst, werde ich jede Minute brauchen.«

Blade betrachtete die massige Gestalt. Er seufzte und tat wie geheißen. »Ich habe nichts verbrochen«, murmelte er. »Man hat mich verschleppt.«

»Das sagen sie alle«, antwortete der Hüne fröhlich. »Macht für uns keinen Unterschied. Sie gehen alle in die Arena, der eine wie der andere.«

Er machte sich daran, Blade einzuölen, bis er sich fühlte wie ein Salat – ach, Lydda! –, und nach dieser Vorbereitung fing er an, auf Blade herumzutrommeln, ihn zu kneten und zu verbiegen. Es war nicht unangenehm; Blade konnte spüren, wie jeder einzelne Muskel in seinem Körper zum Leben erweckt wurde, ohne daß er sich anstrengen mußte. Wenig später war es Tortur, dann wieder angenehm. Viel schlimmer war das, was der Mann erzählte.

»Für dich führen nur zwei Wege hier heraus, Jungchen«, schwatzte er und trommelte mit den Handkanten über Blades Bauchdecke – pomm, pomm, pommpommpomm. »In einem Eimer hinausgetragen werden oder dafür sorgen, daß der andere hinausgetragen wird. Erschlägst du eine bestimmte Anzahl von Gegnern, läßt man dich frei.« Pomm, pomm, pommpommpomm.

»Wie viele?« brachte Blade heraus.

»Sie erhöhen die Zahl ständig. Ich bin nicht sicher, wie hoch das Limit in dieser Woche ist. Fünfzig?« Pomm, pomm, pommpommpomm.

Ich bin tot, dachte Blade. Er fühlte sich eigenartig, wie losgelöst von dem Körper, den der Hüne so sachverständig in Form knetete.

»Du fängst an, in die Höhe zu schießen, wie?« Dabei beugte und drehte er Blades Knie. »Gut, daß wir dich in diesem Stadium erwischt haben. Die Sache ist viel spannender, wenn Klein gegen Groß antritt. Viel bessere Unterhaltung. Schlag dich tapfer, und wir stellen dir eine Ehrentafel aufs Grab.«

Endlich war das Kneten und Trommeln vorbei. »Bestens«, sagte der Mann. »Jetzt bekommst du noch eine gute Mahlzeit. Liegt bei dir, ob du sie ißt oder nicht, aber ich rate dir, es zu versuchen. Mehr Dampf, besserer Kampf.«

Blade war, auf eine abwesende, gleichgültige Art, sehr hungrig.

Als das Essen kam, kniete er sich hin und aß ratzeputz alles auf. Dann, zu seiner eigenen Verwunderung, schlief er ein.

»Bravo, Jungchen«, lobte der Hüne, als er ihn weckte. »Du hast alles ganz richtig gemacht. Jetzt ist der große Moment gekommen. Zieh diese Sachen an.«

Die Kleider waren aus grobem Stoff, aber leuchtend bunt: scharlachrote Hosen und purpurnes Wams. Blade schlüpfte hinein, während der Hüne die Kette hielt und für ihn durch das Ärmelloch des Wamses fädelte. Dann wurde er von anderen Männern einen nach Krankheit riechenden Gang entlang zu einer großen Eisentür geführt. Dicht neben der Tür lag eine viele Meter lange dünne Kette, die an einem stabilen Pfahl befestigt war. Blade schaute teilnahmslos zu, wie seine eigene Kette am Ende der dünneren eingeklinkt wurde. Durch die Tür hindurch hörte er das erwartungsvolle an- und abschwellende Stimmengesumm einer großen Menge Menschen. Die Zuschauer, dachte er. Wenn ich fünfzig Gegner töte ... Nein.

Ein weiterer Mann kam auf ihn zu, er hatte eine Liste. »Du bist als entbehrlich gekennzeichnet, also bekommst du keine Waffe«, teilte er Blade mit. »Es steht dir frei, die Kette zu benutzen. Und denk dran – du kämpfst, oder du kriegst eine Dusche aus der Feuerspitze. Bereit?«

Blade zuckte die Schultern. Der Offizielle nahm das als Antwort und stieß die Eisentür auf. Als Blade einfach stehenblieb, packten ihn zwei Männer bei den Schultern und schoben ihn hindurch.

Hinter der Tür öffnete sich ein weites, sandiges Oval, von aufsteigend gestaffelten Sitzreihen umgeben, auf denen sich fröhliche, plaudernde Menschen drängten. Als sie Blade in die Arena stolpern sahen, die dünne Kette hinter sich herziehend, jubelten sie und applaudierten.

Ein viel größerer Beifallssturm begrüßte seinen Opponenten, der vor den Zinken von sechs Forken durch das gegenüberliegende Tor getrieben wurde. Blade fühlte seinen Mut sinken, als er sah, gegen was er nur mit einer Kette als Waffe antreten sollte. Es war ein riesiger schwarzer Greif. Auch wenn eine seiner Schwingen kraftlos herunterhing und er wegen einer Brandwunde an der rechten Flanke hinkte, wirkte er im höchsten Maße furchteinflößend.

Ich werde mich einfach in die Mitte stellen und warten, daß er mich tötet, dachte Blade. Dann erkannte er den Greif. Es war Kit. Aber Kit dermaßen heruntergekommen und wildblickend und gedemütigt, daß er wahrhaftig noch einmal hinschauen mußte, um ganz sicher zu sein.

Blade rannte an der klirrenden Kette quer durch die Arena auf ihn zu. In der Menge entstand Aufregung. Man glaubte, Blade wolle einen tollkühnen Sturmangriff wagen. »Kit! Kit, wie kommst du hierher?«

»Ihr Götter«, ächzte Kit. »Was nun?«

»Aber ...« Blade konnte sehen, daß Kit nicht angekettet war wie er. »Aber warum fliegst du nicht einfach weg?«

»Ein gebrochener Flügel, beide gestutzt«, schnappte Kit, beschämter, als Blade ihn je erlebt hatte. »Aber Schluß mit reden, sie verbrennen dich, wenn du nicht kämpfst. Von mir erwartet man, daß ich dich töte. Was sollen wir nur tun?«

»Scheinkampf?« schlug Blade vor. »Wie früher, wenn wir Mams erschrecken wollten?«

Kit wurde lebhafter. »Das könnte glücken. Also gut. Eins, zwei – und *drei*!«

Sie sprangen aufeinander zu. Ein Scheinkampf, wie sie ihn perfektioniert hatten, als Kit elf Jahre alt war und Blade zehn, bestand aus rabiatem Geschrei, viel schnellem Hin und Her, das überhaupt nichts bedeutete, und wildem Herumwälzen auf der Erde. Die Zuschauer waren begeistert, Blade aber brauchte nur eine halbe Minute, um zu merken, daß es schlecht ausgehen würde. Er stolperte dauernd über seine eigene Kette, Kit wurde durch seinen gebrochenen Flügel noch stärker behindert. Als sie die schnelle Mehrfachrolle probierten, schrie Kit auf und hackte vor Schmerz nach Blade. Die Menge trampelte und johlte. Blade wälzte sich hastig zur Seite, so weit die Kette es erlaubte, die sich irgendwie um Kits rechtes Hinterbein gewickelt hatte, und stellte fest, daß nicht nur sein purpurnes Wams aufgeschlitzt war wie von einem Messer, sondern seine Brust darunter ebenfalls. Er und Kit lagen keuchend im Sand und starrten sich an.

»Tut mir leid«, stieß Kit hervor. »Ich war entschlossen, meinem nächsten Gegner zu erlauben, mich zu töten. Sieh zu, daß du mir beim nächsten Mal die Kette um den Hals legst.«

Blade schüttelte heftig den Kopf. »Nein. Befrei mich irgendwie von dieser Handschelle. Dann kann ich uns wegwünschen.«

»Ich bin zu groß.«

»Ich kriege das schon hin. Elda habe ich leicht geschafft.«

»Aber ich müßte dir die Hand abbeißen.«

Die Rißwunde an der Brust fing an zu brennen wie Feuer. Blade biß die Zähne zusammen. »Wenn es nicht anders geht, mußt du es eben tun.«

Die Menge begann in langsamem Takt in die Hände zu klatschen. An den Seiten des Ovals nahmen Männer die Klemmen von Schläuchen, die an Fässern befestigt waren; andere hielten Fackeln bereit, um das ausströmende Gas zu entzünden. Kit rollte ein Auge in ihre Richtung.

»Wir müssen etwas tun, oder sie werden uns mit Feuer zum Kämpfen ermuntern.«

»Dann machen wir jetzt die Wilde Hatz«, entschied Blade. »Auf die Plätze, fertig, los!«

Er sprang auf und rannte; zum Entzücken der Menge hinterließ er eine Spur aus Blut. Kit befreite seinen Hinterlauf aus der Kettenschlinge und verfolgte Blade mit langgestrecktem Hals, einen Flügel ausgestreckt, den anderen so weit erhoben wie möglich, dabei galoppierte er sehr schnell fast auf der Stelle.

Es sah spektakulär aus. Shona schrie jedesmal in den höchsten Tönen, wenn sie die Hatz zu Hause vorführten. Auch diese Menge schrie und klatschte, während Blade, den Spielraum seiner Kette voll ausnutzend, einen Bogen lief und die Männer an den Feuerspritzen sich entspannten.

»Paß auf, ich springe«, warnte Kit. »Jetzt!«

Er machte einen gewaltig hohen und weiten Satz. Blade stemmte in vollem Lauf die Fersen ein, ließ sich auf den Rücken fallen, und als Kit über ihm war, klammerte er sich mit Armen und Beinen an seiner Unterseite fest.

Kit lief wie tobsüchtig kurze Strecken hierhin und dorthin, den Kopf zwischen den Vorderbeinen, als ob er Blade mit dem Schnabel attackierte, um ihn in Stücke zu reißen.

»Und weiter?« fragte er und schaute von unten nach oben in Blades Gesicht. »Ich möchte wirklich nicht deine Hand abbeißen. Der Mann, bei dem ich es versucht habe – er ist verblutet.«

»Aber die Spange hat kein Schloß«, keuchte Blade. »Ich vermute, Barnabas hat sie mir durch Magie um den Arm gelegt. Kannst du sie durch Magie öffnen?«

»Nein. Sämtliche Fesseln hier sind durch einen Zauber verschlossen, den ich nicht verstehe. Deshalb habe ich ja dem Mann die Hand ...«

Blade sah, wie Kit zur Seite spähte und dann nach oben. Er drehte den Kopf an dem schweißfeuchten, sandigen Pelz an Kits Brust und sah, wie die Feuerspritzen angezündet wurden.

»Laß dich fallen«, sagte Kit. »Vielleicht haben wir Glück, ich glaube, es wird regnen. Laß dich fallen und lauf.«

Blade plumpste rücklings in den Sand. Tatsächlich, es war sehr dunkel geworden, wie er sehen konnte, als Kit zur Seite sprang. Die Menge brüllte, aber es klang anders als vorher, nach Panik, und die Männer an den Spritzen richteten aus irgendeinem Grund ihre Feuerstrahlen gen Himmel. Blade sprang auf und in den Hitzeschwall einer gewaltigen Feuerwand hinein. Es folgte ein Geräusch wie Donner. Als Blade taumelnd ein paar Schritte tat, überzeugt, daß der Blitz in die Arena eingeschlagen hatte, sank das Flammenmeer in sich zusammen, und sichtbar wurden die Überreste von Fässern, verschmorte Schläuche und verkohlte Bänke, an deren Rändern noch bläuliche Flammensäume spielten. An den schmalen Enden der Arena trampelten die Zuschauer sich gegenseitig nieder, um hinauszukommen. Und der Donner hallte lauter denn je.

Eine gewaltige Stimme dröhnte über die Arena: »Kannst du nicht fliegen, Katzenvogel?«

»Nein, Sir«, schrie Kit. »Ein Flügel ist gebrochen.«

»Und ich kann nicht landen. Zu wenig Platz. Was stimmt nicht mit dem Knäblein?«

»*Eisen*! Neutralisiert seine Magie.«

»Dumme kleine Tolpatsche! Dann stell dich neben ihn und halt still.«

Blade schüttelte seine Benommenheit ab und

schaute nach oben. Draco schwebte über der Arena und erfüllte die ganze Luft mit dem Brausen seiner ledrigen grünen Schwingen. Ehe Blade wußte, wie ihm geschah, streckte der Drache die gewaltigen Vordertatzen aus und ergriff Blade und Kit mit den Krallen, als wären sie Spielzeugfiguren. Das Schlagen seiner Flügel tönte wie Peitschenknallen, als er mühevoll Höhe zu gewinnen suchte, um aus der brennenden Arena herauszukommen. Dabei hielt er die beiden Geretteten an seine heiße, schuppige Brust gedrückt. Es gab einen schmerzhaften Ruck, als das Ende von Blades straff gespannter Kette erreicht war. Blade fühlte, wie die Eisenspange sich von seinem Handgelenk löste und reckte den Hals, um ihr nachzusehen, wie sie samt Kette in die Tiefe fiel und in den Sand; einen Moment lang fragte er sich, ob seine Hand vielleicht auch da unten lag. Er hielt sie hoch, zwischen seine Augen und das schlingernde, schrumpfende Panorama einer Stadt, aus deren Mitte eine große Rauchsäule aufstieg, und er stellte fest, daß er lebendig und mit heilen Gliedern davongekommen war.

Sie wurden noch höher hinaufgetragen, bevor Draco schließlich auf ein bestimmtes Ziel Kurs nahm. Kit, der in den Krallen der Tatze baumelte wie ein Kätzchen im Maul der Mutter, warf Blade einen halb beschämten, halb erleichterten Blick zu. Blade konnte nachempfinden, wie er sich fühlte. Es war dem Selbstwertgefühl abträglich, von etwas so Riesigem wie beiläufig durch die Gegend transportiert zu werden, und unbequem war es auch. Man steckte in der Umklammerung von Dracos hornigen Krallen, und Dracos gewaltige Stimme hallte rumpelnd durch den mächtigen, harten, blasebalgähnlichen Brustkasten, an den man gepreßt wurde.

»Traurig, traurig. Der eine kann sich nicht selbst heilen, der andere versteht sich nicht auf Eisenmagie. Jeder frisch geschlüpfte Drache wüßte sich besser zu helfen.«

Obwohl der Ton verriet, daß Draco nur zu sich selber sprach, fühlten sowohl Kit als auch Blade sich in ihrer Ehre gekränkt. »Niemand hat mich Eisenmagie *gelehrt*!« rief Blade.

»Selbst wenn ich gewußt hätte, wie ich mich heilen kann, hätte es mir nichts genützt!« rief Kit. »Man hat mir die Schwungfedern gestutzt!«

»Ruhe!« knurrte Draco. »Ich muß die Stelle finden – ach, da ist sie ja.«

Unter ihnen erstreckte sich Grasland, zu herbstlich fahlem Braun verblaßt. Blade sah den hellen Streifen Erde unter sich rotieren, als Draco für einen Anflug gegen den Wind einen Bogen beschrieb. Die mächtigen Hautschwingen über und hinter ihm wölbten sich mit einem Knattern wie Segel im Sturm. Der Boden raste ihnen entgegen, viel rauher, als er von oben ausgesehen hatte, und steinig. Dracos Stimme röhrte: »Aufpassen! Ich setze euch jetzt ab!«

Trotz der Vorwarnung kam der Widerstand unter den Füßen überraschend; vom eigenen Schwung angetrieben, stolperten Blade und Kit durch das Gras und gegeneinander. Derweil landete Draco elegant neben einem hohen Felsblock, auf dem eine kleine goldene Gestalt einen Freudentanz vollführte. »Da hast du ihn, Mädel. Kleinigkeit. Weil ich gerade dabei war, habe ich dir auch den schwarzen Katzenvogel mitgebracht, dachte mir, du würdest ihn haben wollen. Über Geschmack läßt sich ja nicht streiten.«

»Lydda!« jubelten Kit und Blade.

Lydda legte die Vorderbeine um Dracos massigen Hals und rieb entzückt den Schnabel an seinem Maul.

»Danke, Draco. Ich liebe dich.« Neben ihm sah sie winzig aus.

»Das Vergnügen war ganz auf meiner Seite«, brummte Draco. »Ich mag dich auch.« Die Art, wie er verschämt den Nacken bog, ließ vermuten, daß es ihm ernst war.

Lydda lachte, sprang von ihrem Felsen herunter, galoppierte Kit und Blade entgegen, und alle drei tanzten den Greifentanz, wie seit ihrer Kindheit nicht mehr, drehten sich und hüpften, schlugen mit den Flügeln, wedelten mit den Armen und lachten aus vollem Hals, bis Blade die Puste ausging, er den beiden anderen das Feld überließ und sich auf die Rolle des Zuschauers beschränkte. Auch jetzt kam Lydda ihm klein vor, aber das lag daran, erkannte er, daß dies eine neue Lydda war, schlank und sehnig, mit scharfen Augen, einer Ahnung von Blut und Tod in dem blanken Sichelbogen ihrer Krallen und tödlicher Drohung in den schimmernden Linien ihrer langen, hochgewinkelten goldenen Schwingen. Sie schlug Kit freudevoll damit auf den Schnabel, und doch wirkten sie gefährlich.

»He! Sieht sie nicht phantastisch aus!« bemerkte Blade zu Draco.

»Und eine gute Jägerin ist sie auch«, stimmte Draco zu. »Wir haben gestern abend bei der Jagd Bekanntschaft geschlossen. Deshalb wußte sie, wo sie mich finden konnte, nachdem sie dir bis zu dieser Sandgrube gefolgt war. Wie bist du übrigens in den Schlamassel hineingeraten?«

»Barnabas. Er wird von Mr. Chesney bezahlt, um ihn mit Magie zu beliefern.« Bei der Nennung von Mr. Chesneys Namen verfiel Draco wieder diese eigentümliche, lauernde Starre. »Aber ich habe keine Ahnung, wie Kit nach Costamaret gekommen ist.«

Kit und Lydda sprangen mit schlagenden Flügeln abwechselnd übereinander hinweg; der Kontrast zwischen Lyddas makellosem Saum goldener Schwungfedern und Kits verstümmelten Flügeln, war schmerzlich.

»Laß dir neue Federn wachsen, Katzenvogel«, polterte Draco. »So sieht es nicht gut aus.«

Kit hörte auf zu tanzen. Er streckte den gebrochenen Flügel aus, betrachtete ihn und richtete dann den Blick vorwurfsvoll auf Draco.

»Ganz recht. Das konnte ich reparieren. Für deine Federn mußt du selbst sorgen.«

»Aber«, sagte Kit, »ich kann das nicht. Ich kann keine Federn wachsen lassen.«

»Dummes Zeug«, grollte Draco. »Gib acht.«

Blade wußte nicht genau, was der Drache tat. Kit verharrte einen Moment lang mit gesenktem Kopf und blickte dann verdutzt auf. »Ist das *alles*?«

»Das ist alles, außer du möchtest dir auch noch Schuppen, Zacken und Hornschilde zulegen. Während du mit deiner Verschönerung beschäftigt bist, setz dich hin und erzähl uns, wie du in dieses Sandloch geraten bist. All das Gehüpfe macht mich hungrig.«

»Das meiste von seiner Brummerei meint er nicht ernst«, flüsterte Lydda Blade zu. »Ich stelle mir vor, Drachen müssen immer kurz vor dem Siedepunkt sein. Hast du gewußt, daß dein Wams zerrissen ist?«

Blade schaute auf den Riß, den Kits Schnabel verursacht hatte. Sein Wams klaffte über Gänsehaut und getrockneten Blutstreifen, aber von der Wunde war nichts mehr zu sehen. »Danke«, sagte er zu Draco.

»Sie wollte dich an einem Stück.« Die Spitze von Dracos Schwanz zuckte in Richtung Lydda. »Also, Kit?«

Kit hatte sich ins Gras gekauert, dem Wind zugewandt, wie Greife es taten, um sich warmzuhalten, und schien seine Gedanken zu ordnen. »Es waren die Gänse«, sagte er.

»Wie bitte?« riefen die anderen drei.

»Nachdem die Soldaten auf mich geschossen hatten und ich in den See gestürzt war, lag ich auf dem Grund und dachte, ich wäre tot. Dann tauchte eine Gans zu mir hinunter und zog mir mit dem Schnabel die Pfeile heraus. Ich merkte, daß ich die ganze Zeit den Atem angehalten hatte und dachte, es wäre vielleicht gut, an die Oberfläche zu steigen, um Luft zu schöpfen. Also stieß ich mich vom Grund ab und paddelte oben im Wasser und japste. Plötzlich war die ganze Schar Gänse um mich herum, sie schoben und zwickten mich, und ihre Federn wurden rot von meinem Blut. Ich versuchte, ihnen zu entkommen – ich meine, ich kann nicht schwimmen, aber sie hörten nicht auf, mich mit den Schnäbeln zu stoßen, bis ich das Ufer erreicht hatte. Dort war ein Mann, der ihnen sagte, was sie tun sollten, aber sie konnten mich nicht aus dem Wasser bringen, wie sehr er sie auch ermunterte. Schließlich zog der Mann mich selbst heraus, am Schnabel. Dann sagte er zu mir, es täte ihm leid, aber ich müßte wirklich lernen, daß Töten kein Zeitvertreib wäre, und er ging mit den Gänsen weg und ließ mich dort liegen. Es war seltsam. Ich blutete nicht mehr, aber mein Flügel war gebrochen, und ich fühlte mich entsetzlich elend. Nach einiger Zeit kamen Jäger aus Costamaret mit einem Karren. Sie wollten Löwen fangen, für die Arena, aber sie waren hocherfreut, statt dessen mich zu finden. Sie warfen mir ein Netz über und schnitten mir die Schwungfedern ab. Dann luden sie mich auf den Karren und brachten mich zur Stadt.«

»Ich weiß, wie das ist.« Blade schüttelte sich.

Kit musterte ihn düster. »Nicht ganz. Du warst der vierte Mensch, gegen den ich kämpfen mußte. Was, glaubst du, ist aus den anderen drei geworden? Es ist erschreckend leicht, einen Menschen zu töten. Löwen sind viel schwieriger. Ich hatte sechs Löwen. Aber Löwen oder Menschen – sie alle wollten am Leben bleiben, genau wie ich, anfangs. Das war das Schlimmste – sie oder ich. Und ich hatte nicht mehr Recht zu leben als sie. Nur hatte ich einen Schnabel und Krallen und sie nicht.«

»Nun, nun, kein Grund, morbide zu werden«, unterbrach ihn Draco. »Drachen haben das gleiche Problem. Aha, da kommt ja endlich unser sensibles lila Etepetetchen und erweist sich einmal in ihrem selbstgefälligen kleinen Leben als nützlich. Hoffe ich.« Er stemmte sich in die Höhe – für die beiden Greifen und den Menschen neben ihm war es, als würde ein neuer Berg aus der Erde wachsen – und entfaltete mit einem ungeduldigem Ruck die hochgereckten Flügel. Die lavendelfarbene Drachin, die in der Ferne am Himmel kreiste, vollführte eine schlangenhafte Kehrtwendung in der Luft und segelte auf ihn zu. »Kurzsichtig auch noch«, brummte Draco. »Beeil dich, Weib.«

Die lavendelfarbene Drachin landete, ziemlich unbeholfen, in sicherer Entfernung. Im Vergleich zu Draco wirkte sie klein und eidechsenhaft zierlich.

»Was gibt's?« blaffte Draco sie an.

Die Drachin öffnete die Tatze, die sie an die Brust gedrückt hatte. Zwei weiße Tageulen hüpften erleichtert heraus, und eine glitt zu Blade, die andere zu Lydda. Während sie die Kapseln von den federbehosten Beinen lösten, schüttelte die Drachin angewidert die Polsterung aus der Tatze, in der die Tageulen gereist waren. Wie sich herausstellte, waren es Blades Kleider, die er in Maras Zauberschloß zurückgelassen hatte, dazu ein dicker Mantel. Auch die Nachrichten stammten von Mara. Blade las:

»Blade, mein Schatz, ich bitte dich, so schnell wie möglich nach Derkholm zurückzukehren. Dein Vater braucht dich sehr. Wenn wir uns dort treffen, werde ich alles erklären.«

Die für Lydda bestimmte Nachricht lautete ähnlich, nur begann sie: »Lydda, mein Liebes, ich fürchte, deine Ferien sind zu Ende ...«

Drachen, schien es, brauchten nicht zu reden, um sich zu verständigen. Draco rumpelte: »Wenn du glaubst, wieder fliegen zu können, Katzenvogel, machen wir uns jetzt auf den Weg. Sie sagt, man braucht uns in Derkholm.«

Kapitel 26

»WARUM LÄßT MAN UNS WARTEN?« skandierten die Pilger draußen vor dem Tor. Inzwischen waren es so viele, daß Derk sie sogar durch seine Barrieren hören konnte, ein stimmgewaltiger Chor. Für Fran Spindeldürr war dieser Lärm der Tropfen, der das Faß zum Überlaufen brachte. Sie war es sowieso leid, die Ruinen des Dorfes mit mehr und mehr Pilgern teilen zu müssen, und jetzt hatten diese sich angewöhnt, jeden Tag unter Sprechchören das Tal hinaufzuziehen. Die Tourmagier, die zu ihnen gehörten, zuckten nur die Achseln, wenn Fran sich beschwerte – sie hegte den Verdacht, daß sie die Pilger überhaupt dazu angestiftet hatten –, und so kam der Morgen, an dem ihr endgültig der Geduldsfaden riß. Sie marschierte vor dem Protestzug der Pilger das Tal hinauf und fand am Ende des Wegs Derkholm verborgen hinter einer schimmernden weißen Substanz, an der sie sich, als sie energisch anklopfte, die Knöchel prellte. Also ging sie daran entlang, um zu sehen, ob vielleicht die hintere Pforte offen war. Was sie dort sehen mußte, versetzte ihr einen gewaltigen Schock.

»Wußtet Ihr, daß überall auf den Hügeln dahinten Drachen sitzen?« fragte sie beim Betreten der Terrasse.

»Tangiert mich nicht«, antwortete Derk.

Fran betrachtete sich die – im wahrsten Sinne des Wortes – Schweinerei, und dieser Anblick versetzte ihr den nächsten Schock. »Man kann Euch kaum von den Schweinen unterscheiden«, meinte sie. »Kommt Ihr freiwillig heraus?«

»Nein.«

Fran erhob die Stimme. »*George!*« Und als Papa

George herbeistürzte, in der Annahme, es würde jemand ermordet, befahl sie: »Gartenschlauch. Dalli!« Dann wandte sie sich an Don: »Schäm dich – ein großer, starker Bursche wie du und läßt ihn einfach verkommen. Geh und hol deine Mutter, auf der Stelle. Wozu hast du Flügel?!«

Don schluckte. »Aber du hast gesagt, da sind Drachen ...«

»Das ist dein Problem«, raunzte Fran, während Papa George um die Hausecke kam, Gartenschlauch abspulend und umtanzt von hüpfenden, kläffenden Hunden, die sich auf einen Spaß freuten. »Du wirst sofort deine Mutter holen, oder du kriegst auch eine Dusche!« Don ergriff mit scharrenden Krallen und wild schlagenden Flügeln die Flucht. »Und jetzt«, sagte Fran zu Derk, »werde ich bis drei zählen ...«

»Von mir aus bis hundert«, antwortete Derk.

Fran entriß Papa George den Schlauch, drehte das Mündungsventil ganz auf und richtete den vollen Strahl in die Hütte. Schrill quiekend und vor Nässe glänzend, schossen die Schweine heraus. »Zurück mit euch dahin, wo ihr hingehört!« schrie Fran und spülte sie erbarmungslos von der Terrasse. Sie flüchteten, verfolgt von Wassersalven und den begeisterten Hunden. Nach dem Gekläff und Quieken zu urteilen, entspann sich eine grandiose Hatz kreuz und quer durch die Pflanzungen. Derk hielt die Stellung, bis er durch und durch naß in flüssigem Schweinedung saß. Erst dann krabbelte er nach draußen. »Und jetzt ins Haus mit Euch und baden und umziehen, bevor Eure Frau hier eintrifft«, ordnete Fran an.

»Sie wird nicht kommen«, sagte Derk.

»O doch, sie kommt, und wenn ich sie persönlich holen muß!« verkündete Fran und trieb Derk mit dem Wasserstrahl vor sich her ins Haus.

Dort stieß Fran auf die Zwerge, und ihnen hatte Derk es zu verdanken, daß Fran ihm nicht nach oben folgte und ihn ins Badezimmer schwemmte. Die ganze Zeit, während er in der Wanne saß – ziemlich lange: er staunte selbst, wie schmutzig er war – hörte er unten die Schlacht toben. Fran übergab den Schlauch an Papa George, der mit Lust davon Gebrauch machte, und nahm einen Reisigbesen zur Hand. Bis in den ersten Stock hörte man das laute Patschen, mit dem er auf Zwergenköpfe niederfuhr. Gellendes Schreien, Heulen und Protestieren mischte sich in das Brausen des Wasserstrahls. Bis Derk sich abgetrocknet und saubere Kleider angezogen hatte, die alle irgendwie zu weit geworden waren, schienen sich, nach der verhältnismäßigen Stille zu urteilen, die Fronten geklärt zu haben. Als er wieder nach unten kam, hörte er Fran und Papa George mit Schlauch und Besen in der Küche fuhrwerken. Die Zwerge waren alle draußen auf der Terrasse und reinigten die Hütte. Callette saß zwischen den bröckelnden Überresten schwarzer Mauern, ein Grinsen in den Schnabelwinkeln, und überwachte die Arbeiten.

»Ich dachte, ich könnte Fran nicht leiden«, meinte sie zu Derk, »bis heute. Die Hunde sind übrigens immer noch bei der Schweinejagd.«

Derk konnte sie hören. »Macht nichts, sie brauchen die Bewegung.«

»*Wir* nicht«, äußerte Galadriel spitz.

»So ein Pech«, sagte Callette. »Fran sagt, ihr schuldet sowohl dem Bürgermeister als auch dem Schmied Entschädigung für eine Herde Rinder, dem Schneider für seine Hühner und sechs anderen Leuten für geschlachtete Ziegen. Und Paps natürlich für einige Tonnen Gemüse. Könnt ihr bezahlen, außer durch Arbeit?«

»Wir könnten es von dem Tribut abzweigen«, schlug ein anderer Zwerg hoffnungsvoll vor.

»Ich glaube nicht, daß die Drachen da draußen euch lassen werden. Macht weiter.«

Schwach und zu sauber und traurig, ging Derk zu dem Sockel einer schwarzen Mauer, die einmal ein Stuhl gewesen war.

Er hatte sich kaum hingesetzt, als Elda ihn ansprang und fast zu Boden warf. Don war bei ihr und sah aus, als wäre er überaus zufrieden mit sich selbst. Im Sonnenlicht glitzerten die etlichen hundert Pailetten, die sich verstreut in Eldas Gefieder festgesetzt hatten. Derk nahm an, sie hatte sie absichtlich beim letzten Putzen übersehen. »Langsam!« sagte er, von ihrer überschwenglichen Begrüßung aus dem Gleichgewicht gebracht.

»Tut mir leid, Paps. Ich bin schon unheimlich lange hier, nur wußte ich nicht, wie ich an den Drachen vorbeikommen sollte«, erklärte Elda. »Und wegen deiner Barriere konnte ich nicht hineinfliegen. Also habe ich dagesessen und überlegt, was ich tun könnte, bis Don gekommen ist und mir geholfen hat. Man verneigt sich vor Drachen und sagt ›Guten Morgen‹. Wenigstens hat Don das getan.« Sie stellte die Vorderpranken auf die Mauer und schaute Derk ins Gesicht. »Paps! Was ist mit dir?«

»Überarbeitung«, antwortete Derk. »Unter anderem. Elda, warum ...?«

»Mams sagt, sie kommt, so schnell sie kann«, plapperte Elda weiter. »Das sollte ich ausrichten. Querida ist wieder hingefallen, seht ihr, und Mams muß ihr helfen, die Leute in die Städte zurückzubringen, weil sie doch in einem von Mams' Miniaturuniversen stecken und erst wieder groß gemacht werden müssen.«

»Dafür hat sie es gebraucht?« warf Callette ein. »Warum?«

»Um unnötiges Blutvergießen zu verhindern«, erklärte Elda dramatisch.

»Das erzähle ich Talithan lieber nicht«, murmelte Derk, als Mara in eigener Person auf der Terrasse erschien. Sie sah aus wie immer, in einem ihrer normalen Kleider und das Haar zu einem dicken blonden Zopf geflochten. Derk starrte sie an und hatte das Gefühl, daß auch das letzte Restchen Kraft ihn verließ.

Mara hatte Eldas Bericht gehört. »Elda, heißt das, du bist eben erst gekommen? Aber ich habe mich auf dich *verlassen*!« Und während Elda das mit den Drachen zu erklären versuchte, drehte Mara sich um und nahm einen großen goldenen Armvoll von Don. »Mein Schatz«, sagte sie und rümpfte dann die Nase. »Don, du riechst nach schmutzigem Löwen. Nimm sofort ein Bad und dann putz dein Gefieder. Du siehst genauso schlimm aus, wie du riechst.« Während Don sich im Galopp entfernte, stürzte Mara sich auf Callette und warf ihr die Arme um den Hals. »Liebe Güte, Callette, du bist viel zu dünn! Ich sehe schon, es ist höchste Zeit, daß ich zurückgekommen bin!«

Die Zwerge nutzten den Moment der Ablenkung, um die Arbeit sein zu lassen, in einer langen Reihe Aufstellung zu nehmen und sich zu verbeugen. Mara betrachtete sie nachdenklich und erwiderte die Verneigung. »Möchtet Ihr vielleicht etwas zu essen, Madame?« erkundigte Dworkin sich beschwörend. »Momentan regiert eine Hexe mit Besen in der Küche, aber ich hoffe, sie wird gehen, wenn wir ihr sagen, daß wir für die Herrin des Hauses kochen müssen.«

Mara lachte. »Dann sagt ihr das.« Während die Zwerge im Haus verschwanden, fragte sie Callette mit stummen Lippenbewegungen: »Wer?«

»Fran Spindeldürr. Sie hat sie mit dem Besen verdroschen, wegen all dem Dreck und Speck in der Küche«, antwortete Callette.

Mara lachte wieder und wandte sich Derk zu. Derk rutschte mit weichen Knien von seinem Mauersitz und wußte nicht recht, ob er sie anlächeln sollte. Mara schlang beide Arme so fest um seine Brust, daß sie ihm fast den Atem nahm.

Sie lehnte den Kopf an seine Schulter und sagte: »Ach, Derk, es tut mir so *leid*! Ich habe nicht einmal gemerkt, daß ich lieblos war. Das alles ist Queridas Schuld. Ich sollte zu dir gehen und dir die Sache erklären. Wo steckt sie? Wenn sie sich von dieser Heilerin wieder in ein Heilkoma hat versetzen lassen, reiße ich ihr das lahme Bein *aus*!«

»Ich bin hier, ich bin hier!« Querida kam hinter einer eingestürzten schwarzen Arkade hervorgehumpelt, auf ihre magische Krücke gestützt. Mara schenkte ihr kaum einen Blick, sie streichelte Derks Gesicht und sagte: »Der Bart steht dir gut, seit dein Gesicht so schmal geworden ist, Liebster! Oh, ich könnte Querida *umbringen*!«

»Ich fürchte, sie meint es ernst«, bemerkte Querida zu Callette. »Ich habe sie noch nie so zornig gesehen. Und es ist wirklich meine Schuld. Ich war früher einmal mit Maras Vater verheiratet, mußt du wissen, und in meinen Augen war Derk nie gut genug für die Tochter eines solchen Mannes.«

Mara fragte Derk: »Aber wie bist du auf die Idee gekommen, dich auf diese Müllhalde zu verkriechen und von der Außenwelt abzukapseln?«

Plötzlich und zu seiner eigenen Überraschung war Derk Fran von Herzen dankbar, daß die Müllhalde nicht doppelt so schlimm aussah. »Kit«, stieß er hervor. »Blade. Alle verloren.«

»O ja, ich weiß, ich *weiß*. Aber ich glaube, Blade geht es gut.«

Mara und Derk schienen entschlossen zu sein, den ganzen Tag dort stehenzubleiben und sich anzuschauen. Querida stieß ein ungeduldiges Zischen aus. »Was ist nun«, sagte sie zu Callette, »wollen sie, daß ich den Sachverhalt erkläre? Oder nicht?«

Callettes Antwort lautete: »Diese Mauer ist in Wirklichkeit ein Stuhl.« Sie hob Querida hoch und setzte sie hin. Querida wurde stocksteif vor Empörung, bis sie merkte, daß der Platz wirklich bequem war. Die schwarzen Steine fühlten sich an wie Kissen.

»Vielen Dank, meine Liebe.« Sie nickte Callette zu. »Hexenmeister Derk.« Als Derk endlich seine Aufmerksamkeit von Mara losriß, sagte Querida: »Ich entschuldige mich. Entschuldigungen sind nicht meine Stärke, deshalb werde ich es nur dieses eine Mal tun, und Ihr hört lieber gut zu. Seht Ihr, unser Bestreben war, der Ausbeutung unserer Welt durch Mr. Chesney Einhalt zu gebieten, und wir hofften, wenn wir Euch zum Dunklen Fürsten bestimmen, würdet Ihr ein solches Chaos anrichten, daß die gesamte Organisation zusammenbricht. Jedenfalls glaubte ich, den Spruch der Orakel dahingehend deuten zu können. Doch bald nach unserem Eintreffen in Derkholm, anläßlich der Konferenz mit Mr. Chesney, wurde mir klar, daß Ihr Euch als unerwartet tüchtig erweisen würdet, und ich suchte nach einem Weg, um Euch von der Erfüllung Eurer Aufgabe abzulenken. Ich muß gestehen, ich habe Mara den Gedanken eingegeben, Euch zu verlassen. Leider ist nicht viel Gutes dabei herausgekommen.«

»Nein, es war nicht unbedingt hilfreich«, sagte Derk. »Daß Ihr mich mit dem Dämon und dem Gott im Stich gelassen habt, gehörte auch zu dem Plan?«

Querida nickte mit ihrem kleinen spitzen Kinn. »Davon abgesehen war ich wirklich sehr beschäftigt. Ich koordinierte die Aktionen der weiblichen Hexenmeister, die den Auftrag hatten, die Touren auf jede erdenkliche Weise zu sabotieren.«

In Derk keimte eine schüchterne Hoffnung auf. »Dann wart Ihr es vielleicht auch, die Mara Geld geliehen hat?«

»Ich habe ihr das Geld *gegeben*«, berichtigte Querida. »Ich kann es mir leisten, und schließlich war sie eine wichtige Helferin bei der Durchführung meines Plans.«

»Und seid Ihr nun zufrieden?« fragte Derk.

Querida wiegte den Kopf. »Ich bin nicht sicher. Zum Beispiel hätte ich mir nicht träumen lassen, daß Ihr die Pilger aussperrt, und ich weiß nicht, was das für Folgen haben wird. Um die Situation zu unserem Vorteil auszunutzen, habe ich einige meiner Beauftragten mit Plakaten eingeschleust: ›Pilger, geht nach Hause‹, aber ich kann wirklich nicht sagen, wie es nun weitergeht. Unter Umständen stecken wir in großen Schwierigkeiten. Ihr würdet Euch nicht bereitfinden, die Tore wieder zu öffnen, oder?«

Derk lächelte Mara an. »Nein. Noch nicht.«

Querida seufzte und schaute zu den Zwergen hin, die mit Tellern voll eilig aufgeschnittenem Hühnerfleisch und Rinderbraten und einem Stapel Brot aus dem Haus kamen. Offenbar war Fran nicht geneigt, sie länger als unbedingt nötig in der Küche zu dulden. Einige knieten sich auf den Boden und machten belegte Brote, während andere mit Krügen voller Bier herumgingen.

»Das Bier kommt auch mit auf die Rechnung«, sagte Callette zu Galadriel. »Ich führe Buch.« Sie streckte die Pranke aus und nahm sich die fertigen

Brote. Don kam auf die Terrasse geschossen, viel heller golden als vorher und Perlen aus Wasser an den Federspitzen, sah die Brote in ihrem Schnabel verschwinden und stieß ein empörtes Krächzen aus. »Stell dich hinten an«, sagte Callette ungerührt. »Ich bin immer noch größer als du.«

»Hurra, etwas zu *essen*!« rief jemand. »Her damit!«

Shona stieg humpelnd die Stufen zur Terrasse hinauf, gefolgt von Geoffrey, den Ledburys, Vater und Mutter Poole und den übrigen Mitgliedern von Blades Pilgertruppe.

Die Zwerge schauten sich an und liefen zurück in die Küche, um Nachschub zu holen. Man hörte Fran scheltend die Stimme erheben, als sie dort anfingen zu wirtschaften und genausoviel Lärm veranstalteten wie die Hunde und die Schweine.

»Wir sind seit mehr als einer Woche auf Schusters Rappen unterwegs!« Shona setzte sich, wo sie stand, auf den Boden. »Ich bin erledigt! Als ich die Drachen auf den Hügeln sah, dachte ich, mir *egal*, ob sie uns fressen, ich will einfach nur nach Hause! Aber sie haben nichts weiter getan als uns angestarrt. Paps, ich hoffe, es macht dir nichts aus, daß ich die ganze Truppe mitgebracht habe?«

»Nicht im geringsten«, antwortete Derk unschlüssig, als auch die anderen Pilger sich einfach fallen ließen. Die meisten hatten nichts Eiligeres zu tun, als sich ihrer Schuhe zu entledigen. Geoffrey zog auch noch die Socken von den Füßen und zeigte Sukey mitleidheischend einige stattliche Blasen. Wenigstens ist er nicht absolut perfekt, dachte Derk erleichtert. Er fragte sich, wer das zierliche blonde Mädchen sein mochte und der reichlich zerlumpte junge Mann, und weshalb sie nicht ebenso fußkrank aussahen wie die anderen. Die Frage beantwortete sich, als diese beiden zu ihm traten, nachdem sie sich von den belegten Broten genommen hatten.

Der junge Mann verneigte sich artig. »Lady Mara, Hexenmeister Derk. Meine Name ist Reville, und sie heißt Sukey. Ich befürchte, wir haben einige ziemlich unerfreuliche Nachrichten für Euch. Euer Sohn Blade war bei uns, als wir entdeckten, daß Mr. Chesney Magie stiehlt, indem er in unserer Welt Erde fördern läßt und in die seine importiert. Hexenmeister Barnabas ist der Leiter der Mine, und er hat Blade gefangengenommen.«

»Barnabas!« Derks Miene drückte Unglauben aus.

»Seid Ihr sicher?« fragte Mara.

»Ich habe ihn mit eigenen Augen gesehen«, bestätigte Reville. »Sukey und ich haben sie den ganzen Weg nach Costamaret verfolgt ...«

Sukey schaute mit einem anbetungsvollen Lächeln zu ihrem Kavalier auf. »Er hat Weitwünschen gelernt. Er hat uns beide dorthin versetzt.«

»Mit ein paar ungewollten Abstechern, so ganz habe ich den Bogen noch nicht raus. Das ist ein Grund, weshalb es etwas länger gedauert hat, hierherzukommen. Der andere ist, daß es in Costamaret eine Dependance der Diebesgilde gibt ...«

»Wovon ist die Rede? Was sagt Ihr da?« Querida beugte sich von ihrem Mauersitz herunter. »Du hast gerade *Barnabas* gesagt, habe ich das richtig verstanden – Regin?«

Reville verneigte sich. »Pardon, ich habe Euch dort oben gar nicht gesehen, Hochkanzlerin. Reville ist richtig. Es ist ein Prinzip der Diebesgilde, bei öffentlichen Veranstaltungen stets einen falschen Namen anzugeben.«

Querida wischte die Erklärung beiseite und zischte ihn an, er solle reden, reden, reden. Die Zwerge versorgten sämtliche Anwesenden mit belegten Broten und Bier und lauschten dann aufmerksam, während Reville und Sukey von ihren Abenteuern in der Mine berichteten. Bei der Erwähnung des Dämons warf Querida Derk einen prüfenden Blick zu, aber sie enthielt sich jeder Äußerung, bis Reville sagte: »Und die Dependance in Costamaret bedauerte sehr, aber sie sagten, die Arena wäre durch Magie geschützt, und sie könnten leider nichts für Blade tun . . .«

»Also deshalb der Schwund von Magie!« unterbrach ihn Querida. »Wir müssen unbedingt . . .«

Reville unterbrach sie seinerseits. »Es besteht keine Notwendigkeit, irgend etwas zu unternehmen, Madame. Stehlen ist das Metier meiner Gilde. Wir ahnden entsprechende Aktivitäten von Personen, die nicht der Gilde angehören. Die Dependance Costamaret hat Schritte unternommen, die Mine zu schließen – es geschieht in diesem Moment. Sukey hat die Operation geplant, sie ist eine erstklassige Strategin.« Er legte den Arm um Sukeys blauseidene Schultern und drückte sie voller Stolz. »Ich glaube nicht, daß es irgend jemandem gelingen wird zu entkommen.«

»Doch ich bestehe darauf, persönlich mit diesem Verräter Barnabas abzurechnen!« sagte Querida laut, weil gleichzeitig Mara Derk zu beruhigen versuchte: »Liebling, ich weiß, daß es Blade gutgeht. Draco . . .«

»Nein!« sagte Derk grimmig über Maras Kopf hinweg zu Querida. »Ob es Blade gutgeht oder nicht, ich bin derjenige, der Barnabas zur Rechenschaft ziehen wird. *Talithan*!«

Silbrige Harmonien perlten über die Terrasse. Einige Zwerge mit vollen Tabletts wichen hastig dem grünlichen Nebel aus, der sich neben dem Burgportal manifestierte. Als Talithan heraustrat, sah man, daß er mitten in einer großen Feier gestört worden war. Seine

Kleider waren ungemein prachtvoll, selbst für einen Elfenprinzen, in einem Arm trug er eine Harfe, den anderen hatte er über Niedlichs Hals gelegt. Niedlich bedachte die Gesellschaft auf der Terrasse mit einem koketten Augenaufschlag und beugte den Nacken, um seinen neuen Herrn zu beschnobern. »Ihr habt gerufen, Fürst?« fragte Talithan.

Die Pilger bestaunten ihn hingerissen.

Mutter Poole war in Tränen aufgelöst und schluchzte: »Aber er ist so *wunderschön*!«, während Professor Ledbury sich erhob wie unter einem Bann und ihn anstarrte.

»Setz dich, Eldred«, befahl Miss Ledbury. »Iß dein Brot auf.«

»Tut mir leid«, sagte Derk. »Ist der Augenblick schlecht gewählt, Prinz?«

Talithan lächelte. »Nur ein kleines Bankett, weil die Pferdeherrin mir nach langen Verhandlungen Niedlich überlassen hat. Ich sehe mit Freuden, daß Ihr Euch erholt zu haben scheint. Was kann ich für Euch tun?«

»Findet Barnabas, wo immer er sei, und schafft ihn her, wenn Ihr so gut sein wollt.«

»Aha.« Talithan nickte. »Dann habt Ihr bemerkt, daß der Mann absichtlich bei dem Gefechtszauber für diese Soldateska gepfuscht hat? Ich war nicht sicher, ob ich Euch davon in Kenntnis setzen sollte.«

»Ähem – das geschah auf meine Veranlassung«, gestand Querida. »Der Mann hat für beide Seiten gearbeitet.«

»Schafft ihn her«, wiederholte Derk.

Prinz Talithan verneigte sich und verschwand mit Niedlich in seiner ätherischen Tür. Sofort wirkte die ganze Welt schal und trist. Die Pilger seufzten. Shona sagte aufgebracht: »Soll er sich doch mit Niedlich herumärgern! Alberner, treuloser Gaul!« und brach in Tränen aus.

»Na, na, mein Herz.« Geoffrey legte ihr den Arm um die Schultern. »Ich habe gehört, Elfen vermitteln uns gewöhnlichen Sterblichen ein solches Gefühl, aber das geht vorüber.«

»Ja, das stimmt, das stimmt!« pflichtete Professor Ledbury ihm bei. »Als hätte man etwas unbeschreiblich Kostbares verloren.«

Das habe ich, dachte Derk. Ich habe Kit verloren.

Kapitel 27

Kit mußte die beschämende Feststellung machen, daß er nicht mit den Drachen mithalten konnte und auch mit Lydda nicht. Es lag nicht an den neuen Schwungfedern, soweit Blade – der in seinen dicken Mantel gehüllt darauf wartete, sich wegzuwünschen – beurteilen konnte, aber er kam überhaupt nicht voran. Als sogar die Tageulen ihn überholten, landete Kit und machte mit einem lauten Heulen seiner wütenden Verzweiflung Luft. Blade lief zu ihm hin.

»Ist halb so schlimm, Dummkopf. Du bist nur überhaupt nicht in Form.«

»Ich fühle mich minderwertig und schwach und nutzlos!«

»So fühle ich mich *immer*. Wie wär's – laß mich auf deinem Rücken sitzen, und ich wünsche uns in Etappen nach Hause.«

»Mir ist alles recht!« sagte Kit jämmerlich.

Blade kletterte auf seinen Rücken, klemmte die Knie gegen Kits starke Flugmuskeln und wuchtete sie beide in Richtung Derkholm. Er schaffte einen Sprung von etwa zehn Meilen.

Kit grub die Krallen in das winterliche Gras. »Du wünschst in die falsche Richtung«, sagte er, doch im selben Moment segelten ungefähr eine halbe Meile von ihnen entfernt Draco und die lila Drachin vorbei und dicht dahinter Lydda, die sich mächtig ins Zeug legte, um Anschluß zu halten. »Irrtum meinerseits«, sagte Kit, löste die Krallen aus der Erde, und Blade tat wieder einen Sprung von grob geschätzt zehn Meilen. »Ich hätte schwören können ...« sagte Kit. »Weißt du, ich glaube, du navigierst im Zickzack wie dieser blaue

Dämon.« Danach war er regelrecht fasziniert von dem Prozeß des Weitwünschens und vergaß darüber fast sein Elend. Lange vor Lydda und den Drachen landeten sie auf der Anhöhe hinter Derkholm.

Von dort schauten sie auf Haus und Grundstück hinunter, verborgen unter einer Kuppel aus Magie von solcher Dicke und Stärke, daß sie milchig weiß aussah. Eiskristalle hatten sich darauf abgelagert, die in den schrägen Strahlen der Herbstsonne glitzerten. Vor dem Tor Derkholms drängte sich eine große Menschenmenge, in der es brodelte. Fäuste wurden geschüttelt, Plakate geschwenkt. NIEDER MIT CHESNEY konnte Blade entziffern, kurz bevor jemand es zu Boden warf und darauf herumtrampelte. Es gab ein heftiges Gerangel um DIES IST UNSERE WELT und WEG MIT DEN PILGERN, und jemand verdrosch jemand anders mit VEREINT GEGEN DIE TOUREN. Diejenigen, die sich nicht prügelten, bildeten Sprechchöre. Blade hörte: »Warum läßt man uns warten?« kontrapunktiv zu »Pilger geht heim!« Er rutschte von Kits Rücken und hielt sich die Ohren zu.

»Hilfe«, murmelte Kit.

Weil die Drachen auf den Höhen in völliger Regunglosigkeit verharrten, hatte Blade sie aus den Augenwinkeln für Felspfeiler gehalten, doch sobald er sich bewegte, wandten sich mächtige Echsenhäupter in seine Richtung. Teichgroße grüne oder gelbe Augen musterten ihn und Kit herablassend.

Kit räusperte sich und rief mit tönender Stimme zu dem ihnen zunächst befindlichen Drachen hinüber: »Entschuldigt, wir sind auf dem Weg nach Hause. Wißt Ihr, ob es eine Möglichkeit gibt, in diese magische Kuppel hineinzukommen?«

»Wir haben Leute durch eine kleine Öffnung an der Rückseite kommen und gehen gesehen«, sang der

Drache zurück und gähnte. Rauchiger Atem wallte den Hang hinunter und hüllte sie ein.

Blade und Kit eilten hustend bergab. »Dann muß die hintere Pforte offen sein«, meinte Blade.

»Ich hoffe, ich passe durch«, sagte Kit.

Die Öffnung in der Kuppel war tatsächlich sehr eng. Kit steckte fest, bis Blade sich gegen seine scharrende Hinterpartie stemmte und zischte. »Beeilung! Da kommt ein Drache!« Kit flutschte hindurch, als wäre das Loch plötzlich geölt. Drinnen schaute er böse über die Schulter zu Blade zurück, der ihm dichtauf gefolgt war und nur sagte: »Was denn, du hättest sonst den ganzen Tag gebraucht.«

Kit murrte und murrte noch lauter, als sie an seiner Bleibe vorbeikamen und sahen, daß sie vollgestapelt war mit Transportkörben, aus denen goldene Pokale und Diademe quollen, aber Blade wußte, Kit war viel zu froh, wieder zu Hause zu sein, um sich ernsthaft zu ärgern. Sie gelangten zu den Terrassenstufen, wo sie stehenblieben und auf das Stückwerk aus Haus und Burgruine starrten. Oben auf der Treppe fanden sie Zwerge und Pilger versammelt, die alle zu Prinz Talithan blickten, der in einem blaugrünen Nebel dicht neben dem Portal stand und überraschend grimmig aussah. Die lange, schmale Elfenhand lag mit festem Griff auf Barnabas' Schulter.

Barnabas' Gesicht in dem Rahmen wirrer grauer Locken hatte eine ungesunde blaurote Farbe. Er zitterte heftig. »Du mußt das mit meinen Augen sehen, Derk«, sagte er. »Versuch mich zu verstehen. Ich muß ein Alkoholproblem finanzieren. Und die Mine schadet niemandem. Wir exportieren nur Erde.«

»Heimlich, und ohne daß jemand daran verdient, außer Euch«, sagte Querida von ihrem Platz auf einer – so sah es aus – verfallenen schwarzen Mauer. »Und die Erde, die ihr exportiert, ist zufällig getränkt mit reiner Magie.«

»Ja ... nun ... gewiß ...« Barnabas wand sich. »Ich glaube, Mr. Chesney verkauft sie auf der anderen Seite mit ziemlich großem Gewinn, aber das hat nichts mit mir zu tun. Ich kann erklären ...«

»Es gibt keine denkbare Erklärung, die mich zufriedenstellen könnte«, schnitt Reville ihm das Wort ab. Er lehnte mit verschränkten Armen neben Querida an der Mauer, die eigentlich ein Sessel war, und sah ebenso grimmig und hoheitsvoll aus wie Talithan. »Du hast gestohlen, und du bist nicht Mitglied meiner Gilde. Hexenmeister, ich verlange, daß dieser Mann der Diebesgilde ausgeliefert wird, damit wir ihn richten. Nach unserem Gesetz müßten ihm beide Hände abgeschlagen werden.«

Barnabas schauderte und richtete den Blick flehend auf Derk. »Derk, du bist mein *Freund*!«

»Nicht mehr«, sagte Derk, der neben Mara stand. Kit und Blade schauten sich an, diesen Ton in der Stimme ihres Vaters kannten sie nicht. »Warum hast du die Gefechtszauber von den Soldaten genommen?«

»Es ging nicht anders. Fünfzig davon hatten einen Vertrag mit der Mine. Die Aufseher vom letzten Jahr wurden ungeduldig, weil sie nicht nach Hause gehen konnten, bevor ihre Nachfolger eingetroffen waren. Sie haben mich unter *Druck* gesetzt. Und die neuen Aufseher steckten im Lager fest und mußten jede Woche in einer Schlacht kämpfen.«

»Nicht alle«, sagte Reville. »Ein paar von ihnen haben Sukey entführt.«

Während Reville sprach, spülte eine säurebadähnliche Kälte durch Blades Bewußtsein. Es war ein Gefühl, das er schon zweimal hatte. Er schaute sich um, woher es diesmal kam, und sah, wie durchscheinende Bläue aus den Ritzen zwischen den Steinplatten quoll, auf denen Barnabas stand, und sich heimlich mit Talithans Nebel vermischte.

Blade wußte nicht, ob er einen Warnruf ausstoßen sollte.

Schweig, oder ich fresse dich auch, sagte der Dämon.

»Aber woher sollte ich das wissen?« verteidigte sich Barnabas. »Ich wußte nur, daß sie ...«

Das Blau kroch an ihm hinauf. Barnabas' Stimme wurde zu einem gedehnten, dünnen, blubbernden Geräusch. Talithan sprang zurück, als der Dämon sich um die eigene Achse zu drehen begann, schneller und schneller, und Barnabas wurde zu einer dunklen Spirale, die in dem blauen Wirbelsturm kreiselte. Die Spirale wurde länger und dünner, Fetzen lösten sich, aber Barnabas hörte nicht auf zu schreien, bis die Dunkelheit vollkommen in der Bläue vergangen war. Es schien hundert Jahre zu dauern, dabei waren es nur wenige Sekunden. Das ist also die Art, wie Dämonen essen, dachte Blade. Er schluckte die aufsteigende Übelkeit hinunter. Alle schauten blaß und schweigend zu, wie die Bläue wieder in der Terrasse versank.

»*Brrr*!« machte Kit.

Geoffrey, der aussah, als hätte er Mühe, sich nicht zu übergeben, stand auf, barfuß. »Ich möchte Genaueres über diese Minen erfahren.«

»Sie nehmen mir das Wort aus dem Mund, junger Mann«, sagte Miss Ledbury.

Elda schaute sich nach den Pilgern um und entdeckte hinter ihnen Kit und Blade. Jubelnd hüpfte sie über die Terrasse und zwischen den Zwergen und Pilgern von einem Paar Füße zum anderen. »Mams! Paps! Blade ist wieder da! *Kit* ist wieder da!«

Zwerge stoben auseinander, als Mara, Derk, Shona,

Don und Callette hinter Elda herstürmten. Im Nu befand Blade sich inmitten eines Begrüßungstaumels, wie er ihn an diesem Morgen noch nicht für möglich gehalten hätte. Shona küßte ihn, küßte Kit. Derk drängte Shona beiseite, um ihn an die Brust zu drücken, und stieß dann mit Mara zusammen, die gerade Kit umarmt hatte und nun Blade in die Arme schloß und rief: »Blade! Diese Kleider, die ich dir geschickt habe, sind zu klein geworden!«

»Ich habe angefangen zu wachsen«, berichtete Blade oder versuchte es, von Callettes riesigem Flügel zugedeckt und hin- und hergeschoben zwischen Elda und Don, die mit ihm den Greifentanz tanzen wollten, trotz Derk, der jetzt versuchte, Kit und Don gleichzeitig zu umarmen. Schnäbel streichelten Blades Gesicht und stießen klappernd gegen Kits Schnabel. Sie wurden gedrückt und geherzt, von Federn liebkost und umschmeichelt. Und ich dachte, wir hätten keinen Familiensinn! schoß es Blade durch den Kopf. Er wünschte sich, Lydda käme, um auch daran teilzuhaben.

Und Lydda kam. Noch während er an sie dachte, schwebte sie auf weit ausgebreiteten Flügeln von wahrhaft imposanter Spannweite von oben herab und landete jauchzend mitten im Getümmel. »Den Göttern sei Dank, ich habe mir solche Sorgen gemacht«, seufzte Derk, und Callette sagte: »Das ist gut. Nun sind wir vollzählig.«

Blade hob den Blick, um zu sehen, wo Lydda hergekommen war, und bekam gerade noch mit, wie die Spitze einer von Dracos Krummsäbelkrallen den Rest der magischen Kuppel aufschlitzte. Noch einen Augenblick zeichnete der Drache sich als gigantischer Schatten über der milchigen Hülle ab, dann teilten sich Derks Barrieren und glitten auseinander, und der unter Draco hindurchflutende Sonnenschein vertrieb das leblose Zwielicht, das unter der Hülle geherrscht hatte. Draco flog davon, kehrte im Bogen zurück und landete im Garten, zum Schaden der meisten Blumenbeetmonster. Als er sich aufrecht hinsetzte, ragte er höher empor, als die Kuppel gewesen war.

»Vergebt die Störung«, sagte er zu Derk. »Wir haben zu reden.«

Draco trug die verbeulte Krone. Vielmehr, er trug die *scheinbar* verbeulte Krone, denn, wie Blade jetzt erkannte, eine Krone mußte eine eigenartige, unregelmäßige Form haben, um auf das Haupt eines Drachen zu passen. Und was jeder für eine zerrissene Kette gehalten hatte, glänzte nun, an die Zacken seines Nackenkamms gehakt, hoheitsvoll auf seiner Brust.

Mara, einen Arm um Lydda gelegt und immer noch lächelnd vor Glück, trat an den Rand der Terrasse und richtete dieses Lächeln auf Draco. »Vergebt mir, ich habe erst vor kurzem erkannt, wer Ihr seid. Ihr seid Deukalion, einst König der Drachen, nicht wahr?«

»Ich hoffe, das bin ich immer noch!« rumpelte Draco. Er wandte das gekrönte Haupt und schaute zu den versammelten Drachen auf den Bergen über Derkholm. »Was sagt ihr, Drachen?«

Als Erwiderung hoben sie die Köpfe und grüßten ihren König mit einem melodischen Gebrüll; jeder Drache übernahm einen anderen Ton in diesem urgewaltigen Fanfarenchor. Viele Zwerge hockten sich hin und hielten sich die Ohren zu. Das Haus, der Boden, die Terrasse und das ganze Tal erbebten. Blade dachte, halb taub und staunend: Das Orakel hat also gesagt, ein *Drache* werde mich in der Magie unterweisen! Weshalb ausgerechnet ein Drache?

Natürlich hatten die aufgebrachten Pilger draußen und ihre mittlerweile vor Wut kochenden Tourmagier die magische Kuppel aufbrechen sehen und stürmten auf das Tor zu. Als Draco landete, blieb die Menge stehen, drängte weiter und hielt wieder inne, als die Drachen auf den Hügeln brüllten. Kein Lebewesen regte sich während dieser Spanne. Doch sobald der Königsruf verstummte, setzten die vordersten sich wieder in Bewegung, drängten durch das Tor und auf den freien Platz an Deukalions rechter Seite. Die meisten wetterten, sie würden diesen Dunklen Fürsten *umbringen*, aber sie verstummten und die ersten Reihen drängten zurück gegen die nachfolgenden, als der Dämon an der Vorderseite der Terrasse in die Höhe wuchs.

Draco richtete sich ebenfalls hoch auf. »Tripos!« grollte er. »Dämonenkönig. Hinfort!«

Wenn du mich vertreibst, wirst du es bereuen, Deukalion, sagte der Dämon. *Du brauchst mich.*

Das Säurebad seines Sprechens bewirkte Totenstille ringsum, nur eine Pilgerin am Tor bemerkte: »Ist das der Dunkle Fürst? Aber ich dachte ...« und verstummte mit einem erschreckten Glucksen, als eines der drei Augen des Dämons sie fixierte. Oder vielleicht war es der Donnerhall von Dracos Erwiderung.

»DICH brauchen?« röhrte der Drache

Der Schwanz des Dämons ringelte sich von seinen drei Beinen, schlängelte sich über die Terrasse, die wurmähnliche blaue Spitze richtete sich auf und stach ein Loch in die Luft, irgendwo zwischen Queridas Mauer und Prinz Talithans Nebeltür. Die Materie dort schien zu zerfließen, und die kleine Öffnung erweiterte sich zu einem bogenförmigen Durchgang. Mr. Chesney stand in diesem Bogen und betrachtete mit einem grämlich verkniffenen, umgedrehten Lächeln das Szenario auf der Terrasse. Dabei nickte er, als wäre es sogar noch schlimmer, als er erwartet hatte.

»Ich verstehe«, sagte Draco. »Du hast sie verschlossen gehalten.« Und fügte mit sichtbarer Überwindung hinzu: »Danke.«

Mr. Chesney strafte Draco mit einem strengen Blick für sein Sprechen, ohne aufgefordert zu sein. Den Dämon, der als bläulicher Schatten hinter ihm aufragte, bemerkte er nicht. Sein Blick wanderte von Querida auf ihrer Mauer, Elda zu Füßen und Reville neben sich, zu Mara, Lydda, Callette und Don, über vierzig Zwerge – mehr oder weniger – hinweg zu Blade und Kit und machten bei Derk Halt.

»Hexenmeister Derk«, sagte er mit seiner ausdruckslosen Stimme, »Ihr Handeln wird für sie Konsequenzen haben, die weit über eine bloße Konventionalstrafe hinausgehen.«

Derk brachte nur ein Schulterzucken zustande. Es war genau wie bei dem Mal zuvor: Er haßte diesen Mann so sehr, daß sein Kopf vollkommen leer war bis auf Ideen für neue und faszinierende Tierschöpfungen. Sie paradierten durch sein Gehirn: sprechende Brieftauben – Kleinigkeit -, vegetarische Adler mit Beuteln für Nachrichten, Kentauren, sprechende Elefanten, Manticoras, Känguruhs mit Händen und Menschengesichtern, Chimären, Pilze mit Beinen, geflügelte Geißen. Und wie wäre es mit einem Einhorn?

Glücklicherweise schien Mr. Chesney keine Antwort zu erwarten. Sein frostiger Blick glitt weiter, über die Pilger hinweg und noch mehr Zwerge, bis zu Talithan, dann wieder mit einem Ruck zu den Pilgern. »Ihr beide«, sagte er, »kommt her.«

Miss Ledbury stand auf, Mutter und Vater Poole erhoben sich ebenfalls. Die Pooles setzten sich eingeschüchtert wieder hin, als Mr. Chesney blaffte: »Mit euch will ich nicht reden!«

Miss Ledbury blieb stehen.

»Aber ich will mit *Ihnen* reden«, sagte sie. »Ich bin

Zivilfahnderin und stelle im Auftrag der Vermißtenabteilung und Abteilung für ungelöste Mordfälle Nachforschungen an. Ich soll herausfinden, weshalb so viele Teilnehmer Ihrer Pilgerfahrten nicht mehr nach Hause zurückkehren.«

»Glauben Sie etwa, ich hätte mich nicht juristisch abgesichert?« gab Mr. Chesney ungerührt zur Antwort. »Alles, was in dieser Welt geschieht, unterliegt nicht der Jurisdiktion Ihrer Dienststelle. Aber Sie können von mir aus Hexenmeister Derk verhaften. Er ist derjenige, der das Portal geschlossen hat, nicht ich. Sprechen Sie mit meinen Anwälten und Sie werden feststellen, daß ich mich streng im Rahmen des Gesetzes bewege.«

»Oha, dann sollte ich mich an dieser Stelle wohl zu Wort melden«, sagte Mutter Poole gemütlich. »Ich bin Beamtin der Steuerbehörde. Und meine Nachforschungen haben ergeben, daß sowohl die Beiträge für Ihre betrügerische Versicherung als auch der Lohn für die Beseitigung bestimmter Personen während der Reise in *unserer* Welt gezahlt werden. Die aufgelaufenen Steuerschulden für beides müssen inzwischen in die Millionen gehen, nicht zu reden von der Tatsache, daß das meiste davon illegale Einkünfte sind. Kommen Sie mir nicht damit, den Vater unserer reizenden jungen Bardin zu verhaften, mein Freund. Ich kann es kaum erwarten, Sie nach Hause zu schleifen, und Vater hier leckt sich auch schon die Lippen.«

Vater Poole räusperte sich. »Ich bin Beauftragter der Monopolkommission«, verkündete er. »Uns hat interessiert, daß Sie der einzige Unternehmer sind, der Reisen in diese Welt anbietet, aber inzwischen habe ich auch von einer Mine gehört, die Sie hier ausbeuten ...«

Mr. Chesney winkte kalt ab. »Ich kann dazu nur wieder sagen: Sprechen Sie mit meinen Anwälten. Sie werden herausfinden, daß ich eine reine Weste habe. Jetzt, wenn es Ihnen nichts ausmacht, möchte ich mit meiner Tochter und meinem Stiefsohn sprechen. Sukey, Geoffrey, ich habe gesagt, kommt her.«

Rasch trat Shona einen Schritt vor und faßte nach Geoffreys Hand. »Er wird nicht mit Euch zurückgehen!« sagte sie.

»Nein, allerdings nicht«, pflichtete Mr. Chesney ihr bei. »Der Hexenmeister, der seiner Gruppe zugeteilt war, hat versagt. Ich persönlich habe Geoffrey als entbehrlich gekennzeichnet.«

»Das habt Ihr getan? Ihr herzloser ...«

Geoffrey fiel ihr ins Wort. »Ich kann selbst für mich sprechen, Liebes.« Er wandte sich an seinen Vater. »Dann war das also nur ein Vorwand, daß ich Erfahrungen über die Touren sammeln sollte? Und der Skilift und der Autounfall – das war arrangiert, stimmt's? Ich habe es mir gedacht. Ich kann nämlich denken, mußt du wissen.«

»Ich wollte verhindern, daß durch dich Sukeys Erbteil geschmälert wird.« Mr. Chesney zuckte leicht die Schultern, als wäre das ganz natürlich. »Es handelt sich um eine beträchtliche Summe. Nichts Persönliches. Aber ich muß sagen, ich bin alles andere als erfreut darüber, daß du Sukey hierher mitgenommen hast.«

»Sie wollte unbedingt, also habe ich es möglich gemacht.«

»Du würdest alles tun, um mir eins auszuwischen, habe ich recht?«

»Nein.« Geoffrey schüttelte den Kopf. »Das glaubst du nur.«

Mr. Chesney wandte sich angewidert von ihm ab. »Sukey.«

Blade hatte beobachtet, wie Sukey sich an Mara und Lydda vorbeischob und neben Reville stellte. Jetzt verstand er, weshalb die desertierten Soldaten sie entführt hatten und dann behandelten wie etwas von großem Wert. Sie wußten, wer sie war, und hatten sich von Mr. Chesney eine Belohnung erhofft. Blade wußte jetzt auch, weshalb Sukey ihm so herzlich unsympathisch gewesen war. Sie hatte rein äußerlich große Ähnlichkeit mit ihrem Vater, obwohl selbst Blade zugeben mußte, daß sie erheblich hübscher war. Doch der Apfel fällt nicht weit vom Stamm, dachte er, als sie mit einer besitzergreifenden Gebärde, die sehr an Mr. Chesney erinnerte, Revilles Arm umfaßte und mit der flachen, kategorischen Chesney-Stimme verkündete: »Ich komme nicht mit, Daddy. Ich bleibe hier. Ich werde Reville heiraten.«

In seiner Bestürzung und seinem Zorn wirkte Mr. Chesney fast menschlich. »Wie bitte?«

Sukey machte ein trotziges Gesicht. »Du hast richtig gehört. Reville ist wahnsinnig reich. Er hat ein tolles Haus, in dem wir wohnen werden. Du solltest dich für mich freuen.«

»Das tue ich nicht, diese Idee ist absolut lächerlich. Es wird nicht geschehen, das ist mein letztes Wort in dieser Sache.«

Reville verbeugte sich formvollendet. Er schaute auf die große Zahl der Umstehenden, die alle Augen und Ohren aufsperrten, und sagte bedauernd: »Aber ich möchte gern, daß es geschieht, Sir. Und – dies ist eine Tatsache, die wir eigentlich nicht gern allgemein verbreitet wissen möchten, aber sie könnte dazu beitragen, Eure Meinung zu ändern – ich bin in der Tat der reichste Mensch dieser Welt. Dynastisches Oberhaupt der Diebesgilde – zu Euren Diensten, Mr. Chesney.«

»Es ist trotzdem lächerlich«, schnappte Mr. Chesney. Er wandte sich fast beschwörend an Sukey. »Du verstehst das nicht«, sagte er. »Das hier ist nicht wirkliches Leben. Keiner von diesen Leuten ist echt. Sie sind nur so, wie sie sind, weil ich ihre Welt in einen Freizeitpark verwandelt habe. Wenn sie nicht bei mir unter Vertrag stünden, wären sie nichts – Barbaren in einer Welt, die zufällig über etwas Magie verfügt.«

»Ach du meine Güte«, warf Querida von ihrem Platz her ein. »Und Glock Zwölf verwandeln wir uns dann alle wieder in Kürbisse, nehme ich an.« Sie zwinkerte aufmunternd zu dem Dämon hinauf, der immer noch hinter Mr. Chesney aufragte.

Diesen kann ich nicht fressen, erklärte Tripos. *Der Dämon, den er in seiner Tasche trägt – es ist meine Gefährtin, und er läßt sie hungern. Befreie sie. Dann werde ich ihn ganz langsam verspeisen.*

Querida schaute zu Reville. »Regin oder Reville, wie immer du heißen magst, hast du gehört?« fragte sie leise wie ein Hauch.

»Brauche Ablenkung«, erwiderte Reville ebenso leise.

Elda nickte und schlüpfte hinter das Mauerstück. Don wurde aufmerksam und folgte ihr.

Sukey sagte zu Mr. Chesney: »Es sind Menschen genau wie du. Ich bleibe.«

»Ich begreife nicht, wie du so herzlos sein kannst.«

»Das mußt augerechnet du sagen!« Sukey stand neben Reville, und Mr. Chesneys Blick war auf sie beide gerichtet. Querida hielt nach einer Möglichkeit Ausschau, seine Aufmerksamkeit von Reville abzulenken und gab verstohlen Draco ein Zeichen, dessen mächtiges Haupt sich über ihnen wiegte. »In der Tat herzlos«, dröhnte seine Stimme. »Meine Drachen siechen dahin, weil du ihnen zu wenig Gold zugestehst.«

Mr. Chesney streifte Draco nur mit einem flüchtigen Blick. »Sie leiden keineswegs. Ich habe von einem

Experten die Menge schätzen lassen, die sie benötigen.«

»Dann taugt Euer Experte nicht viel«, meldete sich Mara zu Wort. »Wer ist es gewesen?«

Professor Ledbury erhob sich zittrig. »Ich muß gestehen, ich war derjenige, Madam. Doch ich erinnere mich, ihm gesagt zu haben, es wäre nur eine Schätzung.«

Prinz Talithan schien gemerkt zu haben, daß sie versuchten, Mr. Chesney dazu zu bringen, daß er woandershin schaute. Er trat vor. »Und ich klage Euch an, daß Ihr meinen Bruder als Geisel genommen habt, um das Volk der Elfen zu zwingen, Euren Willen zu tun.« Ohne den Blick von Sukey abzuwenden, antwortete Mr. Chesney: »Unfug. Er ist aus freien Stücken gekommen.«

»Aber das stimmt nicht«, protestierte Professor Ledbury. »Ihr habt mich mit dem Versprechen großer Wunder und Herrlichkeiten verlockt, und als ich kam, um zu schauen, wurde ich ergriffen und an einem Ort gefangen gehalten, wo ich meine magischen Kräfte verlor und meine Jugend. Erst als ich alt war und vergessen hatte, wer ich bin, habt Ihr mich freigelassen.«

Prinz Talithan trat vor den Professor hin und schaute prüfend in sein hageres, gefurchtes Antlitz. »Eldreth?« fragte er. »Ist es möglich, daß du mein Bruder Eldreth bist?«

»Ich fürchte, der bin ich«, nickte der Professor bekümmert.

»Dann können Schweine tatsächlich fliegen!« rief Talithan aus und schloß den Professor in die Arme.

»Großartig, Eldred«, sagte Miss Ledbury und nahm ihr Notizbuch zur Hand. »Damit wäre deine Akte endlich geschlossen.«

Querida spürte, wie Reville sich bereitmachte, die Wiedersehensfreude auszunutzen, doch im selben Moment erschien Eldas Ablenkungsmanöver auf dem Plan und erwies sich als erheblich wirkungsvoller. Nachher berichtete sie, eigentlich hätten sie und Don nur etwas, das bereits im Gange war, in die gewünschte Richtung lenken und für mehr Mitwirkende sorgen müssen. Kringel kam als erste; sie flatterte ein paar hämische Zentimeter zu hoch über den Hunden, die unter ihr und um sie herum hüpften, bellten und kläfften, ihrerseits mit ohrenbetäubendem Quieken verfolgt von der übrigen Rotte. Niedlich, auf Urlaub von seinem neuen Herrn, um mitzuspielen, galoppierte wiehernd hinterdrein, nach ihm kam flügelschlagend und mit langem Hals das Geschwader der Gänse, endlich heimgekehrt, wenn auch sichtbar dezimiert. Natürlich lief Papa George hinter ihnen her und schimpfte und fluchte ohne den geringsten Nutzen. Die Freundlichen Kühe, muhend und verwirrt, wurden von Don und Elda angetrieben und markierten den Weg mit Fladen, was die Schar galoppierender Zwergenponies nicht aufzuhalten vermochte, die wieder mit ihrem Herrn vereint sein wollten. Den Abschluß bildeten Nancy Cobber und alle Derkholm-Pferde. Als allerletzte kam Schönste, aufgeregt und bockend, während die Pferdeherrin an ihrem Zügel hing und sie aufzuhalten versuchte.

»Nhiedlich sehen! Nhiedlich sehen!« rief Schönste.

Fast jeder auf der Terrasse mußte sich auf die eine oder andere Art vor der Stampede in Sicherheit bringen. Nur der Dämon bewegte sich nicht, er ließ die Tiere durch sich hindurchströmen. Auch Mr. Chesney machte keine Anstalten auszuweichen. Blade beobachtete, wie er von der Horde hierhin und dorthin geschoben wurde und so tat, als wäre nichts.

Während Blade sich und Kit ein Stück zur Seite schob, um Kringel und den Hunden den Weg freizumachen, ließ er Mr. Chesney nicht aus den Augen und sah neben ihm einen verschwommenen Fleck, und denselben Fleck gleich darauf neben Querida. Das Trommeln von Pfoten und Hufen und Hüfchen war zuviel für ihre Nerven. Sie hatte die Füße auf die Mauer hinaufgezogen und das Gesicht in den Händen verborgen. Als die Freundlichen Kühe vorbeidonnerten, wurde der Fleck zu Reville. Während die Ponies über die Terrasse trabten, stieß Reville Querida an und übergab ihr einen Gegenstand, der aussah wie ein Briefbeschwerer aus Glas, angefüllt mit gelblichem Rauch. Blade war beeindruckt von Revilles Geschick.

Die Pferdeherrin gab auf und ließ Schönste der Herde nachlaufen. »Ich habe sie nur *zurück*gebracht«, erklärte sie Derk. »Wenn ich rufe, kommen sie *alle*, versteht Ihr?«

Als das bunte Rudel um die Hausecke verschwunden war und Don und Elda grinsend zur Terrasse zurückgetrabt kamen, setzte Querida sich aufrecht hin und schwenkte den Briefbeschwerer.

»Ich habe hier Euren Dämon, Mr. Chesney!« rief sie.

Mein! sagte der Dämon Tripos, und ein blaues Tentakel wie eine Hand schlängelte sich heran.

»Nein, meins«, sagte Draco und streckte eine riesige bekrallte Tatze aus.

Mr. Chesney schritt mit gebieterisch ausgestreckter Hand auf Querida zu. »Das bekomme ich, wenn Ihr so gut sein wollt.«

Querida klammerte sich mit aller Macht ihrer welken Arme und unter Auferbietung der ganzen Kraft ihrer Magie an die gläserne Kugel. Das würde schwierig werden.

Dann senkte sich eine tiefe Stille herab. Dieser folgte ein leichtes Vibrieren in der Luft, das ein Gefühl von Musik vermittelte. Alle hoben den Blick und sahen, daß Anscher gekommen war.

Blade hatte den Eindruck, als käme die Prozession der Götter aus dem Burgportal, aber vielleicht kamen sie von einem gänzlich anderen Ort. Es gab nicht den geringsten Zweifel daran, daß sie Götter waren. Alle waren sie von dieser besonderen Ruhe umgeben, die an dem Punkt eintritt, wenn Bewegung nicht mehr beschleunigt werden kann, und ein Licht ging von ihnen aus, das von einem Ort stammte, wo die Naturgesetze anders waren.

Blade wußte sofort, wer Anscher war. Er war derjenige, der aussah wie der Fischer, den er am Bergsee nach dem Weg gefragt hatte. Kit regte sich und murmelte: »Er ist derselbe, der mir gesagt hat, ich müsse lernen, daß ...«

Alle *wußten*. Prinz Talithan und sein Bruder knieten vor einer hochgewachsenen Göttin mit schwarzem Haar. Die Pferdeherrin verneigte sich fast bis zum Boden vor einer zweiten Göttin mit stolz gebogenem Nacken und einer wallenden Mähne. Hexenmeister und einige der Pilger knieten vor ihren Gottheiten. Reville verbeugte sich mit Grandezza vor einem kleinen, lächelnden Gott. Sogar Draco neigte das gekrönte Haupt vor einem gigantischen Drachen im Hintergrund.

Anscher lächelte und trat vor. Die vermißten Gänse begleiteten ihn, berstend vor Selbstzufriedenheit, als hätten sie ihn hergebracht, und vielleicht hatten sie es ja tatsächlich getan.

»Warum haben Sie bis jetzt gewartet, um die gewünschten Götter erscheinen zu lassen?« wandte Mr. Chesney sich an Derk. »Es hat ziemliche viele

Beschwerden gegeben, und ich wünsche eine Erklärung.«

»Die sollst du haben«, sagte Anscher. »Wir erscheinen nach unserem Willen und nicht, wenn du es willst, Sterblicher.«

Anscher schien nur einen Schritt aus der Tür herausgetreten zu sein, und doch nahm er irgendwie den Briefbeschwerer aus dem Kreis der Hände und Krallen heraus, die am anderen Ende der Terrasse danach griffen. Der Dämon Tripos stieß einen lautlosen Schrei aus, den jeder der Umstehenden weißglühend in seinem Bewußtsein spürte.

»Sei still«, gebot Anscher milde. »Du sollst deine Gefährtin bald wiederhaben.« Der lautlose Schrei verstummte wie abgeschnitten. »Auch die Götter mußten sich in Geduld fassen«, fuhr Anscher fort, »bis die Menschen dieser Welt darum baten, von der Tyrannei befreit zu werden. Die Götter helfen nicht dem, der nicht bittet. Doch vierzig Jahre lang fand man es bequemer zu tun, was Roland Chesney befahl, statt sich von den Göttern zu wünschen, in dieser ihrer eigenen Welt wieder nach eigener Art leben zu dürfen. Roland Chesney, du hast diese Welt nicht pfleglich behandelt. Sie wird dir genommen. Wir übertragen der Hexenmeisterin Querida die Aufgabe, diese Welt zu einem selbstbestimmten Ort zu wandeln.«

»Aber«, wisperte Querida, »wird das nicht sehr viel Zeit in Anspruch nehmen?« Ihre trockene kleine Stimme war kaum zu hören.

»Mindestens weitere vierzig Jahre«, sagte Anscher. Querida, dadurch eines sehr langen Lebens versichert, setzte sich kerzengerade hin und sah viel weniger gebrechlich aus als vorher. »Und, wie die Orakel gewarnt haben«, sprach Anscher weiter, »wird es nicht leicht sein: Sklaven müssen Freiheit erst lernen.

Aber wir geben dir die Kinder der Hexenmeister Derk und Mara zur Seite, die dir dabei helfen sollen. Und für dieselben vierzig Jahre wird Roland Chesney leben, wie er diesen Dämon gezwungen hat zu leben.«

Anscher hielt den rauchgefüllten Briefbeschwerer in die Höhe. Jetzt war das Glas klar, und man erkannte deutlich die winzige, dunkle Gestalt eines Menschen im Innern. Mr. Chesney stand nicht mehr auf der Terrasse. Anscher verstaute die gläserne Kugel in der Anglertasche an seinem Gürtel. Als er lächelnd in die Runde schaute, hatte jeder das Gefühl, dieses Lächeln gälte ihm oder ihr allein. »Lebt wohl«, sagte er.

Derk seufzte. Wie schade, dachte er, daß Hohepriester Umru dies nicht hatte erleben dürfen. Doch als er später erfuhr, daß Umru fast im nämlichen Augenblick an einem Schlaganfall gestorben war, einen Ausdruck höchsten Glücks auf den Zügen, wollte ihm scheinen, daß Umru seinen Gott tatsächlich wiedergesehen hatte. Er hoffte es jedenfalls.

Die Drachen auf dem Berg machten dem weihevollen Augenblick ein Ende, indem sie hastig aus der Zickzackbahn zweier übermütiger Dämonen flatterten oder sprangen, einer leuchtend blau, der andere rauchig gelb, die an den Bergen entlangschossen, um die Berge herum und schließlich über die Gipfel hinweg und verschwunden waren. Auch die Götter waren fort. Dafür begaben die Drachen sich jetzt zu Kits Bleibe, wo jeder sich mindestens zwei Körbe mit Schätzen nahm.

»He!« sagte Galadriel zu Draco. »Wir haben nicht den weiten Weg gemacht, um *Drachen* Tribut zu zahlen!«

»Dann holt ihn euch zurück«, schlug Draco vor.

»Darauf kannst du Gift nehmen!« sagte Galadriel.

Und sämtlich Zwerge bemühten sich aufgebracht, zu Derk vorzudringen, um sich zu beschweren.

Derk stand bei Querida, in einem Kreis von zornigen Tourmagiern. »Wie sollen unsere Pilger jetzt nach Hause kommen?« fragte Finn anklagend.

»Ganz einfach.« Querida schaute über ihre Köpfe hinweg auf die lange Prozession abgerissener, fußkranker Touristen, die durch das Tor strömten und einen furchtsamen Bogen um Draco schlugen. »Hier sind über hundert Hexenmeister versammelt, männlich und weiblich – genug, um hier Portale in beliebiger Zahl zu öffnen, seitdem kein Dämon sie mehr daran hindert.«

»Ich weiß nicht, wie«, gestand Finn.

Querida seufzte.

»Nun gut, ich tue es selbst.«

Blade beobachtete gespannt, wie sie auf der Mauer aufstand und das entsprechende Ritual durchführte. Es schien nicht besonders kompliziert zu sein. Derk wartete, bis die ersten der von Strapazen gezeichneten Fremden das Portal durchschritten hatten, dann begab er sich zu Shona. Sie stand mit Geoffrey, Reville und Sukey zusammen, im Gespräch mit Miss Ledbury und den Pooles. Weder Geoffrey noch Sukey machten den Eindruck, als vermißten sie Mr. Chesney in irgendeiner Weise. Im Gegenteil, Derk fand, daß sie erleichtert wirkten.

»Wir werden die Firma ›Chesneys Pilgerfahrten‹ gründlich unter die Lupe nehmen«, kündigte Vater Poole an, »samt allen Tochterfirmen.«

»Euch beiden wird nicht viel geblieben sein, wenn ihr nach Hause kommt«, meinte Miss Ledbury. »Ihr kommt doch wieder nach Hause?«

Sukey und Geoffrey schüttelten beide den Kopf. »Nein. Wir bleiben hier.«

Während sie redeten, legte Derk Shona den Arm um die Schultern. »Gleich morgen werde ich den Präsidenten der Bardenakademie aufsuchen«, versprach er. »Ich werde ihn dazu bringen, dich wieder aufzunehmen, und wenn ich die ganze Bande mit einem Geis belegen muß.«

»Nicht nötig, Sir«, sagte Geoffrey und schwang von Miss Ledbury zu ihnen herum. »*Ich* übernehme das. Und natürlich werden sie Shona wieder aufnehmen.«

Derk mußte sich eingestehen, daß man ihm glauben konnte, der junge Mann verfügte über ein beträchtliches Durchsetzungsvermögen. Trotzdem fühlte er sich ein ganz klein wenig verletzt. Shona war immerhin noch seine Tochter.

Hier mußten sie alle der lavendelfarbenen Drachin Platz machen, die auf der Terrasse erschien und Callette ein klapperndes Bündel vor die Füße legte. »Ich habe den Pilgern keins von den guten gegeben. Ich dachte mir, vielleicht möchtest du sie wiederhaben.«

In dem Bündel befanden sich mehr als die Hälfte von Callettes Tinnefs, einschließlich des legendären einhundertneunten. Callette war überwältigt. »Vielen Dank!«

»Keine Ursache. Ich habe jetzt wirkliche Schätze«, sagte die Drachin, machte mit einer schlangenhaft fließenden Bewegung kehrt, und wieder beeilte man sich, eine Gasse zu bilden, als sie die Terrasse verließ.

»Herrlich.« Querida schaute von der Mauer hinunter auf die Tinnefs. »Ich kaufe sie dir ab. Ich möchte sie in der Universität ausstellen.«

»Erst, wenn ich sie genug bewundert habe«, sagte Callette.

Blade hob den Blick von den Tinnefs und sah, daß Draco mit einer riesigen Kralle ihn und Kit zu sich winkte. Sie wechselten einen fragenden Blick und gingen zum Ende der Terrasse, wo sie sich ungefähr auf gleicher Höhe mit der Kralle befanden. »Ich habe mich entschlossen, die nächsten zehn Jahre oder so in eurem Seitental zu leben«, teilte Draco ihnen mit. »Es gefällt mir dort. Während dieser Zeit werde ich euch beide in der Gramarye unterrichten, und wenn es unser aller Tod ist. Beginnen werden wir mit Gedankenlesen. Morgen früh findet ihr euch zur ersten Lektion ein. Verstanden, Junge? Katzenvogel?«

»Mein Name ist Kit«, sagte Kit. »Tut Ihr das wegen dem, was der Gott gesagt hat?«

»Nur zum Teil. Hauptsächlich war es der Anblick von euch beiden in dieser Sandgrube, mit allen Gaben versehen, euch zu retten, doch ohne zu wissen, wie es anstellen. Das hat mich geärgert.« Er drehte sich schwerfällig um, was eine erneute Panik unter den Pilgern auslöste, und nahm schaukelnd seinen Weg durch die Trümmerlandschaft des ehemaligen Gartens. Dabei walzte er falsche Mauern nieder, echte Büsche und zerfledderte Monster.

Kit schaute Blade an, beide hatten gemischte Gefühle. »Amüsieren wir uns vorher noch ein bißchen«, meinte Kit. Er rief laut: »Macht jemand mit beim Greifentanz?«

Alle Greife, sogar Callette, waren sofort dabei.

»Dann tobt euch unten im Garten aus!« schimpfte Mara. Sie überschlug geistesabwesend die Zahl der Zwerge, Elfen, Hexenmeister, übriggebliebenen Pilger und Heilerinnen. »Das sind Hunderte«, sagte sie. »Zuallererst müssen wir die Kuhfladen loswerden. Und dann sind da noch wir. Rundgerechnet dreihundert Personen?«

Die Zwerge hatten Derk eingekreist und diskutierten mit ihm. »Wenn sie sieben Traglasten zurückgelassen haben, könnt Ihr sie uns doch geben«, sagte Galadriel.

Derk war nicht ganz bei der Sache, er dachte über die Erschaffung von Einhörnern nach, doch er hatte mit diesen sieben Körben Gold gerechnet, um nach seiner chaotischen Amtszeit als Dunkler Fürst seinen Verpflichtungen nachkommen zu können. »Ich glaube nicht, daß ich Euch so viel schuldig bin«, wandte er ein.

»Ihr schuldet ihnen überhaupt nichts!« schnaufte Papa George, rotgesichtig und schwitzend nach der Jagd auf seine Schutzbefohlenen. »Sie haben sich mit den kleinen Affen gemästet und mit Klein Hühnchen und haben sogar Eure Nylonpflanzen angekaut. Und laßt Euch von Fran erzählen, was sie in der Küche angestellt haben. Übrigens hat sie angefangen, Abendbrot zu richten.«

»Ach, das kann sie bleiben lassen«, sagte Mara. »Ich werde ein Festmahl herbeizaubern.«

»Das kannst du?« Derk wünschte sich, er hätte auch diese Begabung. Er wollte weiterreden und sie fragen, ob sie mit einem Einhorn als neuem Familienmitglied einverstanden wäre, aber statt dessen hatte er endlich den lang ersehnten Geistesblitz. »Mara, was hältst du von einem geflügelten Menschen in der Familie?«

»Derk!« sagte Mara. »Nun ... Ja, warum eigentlich nicht?«

ENDE

Diana Wynne Jones ist eine bedeutende Jugendbuchautorin und wurde bereits mit zahlreichen Auszeichnungen überhäuft. Dies hier ist nun ihr erster Fantasy-Roman für Erwachsene, überraschend originell, humorvoll und ernst zugleich, eine Satire und ein spannendes Abenteuer.

Der RING, eine Vereinigung wohlwollender Hexen und Zauberer, schützt unsere Welt seit Äonen vor den Magiern von Arth, einem Paralleluniversum, das nur eins im Sinn hat: Katastrophen auf der Erde herbeizuführen und der Menschheit zu stehlen, was nicht niet- und nagelfest ist. Nun hat der RING eine Verschwörung nie gekannten Ausmaßes entdeckt, die den Untergang der Erde herbeiführen könnte. Ein Schlachtplan muß her. Doch das ›Arsenal‹, das den Verteidigern zur Verfügung steht, ist äußerst begrenzt – es bleiben kaum mehr als psychologische Sabotageakte, das Herbeiführen interner Meinungsverschiedenheiten (beim Feind) und Kamikaze-Sex …

ISBN 3-404-20368-2

BASTEI LÜBBE

Abgeschieden von der übrigen Welt, umschlossen von Meer und Bergen, liegt Elderland, die Heimat des friedfertigen Ffolks. Das Ffolk ist stolz auf seine Geschichte und hortet im großen Museum zu Aldswick viele seltsame und kuriose Dinge aus der Vergangenheit. Doch als die düsteren Schatten dieser Vergangenheit sich auf das Land legen und eine Gefahr heraufzieht, die alle schon längst gebannt geglaubt, treten Geheimnisse zutage, von denen niemand etwas ahnte. Nun muß sich das Ffolk bewähren. Das Schicksal des ganzen Imperiums lastet auf einer kleinen Gruppe treuer Freunde, die zu einer abenteuerlichen Reise aufbrechen, welche sie an die Grenzen der Welt führen wird, zum Anfang und zum Ende der Zeit ...

ISBN 3-404-20333-X

BASTEI LÜBBE

Europa im 5. Jahrhundert christlicher Zeitrechnung. Es ist die Zeit der Völkerwanderung, eine Zeit, in der die Gestalten der Mythologie in das Licht der Geschichte treten. Dies ist die Zeit des tapferen Volkes der Burgunden, deren Schicksal es ist, zwischen den vordringenden Hunnen und dem zerfallenden, doch immer noch mächtigen Römischen Reich zermalmt zu werden.
Und es ist die Geschichte eines Außenseiters: Sigfrid, Gestaltwandler und Wanderer zwischen den Welten. Sein Schicksal wird bestimmt von zwei Frauen: Gudrun, der goldenen Prinzessin der Burgunden, und Brunhild, einer jungen Kriegerin aus dem Hause Attilas und eine Verstoßene der Walkyriun.

ISBN 3-404-20380-1

BASTEI
LÜBBE